Querverlag

Karen-Susan
Fessel

Leise Töne

Roman

Für Conny

Erste Auflage September 2010

Umschlag und grafische Realisierung von Sergio Vitale unter Verwendung eines Fotos von plainpicture (Jens Haas).
Gesamtherstellung: CPI Moravia Books s.r.o.
ISBN 3-89656-182-4
Printed in the Czech Republic

Bitte fordern Sie unser Gesamtverzeichnis an:
Querverlag GmbH und Salzgeber & Co. Medien GmbH
Mehringdamm 33, 10961 Berlin
www.querverlag.de • www.salzgeber.de

Prolog

Mit fünfzehn bin ich das erste und einzige Mal in meiner gesamten Kindheit und Jugendzeit verreist. Tante Josina nahm mich mit auf eine Reise nach Schweden.

Meine Eltern waren vermutlich froh, mich eine Weile aus dem Haus zu haben. Und auch ich freute mich, von ihnen und meinen Geschwistern fortzukommen. Allerdings hätte ich mir durchaus eine bessere Reisebegleitung vorstellen können als die strenge, wenig herzliche Cousine meiner Mutter. Und bis heute weiß ich nicht, was Tante Josina zu ihrem Angebot bewogen hat – weder war sie mir bis dahin und auch danach sonderlich zugetan, noch hatte sie sich jemals viel um mich gekümmert.

Vielleicht wollte sie die weite Reise nicht allein unternehmen, oder es hatte sie einfach ein Anfall von Barmherzigkeit überkommen – jedenfalls entschloss sie sich in diesem Sommer, als ich fünfzehn war, mit mir auf eine schwedische Insel zu fahren.

An die Fahrt selbst dorthin erinnere ich mich kaum noch, nur dass sie ewig zu dauern schien. Mit der Fähre ging es aufs Festland, dann weiter mit der Bahn nach Dänemark und von dort aus mit einem Reisebus quer durch Südschweden, um an der Ostküste wiederum die Nachtfähre zu nehmen. Tante Josina hetzte mich von Anschluss zu Anschluss, stets besorgt, zu spät zu kommen, und als wir an einem Julimorgen kurz nach Sonnenaufgang schließlich Gotland erreichten, hatte ich mich bereits endgültig an den harschen Befehlston meiner Tante gewöhnt.

Schlaftrunken folgte ich ihrem energischen Rücken zum Ausgang. Aber der erste Blick auf den Hafen und die im diesigen Sonnenlicht daliegenden mittelalterlichen Häuser weckte mich schlagartig auf. Und noch während wir über die metallene Gangway liefen, noch bevor ich mit einem Satz an Land sprang, bereits in diesen Augenblicken fühlte ich, was ich während der nächsten drei Wochen jeden Tag aufs Neue, in jeder wachen Minute fühlen würde: Hier, auf dieser sonnigen, friedlichen Insel, hier würde ich glücklich sein.

Auch heute noch, so viele Jahre später, kann ich mich an keine Zeit in meinem Leben erinnern, in der ich ein solches Gefühl von Sicherheit und Glück empfand wie damals.

Vielleicht ist Glück letztendlich nichts anderes als verdichtete Sicherheit, die Abwesenheit von Bedrohung – auf jeden Fall fühlte ich mich in den Tagen auf Gotland zum ersten Mal in meinem Leben ganz und gar unbelastet und unbeschwert. Niemand lauerte mir auf, keins meiner Geschwister versuchte mir zu schaden, keiner strafte mich mit missbilligenden Blicken. Und nicht einmal die Tatsache, mit der schnarchenden und mich von früh bis spät herumkommandierenden Tante Josina ein Zimmer teilen zu müssen, konnte meinen Frieden trüben. Mir ging es gut.

Untergebracht waren wir in einer kleinen Pension direkt an der Strandpromenade, die von einer hageren Deutschen geleitet wurde, eine Viertelstunde Fußweg von der Ringmauer entfernt. Morgen für Morgen scheuchte mich Tante Josina zu unsäglicher Zeit aus dem Bett und stundenlang durch die Sommerhitze, um möglichst viele der knapp hundert Kirchen und Kirchenruinen auf der Insel zu besichtigen. Die meisten stammten aus gotischer Zeit, und Tante Josina ließ es sich nicht nehmen, mir, bewaffnet mit einem Reiseführer, ellenlange Vorträge über deren Geschichte und Bedeutung zu halten. Das meiste vergaß ich unmittelbar wieder, aber was ich nicht vergaß, das waren die milde Wärme, die stets scheinende Sonne über mir und die Freundlichkeit der Menschen um uns herum.

Im Vergleich zu den wortkargen, manchmal etwas mürrischen Bewohnern meiner Heimatinsel Amrum waren die Menschen auf der Insel, Einheimische wie auch Touristen, entspannt und freundlich, und diese gelassene Geisteshaltung schien sogar auf Tante Josina abzufärben. Von Tag zu

Tag taute sie auf, und als sie eines Mittags in ihrem gestreiften Badeanzug mit einem lauten Juchzen ins Meer hineinlief und sich wild platschend in die Fluten stürzte, da entdeckte ich zum allerersten Mal mit Staunen, dass auch sie unbeschwert und fröhlich sein konnte.

Später, als wir längst wieder zurück auf unserer Heimatinsel waren, später konnte ich manchmal noch einen Abglanz dieser Unbeschwertheit in ihrem Lachen erkennen oder in der Art, wie sie lässig und entspannt mit den Händen wedelte, wenn sie eine heitere Anekdote aus ihrer Pension zum Besten gab. Aber damals war die Entdeckung dieser hellen, freundlichen Seite an Tante Josina vollkommen neu für mich.

Auch die deutsche Wirtin unserer Pension war stets nett und behandelte uns mit zurückhaltender Freundlichkeit, allerdings nicht, ohne Tante Josina gelegentlich verstohlen mit einem skeptischen Blick zu bedenken. Vor allem, seit Tante Josina ihr erklärt hatte, dass sie selbst ebenfalls eine Pension besaß, ebenfalls am Meer, ebenfalls auf einer Insel. Vermutlich konnte die Wirtin sich schlecht vorstellen, wie das zusammenging: eine Pension in einem Ferienort zu leiten und dabei einen derart schroffen Ton am Leibe zu tragen. Heute frage ich mich das natürlich selbst auch. Aber damals war es für mich durchaus normal. Die anderen Mitglieder meiner Familie waren schließlich genauso.

Aber nun waren wir in den Ferien, in Schweden, und von früh bis spät unterwegs. Abends, wenn wir heimkamen und die Treppe zu unserem Zimmer im Obergeschoss hinaufstiegen, waren die Türen zum Wohnbereich der Wirtin in der unteren Etage immer geschlossen. Stets herrschte Stille, und auch aus den anderen Zimmern der Pension war kaum je ein Laut zu hören, obwohl sie alle vermietet waren.

In der dritten Woche unseres Aufenthaltes aber, kurz vor unserer Abreise, drang eines Abends leise Klaviermusik durch die geschlossenen Türen im Erdgeschoss. Ich blieb stehen, um zu lauschen, doch Tante Josina scheuchte mich weiter, wie stets darauf erpicht, nach unserer Rückkehr zügig ins Bad und dann ins Bett zu gehen. Später jedoch, als sie längst neben mir schnarchte und ich mein Ohr fest ins Kissen schmiegte, da konnte ich die Klaviermusik aus den unteren Räumen wieder hören, eine leise, getragene Melodie, die mich ganz sehnsüchtig werden ließ, wonach auch immer. Mit diesen Tönen im Ohr schlief ich ein.

Auch am nächsten Abend drang bei unserer abendlichen Rückkehr leise Klaviermusik durch die geschlossenen Türen im Erdgeschoss, diesmal eine heitere, beschwingte Melodie, die anschwoll und verebbte, wieder anschwoll und erneut verebbte, bevor sie verklang.

Am folgenden Abend stand die Tür ein wenig offen. Durch den kleinen Spalt schwebte Klaviermusik zu uns herüber, und ich erhaschte einen Blick auf helle Holzmöbel, weißgetäfelte Wände und ein dunkles, poliertes Klavier. Eine große, dunkelhaarige Frau saß darüber gebeugt, mit gerunzelter Stirn und gespreizten Fingern, die sich locker auf der Tastatur bewegten. Als hätte sie meinen Blick gespürt, sah sie auf, aber im selben Moment schloss jemand von innen die Tür, und Tante Josina schob mich ungeduldig weiter, die Treppe hinauf.

Noch lange Zeit lag ich wach und lauschte auf die leisen Töne, die von unten zu mir heraufdrangen.

Am nächsten Morgen reisten wir ab. Tante Josina und ich schleppten unsere Taschen die Treppe hinunter und betätigten die kleine Glocke an der Rezeption. Eine Weile tat sich nichts, und gerade, als Tante Josinas Gesicht diesen für sie typischen ungeduldigen Ausdruck annahm, öffnete sich die Tür zum Wohnbereich und die große, dunkelhaarige Klavierspielerin trat heraus.

„Wir reisen ab“, sagte Tante Josina barsch. „Bezahlt habe ich aber gestern Abend schon“, setzte sie hinzu und hielt triumphierend den Schlüssel hoch.

Die Dunkelhaarige nahm ihn ihr ab. „Ich hoffe, der Aufenthalt hier hat Ihnen zugesagt“, sagte sie in einem merkwürdig altmodischen Deutsch, und ich starrte sie neugierig an. Als sie ihre dunklen Augen für einen Moment auf mich richtete, wurde mir warm, und ich sah schnell zu Boden.

„Ja, doch.“ Tante Josina zog unheilverkündend die Brauen zusammen. „Die Bettdecken sind allerdings ein wenig dünn.“

Die Dunkelhaarige nickte, ohne zu lächeln. „Ich werde es notieren. Danke schön“, sagte sie sanft, hängte den Zimmerschlüssel hinter sich ans Brett, drehte sich um und richtete ihren dunklen Blick erneut direkt auf mich. Und dann schenkte sie mir ein umwerfendes Lächeln, bevor sie sich wieder Tante Josina zuwandte. „Gute Reise und bis zum nächsten Mal!“

Tante Josina sah wortlos von ihr zu mir und wieder zurück, dann nickte sie verkniffen. Die Dunkelhaarige trat zur Tür und öffnete sie für uns, und als ich an ihr vorbeiging, hinter Tante Josinas aufrechtem Rücken, da klopfte mein Herz so sehr, dass ich kaum Luft bekam. Draußen wartete der strahlend blaue Himmel mit seinem goldenen Sonnenschein auf uns, und als ich mich ein paar Schritte später noch einmal umdrehte, war die Tür bereits wieder geschlossen und die Dunkelhaarige fort, wie eine Erscheinung.

Hätte ich damals, als Jugendliche, die Wahl gehabt, so wäre ich ohne zu zögern auf der Insel geblieben. Aber diese Wahl hatte ich nicht, und so kehrte ich zurück in die beklemmende Enge meines eigenen Zuhauses, das nie wirklich eines für mich gewesen war und es auch nicht mehr lange bleiben sollte. Den Anblick der dunkelhaarigen Klavierspielerin aber und die Erinnerung an das klare Licht der Insel nahm ich mit in die dunklen Jahre, die folgten.

Kapitel 1

Berlin, Mai 1994

„Hier, fang auf!"

Ich drehte noch gerade rechtzeitig den Kopf, um den Autoschlüssel auf mich zufliegen zu sehen.

„Gute Reaktion!" Berutti lächelte hämisch.

Ich zuckte mit den Schultern, dann betrachtete ich den Schlüssel in meiner Hand genauer. „Was, den Mercedes soll ich nehmen?"

„Ausnahmsweise", sagte Berutti und warf einen bedauernden Blick auf sein Gipsbein. „Bendner fährt mit mir die Kabel abholen, dafür brauchen wir den VW." Er schwieg für einen Moment, und ich konnte ihm ansehen, dass ihm die Vorstellung, mir den besten Wagen des Fuhrparks anvertrauen zu müssen, nicht im Geringsten behagte. Frauen, und erst recht junge Frauen – das hatte er mehr als einmal verlauten lassen – waren seiner Ansicht nach nicht zum Autofahren geeignet. Und schon gar nicht dafür, einen Oberklassewagen zu fahren. „Aber fahr vorsichtig!", setzte er dann mürrisch hinzu. „Eine Schramme, und du brauchst hier gar nicht erst wieder anzutanzen!"

„Ich tanze hier sowieso nie."

Berutti brauchte einen Moment, um zu begreifen, dass ich einen Witz gemacht hatte, dann nickte er säuerlich und fuhr sich über sein schütteres Haar. „Also, du holst die Frau ab und bringst sie erst mal hierher", erklärte er. „Wahrscheinlich geht der Chef dann noch vorm Konzert mit ihr etwas essen. Dahin musst du sie auch noch bringen, hinterher nimmt Rosch den Wagen selber. Aber man weiß ja nie. Jedenfalls, solltest du heute Abend etwas vorhaben, dann sag es lieber ab." Er studierte mit finsterer Miene mein Gesicht.

„Schon klar", sagte ich lässig und ließ den Schlüssel in meine Hosentasche gleiten. Berutti seufzte kaum merklich und zog sich die Cordhosen hoch. Sie waren hellbraun, an den Säumen leicht speckig und an den Oberschenkeln abgewetzt. Mein Vater hatte ähnliche Hosen getragen, aber das war nicht das Einzige, was mich daran hinderte, Berutti zu mögen. Seit ich vor zwei Monaten angefangen hatte, im Funkhaus als Assistentin des Hausmeisters zu arbeiten, versuchte er nach Strich und Faden, mir das Leben schwer zu machen. Manchmal hatte ich den Eindruck, die Tatsache, dass er einfach nicht herausfand, was genau mit mir nicht stimmte, machte ihn zusehends nervöser. Jetzt flog sein Blick an mir herunter.

„Jeans sind nicht gerade das Richtige", brummte er. „Rosch hätte bestimmt lieber, dass du was anderes trägst."

„Hab ich aber nicht. Ich hab nur Jeans."

Berutti nickte und seufzte, und die restlichen Haarsträhnen auf seiner Glatze wippten mit. „Also, beeil dich, die Frau kommt mit dem Flieger um fünfzehn fünfunddreißig. Du bist jetzt schon spät dran. Denk an den Berufsverkehr!" Er warf mir einen letzten missbilligenden Blick zu, dann drehte er sich um.

„Äh, Berutti?"

„Was denn jetzt noch?"

„Wie erkenn ich sie denn?"

Berutti grinste, das erste Mal an diesem Nachmittag. „Gar nicht", sagte er. „Sie erkennt dich. Du nimmst nämlich dieses Schild hier mit." Er deutete auf den Empfangstresen. Dort lag ein Schild, das ich zuvor gar nicht bemerkt hatte, ein rechteckiges, auf eine schmale Latte genageltes Pappschild: „Funkhaus Berlin" stand darauf.

„Und dann weiß sie, dass sie gemeint ist?", fragte ich skeptisch.

Berutti verdrehte die Augen, blies die Backen auf und prustete. „Natürlich! Die gute Frau mag zwar Lettin sein, aber blöd ist sie wahrscheinlich nicht. Sonst wäre sie kaum so erfolgreich!"

„Man kann auch erfolgreich sein und trotzdem blöd", sagte ich und nahm das Schild hoch. Es war überraschend leicht. Für einen Moment wog ich es in der Hand, dann klemmte ich es mir unter den Arm. „Spricht die überhaupt Deutsch? Wenn sie Lettin ist?"

„Soviel ich weiß, ist die halb deutsch oder so", sagte Berutti. „Also, sieh zu, dass du sie heil herbringst. Die Herlitz ist nämlich teuer."

Jetzt

Wenn du mich sehen könntest.

Wenn du mich jetzt sehen könntest, wie ich hier liege, die Decke bis zu den Ohren hochgezogen, und versuche, die Geräusche auszublenden, die von der Straße hereindringen. Und die Geräusche ganz in meiner Nähe.

Wenn du mich jetzt sehen könntest. Ich glaube, du würdest lächeln. Du würdest lächeln, auf deine dir eigene, unnachahmliche Art, und den Kopf schütteln, ganz leicht nur, eher amüsiert denn tadelnd. Du würdest die Lippen verziehen, und ohne, dass du es beeinflussen könntest, würde deine Nase sich kräuseln, und dann würdest du nach der Bettdecke greifen und ganz leicht an ihr ziehen. Ohne etwas zu sagen.

Du hast oft geschwiegen, sehr oft, auch in Situationen, in denen ein paar Worte erlösend gewesen wären. Aber du hast dich davon nie beirren lassen. Du hast dann gesprochen, wenn du fandest, dass es Zeit dafür war.

Manchmal hat mich das wütend gemacht. Aber das hat nichts geändert. Auf deine Art warst du stur.

Und der großzügigste Mensch, den ich jemals gekannt habe.

Ein leises Brummen ertönt, das sich zu einem Grollen steigert und mit einem voluminösen Grunzen endet. Rupert schnarcht. Und nicht gerade leise.

Ich drehe mich noch einmal auf die andere Seite und ziehe mir die Bettdecke bis ganz übers Ohr, aber es nützt nichts. Ich bin wach.

Sehr wach sogar.

Manchmal, wenn ich so wie jetzt im Bett liege, morgens, noch nicht angekommen im Tag und auch nicht mehr heimisch im Schlaf, oder wenn ich barfuß die alte Straße am Zaun entlanggehe, das Sonnenlicht von weit oben durch die Baumkronen fällt und glitzernde Punkte auf den rissigen Asphalt zaubert, dann frage ich mich, wie du all das hier fändest. Mein Leben. Das Leben, das ich jetzt lebe.

Wahrscheinlich würdest du den Kopf schütteln und lächeln.

Aber würdest du mich noch lieben?

In guten Stunden denke ich: auf jeden Fall.

In schlechten Stunden denke ich darüber nicht nach.

Aber ich vermisse dich.

Immerzu.

Und nichts und niemand kann daran etwas ändern.

Aber vielleicht kann ich lernen, damit zu leben.

„Bestimmt", würdest du sagen.

Genau dafür habe ich dich geliebt. Für deinen unerschütterlichen Mut, dein Beharren auf der ultimativen Maxime: „Die Welt ist gut", hättest du gesagt. Und du hast es gesagt, sogar oft.

Im Gegensatz zu mir hast du auch daran geglaubt.

Das Grunzen wiederholt sich und steigert sich noch. Rupert stutzt im Schlaf, grunzt, schmatzt und bewegt sich ein wenig. Dann, nach ein paar Sekunden, in denen ich hoffnungsvoll die Luft anhalte, setzt das Schnarchen wieder ein.

Ich gebe auf. Mit einem Stöhnen setze ich mich hin und schlage die Decke zurück. Rupert zuckt zusammen, hebt den Kopf und starrt mich verdutzt an. Dann klopft er zweimal freundlich mit dem Schwanz und kuschelt sich wieder in sein Kissen.

Gnädig betrachte ich seinen struppigen Schädel mit den beiden fransigen Ohren, die aussehen, als hätte sie jemand falsch herum angenäht. Von draußen höre ich Motorenlärm, ein Hupen. Jemand ruft etwas, eine andere Stimme antwortet. Ich stehe auf und recke mich, während Rupert wieder in seinen Althundetiefschlaf hineingleitet. Meine Schlafanzughose rutscht, und ich greife hastig nach ihr und ziehe sie wieder hoch, während ich auf nackten Füßen ins Badezimmer tappe.

Du hast dich immer über meine Schlafanzüge lustig gemacht. „Der ist doch viel zu groß, dein Pyjama!“, hast du gesagt und geschmunzelt, das Kinn in die Hände gestützt.

„Schlafanzug.“

„Wie bitte?“

„Ich trage Schlafanzüge, nicht Pyjamas.“

„Ist das nicht dasselbe?“

„Nein. Ich kann das Wort nicht leiden. Pyjama – das klingt so gestelzt. Nach altem Mann in Flanellwäsche.“

Du hast gelacht, jedes Mal. Und meinen Schlafanzug bei nächster Gelegenheit wieder als Pyjama bezeichnet.

Wie verbissen ich manchmal war. Warum war es mir nicht egal, wie du meine Schlafanzüge genannt hast?

Rupert brummt im Schlaf. Im Flur steht meine gepackte Reisetasche vor der Wohnungstür. Ruperts Quietschkotelett liegt daneben, als hätte er ebenfalls bewusste Reisevorbereitungen getroffen. Eine Decke für ihn habe ich auch eingepackt.

Auf dem Küchentisch liegt der Autoschlüssel und daneben ein Zettel, zweimal gefaltet und mit meinem Namen versehen. Er ist von Mai; obwohl ich alleine wohne, legt sie Wert darauf, Botschaften an mich nicht offen herumliegen zu lassen. Vielleicht ist das gar nicht so verkehrt, auch wenn sie nicht weiß, dass noch jemand außer mir den Schlüssel zu meiner Wohnung hat. Sie selbst besitzt keinen.

Vielleicht ist es gar nicht so verkehrt, Geheimnisse zu bewahren, Zeichen zu setzen.

Du hast beides getan. Bis ganz zum Schluss.

Es dauert eine Weile, bis der Espresso sprudelnd in der Kanne nach oben zischt und die Milch geschäumt ist. Als ich sie in meinen Becher gieße, beginnt im Schlafzimmer mein Handywecker zu klingeln.

Deine dunkle, sanfte Stimme ruft meinen Namen. Ich schließe die Augen und hole Luft, dann gehe ich hinüber und stelle den Wecker aus.

Ich hätte längst einen anderen Weckruf einstellen sollen. Aber ich habe es nicht über mich gebracht. Teils, weil es mir wie ein endgültiges Eingeständnis vorkäme, dich wirklich verloren zu haben. Und teils, weil ich meinen Wecker so gut wie nie brauche. Normalerweise wache ich von selbst auf. Spät allerdings, kaum je vor neun. Für mich müsste der Tagesablauf andersherum angeordnet werden: die Wachphase abends und nachts, schlafen dann morgens und mittags.

Denn morgens schlafe ich am besten. Das war schon immer so. Morgens, wenn der Tag zu dämmern beginnt und die tiefe, dunkle Nacht mit ihren Unwägbarkeiten hinter mir liegt, dann komme ich zur Ruhe. Die Finsternis der Nacht kann ich nur bannen, wenn ich ihr offenen Auges begegne.

Vielleicht wohne ich deswegen so gern in dieser Stadt und in meinem Haus: Wann immer ich aus dem Fenster sehe, irgendwo brennt immer Licht. Ich bin nicht die Einzige, die wach ist.

Wo dein Haus steht, ist das anders, ganz anders. Auch dort bin ich gern.

Unten auf der Straße rollen vereinzelt ein paar Wagen über den Asphalt. Einer der Nachbarn von gegenüber führt gähnend und in Pantoffeln seinen Hund aus, einen schmutzigweißen Labrador, den Rupert nicht leiden kann und bei jeder Begegnung mit verdrießlichem Gesichtsausdruck und einem ärgerlichen Grollen bedenkt.

Der Himmel über den Häusern ist gleißend hell, in ein fast weißes Licht getaucht, wie früher, in jenen Tagen, als ich so gerne aus meinem eigenen Leben geflohen wäre, um niemals zurückzukehren.

Genau das habe ich eines Tages dann ja auch getan.

Heute fliehe ich nicht. Aber ich werde eine Reise machen. Eine weite Reise. Vielleicht zum letzten Mal.

Und ich fürchte mich davor.

Ich nehme den Autoschlüssel vom Tisch. Für einen Moment wiege ich ihn in der Hand. Und schließe die Augen.

Wenn du mich jetzt sehen könntest.

Berlin, Mai 1994

Nicht nur die Herlitz war teuer, sondern auch der Wagen, mit dem ich sie abholen sollte. Vorsichtig strich ich mit einem Finger über den dunkelblau lackierten Kotflügel, der in der Maisonne glitzerte, bevor ich die Tür öffnete. Ein intensiver Geruch nach Ledersitzen, Reinigungsmitteln und Rauch schlug mir entgegen.

„Untersteh dich, da drin zu rauchen, hörst du!", rief Berutti, der mich argwöhnisch von der Hintertür aus beobachtete. Ich ließ mich in den Fahrersitz gleiten, stellte den Rückspiegel ein und steckte den Schlüssel ins Zündschloss. Mit einem satten Brummen sprang der Motor an, und ohne zu zögern, legte ich den Rückwärtsgang ein. Lässig glitt ich aus der Parklücke, wendete mit Schwung und rollte an Berutti vorbei aus der Einfahrt. Im Rückspiegel sah ich, wie er mir skeptisch hinterherstarrte, und bevor ich endgültig um die Kurve bog, trat ich das Gaspedal im Leerlauf durch. Beruttis Mund klappte auf, dann war er verschwunden.

Der Feierabendverkehr hatte noch nicht eingesetzt, und die Seitenstraßen waren nahezu frei. Im klaren Licht der Maisonne schienen die hohen Platanen auf den Bürgersteigen zu funkeln. Glitzernde Lichtreflexe tanzten in den

Baumkronen, und die Konturen der Autos am Straßenrand wirkten schärfer als sonst, fast wie gemeißelt. Satt und schwer lag der Wagen auf dem Asphalt, und ich spürte das Röhren des Motors, als ich auf die Autobahn einbog und beschleunigte.

Die Tachonadel glitt nach rechts, ohne zu zittern, und als ich auf die linke Spur wechselte und einen Lastwagen und dann eine alte Ente überholte, war ich schon fast zwanzig Stundenkilometer zu schnell. Die Sonne blitzte vom Himmel, der Wagen brummte zufrieden, und für einen Moment war ich versucht, das Gaspedal noch weiter durchzutreten. Aber dann dachte ich plötzlich an Ayrton Senna, der gestern beerdigt worden war, und an Beruttis hämisches Grinsen und seine spitzen Bemerkungen, die mir ein Strafzettel unweigerlich einbringen würde, und ich verringerte doch lieber das Tempo.

Es war nicht der erste Mercedes, den ich fuhr – dank meinem besten Freund Hannes hatte ich schon ziemlich viel Erfahrung darin –, aber mit Sicherheit der neueste und modernste. Das Armaturenbrett glitzerte staubfrei, und offenbar hatte Berutti die silbernen Einfassungen erst kürzlich poliert, so, wie sie schimmerten. Er kümmerte sich mit einer Hingabe um den Wagen, als gehörte er ihm und nicht dem Funkhaus. Unzählige Stunden verbrachte er mit der Autopflege, statt den Funksaal aufzuräumen und Kabel zu sortieren. Aber dafür gab es ja seine Assistentin.

Die jetzt allerdings gerade in einer nagelneuen Mercedes-E-Klasse unterwegs war, um eine lettische Klavierspielerin vom Flughafen abzuholen.

Während ich auf den Flughafenzubringer abbog, versuchte ich mich zu erinnern, was ich noch über meinen zukünftigen Fahrgast wusste außer der Tatsache, dass heute Abend ein Konzert mit ihr stattfinden würde. Eigentlich nur, dass sie mit einem Flug aus Stockholm ankommen würde. Um kurz nach halb vier.

Ich sah auf die Uhr. Und dann gab ich Gas.

Die Maschine aus Stockholm war bereits gelandet, und die ersten Passagiere kamen aus der Abfertigungshalle, als ich den Schalter erreichte. Ich stellte mich zu den anderen Wartenden hinter die Absperrung und hielt halbherzig das Schild hoch, während ich die Ankommenden musterte. Eine ganze Reihe von Geschäftsmännern in Anzügen strömte vorbei, ein junger Mann mit Sonnenbrille und Strohhut, eine gutaussehende Dunkelhaarige mittleren Alters in einem Hosenanzug, die einen dieser modernen Rollkoffer hinter sich herzog, dann eine ältere Frau mit einem Kleinkind an der Hand. Ein dickbäuchiger Mann mit einem weiteren Kleinkind folgte, dann kamen zwei Teenager mit mürrischen Gesichtern und Kopfhörern, eskortiert von ihrer entnervten Mutter.

Einer der Teenager entdeckte mich, fing an zu grinsen und stieß seinen Bruder an. Beide kicherten, als sie weitergingen, und sahen sich noch mehrfach nach mir um.

Ich straffte die Schultern und versuchte, unbeteiligt dreinzusehen, obwohl ich mir mit meinem Schild in der Hand ausgesprochen albern vorkam.

Eine Riege weiterer Geschäftsmänner ging vorbei, dann folgten zwei ältere Frauen. Ich hatte keine Ahnung, wie alt meine Pianistin sein mochte, und versuchsweise hielt ich mein Schild etwas höher. Aber die beiden Frauen waren derart in ein Gespräch vertieft, dass sie mich gar nicht bemerkten.

Dafür warf mir der junge Mann hinter ihnen einen belustigten Blick zu und ging grinsend weiter.

Missmutig ließ ich das Schild auf Brusthöhe sinken, aber als sich eine weitere Gruppe Geschäftsleute näherte, hielt ich es wieder ein Stückchen höher. Um kurz darauf erneut einen amüsierten Blick einzufangen, diesmal von einer jungen Frau in einem roten Kostüm, die ein Baby auf dem Arm trug.

„Vielleicht sollten Sie das Schild einmal umdrehen“, sagte eine dunkle Frauenstimme hinter mir.

Ich drehte mich um. Die Dunkelhaarige mit dem Rollkoffer stand vor mir. Mit einem leichten Lächeln nickte sie zu dem Schild hoch, das ich immer noch in der Hand trug. Und zwar verkehrt herum. Hastig nahm ich es herunter. „Sind Sie …"

Sie nickte. „Elisabeth Herlitz." Sie streckte die Hand aus. Ich nahm das Schild in die linke Hand und reichte ihr meine Rechte. Ihr Händedruck war fest und warm, und der auffordernde Blick, mit dem sie mich ansah, verwirrte mich.

Aber nicht nur der Blick. Sondern ihre Augen. Sie hatten einen ungewöhnlichen Farbton, den ich im grellen Neonlicht der Halle nicht recht bestimmen konnte, etwas zwischen dunkelblau und schwarzgrau.

Und außerdem kam sie mir bekannt vor. Offenbar hatte ich ihr Foto bereits im Veranstaltungskalender oder auf einem Plakat gesehen.

Sie ließ meine Hand los. „Und wer sind Sie?", fragte sie. Ein paar Reisende schoben sich dicht hinter ihr vorbei, aber sie hielt ihren Blick unverwandt auf mein Gesicht gerichtet.

„Ach so, ich … ich bin vom Funkhaus. Ich soll Sie … ich fahre Sie. Also, erst ins Funkhaus und dann weiter."

Elisabeth Herlitz nickte amüsiert. „Das ist gut", sagte sie. „Aber haben Sie denn auch einen Namen?"

Ich spürte, wie mir die Röte ins Gesicht stieg. „Mart", sagte ich hastig. „Also, Marthe eigentlich. Marthe Maan."

„Marthe Maan", wiederholte sie leise, und in der eigentümlich dunklen, melodischen Färbung ihrer Stimme klang mein Name wie der einer fremden, geheimnisvollen Person, von der ich nie zuvor gehört hatte. „Marthe Maan", sagte sie wieder und lächelte leicht, wie in sich hinein. „Ein schöner Name."

Ich zuckte mit den Schultern. „Na ja", sagte ich. „Geht so. Wollen wir los?"

Auf der Fahrt zum Funkhaus sprachen wir nicht viel. Zügig steuerte ich den Wagen durch den dichter werdenden Verkehr, während sie neben mir saß und aus dem Fenster sah, die Beine übereinandergeschlagen, die Hände über einem Knie verschränkt.

Auf eine irritierende Weise war mir die körperliche Nähe zu ihr zugleich angenehm und unangenehm, und ich musste mich sehr konzentrieren, um nicht allzu oft zu ihr hinüberzusehen.

Eigentlich interessierte ich mich nicht sonderlich für Menschen jenseits der dreißig, aber sie hatte etwas an sich, das mich neugierig machte. Und sprachlos zugleich.

Als ich einen klapprigen VW-Bus überholte und mit Schwung wieder rechts einscherte, wandte sie plötzlich den Kopf und sah zu mir herüber. „Sind Sie Studentin?"

Überrumpelt schüttelte ich den Kopf. „Äh, nein."

Sie musterte mich von der Seite. „Nein?"

„Nein", sagte ich und setzte den Blinker. „Ich bin Hilfskraft des Hausmeisters."

„Und haben Sie nette Kollegen?"

„Es geht so. Einige."

Aus dem Augenwinkel sah ich, dass sie lächelte.

„Sie sind ehrlich", stellte sie fest.

Jetzt musste ich ebenfalls lächeln. „Ja. Aber das kommt nicht immer gut an."

„Kann ich mir vorstellen." Sie betrachtete ihre verschränkten Finger, dann sah sie zu, wie wir abbogen und an der roten Ampel am Ende der Ausfahrt hielten.

Plötzlich war mir das Schweigen unangenehm, und ich räusperte mich. „Und Sie", setzte ich an und gab Gas, als die Ampel auf Grün wechselte, „Sie sind … Sie spielen Klavier?"

Sie lachte leise. „Manchmal", sagte sie weich. „Aber nur noch zum Vergnügen. Ich bin als Komponistin tätig." Nach einem Seitenblick zu mir fügte sie hinzu: „Und als

Dozentin. Heute Abend führen einige Stockholmer Studenten ein Stück von mir auf. Deshalb bin ich angereist."

Ich nickte und versuchte, die verlegene Hitze zu ignorieren, die mir in den Nacken kroch. Das nächste Mal, nahm ich mir vor, würde ich mich auf jeden Fall ein wenig besser über den Gast informieren, den ich abzuholen hatte. Wenn es ein nächstes Mal gab. Immerhin war dies eine absolute Ausnahme, daran hatte Berutti keinen Zweifel gelassen.

Vor uns bremste ein Kleinwagen abrupt, um dann mit einem gewagten Schlenker einen Radfahrer zu überholen, und ich zog den Wagen scharf nach links. Elisabeth Herlitz musterte mich immer noch von der Seite, und ich warf ihr einen Blick zu, nachdem ich wieder eingeschert war.

Ihre Augen waren nicht einfach schwarzgrau, das konnte ich jetzt, im hellen Tageslicht, deutlich erkennen. Sie waren eher dunkelblau, mit einem Stich ins Königsblaue sogar.

Sie erwiderte meinen Blick, und dann zog ein ganz leichtes Lächeln über ihre Lippen.

Hinter uns hupte es wütend, und ich sah wieder nach vorn und gab Gas.

Von Berutti war nichts zu sehen, als ich auf den Parkplatz rollte und die Handbremse anzog. Dafür kam Roschs Assistent, Simon, ein dürrer, eilfertiger Typ mit Brille und Spießerhaarschnitt, mit langen Schritten aus dem Eingang und beugte sich zu mir herunter. „Ich bringe sie hoch, du sollst hier warten", zischte er und lief dann zähnefletschend ums Auto herum, um mit Schwung die Beifahrertür zu öffnen.

Ich stieg aus, um das Gepäck aus dem Kofferraum zu holen, aber Simon machte mir wilde Handzeichen. „Nein, nein, das bleibt drin, du fährst die Dame hier und Herrn Rosch gleich zum Hotel und dann weiter zum Essen, und danach zum Konzert", erklärte er in harschem Befehlston.

Ich nickte wortlos und klappte den Kofferraumdeckel wieder zu. Als ich mich umdrehte, fing ich Elisabeth Herlitz' Blick auf. Sie nickte mir zu. Und ein bisschen war es, als hätte sie mich berührt, denn ein Schauer zog mir über den Rücken.

Eine halbe Stunde später, in der ich nervös ums Auto herumgewandert war, kam sie wieder herunter, in Begleitung des Intendanten. Rosch war nervös, auf der Fahrt zum Hotel redete er ununterbrochen auf sie ein, fuhr sich ständig mit dem Finger zwischen Hemdkragen und Hals und sah fahrig aus dem Fenster.

Vor dem Hotel musste ich erneut eine halbe Stunde warten. Ich vertrieb mir die Zeit damit, die an- und abreisenden Gäste und Rosch zu beobachten, der sich in der Hotelbar, gut sichtbar durchs das große getönte Fenster, zwei kurze Drinks genehmigte, um die Wartezeit zu überbrücken.

Als Elisabeth Herlitz wieder herunterkam, trug sie einen gestreiften Hosenanzug und einen dünnen Mantel über dem Arm.

Rosch war jetzt deutlich entspannter. Lässig lehnte er im Fond, den rechten Arm aufgestützt. „Es ist noch genug Zeit für ein angenehmes Abendessen", sagte er, und eine schwache Alkoholwolke waberte zu mir nach vorn. „Wir haben hier in Berlin eine hervorragende Auswahl an Restaurants. Welche Küche bevorzugen Sie?", fragte er auf seine unvergleichlich schleimige Art. „Koreanisch, indisch, französisch, deutsch?"

Elisabeth Herlitz nickte, während sie ruhig in den Berliner Frühlingsabend hinaussah. „Mir ist alles recht", sagte sie. „Allerdings müsste es fleischlose Kost sein, denn ich bin Vegetarierin."

Im Rückspiegel sah ich Roschs leicht entnervte Miene und daneben Elisabeth Herlitz' dunkle Augen. Unsere Blicke begegneten sich, und sie hob eine ihrer schön geschwungenen Brauen und lächelte leicht.

Und nach einem Moment lächelte ich langsam zurück.

Vielleicht war es die altmodische Ausdrucksweise, vielleicht auch dein weicher Dialekt. Auf jeden Fall aber hättest du dir kein besseres Thema aussuchen können, um meine Aufmerksamkeit noch stärker auf dich zu lenken. Obwohl sie ohnehin schon ganz und gar auf dich gerichtet war.

Fleischlose Kost. Später haben wir oft darüber gesprochen, manchmal auch darüber diskutiert. Unsere Ansätze waren nicht identisch, aber wir haben immer einen Punkt gefunden, an dem wir uns einig waren. Im Grunde ging es uns um dasselbe: um Ethik. Und um die Liebe zu Tieren.

Im Gegensatz zu meiner war deine Tierliebe schon damals allumfassend. Das habe ich von dir gelernt, jedenfalls großteils; nicht unterschiedlich zu werten – kein Tierleben galt dir weniger denn ein anderes. Vor dir waren alle Tiere gleich; sogar Zecken und Mücken, die ich auch heute noch nicht am Leben lasse, wenn sie mir schaden, hast du verschont und ins Freie gesetzt.

Dir habe ich es zu verdanken, dass ich mein Unbehagen Insekten, und insbesondere Spinnen gegenüber, verloren habe. Du bist immer bereitwillig gekommen, um eine vielbeinige Spinne aus einer Zimmerecke zu klauben. Du hast sie in deine zu einer Kugel geformten Hände genommen, egal, wie furchterregend sie auch aussahen. Und hast sie mir gezeigt, die schreckerstarrten Gebilde. „Was kann sie dafür, dass sie so hässlich aussieht?", hast du mit sanfter Stimme gesagt. „Sie ist einfach nur ein Tier. Und will dir bestimmt nichts tun. Im Gegenteil, sie hat Angst, sieh!"

Ich habe hingesehen, auch, wenn mir der Ekel zu Anfang kalte Schauer den Rücken hinuntertrieb. Später verlor sich der Ekel, wandelte sich in leichtes Unbehagen, um schließlich gänzlich zu verschwinden.

Irgendwann war ich diejenige, die Spinnen einfing und draußen aussetzte. Während du schliefst.

So hat es begonnen: mit einer Gemeinsamkeit. Fleischlose Kost.

Für die ich mich entschied, als ich zehn Jahre alt war.

Norddorf, August 1979

„Was machst du da, Marthe?"

„Hab mir schnell zwei Stullen geschmiert." Ich drehte mich um, während ich die beiden Käsebrote in meiner Umhängetasche verstaute. Meine Mutter stand im Türrahmen und legte sich gerade ihre Küchenschürze um. Sie sah müde aus, wie meistens, mit dunklen Rändern um die Augen herum. Die beiden letzten Tage hatte sie hauptsächlich im abgedunkelten Schlafzimmer verbracht, wegen ihrer Kopfschmerzen.

„Wohin gehst du denn?", fragte sie mit matter Stimme und band die Schürze hinter ihrem Rücken zu.

„Baden mit Berend." Ich war überrascht, dass sie fragte.

Meine Mutter nickte und ging an mir vorbei zur Spüle. „Aber komm nicht zu spät nach Hause", sagte sie. „Heute Abend gibt's Kaninchenbraten."

Mir ging erst auf, was sie gesagt hatte, als ich, die Hände voller Löwenzahn, hinten im Garten die offene Stalltür entdeckte. Die beiden unteren Ställe waren verschlossen, hinter dem Maschendraht hockte Peggy mit ihren Jungen, daneben Beppo, über ihm Gustav. Aber Tobis Tür stand weit offen.

„Das Grünzeug braucht der nicht mehr, das kannst du selber fressen!", rief Uwe grinsend zu mir herüber. Er stand drüben am Holzklotz neben Vater, der eben das Beil hob.

Ich ließ den Löwenzahn fallen. „Nein! Nicht!"

Tobis samtweiche Pfoten zappelten in Uwes Griff, seine langen Schlappohren zitterten, diese warmen, flauschigen Ohren, die ich in den letzten Monaten so oft gekrault hatte. Ich machte einen Schritt vorwärts. „Nicht, Papa, bitte nicht Tobi! Bitte!"

Der unbarmherzige Blick meines Vaters flackerte zu mir herüber, als er innehielt. Ein Sonnenstrahl brach sich auf der Klinge des Beils. „Hab dich nicht so, Kind", sagte er rau. „Die sind doch dazu da, dass sie von uns gegessen werden. Was meinst du denn, warum wir die Rammler so dick füttern? Also!“

Ein weiterer Sonnenstrahl blitzte auf, als er das Beil höher hob. Tobi zuckte, ich sah eins seiner Augen, den flehenden Blick. Ich wartete nicht ab, bis mein Vater das Beil fallen ließ, ich drehte mich um und rannte los, mit pochender, brennender Kehle, aber trotzdem hörte ich es, Uwes Lachen und das dumpfe Knacken, mit dem das Beil auf sein zappelndes Ziel traf.

„Los, jetzt du!“

„Oh, nee, nicht noch mal!“ Berends Augen leuchteten unternehmungslustig auf, aber er zog dennoch die Nase kraus und schüttelte den Kopf. Sommersprossen glänzten auf seinem Gesicht. „Ich muss doch nach Hause. Meine Mutter schimpft, wenn ich wieder zu spät bin!“

„Einmal noch! Komm, Berend, noch einmal!“ Ich piekste ihm in die Seite, und Berend kicherte vergnügt und sprang vorwärts. Wie üblich ließ er sich nicht lange bitten.

„Na gut!“ Er nahm seine Adidas-Tasche herunter und begutachtete mit schiefgelegtem Kopf den Rinnstein. Dann stellte er seinen nackten Fuß neben meinen auf die Bürgersteigkante und platzierte seine Tasche dahinter. „Bis wohin?“

Berends Fuß war größer als meiner, und schmutziger war er auch. Ich kniff die Augen zusammen und betrachtete die Häuserzeile zu unserer Rechten. Die spitzen Dächer duckten sich unter dem Sommerhimmel, der sich langsam ein wenig dunkler zu färben begann. Gegenüber zogen sich die Brachwiesen bis zum Deich, von der milden Abendsonne beschienen. Das helle Flöten der Kiebitze auf ihrem Anflug nach unten drang zu uns herüber, aus der Ferne war das Rauschen der Wellen zu hören. Es war spät, die Essenszeit schon fast vorbei. Berend hatte längst schon nach Hause gewollt, sich aber meinen Bitten gefügt. Wie so oft in den Ferien; es war schließlich August, lange Tage für uns, voller

Sonne und Freiheit. Bis sich am Abend die Tür hinter mir schloss.

Und heute, gerade heute, zögerte ich den Abschied erst recht hinaus. Um keinen Preis wollte ich Tobis gehäuteten Körper sehen, aufgebahrt auf einer Servierschüssel, von meiner hungrigen Familie gierig beäugt.

Aber vielleicht waren von ihm auch nur noch die Knochen übrig. Knochen und Haut. Samtweiches Fell.

Ich schüttelte den Kopf, um die Bilder zu verdrängen, wie so oft an diesem Tag.

„Bis wohin denn, Marti?“, fragte Berend, der mir wie immer die Entscheidung überließ.

Ich streckte den Arm aus und deutete auf Köbens neuerbaute Pension, kurz vor Pedders Kneipe gelegen. Dahinter zogen ein paar Möwen ihre Kreise durch die Abendluft. „Bis da, wo der Zaun anfängt!“

„Und dann zurück!“

„Mann, logisch, du Knalltüte! Also: Eins, zwei …“

„Drei!“, schrie Berend und lief los, glucksend vor Vorfreude, mit einer Hand seine zu große Badehose haltend. Federleicht und behände setzte er einen schmutzigen Fuß vor den anderen und balancierte dabei mit den Armen, und ich rannte seitlich neben ihm her, um zu kontrollieren, ob er auch die Regeln einhielt. Schließlich konnte nur gewinnen, wer mit der vollständigen Fußsohle die Kante berührte.

„Schaffst du eh nicht!“, schrie ich.

„Jawohl!“

„Blödian! Schaffst du nicht! Runterfaller! Doofiknaller!“

Berend kniff die Lippen zusammen und lief unbeirrt weiter. Gekonnt setzte er einen Fuß vor den anderen.

„Pupsi-Berend!“ Wenn es mir gelang, ihn zum Lachen zu bringen, schaffte er es nicht. „Puuupsi!“ Ich streckte ihm die Zunge raus und machte Furzgeräusche. Ein Touristenpaar mit einem Kleinkind in einer Karre blieb stehen, um uns zuzusehen, aber Berend ließ sich nicht aus der Fassung bringen. Unbeirrt setzte er einen Fuß vor den anderen, den Blick stur nach unten gerichtet.

Ich schnappte nach seiner Badehose, aber Berend hielt sie eisern fest und schlug nach meiner Hand. Er geriet ins Schwanken, aber im nächsten Moment fand er sein Gleichgewicht wieder.

„Das gildet nicht!", rief er empört und musste gleichzeitig kichern. „Du hast mich berührt!"

„Hab ich gar nicht! Hab ich nicht!" Ich schnitt ihm eine Grimasse und hielt mir die Hände seitlich an die Ohren, während ich ihn nachäffte. „*Du hast mich berührt, huhu!*"

Berend lief rot an, so sehr musste er sich anstrengen, um nicht loszuplatzen. Aber immer noch setzte er einen Fuß vor den anderen. An Hansens Haus und der Pension Sieglinde waren wir bereits vorbei.

Wieder griff ich nach Berends Hose, und er wich nach links aus und quiekte auf. „Ej!", schrie er lachend. „Mensch, Marti, jetzt hör auf! Das gildet nicht!" Mit hochrotem Kopf balancierte er an der Touristenfamilie vorbei, passierte Sinemakers Bruchbude und begann aufgeregt zu kichern, als der Zaun von Köbens Pension in Sicht kam. „Bis zum Zaun, ja, Marti? Bis zum Zaun, ja?"

„Nee, bis zum Dach!", rief ich wütend, und da begann Berend endlich zu lachen. Für einen Moment schwankte und zitterte er, dann streckte er reflexartig ein dünnes, sonnengebräuntes Bein zur Seite und riss die Arme in die Höhe.

Ich klatschte siegessicher in die Hände, aber da gelang es Berend wie durch ein Wunder, seinen Fuß wieder auf die Kante zu setzen und zwei weitere Schritte zu machen. Im nächsten Moment hatte er den Zaunanfang passiert und sprang jubelnd auf die Straße.

„Geschafft! Yeah! Geschafft! Ich hab's geschafft!" Strahlend wandte er sich mir zu. Seine leicht abstehenden Ohren leuchteten rot, und seine viel zu langen, blonden Haare glänzten fast golden im Sonnenlicht. „Ich hab's geschafft! Jetzt bist du dran!"

„Und ob!“, sagte ich. Berend kreischte auf, als ich ihm in den Hosenbund griff und seine Badehose nach unten zu ziehen versuchte. Seine Finger umklammerten meine, und kichernd schubsten wir uns gegenseitig über den Weg. Aber plötzlich lockerte sich sein Griff, und seine Finger wurden schlaff.

„Guck mal“, sagte er mit einer seltsam ruhigen Stimme. Ich ließ seinen Hosenbund los und sah hoch.

Ein Stück vor uns waren eben zwei Männer aus Pedders Kneipe auf den Gehsteig getreten. Beide wankten bedenklich, und ihre lauten, aggressiven Stimmen waren deutlich zu vernehmen. Als der Linke von beiden schwankend die Faust hob, warf Berend mir einen hastigen Blick zu.

„Komm, hinten rum!“, flüsterte ich. Ich musste Berend nichts erklären, nie musste ich das. Es gab immer einen Grund, vor meinem Vater zu flüchten. Wir drehten uns um und rannten los, zurück zum Startpunkt und dann nach links in die kleine Gasse hinter Hansens Haus. Im Laufen schnappte sich Berend seine Adidas-Tasche und schlang sich hastig den Riemen über den Kopf. Bevor wir um die Ecke bogen, sah ich mich noch einmal um.

Mein Vater hatte die Faust wieder sinken lassen. Seine Arme hingen schlaff herab, und sein Kopf schien ein wenig zu wackeln. Der andere Mann stand schwankend neben ihm, die Hände seitlich in die Hüften gestützt, und sein hässliches, betrunkenes Lachen hallte durch die Abendluft.

Ich lief Berend nach, an Tante Josinas Pension vorbei, links um die Ecke und dann über den Hinterhof vom Hotel Gerdes, zwischen den geparkten Autos der Gäste hindurch. An der Durchfahrt zögerte Berend kurz, und ich deutete nach rechts. „Hinten rum!“

Dicht hintereinander flitzten wir an den Wäschecontainern vorbei zum Lieferanteneingang, wo Berend so ruckartig stehen blieb, dass ich gegen ihn prallte. „Mensch, Berend, spinnst …“

Zum zweiten Mal innerhalb weniger Minuten verstummte ich abrupt. Direkt vor uns stand der Lieferwagen, der das Fleisch für die Hotelküche brachte. Es war nicht das erste Mal, dass wir ihn sahen, aber das erste Mal aus dieser Nähe.

Die Türen waren weit geöffnet, und eine Reihe von Schweinehälften baumelte an einer Schiene unterhalb der Decke. Einer der Küchengehilfen hob soeben einen Metallstab und angelte eine der Schweinehälften herunter. Er hatte sichtlich Mühe damit, denn sein Gesicht war schweißgebadet, und seine Armmuskeln zitterten, als er die Schweinehälfte schließlich aus dem Wagen bugsierte. Dicht vor uns schwang er sie herum, und der zerschnittene Tierkörper drehte sich. Blutige Rippen, eingebettet in helles Fleisch, gehalten von Sehnen und Bändern, dann rosa Haut, schimmernde Borsten, ein Huf, ein herabhängendes Ohr, der klaffende Spalt der Schnauze darunter, ein Auge, blicklos, fast menschlich, dicht vor unseren Gesichtern.

Berend stand reglos vor mir, seine schmalen Schultern bebten, eingezwängt zwischen der Schweinehälfte und mir, und ich konnte das Zischen hören, als er zwischen den zusammengebissenen Zähnen hindurch Luft holte. Und ich konnte ihn riechen, seinen Jungsgeruch nach Sommer, Schweiß, Sonne. Und dann roch ich noch mehr: einen durchdringenden Gestank nach Blut, Fleisch und Tod. Als ich schluckte, schmeckte ich Sand zwischen meinen Zähnen, Sand vom Strand, an dem wir den Nachmittag verbracht hatten, Berend und ich, wir beide, einen Feriennachmittag fast ohne Schatten.

Jetzt aber war der Schatten dunkel und riesig geworden.

Und in diesem Schatten sah ich Tobis zuckenden Körper, seine flehenden Augen, das Beil in der Hand meines Vaters, die blitzende Klinge. Ich holte tief Luft und hörte das Röcheln in meiner Kehle.

Eine Ewigkeit schien es zu dauern, bis der tote Körper vor uns seine Drehung vollzogen hatte und langsam im Eingang verschwand.

„He!“, dröhnte eine Männerstimme. „Was macht ihr da? Weg da, aber sofort!“ Eine wuchtige Gestalt in hellkarierter Kleidung und blutbefleckter Schürze kam auf uns zu. Ich sah ein dickliches, teigiges Gesicht unter einer speckigen Schirmmütze, gequetschte Schlitze, aus denen helle Augen hervorstarrten, als wir losrannten, Berend und ich im Gleichschritt, schnell wie zwei lodernde Blitze. Und noch bevor wir den Hinterhof verlassen hatten, schon als wir den dunklen Durchgang erreichten und uns zwischen einer Schar überraschter Sommergäste hindurchzwängten, die die Speisekarten am Eingang studierten, schon da wusste ich, dass ich nie wieder Fleisch essen würde.

Berend schwieg, als wir schließlich aufhörten zu rennen und nur noch atemlos nebeneinander hertrabten, und er nickte wortlos, als ich ihn fragte, ob ich noch mit zu ihm kommen dürfte.

Gemeinsam ertrugen wir das kurze Geschimpfe seiner Mutter, das alsbald einem resignierten Kopfschütteln und dann einem Lächeln wich, gemeinsam wuschen wir uns die Hände und setzten uns zu Tisch.

Und gemeinsam schüttelten wir den Kopf, als seine Mutter uns fragte, ob sie uns noch ein paar Würstchen heißmachen sollte. Berend warf mir einen kurzen Blick zu, und den Ausdruck des Schattens in seinen Augen, das wusste ich damals schon, würde ich niemals vergessen.

Wir haben nie über das gesprochen, was wir an jenem Augustabend in Gerdes’ Hinterhof gesehen hatten. Und wir haben auch nie mehr über Tobis klägliches Ende gesprochen. Aber wir zogen beide Konsequenzen daraus. Ich für immer, Berend für ein paar Jahre.

Für ein paar gemeinsame Jahre. Bis ich die Insel verließ und damit auch ihn.

Berlin, Mai 1994

„He, coole Karre!“ Hannes steckte seinen Kopf durchs Beifahrerfenster und musterte anerkennend das Armaturenbrett. Dann stützte er sich vorsichtig mit den Unterarmen auf der Fensterleiste auf. „Haste geklaut, oder was?“ Er grinste mich an und wischte sich mit dem Handrücken über die verschwitzte Stirn. Sein Blaumann war wie immer ölverschmiert, die Farbe seiner Handschuhe kaum noch zu erkennen unter den Flecken.

„Nee, ich darf damit heute fahren.“

„Gibt's doch gar nicht. Warum das?“

„Berutti hat doch ein Gipsbein. Und deshalb durfte ich eine Komponistin vom Flughafen abholen.“

Hannes pfiff durch die Zähne. „Klingt gut. Und, bist du schon geblitzt worden?“

„Ich doch nicht! Hannes, hast du den *Tip* da? Oder die *Zitty*? Irgendein Stadtmagazin?“

„Sicher.“ Er zog seinen Kopf aus dem Fenster und stieß sich von der Fensterleiste ab, wobei er darauf achtete, keine Schmutzspuren zu hinterlassen. Ich sah meinem besten Freund nach, als er durch das offen stehende Tor in die Werkstatt ging und im Büro verschwand. Der Overall schlackerte ihm um den Körper und hing ziemlich auf halb acht, aber Hannes war schon immer dünn gewesen. Obwohl er aß wie ein Scheunendrescher.

Entspannt lehnte ich mich zurück und sah mich um. Wie in jeder Werkstatt, in der Hannes arbeitete, lag auch hier nichts Überflüssiges herum; die momentan nicht benötigten Werkzeuge hingen fein säuberlich an der Wand aufgereiht. Nur in der Ecke, in der ein zweiter Geselle gerade an einem Ford herumschraubte, lagen diverse Teile auf dem Boden herum. Kein Wunder, dass Hannes auf eine eigene Werkstatt sparte.

„Hier! Willst du einen Kaffee?“ Hannes war zurückgekommen und reichte mir die *Zitty* durchs Fenster.

„Keine Zeit, ich muss gleich wieder los."

Interessiert sah er zu, wie ich die Seite mit dem heutigen Datum nachschlug. „Kommst du denn nachher noch in die *Megabar*?"

„Vielleicht. Ich weiß noch nicht, ob ich es schaffe." Bei den Konzerttipps fand ich ein Foto von ihr. Elisabeth Herlitz. Deutschlettische Komponistin und Konzertpianistin. *Deutschlettisch*. Was immer das heißen sollte. Ihre dunklen Augen sahen mich ernst an. Im Rückspiegel hatte sie gelächelt. Sie kam mir wirklich vertraut vor, warum auch immer.

„Wieso, was heißt das, wenn du es noch schaffst?", fragte Hannes. „Was hast du denn vor?"

„Auf ein Konzert gehen. Ein klassisches."

Hannes lachte. „Du? Du spinnst. Übrigens, wenn du noch einen Job brauchst, ich hab da vielleicht was für dich. Könnte ein cooles Ding sein. Fahrerin. Für eine Geschäftsfrau."

Ich sah Elisabeth Herlitz noch einmal in die Augen, dann schlug ich die *Zitty* zu und reichte sie Hannes zurück. „Im Moment nicht, danke. Solange ich solche Schlitten fahren kann …"

„Ist auch noch nicht akut", sagte er. „Aber wenn, dann denk ich an dich."

„Ich hoffe, das machst du sowieso." Ich ließ den Motor an. Hannes grinste mir zu und winkte mit der Zeitschrift. „Viel Spaß bei deinem Konzert. Und pass bloß auf, dass du nicht geblitzt wirst!"

Norddorf, August 1980

„He, passt mal auf! Nicht einschlafen, ihr drei! Vorwärts, macht mal die Tür frei!" Ein griesgrämig dreinblickender Mann mit Schnauzbart stieß Berend zur Seite, dass er taumelte. Die sorgsam abgezählten Pfennigstücke purzelten ins Gras neben dem Eingang, und Harm lachte los und schlug sich auf die nackten Schenkel.

„Mensch, Berend, du Trottel!"

„Kann ich doch nichts für", sagte Berend verlegen und lief rot an, während er sich schnell bückte. Gemeinsam hoben wir die Münzen auf. Ein Zehnpfennigstück war und blieb verschwunden, aber Harm hatte noch Ersatz.

„Hier!" Er spuckte durch seine neueste Zahnlücke auf den Gehsteig. „Aber dafür musst du jetzt reingehen!"

„Wieso, du warst doch dran!"

„Jetzt nicht mehr", sagte Harm und verschränkte die Arme vor seiner Brust. Nur noch die wirrhaarigen Köpfe der seltsamen Band, mit deren Konterfeis sein T-Shirt bedruckt war, lugten über seine Arme.

„Mist", murmelte Berend geschlagen. Dann legte er die Hand auf die Klinke, holte tief Luft und zog die Tür auf, hinter der der Schnauzbart längst verschwunden war.

„Ich komm mit", sagte ich und tauchte hinter ihm in das rauchgeschwängerte Dunkel von Pedders Kneipe ein.

Harm brummte missmutig vor sich hin und kam hinter uns her.

Niemand von uns ging gern in Pedders Kneipe. Weder Pedder selbst noch seine Angestellte konnten Kinder leiden, aber es war eben Sonntag, die Ferien waren vorüber und Pedders Kneipe die einzige Möglichkeit, ein Eis zu kaufen.

Trotz der frühen Nachmittagsstunde war im dunklen Gastraum fast jeder Platz besetzt. Stimmengewirr hing in der Luft und übertönte Christian Anders' Schlagerstimme, die aus den Boxen säuselte. Tapfer bahnte Berend uns den Weg an Barhockern, torkelnden Männern und vereinzelten kichernden Frauen vorbei. Die meisten Gesichter kannte ich, unser Ort war nicht groß, und wenn die Touristen die Insel verlassen hatten, blieb den Einheimischen untereinander wenig verborgen.

Berend stieß zum Tresen vor, hinter dem die Eiskarte hing. Ich stellte mich dicht an seinen Rücken, und auch Harm schloss eng zu uns auf. Aber nicht eng genug.

„Was hast du denn da für komische Kerle vorne drauf? Wie sehen die denn aus?", rief eine schrille Frauenstimme und hakelte mit einem Finger nach Harms Brust. Der rotlackierte Fingernagel sah aus, als wäre er blutig.

Der Begleiter der Frau beugte sich schwankend nach vorne. „*Sex Pistols*", las er stockend von Harms Shirt ab. „Kenn ich nicht. Machen die Sex mit Pistolen oder was?"

Die Frau fiel fast vom Stuhl, so sehr lachte sie. Aber es gelang ihr dennoch, Harm unterm Kinn zu kraulen, bevor er den Kopf wegzog. „Du bist doch der Kleene vom Hotel Gerdes, oder?", fragte sie und sog an ihrer Zigarette. „Da biste später mal 'ne richtig gute Partie, was?"

„Klar. Und die *Sex Pistols* sind eine Band", sagte Harm ungerührt. „Und zwar eine richtig gute! Berend, Mann, jetzt bestell doch mal endlich!"

Berend sah unsicher zu Pedder, der jetzt hinter dem Tresen aufgetaucht war, ein Geschirrhandtuch in der einen Hand und ein Bierglas in der anderen. „Äh, wir möchten drei Eis", sagte er leise.

„Was willst du? Mach mal den Mund auf, Junge." Pedder drehte das Tuch im Glas, dass es quietschte.

„Drei Eis", sagte Berend ein wenig lauter. „Zwei *Brauner Bär* und ein *Dolomiti*, bitte." Er stellte sich in seinen Sandalen auf die Zehenspitzen und streckte Pedder das Geld hin.

Pedder sah ihn finster an und drehte sich um. In aller Seelenruhe platzierte er das Bierglas unter den Zapfhahn, füllte es und schlurfte dann zur Eistruhe, um darin herumzukramen. Berend warf mir einen Blick zu, dann entdeckte er jemanden hinter mir, und seine Lippen zuckten nervös.

„He, Reik, ist das nicht deine Jüngste?", rief eine Stimme.

Ich drehte mich halb um. Mein Vater erhob sich gerade von seinem Hocker. Sein Blick war nicht auf mich, sondern auf Berend gerichtet. Berend, der stocksteif vor mir stand, mit struppigen Haaren, in seinem viel zu kurzen T-Shirt, verblichenen Shorts und ausgelatschten Sandalen. Mein Vater hatte Berend noch nie leiden können.

„Was macht ihr denn hier drin?", fragte er jetzt finster. Das Stimmengewirr schien augenblicklich leiser zu werden, und sogar Christian Anders verstummte für einen Moment.

„Eis kaufen?", sagte Berend vorsichtig. So, wie er es aussprach, klang es fast wie eine Frage, und das war für meinen Vater natürlich ein gefundenes Fressen.

„Eis kaufen?", höhnte er. „Oder doch nicht? Was soll das heißen, weißt du nicht, was du willst, du Spargeltarzan?"

Berend sah mich hilflos an, und auch Harm, der sonst nie um eine freche Antwort verlegen war, klappte der Mund auf.

Mein Vater sah grimmig von Berend zu mir und wieder zurück. Er schwankte nicht, und ich konnte nicht feststellen, ob er betrunken war oder nicht, aber das schien keine Rolle zu spielen. „Los, du dünnes, mickriges Kerlchen, ich hab dich was gefragt!"

Die Frau mit den roten Fingernägeln lachte verdutzt auf. „Reik", murmelte sie beschwichtigend, aber mein Vater machte eine abwehrende Handbewegung.

„Los, du Furzknoten, antworte!"

„Was ... was denn?", fragte Berend ängstlich.

„*Was denn, was denn?*", äffte mein Vater ihn nach. „Was ist denn mit dir? Ständig hängst du Knilch mit meiner Tochter herum! Wenn du glaubst, du kriegst sie später mal, da irrst du dich aber gewaltig, Bürschchen!"

Berend warf mir einen verwirrten Blick zu, und ich stellte mich dichter neben ihn.

„Mensch, Papa", murmelte ich, „wir wollen doch bloß ..."

„Halt die Klappe!", brüllte mein Vater und schubste mich gegen Harm. Berend zuckte zusammen und duckte sich, aber im gleichen Moment war einer der anderen Männer aufgestanden und schob sich dazwischen.

„He, Reik, nun mal halblang!" Es war Klaas, ein kleiner, knurriger Eigenbrötler, der sich das ganze Jahr über um die Vögel draußen an der Odde, der Nordspitze der Insel, kümmerte. Im Sommer wohnte er in der Vogelwärterhütte, einem kleinen Holzhaus ein Stück hinter dem Schullandheim, von wo aus er auch Führungen durchs Watt leitete.

Mein Vater sah Klaas an, und seine Augen verengten sich. „Was willst du denn? Wer hat dich denn um deine Meinung gefragt?"

„Niemand", sagte Klaas ruhig. Sein Blick wanderte von Berend zu mir und blieb auf meinem Gesicht hängen. In seinen Augen lag ein freundlicher, fast liebevoller Ausdruck, als er mir zunickte, und ich spürte, wie ich mich ein wenig entspannte. Er drehte sich zu Pedder. „Komm, Pedder, sei so gut und gib den Kindern das Eis. Und Reik noch ein Bier."

„Ich will kein Bier von dir, Kerl", zischte mein Vater trotzig. „Gerade von dir nicht!"

Einen Moment lang maßen die beiden sich mit Blicken. Dann zuckte Klaas mit den Schultern und wandte sich ab. „Dann nicht", sagte er und ging zurück an seinen Tisch, wobei er wie üblich das rechte Bein nachzog.

Mein Vater sah ihm böse hinterher. „Von dir nicht, du … du …", brummte er und sah wieder mich an. Aber die Wut aus seinen Augen war nicht mehr da. Plötzlich sah er einfach nur erschöpft aus. „Ach, haut doch ab, ihr Gören", murmelte er und zog seine speckige Cordhose hoch, als er sich umdrehte.

„Hier!" Pedder tippte Berend auf die Schulter, und Berend nahm hastig die drei Eis in Empfang und folgte Harm und mir hinaus ins gleißende Sonnenlicht.

„Hui", sagte Harm und pfiff durch seine Zahnlücke, während er das Papier von seinem *Braunen Bär* riss. „Meine Scheiße, warum ist dein Vater eigentlich immer so sauer?“ Er steckte sich das Eis halb in den Mund verdrehte genießerisch die Augen.

„Keine Ahnung“, sagte ich. „Aber der war schon immer so.“ Ich sah zu Berend, der mit zitternden Fingern die Verpackung aufpulte. Er war bleich im Gesicht, aber irgendwie sah er trotzdem tapfer aus. „Ich glaub, wir können uns bei Klaas echt bedanken“, sagte er nachdenklich.

Harm zuckte mit den Schultern. „Tu das. Bedank dich beim ollen Humpelklaas“, sagte er und machte Klaas nach, indem er lachend ein paar Schritte vorwärts humpelte. „Und, was machen wir jetzt?“

Berlin, Mai 1994

„Danke erst mal.“ Rosch schwang die Beine aus dem Wagen. „Warten Sie dann bitte nach dem Konzert hier auf uns.“ Er schlug schwungvoll die Tür zu und öffnete die Tür des Fonds, um Elisabeth Herlitz beim Aussteigen behilflich zu sein.

Aber sie blieb noch sitzen und sah zu mir, eine Hand auf die Lehne des Vordersitzes gestützt. „Und Sie?“, fragte sie und beugte sich ein wenig nach vorn. „Was machen Sie jetzt? Kommen Sie nicht mit?“

Ich schüttelte den Kopf. „Ich vertreibe mir ein bisschen die Zeit und hole Sie dann wieder ab.“

Sie lächelte leicht und nickte. „In Ordnung.“ Dann stieg sie aus. Im selben Moment beugte sich Rosch zu mir, und ich drehte das Fenster herunter.

„Ach, Frau …?“

„Maan.“

„Frau Maan, ja“, sagte er, „ich hab's mir anders überlegt. Stellen Sie doch den Wagen bitte hinten auf den Hof und geben Sie den Schlüssel am Empfang ab. Ich fahre dann später selber.“

Ich war selbst überrascht, wie enttäuscht ich war. „Geht klar."

Rosch nickte kurz. Gekonnt schob er eine Hand unter Elisabeth Herlitz' Ellenbogen und führte sie davon, durch die wogende Menge der gutgekleideten Konzertbesucher hindurch, die leise schwatzend auf den Haupteingang zustrebten. Elisabeth Herlitz war fast genauso groß wie Rosch, sie waren gleich alt, eigentlich gaben sie ein sehr gutaussehendes Paar ab. Missmutig gab ich Gas, bevor sie im Eingang verschwunden waren.

Der junge Mann am Empfang zuckte nur mit den Schultern, als ich ihm den Schlüssel überreichte, und rief eine der Garderobendamen zu sich, die mich wortlos zum Seiteneingang führte.

Im schwachen Licht der Notlampen schaffte ich es nur mit Mühe, das Konzertprogramm zu entziffern, aber schließlich gelang es mir doch, während die Luft um mich herum bereits erfüllt war von sanft schwingenden Klaviertönen. Der junge schwarzgelockte Pianist dort oben war Israeli und einer von sechs Absolventen der Stockholmer Musikhochschule, die einige neuere Kompositionen von Elisabeth Herlitz aufführen würden.

Ins Dunkel gelehnt stand ich da und lauschte den sanften, fast traurigen Klängen, während ich den Blick über die vollbesetzten Reihen des Saales gleiten ließ. Beifall brandete auf, als der junge Israeli seinen Vortrag beendet hatte und Platz machte für einen weiteren Klavierspieler, der von zwei Geigerinnen begleitet wurde.

Ich suchte weiter den Saal ab, während eine nervöse, fast traurige Klaviermelodie in meinen Ohren vibirierte. Die Geigen setzten grelle, fast schrille Kontrapunkte zu den tragenden Tönen, und als sich gegen Ende des Stückes alle drei Instrumente zu einem weichen Klangteppich verwoben, verspürte ich fast Erleichterung. Die drei jungen Musiker machten einem kräftigen, asiatisch aussehenden

Cellisten und einer zierlichen Pianistin Platz, und als sie zu spielen begannen, hörte ich auf mit meiner Suche.

Etwas an der kraftvollen Vortragsweise des Cellisten, an der Art, wie er leicht vorgebeugt dasaß, mit fiebrigen Augen, wie auf dem Sprung, zog mich in den Bann. Das weiche Spiel der Pianistin war wie das Rauschen des Meeres, durchsetzt von Vogelgezwitscher und klagenden Rufen, vom Cellisten gezaubert. Plötzlich fröstelte mich, und ich schloss hastig die Augen. Die Rufe der Wasservögel wurden lauter und lauter, füllten mich aus, dann verebbten sie langsam.

Später, viel später, erst kurz vor der Pause, die beiden jungen Musiker hatten längst anderen Platz gemacht, da entdeckte ich sie in einer der Logen im ersten Stock. Rosch hockte vornübergebeugt da, das Kinn auf die Faust gestützt, und sein Blick flackerte immer wieder von der Bühne zu Elisabeth Herlitz hinüber, die sehr aufrecht neben ihm saß, einen konzentrierten, zugleich heiteren Ausdruck im Gesicht. Ihr Blick ruhte unverwandt auf den Musikern, manchmal nickte sie leicht, und einmal lächelte sie.

Ich lehnte mich tiefer ins Dunkel und war froh, als die Pause begann. Zwischen den herausströmenden Konzertbesuchern ließ ich mich ins Foyer treiben und stand dann eine Weile unschlüssig in einer Ecke herum, um die lächelnden, munter plaudernden Menschen zu betrachten, die sich um die Bar drängelten. Ich überlegte zu gehen, vielleicht war es genug. Die *Megabar* wartete auf mich, Hannes, Maja, die anderen.

Ich studierte noch einmal das Programm und drehte es um. Kein Foto von ihr, aber eine kurze Notiz zu ihrem Lebenslauf: Elisabeth Herlitz, las ich da, galt als eine der wichtigsten zeitgenössischen Komponistinnen Nordeuropas. Sie hatte Klavier in Stockholm studiert, anschließend Komponistik. Eine erfolgreiche Karriere als Konzertpianistin lag hinter ihr, seit 1987 arbeitete sie als Komponistin und Dozentin für Klavierspiel an der Musikhochschule Stockholm.

„So vertreiben Sie sich also die Zeit?“

Erschrocken sah ich auf. Elisabeth Herlitz stand direkt vor mir, mit verschränkten Armen und einem amüsierten Lächeln auf den Lippen. Verlegen faltete ich das Programm zusammen.

„Äh … ja.“

„Und?“ Sie legte den Kopf schräg. „Wie gefällt es Ihnen?“

„Ich …“ Ich nahm die Schultern nach vorne. „Ich … es hat mir gefallen. Sehr sogar.“

Sie nickte. „Das freut mich.“ Ihr Blick war aufmerksam. Sie wartete offenbar, dass noch mehr kam.

„Ich musste an Wasservögel denken“, fügte ich hinzu. „Irgendwie hat mich das an meine Kindheit erinnert. An den Ort, an dem ich aufgewachsen bin.“

„Ich hoffe, Sie haben schöne Erinnerungen daran?“

Ich zögerte. „Nein“, sagte ich dann. „Das heißt, nur wenige. Aber daran hat Ihre Musik mich erinnert. Ich meine, an die guten Erinnerungen. An das Schöne in meiner Kindheit.“

Sie nickte wieder und sah mich lange an. Sie hatte schöne Lippen, fand ich. Sehr schöne Lippen. „Das ist dann vielleicht gut“, sagte sie und zog eine Visitenkarte heraus. „Hier. Ich lebe an einem Ort, an dem es viele Wasservögel gibt. Wenn Sie einmal dorthin kommen, besuchen Sie mich.“

Überrascht nahm ich die Karte entgegen und hielt sie in der Hand. „Und wo liegt dieser Ort?“

„In der Ostsee.“ Elisabeth Herlitz lächelte, und dann sah ich Rosch hinter ihr auftauchen, mit zwei Sektgläsern in den Händen.

„Wiedersehen“, sagte ich. „Ich muss jetzt gehen.“

Ihre Augen verdunkelten sich, dann lächelte sie. „Auf Wiedersehen, Marthe. Es würde mich freuen.“

Ich nickte, und dann trat ich den Rückzug an, schneller als nötig. Und als ich dann draußen war, begann ich zu rennen. Ich rannte den ganzen Weg bis zur U-Bahn, und erst, als ich schließlich auf einer der zerschlissenen Endbänke in einem nach verschüttetem Wein riechenden Abteil saß, da zog ich die Visitenkarte wieder heraus.

Als Erstes fiel mir das Länderkürzel auf. SE für Schweden. Sie mochte zwar Deutschlettin sein, aber sie lebte in Schweden.

Und dann las ich die ganze Adresse. Sie lebte wirklich an einem Ort, an dem es viele Wasservögel gab. Einem Ort, an dem ich schon einmal gewesen war.

Sie lebte auf einer Insel.

Auf Gotland.

Norddorf, Juni 1982

„Kann ich jetzt raus?"

Meine Mutter seufzte kaum hörbar, aber ich sah, wie sich ihre Schultern leicht hoben und wieder senkten. „Bring bitte erst noch die leeren Weckgläser in den Keller", sagte sie müde und rührte geräuschvoll um. Im Topf brutzelte und zischte es, kleine Dampfwolken stoben empor und schwängerten die Küchenluft mit einem durchdringenden Geruch nach Bratfett und Zwiebeln. Die Koteletts lagen auf der Anrichte bereit, und ich beeilte mich, die Weckgläser in den Karton zu stapeln, um die blassen Fleischstücke nicht länger sehen zu müssen.

„Ich geh dann aber noch mal raus", sagte ich und hob den Karton an. Warum die schweren Arbeiten immer von Frauke und mir erledigt werden mussten statt von meinen beiden Brüdern, hatte ich noch nie verstanden. Aber vermutlich gab es da auch nichts zu verstehen. Die Dinge waren einfach, wie sie waren. Besprochen und vielleicht verändert wurden sie ohnehin nicht.

Meine Mutter reagierte nicht, als ich aus der Küche tappte. Der Flur lag im Halbdunkel, aber die Stolperstellen in Gestalt der Teppichkanten und Fransenknoten hätte ich blind aufmalen können. Langsam bahnte ich mir meinen Weg an der Vitrine vorbei zur Kellertür. Aus dem Wohnzimmer kamen Fernseherstimmen, das Sofa knarzte, als mein Vater sich umdrehte. Oben hörte ich Frauke und Uwe flüsternd streiten, dann schrie Frauke unterdrückt auf, und Uwe lachte. Einen Moment später kicherte Frauke leise. Ich wollte gar nicht wissen, was die beiden da oben schon wieder trieben.

„Na, was schleppst du da Schönes?" Onno stand grinsend im Durchgang, mit vor der Brust verschränkten Armen. Ich hatte nicht gewusst, dass er schon aufgestanden war. Gestern Abend war er mit der letzten Fähre gekommen und dann gleich verschwunden, um sich mit Freunden zu treffen.

„Machst du mir die Kellertür auf?"

„Und was krieg ich dafür?" Onno grinste noch breiter, und sein Blick fuhr langsam an mir herunter und wieder herauf. Seine Augen waren stahlblau, als wären sie von der langen Zeit auf See gebleicht. Früher waren sie mir dunkler vorgekommen.

Aber früher war Onno auch mein Beschützer gewesen. Mein Lieblingsbruder. Der Einzige, der mich behütet hatte vor Uwes gemeinen Streichen, dem Neid meiner Schwester, dem Desinteresse meiner Mutter, der Wut meines Vaters.

Jetzt fuhr er schon seit Jahren zur See und war fast ein Fremder, der ab und zu auf Besuch kam. Ein erwachsener Mann, der mich kaum noch kannte.

Ich biss die Zähne zusammen und griff nach dem Riegel, aber Onno kam mir zuvor und öffnete ihn. Dann griff er über den Rahmen und schaltete das Licht an. „Bitte schön, Schwesterchen", sagte er und nickte mir zu.

Misstrauisch sah ich ihn an, aber er hatte aufgehört zu grinsen und lächelte nun nur noch. Vorsichtig trat ich durch den schmalen Türrahmen auf die oberste Treppenstufe. Eigentlich war es eher eine Stiege als eine Treppe, mit einem wackeligen Holzgeländer an der rechten Seite. Aber um es zu benutzen, hatte ich natürlich keine Hand frei. Ich holte tief Luft und versuchte, den modrigen Geruch, der aus der Tiefe des Kellers kam, zu ignorieren, als ich langsam den Abstieg begann. Es wurde dunkler, als Onno sich hinter mir in den Türrahmen stellte.

„Fall nicht hin", sagte er ruhig. Im selben Moment rutschte ich ab und schwankte nach vorn. Die Weckgläser klirrten, und vor Schreck sog ich die Luft ein. Dann spürte ich eine Hand auf meiner Schulter und Onnos kräftigen Körper in meinem Rücken, als er mit der anderen Hand unter meinem Arm hindurchgriff und mir den Karton abnahm. „Gib schon her", murmelte er. „Langsam. Ganz ruhig."

Oben klappte die Tür zu, und der Keller war nur noch in das trübe Licht der kleinen Funzel über dem Eingang getaucht, als ich vorsichtig die letzten Stufen hinunterstieg, von Onno gestützt, seinen Atem in meinem Haar.

„Wohin?", fragte er rau.

„Ganz nach hinten, ins Regal." Ich duckte mich unter seinem Arm durch und überließ ihm den Karton, während ich vorging in den Vorratsraum. Der Drehschalter flutschte mir durch die Finger, aber dann, endlich, ein paar schwarze Sekunden später, flackerte die Glühbirne auf. Onno trug den Karton an der großen Holzkiste vorbei zum Regal, und ich folgte ihm und beeilte mich, die Weckgläser auf das fleckige Wachspapier zu stellen. Onno schob den Karton unter das Regal und griff nach meinem Arm, als ich mich umdrehen wollte.

„Warte mal kurz, Marti."

„Was ist denn?", fragte ich unwillig. Onno lächelte mich an, mit leicht zusammengekniffenen Augen. Erst jetzt fiel mir auf, dass er sich einen richtigen Vollbart hatte wachsen lassen in den letzten Monaten. Männlich sah er aus damit, wie ein richtiger Seemann. Aber das war er ja auch.

Onno legte die Arme um mich und zog mich näher an sich heran. „Ich hab dich vermisst, Schwesterchen", sagte er leise. Seine Arme waren hart; wie zwei Stahlschienen umrahmten sie mich. Ich legte meine Hände auf seine Oberarme, um ihn von mir wegzuschieben, aber er schüttelte den Kopf. „Lass das“, sagte er ruhig. „Mensch, ich tu dir nichts, ich will dich nur ein bisschen im Arm halten. Wie früher.“

Ich wich seinem Blick aus. Hinter Onnos Kopf kroch ein Weberknecht quer über die Wand, seine Beine warfen lange, krakelige Schatten.

Onno legte sein Kinn auf meine Stirn. Ich konnte ihn riechen, ein vertrauter Geruch nach Vergangenheit und großem Bruder, vermischt mit einem Hauch Schweiß und Restalkohol, und für einen winzigen Moment fühlte ich mich sogar in seinen Armen geborgen, so wie früher, wenn er mich gehalten hatte, weil ich weinen musste oder mir wehgetan hatte.

Onno hielt mich, lange Sekunden, und dann, gerade als ich mich langsam entspannte, dann begann sich auf einmal etwas zu verändern. Vielleicht lag es daran, wie Onno mich umfing, etwas zu fest, oder auch etwas zu weich, vielleicht war es sein Atem, der plötzlich eine Spur schneller ging, auf jeden Fall war Onno auf einmal nicht mehr nur mein ältester Bruder. Die Art, wie er mich hielt, stimmte nicht mehr. Da war ein Quäntchen zu viel Druck in seinen Händen, und auf einmal konnte ich spüren, dass seine Oberarme meinen Brustansatz berührten. Ich versuchte, mich aus seinen Armen zu winden, aber Onno ließ mich nicht gehen.

„Was ist denn?“, fragte er, und seine Augen wirkten sogar hier im Schatten sehr hell.

„Nichts. Ich will … ich will das nicht.“

„Das mochtest du doch immer“, flüsterte Onno und zog mich dichter an sich heran, jetzt wich er meinem Blick aus. Ich spürte seinen festen Griff und die sehnige Kraft seiner Muskeln, und noch etwas spürte ich, etwas Heißes, Hartes, das zaghaft gegen meinen Bauch drückte, und auf einmal wusste ich nicht mehr, was ich früher gemocht hatte und ob ich Onno selbst überhaupt noch mochte. „Lass mich los!“, sagte ich laut.

Onnos Bart kratzte rau über meine Haut, als er meine Stirn küsste. „Marti“, flüsterte er heiser, und dann gab er mich frei, mit hellen, traurigen Augen, und ich floh die Treppe hinauf, stolperte fast, aber fing mich gleich wieder, rannte weiter, rannte hinaus in den Flur.

Oben lachte Uwe vergnügt, meine Mutter stand noch am Herd, die Schultern gebogen. Die Luft war vom Fleischgeruch schwanger, und dann riss ich die Haustür auf und hörte die Schreie der Möwen, und der Wind fuhr mir mit freundlichen Fingern durchs Haar.

Erst an der Biegung, hinter dem Schullandheim, wo der feine Sandstrand begann und die Dünen sich hoch türmten und höher, hörte ich auf zu laufen. Der Wind war jetzt stärker geworden, die Büsche und Gräser auf den Marschwiesen zeigten schräg in die Luft. Weit hinten, über den Dächern der Häuserzeile, zogen Wolkenfetzen landeinwärts.

Die Bänke am letzten Rastplatz vor der Nordspitze waren sandverweht, die rostige Klappe des Mülleimers hochgeblasen. Stacheldraht hing zitternd von den gebleichten Begrenzungspfählen, und der nasse Sand gab unter den Sohlen meiner Turnschuhe nach, als ich die neu verlegten Holzplanken betrat, die zur Vogelwärterhütte führten. Zwei Austernfischer betrachteten mich neugierig, als ich die Abzweigung zur Hütte links liegen ließ und weiter in Richtung Odde wanderte. Meine Schuhe versanken bis zu den untersten Ösen im Sand, aber das störte mich nicht. Hartnäckig versuchte ich, den Kloß in meinem Hals herunterzuschlucken. Eine Heringsmöwe zischte an mir vorbei, gefolgt von einer Lachmöwe, die ihren keckernden Ruf durch die Luft schickte. Feiner Sand flog mir in die Augen, als ich ihr nachsah. Ich zurrte meine Kapuze fester und atmete durch, sog den fischigen Salzgeruch in meine Kehle.

Hinter der Biegung ging es mir besser. Nur noch die Nordspitze der Insel leckte vor mir durchs graue Watt, bläuliche Wellen züngelten sich über den Strand, spuckten Muscheln aus und Tang, der schlaff und müde liegenblieb. Ganz an der Spitze hockte ein Schatten, und ich kniff die Augen zusammen. Ein Seehund vermutlich, der sich dem Wind entgegenstemmte, reglos, stolz und zufrieden.

Der Sand schmatzte an meinen Sohlen, als ich weiterging, näher auf die Düne mit ihren grasbewachsenen Erhebungen zu. Drei Silbermöwen jagten kreischend vorbei und machten kehrt. Der Schatten bewegte sich, reckte den Kopf, drehte sich um. Das war kein Seehund. Sondern ein Vogel. Ein riesiger Vogel. Keiner von hier.

Ich kauerte mich zusammen und starrte fasziniert zu dem Vogel hinüber, der jetzt ein paar Schritte machte und sich dann drehte. Der Wind fuhr durch sein Gefieder und stellte es auf, für einen Moment konnte ich trotz der Entfernung den scharf gebogenen Schnabel erkennen. Ein Raubvogel, ganz ohne Zweifel.

Er reckte den Kopf und stellte sich auf. Dann machte er ein paar hüpfende Schritte und breitete die Flügel aus. Ich hielt den Atem an, als er abhob und steil in die Luft schoss. Eine Böe drückte ihn wieder nach unten, aber er hielt ihr stand. Dann drehte er ab und flog weiter, hoch über die Düne und weiter, bis er in der Ferne verschwand.

Noch jemand hatte ihn gesehen, jemand, der oben an der Dünenspitze gehockt hatte und nun gemächlich zu mir herunterstieg. Ich blieb stehen und sah Klaas, dem Vogelwärter, entgegen, wie er das gesunde Bein zuerst belastete und dann das andere nachzog.

„Weißt du, was das für ein Geselle war?“, fragte er, als er bei mir angekommen war.

„Ein Raubvogel, oder?“

Klaas entblößte sein vom Kautabak verfärbtes Gebiss, das nicht mehr ganz vollständig war. Seine Falten vertieften sich, als er nickte. „Ganz genau, min Deern. Ein Seeadler.“

„Ein Seeadler? Echt?"

„Ein junger, ja."

„Hab ich noch nie zuvor gesehen."

„Ist auch ein seltener Gast hier." Klaas lächelte, dann wurde er ernst. „Wie geht es zu Hause?"

Ich zögerte, dann zuckte ich mit den Schultern. Klaas studierte mein Gesicht. „Tut er dir was?"

Für einen Moment hatte ich das Gefühl, dass er alles wusste, alles gesehen hatte, die Szene eben mit Onno im Keller. Aber dann wurde mir klar, dass er meinen Vater meinte. „Nein", sagte ich schließlich. „Nein, das nicht."

Klaas zog die Nase hoch und spuckte aus. Sein Blick flog über das Watt, blieb bei ein paar Möwen hängen. Dann zuckte er ebenfalls mit den Schultern. „Du hast es nicht gut zu Hause, min Deern. Aber das geht vorbei", sagte er ruhig. „Eines Tages gehst du fort und dann bist du frei. Aber jetzt kannst du mir ein bisschen zur Hand gehen. Tee hab ich auch da." Er spuckte erneut aus und sah zu den Wasservögeln hinüber, die sich am Rand der Dünung zusammenscharten und klagende Laute durch die Luft schickten. Dann blickte er fragend zu mir.

Ich zögerte nur einen Moment, dann nickte ich langsam. „Ja", sagte ich. „Ja, okay."

Jetzt

Klaas, der Vogelwärter. Ich denke gern an ihn zurück. Er war mir mehr Familie als meine eigene. Und wie ich mittlerweile weiß, macht das ja auch in mehr als einer Hinsicht Sinn.

Klaas mit seiner ruhigen, bedächtigen Art hat mir vieles gezeigt – wie man Vögel an ihrem Ruf erkennt und wie man sie beringt, Nisthilfen anbringt, Federn bestimmt –, aber eines musste er mir nicht beibringen: die Achtung vor der Natur. Stundenlang konnte ich still neben ihm hocken, in eine Furche der Düne gepresst, und Wasservögel betrachten. Wir redeten kaum, nur ab und zu machte Klaas mich auf etwas aufmerksam, fing meinen Blick auf, nickte mir zu. Sein Schweigen tat mir unendlich gut.

Ich wünschte, du hättest ihn kennengelernt, Klaas, meinen Familienersatz. Später dann, als ich fortging, wie Klaas mir prophezeit hatte, brauchte ich keine Familie mehr. Ich hatte Freunde. Und dann, eine lange, lebendige Zeit, warst du meine Familie. Du und die Hunde, an meiner Seite.

Rupert ist mir geblieben.

Als Kind, auch als Jugendliche noch, habe ich mir immer sehnlichst einen Hund gewünscht. Ein Hund, der zu mir gehörte. Meine eigene kleine Familie.

Ich habe nie einen bekommen. Vielleicht war das auch gut so. Wahrscheinlich sogar. Sicher hätte er es gut bei mir gehabt. Nicht aber bei meiner Familie.

Vielleicht jedoch besser als ich.

Jetzt aber habe ich Rupert, den fransenohrigen, dicklichen Rupert, der in diesem Moment freudig wedelnd vor der Tür steht. Als ich sie öffne, schießt er vor mir hinaus, dreht sich einmal im Flur, wartet dann hechelnd. Und so folge ich ihm die Treppe hinunter.

Der Wagen steht nicht weit entfernt, und Rupert erkennt ihn, wie immer, rennt stramm darauf zu, pinkelt nur kurz an einer Rabatte. Dann steht er vor dem Auto, an der richtigen Tür, und sieht mich erwartungsvoll an.

Auch ich bin voller Erwartungen. Aber Angst habe ich auch. Angst, vor dem, was mich erwartet. Und vor dem, an das ich mich erinnern werde.

„Komm, Rupert, steig ein", sage ich und öffne die Tür. Und Rupert kommt und steigt ein.

Berlin, Juni 1994

Drei Wochen später, ich hatte gerade meine Schicht angetreten, rief die Sekretärin mich zu sich und überreichte mir meine Papiere. Bei Beruttis höhnischem Blick hatte ich schon etwas geahnt, deshalb war ich nicht allzu überrascht.

„Warum?“, fragte ich nur. Die Sekretärin, eine üppige Blondine mit sorgfältig geföhnter Sturmfrisur und grünglitzernd lackierten Fingernägeln, warf mir einen leicht entrüsteten Blick zu, dann seufzte sie und zog aus einer der Ablagen einen Umschlag hervor.

„Wenn es Sie so interessiert“, sagte sie, nahm zwei zusammengeheftete Bögen heraus und schob sie mir über den Tisch zu. Ich brauchte einen Moment, bis ich begriff, was ich da vor mir sah. Es war ein Bußgeldbescheid, 30 Mark wegen überhöhter Geschwindigkeit. Zum Beweis war der unscharfe Ausdruck eines Blitzerfotos beigeheftet, auf dem ich auf dem Fahrersitz des Mercedes zu sehen war. Ich meinte sogar, das zufriedene Grinsen zu erkennen, mit dem ich das Gaspedal durchgedrückt hatte.

„Seien Sie froh, dass Sie das nicht selbst bezahlen müssen“, sagte die Sekretärin und schüttelte den Kopf, als sie nach dem Bußgeldbescheid griff.

„Kann ich das behalten?“ Ich hielt den Ausdruck hoch. Sie wollte schon den Kopf schütteln, aber dann, nach einem Blick auf meine bittende Miene, trat ein spitzbübisches Lächeln auf ihr rundliches Gesicht, das sie mit einem Schlag fast hübsch machte. „Meinetwegen“, sagte sie und zerrte mir den Bescheid mit einem kleinen Ruck aus der Hand, dass das Foto zurückblieb. „Kann ja auch abgefallen sein, das Foto, nicht wahr?“

„Genau“, sagte ich und schenkte ihr mein nettestes Lächeln. Aber ihr Anflug von Frohsinn war schon vergangen, denn sie nickte nur knapp, ohne mich anzusehen.

Ich nahm meine Unterlagen an mich und ging zur Tür. „Tschüss also. Und … danke.“

Sie nickte erneut und beugte sich wieder über die Ablage.

Draußen sah ich noch einmal aufs Foto. Links oben in der Ecke stand das Datum der Aufnahme: 6. Mai 1994. Der Tag, an dem ich Elisabeth Herlitz abgeholt hatte.

Schade, dass das Foto nicht auf der Rückfahrt vom Flughafen aufgenommen worden war. Ich hätte zu gern gewusst, was für einen Ausdruck ich im Gesicht getragen hatte, mit Elisabeth Herlitz neben mir auf dem Beifahrersitz. Ich hätte uns gerne zusammen gesehen.

Denn es verging kein Tag, an dem ich nicht an sie dachte.

Berlin, Juni 1994

„Und du findest das gar nicht schlimm?" Linda stützte sich auf den Ellenbogen und pustete ihren Pony zur Seite.

„Nein. War ja sowieso nur ein Übergangsjob."

„Übergang zu was?" Linda stützte das Kinn in die Hand und betrachtete mich eine Spur zu genau, um ihr eigentliches Interesse verbergen zu können.

„Zu was Besserem."

„Du bist ja ziemlich selbstsicher, was das angeht."

„Nicht nur, was das angeht, Baby." Ich zwinkerte ihr zu, und Linda lachte, hob ihre leere Bierflasche und winkte damit dem Barkeeper. Dann sah sie wieder mich an. „Möchtest du auch noch eins?"

Ich schüttelte den Kopf und drehte mich auf meinem Barhocker halb um. Vor gut einer Stunde war ich als einer der ersten Gäste an diesem Abend gekommen, aber das war nicht lange so geblieben. Mittlerweile war die *Megabar* ziemlich gut besucht. Überall hockten und standen Leute herum, tranken, rauchten, unterhielten sich. Die Luft war stickig, und das Stimmengewirr überlagerte den trägen Ska-Sound, der aus den Boxen schwappte. Freitag war Ausgehtag, und die *Megabar* diente vielen als Sprungbrett ins ausgedehnte Nachtprogramm.

„Möchtest du was anderes?" Linda lächelte mich unter ihren langen Wimpern hervor an. Ich betrachtete ihre leicht geöffneten Lippen und hob eine Braue.

„Später vielleicht. Aber jetzt gerade nicht."

„Schade eigentlich." Sie strich mir mit einem Finger über den Unterarm und trank dann einen Schluck Bier, ohne mich aus den Augen zu lassen.

„Wieso? Es ist doch noch früh."

Sie nickte. „Neulich war's auch früh", sagte sie und pustete wieder ihren Pony nach oben.

Da hatte sie recht. Es war früh am Morgen gewesen, als ich sie vor gut einer Woche nach Hause begleitet hatte. In ihrem Hinterhof hatte eine Amsel gesungen, als ich Stunden später gegangen war, Ramonas Duft noch auf meiner Haut, ihren Atem noch in meinem Ohr.

„He, wusste ich doch, dass du hier sitzt und auf mich wartest!" Eine rauchige Stimme riss mich aus meinen Gedanken. Ramona legte ihre Hand auf meinen Rücken und küsste mich auf den Mund. Dann lehnte sie sich zufrieden zurück und betrachtete mich siegessicher. „Hi. Schon lange hier?"

„Seit sie mich reingelassen haben." Ramona mit ihrer direkten Art brachte mich immer zum Lächeln. Und manchmal auch noch zu anderen Dingen. „Sieht gut aus, deine neue Frisur." Vorgestern noch hatte Ramona ihre dunklen Haare mit viel Gel nach hinten gekämmt getragen, jetzt waren sie weißblond gefärbt, zentimeterkurz nach oben gestellt und an den Schläfen und im Nacken ausrasiert. Das schwarze Lederhalsband bildete dazu einen interessanten Kontrast.

Ramona nickte nur und ließ ihre Hand auf meinem Rücken liegen, während sie sich zum Barkeeper vorbeugte. „Olli, einen Sekt für mich. Und …", sie sah auf meine Bierflasche, „noch ein Bier für meine heiße *love affair* hier."

Aus den Augenwinkeln sah ich Lindas Gesichtszüge entgleisen, und sie rückte ein Stück von mir ab. Ramona zündete sich eine Zigarette an, warf ihr Feuerzeug auf den Tresen und hielt mir die geöffnete Schachtel hin. Erst jetzt bemerkte sie, dass ich nicht allein saß. Sie maß Linda mit einem vernichtenden Blick und nickte mit dem Kinn zu ihr hinüber, während sie wieder mich ansah. „Wer ist denn das Schätzchen da?“

„Linda.“ Die knappe Vorstellung reichte; mehr musste sie nicht wissen. Ramona und ich hatten seit Monaten eine immer wieder aufglimmende, mehr oder minder heiße Affäre, aber wir waren uns keine Rechenschaft schuldig. Fand zumindest ich, auch wenn ich wusste, dass sie das durchaus anders sah. „Und das ist Ramona.“

Linda nickte Ramona zu, aber Ramona starrte sie nur durchdringend an und blies den Rauch ihrer Zigarette aus.

„Neue Zweitfrau oder was?“

Ich wollte nicht, aber ich musste schon wieder lächeln. Linda hob trotzig das Kinn.

„Und wenn?“, sagte sie und pustete ihren Pony hoch.

„Schätzchen, vergiss mal eins nicht: Ich hab hier die älteren Rechte.“ Ramona blies wieder den Rauch aus, diesmal direkt in Lindas Richtung.

„Was hör ich da? Ältere Rechte?“ Ein Arm schwang sich um meine Schulter, und Hannes streckte seinen Kopf in die Runde. „Also, die ältesten Rechte an Mart hab ja wohl ich!“ Er lachte vergnügt und zog sich eine Zigarette aus der Schachtel, die Ramona immer noch in der Hand hielt. „Darf ich?“

Ramona nickte knapp und mit finsterer Miene, aber ich sah das kaum merkliche Lächeln um ihre Mundwinkel. Sie mochte Hannes, das wusste ich. „Wann schneidest du dir denn mal diese unmoderne Matte ab?“, stichelte sie.

„Nie“, sagte Hannes und strich sich die Haare nach hinten. „Die Männer mögen das an mir, weißt du. Und wenn ich es mir so recht überlege, dann glaube ich übrigens, dass nur ein einziger Mensch überhaupt Rechte an Mart hat.“

„Und wer soll das sein?“, fragte Ramona spöttisch und lehnte sich an den Tresen.

Hannes deutete auf mich und grinste vielsagend. „Sie selbst.“

Ramona zuckte lässig mit den Schultern. „Klar", sagte sie. „Sicher. Mart macht doch sowieso nur das, was sie will. Und manchmal", sie drückte ihre Zigarette im Aschenbecher aus und warf mir einen blitzenden Blick zu, „manchmal will sie eben mich. Okay, Baby, ich komm gleich wieder, muss nur wen begrüßen. Aber nicht weglaufen, ich hab noch was vor mit dir." Sie stieß sich vom Tresen ab, legte mir demonstrativ noch mal die Hand aufs Knie und steuerte dann eine Truppe von Punktypen an, die eben hereingekommen waren.

Linda stand auf. „Ich geh dann auch mal", sagte sie säuerlich. „Also, meine Nummer hast du ja, Mart, oder?" Das letzte Wort kam fast flehentlich heraus, und für einen Moment hatte ich ein schlechtes Gewissen. Aber andererseits hatte ich ihr weder etwas vorgemacht noch versprochen.

„Hab ich, ja. Ich ruf dich an."

Linda legte eine warme Handfläche um meinen Nacken und küsste mich sanft auf die Wange, dann ging sie.

Hannes schob sich auf ihren Hocker, bevor ein anderer Gast, ein glatzköpfiger Riese in Netzunterhemd, Platz nehmen konnte. „Meine Güte", sagte er und schüttelte lächelnd den Kopf. „Mart, du und die Frauen ..."

Ich zuckte mit den Schultern. Ja, ich und die Frauen, das war schon ein Kapitel für sich. Ich konnte nicht gerade behaupten, dass es mir an Chancen mangelte.

Aber eigentlich sehnte ich mich nach etwas anderem. Nach einer Frau, die mich so sehr interessierte, dass sie mich sprachlos machte. Eine Frau, an die ich nicht einfach herankam.

Eine, die mein Herz allein dadurch zum Klopfen brachte, dass sie neben mir auf dem Beifahrersitz saß und aus dem Fenster sah.

„Ich gäbe was für einen Bruchteil deiner Chancen", sagte Hannes. „Aber mit mir wollen die Kerle ja immer nur reden. Wenn überhaupt. Und, was gibt es Neues?" Er winkte dem Barkeeper zu, der ihm sogleich ungefragt eine Cola hinstellte.

„Ich bin meinen Job los", erklärte ich gleichmütig und stieß mit meiner Bierflasche gegen sein Glas. Hannes sah mich ungläubig an.

„Nein, echt? Warum? Seit wann?"

„Seit heute. Ich hatte einen Strafzettel."

Hannes betrachtete mich einen Moment lang verdutzt, dann zog ein verschmitztes Grinsen über sein Gesicht. „Wirklich? Der Mercedes, oder? Siehst du, ich hab dich gewarnt!"

Ich lächelte. „Hast du, ja."

Hannes nickte triumphierend, dann beugte er sich vor, um den Rauchschwaden auszuweichen, die der Typ hinter ihm über seinen Kopf blies. „Tja, dann hab ich ja jetzt vielleicht was für dich. Gerade vorgestern war sie wieder da." Hannes wedelte den Marihuanageruch zur Seite.

„Wer?"

„Die Geschäftsfrau, von der ich dir neulich erzählt hab. Die eine Fahrerin sucht. Erinnerst du dich?"

„Schwach."

Hannes zuckte mit den Schultern. „Sie ist Immobilienmaklerin, ungefähr Mitte sechzig oder so, keine Ahnung. Schweizerin. Bis vor Kurzem hatte sie einen astreinen Oldtimer, der brauchte ziemlich viel Pflege. War genau mein Ding." Er nickte anerkennend bei der Erinnerung. „Jedenfalls hat sie sich nun einen neuen Wagen zugelegt. Will aber nicht mehr selber so viel fahren. Fakt ist, sie braucht jemanden, der sie fährt." Er sah mich von unten herauf an. „Sie hat mich gefragt, ob ich den Job nicht machen will. Aber ich schraub einfach zu gern, weißt du ja."

Klar wusste ich das. „Und was hast du gesagt?"

Hannes trank einen Schluck Cola. „Ich hab ihr gesagt, da weiß ich jemand Besseres." Er grinste mich schief an. „Stimmt doch, oder nicht?"

Berlin, Juli 1994

Ich war pünktlich. Sie kam einige Minuten nach mir, und ich erkannte sie sofort, als sie ruhigen Schrittes durch das Café ging und nacheinander die Gäste musterte. Sie hatte einen leichten Gehfehler und wirkte sehr distinguiert, fast aristokratisch. Hannes hatte sie gut beschrieben.

Sie lächelte, als ich aufstand und ihr zuwinkte, und kam zu mir herüber. Bevor sie an den Tisch trat, schob sie sich ihre Sonnenbrille ins Haar. „Renée Huber. Marthe? Ich darf doch Marthe sagen?"

Ich streckte die Hand aus. „Sicher. Ich hoffe, hier ist es Ihnen recht?"

Sie nickte wortlos, schüttelte lächelnd meine Hand und nahm Platz, wobei sie ihre Tasche auf den Stuhl zwischen uns legte. „Sehr schön. Sie sind pünktlich, ich leider nicht", sagte sie und musterte mich aus hellgrauen, von vielen Faltchen umkränzten Augen. „Da wissen Sie gleich, woran Sie sind, sollten Sie für mich arbeiten wollen. Sie müssen wissen, ich bin immer zu spät dran. Das wäre eine Ihrer Aufgaben: Dafür zu sorgen, dass ich pünktlich zu meinen Terminen komme. Trauen Sie sich das zu?"

Ich musste lächeln. Ihre direkte Art gefiel mir. Überhaupt gefiel sie mir, diese grauhaarige, nur auf den ersten Blick förmlich wirkende Frau mit der ausgefeilten Aussprache und dem sanften Schweizer Dialekt. „Ich denke schon, ja."

„Fein", sagte sie gelassen und sah nachdenklich zu dem Kellner auf, der nun an unseren Tisch getreten war. „Oh, wir haben Besuch. Dieser nette junge Mann möchte nun sicherlich wissen, was ich zu essen und trinken gedenke."

Der Kellner nickte humorlos und klopfte sich mit seinem Kugelschreiber gegen den Oberschenkel. „Wollen Sie die Karte?"

„Nein, nein, danke, das ist nicht nötig", sagte Frau Huber. „Ich vermute, auch in diesem Etablissement wird es einen Café au lait und ein Croissant geben, nicht wahr?"

„Also ein Milchkaffee und ein Croissant", wiederholte der Kellner gelangweilt und warf einen ungeduldigen Blick zum Nachbartisch, an dem sich ebenfalls gerade neue Gäste niedergelassen hatten, Touristen offenbar, die sich staunend umsahen. „Und für Sie?"

Ich begriff nicht sofort, dass er mich meinte. „Äh, ich nehme … eine *Sprite*, bitte."

„*Sprite* führen wir nicht. Wir haben *7up* da."

„Dann eine *7up*, bitte."

„Und ein Stück von Ihrem besten Kuchen", sagte Renée Huber und zwinkerte mir zu. „Junge Leute essen doch gern Kuchen, oder? Und können ihn sich oft nicht leisten. Keine Sorge", sie machte eine beruhigende Geste, „das geht auf mich. Von jetzt ab bezahle ich."

Der Kellner ratterte das Kuchenangebot herunter, nahm meine Bestellung auf und schlurfte erlöst zum Nebentisch, und meine zukünftige Auftraggeberin beugte sich zu mir vor. Die Wimpern über ihren hellen Augen waren sehr dunkel. Früher hatte sie sicher sehr gut ausgesehen, ungewöhnlich gut, ein hellhäutiger Typ mit fast schwarzem Haar. „Marthe", sagte sie. „Freut mich, Sie kennenzulernen. Ihr Freund hat Sie empfohlen."

Ich nickte, gespannt, was als Nächstes kam.

„Johannes gefällt mir sehr." Sie schmunzelte hintergründig. „Ein feiner junger Mann, der seinen Beruf mit Leidenschaft betreibt. Ich glaube, er trauert meinem alten Oldtimer mehr hinterher, als ich es tue."

„Das kann ich mir vorstellen." Die Touristen am Nebentisch, zwei Paare mittleren Alters, starrten zu uns herüber. Vermutlich überlegten sie, in welcher Beziehung wir zueinander standen. Genau das hätte ich mich an ihrer Stelle auch gefragt.

„Sind Sie liiert, Sie und der junge Mann?", fragte Frau Huber.

Frauen ihrer Generation waren selten dermaßen direkt. Vermutlich hatte ihr das nicht immer nur zum Vorteil gereicht. Aber ich fand es höchst erfrischend. „Nein, wir sind Freunde. Schon sehr lange. Seit ich sechzehn bin und er achtzehn."

Renée Huber blickte auf ihre beringten Hände, die sie auf der Tischplatte gefaltet hatte. „Eine treue Seele", sagte sie nachdenklich. „Oder?"

„Ja, auf jeden Fall."

„Das ist schön." Sie sah zu, wie der Kellner unsere Getränke, das Croissant und ein großes Stück Schokoladenkuchen vor uns abstellte, dann zog sie ihre Kaffeeschale zu sich heran und pustete den Dampf weg. „Und was haben Sie so für Interessen, Marthe?", fragte sie und betrachtete mich neugierig.

Ich schwieg einen Moment. Einen Moment lang war ich versucht, die Wahrheit zu sagen: *Frauen und schnelle Autos*. Sie hätte sicherlich gelacht. Aber so vertraut waren wir eben noch nicht. Deshalb nannte ich das, was noch fehlte.

„Tiere", sagte ich.

„Tiere?"

„Ja. Tiere."

„Das trifft sich gut", sagte sie. „Ich liebe Tiere. Haben Sie eins?"

„Nein. Leider nicht."

„Das sollten Sie aber. Ich hatte früher immer Katzen. Aber jetzt habe ich nur noch Spinnen."

Ich sah verblüfft von meinem Kuchen auf. „Spinnen?"

„Ja, in den Zimmerecken", sie lächelte frech. „Aber das muss Sie nicht interessieren. Spinnen hinaussetzen gehört nicht zu Ihrem Aufgabenbereich. Möchten Sie wissen, was dazu gehört?"

„Außer dafür zu sorgen, dass Sie pünktlich zu Ihren Terminen kommen? Ja, gerne."

„Um Ihnen einen Überblick zu verschaffen, Marthe – ich handele mit Geschäftsimmobilien in Berlin und Ostdeutschland. Ihre Aufgabe als Fahrerin besteht darin, mich zu meinen Terminen zu fahren und dort wieder abzuholen. Das bedeutet auch, dass Sie gelegentlich in anderen Städten übernachten werden – in guten Hotels, wohlgemerkt. Sie bekommen dann natürlich ein eigenes Zimmer – falls Sie das möchten." Sie lachte fröhlich auf, als sie meine überraschte Miene bemerkte, ein glockenhelles Jungmädchenlachen, das mich noch mehr für sie einnahm. Dann wurde sie wieder ernst, und ich konnte die Geschäftstüchtigkeit aus ihrer Stimme heraushören, als sie fortfuhr. „Ab und zu müssen Sie auch allein fahren und Unterlagen bringen oder abholen. Ich zahle Ihnen einen guten Stundenlohn, dazu alle weiteren Unkosten, Essen, Übernachtungen." Sie lächelte, „Schokoladenkuchen dreimal die Woche. Allerdings müssten Sie sich selbst versichern."

„Kein Problem", sagte ich und strich mit dem Finger eine glatte Waagerechte über mein beschlagenes *7up*-Glas. „Hört sich gut an."

Frau Huber griff nach ihrem Croissant und hob es an. „Na dann, guten Appetit", sagte sie verschmitzt und biss hinein. Ich nahm ebenfalls ein Stück von meinem Kuchen. Er schmeckte köstlich und so gehaltvoll, dass ich vermutlich den Rest des Tages nichts mehr zu mir nehmen musste.

„Also, mein Croissant ist ausgezeichnet", murmelte sie. „Schmeckt's Ihnen auch?"

Ich nickte. „Köstlich!", brummelte ich mit vollem Mund, und wir lächelten uns an.

„Ich sehe, wir verstehen uns", sagte Frau Huber und tupfte sich den Mund ab. „Wir werden bestimmt gut miteinander auskommen, meinen Sie nicht? Nur eins müssen Sie mir noch beweisen: Dass Sie gut Auto fahren können"

Ich lachte. „O ja, das werde ich Ihnen beweisen, keine Sorge. Autofahren mag ich fast so gern wie Tiere."

„Ich hoffe, Sie mögen auch Ihre *7up*", sagte sie und nahm ihre Milchkaffeeschale in beide Hände. „Kommen Sie, Marthe, stoßen wir an. Auf unsere gemeinsame Zukunft!"

Die Straßen sind leer, kaum jemand ist unterwegs. Samstag ist der beste Tag, um weite Strecken zu fahren. Aber eigentlich ist es mir egal, wann ich fahre. Ich fahre immer gern.

Ich bin schon immer gern Auto gefahren. Kein Wunder, dass ich damit den größten Teil meines Berufslebens verbracht habe.

Auch Rupert fährt gern Auto, wobei ich ihn im Verdacht habe, dass er weniger vom Gefährt Auto begeistert ist als vielmehr für sein Leben gern reist. Ich halte das auch für kein Wunder, denn wohin er auch unterwegs ist, dort erwarten ihn grundsätzlich spannende und schöne Dinge.

Das gilt allerdings erst, seit er bei mir lebt. Was vorher war, weiß ich nicht, und ich hoffe, ihm geht es nicht anders. Ich hoffe, Rupert hat die ersten Jahre seines Lebens entweder verdrängt oder vergessen. Und wenn ich ihn mir so ansehe, wie er behaglich auf seiner Decke auf dem Rücksitz des Wagens liegt und zart vor sich hinschnarcht, die Augen geschlossen, während wir durch die fast leeren Straßen rollen, dann glaube ich auch fast daran.

Meine Begeisterung für Fahrzeuge fing schon früh an. Als Kleinkind warf ich die Puppen meiner Schwester in hohem Bogen zur Seite und pirschte mich an Uwes Kettcar heran. Er ließ mich fast nie damit fahren, und ein eigenes bekam ich natürlich nicht. Dafür später ein Fahrrad. Und so waren es als Kind Fahrräder, die mich begeisterten, als Jugendliche Mofas, später dann Autos. Alles, was mich forttragen konnte, und das möglichst schnell. Vielleicht war ich davon so fasziniert, weil ich mich auf unserer Insel so gefangen fühlte. Doch wo ich auch hinfuhr, immer war da das Meer, diese Grenze. Alle Wege endeten dort. Und das änderte sich erst, als ich endgültig fortging.

Aber spannend wurde es trotzdem, als ich vierzehn war. Und Harm fast gleichzeitig fünfzehn. Harm, der gutaussehende, blendende Schüler aus bestem Hause, der alles bekam, was er wollte. Geld, Klamotten, Bücher und Platten. Er hätte später auch das Hotel bekommen, hätte er nur gewollt. Aber er überließ es seiner Schwester; Harm hatte anderes vor.

Und mit fünfzehn hatte Harm vor, ein Mofa zu fahren.

Norddorf, Oktober 1983

„Komm, steig auf, Marti!“ Harm ließ sein Mofa aufheulen. Der Wind wehte seine langen, wilden Locken nach hinten und zerrte an seinem Parka. Direkt über ihm stemmte sich eine tapfere Lachmöwe gegen die Böen.

Ich sah Berends leicht beunruhigten Blick, als ich hinter Harm aufstieg und die Arme um seine Taille legte. Harm drehte das Gas noch weiter auf, und das Hinterrad kratzte unruhig unter mir auf der Schotterpiste. Kleine Steinchen flogen prasselnd hoch, und Anja sprang mit einem Kreischen zur Seite.

„Los geht's!“, rief Harm, „und danach bist du dran, Schnucki!“

„Nenn mich nicht Schnucki!“ Anja lächelte und zog ihr lilagefärbtes Palästinensertuch gerade, um das sie vermutlich alle Mädchen der Schule außer mir beneideten. Ihre Finger in den Strickhandschuhen mit den abgeschnittenen, ausgefransten Spitzen waren von der Kälte gerötet, ihre Wangen genauso. Sie sah hübsch aus, fand ich, kein Wunder, dass Harm sich in sie verknallt hatte. Und sie sich in Harm, den wahrscheinlich begehrtesten Fünfzehnjährigen auf unserer Insel.

Harm ließ die Bremse los, und mit einem Ruck hüpfte das Mofa vorwärts. Einen Moment lang drehten die Räder durch, dann fassten sie wieder. „Yippieh!“, brüllte Harm und beugte sich vor, und ich schlang meine Arme fester um seine Taille und duckte mich gegen den Fahrtwind.

Harm gab Vollgas, und das Mofa schlitterte die Schotterpiste entlang, direkt auf den Strand zu, der zwischen den Dünen aufblitzte, weit, hell und sturmumtost. Böen fegten über den Boden, wirbelten Sand auf und Muscheln, und ich kniff die Augen zusammen.

„He, wo willst du denn hin, Harm?"

„Was?", brüllte Harm und legte sich über den Lenker. Der Stoff seiner Jeansjacke kratzte an meiner Wange, als ich mich gegen Harms Rücken presste. Strandgrasbüschel flogen an mir vorbei, die Dünen ragten neben mir auf, und das Mofa schlitterte stärker. Seevögel stoben hoch, in Wolken aus Federn, und Harm lachte laut in den Wind. „Geil! Halt dich fest, Marti!" Im selben Moment verloren die Räder den Halt.

„Scheiße!", schrie Harm, als wir ins Rutschen gerieten. Das Vorderrad stellte sich seitlich, aber Harm steuerte gegen, nahm Gas weg und trat auf die Bremse, vorsichtig erst und dann stärker. Direkt hinter der Düne kamen wir schlitternd zum Stehen.

Harm stellte die Beine seitlich und seufzte. „Cool, was? Vielleicht sollte ich lieber Motocrossfahrer werden anstatt Pilot."

„Werd doch beides." Ich stieg ab. Weit und breit war niemand zu sehen, nur ganz hinten wanderte eine Gruppe von Touristen in gelben Regenjacken auf die Odde zu, von einem Fremdenführer geleitet. Lüder vermutlich, ein Saufkumpan meines Vaters, einer von diesen unangenehmen Typen, die mich immer ganz genau von oben bis unten musterten, aber nie einen Ton sagten.

Harm kontrollierte, ob die Bündchen seiner Jackenärmel noch richtig umgeschlagen waren. Dann zog er einen Kamm aus seiner hinteren Hosentasche und fuhr sich durch die Locken.

„Schönling", sagte ich und spuckte aus. Sand knirschte zwischen meinen Zähnen. „Anja findet dich doch auch so gut."

„Und Berend dich!“ Harm grinste mich an und steckte seinen Kamm wieder ein. „Hast du ihn eigentlich schon mal rangelassen?“

Für einen Moment stockte mir fast der Atem, aber dann fing ich mich wieder. Ich boxte Harm spielerisch gegen den Arm. „Geht dich nicht die Bohne an, Harm, du behämmerter Frauenheld! Sieh du lieber zu, dass du meiner besten Freundin nicht das Herz brichst!“

„Und du nicht meinem besten Freund“, sagte Harm mit blitzenden Augen und drehte das Mofa um. „Ist ja kaum auszuhalten, wie er dich anschmachtet. Ich versuch ja schon immer, ihm andere Mädels schmackhaft zu machen, aber er will nur dich.“

„Na und? Komm, lass uns mal zurückfahren.“

„Ich mein ja nur“, murmelte Harm, stieg wieder auf und gab Gas. „Los, Marti, auf geht's!“

Anja und Berend winkten, als wir über den Schotterweg auf sie zubretterten. Anja lachte und sog an ihrer Zigarette, aber Berend wirkte besorgt.

„Alles okay?“, fragte er mich.

„Ja sicher, wieso?“

Ich sprang hinter Harm ab. Berend nickte. „Nur so“, sagte er. „Weiß nicht.“ Er strich sich eine Strähne hinter die Ohren und verschränkte die Arme vor seiner breiten Brust. Den kleinen, mickrigen Berend von früher gab es nicht mehr, im Laufe des letzten Jahres hatte er enorm an Größe und Muskelmasse zugelegt. Berend hatte sich verändert. Aber das galt für uns alle.

„Komm, Schnucki, steig auf!“ Harm grinste Anja breit an und ließ die Räder durchdrehen. Sand flog auf und vernebelte die Sicht, und Berend sprang hustend zur Seite.

„Mann, Harm, du Schwachkopf, pass doch auf!“

Harm gab noch mehr Gas, dann ließ er sich auf den Sitz fallen und brauste wieder los, den staubigen Feldweg vor den Dünen entlang. Das Mofa schlitterte und schwankte, als wäre es betrunken, und Harm johlte vergnügt auf. Kurz vor den Planken, die in Richtung Strand führten, bremste er ab. Das Mofa stellte sich aufs Vorderrad und drehte sich aufheulend herum, dann krachte es wieder auf beide Räder zurück. Harm streckte die Faust in die Höhe. „Hu, geil, oder? Habt ihr das gesehen?"

„Haltungsnote 6,0, Harm", sagte Berend trocken und warf mir ein unsicheres Lächeln zu. Seit wir uns letzte Woche geküsst hatten, fast schon eher zufällig als gewollt, nach einer Jugendfeier im Gemeindehaus, war Berend zunehmend unsicher mir gegenüber.

Aber ich war es auch. Ich wusste nicht, ob es richtig gewesen war. Ich wusste noch nicht einmal, ob es mir eigentlich wirklich gefallen hatte, und schon gar nicht, ob ich mehr wollte. Ich wusste nur, dass ich Berend sehr mochte. Aber das war ja immer schon so gewesen.

Harm zog die Knie an, streckte seine Boots in die Höhe und steuerte grölend auf uns zu. Direkt vor Anja hielt er an, beugte sich vor und spitzte die Lippen. Anja lachte, beugte sich ebenfalls vor und küsste ihn auf den Mund.

„Lass mich mal fahren", sagte sie dann. „Aber allein!"

„Sicher!" Harm sprang ab und legte Berend einen Arm um die Schulter, während er zusah, wie Anja auf das Mofa stieg und sich mit dem Lenkrad vertraut machte. Ihre langen, blonden Haare wehten um ihr schmales, konzentriertes Gesicht, und nachdenklich legte sie die Stirn in Falten. Nach einem Moment hob sie den Kopf und sah zu mir. „Marti, willst du lieber fahren?"

„Logisch! Was für 'ne Frage!"

Anja rutschte nach hinten, und ich stieg vorne auf. Harm hatte mich schon ein paar Mal fahren lassen, und ich musste nicht lange überlegen. „Halt dich fest!" Und schon gab ich Gas.

„He!", rief Harm hinter uns her. „Kommt aber wieder zurück!"

„Mal sehen!", rief Anja fröhlich und schlang ihre Arme um meinen Bauch.

Wir fuhren einmal quer durch die Ortschaft, vorbei an Reklametafeln, die sich einsam im Wind drehten, verrammelten Geschäften und klappernden Fahnenmasten. Auf dem Markplatz kam uns ein Lieferwagen entgegen, der Fahrer schüttelte missbilligend den Kopf, aber ich zeigte ihm nur eine lange Nase.

„Scheiße, meine Mutter!", rief Anja hinter mir und zog den Kopf ein, als wir am Supermarkt vorbeiknatterten, in dessen Eingangstür Anjas Mutter stand und sich mit einer anderen Frau unterhielt. Wie immer stand sie leicht gebückt da und wirkte müde und ausgelaugt. Sie hatte ziemlich zu tun damit, drei Töchter allein aufzuziehen und dazu noch Vollzeit in der Wäscherei zu arbeiten.

Ein Wagen hupte, als ich frech über den Mittelstreifen zog und nach links in den Rinkenweg einbog. Vor der Bäckerei lehnte die neue Verkäuferin, drei, vier Jahre nur älter als wir, eine dralle Brünette mit dunklen, unergründlichen Augen. Sie musterte uns, als wir vorbeiflogen, und lächelte belustigt.

„Die ist irgendwie nett", schrie mir Anja gegen den Fahrtwind ins Ohr, und ich nickte, das fand ich auch, sogar noch mehr, irgendwas hatte sie an sich, vielleicht auch nur den Blick, mit dem sie mich immer ansah, ein tiefer Blick, wissend; irgendetwas schien sie über mich zu wissen, von dem ich nichts ahnte.

Ich zögerte einen Moment lang, dann bog ich auf den Außenweg ein und gab wieder Gas. Der Himmel über uns war grau, Möwen schwebten unter den Wolkenfetzen, die Köpfe schiefgelegt, mit wachsamem Blick zu uns herunter. Vor Pedders Kneipe stand eine graugetigerte Katze mit aufgerichtetem Schwanz und gähnte entspannt, gegenüber wanderten zwei Gestalten durch die Marschwiesen in Richtung Schullandheim, einen Korb zwischen sich tragend. Meine Mutter und Frauke, erkannte ich nach einem Moment, wie ein wanderndes Spiegelbild, dieselbe Gestalt, einmal in jung, einmal in alt. Kiebitze flogen flach über die

Wiesen, ein Rotschenkel stakste kopfzuckend durchs Gras, Kühe standen wie Mahnmale gegen den Wind.

„Dein Bruder!" Anja deutete an mir vorbei zu unserem Haus. Im Vorgarten stand Uwe herum, die Hände in den Hosentaschen, nichtsnutzig wie immer, aus seiner Haltung schon sprach seine Wut, die gleiche Wut, die auch meinen Vater verzehrte, auf kleiner Flamme, ab und zu auflodernd. Seit ich denken konnte, wartete ich auf die Stichflamme. Eines Tages würde sie kommen. Hoffentlich war ich dann nicht mehr hier.

Ich beugte mich vor und sauste an Uwe vorbei, mit aufheulendem Motor. Er drehte sich um, und ich sah sein verblüfftes Gesicht, seinen halbgeöffneten Mund, als er uns etwas zurief. Aber ich bremste nicht ab, gab weiter Gas, lenkte das Mofa zurück in den Ort, auf verbotenen Pflasterwegen quer über den Marktplatz, zurück zu den Dünen.

Die Jungen waren nicht mehr auf dem Dünenweg, aber ich konnte sie sehen, weiter vorne am Strand, dahinter das rauschende Meer, Schaumkronen tosten über den Wellen.

Ich lachte, und Anja klammerte sich an mich, als ich donnernd über die Planken ratterte.

„Mensch, Marti, pass auf!", rief sie lachend und versuchte, an mir vorbei nach vorne zu sehen. Sand flog mir in die Augen, als das Mofa auf die festgetretene Strandpiste übersetzte, und wir gerieten heftig ins Schlingern. Anja kreischte auf, aber einen Moment später hatte ich das Mofa wieder unter Kontrolle und raste weiter auf die Jungs zu, die sich jetzt umgedreht hatten und uns entgegensahen.

„He, ihr beiden Knallköppe!", schrie ich. „Guckt mal, wer hier kommt!" Anja lachte, und ich beschleunigte weiter. Wieder gerieten wir ins Rutschen, dann drehte das Vorderrad durch und ich spürte, wie wir uns von der Sandpiste lösten. Steil zog das Mofa nach vorn und gleichzeitig in die Höhe. Sand wirbelte durch die Luft, Anja kreischte hinter mir auf und dann flog ich, flog und flog und flog, in einem Wirbel aus Sand, ein dröhnendes Kreischen im Ohr.

Und schlug auf.

„Alles okay? Marti? Hast du dir wehgetan?“ Berends besorgtes Gesicht tauchte in meinem Blickfeld auf, dann Harm, schließlich Anja. Über ihnen wölbte sich der Himmel, grau und unendlich, Wolkenfetzen flogen vorüber, zwei Möwen jagten hindurch.

„Hast du dir was gebrochen?“ Berend hockte sich hin und streckte die Hände nach mir aus.

Ich stützte mich auf Ellenbogen auf, schüttelte den Kopf und fing an zu grinsen. „Jeden einzelnen Knochen!“

Berend lachte erleichtert und ließ unbeholfen die Arme sinken. Das Mofa lag ein paar Meter entfernt am Fuße der Düne, die Räder drehten sich noch. Harm ging hinüber und zog es hoch.

„Nichts kaputt“, rief er nach einem Moment zu uns herüber. Etwas am Strand weckte seine Aufmerksamkeit, und er legte eine Hand über die Augen. „He, da ist Klaas!“ Er streckte den Arm aus.

Am Strandsaum wanderte eine gebückte Gestalt, die ein Bein nachzog. Er schien etwas zu tragen, vielleicht ein Netz, vielleicht einen Kasten mit Ringen. Klaas trug immer etwas, war immer beschäftigt, der Strand sein Revier, genau wie die Dünen.

„Was machst du denn eigentlich die ganze Zeit bei dem da draußen?“, rief Harm zu mir rüber. „Der steht doch auf dich, oder nicht?“

„Halt die Fresse, Harm!“ Berend zeigte ihm einen Vogel, und Harm lachte und kam zu uns herüber, das Mofa neben sich her durch den Sand schiebend.

„Nicht alle haben immer nur das eine im Kopf so wie du!“, sagte Anja und blies den Rauch ihrer Zigarette in den Wind. Ihre Augen blitzten, sie sah Harm verliebt an, und Harm lachte zurück, beugte sich vor und gab ihr einen Kuss.

Berend blickte mich an und streichelte verstohlen mit einem Finger über meinen Handrücken, nur einen Moment lang.

„Berend“, sagte ich. „Drehst du mir eine?“

Seine Augen verdunkelten sich leicht, als er nickte und seinen Tabak herauszog. Ich betrachtete sein konzentriertes Gesicht, das kantige Kinn, die halblangen Haare. Ich wusste einfach nicht, was ich wollte. Eigentlich wünschte ich mir, dass wir weiterhin Freunde wären, so wie früher. Aber diese Zeiten waren vorbei. Irgendwann im Laufe dieses Sommers hatten wir unsere Kindheit hinter uns gelassen, abgestreift wie eine zweite Haut, der Wind hatte sie fortgeweht, fort ins Meer, unwiederbringlich.

Um keinen Preis wollte ich Berend wehtun. Und ihn benutzen wollte ich auch nicht. Aber andererseits war er keine schlechte Wahl fürs erste Mal. Einmal musste es ja sein, warum also nicht mit Berend, dem zuverlässigen, sensiblen Berend?

Harms Stimme riss mich aus meinen Gedanken. „Da, der geht nach Übersee!“, schrie er, ließ Anja los und streckte die Arme in die Höhe. „He, nimm mich mit! Hol mich von dieser Insel!“ Winkend begann er um Anja herumzuhüpfen. „Nimm mich mit, Kapitän, auf die Reise! Bitte, hol mich hier runter! Lass mich nicht auf Amrum verrecken!“

„Harm, du Idiot“, sagte Berend lachend. „Mann, hier ist es doch wunderschön!“

Ich sah zu dem großen Frachtschiff hinüber, das weit hinten am Horizont vorüberdampfte, mit Kurs auf Nordost oder Nord. Und dann sah ich zu Harm, der gerade die Düne hochkletterte, lachend und grölend. Als er den Kamm erreichte, begann er zu tanzen. „He!“, schrie er und seine Stimme ging fast unter im tosenden Wind. „Hier seht ihr den zukünftigen Eroberer fremder Welten! Den Superpiloten! Den Motocrosschampion! Wartet nur ab!“

„Spinner!“, schrie Berend zu ihm hinauf, und Harm hielt inne, beide Arme erhoben, die Fäuste geballt.

„Egal, was ist, Leute, sobald ich kann, bin ich hier weg“, rief er und winkte mir zu. „Du doch auch, Marti, du brauchst gar nichts zu sagen!" Und dann begann er wieder zu tanzen. Der Wind blies in seine Jacke und blähte sie auf, und seine Locken wehten wild durch die Luft.

Berend sah mich an. „Meinst du das auch, Marti? Meinst du, dass du weggehst von hier?"

Ich wich seinem Blick aus und sah achselzuckend zu Anja, die mich ebenfalls gespannt beobachtete, während sie an ihrer Zigarette sog.

„Hier ist es doch schön", wiederholte Berend, und seine Stimme klang plötzlich fast flehentlich. „Richtig schön. Also, ich kann mir vorstellen, hier zu leben. Vielleicht geh ich mal zwischendurch weg, woandershin, aber eigentlich … hier ist es doch schön. Findet ihr nicht?"

Diesmal hielt ich seinem Blick stand, ohne etwas zu sagen.

„Sicher ist es schön hier", sagte ich ruhig. „Klar. Aber das kann ja nicht alles sein."

Anja lachte leise und warf ihre Kippe in einem hohen Bogen in den Sand. „Also, wenn ihr mich fragt – ich lass mich überraschen." Und dann sah sie zu Harm hoch, der immer noch vor sich hin tanzte, einen einsamen Tanz hoch über den Dünen, einen Tanz voller Sehnsucht und Kraft. „Aber erst mal sind wir ja hier, alle vier."

Und so war es auch, erst mal waren wir da, alle vier. Aber nicht mehr für lange. Unsere Wege trennten sich viel eher, als wir damals gedacht hätten.

Und Anja, meine beste, allerbeste Freundin seit dem Tag, an dem sie sich am ersten Schultag in der fünften Klasse neben mich gesetzt hatte, Anja hatte nicht mehr allzu viel Zeit, um sich überraschen zu lassen.

Am Ende waren wir alle überrascht über das, was mit uns geschah.

Oder was uns geschah.

Wie jung wir damals waren. Das Ganze liegt mehr als zwanzig Jahre zurück, mehr als ein Vierteljahrhundert, aber ich erinnere mich immer noch gut an diese Zeit. Diese Zeit der gnadenlosen Veränderungen, mit denen wir kaum noch Schritt halten konnten. Alles veränderte sich, wir veränderten uns, die Welt um uns herum veränderte sich. Im Kern aber blieben wir dieselben: Harm der Draufgänger und Eroberer, tough und ohne Angst, der Gefahr stets auf der Spur. Berend gutmütig und sensibel, immer zurückhaltend, Herausforderungen lieber vermeidend.

Und Anja? Anja blieb meine Freundin, meine sanftmütige, fröhliche, tapfere, allerbeste Freundin, von den Jungen umschwärmt, bei den Mädchen beliebt, vom ersten Schultag in der fünften Klasse der Realschule an, an dem sie sich neben mich gesetzt hatte, ohne zu zögern, von dem Tag an blieb sie meine Freundin, meine allerbeste und lange Zeit einzige Freundin, und das blieb sie bis zuletzt.

Es hat lange, sehr lange gedauert, bis ich wieder eine beste Freundin gefunden habe. Aber ich habe sie letztendlich gefunden.

Jetzt

Die Sonne scheint, als ich auf den Hof fahre und langsam abbremse. Nur ein Parkplatz ist frei, direkt vor dem Anbau. Wie immer bleibe ich einen Moment sitzen und betrachte die verglaste Front. Die Fenster wirken konkav im Sonnenschein, jedes Mal neu bewundere ich diesen gelungenen Eindruck. Erst als Rupert hinter mir aufgeregt anfängt zu hecheln, öffne ich die Tür.

Lenas Büro zieht sich über das ganze Erdgeschoss. Helles Tageslicht fällt herein, aber dennoch ist die Lampe auf Lenas Tisch eingeschaltet. Sie ist allein, sitzt konzentriert da, den Kopf tief über eine Zeichnung gebeugt. Einen Moment lang besehe ich ihre geraden Schultern in dem teuren Blazer, den Kragen ihrer weißen Bluse und die feine Linie ihres Nackens darüber, dann schwingt sie herum.

„Mart“, sagt sie und lächelt mich an. Lena lächelt nicht oft, aber wenn sie mich sieht, dann eigentlich immer.

„Lena“, gebe ich in dem gleichen trockenen Tonfall zurück. Unwillkürlich muss ich ebenfalls lächeln, während sie mich mustert. Ich weiß, was sie sieht: Stiefel, Jeans, eine abgetragene dunkle Fleecejacke mit einer dünnen Daunenweste darüber. Mein Kleidungsstil hat sie noch nie überzeugt. „Und, gefall ich dir?“

Jetzt muss sie sogar lachen. „Die Zeiten sind vorbei“, sagt sie kopfschüttelnd und sieht sich um. „Wo ist Rupert?“

„Vermutlich in der Küche und frisst Minnie das Futter weg.“

„Hoffentlich. Die Gute ist sowieso zu dick.“ Lena deutet zur Besucherecke hinüber. „Komm, setz dich.“

„Ich hab nicht viel Zeit.“

„Das weiß ich. Setz dich doch trotzdem.“

Ich lasse mich in einen der sehr bequemen Sessel fallen und strecke die Beine aus. Im gleichen Moment kommt Rupert schmatzend hereingelaufen, ein fast glückliches Grinsen in seinem hässlichen Hundegesicht. Minnie folgt ihm einen Moment später und läuft ausgelassen wedelnd auf mich zu, während Rupert sich an Lenas Beine schmiegt. Sie streichelt ihn ausgiebig, bevor sie zu mir herüberkommt. Rupert trottet hinterher und rollt sich zufrieden grunzend zu unseren Füßen zusammen, während Minnie Anlauf nimmt und auf meinen Schoß springt. Sie ist nicht gerade ein Leichtgewicht, aber wie jedes Mal bin ich auch jetzt wieder gerührt, wenn sich der dickliche Beagle vertrauensvoll in meinem Schoß zusammenrollt. Ich streichele eines ihrer großen weichen Ohren, und Minnie grunzt zufrieden.

„Was meinst du, ob Minnie und Lore sich noch verstehen würden?“, fragt Lena nachdenklich.

„Bestimmt.“

Lena legt den Kopf schief, und ihre Augen verengen sich kaum merklich, als sie mich mustert. „Du fährst jetzt los?“

Ich nicke und verschränke meine Hände im Nacken. Irgendein Muskel knackt vernehmlich, offenbar bin ich angespannter, als mir bewusst ist.

„Und?“

„Gemischte Gefühle“, sage ich.

Lena nickt. „Hast du dich schon entschieden?“

„Nein, noch nicht.“

Einer von Lenas jungen Mitarbeitern erscheint im Türrahmen. Ich habe ihn ein- oder zweimal gesehen, weiß aber nicht, wie er heißt. Er sieht mich entschuldigend an und blickt dann zu Lena.

„Lena?“, fragt er. „Es ist gleich sechzehn Uhr. Wir sollten langsam losfahren.“

Lena nickt ihm zu. „Komme gleich!“ Als er verschwunden ist, gefolgt von einer hoffnungsvoll schnuppernden Minnie, richtet Lena ihre bernsteinfarbenen Augen auf mich. „Wir haben einen Besprechungstermin“, erklärt sie. „Wann kommst du wieder?“

„Wenn ich entschieden habe, was ich machen soll.“

„Wenn du Hilfe brauchst, kommen wir.“

Ich lächele sie an. „Das ist lieb von euch, Lena, aber diese Sache muss ich allein regeln.“

„Ich weiß“, sagt sie. „He, Mart, brauchst du noch was, Geld oder so?“

„Nein, danke. Ich habe alles, was ich brauche“, sage ich. Sie sieht mich an, sie weiß genau wie ich, dass das nicht die ganze Wahrheit ist. Aber eine, mit der ich mich arrangieren kann.

Zum Abschied umarmen wir uns. Es ist tröstlich, ihren weichen Körper in meinen Armen zu spüren.

„Grüß deinen Liebsten“, flüstere ich nah an ihrem Ohr.

„Er kommt morgen zurück“, sagt sie. „Und du, grüß du mir die Insel.“

Als ich Rupert auf den Rücksitz gelassen habe und einsteige, sehe ich, dass Lena wieder an ihrem Tisch sitzt und mir durch die großen Fensterscheiben nachblickt. Unbewegt sitzt sie da, eine schöne Frau in einem Stuhl, und der Schein der Lampe wirft einen goldenen Lichtkranz um ihren Kopf.

Sie weiß, woher ich komme. Und wohin ich gehe.

Vielleicht weiß sie mehr als ich selbst.

Ich ziehe die Tür zu, hole tief Luft und lege den Gang ein.

Kapitel 2

Jetzt

Glatt und schnurgeradeaus zieht sich die Straße vor mir wie ein dunkles Band durch die Frühlingslandschaft. Seit ich Berlin hinter mir gelassen habe, ist die Strecke fast frei; kaum jemand ist unterwegs. Ab und zu überhole ich einen gemächlich vor sich hintuckernden Kleinwagen, gelegentlich auch einen LKW. In lang gezogenen Schlenkern fahre ich vorbei, wechsele ohne Eile die Spur. Ich habe ausreichend Zeit, dennoch fahre ich schnell. Pure Gewohnheit. Ich bin nicht nur schon immer gern Auto gefahren, sondern schon immer gern schnell.

Rupert schnarcht leise auf dem Rücksitz, zu einer filzigen Kugel zusammengerollt, nur ein Ohr steht empor, als würde er lauschen.

Aber er lauscht nicht. Selbst wenn er wollte, die Zeiten sind für ihn vorbei. Rupert hört langsam schlecht, ein Tribut an das Alter. Dafür schläft er umso tiefer. Und ich gönne es ihm.

Ich wünschte, mein Schlaf wäre annähernd so tief.

Wenigstens manchmal.

Über mir am Himmel ziehen sich die Wolken langsam zusammen; fast kann ich dabei zusehen, wie sie die Sonne in den Hintergrund drängen. Der strahlende Apriltag trübt sich zusehends ein, aber mich stört das nicht weiter. Die vielen Wasservögel am Rande der Autobahn ebenso wenig. Geduldig staksen sie durch die wasserreichen Äcker und Wiesen links und rechts der Straße und suchen nach Nahrung. Ich wünschte, ich könnte sie hören, aber was ich höre, das ist das satte Surren der Räder und das gleichmäßige Schnurren des Motors.

Das Ruppiner Land ist von zahlreichen Kanälen und Flüssen durchzogen, seit Fehrbellin hinter mir liegt, hat sich die Landschaft geöffnet und gleichzeitig scheinbar geglättet. Sanft schwingen sich die Felder, von Gräben und Furchen durchzogen. Vor einer großen Eiche am Feldesrand sehe ich einen kleinen Schwarm Enten, mitten auf einer Freifläche zwei Fischreiher, und weit, weit hinten einen frühen Storch, wenn ich meinen Augen trauen kann.

Und Rehe sehe ich auch, jede Menge Rehe, braun und grazil, friedlich grasend und dennoch stets wachsam, darauf vertrauend, dass eins von ihnen gut aufpasst.

Von Jahr zu Jahr gibt es mehr Tiere auf dieser Strecke, Vögel wie Wild. Aber ob ich damals Rehe gesehen habe, vor nunmehr dreizehn Jahren, als ich diese Strecke zum ersten Mal zurücklegte, weiß ich nicht mehr.

Nur, dass ich es auch damals nicht eilig hatte, genauso wie heute. Dass ich nicht selbst fuhr. Und dass es Sommer war, Juli. Und heiß, unglaublich heiß.

Ich schlage denselben Weg ein wie damals. Und wie damals weiß ich auch jetzt nicht, was mich erwartet.

Es hätte gut möglich sein können, dass wir uns niemals wieder getroffen hätten. Ich hätte vielleicht noch manchmal an dich gedacht, vielleicht auch immer wieder. Und vielleicht hätte ich dich auch eines Tages vergessen.

Aber dann kam Lonnie mit seiner seltsamen Idee.

Berlin, Juli 1997

„Schweden? Wieso Schweden? Alle Welt fährt nach Italien. Was willst du in Schweden?" Ich schlug die Decke zurück und genoss die kühle Luft, die durchs geöffnete Fenster hereinwehte und mir weich über die Haut fuhr. Lonnie stützte sich auf dem Ellenbogen auf und fuhr mir mit dem Daumen sanft über den Bauch.

„Weil ich noch nie da war. Und weil ich unbedingt sehen muss, wo Bergman seine geilen Filme gedreht hat." Lonnie lächelte leicht, und seine langen Wimpern bebten, als er aufblickte und mir direkt ins Gesicht sah.

„Und wo hat er seine geilen Filme gedreht?" Ich atmete tief aus. Ein Schauder fuhr mir über die Haut, ob von Lonnies Berührung oder dem sanften Luftzug, konnte ich nicht sagen.

„Auf Farö."

„Farö? Das liegt doch in Portugal, oder nicht?"

Lonnie zog unwillig die Brauen zusammen. „Oder Forö, oder wie immer das ausgesprochen wird. Mann, ich kann doch kein Schwedisch!"

Lonnie war Filmstudent und der ultimative Bergmanfan, aber unbeherrscht war er auch. Das war einer der vielen Gründe, warum ich mich mit ihm bislang auf keine nähere Beziehung eingelassen hatte. Ein weiterer Grund war, dass er nicht wusste, ob er Mann, Frau oder etwas dazwischen sein wollte oder gar war. Die Tatsache, dass er sich nicht festlegen wollte, faszinierte mich, aber andererseits hielt sie mich auf Distanz. Eigentlich, das war mir ziemlich klar, wollte ich eine Frau. Aber Lonnie wollte ich auch. Zumindest manchmal.

„Und wo liegt das, dieses Forö?", fragte ich und strich über einen seiner muskulösen Arme. Lonnie lächelte besänftigt, auf körperliche Signale reagierte er immer sofort. In dieser Hinsicht gab es für mich keinen Zweifel an seiner Männlichkeit.

Lonnie rutschte dichter an mich heran. Seine schönen blauen Augen musterten mich versonnen. „Das liegt bei einer größeren Insel, also knapp oben drüber. In der Ostsee. Gotland heißt die. Fährst du mit mir hin? Bitte, Mart, sag ja."

Mir blieb für einen Moment der Atem weg, aber Lonnie schien nichts zu bemerken. Vorsichtig legte er einen warmen Arm über meinen nackten Bauch und zog mich dicht an sich heran. „Bitte, Mart, tu mir den Gefallen", flüsterte er in mein Ohr, und wieder durchfuhr mich ein Schauder. „Fahr mit mir nach Gotland. Gleich morgen. Es ist schön warm, wir können draußen schlafen. Am Strand vielleicht. Oder wo immer du willst. Komm, Mart, sag ja." Er küsste mich auf den Hals, und ich zuckte zusammen. Reflexartig legte ich meine Hand auf Lonnies Arm und hielt ihn fest, bevor er sich weiter nach unten bewegen konnte. „Los, Mart, sag schon ja", flüsterte Lonnie sanft in mein Ohr.

„Gotland?" Meine Stimme klang krächzend, und Lonnie richtete sich ein wenig auf, um mich ansehen zu können. Seine Augen waren dunkel, genau wie seine langen Wimpern. Selten zuvor hatte ich ein so ebenmäßig geformtes Gesicht gesehen wie seins, mit den fein geschwungenen Lippen, der geraden Nase, den ausdrucksstarken Augen. Er war unglaublich hübsch, ein hübscher Junge. Ein hübsches Mädchen. Ein hübscher Mensch.

„Ja, Gotland. Wieso?"

„Ich war schon mal da", sagte ich heiser.

Lonnie starrte mich einen Moment lang verwundert an. „Du warst schon mal da?"

„Ja." Ich zuckte mit den Schultern, so gut das im Liegen ging. „Ich war schon mal da. Vor einer Ewigkeit."

Lonnie fing an zu lächeln. „Umso besser", sagte er leise, und sein Atem war wie ein Windhauch auf meiner Wange. „Dann kennst du dich ja dort aus."

Einen Tag später waren wir unterwegs. Lonnie hatte Semesterferien, und Frau Huber war den ganzen Monat über in Urlaub nach Hause in die Schweiz gefahren, also hatte ich ebenfalls frei. Aber dennoch musste ich ein paar Sachen regeln, bevor wir losfahren konnten. Und Busfahrkarten besorgen. Lonnie hatte von Berlin aus per Anhalter fahren wollen, aber ich hatte mich geweigert. „Trampen geht nicht, Lonnie. Die Achtziger sind vorbei. Kein Mensch nimmt heutzutage zwei Leute mit, die am Straßenrand rumstehen und den Daumen in die Luft halten."

Lonnie zog die Brauen zusammen. „Woher willst du das so genau wissen?"

„Weil ich es eben weiß", sagte ich, und damit hatte die Diskussion ihr Ende gefunden, wie meist, wenn wir uns in einer Frage nicht einig waren. Lonnie kehrte zwar gern den großen Macker heraus, aber gleichzeitig war er ein äußerst harmoniefreudiger Mensch, der im Grunde froh war, wenn er anderen die Entscheidungen in wichtigen Fragen überlassen konnte.

Also saßen wir zwei Tage später schon am frühen Nachmittag im Reisebus nach Kopenhagen. Der Bus war ein neueres Modell, mit einem schmächtigen, schnauzbärtigen Fahrer, der mürrisch die Tickets seiner wenigen Fahrgäste geprüft hatte und dann wortlos angefahren war, mit einem unvermuteten Ruck, der Lonnie und mich schwungvoll in unsere Sitze presste und den älteren Herrn neben uns fast aus den Schuhen riss.

„Geht ja gut los!", rief Lonnie vergnügt und schob seine New-York-Yankees-Kappe zurück, während er neugierig aus dem Fenster sah. „He, Mart, sieh mal, der Fernsehturm da! Und das Funkhaus!"

„Diese Gebäude sind mir durchaus bekannt, Lonnie", sagte ich und lehnte mich entspannt zurück. „Bist du noch nie Reisebus gefahren?"

Lonnie presste die Hände an die Scheibe und starrte hinaus in den Berliner Sommertag, wie ein glückliches, aufgeregtes Kind auf dem lang ersehnten Schulausflug. „Nein", gab er zu. „Aber das ist ja genial, man sitzt so hoch oben und kann alles sehen! Das muss ich mal filmen! Mann, ist das cool!"

Und so ging es weiter. Lonnie fand alles cool, die nachmittägliche, in der Hitze brütende Stadt mit ihrem unsäglichen Verkehr, die Sicht von der Stadtautobahn auf die hässlichen Wohntürme am Rande, die Flugzeuge, die schräg am Himmel über uns auf den Flughafen Tegel zusteuerten, und dann, als wir die Stadtgrenze passierten, die brachliegenden Flächen am Rande der Straße. Er war begeistert von den sanft geschwungenen brandenburgischen Feldern, erfreute sich an den Mäusebussarden, die wachsam auf den Zaunpfählen am Feldesrand saßen und nach frisch überfahrener Beute Ausschau hielten, und er stieß mir entzückt in die Seite, als nach dem Wittstocker Dreieck die ersten Seen der Müritzer Platte in der Landschaft erschienen.

„Guck mal, ein Storch!", rief er, „da, direkt an der Straße! Unglaublich!" Er verrenkte sich fast den Hals, als er sich nach dem großen Vogel umdrehte, der in der Nachmittagssonne geruhsam nach Kleingetier pickte, und warf dem älteren Herrn auf dem Nebensitz einen leicht beleidigten Blick zu, als der in sich hineinlachte. „Ich bin eben noch sehr begeisterungsfähig", erklärte Lonnie. „Ein Gefühlsmensch, wissen Sie. Und das hier", er breitete die Arme aus, wobei er mit einer Hand gegen den Nachbarsitz stieß und mit der anderen gegen das Fenster, „das hier ist ein richtiges Abenteuer! Wir fahren nach Gotland, cool!"

Der ältere Herr nickte nur freundlich, warf Lonnie einen dieser typisch ergebnislos abschätzenden Blicke zu, mit denen er so oft bedacht wurde, und vertiefte sich wieder in das Buch, in dem er seit unserer Abfahrt gelesen hatte. Und erst, als wir Rostock schon hinter uns gelassen hatten, mit der Fähre nach Gedser übergesetzt waren und schließlich Kopenhagen in Sicht kam, erst da klappte er es zu, und ich konnte erkennen, dass es ein schwedischsprachiges Buch war. Mit Ingmar Bergman auf dem Cover.

Lonnie war entzückt, als ich ihn darauf hinwies, und seine Begeisterung kannte keine Grenzen, als der ältere Herr sich als versierter Gotlandkenner herausstellte, der uns nicht nur in fließendem Deutsch die beste Busverbindung nach Gotland nennen konnte, sondern auch eine günstige Herberge zum Übernachten.

„Und Sie sind ...“, der ältere Herr überlegte kurz und fuhr dann abschließend fort: „Sie sind ein Paar?“

„Ja“, sagte Lonnie, während ich gleichzeitig den Kopf schüttelte.

In unserem schlichten Vierbettzimmer versuchte Lonnie später halbherzig darüber zu sprechen. „Na ja, wir sind doch schon so etwas wie ein Paar, oder nicht?“, fragte er, während er sich das erstaunlich winzige Kopfkissen auf dem oberen Stockbett zurechtklopfte.

„Was ist denn so etwas wie ein Paar?“, fragte ich zurück und streckte mich auf dem unteren Bett aus. Nach einem Moment erschien Lonnies fragendes Gesicht über der Bettkante. „Ich weiß nicht ...“ Er ließ die Arme herunterbaumeln. „Ich würde vielleicht sagen, man ist dann so etwas wie ein Paar, wenn es verbindlicher wird. Jemand, zu dem man gehört oder so. Danach suchen wir doch alle, oder? Aber egal, morgen sind wir auf Gotland. Bist du nicht auch aufgeregt?“

Ich nickte. Ja, ich war auch aufgeregt. Aber aus anderen Gründen als er.

In unserem Vierbettzimmer lag ich die halbe Nacht lang wach auf meiner durchgelegenen Matratze, während Lonnie zufrieden und erschöpft von der Aufregung über mir schlief. Ich hingegen konnte nicht schlafen. Morgen Abend würde ich auf Gotland sein, an dem Ort, an dem ich für ein paar Wochen vor langer Zeit glücklich gewesen war.

Schließlich zog ich meinen Rucksack zu mir herüber und nahm mein Notizbuch heraus. In der hinteren Umschlagklappe steckte sie, die kleine, abgegriffene Karte. Ich drehte sie um und hielt sie ins Licht der Kopenhagener Straßenlaterne, das von draußen hereinfiel.

Ihr Name stand in kleinen, fett geprägten Buchstaben über der Adresse des Internationalen Komponistenzentrums, dazu zwei Telefonnummern, keine E-Mail-Adresse.

Ich hatte sie nie angerufen. Aber ich hatte sie nicht vergessen. Vielleicht war sie dort, wo ich hinfuhr. Vielleicht war sie fort.

Aber ich wusste, ich würde sie suchen.

Eigentlich habe ich immer gesucht, schon seit ich mich erinnern kann. Einen Ausweg, eine Fluchtmöglichkeit, eine Lösung, Menschen. Liebe, natürlich.

Vielleicht hätte Lonnie mich ganz direkt fragen sollen, wonach ich wirklich suchte. Vielleicht hätte ich ihm geantwortet.

Aber so, wie er seine Vermutung einfach in den Raum hineinwarf, lässig und ohne die Aufforderung, ihm darauf zu antworten, so sah ich mich nicht veranlasst, ihm tatsächlich etwas von dem zu erzählen, was in mir vorging. Ich musste nicht einmal ausweichen oder lügen. Ich musste einfach nur schweigen.

Vielleicht ist es eine Kunst, die richtigen Fragen zu stellen. Oder eher, sie richtig zu stellen: direkt und unverblümt.

Du hast das gekonnt. Wenn du gefragt hast, dann richtig.

Manchmal, oft, hast du aber auch nicht gefragt. Und vielleicht ist es oftmals auch klüger, die richtigen Fragen eben gar nicht zu stellen, um die Wahrheit nicht ertragen zu müssen.

Auch Lonnie hat damals so gehandelt, sich einen Aufschub gegönnt und mir das Schweigen ermöglicht.

Ein Aufschub, so war es. Damals, mit Lonnie, habe ich gespürt, dass es nur eine Affäre auf Zeit ist. Wir waren uns fremd geblieben, Lonnie und ich, und heute, aus dem Abstand der Jahre heraus, kann ich ohne Scham sagen, dass ich auch, wie so viele andere, fasziniert war von seiner Nichtfestlegung auf ein Geschlecht. Lonnie war ein Exot, zu früh dran, seiner Zeit, der Transgender-Bewegung, voraus, denn noch war niemand so ähnlich wie er: ein Mensch in der Mitte.

Er war lieb, und ich war auch ein bisschen verliebt in ihn, aber nicht allzu sehr. Lonnie war nicht der Mensch, nach dem ich suchte.

Er war eine Zwischenlösung, das Beste, das sich mir anbot. Genau wie Berend viele Jahre zuvor.

Norddorf, September 1984

Die letzte Diele vor der Haustür knarrte, wie immer, wenn ich versuchte, besonders leise zu sein. Einen Moment verharrte ich, aber oben blieb alles still. Nur aus dem Wohnzimmer waren Fernseherstimmen zu hören. Ich griff nach der Klinke.

„Wo willst du hin?“

Ich drehte mich seufzend um. Mein Vater stand in der Wohnzimmertür, leicht schwankend, aber mit blitzenden Augen. Ein Träger seines Unterhemds war verrutscht, dunkles Haar kräuselte sich über dem fleckigen Brustausschnitt.

„Noch mal hoch zu Harm.“ Gegen den Sohn des größten Hoteliers am Ort hatte mein Vater meist nichts einzuwenden. Wahrscheinlich hoffte er, dass ich in die Familie Gerdes einheiraten und damit in Zukunft für das Auskommen meiner Eltern sorgen würde. Seit Tante Josina nach unserer Rückkehr aus Gotland den Schankbetrieb in ihrer Pension eingestellt und damit meinen Vater um seinen ruhigen Job als Kneipenwirt gebracht hatte, war er noch unausstehlicher als zuvor. Auch wenn das kaum möglich schien.

„Zu Harm?“ Seine Augen verengten sich. „Kommt überhaupt nicht in die Tüte. Es ist schon nach acht, du bleibst hier. Du bist doch kein Flittchen!“

„Wieso Flittchen? Wir sind doch bloß Freunde, Harm und ich, das weißt du doch!“

Er ließ die Türklinke los und trat einen Schritt näher auf mich zu. „Gibst du schon wieder Widerworte? Los jetzt, ab nach oben, du … du Kuckucksei, du!“ Die letzten Worte kamen zischend heraus, und ich war überrascht von der Heftigkeit, mit der er sie ausstieß. Einen rüden Umgangston war ich von meinem Vater seit jeher gewohnt, aber dieses Schimpfwort war neu.

„Los jetzt!“ Er kam noch einen Schritt auf mich zu, und ich trat den Rückzug an. Mit hoch erhobenem Kopf ging ich die Treppe hinauf und an der geschlossenen Tür des Elternschlafzimmers vorbei, hinter der meine Mutter sich seit dem Morgen mit ihrer Migräne verkrochen hatte. Die Tür des Zimmers meiner Brüder, das Uwe meist allein bewohnte, seit Onno zur See fuhr, stand hingegen einen Spalt offen. Leise Musik waberte heraus, Pink Floyd natürlich, *The Wall*, Uwes absolute Lieblings-LP. *Is there anybody out there?*, drängte Roger Waters gedämpfte Stimme. *Is there anybody out there?*

Nur ich, dachte ich, ich bin hier, und ich blieb stehen, um im Schutze der leisen Musik nach unten zu lauschen. Nach einer Weile vernahm ich das Knarren der Dielen und sein unterdrücktes Grummeln, als mein Vater zurück ins Wohnzimmer schlurfte.

Und dann hörte ich noch etwas. Ein Stöhnen, dann ein weiteres. Vorsichtig drehte ich mich zur Seite. Eigentlich wollte ich gar nicht hinsehen, eigentlich wollte ich weitergehen, aber der Spalt in der Tür war zu breit.

Und so sah ich Uwes gekrümmten Leib, sein hochgerutschtes Shirt, ich sah den leichten Schweißfilm auf seiner Haut und die angespannten Muskeln seines Arms, mit dem er Frauke festhielt, Frauke, die unter ihm lag mit geschlossenen Augen, ein merkwürdig ergebenes Lächeln in ihrem Gesicht. Dann rutschte Uwe höher, Fraukes Gesicht war nicht mehr zu sehen, aber das Stöhnen war noch zu hören, ein Stöhnen aus zweierlei Kehlen.

Einen Moment lang stand ich wie erstarrt, dann ging ich weiter, in Fraukes und mein Zimmer, in dem ihr Bett ordentlich mahnte wie immer, bewacht von drei Puppen aus Kindertagen, die glattgezogene Überdecke wie ein stummer Vorwurf an meine wilde, bunte, unordentliche Zimmerhälfte mit dem ungemachten Bett, den unsortierten Stapeln von Büchern, den Kleiderhaufen und den vielen Plakaten an den Wänden: Die Stray Cats lugten unter ihren schwarzen Strähnen finster hervor, Culture Club lächelten, Grace Jones guckte cool, Annie Lennox lässig, eine Anti-Atom-Sonne strahlte. Ich griff mir meine Strickjacke vom Bett und öffnete das Fenster, stieg zwischen Fraukes und meiner Hälfte hinaus auf den Sims, machte zwei Schritte hinüber zum Vordach und sprang.

Berend wartete, wie immer, wenn ich das Haus nicht durch den Vordereingang verließ, direkt neben dem Nussbaum, dem Stolz meiner Mutter. Lächelnd trat er aus dem Schatten, als ich mich aufrappelte. „Hat er dich wieder erwischt?"

„Komm", sagte ich nur, und wir liefen los, drückten uns aus dem Hintereingang, überquerten die Straße, verschwanden im Dunkel der Wiesen. Der Mond war nicht zu sehen, aber das störte uns nicht. Wir kannten uns beide gut aus. Wortlos liefen wir an den schweigenden Schatten der Zaunpfähle vorbei, begleitet vom Glucksen der träumenden Vögel, vom Rauschen der Wellen, vom leisen, kaum hörbaren Pfeifen des Windes. September war es und immer noch warm, viel wärmer als sonst um diese Zeit. Nur der Wind war schön frisch.

Wir passierten das dunkel daliegende Landschulheim, in dem meine Mutter seit vielen Jahren am Wochenende als Köchin arbeitete, und schlugen den Weg zur Odde, der Nordspitze, ein. Berend tastete nach meiner Hand und ich ließ es geschehen, schob meine in seine, fühlte die Ruhe, die mich überkam, mit Berend an meiner Seite. Mit jedem Schritt fort von zu Hause ging es mir besser.

„Sieh mal, der Alte ist immer noch wach." Berend deutete hinüber zur Vogelwärterhütte. Sie schmiegte sich eng an die Düne, im Fenster war Licht, warm und weich schien es zu uns herüber.

Und obwohl ich mit Berend draußen in der Dunkelheit vorbeiging, auf die Spitze der Insel zu, fühlte ich mich auf einmal beschützt. Ich wusste, wie es dort in der Hütte aussah, vollgestopft mit Büchern, Bildern, ausgestopften Vögeln, Futterkästen und Vitrinen; ich konnte Klaas vor mir sehen, wie er an seinem Tisch hockte, die Petroleumlampe darauf, daneben der Kocher, die Hand um einen Becher voll Tee, in der anderen die Pfeife, hinter ihm die Pritsche mit den einfachen Decken. Vielleicht las er, sortierte etwas, flickte ein Hemd, den Kopf tief darüber gebeugt. Allein die Vorstellung gab mir ein tröstliches Gefühl.

Ich folgte Berend den schmalen Trampelpfad an der hohen Düne vorbei. Schließlich erreichten wir unseren Lieblingsplatz, eine Mulde in der fast senkrecht aufragenden Düne, windgeschützt und gerade groß genug für uns beide.

Berend nahm seinen Rucksack ab, zog zwei Flaschen Bier und eine Decke heraus und breitete sie aus. Dann ließ er sich neben mir nieder und öffnete die Flaschen, um anschließend zwei Zigaretten zu drehen.

Schweigend saßen wir da, tranken unser Bier und sahen auf die fast spiegelglatt daliegende See hinaus. Der Wind war abgeflaut, es schien wärmer geworden. Und dunkler zugleich.

Ich streckte mich auf dem Rücken aus und sah in den Himmel hinauf. Berend drückte seine Zigarette aus und verscharrte den Stummel im Sand. Sein Gesicht lag im Schatten, ich konnte seinen Ausdruck nicht erkennen, aber das brauchte ich auch nicht. Ich kannte Berend lange genug, um zu spüren, was mit ihm los war.

„Alles in Ordnung?“, fragte er rau.

Ich nickte. „Glaub schon.“

„Bist du froh, wieder hier zu sein?“

„Mensch, ich bin doch schon seit neun Tagen wieder aus Schweden zurück!“ Ich stieß Berend scherzhaft in die Seite, und er lachte und streckte sich neben mir aus. Nach einem Moment legte er den Kopf an meine Schulter. Ich schob meinen Arm um seine Schultern, und Berend nahm das als Einladung, drängte sich an mich, begann fast augenblicklich zu zittern. Ich spürte seinen warmen Atem an meinem Hals, dann seine Lippen, als er mich zu küssen begann.

Genau das hatte er gewollt, das wusste ich. Deswegen hatten wir uns heute Nacht getroffen, und eigentlich war ich auch deswegen mit ihm hergekommen, aber plötzlich konnte ich nicht mehr.

„Nein", flüsterte ich und schob ihn fort, bevor meine leise Abwehr in Wut umschlagen würde.

Berend richtete sich halb auf und sah mich verdutzt an. „Warum nicht?"

Ich schüttelte den Kopf. Berend schwieg, zog die Decke unter sich hoch, legte sich flach auf den Rücken und sah genau wie ich in den Himmel. „War das schlecht, neulich?", fragte er leise.

„Quatsch. Gar nicht." Und das stimmte auch. Es war nicht schlecht gewesen, unser erstes gemeinsames Mal kurz vor meiner Reise nach Gotland, das zugleich auch mein wie sein erstes Mal gewesen war. Nur, dass es sich nicht so angefühlt hatte, wie ich vorher geglaubt hatte. Nicht tief, nicht bewegend, nicht intensiv, sondern flach. Flach und flüchtig. Fast, als wäre gar nichts geschehen.

„Okay." Nach einer Pause seufzte Berend. „Was soll denn jetzt werden mit uns?"

„Ich weiß nicht."

„Schade", sagte Berend. „Ich möchte nicht, dass es so läuft wie mit Anja und Harm. Vier Monate und dann … pfft!" Er machte eine schnippende Handbewegung.

Ich drehte mich halb zu ihm um und stützte mich auf dem Ellenbogen auf. „So kann das mit uns doch gar nicht laufen", sagte ich. „Wir kennen uns viel länger, Berend. Wir kennen uns schon immer. Das mit uns ist doch sowieso was Besonderes. Aber vielleicht nicht … nicht so was."

Berend sah mich an, und nun konnte ich seinen Gesichtsausdruck auch erkennen. Er sah traurig aus, traurig und hoffnungsvoll zugleich. „Marti, ich liebe dich", sagte er leise, so leise, dass es fast unterging in den nächtlichen Rufen der Wasservögel um uns herum.

Für einen Augenblick schlug mein Herz schneller, dann beruhigte es sich. Aber ich schwieg. Obwohl ich ihn ebenfalls liebte, dessen war ich mir sicher. Nur auf andere Weise.

Berend streckte den Arm aus und ich kuschelte mich an ihn. Die Nacht war jetzt direkt über uns, der Himmel ganz weit.

Es war derselbe Himmel, der sich auch über der Insel ausbreitete, auf der ich so glücklich gewesen war, glücklich und frei. Gerade mal neun Tage war das jetzt her, aber es fühlte sich bereits an wie eine Ewigkeit.

Für einen Moment tauchte das Gesicht der dunkelhaarigen Klavierspielerin vor meinem inneren Auge auf, dann verschwand es, und über mir war nur noch der Himmel, der Himmel, unendlich weit, unerreichbar.

Und je länger ich aufsah, mit Berend an meiner Seite, desto trauriger war mir zumute.

Visby, Juli 1997

Die Sonne strahlte von einem makellos blauen Himmel auf uns herunter, als Lonnie und ich nebeneinander den Färjeleden entlanggingen.

„Ist das geil!" Lonnie wies begeistert auf die Reste der mittelalterlichen Ringmauer, die unmittelbar oberhalb der Straße aufragten. „Guck dir die Festung da an! Da sind noch Gitter in den Fenstern!" Er blieb stehen und legte den Kopf in den Nacken, und ich tat es ihm gleich. Über uns schwebten zahlreiche Silbermöwen am Himmel, die Flügel entspannt ausgebreitet, die dicken, gelben Schnäbel leuchteten im Sonnenlicht. „Wow!“, flüsterte Lonnie ehrfürchtig und sah zum Hafen hinüber, hinter dem das weite Meer sich glatt und tiefblau glänzend bis zum Horizont ausbreitete. „Ist das schön hier!“

Ich antwortete nicht, das war auch nicht nötig, denn Lonnie war ohnehin abgelenkt. Im Schutz seiner Begeisterung versuchte ich, mich zu beruhigen. Seit wir vor einer Viertelstunde die Fähre über die metallene Gangway verlassen hatten, klopfte mir das Herz bis zum Hals. Augenblicklich hatte mich dasselbe Glücksgefühl wieder erfasst, das ich damals, vor so vielen Jahren, als Jugendliche beim Betreten der Insel empfunden hatte, aber diesmal mischte sich ängstliche Erwartung mit hinein.

Vorsichtig wich ich einer Touristenfamilie mit tropfenden Eiswaffeln in den Händen aus und musterte die Fassaden der alten Lagerhäuser am Straßenrand, in denen sich moderne Restaurants und Eisdielen niedergelassen hatten. Ein abgeblättertes Straßenschild verkündete, dass sich der Färjeleden in die Hamngatan verwandelt hatte, und ich blieb abrupt stehen, als ich die kleine Tafel neben dem Eingang zu einem schmalen Eckhaus daneben entdeckte. Lonnie prallte fast gegen mich.

„Was ist denn los?“, fragte er und betrachtete verständnislos die schwedische Inschrift. „Was steht da? International … ne, Internationella Ton… Tonsä… Tonsätt…“

„Tonsättarcentrum“, sagte ich und holte tief Luft. „Das heißt Komponistenzentrum.“ Ich hatte es nachgeschlagen, im Schwedischlexikon in der Bibliothek. Und ich musste die Visitenkarte nicht erst herausziehen, um zu wissen, dass dies hier die Adresse war, die darauf stand. Neugierig sah ich an der schmucklosen Fassade empor, die in einen spitzen Giebel mündete, wie alle Häuser unten am Hafen. Wenn ich mich richtig an das erinnerte, was mir von Tante Josina ausufernden Vorträgen damals bei unserem Besuch hier haften geblieben war, dann waren dies ehemalige Packhäuser. Einige von ihnen waren in den vergangenen zwölf Jahren offenbar renoviert worden; das Komponistenzentrum gehörte allerdings nicht dazu. Der Putz der Fassade war rissig und alt, die hölzerne Eingangstür hatte dringend einen Anstrich nötig.

„Komm, lass uns mal weitergehen", drängte Lonnie und trat zur Seite, um einem alten Pärchen Platz zu machen, das mühsam den Gehsteig entlanghumpelte. Die beiden bedankten sich wortreich auf Schwedisch, und Lonnie wandte sich mir strahlend zu.

„Mensch, sind die Leute hier freundlich! Aber los, komm, lass uns weitergehen und das Bus-Terminal suchen. Ich muss unbedingt gucken, wie wir nach Fårö kommen."

Die Tür zum Komponistenzentrum öffnete sich, und ein ätherisch aussehender junger Mann mit wilden schwarzen Locken und einem entrückten Gesichtsausdruck kam heraus. Leichtfüßig lief er die paar Stufen herunter und verschwand zwischen den Touristen auf der Hamngatan. Ich sah ihm nach. Genauso stellte ich mir junge Komponisten vor: schmal, vergeistigt, ein wenig der Welt entrückt, zu Hause in ihrer eigenen Melodie, die niemand sonst hören konnte. Bis sie ihr ein Notenkleid gaben.

„Mart, komm!" Lonnie war schon weitergegangen und winkte mir von der Straßenecke ungeduldig zu. Ich zögerte einen Moment und sah noch einmal an der Fassade empor. Vielleicht war sie hier drin, jetzt, in diesem Moment, saß an einem Tisch, an einem Klavier, dachte nach, an alles, nur nicht an mich. Vielleicht würde ich sie sehen, heute, morgen, in den nächsten Tagen, auf der Straße, zufällig im Vorübergehen. Vielleicht würde ich hier auf sie warten.

„Mart, he!"

„Ich komm ja schon", sagte ich und setzte mich in Bewegung.

Ich wusste noch nicht genau, wie, aber wenn sie hier war, dann würde ich es herausfinden. Ich würde sie suchen.

Lonnie hatte seine Turnschuhe ausgezogen und hielt sie locker in der Hand, als ich ihn am Eingang zur Strandpromenade einholte. Entzückt tänzelte er über rissigen Asphalt. „Wahnsinn! Guck dir das an, dieses unglaubliche Blau!“ Er wies aufs Meer hinaus, dessen tiefes Königsblau weit, weit hinten glänzend gegen den hellblauen Himmel aufschien. Am Horizont leuchtete ein großes, weißes Schiff, vielleicht ein weiteres Kreuzfahrtschiff, von denen einige im Hafen und weiter draußen geankert hatten. Die Fähre, mit der wir gekommen waren, nahm sich fast winzig dagegen aus. Dabei war sie mir riesig erschienen, als wir sie vor unserer Abfahrt im Hafen von Oskarshamn hatten liegen sehen.

„Du kennst dich doch hier aus“, sagte Lonnie unternehmungslustig und schulterte seinen Rucksack neu. „Wo ist denn der Campingplatz?“

„Ich hab nicht gesagt, dass ich mich hier auskenne. Nur, dass ich schon mal hier war. Und das ist zwölf Jahre her. Außerdem, Lonnie, bin ich zu alt zum Campen.“

Lonnie lachte und legte mir den Arm um den Hals, um mir einen Kuss auf die Wange zu drücken. „Ist doch egal“, flüsterte er. „Ich schlaf mit dir, wo du willst!“

Vielleicht war es die Insel, die mein Freiheitsbedürfnis verstärkte, aber zum ersten Mal, seit ich Lonnie kannte, war mir seine Berührung unangenehm.

„Lass uns weitergehen, einfach am Meer entlang“, sagte ich statt einer Antwort.

Lonnie sah mich kurz an, einen Schatten in seinen Augen. „Ist gut, gehen wir weiter! Wow, sieh mal die Schwäne da hinten! Gleich drei Stück, ganz dicht überm Meer!“

Lonnies Begeisterung hielt die ganze Zeit an, während wir die Promenade weiter hinunterliefen und schließlich die Ringmauer hinter uns ließen. Wir passierten das Lazarett mit dem Hubschrauberlandeplatz davor und dann den großen, dichtbesetzten Campingplatz am Norderstrand. Kaum ein Stellplatz war mehr frei, überall tobten Kinder herum, und braungebrannte Badegäste bevölkerten den Strand auf der anderen Seite der Straße, denselben Strand, an dem ich damals mit Tante Josina ein paar Mal gebadet hatte, wie ich plötzlich wiedererkannte. Auf einmal packte mich die Neugier. Nicht weit von hier musste sie sein, die Pension, in der wir damals übernachtet hatten.

„Wohin gehen wir denn?", fragte Lonnie und sah sich mit gerunzelter Stirn um. „Hier sind gar keine Häuser mehr!"

„Noch ein bisschen." Die Büsche auf der dem Strand abgelegenen Straßenseite waren gewachsen, der Straßenbelag neu geteert. Ich legte einen Schritt zu. Die Straße nahm eine leichte Biegung zum Strand hin.

Lonnie folgte mir achselzuckend und ohne zu murren, obwohl sein Rucksack bei Weitem schwerer war als meiner. Er hatte drei dicke Bücher über Bergman und seine Filme dabei. Und zwei große Wasserflaschen dazu. „Nicht so schnell, Mart!", bat er.

Aber ich hörte ihn kaum. Dort, wo die Straße wieder leicht ins Landesinnere abbog, ragte ein Briefkasten hinter einer krumm gewachsenen Konifere hervor. Die letzten Schritte lief ich fast. Dann blieb ich stehen.

„Mart?" Lonnie holte mich schwer atmend ein und blieb ebenfalls stehen. Gemeinsam betrachteten wir das weißverputzte, zweistöckige Haus mit dem umlaufenden Balkon im ersten Stock. Kein Mensch war zu sehen, aber in der Einfahrt zur Garage parkte ein Auto, ein eisgrauer Volvo. Im Garten standen zwei verschnörkelte Metalltische mit dazu passenden Stühlen. Sie hatte es schon damals gegeben, aber Tante Josina und ich hatten nicht ein einziges Mal darauf gesessen.

„Hier war ich damals", sagte ich ruhig.

Lonnie setzte seufzend seinen Rucksack ab und sprang von einem Bein aufs andere. „Und?", fragte er.

Ich betrachtete die Tür, über der immer noch dasselbe Schild den Namen der Pension verkündete: *Villa Norderstrand*. „Ich geh mal rein."

„Was willst du denn da?"

„Gucken. Und … fragen, ob noch was frei ist.“

„Aber … he, haben wir denn dafür genug Geld?“, wandte Lonnie verblüfft ein, aber ich hörte nicht auf ihn. Mit langen Schritten ging ich zur Eingangstür und zog sie auf, bevor ich es mir anders überlegen konnte.

Drinnen war es kühl, und meine Augen brauchten einen Moment, um sich nach der gleißenden Helligkeit draußen an den Halbschatten zu gewöhnen. Ich erkannte den dunkel gebeizten Tresen, hinter dem die Zimmerschlüssel in ihrem altmodischen Kasten hingen, ich erkannte den Treppenaufgang und die Garderobe, an die Tante Josina damals in jenem Sommer Abend für Abend ihren beigefarbenen, leichten Mantel aufgehängt hatte, den sie nie brauchte. Und dann erkannte ich auch die zweiflügelige Holztür wieder, die einen winzigen Spalt breit offenstand, und ich hörte die leise Klaviermusik dahinter, und dann kam die Erinnerung zurück, in einer so heftigen Woge, dass sie mich fast überrollte.

Für einen Moment sah ich sie wieder vor mir, die dunkelhaarige Klavierspielerin, wie sie die Tür öffnete und hinauskam zu Tante Josina und mir, ihr Gesicht halb im Schatten, so dass ich es kaum zu erkennen vermochte. Und dann verstummte die Klaviermusik, und die Tür öffnete sich, und sie trat wirklich heraus, eine große, dunkelhaarige Frau, das Gesicht halb im Schatten. Sie trat zu mir an den Tresen ins Licht, das von draußen hereinschien, und die Sonne fiel auf ihre Züge, und sie lächelte mich an, so wie damals, vor so vielen Jahren, nur dass nun nicht Tante Josina neben mir stand, sondern Lonnie, mein Liebhaber Lonnie, der mir von draußen gefolgt war, ahnungslos, arglos, schwer atmend, verschwitzt.

Nur, dass ich sie erkannte. Und sie mich auch.

„Marthe Maan“, sagte sie mit einem überraschten Lächeln und streckte die Hand aus. Ich legte meine hinein, und mein Herz klopfte so sehr, dass mir das Blut in den Ohren dröhnte und rauschte und ich kaum etwas verstand.

Plötzlich war mir übel, richtig übel, ich sog schnell die Luft ein, salzige Meerluft, die von draußen hereindrang.

„Was …“ Ich spürte Lonnies verwunderten Blick und setzte noch einmal neu an. „Was machen Sie denn hier?“

Sie lachte und stützte ihre Ellbogen auf dem Tresen auf, mit einer anmutigen Geste, die mir erneut eine Welle des Schwindels bescherte. „Was ich hier mache? Ich lebe hier, wissen Sie das nicht?“ Sie sah noch genauso aus wie vor drei Jahren. Und dennoch irgendwie anders. Älter vielleicht. Oder reifer, ich wusste es nicht.

„Nein“, sagte ich zögerlich und schluckte. Ich wusste gar nichts. Vor allem wusste ich nicht, wie jemand so unendlich schöne Augen haben konnte wie sie. Dunkelblaue, vielleicht auch schwarzgraue Augen, die mich jetzt mit einer Mischung aus Interesse und Amüsiertheit musterten. „Nein, das wusste ich nicht“, stammelte ich. „Ich dachte, Sie … Ich weiß nicht.“

Sie lachte weich, ein Lachen, an das ich mich sehr gut erinnerte. So hatte sie vor drei Jahren neben mir auf dem Beifahrersitz des Mercedes gelacht. Und so hatte sie mich damals auch angesehen, mit diesem Blick, demselben tiefen, unergründlichen, leicht amüsierten Blick wie jetzt. „Das können Sie auch alles nicht wissen“, sagte sie. „Aber nun wissen Sie es. Ich lebe hier, und dies ist meine Pension.“

Ich war so überrascht, dass ich einen weiteren Moment lang kein Wort herausbrachte. Dann spürte ich, wie Lonnie neben mir ungeduldig von einem Bein aufs andere trat, aber ehe ich die Sprache wiederfand, ergriff sie wieder das Wort.

„Und wen haben Sie mir mitgebracht, Marthe?“ Sie streckte Lonnie die Hand hin, und er nahm sie mit einem irritierten Seitenblick zu mir, den ich geflissentlich ignorierte.

„Lonnie“, sagte er. „Äh, und Sie sind …?“

„Elisabeth Herlitz. Sie wollen sich also unsere schöne Insel ansehen?“ Sie sah nicht mich an. Sondern Lonnie, der mit den Schultern zuckte.

„Das auch. Aber in erster Linie sind wir wegen Bergman hier. Ingmar Bergman, wissen Sie."

„Ja, das weiß ich", sagte sie ruhig und schmunzelte leicht. „Aber Sie werden Mühe haben, ihn zu Gesicht zu bekommen. Er lebt sehr zurückgezogen, oben auf Fårö."

Auf Lonnies Gesicht malte sich Erstaunen ab. „Wissen Sie, wo genau?"

Elisabeth Herlitz nickte. „Aber ja", sagte sie. „Nur darf ich es Ihnen nicht verraten. Das würde er mir nie verzeihen."

Lonnies Gesichtszüge entgleisten. „Sie ... Sie kennen Ingmar Bergman? Persönlich? Das, das ist ... aber ..."

Bevor er weitersprechen konnte, entschied ich mich. „Haben Sie noch ein Zimmer frei?", fragte ich hastig.

Lonnie zuckte zusammen, aber nach einem warnenden Blick von mir hielt er den Mund. Ein flüchtiges Lächeln umspielte Elisabeth Herlitz' Mundwinkel, als sie hinter den Tresen griff, ein gebundenes Buch herauszog, es aufschlug und kurz studierte. Dann schüttelte sie bedauernd den Kopf. „Tut mir leid, wir haben nur noch ein Einzelzimmer. Und das auch nur für zwei Nächte."

„Macht nichts", sagte Lonnie aufgeregt. „Wir haben Isomatten dabei, ich kann auch auf dem Boden pennen." Er lächelte Elisabeth Herlitz an. Zum Glück neigte ich nicht zum Rotwerden, sonst hätten Lonnies Worte, seine Ausdrucksweise, mir die Schamesröte ins Gesicht getrieben. Eigentlich hatte ich mir schon in meiner Kindheit abgewöhnt, mich für andere Menschen, insbesondere meine Eltern, zu schämen, aber jetzt war es nach langer Zeit wieder der Fall.

„Oder geht das nicht?", fragte Lonnie, und Elisabeth Herlitz klappte das Buch wieder zu, griff hinter sich und nahm einen Schlüssel herunter.

„Doch", sagte sie gleichmütig. „Das geht. Zimmer 4, die Treppe hinauf und dann gleich links. Dusche und WC sind allerdings auf dem Gang. Warten Sie, ich bringe Sie hoch."

Ich nahm den Schlüssel. „Nicht nötig. Ich kenne den Weg. Ich war schon mal hier.“

Überrascht sah sie mich an, und dann glomm ein Funke des Wiedererkennens in ihren schönen, dunklen Augen auf. Sie erkannte mich wieder, nicht aus der Zeit von vor drei Jahren, sondern aus der Zeit lange davor. Ich konnte zusehen, wie ihre Augen sich verengten, wie die Erinnerung an damals zurückkam, wie sie durch mich hindurchsah auf die fünfzehnjährige Marthe von damals in ihrem ersten Sommer auf Gotland.

„Oh“, sagte sie und lachte weich. „Ja, das stimmt. Ich erinnere mich. Sie waren ja schon einmal hier.“

Jetzt

Die Fähre wartet schon, am Kai vertäut, die Heckklappe geöffnet. Die Warteschlange ist übersichtlich, um diese Jahreszeit setzen nur wenige Menschen nach Dänemark über, hauptsächlich LKW-Fahrer, Geschäftsleute, nur wenige Touristen. Ostern steht kurz vor der Tür, der Frühling lässt auf sich warten.

Ich vertrete mir mit Rupert die Beine, wandere am Kai entlang, an den Toilettenhäuschen vorbei und wieder zurück. Rupert gähnt unwillig und schnüffelt uninteressiert an einer Rabatte, setzt nachlässig ein paar Tropfen ab. Er ist immer noch müde, möchte wieder auf seine Decke im Fond; nachher wird er beleidigt sein, dass ich ihn erneut störe, um ihn mit aufs Oberdeck zu nehmen.

Aus einigen Autos treffen uns mürrische Blicke, kaum jemand ist auf Anhieb begeistert bei Ruperts Anblick. Wer Hunde nicht mag, wird durch Ruperts nicht gerade ansprechendes Äußeres ganz bestimmt nicht zum Hundefreund. Rupert ist einer dieser Hunde, die nur von ihren Besitzern geliebt werden können, respektive von wahren Hundeliebhabern.

Du hast ihn gleich gemocht. Aber du hast alle Tiere gemocht, egal, wie hässlich, wie ungewohnt und unattraktiv sie auch aussahen.

Ich weiß bis heute nicht, woher diese bewundernswerte Gleichmut und Zuneigung deinerseits rührten; ich glaube kaum, dass deine gestrengen, in so vieler Hinsicht ungnädigen Eltern sie dir vermittelt haben. Auch dein Bruder hat sich nie als Tierfreund hervorgetan, so viel ist klar.

Überhaupt, deine Gelassenheit, dein Verständnis für Unarten, menschliche wie tierische.

Du warst gütig, das ist es.

Und wer ist das schon?

Außer dir kenne ich niemanden.

Niemanden, wirklich.

Ich lasse Rupert wieder ins Auto und lehne mich gegen die Tür. Die Fähre ragt groß und weiß vor mir auf. Von Nahem kann ich sehen, dass die Farbe abblättert, überall lauert Rost, frisst sich durch Farben und altes Metall. In meinem ganzen Leben bin ich noch auf keiner frisch überholten Fähre gefahren. Und ich bin auf vielen Fähren gefahren.

Auf Fähren reist man nicht, sondern man wird transportiert. Manchmal kommt es mir so vor, als wäre ich bereits mein ganzes Leben lang auf einer Überfahrt, die immer wieder von Neuem beginnt.

Und manchmal wünschte ich, es hätte ein Ende.

Eine Zeit lang war es auch so. Bei dir hatte ich von Anfang an das Gefühl, angekommen zu sein.

Auch wenn es eine Weile dauerte, bis ich das verstand.

Visby, Juli 1997

Erst an unserem letzten Abend in der Pension sprach ich wieder mit ihr. Lonnie schlief schon, erschöpft von unserem Ganztagesausflug nach Fårö, der kleinen vorgelagerten Insel oberhalb der Nordspitze Gotlands.

Ich hingegen konnte nicht schlafen, genauso wenig wie in den beiden Nächten zuvor. Ich konnte auch kaum atmen, mein Herz klopfte unentwegt, und mir war viel zu heiß, obwohl das Thermometer kaum die 20-Grad-Markierung überkletterte.

Lonnies allabendliche Annäherungsversuche hatte ich abgewehrt, mir war nicht danach, allerdings wusste ich nicht, wonach mir eigentlich war. Ich wusste nichts, nur dass ich mich sehnte, unendlich sehnte, nach etwas, das ich nicht bekommen konnte, bestimmt nicht, jetzt nicht und nie.

Am nächsten Morgen würden wir abreisen, nach einem neuerlichen Ausflug nach Fårö, wo Lonnie wider alle Vernunft erneut nach Bergmans Domizil zu suchen plante. Er hatte Elisabeth Herlitz noch zweimal danach gefragt, ohne Erfolg. Sie hatte nur gelächelt und ihm zum Ausgleich ein paar Anekdoten über Bergmans Inselleben erzählt. Ich hatte nicht zugehört. Ich konnte nicht zuhören, wenn er mit ihr sprach. Ich war zu sehr damit beschäftigt, sie nicht anzusehen.

Während Lonnie leise schnaufend neben mir auf dem Fußboden lag, auf seinem provisorischen Lager, lag ich flach auf dem Rücken da und lauschte nach unten.

Aber es war vergeblich, keine Musik war zu hören, nur die gedämpften Stimmen unserer Zimmernachbarn, eines jungen Paares, das Tante Josina und mein ehemaliges Zimmer bewohnte und so glücklich klang, dass es auch Lonnie aufgefallen war. Er hatte mich mit einem leicht vorwurfsvollen Blick bedacht, dann aber nichts weiter gesagt und sich zum Schlafen auf seiner Isomatte herumgedreht.

Ich aber hatte nicht schlafen können, und deshalb war ich nach gut einer Stunde schließlich aufgestanden und hinausgegangen, auf die Terrasse. Still stand ich da und lauschte, hinaus auf das leise rauschende Meer auf der anderen Seite der Straße. Es war nahezu dunkel dort drüben, nur ein schwacher, milchiger Schein verriet mir den Horizont draußen, weit draußen.

„Sind Sie allein?"

Ich drehte mich um. Elisabeth Herlitz stand hochaufgerichtet neben der Tür. Als sie näherkam und langsam ins schwache Licht trat, das aus dem Flur auf die Terrasse hinausfiel, bemerkte ich auf einmal, was sich in den vergangenen drei Jahren verändert hatte: Sie trug ihre Haare ein kleines Stück länger, und sie war schmaler geworden. Zu beiden Seiten der Mundwinkel zogen sich zwei Falten entlang, die bei unserer letzten Begegnung noch nicht da gewesen waren. Sie sah aus, als hätte sie keine leichte Zeit hinter sich gebracht.

Für einen Moment studierte sie mein Gesicht. Ich wusste nicht, was sie darin las, aber schließlich lächelte sie leicht. „Kommen Sie mit, Marthe."

Ich zögerte nur für einen Augenblick, dann folgte ich ihr. Sie führte mich über die Terrasse vorbei nach hinten, zu einer kleinen, gepflasterten Anhöhe, nicht einsehbar von der Gastseite aus. Zwei wuchtige Holzstühle standen um einen Tisch vor einem sehr großen Fenster, eine offenstehende Glastür führte ins Haus. Weiches Licht beschien einen Sessel, ein Bücherregal, den Umriss eines breiten Bettes. Ich wandte den Blick ab.

„Bei Tag kann man von hier aus das Meer sehen", sagte Elisabeth Herlitz und bedeutete mir, Platz zu nehmen. „Trinken Sie etwas?"

„Gern." Ich ließ mich in einen der Stühle fallen und blickte in die schimmernde Dunkelheit hinaus, mit klopfendem Herzen.

Sie kam mit zwei Dosen Leichtbier und zwei Gläsern zurück, schenkte mir ein und dann sich selbst. „Morgen reisen Sie also ab", sagte sie ruhig und setzte sich in den anderen Stuhl. „Ein kurzer Aufenthalt."

„Ich habe leider nicht mehr Zeit", sagte ich. „Montag muss ich wieder arbeiten."

„Immer noch im Funkhaus?“ Sie lächelte bei der Erinnerung.

Ich schüttelte den Kopf. „Nein. Ich arbeite jetzt als Fahrerin für eine … für eine Geschäftsfrau. Eine Immobilienmaklerin.“

Sie zog kaum merklich die Brauen hoch und prostete mir zu. Wir tranken schweigend, dann stellten wir gleichzeitig unsere Gläser ab und betrachteten uns vorsichtig. Bevor das Schweigen schließlich unbehaglich zu werden begann, seufzte sie leise.

„Vielleicht muss ich etwas erklären“, sagte sie ruhig. „Ich arbeite nicht mehr aktiv als Komponistin. Und ich trete auch nicht mehr als Pianistin auf. Nur gelegentlich spiele ich noch, privat. Allerdings habe ich noch einige Privatschüler im Tonsättarcentrum, dem Komponistenzentrum drüben in der Stadt“, fügte sie hinzu und trank einen Schluck Bier. „Aber ich kann …“ Sie hielt inne, betrachtete ihr Glas, dann nahm sie wieder einen Schluck. „Aber ich habe meine offizielle Karriere beendet. Die Musik hat mich zu sehr eingenommen.“ Sie lächelte mich schief über den Rand ihres Glases hinweg an. „Wenn Sie das irgendwie verstehen können, Marthe.“

Ich wusste nicht, ob ich verstand. Ich wusste nur, dass ich überwältigt davon war, mit ihr hier zu sitzen. „Ja“, sagte ich dennoch. „Ich glaube. Und … und das hier?“ Ich deutete auf das Haus hinter mir.

Sie lächelte. „Das hier? Das mache ich für eine Weile, ich weiß nicht, wie lange. Ich habe die Pension von meiner ehemaligen Lebensgefährtin übernommen.“

Ihr unverblümtes Bekenntnis kam so offen und klar heraus, dass es mir die Sprache verschlug. Hastig nahm auch ich einen Schluck Bier.

Sie beobachtete mich. „Wir waren lange zusammen“, erklärte sie. „Viele Jahre, seit ich Anfang zwanzig war. Es ging lange gut, aber irgendwann ging es dann nicht mehr.“

In der Nähe erklang ein klagender Ton, dann flog ein Nachtvogel flügelschlagend im Dunkel vorbei. *Irgendwann ging es nicht mehr.* Wie einfach das klang. Eine Erkenntnis, der die Handlung unmittelbar folgt.

Elisabeth Herlitz stellte ihr Glas ab. „Mir geht es gut", sagte sie übergangslos. „Und Ihnen?"

„Mir …" Ich stockte. „Mir geht es auch gut. Aber …" Ich stockte erneut, dann ließ ich es einfach heraus. „Ich bin sehr nervös."

„Immer oder jetzt?"

„Jetzt." Ich nahm wieder einen Schluck Bier. Es schmeckte plötzlich schal, als hätte ich die Dose stundenlang geschüttelt. Oder als wären meine Geschmacksnerven mit einem Mal vor Aufregung betäubt.

Aus dem Augenwinkel sah ich, dass Elisabeth Herlitz nickte. Die Spannung zwischen uns war jetzt wie mit Händen greifbar.

„Ich bin auch nervös", sagte sie. „Darf ich etwas fragen?"

„Sicher."

„Sind Sie und Lonnie ein Paar?"

„Nein", sagte ich, ohne nachzudenken.

Sie lächelte und beugte sich vor, um meinen Blick aufzufangen, was ihr auch gelang. „Weiß er das auch?"

Ich schwieg. Dann räusperte ich mich. „Erinnern Sie sich wirklich an mich? Ich meine, an damals, als ich das erste Mal hier war?"

Sie nickte langsam, ohne mich aus den Augen zu lassen. „Ja", sagte sie. „Aber ich hatte es vergessen. Als ich dich … entschuldige, Sie …"

„Nein, schon okay."

Sie lächelte wieder, auf eine seltsame Art schmerzlich. „Als ich dich in Berlin sah", fuhr sie fort, „kamst du mir bekannt vor, aber ich wusste es nicht einzuordnen. Aber jetzt weiß ich es wieder. Du hattest diese … diese furchtbare Tante dabei. Entschuldige."

„Nein, das stimmt schon. Sie war furchtbar." Ich musste grinsen und lehnte mich zurück. Erst jetzt wurde mir klar, dass ich die ganze Zeit stocksteif dagesessen hatte. „Ist sie immer noch. Ich sehe sie allerdings nicht mehr oft. Jedenfalls war sie furchtbar, das stimmt."

„Und du warst süß", sagte Elisabeth Herlitz leise. Mein Herz machte einen Satz.

„Ich war nicht süß. Ich war fünfzehn."

„Ja. Du warst fünfzehn. Und sehr süß. Und ich ..." Sie trank ihr Bier aus und schenkte uns beiden nach, und ich konnte sehen, dass ihre Hand kaum merklich zitterte. „Ich war so alt wie du jetzt."

„Du hast Klavier gespielt."

Sie nickte, und ihre Augen verdunkelten sich. „Ja", sagte sie. „Damals habe ich immer gespielt. Jeden Tag. Das war mein Leben."

„Und heute? Also, ich meine, was ist heute dein Leben?"

„Ich weiß es noch nicht", sagte sie. „Manchmal denke ich, es fängt gerade erst an." Ihr Blick war klar und direkt, und er war noch mehr. Eine Aufforderung. Vielleicht auch nur ein Sehnen.

Sie beugte sich vor und griff nach ihrem Glas, und ich beugte mich ebenfalls vor. Unsere Finger berührten sich, mehr zufällig denn absichtlich, und sie sah mich überrascht an. Ein kühler Lufthauch streifte mich, und meine Nackenhaare stellten sich auf. Weit hinten auf dem Wasser rief ein Wasservogel, einen klagenden, seufzenden Laut. Und dann küssten wir uns.

Wir küssten uns lange, eine endlose Ewigkeit lang, so kam es mir vor. Ich zog sie an mich heran, und sie schlang ihre Arme um mich. Der Tisch war im Weg, und die Stühle waren es auch. Etwas fiel um, dann noch etwas, erst polternd, dann gluckernd, aber ich hielt sie, unbeirrt. Und sie hielt mich, hielt mich fest, legte die Hände um meine Wangen, warme, trockene Hände, Fingerspitzen in meinem Nacken, ihre Zunge in meinem Mund, ihre Lippen auf meinen.

Ich bekam kaum noch Luft, und gleichzeitig sog ich ihren Duft in mich ein, bis mir der Atem endgültig wegblieb. Irgendwann lehnte sie ihr Gesicht an meine Wange, und ich legte den Kopf in den Nacken und sah in den dunklen Nachthimmel und spürte mein Herz klopfen, schneller denn je.

Sie hörte es eher als ich. Schlurfende Schritte, dann eine Stimme, gedämpft, aber nah.

„Mart?“, rief Lonnie leise. „Mart, bist du hier draußen?“

Den ganzen nächsten Tag über war Lonnie mürrisch und in sich gekehrt. Er schien jegliches Interesse daran verloren zu haben, Bergman aufspüren zu wollen. Trübsinnig hockte er neben mir in seinem Bussitz und starrte in die karge, felsige Mondlandschaft hinaus, und am Strand schlurfte er lustlos zwischen den monumentalen Rauken umher, den Kalksteinformationen, die Wind und Wasser in den vergangenen Jahrhunderten zu bizarren Skulpturen geformt hatten. Und er schwieg auch, als wir am Ende des Tages im Hafen von Visby die Fähre zum Festland betraten.

Mir war sein Schweigen nur recht; ich hatte genug mit mir selbst und meinen Gedanken zu tun.

Der abrupt beendete Vorabend steckte mir noch in den Knochen. Ich war aufgesprungen und Lonnie entgegengegangen, ohne Nachdenken, ohne ein Zögern. Jetzt, im Lichte des Tages, fragte ich mich, warum. Warum war ich nicht sitzen geblieben, warum hatte ich Lonnie nicht einfach fortgeschickt, um mit Elisabeth Herlitz da weiterzumachen, wo wir aufgehört hatten? Stattdessen hatte ich Lonnie aufs Zimmer begleitet, ohne seine unausgesprochene Frage zu beantworten. Und ohne mich von Elisabeth Herlitz auch nur zu verabschieden.

Ich hatte ihn aufs Zimmer begleitet und sie zurückgelassen, im Dunkel der Nacht, umhüllt vom sanften Rauschen des Meeres. Und jetzt, während die Fähre langsam durch die enge Hafeneinfahrt manövrierte und schließlich die offene Ostsee erreichte, um Fahrt aufzunehmen, jetzt ließ ich sie zurück. Ich war ihr ausgewichen, am Morgen, hatte nur ihre weiche Stimme gehört, als sie mit Lonnie die Formalitäten erledigte. Ich hatte mich nicht getraut, sie noch einmal zu sehen.

Neben mir hing Lonnie über die Reling gebeugt und sah nach unten, ins schäumende Kielwasser, statt auf die Insel, die sich langsam entfernte. Der Fahrtwind zerrte wütend an seinen kurzen Haaren, ich konnte die Gänsehaut auf seinem Nacken entdecken.

„Lonnie?"

Er sah nicht auf, blickte stur weiter ins grünlich wirbelnde Wasser hinunter.

„Was ist denn mit dir los?", fragte ich und fühlte mich unehrlich dabei.

Lonnie spuckte in die Gischt, dann sah er zu mir auf, die Augen dunkel vor Zorn. „Was mit mir los ist? Das kann ich dich genauso gut fragen."

„Dann frag doch", sagte ich und schlang die Arme um meinen Oberkörper. Meine Jacke war viel zu dünn für die Kälte hier draußen, aber Lonnie ging es sicherlich nicht viel besser in seiner Jeansjacke. Er starrte mich finster an.

„Okay", sagte er schließlich. „Okay, dann frag ich halt: Stehst du eigentlich auf mich? Oder stehst du jetzt auf alte Weiber?"

Das ältere Ehepaar, das die ganze Zeit über hinter Lonnie an der Reling gestanden hatte, sah verdutzt zu uns herüber.

„Die Alte aus dem Hotel, die findest du gut, oder wie? Was habt ihr denn da eigentlich im Dunkeln gemacht?" Eine ganze Nacht und einen Tag lang hatten seine Gefühle in mühsam unterdrückter Wut und Enttäuschung gebadet, jetzt sprudelten sie nur so aus ihm heraus.

„Sie ist nicht alt."

„Ach nein? Verarschen kann ich mich selber!“ Lonnie starrte mich wütend an. „Du weißt doch gar nicht, was du willst! Die Alte aus dem Hotel, die ist doch total … spießig.“

Lonnie lag falsch, was beides anging, aber er lag ohnehin in vielem falsch, was mich betraf. Das war kein Wunder, wir kannten uns kaum, gerade mal drei oder vier Monate, und in diesen drei oder vier Monaten hatten wir es beide nicht sonderlich geschickt angestellt, uns besser kennenzulernen. Von gelegentlichen Treffen ein-, zweimal die Woche abgesehen, die meist in einer Bar bei einem Bier begannen und in Lonnies oder meinem Bett endeten, hatten wir bis zu dieser gemeinsamen Reise nur wenig miteinander unternommen. Und auch wenig miteinander gesprochen.

Was wir voneinander kannten, das waren unsere Körper und sexuellen Vorlieben, aber kaum mehr. Im Grunde waren wir einander fremd geblieben, wir waren Fremde, die einer gewissen Anziehungskraft nachgegeben hatten, die einander für eine kurze Zeit Wärme gespendet hatten und nun damit umgehen mussten, dass es zu mehr nicht reichte.

Mir war das sehr klar geworden in diesen Tagen.

Aber Lonnie anscheinend noch nicht. Und offenbar hatte er diese gemeinsame Reise als Chance genommen, unser Verhältnis zu verfestigen.

Das war nicht gelungen.

Und als ob ihm diese Erkenntnis langsam dämmerte, starrte er mich wütend an, während das ältere Ehepaar hinter ihm vorsichtig den Rückzug antrat. „Was ist? Hast du jetzt nichts zu sagen oder wie?“

Ich schüttelte langsam den Kopf. „Nein. Hab ich nicht.“ Genauso gut hätte ich sagen können, dass es vorbei war, dass er mich in Ruhe lassen sollte, dass unser Verhältnis nicht von Dauer sein würde, von Anfang an nicht dazu bestimmt war.

Doch letztendlich ahnte Lonnie das auch schon.

„Ach, Scheiße“, sagte er ungestüm und stieß sich von der Reling ab. „Ich geh rein, mir ist kalt.“ Er sah mich nicht an, als er seinen Rucksack aufhob und sich über die Schulter warf, und ich sah ihm nicht nach, als er entnervt die Schwingtür aufriss und im Schiffsinneren verschwand.

Mir war ebenfalls kalt. Aber ich blieb stehen. Ich blieb so lange stehen, bis der letzte schmale Küstenstreifen im Dunst des kommenden Abends verschwand und die kreischenden Möwen über uns kehrtmachten.

Norddorf, Oktober 1984

„Scheißwind. Mir ist kalt“, sagte Berend und rieb fröstelnd seine Finger aneinander. „Dir nicht?“

„Nee.“ Ich trat von einem Fuß auf den anderen und sah zu den kreischenden Möwen auf, die über das Dach des Hotels hinwegflogen, in unregelmäßiger Formation, aber schnell hintereinander, als triebe der schneidende Oktoberwind sie vor sich her.

„Echt nicht?“ Berend blies in seine Hände und beobachtete mich darüber hinweg.

Ich seufzte genervt. „Nee, mir ist total warm. Siehst du doch!“

Berend ließ die Fäuste sinken. „Mensch, Marti“, sagte er verletzt. „Ich hab doch nur …“

Harms ungeduldige Stimme unterbrach ihn. „He, der Bus kommt! Was ist, fahrt ihr jetzt endlich mit?“

Ich sah zu ihm, Anja und den anderen hinüber, die drüben an der Bushaltestelle auf uns warteten. Sie wollten zum Kino nach Nebel, in den nächstgelegenen Ort. Berend versuchte mich seit gut zehn Minuten zu überreden, mitzukommen, aber ich wollte nicht. Eben noch hatte ich Arm in Arm mit ihm mitten zwischen den anderen im Bushaltehäuschen gesessen und über Harms dumme Sprüche gelacht, aber dann, ganz plötzlich, war meine Stimmung umgeschlagen. Auf einmal hatte ich keine Lust mehr gehabt. Nicht aufs Kino, nicht auf die anderen. Vor allem nicht auf Berend.

Einfach so. Ganz plötzlich. Oder vielleicht auch gar nicht so plötzlich.

„Komm doch mit“, sagte Berend. „Oder ... oder wollen wir zu mir gehen?“ Sein Blick war flehend. Genau das konnte ich jetzt überhaupt nicht ertragen.

„Nein“, sagte ich, viel zu schnell. „Ich hab keine Lust.“

„He, kommt ihr jetzt endlich?“, rief Harm, und ich winkte ihm zu.

„Wieso nicht?“ Berend gab einfach nicht auf. „Marti ...“

„Mensch, Berend, hör auf!“ Meine Stimme war viel zu laut, und Berend wich erschrocken zurück. Dann fasste er sich wieder.

„Du redest nie mit mir“, stellte er fest. „Du sagst einfach nie, was Sache ist.“

„Weil ich keine Lust dazu hab. Reden nützt doch sowieso nichts.“

Berend sah verletzt aus. „Wieso nützt das nichts?“

„Mensch, Berend, du nervst!“ Aus der Ferne war das unverkennbare Motorengeräusch des sich nähernden Busses zu hören, und dann bog er auch schon um die Ecke und steuerte auf das Wartehäuschen zu.

„He, kommt ihr?“, rief Anja und warf sich ihr Palästinensertuch neu um den Hals. Ich hob die Hand und winkte ihr zu, dann wandte ich mich an Berend.

„Fahr du mit, ich bleib hier“, sagte ich mit fester Stimme.

„He, aber ... aber dann bleib ich auch hier“, sagte Berend und warf einen gehetzten Blick zum Bus, der jetzt vor dem Häuschen gehalten hatte und unsere Freunde verdeckte.

„Kannst du machen. Aber Berend, ich ... ich will einfach allein sein. Okay?“ Ich wartete seine Antwort nicht ab, sondern drehte mich um und ging los. An der Ecke warf ich noch einen Blick zurück. Berend lief gerade mit gesenktem Kopf zum Bus hinüber, die Fäuste geballt, mit federnden Schritten; und hinter ihm sah ich Anja, Harm und die anderen, die sich auf der Rückbank zusammengehockt hatten und verwundert zu mir hinaussahen.

Schlecht gelaunt, ohne eigentlich zu wissen, warum, lief ich über den Marktplatz in Richtung Nordspitze. Vor Gerdes' Hotel hielt gerade ein Sammeltaxi, das eines der wenigen Touristenpaare brachte, die um diese unwirtliche Jahreszeit die Insel besuchten. Ich musterte die erwartungsvollen Gesichter, die zusahen, wie der Fahrer die Koffer auslud. Natürlich kannte ich ihn vom Sehen, wie nahezu alle Einwohner der Insel, zumindest diejenigen, die den nördlichen Teil bewohnten. Wie klein die Insel war, und wie eng. Zu klein und zu eng für mich.

Die Boutique an der Ecke war schon geschlossen, und vor der Bäckerei räumte die dralle Verkäuferin gerade die Werbetafeln ins Innere. Der Schlüsselbund hing von außen in der Tür, und es war das erste Mal, dass ich sie ohne Schürze sah. Als sie mich entdeckte, blieb sie stehen und stützte sich mit beiden Ellenbogen auf der Klapptafel auf. Die Geste hatte etwas Ordinäres, aber zugleich Laszives an sich, und ich spürte, wie mein Herz schneller zu schlagen begann.

„Na, du?", sagte sie ruhig.

Ich blieb ebenfalls stehen. „Haben Sie Feierabend?"

Sie lächelte, richtete sich auf und klappte die letzte Tafel zusammen. „Hör bloß auf, mich zu siezen", sagte sie. „Sonst krieg ich Depressionen."

„Die kriege ich auch bald", sagte ich, und sie nickte, als ob sie mich bestens verstünde, und sah mich mit ihren dunklen, unergründlichen Augen nachdenklich an. „Ist dir langweilig?"

Ich zuckte abwartend mit den Schultern. Sie betrachtete mich noch einen Moment lang, dann stellte sie die Klapptafel ins Ladeninnere und schloss die Tür von außen ab.

„Woher kommst du eigentlich?", fragte ich in ihren Rücken hinein. Sie drehte sich langsam zu mir um. Ihre Augen waren unergründlicher als je zuvor.

„Ich hab ein Zimmer im Halemwai", sagte sie. Und dann lächelte sie langsam. „Möchtest du's sehen?"

Ich starrte sie an, sprachlos. „Okay", sagte ich nach einem Moment. „Okay, warum nicht."

Das Zimmer war klein und mit schäbigen Möbeln fast zugestellt. Auf den knarrenden Dielen lag ein abgetretener Teppich, dessen ausgeblichenes Muster nicht mehr zu erkennen war. Der Blick ging aufs Nachbarhaus, aber die Bäckereiverkäuferin zog die Vorhänge zu, kaum dass wir das Zimmer betreten hatten, und reichte mir aus einem erstaunlich laut dröhnenden Minikühlschrank eine Dose *River-Cola*.

Es gab gleich drei Kommoden, aber keinen einzigen Stuhl, und so setzte ich mich vorsichtig auf das hochbeinige Holzbett, während die Bäckereiverkäuferin sich mit verschränkten Armen rücklings ans Fensterbrett lehnte, um mir beim Trinken zuzusehen. Aber sie sah mir nicht einfach zu, sie starrte mich an, geradezu gierig, verfolgte jede meiner Bewegungen, und nachdem ich zwei, drei Schlucke genommen hatte und die Cola auf dem Bettpfosten abstellte, stieß sie sich vom Fensterbrett ab und kam auf mich zu.

Ihr Atem ging schnell und war heiß, und sie roch seltsam, irgendwie staubig und leicht ranzig zugleich, aber das machte nichts. Ich überließ mich ihr dennoch, von einer ungekannten Erregung gepackt, überließ mich ihren gierigen Fingern, die mir das T-Shirt hastig und ungeschickt über den Kopf zogen, die Jeans aufknöpften, mich berührten, auf eine Art und an Stellen berührten wie noch niemand zuvor, nicht einmal ich selbst.

Und obwohl ich den Geruch ihres heißen Atems nicht mochte und ihre Hände nicht schön fand, obwohl mir ihr draller Körper mit den überreifen Brüsten und den ausladenden Hüften gar nicht gefiel, mich eigentlich nahezu abstieß, überließ ich mich ihr dennoch, mit einer Art zwiegespaltenem Genuss, im Bewusstsein, eine unausweichliche Grenze zu überschreiten, einen Bereich auszuloten, der Höhen und Tiefen barg, Gefahren und Glück. Der zu mir gehörte, zu mir ganz allein.

Und es war gut.

Später, als ich das Haus verließ, stand Berend da, an den Zaun gegenüber gelehnt, die Hände tief in den Taschen, ein schüchternes, ängstliches Lächeln im Gesicht. Als er mich sah, stieß er sich vom Zaun ab und kam mit langsamen Schritten auf mich zu. Ich blieb stehen.

„Bist du nicht mit ins Kino gefahren?"

Berend schüttelte den Kopf. „Ich … ich hatte keine Lust mehr. Ich wollte mit dir reden", sagte er und zog die Nase hoch.

„Wo warst du denn?"

Er sah am Haus hoch, und dann erstarrte er. Noch bevor ich seinem Blick gefolgt war, wusste ich, was er sehen würde. Ich konnte die Verwunderung in seinen Augen sehen, die einem langsamen Begreifen Platz machte, das sich zu einer Ahnung verdichtete. Und ich sah, wie es ihn traf.

Aber ich sagte nichts. Und Berend sagte auch nichts. Er stieß sich vom Gartenzaun ab und ging wortlos davon. Und es sollte eine ganze Woche vergehen, bis wir wieder miteinander redeten.

Nur darüber, darüber redeten wir nie.

Berlin, August 1997

„Noch ein Bier?" Ramona pustete sich eine Strähne aus dem Gesicht und sah mich böse an.

„Ja, gerne." Ich lächelte sie an, aber das nützte nicht viel.

Zackig zog sie eine Bierflasche aus dem Kühlschrank unter dem Tresen, öffnete sie und stellte sie mit Schwung vor mich auf den Tresen. „Prost!", sagte sie laut, meinen hingehaltenen Geldschein ignorierend, und wandte sich dem nächsten Kunden zu, einem pickligen jungen Punk mit jeder Menge Piercings in Ohren, Augenbrauen und Lippen. Harm neben mir lachte. „Hui! Die ist aber nicht gerade gut auf dich zu sprechen, was?“

Ich zuckte mit den Schultern und sah zu, wie Ramona dem Punk eine Colaflasche auf den Tresen knallte. Eingeschüchtert reichte er ihr zwei Münzen und verzog sich schnellstmöglich nach hinten in den Durchgang, der zum Veranstaltungsraum führte. Laute Musik dröhnte von dort zu uns herüber, die jedoch das Stimmengewirr der zahlreichen Gäste nur schwer zu übertönen vermochte. „Hast du ihr irgendwas getan?“, fragte Harm mich schmunzelnd und stützte beide Ellbogen auf dem Tresen auf.

Bevor ich antworten konnte, fuhr Ramona herum. „Getan?“, fauchte sie. „Schön wär's! Leider hat sie mir nichts getan, und das schon seit Wochen nicht! Hängt lieber mit irgendwelchen Milchgesichtern in Norwegen rum und meldet sich danach nicht mal mehr bei mir.“

„Schweden“, sagte ich leise.

„Was?“ Ramona funkelte mich an.

„Ich war in Schweden, nicht in Norwegen.“

„Ist doch scheißegal! Jedenfalls warst du nicht hier!“ Ramona hob temperamentvoll ihren Spüllappen, und ich duckte mich weg.

Harm versuchte ein Lachen zu unterdrücken und sah mich mit hochgezogen Brauen an. Hannes auf meiner anderen Seite beugte sich vor.

„Aber Ramona!“, versuchte er sie zu beschwichtigen. „Was hast du denn erwartet?“

Ramona funkelte ihn wütend an, während sie die abgestandenen Reste aus zwei Weizenbiergläsern in den Abfluss schüttete und eines der Gläser wuchtig auf die Gläserbürste drückte. „Hältst du mich für blöd? Erwartet? Erwartet hab ich nichts, nur gehofft, du Pflaume! Aber Mart steht ja jetzt wohl eher auf Transmänner.“

„Nee, auch nicht“, sagte eine gepresste Stimme hinter mir. „Sondern auf alte Spießerbräute.“

Hannes, Harm und ich drehten uns gleichzeitig um. Ich hatte nicht gewusst, dass Lonnie hier war. Seine Kiefer zuckten angestrengt, als er an mir vorbei zu Ramona blickte.

„Zwei Bier“, sagte er knapp und hielt ihr einen Fünfer hin.

„Bitte heißt das.“

„Bitte“, sagte Lonnie gepresst. Ramona nickte, öffnete zwei Bier und reichte sie ihm entgegen. Die beiden maßen sich einen Moment mit Blicken, dann nahm Lonnie seine Bierflaschen und drehte sich um. Sein verletzter Blick flackerte über mich hinweg, bevor er zu einer kleinen Dunkelhaarigen hinüberging. Gemeinsam mit ihr verschwand er im Durchgang nach hinten.

„Ich hab zwar keine Ahnung, wer das war, aber dem hast du mit Sicherheit was getan“, stellte Harm fest und hob seine Flasche. „Mensch, hier ist ja richtig was los. Ich müsste öfter mal zu Besuch kommen.“

„Bleib du mal schön in Hamburg“, sagte Hannes. „Heteros haben wir hier schon genug in Berlin.“

Ramona sah hoch und musterte Harm mit zusammengekniffenen Augen. „Wie, du bist hetero?“

„Hundert Prozent!“, sagte Harm und schenkte ihr sein breites Dich-krieg-ich-auch-noch-rum-wenn-ich-mir-nur-genug-Mühe-gebe-Lächeln, mit dem er seit unserer Jugendzeit schon so viele Frauen angelockt und erobert hatte, dass er sie vermutlich selbst nicht mehr zählen konnte. Keine Ahnung, wie er es machte, aber es funktionierte fast immer. Und wenn ich Ramonas nachdenklichen Gesichtsausdruck richtig interpretierte, dann vielleicht auch bei ihr. Obwohl ich hätte schwören können, dass Harm gar nicht interessiert war. Aber er konnte offenbar einfach nicht anders, als seinen Charme auszuspielen. So war er schon immer gewesen.

Harm zwinkerte Ramona zu und hob sein Glas, während er sich wieder Hannes und mir zuwandte. „Prost, auf die Spur der Zerstörung, die Mart hinter sich lässt."

„Haha, sehr witzig", brummte ich, aber als ich sah, wie zum ersten Mal an diesem Abend ein winziges Lächeln über Ramonas Lippen glitt, zuckte ich mit den Schultern und rutschte von meinem Hocker. „Hauptsache, ihr habt euren Spaß. Ich geh mal kurz an die frische Luft."

„Mart?" Ramona hielt mich zurück. „Tu mir einen Gefallen und nimm den Kasten mit raus, okay? Weißt ja, wo er hingehört."

Ich packte den leeren Saftkasten, den sie mir über den Tresen zureichte. Aber statt ihn loszulassen, hielt sie ihn fest und sah mich auffordernd an.

„Übrigens", sagte sie, „wir brauchen immer noch Verstärkung hier. Du bist doch vom Fach – wenn du einen neuen Job suchst, sag Bescheid. Oder willst du bis ans Ende deiner Tage Chauffeuse bleiben?"

Ich musste lächeln. „Hätte nichts dagegen. Ich finde, das ist genau der richtige Job für mich."

Ramona ließ den Kasten los. „Was machst du denn eigentlich den ganzen Tag mit der alten Braut? Hast du was mit der? Hat Lonnie das gemeint?"

Ich spürte, wie Empörung in mir hochkroch. „Quatsch! Das ist meine Chefin, mehr nicht! Ich hol sie ab, fahr sie rum, geh mit ihr essen, und dann fahr ich sie wieder zurück."

„Cooler Job", sagte Harm, der genau zugehört hatte.

„Deiner ist doch auch nicht schlecht."

Ramonas Kopf flog herum, und sie musterte Harm genauer. „Was machst du denn?"

„Er ist Pilot", sagte Hannes. „Verdient einen Haufen Kohle, der Junge. Eine echt gute Partie."

Harm zwinkerte Ramona zu. „Hast du gehört? Vielleicht überlegst du dir das doch noch mal mit den Männern?"

Ich verdrehte die Augen, nahm den Kasten und schlängelte mich zum Ausgang durch. Massimo, Hannes' neuer Freund, kam mir entgegen und grinste erfreut, als ich in Richtung Bar zeigte. Vor der Tür zum Hof stellte ich den Kasten ab, schob mich an einem knutschenden Pärchen vorbei und stellte mich auf die oberste Stufe des Eingangs. Nach dem wabernden Zigarettenrauch drinnen tat die Luft draußen gut, wenngleich sie nicht wirklich frisch war. Stadtluft eben, noch dazu an einem viel zu heißen Augustabend, der immer noch nicht richtig abgekühlt war.

Wie immer an einem Samstagabend war die Oranienstraße bestens besucht. Zahlreiche Nachtschwärmer schlenderten die Bürgersteige entlang und lungerten vor den Kneipen herum. Ein Pulk junger Frauen stand rauchend direkt vor der Tür, daneben unterhielten sich zwei Schwule in Jeans und Turnschuhen, und vor ihnen am Straßenrand hielt gerade ein Taxi, aus dem eine dunkelhaarige Frau stieg, gefolgt von ihrem kahlrasierten, gutangezogenen Begleiter, der nicht mehr ganz sicher auf den Beinen schien.

Ich sog die warme Sommerluft ein und sah zum Himmel empor. Nicht ein einziger Stern war zu sehen, nur ein tiefliegender, gräulich schimmernder Dunst, der die Lichter der Stadt reflektierte. Für einen Moment musste ich an den wunderschönen Nachthimmel über Norddorf denken, an die unendlich scheinende Weite, das tiefe Dunkelblau, nahezu leuchtend, von hellen Sternenlichtern gesprenkelt.

Auch über Gotland hatte der nächtliche Himmel geleuchtet.

Was machte ich eigentlich hier, in dieser Stadt?

Warum war ich hier und nicht bei ihr?

Ich ließ den Blick über die Straßenszene streifen. Einen Moment überlegte ich, einfach zu gehen, aber dann entschied ich mich dagegen. Dafür sah ich Harm einfach zu selten.

Der Trupp junger Frauen stob plötzlich auseinander, und der Kahlrasierte, der gerade mit der Dunkelhaarigen aus dem Taxi gestiegen war, wankte rücklings über den Bürgersteig. Sein teures Poloshirt war verrutscht, seine Miene verärgert.

„He", protestierte er aufgebracht. „Was soll das denn jetzt? Stell dich doch nicht so an!"

Die Dunkelhaarige stemmte die Fäuste in die Seiten. „Ich habe gesagt, der Abend ist zu Ende!"

„Aber er hat doch noch gar nicht richtig … richtig angefangen!" Der Kahlköpfige versuchte, anzüglich zu grinsen, aber das misslang ihm gründlich.

Ein paar junge Türken, die gerade breitbeinig vorbeiliefen, pfiffen provozierend. Die Dunkelhaarige schüttelte ihre wilden, kurzen Locken. „Ist er doch", sagte sie. „Jedenfalls, was uns beide angeht."

Die türkischen Jungs lachten höhnisch, und die jungen Frauen wichen zurück, als der Kahlrasierte empört auf die Dunkelhaarige zuwankte.

„Da hab ich ja wohl auch noch ein Wört… Wörtchen mitzureden!", rief er, aber seine Stimme kippte dabei. Eigentlich gab er eine lächerliche Figur ab, aber dennoch kochte das Adrenalin in mir hoch, als ich sah, wie er nach der Dunkelhaarigen zu greifen versuchte. Mit einem Satz sprang ich die Vordertreppe hinunter und baute mich vor dem Kahlköpfigen auf.

„Mensch, Kerl, zieh Leine!"

Der Kahlrasierte wankte und starrte mich verdutzt an. Dann verzog er das Gesicht und sah an mir vorbei zur Dunkelhaarigen. „Mann, Scheiße!", sagte er weinerlich. „Du doofe Kuh! Mit dir geh ich nie wieder aus!" Und damit drehte er sich um und schlurfte geschlagen davon. Allerdings nur bis zur nächsten Tür, wo er einen Schlüssel herausholte, aufschloss und nach einem letzten, finsteren Blick zu uns herüber im Eingang verschwand.

Die Dunkelhaarige und ich sahen uns an. Sie hatte ein freches, unglaublich breites Grinsen, ein interessantes Gesicht und kluge, dunkle Augen. Ich mochte sie sofort.

Sie zuckte mit den Schultern. „Ich hab's mir halt anders überlegt. Bei näherem Besehen fand ich ihn dann doch wieder nicht so spannend. Aber manche Männer wollen so was ja einfach nicht begreifen. Sie legte den Kopf schief. „Damit hast du ja wohl weniger Probleme, was?"

„Ganz genau", sagte ich. „Und ich seh schön zu, dass das auch so bleibt."

Sie lachte amüsiert und hielt mir die Hand hin. „Lena", stellte sie sich vor. „Schön, dich kennenzulernen."

„Mart." Ich warf einen Blick zu den jungen Frauen, die jetzt, nachdem das Spektakel vorbei war, wieder die Treppe zum Eingang hochstiegen, nicht, ohne mir verstohlen bewundernde Blicke zuzuwerfen. Oben auf dem Absatz stand Harm und sah aufmerksam zu Lena und mir. Dann stieß er sich von der Wand ab und kam zu uns herunter.

„Wow!", sagte er und lächelte Lena von unten herauf an. „Was war das denn jetzt gerade?"

„Das?" Lena musterte ihn einen Moment lang ausdruckslos, dann sah sie zu mir. „Ich würde sagen, das war der Beginn einer wundervollen Freundschaft", sagte sie grinsend.

Und genauso war es dann auch.

Berlin, September 1997

„Und jetzt bitte rechts abbiegen." Frau Huber legte eine Hand auf die Rückenlehne des Beifahrersitzes und beugte sich gespannt nach vorn. „Da vorn müsste es sein. Nummer 46, sehen Sie es?"

„Das weiße Haus an der Ecke", sagte ich und nahm Gas weg. Langsam rollten wir über das bucklige Kopfsteinpflaster auf das Eckhaus zu. Dicke Risse in der schlecht geweißten Fassade zogen sich über gleich mehrere Etagen, und von den vorgelagerten Balkonen bröckelte der Putz. Der vierstöckige Bau mit seinen Stuckelementen hatte sicher einst zu den prachtvollsten der Straße gehört, aber jetzt, in der gnadenlosen Septembersonne, wirkte er schäbig. Frau Huber seufzte.

„Das wird teuer“, sagte sie und lehnte sich zurück. „Was meinen Sie, Marthe, ist das eine lohnenswerte Investition?“

Ich musste lächeln und trat die Kupplung ganz durch. Das Spiel spielten wir nun schon seit über drei Jahren, und es machte uns beiden zunehmend Spaß. „Frau Huber, da bin ich nun wirklich die falsche Ansprechpartnerin. Ich hab keine Ahnung von Immobiliengeschäften.“

„Aber Sie leben hier in Berlin, und zwar länger als ich. Also können Sie zumindest die Lage beurteilen. Also, was halten Sie von der Lage des Objektes?“

„Die ist super“, sagte ich und steuerte den Wagen an den Straßenrand, um einen Lieferwagen vorbeizulassen. „Mitte ist immer gut, und die Hackeschen Höfe sind gleich um die Ecke. Wenn Sie das Haus fein renovieren, kriegen Sie bestimmt lauter gutverdienende Akademiker-Mieter aus Schwaben. Vorausgesetzt, ein Bioladen ist gleich um die Ecke.“

Frau Huber lachte auf, ihr glockenhelles, fröhliches Lachen, das mir in den vergangenen drei Jahren so oft in den Ohren geklungen hatte. „Ach, Marthe“, sagte sie. „Aus Ihnen wird noch mal eine perfekte Spekulantin, passen Sie auf! Lassen Sie uns parken und uns das Objekt mal aus der Nähe ansehen.“

„Wird gemacht.“ Ich gab Gas, um den Wagen zügig in eine eben freigewordene Parklücke zu lenken. Frau Huber, geschäftig wie immer, stieg schon aus, bevor ich den Motor ausgestellt hatte, und ich blieb für einen Moment sitzen und sah zwei jungen, auffallend blonden Müttern hinterher, die einträchtig nebeneinander ihre großrädrigen Kinderwagen über den sonnigen Gehsteig schoben.

Was sie wohl gerade machte? Vielleicht spielte sie Klavier, saß auf ihrer Terrasse, sah aufs Meer hinaus?

Ob sie manchmal an mich dachte, so wie ich fast ständig an sie?

Die Beifahrertür ging auf, und Frau Hubers scharfgeschnittenes Gesicht erschien in der Öffnung, die hellen Augen wie zwei Strahler auf mich gerichtet. „Marthe?“, sagte sie sanft. „An wen auch immer Sie in letzter Zeit denken, er oder sie sollte es wissen.“

Überrumpelt sah ich sie an und zog den Zündschlüssel ab. „Wie … wie kommen Sie jetzt darauf?“

Frau Hubers hellblaue Augen sahen gnädig auf mich herunter. „So oft, wie Sie in letzter Zeit vor sich hingrübeln, kann es nur bedeuten, dass Sie entweder unglücklich verliebt sind oder aber an jemanden denken, der weit weg ist“, stellte sie weise fest.

„Äh … eher Letzteres. Oder vielleicht auch beides.“

Frau Huber nickte und dachte einen Moment lang nach. Dann nickte sie wieder. „Darf ich Ihnen einen Ratschlag geben? Fahren Sie hin. Und jetzt kommen Sie bitte.“ Sie lächelte verschmitzt. „Wir wollen doch zusehen, dass wir gemeinsam eine weitere Stufe auf dem Weg zu Ihrer zukünftigen Karriere als Immobilienspekulantin erklimmen.“

Berlin, September 1997

Die Telefonschnur reichte gerade soeben bis zum Sofa in Hannes' Zimmer, und ich setzte mich vorsichtig auf die Kante, während ich in den Hörer lauschte. In der Leitung knackte es, dann nahm jemand ab. „*Villa Norderstrand*“, sagte eine fremde, jung klingende Frauenstimme.

„Kann ich bitte …“ Ich räusperte mich und wechselte ins Englische. „Kann ich bitte Elisabeth Herlitz sprechen?“

„Ebba? *One moment, please.*“

Ebba. Wem immer diese junge Frauenstimme gehörte, sie schien ein vertrauliches Verhältnis zu Elisabeth Herlitz zu haben. Vergeblich versuchte ich mir die Gesichter der zwei Mitarbeiterinnen der Pension ins Gedächtnis zu rufen, aber ich hätte nicht sagen können, ob die Stimme zu einer von ihnen gehörte oder zu jemandem, den ich nicht kannte, einer Freundin vielleicht, einer Geliebten, was wusste ich schon? Und dann knackte es wieder im Hörer, und ich hörte sie sprechen.

„Elisabeth Herlitz."

Ihre Stimme war dunkler, als ich sie in Erinnerung hatte, und für einen winzigen Moment war ich nahe daran, einfach wieder aufzulegen. Sie war mir fremd, ich war ihr fremd; was wollte ich eigentlich von dieser fremden Frau, mit der mich nichts verband, nichts außer ein seltsames Gespräch im Halbdunkel an einem fernen Ort und ein nahezu flüchtiger Kuss?

Aber dann drückte ich den Hörer fester an mein Ohr. „Ich bin's", sagte ich. „Marthe. Marthe Maan, aus Berlin."

Einen Moment herrschte Schweigen, dann lachte sie leise. „Marthe! Wie schön, dass du anrufst."

„Ja." Ich rutschte im Sofa tiefer. Die Telefonschnur spannte sich bedenklich, und ich setzte mich wieder aufrecht hin.

„Du hast keine Telefonnummer hinterlassen", sagte Elisabeth Herlitz. „Und du stehst nicht im Telefonbuch. Ich habe dich nicht erreichen können."

Sie hatte nach mir gesucht. Ich rutschte erneut tiefer ins Sofa. Die Schnur spannte sich, und drüben im Flur glitt das Telefon langsam vom Regal und donnerte mit einem lauten Krachen auf die Holzdielen. In meinen Aufschrei mischte sich das durchdringende Rattern aus dem Hörer, gefolgt von einem entnervenden Tuten.

Wütend lief ich in den Flur, hockte mich neben das Telefon und drehte es um. Dann ließ ich mich auf den Boden gleiten. Meine Finger verharrten zitternd über den Tasten.

Vielleicht sollte ich es lassen. Es dabei belassen. Sie vergessen. Einen Schlussstrich ziehen, bevor etwas begann, was nirgendwohin führen konnte. Ein bisschen Sex? Wenn man sich lange genug dazu zwang, verlosch jedes Begehren irgendwann. Zum Vergessen zwingen, das ging doch. Ich konnte das. Ich hatte das schon gekonnt. Mehrfach.

Meine Finger hingen immer noch in der Luft, dann ließ ich die Hand sinken.

Sie war sofort dran. „Marthe?“

Ich nickte und legte die Hand vor die Augen.

„Marthe, bist du es?“

„Ja“, sagte ich und schloss die Augen. „Ja, genau.“

Ich hörte sie lächeln.

„Wann kommst du?“, fragte sie weich.

Jetzt

Der Wagen tuckert leise im Leerlauf, während ich zusehe, wie die Fährklappe langsam nach oben schwingt. Ich bin unzählige Male auf Fähren gefahren, auf großen und kleinen, über Flüsse und Meere, aber jedes Mal wieder empfinde ich es als erhebend. Und auch jetzt durchfährt mich ein Schauer fast kindlicher Aufregung, als ich den ersten Gang einlege und langsam hinter dem Volvo vor mir über die metallene Gangway in den Bauch der Fähre rolle.

Rupert sieht ein wenig beleidigt aus, als ich ihm die Leine anlege, aber dann trottet er widerstandslos hinter mir her die schmalen Treppen hinauf aufs Passagierdeck. Ich verzichte darauf, ihn mit aufs Außendeck zu nehmen; stattdessen lege ich sein Kissen vor eines der großen Panoramafenster und ziehe einen der wenigen freistehenden Stühle daneben. Zufrieden rollt sich Rupert auf seinem Kissen zusammen und vergräbt seine dickliche Schnauze unter seiner Schulter, während ich mich in meinem Stuhl ausstrecke. Im gleichen Moment wird das Dröhnen der Motoren lauter, und dann, kaum merklich, legt die Fähre auch schon ab, dreht einen sanften Halbkreis und nimmt Fahrt auf. Ich sehe zu, wie draußen die letzten Hochhäuser Groß Kleins verschwinden und dann das Passagierkai von Warnemünde in Sicht kommt, an dem zwei mächtige Kreuzfahrtschiffe hintereinander vertäut liegen. Ein paar Matrosen laufen über das Deck des zweiten Schiffes, hinter den Panoramascheiben der Brücke kann ich Bewegung entdecken.

Du hast es oft amüsant gefunden, wenn die Touristenströme der Kreuzfahrtschiffe ihren Führern durch Visby folgten, wie Kükenscharen ihrer Entenmutter. „Zwei Stunden Gotland, was will man da sehen?“, hast du kopfschüttelnd gesagt. „Da keuchen sie die Klippen hoch, machen alle die gleichen Fotos und rennen wieder zurück auf ihr Traumschiff. Dabei gibt es hier so unendlich viel Schönes zu sehen. Aber die Leute haben ja alle keine Zeit.“

„Vielleicht kommen sie wieder“, hatte ich gesagt.

Du hast mich angesehen, nachdenklich, auf eine gelassene Art auch nachsichtig, und nach einer Weile hast du mich angelächelt. „Vielleicht“, hast du geantwortet. „Aber das ist nicht so wichtig. Hauptsache, du kommst wieder. Hauptsache, du kommst immer wieder zurück.“

Damals habe ich nur zurückgelächelt; ich wollte mich nicht festlegen, ich wollte mir meine vermeintliche Freiheit bewahren, nichts versprechen, möglichst viel offen lassen.

Aber am Ende habe ich genau das getan, was du dir gewünscht hast. Ich bin immer wieder zurückgekommen.

Und auch jetzt komme ich wieder.

Nur du bist nicht mehr da.

Kapitel 3

Jetzt

Das Meer vor der dänischen Küste ist grün. Lange sehe ich ins Wasser hinunter, in die schäumende Gischt, auch noch, als die Fähre schon anlegt.

Rupert zerrt ungeduldig an seiner Leine, als wir schließlich in den Bauch der Fähre hinuntersteigen. Kaum sind wir im Auto, öffnet sich vor uns schon die Klappe, und das weißliche Licht des Apriltages flutet hinein. Es scheint mir heller als in Deutschland, aber vielleicht, sicher liegt das nur an der unendlichen Weite des Himmels, der sich über uns ausdehnt.

Rupert rollt sich zufrieden grummelnd auf dem Rücksitz in seine Decken, während ich den Wagen in die kurze Kolonne aus Urlaubern in Wohnmobilen und Geschäftsleuten in blitzenden Limousinen einreihe und dann im langsam auseinanderdriftenden Konvoi durch die flache Landschaft gleite.

An einem Feldweg biege ich rechts ein und halte, aber ich muss Rupert mehrfach auffordern, bis er sich aus dem Wagen bequemt und sein Geschäft verrichtet. Danach steht er eine ganze Weile still da, mit aufgerichteter Rute, und blickt prüfend und witternd über die noch winterkahlen Äcker. Ich sehe zwei Feldhasen ein Stück weiter entfernt, aber Rupert, der nicht mehr allzu gut sieht, entgehen sie glücklicherweise. Gemeinsam atmen wir ein letztes Mal tief ein, bevor wir wieder einsteigen und unsere Fahrt fortsetzen.

Der Konvoi ist verschwunden, ich habe freie Sicht über die flache, dicht besiedelte Landschaft. Wo ich auch hinblicke, überall steht ein Gebäude.

Der Wagen rollt über die schnurgerade Landstraße, und ich spüre, wie mit jedem Meter ein Stück Anspannung mehr von mir abfällt. Braune, karstige Ackerflächen erstrecken sich rechts und links der Straße, Fasane stolzieren auf den Feldern umher, mit zuckenden Köpfen, die Männchen im bunten Federkleid, die Weibchen dezent bräunlich. Ihr Balzen ist das einzige sichtbare Zeichen des nahenden Frühlings, grau in braun liegt die Landschaft im milden Nachmittagslicht. Drüben in Deutschland blühen schon viel mehr Pflanzen, an den Büschen und Bäumen ranken sich erste Triebe empor. Hier aber herrscht noch fast Winter.

Und es ist kalt, um die zehn Grad. Doch der Frühling kommt. Ich kann ihn spüren.

Ich könnte durchfahren, die Strecke an einem Tag zurücklegen, die Frühfähre erreichen.

Aber ich habe es nicht eilig. Ich möchte die Strecke in Ruhe fahren. Und außerdem Halt machen. An einem bestimmten Ort. An dem ich schon einmal gewesen bin.

Nicht mit Rupert.

Sondern mit dir.

Visby, September 1997

Der Gurt meiner Reisetasche schnitt mir in die Schulter, aber ich merkte es kaum. Mir war schlecht, und schwindlig war mir auch, und so blieb ich einen Moment lang stehen, während die anderen Fahrgäste zügig an mir vorbei zur Gangway liefen. Ich schloss die Augen und lehnte mich gegen eine der metallenen Verstrebungen. Das Dröhnen der Motoren hämmerte in meinem Kopf, und ich spürte die Erschütterungen von den Fußspitzen bis in die Augenhöhlen hinein. Ich konnte mich nicht erinnern, jemals zuvor so nervös gewesen zu sein. Sogar das Atmen fiel mir schwer.

Mit einem fröhlichen Lachen liefen zwei junge Mädchen an mir vorbei zum Ausgang, dann folgte ein plapperndes

Kleinkind, dem seine Mutter in sanft wiegendem Schwedisch antwortete. Als es schließlich still wurde, holte ich tief Luft und öffnete die Augen.

Ein junger Angestellter der Fährgesellschaft hantierte an einem Absperrgitter herum und warf mir einen ungeduldigen Blick zu. Offenbar wartete er darauf, dass ich endlich die Fähre verließ, um den Ausgang schließen zu können. Ich holte erneut tief Luft und setzte mich in Bewegung.

Der Weg durch den metallenen Laufgang kam mir diesmal unendlich lang vor, die Gangway selbst wie der Arm eines Kraken, der sich zur Fähre hinstreckte. Schemenhaft sah ich durch die milchigweißen Fensterschlitze das Fährterminal in der beginnenden Abenddämmerung, den Parkplatz davor, dahinter die steil ansteigenden Klippen. Vor dem Durchgang zur Halle zögerte ich, dann ging ich rasch weiter.

Sie stand direkt vor der Rolltreppe, in Jeans und Wildlederstiefeln, die langen Haare hinter die Ohren gestrichen, den braunen Blazer geöffnet, die Hände in den Hosentaschen. Sie stand einfach da, lässig, ohne sich anzulehnen, und sah mir entgegen. Ich fasste den Griff meiner Reisetasche fester, plötzlich konnte ich nicht weitergehen.

Ein paar Sekunden lang standen wir uns gegenüber, fünfzig, sechzig Meter voneinander entfernt. Ein Mann lief zwischen uns vorbei, dann eine Frau mit einem riesigen Rucksack, an dem gleich zwei Paar baumelnde Wanderschuhe befestigt waren. Ich machte einen Schritt und blieb erneut stehen.

Was hatte ich mir bloß dabei gedacht? Was in aller Welt wollte ich hier? Ich, Marthe Maan, lebenslustiger Nichtsnutz aus Berlin, bei dieser gutaussehenden, weltgewandt wirkenden Karrierefrau?

Ein Lächeln zog über ihre Mundwinkel, dann kam sie auf mich zu und blieb direkt vor mir stehen.

„Marthe! Schön, dass du da bist.“

Ich nickte nur, mir fiel nichts ein, nicht ein einziges Wort. Und erst, als sie erneut lächelte, erwachte ich aus meiner Erstarrung.

„Hallo, Elisabeth."

Ihre dunklen Augen verengten sich leicht. „Nenn mich Ebba", sagte sie. „Bitte. Wie war die Reise?"

„Äh, gut. Gut, alles war in Ordnung. Und bei dir?"

Sie hob die Brauen. „Meine Reise war auch gut", sagte sie schmunzelnd. „Aber sie war ja kürzer als deine. Ist das dein ganzes Gepäck?" Sie deutete fragend auf meine Reisetasche, und ich zuckte mit den Schultern.

„Ich nehme nie viel mit", erklärte ich. „Und ich bleib ja auch nicht lange."

„Schade", sagte sie schlicht und legte eine Hand auf meinen Arm, und bei der Berührung wurde mir schlagartig warm. „Dann wollen wir gehen?"

Draußen dämmerte es bereits, als wir das Fährterminal verließen und zu dem eisgrauen Volvo hinübergingen, den Ebba direkt neben dem Eingang geparkt hatte. Ich erkannte ihn wieder, er hatte bei meinem Besuch im Sommer vor der Pension gestanden, und bei seinem Anblick schlug mein Herz gleich noch ein wenig schneller.

Wortlos legte ich meine Reisetasche in den Kofferraum, den Ebba mir aufhielt, dann setzte ich mich auf den Beifahrersitz. Kaum saß ich, spürte ich plötzlich, wie sehr mich die lange Reise erschöpft hatte. Seit fast vierundzwanzig Stunden war ich nun unterwegs; am Vorabend hatte ich um halb neun den Bus nach Kopenhagen genommen, dort den Morgenzug nach Kalmar, wo ich in einen Schnellbus umgestiegen war, der mich pünktlich zum Fähranleger nach Oskarshamn gebracht hatte. Geschlafen hatte ich so gut wie gar nicht; aber an Schlaf war auch jetzt nicht zu denken. Und ich war auch nicht müde, sondern einfach nur vollkommen erschöpft. Nie zuvor hatte ich den Unterschied zwischen beiden Zuständen so deutlich bemerkt.

Als hätte sie meine Gedanken gelesen, wandte sich Ebba mir zu, während sie den Wagen anließ. „Du musst sehr erschöpft sein. Möchtest du dich gleich etwas hinlegen oder lieber zunächst etwas essen?"

Ihre gewählte Ausdrucksweise hätte mich normalerweise zum Lächeln gebracht, aber jetzt, in meinem Zustand, war ich zu normalen Reaktionen offenbar nicht fähig. „Nein, danke. Also, ich meine, nein, hinlegen noch nicht. Lieber … lieber was essen."

„Gut", sagte sie schlicht und gab Gas. Langsam rollten wir den Färjeleden entlang und bogen dann auf das bucklige Kopfsteinpflaster der Hamngatan ein. „Dann werden wir bald etwas essen."

Ich nickte, obwohl ich auch keinen rechten Hunger hatte. Eigentlich wusste ich gar nicht, wonach mir war. Vielleicht einfach danach, erst einmal anzukommen. Nur hatte ich keine Ahnung, wie das gehen sollte.

Und so starrte ich schweigend hinaus auf die spitzen Giebelhäuser der mittelalterlichen Innenstadt, die friedlich im dämmerigen Septemberlicht dalagen. Ebba sah gelegentlich zu mir herüber, während sie den schweren Wagen geschickt durch die engen Gassen der Innenstadt und dann am Lazarett vorbei auf die Küstenstraße lenkte. Die Sonne ging gerade über dem Meer unter und tauchte Himmel und Wasser in ein feuriges Rot, und auf der Strandpromenade blieben die Spaziergänger stehen und beobachteten staunend das Schauspiel. Ebba verlangsamte das Tempo und hielt am Straßenrand.

„Für dich, zur Begrüßung", sagte sie und lächelte zu mir herüber, und schon wieder verschlug es mir die Sprache. Ich nickte und sah an ihr vorbei aufs Meer hinaus, auf den blutroten Widerschein der Sonne, der sich jetzt rasch ausbreitete, bis ganz zu uns herüberschimmerte, durch die Fensterscheiben ins Auto hinein, und Ebbas schönes Gesicht mit den markanten Zügen aufleuchten ließ.

Sie sah mich an, und ich sah sie an, reglos, eine Sekunde verging, eine Minute, eine Ewigkeit schließlich. Hinter ihr flammte der Himmel auf, ihre Augen wirkten noch dunkler als jemals zuvor; hätte mich in diesem Moment jemand nach ihrer Farbe gefragt, ich hätte es nicht zu sagen gewusst, vorher nicht, jetzt nicht, vielleicht auch nie. Dunkelblau oder schwarzgrau vielleicht. Oder etwas dazwischen.

Ebba musterte mich, dann gab sie vorsichtig wieder Gas. Hinter ihr zog der brandrote Himmel vorbei, die Sonne war fort, versunken im Meer.

Wir hielten vor der Garage und nahmen den Seiteneingang, der rechts am Haus vorbeiführte. Von irgendwoher kamen Stimmen, und als ich den Kopf hob, entdeckte ich eine Touristenfamilie, die vom Balkon aus auf das immer noch in rötliches Licht getauchte Meer blickte – Mutter, Vater, jeweils mit einem Kleinkind im Arm. Ebba öffnete die Tür und ließ mich zuerst eintreten.

„Es sind ein paar Gäste da“, sagte sie ruhig. „Aber um die kümmert sich im Moment Kira. Meine Mitarbeiterin“, fügte sie erklärend hinzu.

Ich trat in den kleinen Vorraum, der offenbar zugleich als Küche für den Frühstücksraum fungierte, der sich zur Rechten eröffnete. Ebba zog die Tür hinter sich ins Schloss und führte mich nach links, in einen weiteren kleinen Küchenraum, der ein wenig persönlicher eingerichtet war. Ein Kerzenleuchter stand auf dem Tisch, an der Wand hing ein großformatiges Foto, das einen dunkelhäutigen Klavierspieler zeigte, der mit geschlossenen Augen und hochkonzentriertem Gesichtsausdruck über seinem Konzertflügel verharrte, beide Hände in der Luft. Daneben und darunter war eine ganze Anzahl weiterer, kleiner gerahmter Fotografien platziert, aber ich traute mich nicht, genauer hinzusehen.

Ebba nahm mir meine Jacke ab und hängte sie zusammen mit ihrem Blazer neben die Tür, dann legte sie mir sanft eine Hand auf den Rücken und geleitete mich weiter ins Wohnzimmer. Der große, dunkle Flügel dominierte den Raum, er war vor den Fenstern postiert, die aufs Meer hinausgingen. Der rötliche Schein draußen am Horizont war in der Zwischenzeit fast verschwunden, Dunkelheit senkte sich über Landschaft und Meer.

Vorsichtig trat ich an den Flügel heran. „Hast du … hast du den schon immer gehabt?“, fragte ich und strich mit einer Hand über die glänzende Oberfläche. Ebba stellte sich neben mich.

„Seit ungefähr zehn Jahren. Als du das erste Mal hier warst, stand hier noch ein Pianino. Ein Klavier, meine ich.“ Sie lächelte, als sie sah, dass sie damit meine unausgesprochene Frage beantwortet hatte. Dann öffnete sie die Tür zum Flur. „Komm.“

Hinter ihr her ging ich an der Rezeption vorbei durch den kleinen Flur, in dem ich vor so vielen Jahren zusammen mit Tante Josina und vor ein paar Monaten dann mit Lonnie gestanden hatte, hinter ihr her stieg ich die Treppe hinauf und folgte ihr in den vorderen Bereich des Flurs. Ebba steuerte am Gästebad vorbei und öffnete die Tür dahinter. Sie schaltete das Licht ein und trat einen Schritt zurück.

„Hier, das ist dein Zimmer“, sagte sie. „Ich hoffe, es gefällt dir?“

„Mein Zimmer?“, fragte ich verunsichert. Sie hatte mir ein Zimmer in ihrer Pension zugedacht? Hatte ich sie missverstanden, sah sie mich als zahlenden Gast? Hatte sie mich vielleicht nur zu ein paar Tagen Urlaub eingeladen?

Ebba lächelte amüsiert. „Ich dachte, eine Art Ruheraum kann nicht schaden, nicht wahr?“, sagte sie. „Und du hast ein eigenes Bad. Vielleicht möchtest du dich ein wenig frischmachen? Und wenn du Lust hast, können wir danach essen gehen.“

„Ja, okay“, sagte ich hastig. „Gut, dann … dann komme ich gleich runter.“ Ich stellte meine Reisetasche ab und ging zum Fenster, vor dem ein kleiner, weiß gestrichener Schreibtisch mit einem dazu passenden Holzstuhl stand. Trotz der Dunkelheit draußen konnte ich erkennen, dass der Ausblick wunderschön sein musste. Vielleicht sogar der beste im ganzen Haus, mit freier Sicht auf den Strand und das Meer, das sich schimmernd am Horizont verlor.

Als ich mich umdrehte, stand Ebba immer noch da, eine Hand auf der Klinke. In ihrem Blick lag etwas, das ich nicht recht deuten konnte, und wieder spürte ich, wie erschöpft ich war, zu erschöpft, um es zu deuten.

Und sie spürte es offenbar auch. „Bis gleich", sagte sie sanft und zog die Tür zu.

Ich ging zum Bett hinüber und ließ mich rücklings darauffallen. Es war schmal, schmaler, als ich es gewohnt war, aber unglaublich weich und bequem. Die glatte gestreifte Bettwäsche streichelte meine Wange, als ich den Kopf drehte und nach draußen blickte, in die schimmernde Dunkelheit, in der sich das Licht der Stehlampe spiegelte. Ich streifte meine Schuhe von den Füßen und hörte, wie sie polternd zu Boden fielen, dann schloss ich die Augen. Das Meer draußen rauschte leise, fast rhythmisch, im Takt, und dann vermeinte ich die gedämpften Klänge leiser Klaviermusik zu hören, die sich hineinmischten. Fast so wie damals, vor so vielen Jahren.

Mit einem Ruck fuhr ich hoch. Einen Moment lang wusste ich nicht, wo ich war, dann sprang ich auf. Um mich herum war es still, sogar das Rauschen des Meeres war verstummt. Ich hatte keine Uhr, keine Ahnung, wie lange ich geschlafen haben mochte, aber als ich die Tür zum Flur öffnete, war auch dort alles still. Einen Moment lang stand ich ratlos da, dann schloss ich die Tür wieder, warf meine Tasche aufs Bett und suchte frische Kleidungsstücke heraus, bevor ich unter die Dusche sprang.

Kurze Zeit später lief ich leise die Treppe hinunter. Die Nachtbeleuchtung brannte, und im Fenster an der Rezeption spendete eine kleine Lampe freundliches Licht. Vorsichtig klopfte ich an die geschlossene Flügeltür. Als keine Antwort kam, drückte ich langsam die Klinke herunter und trat ein.

Das Wohnzimmer war leer, auch hier war alles still. Ich zögerte nur einen Moment, dann ging ich weiter. Meine Müdigkeit war jetzt gänzlich verschwunden, einem fast tranceartigen Schwebezustand gewichen. Ich wusste, wo ich sie finden würde.

Die Glastür zur Terrasse stand offen, und sie wandte mir den Kopf zu, als ich in den Türrahmen trat.

„Da bist du ja", sagte sie und stand auf. Sie hatte sich umgezogen und trug jetzt bequeme weite Baumwollhosen und einen locker sitzenden dünnen Wollpullover, der ihre geraden Schultern betonte. Ihr Gesicht lag im Schatten, aber ich sah das leichte Lächeln auf ihren schönen Lippen.

„Tut mir leid, ich muss … ich muss eingeschlafen sein. Wie spät ist es?"

Ihre Mundwinkel zuckten. „Kurz nach elf."

„Ich hab … ich habe vier Stunden geschlafen?"

Sie nickte und deutete auf den zweiten der beiden Holzstühle. „Setz dich. Du hast bestimmt Hunger, ich hole etwas zu essen."

„Wir wollten doch essen gehen", sagte ich schuldbewusst und setzte mich hin.

„Kein Problem, ich habe den Tisch abbestellt." Im Vorbeigehen legte sie mir die Hand auf die Schulter, eine warme, leichte Berührung, und wieder begann mein Herz heftig zu klopfen.

Tief sog ich die frische Abendluft ein, während ich den leisen Geräuschen aus dem Innern der Wohnung lauschte. Sie ließ mich nicht lange warten, kurz darauf kam sie auch schon mit einem Tablett zurück und stellte eine Schale mit Salat und ein paar Scheiben Fladenbrot vor mir hin.

„Fleischlose Kost", sagte ich trocken, und Ebba lachte.

„Genau, fleischlose Kost. Ich hoffe, du magst Salat. Aber ich koche nicht gern."

„Ich auch nicht."

„Dann haben wir ja was gemeinsam."

Wir lächelten uns an, dann öffnete sie eine Dose Bier und schenkte uns beiden ein.

„Auf dich." Sie hob ihr Glas.

„Und auf dich", sagte ich und stieß mit ihr an.

Wir nickten uns zu und tranken, und ich spürte ihre Blicke wie Finger, die mich berührten, abtasteten, streichelten. Meine Kehle verkrampfte sich, einen Moment lang vermochte ich nicht zu schlucken, dann gelang es mir doch. Ich setzte mein Glas ab und sah auf meinen Teller hinunter. Der Salat sah appetitlich aus, Feldsalat, Gurken, Tomaten, ein Weichkäse, vielleicht Fetakäse, den ich sehr mochte, aber ich wusste nicht, ob ich würde essen können. Nicht, wenn sie mich so ansah.

„Guten Appetit", sagte sie, und pflichtschuldig nahm ich meine Gabel und aß ein paar Bissen, ohne etwas zu schmecken.

Sie zog die Beine an und saß ruhig neben mir, blickte in die Dunkelheit hinaus, die jetzt keine mehr war. Ein sanfter Mondschimmer hatte sich über die Landschaft gelegt, tauchte den leichten Hügel am Haus in ein bläuliches Licht, in dem sich die niedrigen Büsche ab und zu in einer sanften Meeresbrise wiegten. Und still war es auch nicht mehr, das Meer hatte wieder zu rauschen begonnen, vielleicht hatte es unablässig gerauscht, ich wusste es nicht; ich wusste gar nichts, nur, dass ich jetzt neben ihr saß, mit klopfendem Herzen, und dass ich kaum wagte, sie anzusehen.

Nach ein paar Bissen schob ich den Teller weg und legte den Rest Brot wieder hin. „Sehr köstlich", sagte ich. „Aber ich habe keinen großen Hunger. Tut mir leid. Hast du … hast du denn gegessen?"

Sie nickte und betrachtete mich nachdenklich über den Rand ihres Bierglases hinweg. „Möchtest du etwas anderes?“, fragte sie, und die Frage hing ein paar Sekunden lang zwischen uns, bevor ich zu lächeln begann.

Sie lächelte zurück, und dann stellte sie ihr Glas ab. „Marthe“, sagte sie leise. „Schön, dass du hier bist.“

Ich antwortete nicht, stattdessen schob ich meinen Stuhl zurück und stand auf. Ebba sah mir überrascht entgegen, als ich auf sie zukam, mit weichen Knien, aber ohne innezuhalten. „Lass uns weitermachen“, sagte ich, und ich konnte ihr ansehen, dass sie genau wusste, was ich damit meinte, als ich mich vor sie hinhockte. Ebba seufzte kaum hörbar, rutschte tiefer, mir entgegen, und noch tiefer, auf meinen Schoß, während sie gleichzeitig die Arme um meine Schultern schlang und mich näher an sich heranzog.

Ihr Gesicht war jetzt ganz dicht vor meinem, ihre unglaublich schönen, dunklen Augen schienen von innen zu leuchten. „Marthe“, flüsterte sie, aber ich ließ sie nicht weiterreden. Stattdessen küsste ich sie, und sie küsste mich.

Sie küsste mich so, dass mir schwindelig wurde. Ihre Lippen waren unglaublich weich, und als sie ihre Hände um mein Gesicht legte und mich noch drängender küsste, blieb mir die Luft weg. Sie aber hielt mich unbeirrt fest, presste sich an mich und küsste mich weiter.

Wir machten genau da weiter, wo wir zwei Monate zuvor aufgehört hatten, aber diesmal gab es niemanden, der uns störte. Nur die Armlehnen des Holzstuhls waren im Weg, als ich mich noch enger an Ebba schmiegte, und plötzlich spürte ich, dass mir die Knie wehtaten, von ihrem Gewicht, meinem eigenen, vielleicht auch, weil sie mir immer noch weich waren. Und so schob ich den Stuhl einfach weg, weiter nach hinten, und natürlich verloren wir das Gleichgewicht und sanken gemeinsam auf den gepflasterten Boden. Ebba stöhnte in meinen Mund und zog mich noch fester an sich, drängte ihre Hüften an meine, begann sich unter mir zu bewegen, und jetzt war ich es, die stöhnte, in ihren Mund.

Ich küsste sie lange, ihren Mund, ihre Wangen, die geschlossenen Lider, spürte mit den Lippen ihren Augenbrauen nach, die feine Wölbung der Stirn, die beiden Falten entlang ihrer Nase und dann hinunter zum Kinn und weiter hinunter, und sie seufzte erneut und brachte ihren Mund dicht an mein Ohr, „Marthe", flüsterte sie, „komm, zieh mich aus", und das tat ich dann auch. Langsam streifte ich ihr den Pullover hoch, strich ihr über den bebenden Bauch, den fein geformten Nabel, zog ihr Unterhemd hoch und erkundete die zarte, leicht feuchte Haut darunter. Ihre Brustwarzen richteten sich auf, als ich ihren BH öffnete, und sie stemmte sich von mir ab. Ihre Augen wanderten über mein Gesicht, blieben an meinen Lippen hängen. Ich hielt inne, spürte mein Herz schlagen, kräftig und schnell.

„Alles okay?", fragte ich leise.

Sie nickte und lächelte. „Alles okay. Nur ein bisschen hart ist es hier unten."

Vorsichtig richtete ich mich auf und zog sie vom Boden hoch. Eine frische Brise strich über uns hinweg, und irgendwo in der Nähe erklang der klagende Ruf eines Nachtvogels. „Komm", sagte ich. „Komm, lass uns reingehen."

Es war niemand da, der uns störte, als sie sich am Stuhl hochzog und mich erneut küsste, und es störte uns auch niemand, als ich ihr durch die Glastür ins Zimmer folgte, mich zu ihr legte, ihr die restliche Kleidung abstreifte und meine dazu. Niemand störte uns, alles war ruhig, nur unser beider Atem erfüllte das Zimmer, das Stöhnen aus ihrer Kehle, die geflüsterten Worte, mit denen sie mich zu sich rief, noch näher, noch näher heran, und dann ihr Keuchen, als ich mich auf sie schob und schließlich in sie hinein. Ihr Körper war kräftig und fest, ihre Haut heiß, feucht und weich, die Augen tiefdunkel, so dunkel, dass ich schließlich darin versank.

„Ebba", flüsterte ich und spürte ihr Beben, als ihre Muskeln meine Finger umschlangen, ihre Beine meine Hüften, ihre Arme meinen Rücken, fester und fester, bis mir die

Luft wegblieb, „Ebba“, keuchte ich und glitt tiefer in sie hinein, zwang sie nieder, stemmte mich auf sie. Sie stieß mir entgegen und umarmte mich hastig, ihre Finger gruben sich tief in meine Schultern. Ich keuchte erneut auf, als sie sich unter mir wand und dann aufschrie, mit geschlossenen Augen.

Ich hielt sie so lange fest, bis ihre Züge sich langsam entspannten. Schließlich schlug sie die Augen auf, und ihr Lächeln war zittrig.

„Gut“, sagte sie leise und schlang ihre Arme locker um meine Schultern, verschränkte sie in meinem Nacken. Sie sah mich nachdenklich an, und im schwachen Licht, das von der Lampe draußen auf der Terrasse hereinfiel, schien sich die Farbe ihrer Augen zu ändern, von dunkelblau zu schwarzgrau, von schwarzgrau zu dunkelblau.

Ich hielt ihrem Blick stand, bis meine Armmuskeln zu zittern begannen, und dann ließ ich mich sinken, in ihre Arme, bettete mein Gesicht in ihre Halsbeuge, sog ihren Duft in mich ein.

„Bleib noch ein bisschen bei mir“, flüsterte sie, und ich nickte an ihrem Hals.

Ebba. Was immer auch vor mir lag, was immer auch kam, jetzt, mit ihr, war ich glücklich.

Jetzt

Du hast gewusst, was du wolltest. Du hast gewusst, was ich brauchte. Und du hast auch gewusst, was du brauchtest: Nähe und Freiraum. Abstand und Vorsicht. Und deine Ruhe.

Von Anfang an hast du mich auf Abstand gehalten, mir mein Zimmer gezeigt, mich in deins eingeladen, nie für immer, aber immer auf Zeit. Vielleicht hat uns das von Anfang an zu unserer speziellen Art von Zweisamkeit befähigt. Sicherlich sogar. Aber das war mir damals noch nicht so klar.

Damals, als ich dich das erste Mal besuchte, kam ich ganz ohne Plan. Ich hatte keine Idee von der Zukunft, kein Konzept, ich wusste nur eins: dass ich dich wollte.

Und dass ich unsicher war, das wusste ich auch.

Du aber hast meine Unsicherheiten, meine Ängste hinweggefegt mit deinem Lächeln. Deinem wissenden Lächeln, mit einfachen, deutlichen Zeichen, Signalen. Du hast mir mein Zimmer gezeigt. Und dafür bin ich dir dankbar.

Visby, September 1997

Der Wind schlug mir die Autotür fast ans Bein, als ich sie öffnete. Ich brauchte beide Hände, um sie aufzustoßen, und als ich endlich stand, sah ich Ebba auf der anderen Seite des Wagens ebenfalls mit dem Wind kämpfen. Mit einiger Mühe schlug sie ihre Kapuze hoch und zurrte sie fest, bevor sie zu mir herüberlachte.

„Frisch, was?"

„Aber cool!", rief ich zurück und schlug die Tür zu. Im gleichen Moment ließ der Wind nach, und ich sah mich um. Wir hatten ziemlich genau in der Mitte einer von Kalkfelsen eingefassten Bucht geparkt, und unser Wagen war der einzige weit und breit. Zur Rechten war ein offensichtlich geschlossenes Holzrestaurant hinter den kleinen Hafen gesetzt worden, auf der anderen Seite stemmte sich eine Reihe von Fischerhütten gegen den Wind. Und dahinter breitete sich ein sanft geschwungener Steinstrand vor der unruhig tänzelnden See aus, zu beiden Seiten von hohen Felsküsten begrenzt. Ebba deutete nach links.

„Das da oben, das ist der Jungfrauenfelsen."

Ich balancierte über die zerbrochenen Kalkplatten zu ihr herüber. „Und du meinst, den sollte ich mir ansehen?"

Sie lächelte mich an. Ihr scharfgeschnittenes Gesicht war bereits jetzt vom scharfen Wind gerötet. Sie sah gut aus, entspannt, fast ebenso entspannt wie heute Nacht, als wir noch lange zusammengelegen hatten, eng aneinandergeschmiegt, ohne viel zu reden. Irgendwann hatte ich sie ein letztes Mal geküsst und war schließlich in mein Zimmer hinaufgegangen; sie hatte mich nicht dazu aufgefordert, mich auch nicht zurückgehalten. Es hatte sich einfach gut angefühlt, richtig. Als ich einschlief, war ich rundum zufrieden. Und genauso war ich vorhin auch aufgewacht.

„Den sollte sich jeder ansehen, der diese schöne Insel besucht", sagte Ebba und stapfte voraus. Ich folgte ihr vorsichtig. Die Kalksteinplatten zu meinen Füßen schillerten in vielen Farben, dazwischen lag Sand und Geröll. Ich erkannte versteinerte Muscheln und seltsam gebogene Felsbröckchen. Dies hier musste ein Paradies für Fossiliensammler sein, aber dafür hatte ich mich noch nie interessiert. Und im Moment gab es ohnehin nur eine einzige Sache, für die ich mich interessierte. Die große, schöne Frau vor mir, die zielstrebig auf die Felsküste zusteuerte, ohne sich auch nur ein einziges Mal nach mir umzusehen.

Eine plötzliche Windböe ließ mich fast stolpern, und mit einem Satz sprang ich über einen steil aufragenden Felsbrocken, um den sich ein algenbewachsenes Fischernetz zu einem skurrilen Kranz gewunden hatte. „Warte, Ebba! Ich bin doch keine Bergziege!"

Ebba drehte sich um. Ihre dunklen Augen musterten mich. „Zum Glück nicht", sagte sie trocken. „Ich wüsste auch nicht, ob ich mich ernsthaft in eine Bergziege verlieben könnte."

Verblüfft sah ich sie an. Aber ich hätte wohl besser nach unten gesehen, denn im selben Moment rutschte ich von einer Felskante ab und stolperte erneut. Verzweifelt ruderte ich mit den Armen, bevor ich nach vorne stürzte. Im letzten Augenblick griff Ebba nach meiner Hand und zog mich mit Schwung zu sich herüber. Ich landete in ihren Armen.

„Hoppla!“, sagte sie und betrachtete mich mit einem fast gnädig anmutenden Gesichtsausdruck. „Ziemlich stürmisch.“

„Ich?“

„Du auch“, sagte sie lächelnd. „Du und der Wind.“ Dann drehte sie sich um und deutete zu dem eigenartig geformten Felsen hinauf, der wie ein steinerner Finger in den stürmischen Himmel zeigte, hinauf zu den Möwen, die sich weit oben mit ausgebreiteten Flügeln von der Luft tragen ließen. „Das ist die höchste Felsskulptur der ganzen Insel, Gotlands höchster Rauk. Da oben soll einst eine Königstochter gesessen haben, die in einen armen Sklaven verliebt war. Der König war dagegen, aber er versprach dem Jüngling seine Tochter, sofern der sie von dort oben herunterholen könnte. Niemand hielt das für möglich, aber der Sklave versuchte sein Glück, kletterte hoch und mit der Jungfrau wieder hinunter. Auf halbem Wege erschoss ihn der wütende König mit einem Pfeil, und beide, Jungfrau und Jüngling, versanken im Meer und ertranken.“ Sie drehte sich zu mir um. „Tragisch, was?“

„Ziemlich“, sagte ich und legte die Hand über die Augen. „Wie hoch ist das Ding?“

„Knapp dreißig Meter.“ Ebba kickte eine Muschel ins Wasser. Eine weitere Windböe fegte eine lange Strähne aus ihrer Kapuze, und sie strich sie wieder zurück. „Würdest du dich trauen, mich da runterzuholen?“, fragte sie lächelnd und hielt ihren Kragen zu.

Ich ließ meinen Blick über ihr Gesicht wandern, prägte mir jede Einzelheit ein. Ihr hübsches Ohr war von der Kälte gerötet, und darüber vermeinte ich eine schmale, weißliche Narbe zu erkennen, die sich durch ihr dichtes, dunkles Haar fast bis zur Schläfe zog. Aber als Ebba den Kopf hob, war sie wieder verschwunden. „Klar“, sagte ich lässig. „Klar würde ich mich trauen.“

„Auch auf die Gefahr hin, hinunterzustürzen?“

Ich zuckte mit den Schultern. „Es gibt sicherlich schlechtere Todesarten, als mit dir im Arm im Meer zu ertrinken."

Ebba lachte, aber dann wurde sie ernst. „Ja", sagte sie nachdenklich. „Die gibt es tatsächlich."

„Und du, hättest du Angst?"

Sie sah mich an, und in ihren dunklen Augen lag plötzlich eine Entschlossenheit, die mich fast erschreckte. „Nein", sagte sie fest und blickte auf die Wellen hinaus, auf denen weißliche Schaumkronen tanzten. „Ich hätte keine Angst. Wovor sollte ich auch Angst haben? Dafür habe ich keine Zeit."

Es klang seltsam, wie sie das sagte, eine Spur zu bedeutsam für diesen leichten Moment. Aber bevor ich hätte nachfragen können, nahm sie meine Hand und zog mich weiter. „Komm", rief sie gegen den Wind an, „komm, wir laufen ein Stück!"

Und so zog sie mich mit sich, einfach weiter voraus, und ich lief hinter ihr her und dann neben ihr, setzte über die Felsen, stolperte, fing mich und stolperte wieder, und irgendwann begann ich zu lachen, ganz außer Atem. Sie drehte sich um, mit vom Wind geröteten Wangen und blitzenden Augen, und lachte mich an, so lange, bis ich sie küsste, im nach Salz und Tang riechenden Wind, unter den Felsen, dicht an den tosenden Wellen.

Gut zwei Stunden später lief ich mit noch feuchtem Haar vom Duschen die Treppe hinunter und klopfte an ihre Wohnzimmertür. Leise Klaviermusik war dahinter zu hören, und ich zögerte kurz. Eine junge, blonde Frau steckte den Kopf aus dem kleinen Büro hinter dem Empfang, nickte mir zu und zog sich sofort wieder zurück. Ich klopfte ein zweites Mal und trat ein.

Ebba saß am Flügel, mit geschlossenen Augen spielte sie eine kraftvolle, lebendig klingende Weise, einen hochkonzentrierten Ausdruck im Gesicht. Fasziniert kam ich näher und betrachtete sie; die leicht gerunzelte Stirn, das feine Lächeln um ihre Mundwinkel herum, das eher von Anstrengung denn Belustigung kündete. Die Melodie verlangsamte sich, einen Moment lang schien ein Ausdruck des Schmerzes auf Ebbas Züge zu treten. Aber dann zog das Tempo wieder an, wild und unruhig wirbelten die Klänge durchs Zimmer, und einen Augenblick später öffnete Ebba die Augen und lächelte mich an, während sie ihr Spiel in einer aufwärts schwingenden Kadenz ausklingen ließ.

„Was war das?“, fragte ich. Sie klappte vorsichtig den Deckel zu.

„Ein Stück von Enrique Granados y Campiña“, sagte sie. „Ein spanischer Komponist. Das Stück hat er seiner Frau gewidmet. Er war übrigens tatsächlich einer dieser Menschen, die für ihren Partner sein Leben geben.“

„Warum?“

„Der gute Mann durfte 1916 im Weißen Haus vorspielen. Seine Frau war natürlich dabei. Auf der Rückreise wurde ihr Schiff von den Deutschen torpediert. Granados wurde auf ein Rettungsschiff gezogen, aber dann sah er seine Frau hilflos im Wasser treiben und sprang zurück. Beide ertranken.“

„Schaurige Geschichte“, sagte ich. Ebba nickte.

„Aber auch schön. Schaurigschön.“

„Schon die zweite schaurige Geschichte, die du mir heute erzählst.“

„Ich denke, dabei bleibt es für heute.“

Wir lächelten uns an, dann stellte ich die eine Frage, die mir im Kopf herumschwirrte, seit ich das Zimmer betreten hatte.

„Ebba? Warum hast du aufgehört, selbst zu spielen? Ich meine, warum gibst du keine Konzerte mehr?“

Sie schwieg einen Moment lang. „Das ist schwierig“, sagte sie langsam und sah auf ihre Hände hinunter. „Es war – es war mir zu viel. Ich konnte die Töne nicht mehr hören. Ich höre sie schon die ganze Zeit.“ Sie schien noch etwas sagen zu wollen, aber dann schwieg sie doch.

„Wie meinst du das?

Ebba zuckte mit den Schultern. „Ich höre andauernd Musik“, sagte sie leise. „Auch wenn niemand spielt. Sie ist in meinem Kopf.“

„In deinem Kopf?“ Ich versuchte es mir vorzustellen, aber es gelang mir nicht ganz. Ebba zuckte erneut mit den Schultern.

„Ich kann es nicht erklären“, sagte sie. „Es ist einfach so. Ich höre immerzu Musik. Und deshalb kann ich nicht mehr spielen. Nur manchmal.“

„Und komponieren?“

„Manchmal.“ Ihr Gesicht verschloss sich, und ich wusste, dass ich nicht mehr weiterzufragen brauchte. Sie würde mir nicht mehr antworten. Stattdessen stand sie auf. „Wie wäre es mit einem Kaffee?“

„Gern.“ Ich folgte ihr in die Küche und setzte mich, während sie eine dieser neuartigen Kaffeemaschinen anstellte und zwei bauchige Becher aus dem Schrank holte.

„Auf der Treppe habe ich ein deutsches Ehepaar getroffen“, sagte ich nach einem Moment. „Du hast viele deutsche Gäste, oder?“

Ebba holte eine Packung Milch aus dem Kühlschrank. „Einige, ja. Die meisten sind Stammgäste und kommen seit Jahren. Das habe ich Inge zu verdanken.“ Sie warf mir einen kurzen Blick zu, bevor sie eine Schublade aufzog und darin zu kramen begann.

„Inge?“

„Meine Exfreundin. Sie ist Deutsche.“

Ich lehnte den Hinterkopf an die gekachelte Küchenwand und betrachtete ihren sehr geraden Rücken. „Warum … wo ist sie jetzt?“

„Sie hat ein Hotel oben in Norrland eröffnet. Zusammen mit ihrer neuen Lebensgefährtin.“

Ihre Stimme klang sachlich; ich konnte keine wie auch immer geartete Gefühlsregung heraushören.

„Und warum wollte sie die Pension hier nicht mehr weiterführen, wo sie doch so viele Stammgäste hatte?“

Ebba drückte einen der vielen verwirrenden Knöpfe der Kaffeemaschine, und ein Strom heißen, schwarzen Kaffees schoss in den ersten Becher. „Sie wollte neu anfangen", sagte sie. „Und ich auch. Also passte es gut so."

„Und wann hast du die Pension übernommen?"

Sie hielt den Becher unter die Milchdüse. „Du fragst viel", sagte sie nüchtern, drehte sich um und stellte den Becher vor mich hin. Ihr dunkler Blick war nahezu ausdruckslos, aber das kleine Lächeln um ihre Mundwinkel herum entging mir nicht.

„Danke. Und ich frage viel, weil ich mich für dich interessiere", erklärte ich. „Wen sollte ich denn sonst fragen, um etwas über dich zu erfahren?"

Sie nickte, während sie den zweiten Becher in die Maschine stellte. „Gut gekontert", sagte sie. „Okay, warte." Sie öffnete eine Packung Haferkekse, legte einige davon auf einen Teller und kam damit und mit ihrem Kaffee zum Tisch zurück. „Also: Ich habe die Pension vor zwei Jahren übernommen", sagte sie und setzte sich mir gegenüber, auf den einzigen anderen Stuhl. „Die Pension, nicht das Haus. Das gehört ohnehin mir. Ich bin teilweise hier aufgewachsen. Das Zimmer, in dem du wohnst, ist mein altes Jugendzimmer." Sie lächelte über meinen überraschten Blick, nahm einen Schluck Kaffee und fuhr fort: „Meine Eltern haben das Haus als Sommerhaus gekauft, als ich klein war. Als ich zwölf war, sind wir ganz hergezogen, aber als mein Vater starb, ist meine Mutter Ende der Siebziger wieder zurück nach Karlskrona gegangen. Inge und ich waren da schon zusammen, also haben wir beschlossen, eine Pension daraus zu machen. Inge hat sie geführt, ich kam ab und an zu Besuch und half mit, aber eigentlich habe ich hauptsächlich in Stockholm gewohnt." Sie hatte schnell gesprochen, als strengte es sie an, von sich zu berichten, aber als wäre es eine lästige Pflicht, die sie möglichst rasch hinter sich zu bringen gedachte. Jetzt trank sie einen weiteren Schluck Kaffee und schob mir die Kekse hin, und ich nahm einen, hielt ihn aber nur in der Hand.

„Danke. Und dann?"

Ebba seufzte kaum hörbar. „Dann haben wir uns getrennt, und Inge hat die Pension weitergeführt. Ein paar Jahre lang bin ich kaum hier gewesen, aber es hat mich immer öfter hierher zurückgezogen. Und als Inge dann ihre neue Freundin kennengelernt hat und überlegte, neu anzufangen, da habe ich beschlossen, ganz zurückzukehren und die Pension zu übernehmen. So, jetzt weißt du alles." Sie nahm einen weiteren Schluck Kaffee, und ich tat es ihr gleich. Der Kaffee schmeckte köstlich, der Milchschaum hatte genau die richtige Konsistenz.

„Alles weiß ich noch lange nicht", sagte ich, als ich den Becher wieder abgesetzt hatte. „Aber wenigstens ein bisschen."

Ebba lehnte sich zurück und strich sich das Haar hinters Ohr. „Und was möchtest du noch wissen?", fragte sie trocken.

„Zum Beispiel, wer all diese Leute hier auf den Fotos sind." Ich deutete auf die vielen kleinen Bilderrahmen an der Wand über dem Küchentisch. Ich hatte schon mehrfach die Gelegenheit genutzt, sie mir genauer anzusehen, wenn Ebba mit der Kaffeemaschine beschäftigt war. Bis auf das große Porträt des Pianisten handelte es sich zumeist um leicht vergilbte, altertümlich anmutende Schwarz-Weiß-Fotografien, auf den meisten waren steife Menschen in altmodischer Kleidung zu sehen. Ich tippte auf eines, auf dem ein kleines Mädchen in Schürze und Schleifchen mürrisch in die Kamera blickte.

„Wer zum Beispiel ist das?", fragte ich belustigt. „Deine Oma?"

Ebba lachte. „Nein", sagte sie und kippte ihren Stuhl leicht nach hinten, während sie ihren Kaffeebecher in der hohlen Hand hielt. „Nein, das bin ich."

Ich riss den Kopf hoch. „Du?"

„Ja", sagte sie gleichmütig. „Das bin ich. Oder besser … das war ich. Mit fünf oder sechs Jahren."

„Ich hätte gedacht, das stammt aus Kriegszeiten oder so." Verdutzt betrachtete ich das Foto genauer.

„Na ja, so falsch liegst du damit nicht. Abgesehen davon, dass Schweden gar nicht im Krieg war, ist das Foto Ende der Fünfziger gemacht worden. Ich bin wahrscheinlich älter, als du denkst. Keine Ahnung, ob du das auch wissen willst, aber ich bin Jahrgang 1954." Sie betrachtete mich belustigt, und ich hatte Mühe, meine Gesichtszüge unter Kontrolle zu bringen. Sie war vierzehn Jahre älter als ich? Natürlich war mir klar gewesen, dass Ebba ein ganzes Stück älter sein musste als ich, aber dass es gleich so viele Jahre waren, machte mich sprachlos. Sie sah nicht so aus, ihr Körper sah nicht so aus, nichts an ihr wirkte so alt, wie sie in Wirklichkeit war. Um meine Überraschung zu verbergen, tippte ich erneut auf das Foto. „Das sieht aus wie alter Adel", sagte ich und lachte, aber Ebba nickte nur.

„Das stimmt."

„Was stimmt?"

„Das sieht nicht nur so aus wie alter Adel, das ist alter Adel. Ich stamme von altem baltischen Adel ab." Ich starrte sie an, aber sie ließ sich nicht ablenken. „Da staunst du, was?", fragte sie und deutete auf ein anderes Foto, auf dem eine ältere Frau streng in die Kamera blickte. „Das ist meine Mutter, und das daneben ist das Hochzeitsfoto meiner Eltern."

„Und wer ist das?"

Gemeinsam mit mir betrachtete sie eine etwas größere Fotografie, auf der sich eine ganze Gruppe altmodisch gekleideter Menschen auf einer Art Freitreppe versammelt hatte. „Meine lettische Verwandtschaft. Aber ich kenne nur den da, meinen Großvater, und seinen Bruder. Der lebt übrigens immer noch, in Daugavpils. Das ehemalige Dünaburg. Ich war einmal da, mit meinen Eltern, als

Teenager. Eine grässliche graue Stadt in grüner Umgebung. Überall auf den Dächern waren Störche, das weiß ich noch wie heute." Versunken sah sie in ihren Kaffeebecher hinein.

„Und du, hast du keine Geschwister?"

Ebbas Mundwinkel verhärteten sich ganz leicht. „Doch", sagte sie. „Einen jüngeren Bruder, Oscar. Er hat die Familiengeschäfte in Karlskrona übernommen."

„Du magst ihn nicht?"

Ebba zuckte mit den Schultern, ihre Miene war undurchdringlich. „Vielleicht doch. Aber wir haben kein enges Verhältnis." Sie stellte ihren Becher ab und blickte auf. „Und du?", fragte sie.

„Ich?"

Sie lächelte und legte mir eine Hand aufs Bein, und es war, als ob sie mir einen Schlag versetzt hätte, so sehr zuckte ich zusammen. „Erzähl", sagte sie schlicht. „Was ist mit deiner Familie?"

Jetzt

Aber ich habe nicht von meiner Familie erzählt, nicht an diesem Abend. Stattdessen habe ich nach deiner Hand gegriffen und sie höher hinaufgezogen, und dann bin ich aufgestanden und um den Tisch herum zu dir gegangen.

Und wir sind auch nicht zum Essen ausgegangen an diesem Abend. Wir blieben zu Hause und liebten uns lange, und später aßen wir Knäckebrot mit Käse und tranken Leichtbier dazu, während der Wind draußen auffrischte und pfeifend um die Hausecken fuhr.

Erst an meinem letzten Abend sind wir schließlich tatsächlich essen gegangen, in ein Restaurant in der Innenstadt Visbys, eine kleine, in einer Seitengasse gelegene Pizzeria, in der ich die besten selbstgemachten Nudeln vorgesetzt bekam, die ich bis dahin gegessen hatte.

Alle anderen Abende und Nächte verbrachten wir in der *Villa Norderstrand*, dem gelben Haus an der Straße am Strand. Und wir nutzten die Zeit, in jeder Hinsicht.

„Erzähl", hast du damals gesagt. Es war nicht das einzige, aber das erste Mal, dass du mich dazu aufgefordert hast.

Ich bin deiner Aufforderung nur selten gefolgt. Viel zu oft bin ich dir ausgewichen, habe dich auf später vertröstet. Bis es zu spät war.

Vielleicht führe ich deshalb immer wieder all diese sinnlosen Zwiegespräche mit dir, als könnte ich im Nachhinein loswerden, was ich zu erzählen versäumt habe.

Nur, jetzt hörst du mich nicht mehr. Der Einzige, der mir zuhören könnte, ist ein alter, ziemlich hässlicher, struppiger Hund, der es allerdings vorzieht, auf der Rückbank meines Wagens vor sich hin zu schnarchen, während ich uns sicher durch die karge, dänische Aprillandschaft steuere.

Aber das ist schon in Ordnung.

Und was hätte ich damals auch schon erzählen sollen von meiner Familie? Dass meine Mutter bereits bei meiner Geburt derart seelisch gebrochen war, dass sie in Kindbettdepressionen verfiel? Dass mein Vater nie das geringste Verständnis aufbrachte, weder für sie noch für uns Kinder, wahrscheinlich auch nicht für sich selbst? Dass wir alle mehr oder minder schweigend nebeneinanderher lebten, um einen trügerischen Frieden zu halten?

Dass sich Geschwister so wenig zu sagen haben konnten wie insbesondere Frauke, Uwe und ich, ist mir bis heute ein Rätsel. Statt dass die Furcht vor unserem Vater und die Sehnsucht nach der Liebe unserer Mutter uns zusammenschmiedeten, strebten wir immer mehr auseinander. Frauke war meine Schwester, aber mit ihr verband mich nichts, absolut nichts, abgesehen von ein paar netten Erinnerungen an unbeschwerte Kindertage am Strand. Frauke war alles, was ich nicht war, und andersherum war es genauso. Wo ich aufbegehrte, hielt Frauke still. Und sie lachte über Dinge, die ich nicht im geringsten lustig fand.

Uwe mochte ich sowieso nicht. Und Onno war fort. Meine Mutter lebte in ihrer eigenen Welt, mein Vater in seiner.

Familie bedeutete nichts. Zum Glück aber hatte ich Freunde. Und Freunde bedeuteten alles. Vielleicht nicht für immer, aber für lange Zeit.

Norddorf, März 1985

„Hier, Marti, probier mal!“ Harm hielt mir die Flasche hin, und ich zögerte nicht lange. Ich nahm einen großen Schluck, aber das Zeug brannte so sehr in meiner Kehle, dass ich es ausspuckte. Harm sprang lachend nach hinten, während Berend schützend die Hand auf meinen Rücken legte. Ich rutschte ein Stück zur Seite.

„Geht's wieder?“, fragte Harm besorgt, aber ich achtete nicht weiter auf ihn.

„Was ist das denn?“ Angeekelt gab ich Harm die Flasche zurück. „Ist ja widerlich!“

„Selbstgebrannter. Vom alten Sigurd.“ Harm nahm noch einen Schluck und bot die Flasche Anja an, die dankend ablehnte.

„Der immer bei Pedder rumhängt? Gibt's ja nicht! Was hast du denn mit dem zu schaffen?“, fragte Berend kopfschüttelnd und rutschte auf dem Geländer weiter nach hinten. Seit einer halben Stunde hingen wir jetzt auf den Bänken am Marktplatz herum, ohne dass irgendetwas Nennenswertes passiert war. Bis Harm die Flasche herausgeholt hatte.

Harm sah Berend mit zusammengekniffenen Augen an. „Geht dich überhaupt nichts an, du Tröte.“

Berend hob beide Handflächen nach außen. „He, schon gut, war ja nur 'ne Frage!“ Er war offenbar genauso überrascht über Harms aggressiven Tonfall wie Anja und ich.

„Solche Fragen kannst du dir sparen", sagte Harm und nahm selbst einen weiteren kräftigen Schluck aus der Flasche. Mit gerunzelter Stirn sah er zur Touristeninformation hinüber, wo ein Paar mittleren Alters in Wetterjacken interessiert die Aushänge betrachtete.

Anja und ich warfen uns einen beunruhigten Blick zu. „Harm, was ist denn los mit dir?", fragte Anja nach einem Moment. „Auf einmal so schlechte Laune?"

Harm zögerte und fuhr sich durch seine hochgegelten Haare. „Nichts", sagte er. „Mit mir ist nichts los. Aber mit dem da." Er deutete mit der Flasche auf Berend. „Mann, kapierst du eigentlich gar nicht, dass Marti schon ewig keinen Bock mehr auf dich hat?", fragte er wütend. Ich spürte, wie Berend neben mir erstarrte. Auch Anja und ich selbst saßen reglos da. „Ich kann's echt nicht mehr sehen, ej! Marti hier, Marti da, du mit deinem Hundeblick, ständig grapschst du an ihr rum, kriegst gar nicht mit, dass sie ständig wegrückt. Mann, sei doch mal ein Kerl und lass sie in Frieden!"

Einen sehr langen Moment herrschte Schweigen. Ich traute mich kaum, zu Berend hinüberzusehen. Als ich es doch tat, entdeckte ich, dass er fast dunkelrot angelaufen war.

„Ist doch wahr, Mensch!" Harm schüttelte den Kopf und hob die Flasche erneut an, aber in diesem Moment kam Bewegung in Berend. Mit einer Sprungkraft, die ich ihm gar nicht zugetraut hätte, sprang er plötzlich von der Bank hoch und auf Harm zu. Mit beiden Händen stieß er ihn gegen die Brust. Die Flasche flog in hohem Bogen durch die Luft und zerschellte klirrend auf dem Pflaster, während Harm rücklings gegen einen Mülleimer stieß und sich gerade noch so eben festhalten konnte.

„Spinnst du!", brüllte er und ging auf Berend los. Anja und ich sprangen auf, als Harm Berend am Kragen packte und wild hin und her schüttelte. Berend boxte ihm in den Magen, aber Harm war stärker als er. Er schubste Anja, die ihn gerade festhalten wollte, zur Seite und rammte Berend mit Wucht das Knie in die Seite, und Berend schrie auf und klappte zusammen. Mit geballten Fäusten blieb Harm über ihm stehen.

„Sei froh, dass ich dir nicht in die Eier getreten hab", sagte er wütend und wischte sich übers Gesicht. Seine Nase blutete ein wenig, und Anja reichte ihm ein Taschentuch, während sie fassungslos von ihm zu Berend sah.

„Was … was war das denn jetzt?", fragte sie erstaunt.

„Das war einfach mal nötig", sagte Harm und spuckte wütend aus, während er zusah, wie Berend sich aufrappelte und seine Jeans abklopfte. „Gut, dass ich deine dämliche Fresse bald nicht mehr sehen muss, Berend!"

„Leck mich!" Daran, dass er meinen Blick vermied, erkannte ich, wie peinlich berührt er war. Auch, wenn es ihn eigentlich nichts anging – Harm hatte recht gehabt, und Berend wusste das auch.

Anja zog ihre Wollmütze tiefer über die Ohren und sah Harm vorsichtig an. „Wieso? Was sollte das denn jetzt heißen? Was hast du denn vor?"

Harm spuckte erneut aus und sah zum Touristenpärchen hinüber, das gerade erschrocken den Rückzug angetreten hatte. „Weil ich nach Föhr gehe. Aufs Gymnasium."

„Nach Föhr? Wann?", fragte Anja überrascht.

Harm zuckte mit den Schultern. „Na, im August. Sobald wir unseren Realschulabschluss in der Tasche haben."

Einen Moment lang schwiegen wir alle. Dann räusperte Berend sich.

„Ich dachte, du wolltest bei euch im Hotel anfangen?"

„Dachtest du vielleicht", sagte Harm höhnisch. „Darfst du auch ruhig weiter denken. Du kannst sogar meine Lehrstelle haben, wenn du willst, schenk ich dir. Ich hab was anderes vor. Ich hau ab hier. Und werde Pilot."

„Pilot?", fragte Berend entgeistert und setzte sich wieder neben mich, allerdings ein Stückchen weiter entfernt als zuvor.

Harm nickte. „Ja, genau, Pilot. Und dazu braucht man halt Abi. Also, willst du meine Lehrstelle haben? Ich kann bei meinem Alten ja mal ein gutes Wort für dich einlegen, bei den beschissenen Noten, die du hast."

„Mensch, Harm", sagte Anja kopfschüttelnd. „Jetzt sei doch nicht so."

„Ist aber doch wahr!" Harm untersuchte die zerbrochene Flasche, bevor er sie entnervt in Richtung Mülleimer kickte. „Ich meine, ist doch so. Oder hast du inzwischen schon eine Lehrstelle, Berend?"

Berend schüttelte den Kopf. „Nee. Aber ich kann beim Fahrradverleih anfangen, erst mal als Aushilfe, dann mal gucken. Hab gestern noch mal nachgefragt." Er betrachtete seine Schuhspitzen, mit einer Mischung aus Verlegenheit und Stolz.

„Ist doch gut", sagte Anja nach einem Moment. Auf der Straße hielt der Bus und spuckte eine Schar Urlauber aus. Auch ein paar Einheimische stiegen aus und machten sich auf den Heimweg, ohne innezuhalten.

„Und was ist mit dir?" Harm sah mich an. „Hast du schon mit deinem Alten geredet?"

„Noch nicht. Und erzähl ihm bloß nicht, dass bei euch eine Lehrstelle frei ist." Wir wussten alle, dass mein Vater meine Zukunft, genau wie die von Frauke, in der Inselgastronomie sah. Mit ihrem schlechten Hauptschulabschluss hatte Frauke es nur zum Zimmermädchen gebracht, ich aber sollte Köchin werden oder Kellnerin, vielleicht auch Hotelfachfrau. Hauptsache, ich blieb auf der Insel, machte mich nützlich und spülte etwas Geld in die stets knappe Familienkasse.

„Ich werde mich hüten!", sagte Harm und lachte, bevor er schmerzlich das Gesicht verzog und seine Nase betastete. „Aua, Mann. Da hast du mir aber einen ordentlichen Schwinger verpasst, Berend, du Penner."

Berend lachte unglücklich und krempelte die Aufschläge seiner Jeansjacke um. „Du willst also immer noch weg, ja, Marti?"

„Klar will ich weg, hab ich doch schon immer gesagt. Und ich geh auch weg, egal, was mein Vater will. Notfalls hau ich einfach so ab und schlag mich allein durch."

Harm nickte, während er seine Collegejacke auf Blutflecken hin untersuchte. Berend starrte weiter auf seine Turnschuhe, und Anja holte ihren Tabak heraus.

„Dann haben wir also nur noch den Sommer zusammen", sagte sie traurig und drehte sich eine Zigarette.

Wir schwiegen alle vier, während ein Ehepaar mit einem Kleinkind in einem Buggy zwischen uns hindurch auf die Touristeninformation zusteuerte. Das Kind betrachtete uns neugierig der Reihe nach. Harm streckte ihm die Zunge raus, und das Kind fiel fast aus dem Buggy, als es den Kopf nach ihm verdrehte.

Harm lächelte, dann sah er Anja an. „Sieht so aus", sagte er. „Nur noch diesen Sommer. Aber ich bin ja nicht aus der Welt, ich bin ja nur auf Föhr. Gleich nebenan sozusagen. An den Wochenenden komme ich wieder. Und Marti kommt auch wieder, so oft sie kann, was, Marti? Und wahrscheinlich hocken wir später sowieso alle hier zusammen rum und bauen Mist. So lange halten Berend und du hier die Stellung." Er blickte mich auffordernd an, aber in seinen Augen sah ich, dass er es besser wusste. Genau wie Anja und Berend auch.

Ich würde nicht zurückkommen. Wenn ich ging, dann wahrscheinlich für immer.

Für lange Zeit hatten meine Freunde mir die Welt bedeutet. Aber jetzt war diese Welt für mich zu klein geworden. So sehr mich diese Erkenntnis auch schmerzte – es war Zeit zu gehen.

Berlin, Oktober 1997

„Und du bist mit diesem Harm also schon ewig befreundet, ja?", fragte Lena und zog sich ihre Handschuhe über.

Ein kalter Oktoberwind pfiff durch die Straße und wirbelte eine leere Plastiktüte vom Bürgersteig auf. Sie drehte sich zwei Mal um sich selbst und flog dann auf die Straße, um unter einem vorbeibrausenden BMW zu verschwinden.

„Wir sind zusammen aufgewachsen", sagte ich und schlug meinen Kragen höher. „Wieso, findest du ihn gut oder was?"

Lena sah mit hochgezogenen Brauen zu mir rüber. „Nee, der kommt mir zu angeberisch rüber. Ist nicht mein Typ."

„Und worauf stehst du dann? Auf Glatzköpfe vielleicht?"

Sie lächelte über meine Anspielung auf die Szene vor dem *SO 36*, bei der wir uns kennengelernt hatten. „Unter anderem. Aber ich bin nicht so festgelegt. Männer, Frauen, Transen – bei mir haben alle eine Chance, Hauptsache, sie sehen gut aus." Sie grinste vergnügt, als sie mein ungläubiges Gesicht sah. „Nicht, dass du denkst, ich sei nicht wählerisch. Aber im Prinzip bin ich offen für alles. Obwohl ich zugeben muss, dass Männer Priorität haben."

„Gut, dann kommen wir uns ja nicht in die Quere."

„Nein, wahrscheinlich nicht. Denn alte Weiber stehen auf meiner Liste ganz unten." Sie lachte erneut, als ich eine Grimasse zog, und strich sich ihre dunklen Locken hinter die Ohren. Wie jedes Mal, wenn ich an Ebba dachte, spürte ich ein hohles Gefühl im Magen, und zugleich ein Ziehen, das nur eines bedeutete: Ich hatte Sehnsucht nach ihr, scheußliche, nagende Sehnsucht. Aber es würde mindestens bis zum Winter dauern, bis ich sie wiedersah, die Reise nach Gotland war einfach zu teuer. Ich versuchte, den Gedanken an Ebba abzuschütteln, und richtete meine Aufmerksamkeit wieder auf Lena, die locker neben mir herlief.

Mit ihrem alten Bundeswehrparka, der ausgeblichenen Jeans und den schweren Stiefeln sah sie unglaublich lässig aus, vielleicht, weil ihre Aufmachung in starkem Gegensatz zu ihrem fein geschnittenen Gesicht mit den bernsteinfarbenen Augen stand. Mit Sicherheit war Lena eine der bestaussehendsten Frauen, die ich je kennengelernt hatte. Aber trotz ihres anziehenden Äußeren bestand nicht die geringste Gefahr, dass ich mich in sie verlieben würde. Sowenig, wie sie auf Harm stand, stand ich auf Lena. Aber ich mochte sie gern, und das sogar sehr.

Es war das zweite Mal, dass wir uns verabredet hatten; beim ersten Mal waren wir etwas trinken gegangen und hatten uns bis in die Morgenstunden prächtig unterhalten. Es machte Spaß, mit Lena zusammen zu sein, ich genoss ihre lockere und zugleich verbindliche Art und die entspannte Sicht, mit der sie das Leben und seine Widrigkeiten betrachtete und gern auch kommentierte. Und außerdem teilten wir ein paar gemeinsame Interessen.

Eins davon, vielleicht das wichtigste von allen, war der Grund, warum wir jetzt, an diesem kalten, windigen Oktobertag, gemeinsam die Budapester Straße hinaufliefen.

„Hier an der nächsten Ecke müsste es sein, oder?“ Ich sah auf das Faltblatt, das Lena mir in der U-Bahn gegeben hatte.

Lena lachte. „Warst du noch nie im Zoo, oder was?“

Ich schüttelte den Kopf und kniff die Augen zusammen. Vorne an der nächsten Straßenecke waren eine ganze Menge Leute zu sehen. „Nein, das bringe ich nicht übers Herz. Die Tiere tun mir einfach zu leid.“

„Tja, jetzt machen wir ja was dagegen“, sagte Lena und reckte sich. „Da, da sind sie. Jetzt wird es spannend.“

An der Straßenecke hielt eine Gruppe von meist jungen Leuten eine Reihe von Plakaten und Bannern den vorbeirollenden Autofahrern entgegen. Ein paar Polizisten standen gelangweilt um den Trupp herum, die Arme vor der Brust verschränkt. Vereinzelt waren Rufe zu hören, und als wir näherkamen, verstanden wir auch einzelne Parolen.

„Tiere fühlen, Tiere leiden!“, skandierten ein paar langhaarige junge Männer in weißen Overalls. Die roten Farbspritzer darauf sahen täuschend echt nach Blutspritzern aus.

„Tiere fühlen, Tiere leiden!“

Einer von ihnen schwenkte ein Plakat mit dem Foto eines verstümmelten Fuchses und winkte Lena und mir auffordernd zu, als er sah, dass wir stehen blieben. „Los, macht mit!“

„Na, was meinst du, wofür wir hier sind?“, knurrte Lena und griff nach dem Stapel Flugblätter, den eine Frau mittleren Alters, die zahlreiche Buttons mit Tierschutzparolen auf ihrer Jeansjacke drapiert hatte, ihr hinhielt. „Das ist jetzt also die Tierschutzdemonstration, ja? Also, auf geht's!“

Ich nahm ihr einen Schwung Flugblätter ab und sah mich nach potenziellen Interessenten um. Allzu viele waren allerdings nicht in Reichweite, die meisten Passanten beschleunigten ihre Schritte und eilten gesenkten Kopfes vorüber.

„Wenn ihr Tiere liebt, dann schützt sie auch!“, rief ein Demonstrant, der sich einen Hundekopf aus Pappmaché aufgesetzt hatte, in sein Megafon. Sofort fielen die anderen Demonstranten mit ein. „Wenn ihr Tiere liebt, dann schützt sie auch!“

Ein junges Ehepaar griff nach der Hand seiner blondgelockten Tochter, die mit offenem Mund stehen geblieben war. „Komm weiter!“, zischte die Mutter und zerrte das Kind in Richtung Zoo, hastig gefolgt von der ängstlich dreinblickenden Großmutter. Es gelang mir, dem ihnen folgenden Großvater ein Flugblatt in die Hand zu drücken, das er allerdings unbesehen in seine Jackentasche schob. Eine Gruppe Halbwüchsiger in weiten Hosen und übergroßen Jacken lachte hämisch, als ich ihnen ein Flugblatt anbot.

„Mann, ick steh uff Fleisch, ja, Alte?“, brüllte einer von ihnen, bevor sie lachend weiterzogen.

„Tiere fühlen, Tiere leiden!“

„Für mehr Tierschutz! Macht alle mit!“

Ein älterer Mann in einer hässlichen rosa Windjacke nahm sich das Megafon. „Achtsamkeit!“, rief er mit leicht zittriger Stimme und deutlich schwäbischem Akzent. „Ein bisschen mehr Achtsamkeit, Leute! Das wäre schön. Die meisten Menschen wissen gar nicht mehr, dass das Stück Fleisch oder Fisch auf ihrem Teller der Körperteil eines Tieres ist, das dafür sterben und höchstwahrscheinlich auch leiden musste!“

Den Gesichtern der Umstehenden konnte ich ansehen, dass sein Vortrag sie genauso wenig wie mich erreichte, obwohl ich ihm inhaltlich voll und ganz zustimmte. Aber seine zittrige Stimme war einfach kaum zu ertragen. Einer der jungen Männer im Overall nahm ihm auch sogleich das Megafon ab und hielt es sich vor den Mund.

„Ihr habt den Tieren den Krieg erklärt, glaubt ja nicht, dass sich keiner wehrt!“, schrie er enthusiastisch, und begeistert fielen die anderen jungen Tierschützer mit ein, während ich einen neuen Anlauf unternahm, meine Flugblätter loszuwerden.

Eine Frau mittleren Alters nahm gnädig ein Flugblatt entgegen, aber die meisten Passanten strebten weiterhin ungerührt dem rettenden Eingang zum Zoo entgegen. Ich sah mich nach Lena um, die ein paar Meter entfernt ihre Flugblätter anbot. Achselzuckend kam sie auf mich zu.

„Ein bisschen dilettantisch, das Ganze, oder?“, fragte sie und strich sich die Locken wieder hinter die Ohren. „Bei so vagen Aktionen fühlen sich die Leute offenbar nicht angesprochen. Guck sie dir an, wie sie vorbeihetzen.“

„Oder doof grinsen“, setzte ich hinzu und nickte zu einem älteren Herrn hinüber, der die kleine Schar Demonstranten milde lächelnd und mit einem Kopfschütteln aus sicherer Entfernung betrachtete. Hinter ihm kam ein Reporter auf uns zugelaufen, seine Kamera schussbereit in den Händen.

„He, gucken Sie mal hierher!“, rief er einer älteren Dame zu, die ihren Cockerspaniel mitgebracht hatte und tapfer ein Plakat in die Höhe hielt. „Los, los, hierher! Und das Plakat ein bisschen tiefer halten!“

Die ältere Dame lächelte unsicher und senkte ihr Plakat. Der Fotograf drückte zwei-, dreimal auf den Auslöser, dann sah er sich suchend um und entdeckte Lena und mich. „He, ihr beiden da! Guckt mal her, und bitte ein bisschen grimmig gucken, ja?" Er hob die Kamera, und Lena und ich warfen uns einen Blick zu und drehten uns wortlos weg. Direkt vor uns war eine Gruppe ordentlich gekleideter junger Männer angekommen. Einer von ihnen stellte einen Hocker auf den Boden, stieg hinauf und hielt ein Megafon an den Mund. „He, Leute, alle mal herhören!", rief er, und nach und nach verstummten die Parolen. Neugierig sahen die Demonstranten und auch die vorbeiziehenden Passanten zu ihm auf.

„Ich bin Jakob Schneiderhans von den JuSos, der jungen Mannschaft der SPD!", rief er. „Und ich und meine Mitstreiter sind gekommen, um euch beizustehen!" Einer der langhaarigen Jungs im Overall pfiff verärgert, aber der eifrige Jungpolitiker brachte ihn mit einer herrischen Geste zum Schweigen. „In diesem Land läuft einiges schief, und dagegen wollen wir endlich was tun! Armut ist auf dem Vormarsch, das darf nicht sein! Und das hat die CDU zu verantworten! Wir, die JuSos, streiten für die gerechte Verteilung von Steuergeldern …" Unbeirrt fuhr er fort, während seine Mitstreiter wie eine Schutzwehr mit gefalteten Händen und stolzen Gesichtern um ihn herumstanden. Die Demonstranten lauschten schweigend, einige hatten sogar ihre Plakate sinken lassen.

Lena sah mich wütend an. „Hör ich da richtig? Da benutzt der diese Demo unverfroren für seine Zwecke und macht hier Parteiarbeit?"

Ich drehte mich um. „He!", rief ich, so laut, wie ich konnte. „Wie wäre es mal mit ein paar Worten zum Tierschutz?"

Die Frau mit den vielen Buttons zupfte mich am Ärmel. „Nicht so aggressiv!", sagte sie vorwurfsvoll. „Lass den jungen Mann doch ausreden!"

Der junge Mann selbst lächelte spöttisch zu mir herunter. „Tierschutz? Klar, kein Problem. Wir sind auch für Tierschutz! Kein Tier soll leiden müssen. Aber das gilt auch für die vielen Menschen in unserem Land, die fast an der Armutsgrenze leben müssen …"

Lena und ich sahen uns an. Dann nahm mir Lena meinen Stapel Flugblätter aus der Hand und klatschte ihn gemeinsam mit ihrem eigenen der Frau mit den Buttons in die Arme.

„Viel Spaß noch mit der Parteienwerbung", sagte sie und hakte sich bei mir ein. „Los, komm, wir verschwinden. Das hier ist einfach nicht mein Ding."

„Meins auch nicht. Obwohl ich wirklich gern was machen will. Aber nicht so. Lieber …"

„Konkret", sagte sie und betrachtete mich nachdenklich von der Seite. „Richtige konkrete Aktionen, das wär's. So wie früher, zu Hause, bei uns in der Gegend. Da hab ich als Teenie mit einem Freund ein paar Hochsitze angesägt."

„Cool!", sagte ich bewundernd. „Hätte ich auch gern gemacht. Aber bei uns auf der Insel gab's keine."

„Keine Hochsitze?"

„Und keine Jäger", sagte ich achselzuckend.

Lena lächelte. „Was für ein Paradies!", sagte sie. „Bei mir ist es genau umgekehrt. Bei uns im Emsland stehen die Wälder und Felder voll mit Hochsitzen. Und wenn mein Vater wüsste, dass ich mit Tierschützern sympathisiere, würde er mich wahrscheinlich sofort enterben."

„Warum?"

„Weil er Jäger ist", sagte sie kopfschüttelnd. „Und meine Brüder auch! Alle drei sogar!"

„Ach, du Scheiße!"

„Genau. Ach, du Scheiße! Besser kann man's nicht ausdrücken."

Im gleichen Augenblick tippte mich jemand von der Seite an, und ich drehte mich misstrauisch um. Ein junger

Typ in einem roten Anorak und mit einem Nike-Basecap stand vor mir und hielt mir einen zusammengefalteten Zettel hin. „Fand ich cool gerade", sagte er, und sein Blick flackerte nervös von mir zu Lena und wieder zurück. „Also, was du da gerufen hast. Und wenn du … wenn ihr mal was machen wollt, also was Richtiges, mit Tiere retten und so … Hier ist 'ne Nummer." Er tippte sich an den Schirm und ging mit hastigen Schritten zurück zur Demonstrantenschar, die immer noch andächtig dem JuSo-Redner lauschte, von milde lächelnden Passanten und gelangweilt dreinblickenden Polizisten beäugt.

Ich warf einen Blick zu Lena und steckte den Zettel in meine Hosentasche. „Und jetzt? Wollen wir einen Kaffee trinken?"

„Kaffee? Kaffee ist was für Mädchen", sagte Lena und hakte sich wieder bei mir ein. „Ich glaube, ich brauch jetzt ein Bier! Lass uns ein Bier trinken. Ein Bier auf den Tierschutz!"

Gotland, Januar 1998

„Besonders viele Tierarten haben wir hier auf Gotland nicht", sagte Ebba und schaltete einen Gang hoch. Der schwere Volvo brummte auf und kam zügig auf Touren. „Igel und Fasane. Ein bisschen Wildbestand. Aber das war es auch schon." Sie lächelte schief. „Keine Elche jedenfalls. Das ist die große Enttäuschung der meisten Touristen. Alle denken, hier ist Schweden, also gibt es hier Elche. Damit können wir nicht dienen. Aber dafür haben wir eine andere ungeliebte Tierart auch kaum, jedenfalls nicht in der Nähe der Küste. Mücken."

„Nein?", fragte ich verwundert. „Keine Mücken?"

Sie warf mir einen Blick von der Seite zu. „Nein, keine Mücken. Zu viel Wind hier, das mögen sie nicht."

Was Naturfragen anging, war Ebba das reinste wandelnde Lexikon, so viel war mir in der kurzen Zeit, die wir nun zusammen waren, schon klar geworden. Und es machte ihr große Freude, mir die Insel und deren Naturschätze zu zeigen, auch jetzt in dieser unwirtlichen Zeit Anfang Januar, in der uns nur wenige Stunden Tageslicht blieben. Zufrieden betrachtete ich den winterlichen Küstenstreifen, der sich an der Straße entlangzog. Das Meer schimmerte grau, ein paar Krüppelkiefern stemmten sich gegen den schwachen Westwind. Weit hinten konnte ich ein paar Wasservögel erkennen, die gemächlich über die Strandlandschaft schwebten.

„Wunderschön ist es hier“, sagte ich und lehnte mich tiefer in meinen Sitz. „Wo fahren wir überhaupt hin?“

„Nach Ekstakusten, ein wunderschönes Naturreservat. Da gibt es auch ein paar Rauken, die Kalksteinsäulen. Und zahlreiche Vogelarten!“

„Fein“, sagte ich. Ebba warf mir einen prüfenden Blick zu, dann schmunzelte sie und gab noch mehr Gas. Sie wusste vermutlich genau wie ich, dass es mir einerlei war, wohin wir fuhren und was sie mir zeigte. Hauptsache, wir waren zusammen.

Seit gut zehn Tagen war ich nun hier, und mit jedem Tag, der verging, fühlte ich mich wohler in Ebbas Gegenwart. Das leichte Gefühl der Unsicherheit und Beklommenheit, das mich bei meinem ersten Besuch und auch bei ihrem Gegenbesuch im November nie verlassen hatte, verflog zusehends. Ebbas Gelassenheit war offenbar ansteckend.

„Das da drüben ist der Hafen von Klintehamn“, erklärte Ebba jetzt und deutete nach vorn, wo in der Einfahrt zum Hafen eine überdimensionale Vogelskulptur aufragte. „Da fahren im Sommer die Schiffe zu den Karlsinseln ab. Die größere der beiden ist Vogelschutzgebiet, da gibt es riesige Trottellummenvorkommen.“

„Trottellummen? Sind das diese komischen Vögel da?“ Ich drehte mich nach der Skulptur um, die wir gerade hinter uns gelassen hatten, und Ebba nickte.

„Genau, das ist auch ein Trottellumme. Übrigens kommen wir gleich an Mulde vorbei, da gibt es wunderschöne Orchideen. Wenn auch nicht um diese Jahreszeit."

„Ach nein?", fragte ich und grinste in mich hinein, als ich Ebbas leicht beleidigten Gesichtsausdruck sah. „Aber im Ernst, hier ist fast alles wunderschön. Sogar die Verkehrsschilder gefallen mir. Sehen aus wie selbstgemalt." Ich betrachtete das runde Schild an der nächsten Straßenecke, auf dem in roten Ziffern eine 70 prangte.

Ebba setzte den Blinker. „Wir lieben es eben schlicht", erklärte sie lässig und bog auf die Landstraße ein.

Entspannt betrachtete ich die Gegend. Die Straße führte zwischen Feldern und kleinen Baumbeständen entlang schnurgeradeaus. Zur Linken tauchten vereinzelte Anwesen am Straßenrand auf, gelb oder rot gestrichene Holzhäuser mit Veranden und altertümlich anmutenden Steckzäunen davor, links weitete sich die Ackerlandschaft zum Strand hin aus.

Rote und gelbe Holzhäuser sprenkelten die Straße, die meisten von ihnen waren mit überdachten Veranden bestückt. Ich sah zu, wie ein Stück weiter die Straße hinunter ein uralter Volvo, ein richtiger Oldtimer, langsam aus einem Garten gerollt kam. Hinter dem Steuer konnte ich undeutlich eine Gestalt mit einem altmodischen Damenhut erkennen, die verdächtig dicht am Lenkrad saß. Ohne anzuhalten, fuhr der Wagen gemächlich auf die Straße.

„Ebba, pass auf!"

Ebba trat voll auf die Bremse, und wir wurden in unsere Sitze gepresst, als wir quietschend zum Stehen kamen. Der Volvo tuckerte langsam an uns vorbei, die Frau hinter dem Steuer sah stur durch ihre flaschenbodendicken Brillengläser geradeaus und hatte uns offenbar nicht einmal bemerkt.

„Mein Gott!", keuchte ich. Mein Herz klopfte wie verrückt.

Ebba lachte, als sie wieder Gas gab. „Das ist Schweden", sagte sie amüsiert. „Hier ist so wenig Verkehr, dass jeder fahren kann, wie er will. Weißt du, die alten Leute brauchen nur darauf zu achten, auf der Straße zu bleiben. Irgendwie kommen sie dann schon an."

„Aber … und im Sommer, wenn die Touristen kommen?"

Ebba zuckte mit den Schultern. „Dann ist es zu heiß, um Auto zu fahren", sagte sie gleichmütig. Eine Antwort, die mir nicht gerade einleuchtete, aber ich gab mich damit zufrieden.

Wir passierten einen verlassenen Gutshof, der auf gotlandtypische Weise unten weiß gekalkt und oben mit blutroten Schindeln verkleidet war. Daneben stand ein fast verfallenes, gelbes Holzhaus. Ebba verlangsamte das Tempo.

„Guck mal. Ist das nicht wunderschön? Hier stand früher eine Ziegelfabrik. Das ist das Haupthaus."

Ich betrachtete das ziemlich heruntergekommene Gebäude. „Könnte man was draus machen. Sieh mal, das ist noch bewohnt, da kommt Rauch aus dem Schornstein."

Ebba nickte und fuhr langsam weiter. Nachdenklich betrachtete sie die Lichtung, die sich hinter dem Haus auftat. Zwischen den hohen alten Tannen und Kiefern am Rande erkannte ich einen schmalen, verwunschen aussehenden Pfad, der in Richtung Meer zu führen schien.

„Auf der anderen Seite wachsen die Orchideen", sagte Ebba verträumt. „Hier zu wohnen, muss ein Traum sein."

„Aber du wohnst doch viel schöner!"

Ebba nickte, und um ihren Mund herum meinte ich einen traurigen Zug zu erkennen. „Ja", sagte sie leise. „Ja, ich wohne sehr schön. Aber manchmal glaube ich trotzdem, dass ich den richtigen Platz noch nicht gefunden habe, an dem ich wirklich leben möchte."

Sie warf noch einen Blick zurück, dann gab sie Gas. Auf eine verschwommene Art hatte ich das Gefühl, sie gekränkt zu haben. Aber ich fragte nicht weiter nach. Stattdessen lehnte ich den Kopf zurück und dachte über ihre Worte nach, während Ebba weiter beschleunigte und draußen die dichte Baumlandschaft schneller und schneller an uns vorüberzog.

Schöner als Ebba konnte man wohl kaum leben, auf dieser friedlichen Insel, mit Blick auf Sonne und Meer? Wenn sie ihren Platz an diesem himmlischen Ort noch nicht gefunden zu haben glaubte, wo war dann meiner? Und gab es ihn überhaupt?

Erst spät an diesem Abend kehrten wir nach Hause zurück, nach einem langen Spaziergang am Ekstaküstenweg entlang und einem anschließenden ausgedehnten Abendessen in einem unglaublich guten, heillos überfüllten Restaurant am Packhusplan, das in einem mittelalterlichen Speicherhaus untergebracht war.

Ebba entschuldigte sich sogleich und verschwand im Bad, um sich umzuziehen, und ich stand eine Weile reglos am Fenster in ihrem Wohnzimmer und sah auf die mondbeschienene Strandlandschaft. Schließlich öffnete ich die Flügeltür, trat in den Vorraum und ging hinaus.

Weiche Winterluft umhüllte mich, und nachdenklich sah ich am Haus empor. Die Fenster im oberen Stockwerk waren dunkel; zu dieser Jahreszeit gab es kaum Gäste, die letzten waren gestern abgereist, und erst für die nächste Woche hatten sich neue Besucher angekündigt.

Alles schwieg still, nicht nur im Haus, auch hier draußen war kaum ein Laut zu hören, außer dem stetigen Rauschen des Meeres. Ich schloss die Augen und dachte an Nordstrand, die ruhigen, stillen Stunden, die ich dort verbracht hatte, Balsam für meine stets im Aufruhr befindliche Seele.

Tief sog ich die würzige Meeresluft ein. Es war erstaunlich mild, an die zehn Grad, ich spürte keine Kälte, auch wenn ich wusste, dass sie bald an mir zehren würde, denn ich trug keine Jacke. Still stand ich da und lauschte der Ruhe, die mich nach und nach selbst zu erfüllen begann.

„Marthe? Bist du hier draußen?“

Ich antwortete nicht, aber Ebba war schon bei mir, trat hinter mich und schlang die Arme um mich. Die Wärme ihres festen, kräftigen und doch so weichen Körpers tröstete mich, obwohl ich doch gar nicht traurig gewesen war. „Was machst du hier draußen?", flüsterte sie in mein Ohr, und ihr warmer Atem ließ mich erschauern.

„Es ist so ruhig hier", sagte ich und legte meine Hände auf ihre Arme.

„Ja, es ist ruhig", sagte sie. „Du wirst es nicht glauben, aber mir ist es manchmal nicht ruhig genug."

Ich musste lächeln. „Für mich ist es wunderbar ruhig. Es ist, als ob alles von mir abfällt. Dies ist ein Ort, an dem man nie Angst haben muss. Vor nichts." Ich drehte den Kopf, betrachtete ihr Profil. „Jedenfalls nicht im Moment."

Sie dachte einen Moment lang nach. „Warum lebst du im hektischen Berlin, wenn es dir hier so gut geht?", fragte sie schließlich. „Wenn du hier so ruhig bist, alles von dir abfällt, warum lebst du dann in der Stadt?"

Ich hatte keine Antwort. Aber sie verlangte auch keine. Stattdessen hob sie eine Hand, und erst jetzt bemerkte ich, dass sie etwas darin trug.

„Hier. Ich habe etwas für dich." Sie drückte mir den länglichen Gegenstand in die Hand, und nach einem Augenblick erkannte ich ihn.

„Ein Telefon?", fragte ich erstaunt.

„Ein Handy", sagte sie und lächelte, während sie zusah, wie ich fasziniert den brikettförmigen Apparat begutachtete. Ebba selbst besaß, wie ich wusste, seit Längerem ein Mobiltelefon, auch Hannes und Harm hatten sich kürzlich eins zugelegt, aber sonst besaß kaum jemand, den ich kannte, so ein neuartiges Gerät. „Ein Nokia, ein finnisches Fabrikat", setzte Ebba hinzu. „Damit du mich besser erreichen kannst."

Ich blickte auf. „Und du mich nicht?"

„Ach, Marthe", sagte sie und löste sich von mir. Für einen Moment lag ihr Gesicht im Schatten, dann, als sie die

Haustür aufzog, flutete warmes Licht hinüber und erhellte ihre Züge. „Marthe, das wissen wir doch beide. Du bist diejenige, die anruft. Aus deinem wilden Berliner Leben. Du meldest dich. Und ich – ich bin hier."

Berlin, Mai 1998

„Das muss auch noch mit", sagte Hannes und legte ein zusammengefaltetes Geschirrtuch in den Karton. „Das ist ein Erbstück von meiner Oma. Und Mart trocknet sowieso nicht gern ab."

„Weil sie praktisch veranlagt ist und sich ohnehin bald von ihrer Gehaltserhöhung einen Geschirrspüler kauft", sagte Lena trocken und legte ihre Cowboystiefel auf einen fertig gepackten Umzugskarton.

„Eine Gehaltserhöhung? Donnerwetter!" Massimo schenkte den gerade frisch durch die Maschine gelaufenen Espresso in vier kleine Tassen und brachte sie zum Tisch. „*Un espresso, signora?*"

„*Mille grazie*", gab Lena zurück und griff nach dem Zuckerstreuer. „Wow, wo habt ihr den her? Ist das auch ein Erbstück?"

„Werd nicht frech", sagte ich und nahm ihr den Streuer aus der Hand. „Den hab ich aus einem Nobelrestaurant in Dresden, wo ich neulich mit Frau Huber essen war."

„Genau so sieht er auch aus. Teuer, aber unpraktisch. Hier, die Schüttöffnung ist viel zu klein geraten." Lena nahm mir den Streuer wieder ab und untersuchte ihn akribisch. „Die Öffnung müsste man nach hinten versetzen und den Winkel leicht ändern, dann wäre er wirklich perfekt." Sie schmunzelte über sich selbst und stellte den Streuer wieder hin. „Wieder ein Projekt mehr auf meiner Liste."

„Warum bewirbst du dich nicht mal bei WMF oder so? Suchen die nicht ständig neue Industriedesignerinnen?", fragte Hannes.

Lena schüttelte den Kopf. „Ich arbeite lieber selbstständig“, sagte sie. „Ich liebe meine Freiheit, eine Anstellung ist nichts für mich. Ich bin froh, wenn ich mit mir selbst zurechtkomme.“

„Ist bei mir genau andersrum. Ich könnte wahrscheinlich nie selbstständig arbeiten, da wäre ich verloren. Deshalb hab ich meinen Traum von einer eigenen Werkstatt auch an den Nagel gehängt. Ich brauche einen festen Rahmen, sonst klappt bei mir gar nichts.“ Hannes legte ein weiteres Tuch in den Karton, dann beugte er sich zu Massimo hinunter und küsste ihn aufs Ohr.

Massimo lachte erfreut und zog Hannes auf seinen Schoß.

„Einen festen Rahmen kriegst du bei mir auch! Komm, *ragazzo*, trink einen guten italienischen Espresso und küss mich!“

Ich verdrehte die Augen. „Gut, dass ich eure Turtelei jetzt nicht mehr andauernd sehen muss. Wird wirklich Zeit, dass du ausziehst, Hannes.“

„Oh!“ Massimo legte die Stirn in Falten und drohte mir mit dem Finger. „Sag das nicht. Du wirst uns vermissen! Und Hannes besonders. Aber es tut mir leid, ich muss meinen Hannes einfach immerzu bei mir haben. Mir tut das Herz im Leibe weh, wenn ich mich nach ihm sehnen muss!“ Er legte eine Hand mit schmachtendem Gesichtsausdruck auf seine breite Brust und spitzte die Lippen. Hannes zog eine Grimasse und lächelte mich leicht verlegen an, aber er sah glücklich dabei aus.

Und das war er auch. Mit Massimo, dem dicken, großen, gemütlich aussehenden und doch so temperamentvollen Massimo, hatte er nach seinen vielen Jahren als Single die Liebe seines Lebens gefunden. Kein Wunder, dass er sich entschlossen hatte, jetzt, nach einem Jahr, mit Massimo zusammenzuziehen. Ich freute mich für ihn. Aber Massimo hatte recht, ich würde Hannes vermissen, und das sogar sehr. Immerhin hatten wir mit kleinen Unterbrechungen nun fast elf Jahre zusammengewohnt.

Lena trank ihren Espresso aus und schob die Tasse weg. „Ihr seid verrückt", sagte sie kopfschüttelnd. „Zusammenziehen! Und dann noch mit einem Schlafzimmer, oder wie?"

Massimo nickte begeistert. „O ja, ein Zimmer, mit einem riesigen Bett! In dem haben wir viel Platz. Und den brauchen wir auch, was, *amore mio*?" Er knuffte Hannes zärtlich in die Seite und rieb sein haariges Kinn an seiner Wange. „Ich werde dich gut beschäftigen, das verspreche ich! Damit du nie auf dumme Gedanken kommst!"

Lena lachte und verschränkte die Beine. „Das geht doch gar nicht bei euch Schwulen. Ihr poppt doch sowieso rum, was das Zeug hält!"

Massimo sah sie strafend an. „Wir nicht", sagte er streng. „Wir sind da anders. Wir sind nämlich treu." Er sah listig zu mir. „Genau wie Marthe jetzt hoffentlich auch, seit sie diese kühle Miss aus Norwegen kennt!"

„Aus Schweden", murmelte ich und spürte, wie ich errötete. „Und kühl ist sie gar nicht."

„Nun ja, aber sie kommt aus einem kühlen Land! Und wann bekommen wir sie mal zu Gesicht? Wie lange seid ihr nun schon *innamorate*, ein Dreivierteljahr, eh? Und sie war nur einmal hier und da hast du sie einfach versteckt! Sind wir dir nicht gut genug?"

Hannes lachte und rutschte von Massimos Schoß herunter. „Mart hatte bestimmt Besseres mit ihr zu tun, als Ebba ihren Freunden vorzuführen, Massimo. Aber was das Treusein angeht, da täuschst du dich. Dafür ist Mart nicht der Typ." Er kniff die Augen zusammen und musterte mich. „Oder, Mart? Hat sich das geändert?"

„Nee", sagte ich hastig. „Nee, Quatsch. Nimmst du eigentlich auch den Dampftopf mit, Hannes?", versuchte ich abzulenken.

„Hatte ich vor. Du kochst doch sowieso nicht damit", sagte Hannes und warf mir noch einen prüfenden Blick zu, bevor er sich daran machte, weiter einzupacken. „Und dann brauchst du auch weniger abzuwaschen. Übrigens, stimmt das wirklich mit dem Geschirrspüler?“

Ich musste lächeln, als ich aufstand und die benutzten Tassen ineinander stapelte. „Ich hab noch nicht drüber nachgedacht. Aber die Idee ist gar nicht so schlecht.“

„Wieviel mehr lässt deine Schweizer Königin denn springen?“, fragte Massimo neugierig. „Reicht das nicht, um die Wohnung allein zu behalten? Hannes' Zimmer ist doch sowieso winzig.“

„Das schon“, sagte ich und ließ Wasser über die Tassen laufen. „Aber ich weiß gar nicht, ob ich allein wohnen will.“ Nachdenklich sah ich zu, wie das klare Wasser die Zucker- und Kaffeereste aus den Tassen spülte. „Ich hab noch nie allein gewohnt. Vielleicht gefällt es mir ja auch, aber irgendwie stelle ich es mir komisch vor. Zu ruhig.“

Einen Moment lang herrschte hinter mir Schweigen. Dann räusperte sich Hannes. „Ich dachte, du hättest gern mehr Ruhe? Jedenfalls erzählst du das immer, wenn du aus Gotland zurückkommst.“

„Ja“, sagte ich schnell. „Sicher. Aber das geht mir nur dort so. Wenn ich hier bin, brauche ich den Trubel. Deshalb wohne ich ja schließlich in Berlin. Sonst hätte ich auch auf Amrum bleiben können.“ Oder auf eine andere Insel ziehen, fügte ich in Gedanken hinzu. Eine wunderschöne, schwedische Insel, auf der eine wunderschöne Frau lebte, die ich ständig vermisste.

Aber ich verscheuchte den Gedanken gleich wieder. Das stand nicht an. Jedenfalls nicht in nächster Zeit, vielleicht auch nie.

„Und, äh, wie wäre es, wenn Lena hier mit einzieht?“, fragte Massimo und sah mich treuherzig an, als ich mich umdrehte. Lena hob abwehrend die Hände.

„Nein, auf gar keinen Fall! Ich bin nicht wohngemeinschaftskompatibel!“ Sie schüttelte beharrlich den Kopf. „Es ist nicht möglich, mit mir zusammenzuleben. Das hält kein Mensch aus.“

„Schade. Das wäre doch praktisch!", sagte Massimo bedauernd. Dann legte er die Stirn in Falten. „Aber weißt du was, Marthe? Vielleicht wüsste ich da jemanden, wenn du tatsächlich noch einen Mitbewohner für dein Zimmer suchst. Einen von meinen ehemaligen Schützlingen. Keine Sorge, sie ist ganz in Ordnung."

„Ist es nun ein er oder eine sie?", fragte ich und wechselte einen Blick mit Lena, die amüsiert in sich hineingrinste. Massimo war Sozialpädagoge und arbeitete mit obdachlosen Jugendlichen. Nicht unbedingt das, was ich als potenzielle Mitbewohner zu meinen Favoriten zählte.

„Tja, wenn man das wüsste!", rief Massimo und lächelte vergnügt. „Nun ja, eigentlich ist es ein Mädchen, ein armes, kleines Mädchen. Aber sie kommt mir gar nicht vor, als hätte sie ein Sex. Ein Geschlecht, meine ich. Ist lieb und sauber, die Jackie. Und wirklich sehr ruhig!" Er schlug die Hände vor den Mund, und wir anderen lachten. „Na ja, ruhig", korrigierte er sich. „Also, ziemlich ruhig! Leise. Jedenfalls sehr lieb. Ein stilles Wesen."

„Massimo, halt jetzt einfach mal die Klappe", sagte Hannes und fuhr ihm über die beginnende Glatze.

„Ja ja", murmelte Massimo und griff nach seiner Hand, um sie zu küssen. Dann richtete er seine großen, braunen Augen wieder auf Lena. „Aber schade, dass Lena nicht einziehen will. Wär doch so praktisch!"

„Praktisch? Ich sag dir, was praktisch ist. Praktisch sind Geschirrspüler", sagte Lena und schob ihren Stuhl zurück. „So, und was tragen wir jetzt zuerst runter?"

Jetzt

An diesem schönen Mainachmittag, dem letzten Tag in unserer gemeinsamen Wohnung, lag Hannes in einem wichtigen Punkt richtig, in einem anderen, vielleicht ungleich wichtigeren Punkt jedoch lag er falsch. Hannes, der mich so gut kannte, vielleicht besser als jeder andere, Hannes hatte recht, was deinen ersten Kurzbesuch in Berlin anging: Damals hatten wir fast die gesamten zwei Tage in deinem Hotelzimmer verbracht, genauer gesagt, in deinem Hotelbett.

In jenen ersten Monaten konnte ich kaum mit dir zusammen sein, ohne dich ständig berühren zu wollen. Ich war fasziniert von dir, von deinem Gesicht, deinen Augen, deinem Körper, so fasziniert, dass alles andere mir unwichtig vorkam. Ich wollte dir nah sein, dich berühren, erforschen. Und wir nutzten jede Gelegenheit, die sich dazu bot, auch wenn das bedeutete, dass wir andere Dinge vernachlässigten: Essen gehen. Kulturelle Veranstaltungen. Andere Menschen.

Es dauerte eine ganze Weile, bis ich dir meine Freunde vorstellte – und in gewisser Weise war ich auch nicht sonderlich erpicht darauf. Tatsächlich wollte ich dich für mich, für mich ganz allein. Ich wollte dich mit niemandem teilen, auch nicht mit meinen eigenen Freunden. Und auch nicht mit der Welt, in der ich sonst lebte, wenn ich nicht bei dir war.

Auf eine verschwommene Art hatte ich von Anfang an das Gefühl, dass du nicht in mein Berliner Leben hineinpassen würdest. Und warum solltest du auch? Mein Leben mit dir war woanders, nicht dort, wo ich sonst war.

Und andersherum war es genauso. Es dauerte ebenfalls eine ganze Weile, bis ich einige deiner Freunde und Bekannten überhaupt zu Gesicht bekam. Und es dauerte noch länger, bis mir aufging, dass du deine Freunde nach Kräften fernhieltest – allerdings nicht von mir. Sondern von dir.

Und erst nach fast einem Jahr wurde mir klar, welche Anziehungskraft du auf andere Menschen ausübtest.

Visby, Juli 1998

„Und das ist wirklich eine Grundschule, mitten in der Stadt?“ Ungläubig betrachtete ich den altertümlich anmutenden Backsteinbau vor uns. Drei spitze Giebeltürme im gotischen Stil schoben sich in den dunkelblauen Abendhimmel, flankiert von dreistöckigen Flügeltrakten. Über dem Portal prangte ein Rosettenfenster, weitere große Sprossenfenster im Stil gotischer Spitzbögen dominierten die rot verputzte Fassade, und vor dem Gebäude breitete sich ein Schulhof mit modernen Spielgeräten aus, der sich seltsam fehl im mittelalterlichen Ambiente der Innenstadt ausnahm.

„Irgendwo müssen die Kinder hier ja auch zur Schule gehen.“ Ebba lächelte und legte eine Hand auf meinen Arm. „Komm, wir sollten hinaufgehen.“

Es war das erste Mal, dass wir gemeinsam ein Kammermusikkonzert besuchten, dargeboten von Schülerinnen und Schülern der Stockholmer Musikhochschule, an der auch Ebba selbst einst studiert hatte. Die Aufführung fand in der Aula im obersten Stock statt, und gemeinsam mit zahlreichen anderen Besuchern kämpften wir uns mühsam die steilen Treppen hinauf. Als wir den Saal betraten, war nahezu jeder Platz besetzt, aber ein trotz seiner wallenden grauen Mähne jugendlich wirkender Mann in schwarzem Frack, der gemeinsam mit einigen anderen festlich gekleideten Leuten vorne neben der Bühne stand, winkte Ebba aufgeregt zu. Ich registrierte, dass sie kaum merklich die Schultern straffte, wie um sich selbst Mut zuzusprechen.

„Wer ist das?“, flüsterte ich.

„Staffan. Der künstlerische Leiter.“ Ebba ging auf ihn zu, und ich folgte ihr an den dicht besetzten Stuhlreihen vorbei. Viele Leute sahen ihr nach, aber das lag vermutlich nicht an ihrem ausnehmend gut sitzenden dunklen Nadelstreifenanzug, der mir vorhin, als sie damit ins Wohnzimmer kam, wo ich auf sie wartete, fast die Sprache verschlagen hatte. Und es lag auch nicht an ihrer gebräunten Haut, der geraden, fast königlichen Haltung oder ihren offen auf die Schultern fallenden, leicht gewellten Haaren, durch die ich so gern mit den Fingern hindurchfuhr.

Es lag offensichtlich daran, dass die Leute sie kannten. Alle, die ihr nachsahen, trugen diesen ganz bestimmten, leicht verlegenen Gesichtsausdruck, eine Mischung aus Neugier und Ehrfurcht, mit dem die meisten Menschen Prominente bedenken, Leute, die etwas Besonderes repräsentieren oder auch können. Auf Ebba trafen beide Kriterien zu. Nur hatte ich das in dem vergangenen Jahr, in dem wir uns nahezu ausschließlich in privatem Raum bewegt hatten, vergessen.

„Ebba! *Välkommen*!" Staffan, der künstlerische Leiter, wirkte aus der Nähe betrachtet deutlich weniger jugendlich. Er küsste Ebba auf beide Wangen und nickte mir freundlich zu, bevor er sie kurzerhand in ein leise geführtes Gespräch mit den anderen Umstehenden verwickelte. Ich nutzte die Gelegenheit und sah mich genauer um.

Die Aula war, wie das gesamte Schulgebäude, schon sichtlich in die Jahre genommen, aber dennoch wirkte sie mit ihrer hohen Decke und den großen Fenstern recht imposant. An der Stirnseite des Saales befand sich die Bühne, auf der ein glänzend polierter Flügel auf seinen Auftritt wartete. Das Publikum war für ein klassisches Konzert großteils recht leger gekleidet; ich sah Männer mittleren Alters, die wie ich selbst in Jeans und T-Shirts gekommen waren, dazu ganze Familien in Outdoorkleidung, aber auch vornehm gekleidete ältere Ehepaare. Seitlich des Bühnenrands standen ein paar junge, sehr nervös wirkende Leute, in denen ich unschwer die aufführenden Musiker erkannte. Die jungen Männer trugen weiße Hemden und Anzüge oder Fracks, die Frauen festliche Kleider oder Hosenanzüge. Leise miteinander tuschelnd, beäugten sie verstohlen das Publikum. Noch während ich zu ihnen hinsah, schlossen zwei junge Männer die großen Flügeltüren, die in den mittlerweile vollbesetzten Saal führten, und dimmten das Licht. Ebba winkte mich zu sich, und rasch setzten wir uns auf die uns zugewiesenen zwei freien Plätze in der ersten Reihe. Staffan zwinkerte Ebba zu und strich seine Mähne zurück, dann eilte er händereibend auf die Bühne, stellte sich hinter das Mikrofon und begann mit sonorer Stimme zu sprechen.

Natürlich verstand ich kaum ein Wort, aber das war auch nicht nötig. Das Publikum lachte freundlich mehrere Male, als Staffan offenbar eine Anekdote erzählte und ein paar Witzchen machte, und dann betraten die ersten beiden Musiker auch schon die Bühne, ein leicht übergewichtiger junger Mann, der zielstrebig auf den Flügel zusteuerte, während sein Kollege mit hochrotem Gesicht Cello und Notenständer bereitstellte und dahinter Platz nahm. Augenblicklich kehrte Stille ein.

Und in dieser Stille schob Ebba ganz vorsichtig ihre Hand auf meinen Oberschenkel, nur für einen Moment. Ein Blitz durchzuckte mich, wie so oft, wenn sie mich unvorbereitet berührte, und ich holte tief Luft. Im gleichen Augenblick setzte die Musik ein, eine getragene, dunkel wirkende Klavierweise, untermalt von den sanft wiegenden Tönen des Cellos. Die jungen Männer spielten sehr konzentriert, vielleicht eine Spur zu angestrengt, aber ihre Darbietung zog nicht nur mich sogleich in den Bann. Vielleicht lag es an der ausgesprochen guten Akustik der Aula, dass die Klänge sich ineinander zu verweben schienen. Auch das restliche Publikum lauschte ergriffen, und als die letzten Töne erklangen und die beiden jungen Männer sich, jetzt beide mit hochroten Gesichtern, verbeugten, brandete herzlicher Applaus auf.

„Das war übrigens Brahms“, flüsterte Ebba mir ins Ohr, und ihr warmer Atem ließ mich erneut schaudern. Sie lachte, als ob sie es bemerkt hätte, dann lehnte sie sich zurück und verschränkte entspannt ihre schönen Hände über dem Knie, während vor uns eine pummelige junge Frau in einem lila Kleid, das von einer Art Schärpe verziert wurde, die Bühne betrat. Mit staksigen Schritten ging sie zum Flügel hinüber. Ihre hochhackigen, viel zu engen Schuhe klackerten laut auf den hölzernen Dielen, und für einen Moment tat sie mir leid. Aber dann sah ich, wie ihr Gesicht aufleuchtete, als sie Platz nahm und sich ihre Noten zurechtlegte.

Ich beugte mich vorsichtig zu Ebba hinüber, die die junge Frau interessiert beobachtete. „Hast du früher bei deinen Konzerten auch Kleider getragen?", fragte ich leise.

Ebba warf mir einen schrägen Blick zu. „Nein", sagte sie ruhig. „Nie." Ein Lächeln zog um ihre Mundwinkel, aber es war gleich wieder verschwunden. Langsam lehnte sie den Kopf zurück und schloss die Augen. Ich betrachtete ihr Gesicht von der Seite, als die ersten, sanften Klaviertöne erklangen. Das Stück gefiel mir, es hatte etwas Vertrautes an sich, wie eine Wiegenmusik, die ich vielleicht als Kind gehört, aber nie bewusst wahrgenommen hatte. Dann wurde die Intonation unruhig, klang fast rebellisch. Ich beugte mich wieder zu Ebba. „Was ist das?"

„*Poems of 1917*, von Leo Ornstein", sagte Ebba mit halbgeschlossenen Augen. „Und das macht sie sehr gut."

„Kennst du eigentlich jedes Stück? Und alle Komponisten?"

Ebba lächelte. „Nicht jedes und alle. Aber nahezu", sagte sie freimütig, und dann schloss sie wieder die Augen.

Ich betrachtete sie noch einen Moment lang, dann blickte ich wieder auf die Bühne, wo die junge Frau selbstvergessen in die Tasten schlug.

Es war lange her, dass ich zuletzt ein klassisches Konzert besucht hatte. Genauer gesagt, dass ich zum ersten Mal ein klassisches Konzert besucht hatte. Gut drei Jahre war es jetzt her, es war eben jenes Konzert in Berlin gewesen, bei dem ich Ebba kennengelernt, bei dem einige von ihr komponierte Stücke gespielt worden waren. Siedendheiß ging mir auf, dass es auch das einzige Mal gewesen war, dass ich selbstkomponierte Stücke von Ebba gehört hatte; ich konnte mich auch kaum an sie erinnern, nur, dass sie mir gefallen hatten, wusste ich noch. In dem Jahr, seitdem wir uns nun kannten, hatte Ebba mir privat noch nie eine ihrer eigenen Arbeiten vorgespielt; ich hatte das klaglos akzeptiert, nie danach gefragt.

Aber bevor ich weiter darüber nachdenken konnte, betraten die beiden nächsten Musiker die Bühne, ein junger Asiate mit einer Violine in den schmalen Händen und ein äußerst gut aussehender Dunkelgelockter, der nach einer knappen Verbeugung am Flügel Platz nahm und zügig mit seinem temperamentvollen Spiel begann.

Ebba neben mir lehnte sich leicht vor und lauschte gespannt, während der Violinist einsetzte. Er stand unmittelbar vor mir auf der Bühne, und fasziniert sah ich zu, wie sein Gesichtsausdruck vom Konzentrierten ins nahezu Dümmliche wechselte, als das Spiel an Dramatik zunahm. Er atmete sehr laut, stoßweise, und die Anstrengung des Spiels setzte ihm sichtlich zu, denn sein Gesicht rötete sich zusehends.

Ich blickte zu Ebba hinüber, die jetzt wieder die Augen geschlossen hielt. Und während das heitere Violinkonzert in meinen Ohren tanzte, beobachtete ich sie, ihr mittlerweile so vertrautes Gesicht, die feinen Regungen, die sich darin abzeichneten, wenn ihr eine Melodie besonders zu gefallen schien oder auch aufstieß. Ab und zu lächelte sie in sich hinein, und jedes Mal hätte ich sie dann am liebsten geküsst, aber natürlich tat ich es nicht. Ich wollte sie nicht stören, ich wollte sie betrachten, ihren Anblick genießen. Nur selten hatte ich Gelegenheit dazu, und nie eine solch gute wie jetzt.

Natürlich hatte ich Ebba inzwischen schon des Öfteren Klavier spielen sehen, allerdings nie für lange, immer nur kurz, aber dennoch: Ich kannte ihren verträumten, nachdenklich, manchmal auch schmerzlich oder aggressiv anmutenden Gesichtsausdruck, wenn sie spielte. Vielleicht, dachte ich manchmal, scheute sie sich, länger vor mir zu spielen, weil sie wusste, wie genau ich sie dabei beobachtete. Aber jetzt, inmitten der vielen anderen, hingebungsvoll lauschenden Menschen, jetzt schien es sie nicht zu stören, dass ich sie ansah.

Oben auf der Bühne wechselten die Musiker und ihre Stücke, eine Beethovensonate machte einem kraftvoll vorgetragenen, temperamentvollen modernen Klaviersolo Platz, dann interpretierten ein Cellist und zwei Violinistinnen gemeinsam mit einem spindeldürren Pianisten mit Schwung eines der Brandenburgischen Konzerte Johann Sebastian Bachs. Das Publikum hörte andächtig zu und klatschte begeistert, und Ebba neben mir lauschte, schloss zeitweilig die Augen, senkte den Kopf, hob ihn dann wieder, betrachtete die jungen Menschen da oben und lächelte manchmal.

Einige Male sah ich in ihren Augen jenen seltsam konzentrierten Ausdruck, den ich schon mehrfach an ihr bemerkt hatte, wenn sie Klavier gespielt oder Musik gehört hatte. Irgendwann, bei einer sehr gedehnt klingenden, fast stolpernden Tonfolge, legte sie den Kopf schief, als hörte sie eine zweite, hinter der eigentlichen Musik liegende Melodie. Ich hatte keine Ahnung, worauf sie hörte oder was sie hörte. Aber sie war sehr, sehr weit weg.

Und dann zuckte sie plötzlich kaum merklich zusammen, ihr Gesichtsausdruck änderte sich, fast zog sie eine Grimasse, eine Grimasse, als litte sie Schmerzen.

Vorsichtig beugte ich mich zu ihr hinüber. „Ebba?“, flüsterte ich. „Alles okay?“

Sie schüttelte den Kopf, wie benommen, dann sah sie mich an, mit einem fast verwunderten Blick. „Ich … ich habe nur ein wenig Kopfschmerzen“, sagte sie. „Aber das vergeht wieder.“

Sie nahm meine Hand, drückte sie kurz, dann ließ sie mich wieder los und konzentrierte sich auf das Bühnengeschehen. Eine junge Geigerin hatte gerade zu spielen begonnen, eine sehr getragene, fast traurige Weise. Ebba beugte sich zu mir.

„Das ist eines meiner Lieblingsstücke", flüsterte sie. „Penderecki, die *Kadenz für Viola*. Schön, nicht wahr?"

„Schaurigschön", sagte ich, und Ebba stutzte. Dann lächelte sie mich an, und ich lächelte zurück.

Nach dem Konzert stellte ich mich an eines der großen Fenster und sah in die helle Sommernacht hinaus, während Ebba sich mit einer Reihe von Leuten unterhielt. Sie hatte mich darauf vorbereitet, dass auch einige ihrer Studenten und Kollegen aus dem Tonsättarcentrum zugegen sein würden. Aber ich war verblüfft, als ich den Ansturm von jungen Leuten sah, der sie nach dem Ende des Konzerts umringte.

„Ihr Lob gilt viel", sagte jemand dicht neben mir auf Deutsch. Als ich mich überrascht umdrehte, entdeckte ich Staffan, den künstlerischen Leiter, der sich zu mir gesellt hatte und Ebba mit einem schwer zu deutenden Gesichtsausdruck beobachtete. „Ihr Lob gilt viel", wiederholte er, ohne den Blick von Ebba zu lösen. „Und ihre Kritik hat viel Gewicht. Wissen Sie, Ebba kann sehr gut zuhören. In jeder Hinsicht."

Mir war nicht ganz klar, wovon er sprach, aber ich nickte. „Bestimmt, ja." Staffan war kleiner als ich, stellte ich fest. Und noch um einiges älter, als ich angenommen hatte. Mit Sicherheit war er auch älter als Ebba.

„Sie spürt die Ängste der Schüler", fuhr Staffan fort, „und sie hat eine sehr beruhigende Art. So kann sie ermutigen. Aber auch ganz klar feststellen, wenn jemand kein Talent hat", fuhr er nachdenklich fort. Fast war es, als führte er ein Selbstgespräch, denn er sah mich immer noch nicht an.

In diesem Moment blickte Ebba auf und entdeckte uns. Ihr Blick wanderte von mir zu Staffan und wieder zurück, und dann nickte sie mir zu, so wie Fremde einander zunicken, ohne jegliche Verbindlichkeit, bevor sie sich wieder ihrem Gesprächspartner zuwandte. Mit einem Mal fühlte ich mich unendlich verloren.

„Und sie ist eine sehr faszinierende Frau", sagte Staffan nachdenklich neben mir. Jetzt richtete er seine Augen auf mich, hellgraue Augen, fast ein wenig wässrig scheinend. „Wo haben Sie sich kennengelernt?"

„Wo?", fragte ich überrumpelt.

„Ja, wo. Wo haben Sie sich kennengelernt?"

Auf einmal war Ebba an meiner Seite, fasste mich am Arm. „Komm, wir gehen", sagte sie leise und nickte Staffan zu. „Staffan? Es war wunderbar, wirklich. Diese junge Frau, die Ornstein gespielt hat ..."

„Ich weiß", sagte Staffan und fuhr sich durch seine dichte, graue Mähne. „Eine Finnin, Julia Mustonen. Sie ist sehr gut. Du wirst noch von ihr hören."

Ebba nickte. „Auf Wiedersehen, Staffan."

Als ich mich am Ausgang der Aula noch einmal umdrehte, sah er uns nach; ein kleiner Mann im Frack mit vollem Haar, in den Augen einen Ausdruck, der alles Mögliche bedeuten konnte: Missgunst. Sehnsucht. Trauer.

„Kennst du Staffan eigentlich gut?", fragte ich, als wir die Treppe hinuntergingen.

Ebba lächelte schwach. „Ja, das kann man so sagen."

„Er wirkt so, als hätte er gern mehr mit dir zu tun."

„Du hast recht", sagte sie. „Aber das wird nicht geschehen."

„Warum nicht?"

„Weil er schon alles von mir bekommen hat, was ein Mann wie er von mir bekommen kann", antwortete sie.

„Und was kann so ein Mann wie er von dir bekommen?", fragte ich und zog das schwere Portal auf. Warme Augustluft strömte herein, sie roch nach Meer und Salz, und ich freute mich schon auf den halbstündigen Spaziergang zur *Villa Norderstrand*.

Ebba antwortete eine ganze Weile nicht. Stattdessen hakte sie sich bei mir ein und ließ sich von mir durch die trotz der späten Stunde immer noch belebten Gassen führen. Erst an einem der Durchgänge zum Strand hinunter drehte sie sich halb zu mir um. „Ich war mal kurzzeitig mit Staffan zusammen“, erklärte sie, als hätte ich meine Frage erst soeben gestellt. „Aber das ist viele Jahre her, ich war in den Zwanzigern. Danach waren wir lange Zeit gut befreundet. Und jetzt haben wir immer wieder mal beruflich miteinander zu tun. Für mehr ist da kein Platz in meinem Leben.“

„Du warst mit ihm zusammen?“, fragte ich verdutzt. „Aber …“

„Aber was?“ Vor den Restaurants auf der Strandgatan beleuchteten flackernde Fackeln die vollbesetzten Tische, an denen zünftig gespeist wurde. Ebba verlangsamte den Schritt.

„Ich weiß nicht“, sagte ich zögernd. „Irgendwie … irgendwie dachte ich, dass du …“

„Dass ich keine männlichen Liebhaber hatte? Aber das weißt du doch. Ich habe es dir doch erzählt.“ Sie beugte sich vor und studierte die Speisekarte, die am mittelalterlichen Mauergewölbe neben dem Eingang zum Restaurant hing. „Möchtest du etwas essen? Hast du Hunger?“

„Ein bisschen. Aber eigentlich meinte ich … eigentlich dachte ich, dass ihr nicht zusammenpasst, du und Staffan.“

„Das tun wir ja auch nicht“, sagte Ebba und sah sich nach einem freien Tisch um.

„Er ist einfach so klein“, setzte ich hinzu, und Ebba drehte sich zu mir um.

„Also, wenn das ein Kriterium ist, dann müssten wir unsere Beziehung auch noch mal überdenken“, sagte sie schmunzelnd. „Immerhin bist du auch ein paar Zentimeter kleiner als ich. Los komm, da wird ein Zweiertisch frei!“ Zielstrebig steuerte sie auf einen Tisch am Bürgersteigrand zu, von dem sich gerade ein leicht weinselig aussehendes Paar erhoben hatte. Ebba grüßte freundlich, und die beiden grüßten ebenso freundlich zurück, bevor sie uns den

Tisch überließen. Ich zog für Ebba einen Stuhl zurück, und sie setzte sich und fuhr sich mit der Hand über die Stirn.

„Sind deine Kopfschmerzen weg?", fragte ich und setzte mich ebenfalls. Die Sitzfläche war noch warm von meinem Vorgänger; sonst störte mich das meist, aber jetzt fand ich es ausnahmsweise nicht unangenehm.

Ebba nickte. „Ja. Ja, sie sind weg." Sie lehnte sich zurück und betrachtete mich, als sähe sie mich zum ersten Mal an diesem Tag. „Du siehst gut aus", stellte sie fest. „Die Leute werden eine Menge Gesprächsstoff haben."

„Meinst du, sie fragen sich, wer ich eigentlich bin?",

Ebba lachte und winkte dem Kellner, der ihr freundlich zunickte, zwei Speisekarten von einem kleinen Tisch neben der Tür nahm und damit auf uns zusteuerte. „Selbstverständlich", sagte sie und zwinkerte mir zu. „Und ich bin gewiss, dass sie auch eine Antwort darauf haben."

„Dann stehst du also zu mir?", fragte ich amüsiert.

Ebba hob eine Braue. „Nicht nur zu dir. Sondern auch auf dich", sagte sie und lachte vergnügt. „Los, such dir was aus! Die Kartoffelgerichte hier sind einfach köstlich."

Norddorf, Juni 1985

„Was heißt das, du willst auf die Fachschule? Ist doch nur rausgeschmissenes Geld." Mein Vater ließ die Kelle zurück in die Schüssel fallen. Die Kartoffelsuppe schwappte über den Rand, und meine Mutter seufzte und sprang auf und lief in die Küche, vermutlich, um einen Lappen zu holen. „Du kannst hier bleiben und arbeiten gehen, wie deine Schwester", sagte mein Vater barsch. „Oder meinst du, du bist was Besseres?"

Ich warf einen kurzen Blick zu Frauke, die den Kopf gesenkt hielt und still ihre Suppe weiterlöffelte. Uwe neben ihr grinste fies in sich hinein, und ich holte tief Luft und versuchte, ganz ruhig bis drei zu zählen. Bei zwei hielt ich es nicht mehr aus. „Ich meine nicht, dass ich was Besseres bin, sondern nur, dass ich auf die Fachschule will“, sagte ich gepresst.

Mein Vater schnaubte verächtlich und führte seinen Löffel zum Mund. Sein Schlürfen klang mir überlaut in den Ohren. Selten zuvor hatte ich ihn so gehasst wie in diesem Moment. „Fachschule, so ein Mist“, sagte er nach einem weiteren Löffel Suppe. „Und dann studieren, oder was? Blödsinn. Dann sitzt du nachher auf der Straße. Geh lieber arbeiten, so wie deine Geschwister. Die bringen wenigstens Geld nach Hause.“

„Aber eine Ausbildung wäre schon gut, Reik“, wandte meine Mutter leise ein. Sie war mit einem Schwamm zurückgekommen und wischte sorgfältig den Rand der Suppenschüssel ab. „Ihre Noten sind ja auch nicht schlecht, da könnte sie ja was draus machen.“ Mit einer Hand rieb sie sich die Stirn, ihre Augen waren leicht glasig, ein Zeichen herannahender Kopfschmerzen. Sie bekam immer Kopfschmerzen, immer, vor allem dann, wenn wir Kinder ihren Beistand gut hätten gebrauchen können. „Weißt du?“, fügte sie noch leiser hinzu, mit schwacher Stimme, als hoffte sie, mein Vater würde sie vielleicht doch lieber überhören.

Aber mein Vater beachtete sie ohnehin nicht. „Wenn du unbedingt in die Lehre willst, dann kannst du Köchin bei Heckmanns lernen, da wird was frei.“ Er sah mich nicht an, als er in seinen Zähnen herumpolkte.

Ich hatte nie großes Interesse am Kochen gezeigt, das musste ihm eigentlich klar sein. Oder vielleicht auch nicht; vielleicht, wahrscheinlich hatte er keine Ahnung, was mich interessierte. Zumindest schenkte er dem keine Beachtung, aber das war nichts Neues bei ihm. Ich kannte keinen Menschen, der sich so wenig um andere Leute scherte wie er.

„Oder du fragst mal deine eingebildete Tante Josina. Vielleicht nimmt die dich ja als Lehrling“, fügte er scharf hinzu.

Uwe lachte. „Die doch nicht! Die hat doch jetzt Leute vom Festland!“, sagte er mit einem bitteren Unterton und zog die Nase hoch, um dann weiter zu essen.

„Die dumme Kuh!“ Mein Vater schüttelte den Kopf. Die Geschichte mit Tante Josina setzte ihm offenbar immer noch zu. Wir hatten kaum noch Kontakt mit ihr, seit sie komplett auf Pensionsbetrieb umgestellt und einen guten Koch und neues Personal vom Festland geholt hatte. Nicht nur der Verlust seiner einst so bequemen Arbeitsstelle als Wirt in Tante Josinas Pension wurmte meinen Vater nachhaltig, sondern auch die Tatsache, dass keines seiner Kinder einen Fuß in die Tür der Pension hatte stellen können, weder Uwe, der im Hotel Heckmanns Koch gelernt hatte, noch Frauke als Zimmermädchen. Tante Josina setzte auf Fremde; ihrer Pension hatte das Aufschwung gegeben, meinem Vater den Rest. Erst vor Kurzem hatte er wieder Arbeit gefunden, als Hausmeister im Schullandheim oben an der Nordspitze, wo meine Mutter schon seit Jahren als Köchin tätig war.

Ich holte tief Luft. „Ich möchte nicht Köchin werden“, sagte ich laut, und meine Stimme zitterte nur ganz schwach dabei. „Ich möchte auf die Fachschule für Sozialpädagogik. Aufs Festland.“

Einen Moment lang herrschte Schweigen. Aus dem Augenwinkel bemerkte ich, wie Frauke den Kopf noch weiter senkte und wie Uwes Löffel auf halbem Weg zum Mund in der Luft verharrte. Dann knallte die Faust meines Vaters auf den Tisch herunter, und es klirrte gewaltig.

„Du möchtest überhaupt nichts, du Bastard!“, brüllte mein Vater. Seine Augen sprangen fast aus ihren Höhlen, als er mich anstarrte. „Du möchtest die Fresse halten! Sonst nichts!“

„Reik!“, flüsterte meine Mutter erschrocken. Ihr Gesicht war bleich, und ich sah, wie die heranziehenden Kopfschmerzen sich über ihre Stirn legten.

Uwe lachte nervös auf, und mein Vater warf ihm einen bösen Blick zu. „Du kannst hier bleiben, hier auf der Insel“, sagte er, wieder an mich gewandt. „Der kleine Scheißer da, mit dem du immer rumziehst, der bleibt schließlich auch hier. Und die Kleene von Rensens auch. Also! Du machst auch in Gastronomie und basta. Glaub ja nicht, dass ich dich einfach so weglasse. Solange du minderjährig bist, tust du, was ich sage." Er gluckste böse. „Und danach auch", sagte er und lachte erneut.

Ich schloss die Augen und öffnete sie wieder. Das Gesicht meiner Mutter war bleich, und ich wusste, dass sie gleich aufstehen würde.

„Ich muss mich hinlegen", sagte sie mit stockender Stimme und hielt sich die Hand über die Augen, während sie sich mühsam erhob. „Ich muss … mein Kopf …"

Frauke sprang auf, lief zu ihr herüber und führte sie behutsam am Arm aus dem Zimmer. Von den beiden hatte ich keine Unterstützung zu erwarten. Aber das war ja klar gewesen.

Ich lehnte mich zurück und zwang mich, meinen Vater anzusehen. Letztes Jahr hatte ich zusammen mit Harm vom alten Sigurd Poker gelernt. Das Schwierigste, hatte ich gefunden, war, einen neutralen Gesichtsausdruck zu behalten, egal, was für Karten man bekam. Aber ich hatte meine Lektion schließlich gelernt. „Okay, dann gehe ich auch ins Gastronomiefach", sagte ich, um einen neutralen Gesichtsausdruck bemüht. „In Kiel gibt es auch eine Berufsfachschule, da kann ich Hotelfachkraft lernen. ‚Fachkraft im Gastgewerbe' heißt das jetzt. Die würden mich nehmen, meine Noten reichen. Ich hab mich erkundigt."

Uwe lachte auf. „Was?", fragte er. „Die in Kiel würden dich nehmen?"

Mein Vater sah mich an, und für einen Moment hatte ich den Eindruck, dass in seinen Augen eine Art widerwilliger Respekt für mich auftauchte, der aber sogleich wieder verschwand. „Du hast dich erkundigt, ja? Hinter meinem Rücken?", fragte er lauernd.

Ich zuckte mit den Schultern. „Ich dachte, ich guck mal. Wie gesagt, meine Noten reichen. Und danach könnte ich hier in einem der Kurheime arbeiten, da braucht man das."

Die Augen meines Vaters weiteten sich, bevor sie sich gleich wieder misstrauisch verengten. Kurheim, das war das Zauberwort. Ich hatte es gewusst. Für mein Leben gern hätte mein Vater in einem der noblen Kurheime gearbeitet. „Und was kostet das?", fragte er gedehnt.

„Die Ausbildung ist umsonst. Ich würde Bafög kriegen", sagte ich. „Und vielleicht kann ich ja nebenbei arbeiten."

Uwe lachte blöd, aber mein Vater nickte langsam.

„Denk ja nicht, ich zahl dir was dazu", sagte er und stieß seinen Stuhl zurück. „Und wenn du dich nicht benimmst, kommst du sofort wieder nach Hause, dass das man klar ist."

Ich nickte und sah auf meinen Teller hinunter, in dem noch ein Rest Suppe schwamm. Ohne hinzusehen, spürte ich den abwartenden Blick meines Vaters, aber um keinen Preis hätte ich ihm danken können. Auch wenn ich seine schriftliche Einwilligung brauchte, um mich auf der Schule anmelden zu können.

„Ich hab noch nicht ja gesagt." Mein Vater warf seinen Löffel hin, stand auf und streckte sich. „Komm, Uwe, wir gehen zu Pedder und lassen die Weibsen zu Hause. Da, wo sie hingehören."

Ihre Stimmen lachten im Gleichklang, dann waren sie fort. Ich stützte meine Ellbogen zwischen den Suppentellern auf und verbarg mein Gesicht in den Händen. Eigentlich hätte ich erleichtert sein müssen, aber in meiner Kehle steckte ein Kloß fest, ein harter, fester Kloß aus Bitterkeit und Enttäuschung.

Meine Mutter hatte Kopfschmerzen, Uwe lachte, Frauke senkte den Kopf, und mein Vater nannte mich Bastard. Das und nichts anderes war meine Familie. Das war mein Zuhause.

Elin's Rum liegt abseits der Landstraße, an einem kleinen, kaum befahrenen Weg, umrahmt von Heckenrosen und Apfelbäumen, die jetzt, im April, noch ihre kahlen, braunen Äste in den Himmel strecken. Aus den Fenstern fällt warmes Licht, im Vorgarten warten die Rosenstöcke in der Dämmerung auf den nahenden Frühling. Zwei Autos stehen vor dem Haus, beide mit schwedischen Kennzeichen. Als ich die Tür öffne, hüpft Rupert vom Rücksitz und beschnuppert interessiert die Reifen der anderen Wagen. Sein dickliches Hinterteil wackelt, und ich halte mich eine ganze Weile an diesem Anblick fest, um die Erinnerung abzuschütteln. Es schmerzt mehr, als ich gedacht hätte, das Häuschen zu sehen. Auch wenn ich hier nur eine einzige Nacht verbracht habe und die Jahre zurückliegt.

Die Tür ist frisch gestrichen, daneben flackert eine kleine Fackel in der leichten Abendbrise. Die Klinke glänzt wie poliert, poliert von den vielen Händen, die im Laufe der Jahrzehnte nach ihr gegriffen haben.

Ich könnte auch später anrufen, später, wenn ich mein Zimmer bezogen habe und auf der Terrasse ein Bier trinke, aber plötzlich weiß ich, dass der Zeitpunkt dann bereits verstrichen sein wird. Rupert ist ohnehin noch beschäftigt, also gehe ich zurück zum Wagen und lehne mich an die Beifahrertür, während ich mein Handy herausziehe.

Mai nimmt nach dem dritten Klingeln ab. „Hallo?", fragt sie.

Ihre Stimme klingt viel zu nah, erschreckend nah. Damit habe ich nicht gerechnet. Einen fast zu langen Augenblick schweige ich, dann beeile ich mich mit der Antwort. „Ich bin's. Marthe."

Sie lacht, leise, glücklich, vielleicht auch erleichtert. Auf jeden Fall überrascht. „Marthe! Wie geht es dir? Wo bist du?"

Jetzt muss ich auch lächeln. „Unterwegs", sage ich und merke, wie ich mich ein wenig mehr entspanne. „In Schonen bin ich. Ich werde hier übernachten."

„Alles gut gegangen bisher?"

„Ja. Alles gut gegangen." Rupert kommt zu mir herüber und hockt sich neben mich. Mit aufgestellten Ohren betrachtet er die Ackerfurchen, die sich vor uns ausbreiten.

Mai und ich schweigen beide. Eigentlich weiß ich auch gar nicht, was ich sagen soll; ich habe nichts zu erzählen, ich habe zu denken. Trotzdem bin ich froh, ihre Stimme zu hören. „Ich fahre morgen weiter", sage ich überflüssigerweise und stelle mir vor, dass Mai vermutlich gerade nickt. Plötzlich habe ich solche Sehnsucht nach ihr, dass es wehtut.

„Fahr vorsichtig", bittet Mai. „Und schlaf gut nachher. Ich hoffe, du kannst schlafen?"

„Bestimmt", sage ich wider besseres Wissen. „Und du, schlaf du auch gut."

Ich höre ihr Lächeln, als sie antwortet. „Solange ich weiß, dass du irgendwo bist und an mich denkst."

„Klar. Das mache ich."

„Gut." Sie zögert. Im Hintergrund höre ich Stimmen, ein Geräusch wie Gläserklirren. Bestimmt ist sie unterwegs, aber ich will nicht danach fragen. Sie ist in ihrer Welt, ich bin in einer anderen, das ist in Ordnung so.

„Du fehlst mir, Marthe", sagt sie weich. Sie wartet nur eine Sekunde, bevor sie mir einen Kuss durch die Leitung schickt und schnell auflegt.

Als ich mein Handy einstecke und zu Rupert hinuntersehe, entdecke ich, dass er nicht mehr zu meinen Füßen sitzt, sondern zur Tür hinübergelaufen und schwanzwedelnd davor stehen geblieben ist. Ich atme tief durch, dann folge ich ihm.

Elin ist immer noch klein und dünn, und ihr Lächeln hat nichts von ihrer professionellen Herzlichkeit eingebüßt. Zuerst erkennt sie mich nicht. Dann, als ich ihr den ausgefüllten Anmeldeschein zuschiebe, kneift sie die

Augen zusammen. „Aber bist du nicht … Warst du nicht schon einmal hier?"

Ich brauche nicht zu nicken, denn ihre Miene hellt sich schon auf. „Natürlich, ich erinnere mich! Du warst hier! Mit der Klavierspielerin! Dieser schönen, großen Frau! Wie geht es ihr?"

Ich zögere nur kurz. Dann sage ich: „*Bra.*"

Bra. Gut.

Weil ich hoffe, dass es so ist.

Schonen, Dezember 1998

„Hoffentlich mag sie mich", flüsterte ich und strich Ebba eine verschwitzte Haarsträhne hinters Ohr. Ein kühler Lufthauch wehte vom geschlossenen Fenster zu uns herüber, und Ebba zog das heruntergerutschte Laken ein wenig höher. Ich sah, wie sich ihre Brustwarzen unter der leichten Berührung des Stoffes aufrichteten, und wieder durchzog mich ein Anflug von Lust. Ebba schien es mir vom Gesicht ablesen zu können.

„Nicht noch mal", sagte sie lachend. „Ich kann nicht mehr. Ich bin eine alte Frau."

„Bist du gar nicht." Ich biss ihr leicht in eins ihrer hübschen Ohrläppchen und hielt ihre Schulter fest, als sie von mir abrücken wollte. „Du bist überhaupt keine alte Frau. Du bist eine Frau im besten Alter."

Ebba lachte und drehte mir das Gesicht zu. „Du auch", sagte sie. „Nur, dass wir eben unterschiedlich alt sind."

„Ziemlich unterschiedlich. Aber ich muss dir ein Kompliment machen. Eigentlich sind Frauen ja im Alter von dreißig Jahren auf dem Höhepunkt ihrer sexuellen Leistungskraft …"

„… wie du soeben bewiesen hast …", neckte mich Ebba und spielte darauf an, dass wir zwei Wochen zuvor gerade meinen dreißigsten Geburtstag gefeiert hatten.

„... aber du bist vierzehn Jahre darüber hinweg und immer noch zu beachtenswerten Leistungen fähig."

„Weil ich mein Potenzial in den letzten Jahren extra für diese Höhepunkte aufgespart habe", sagte Ebba und legte eine Hand auf meinen nackten Bauch. „Haben wir noch etwas zu trinken?"

Ich beugte mich über sie hinweg und griff nach der Wasserflasche auf dem Nachttisch. Ebba rutschte ein Stück in die Mitte und fing an zu lachen.

„Jetzt liege ich in der Ritze", sagte sie und rückte noch ein Stück weiter.

„Habt ihr Schweden eigentlich keine breiten Betten?", fragte ich und reichte ihr die Flasche. „Werden wir in Zukunft immer schmale Betten zusammenschieben müssen, wenn wir in einem Hotel übernachten?"

„Wir müssen ja nicht in Hotels übernachten." Ebba zuckte mit den Schultern und stützte sich auf einem Ellenbogen auf, um zu trinken. Ihr Haar fiel ihr erneut in die Stirn, und ich strich es ihr wieder hinters Ohr. Darüber wurde wieder die feine, weißliche Narbe sichtbar, kaum dicker als ein Kratzer, der sich fast bis zur Schläfe zog.

„Woher hast du die eigentlich?", fragte ich und strich sanft darüber. Ebba zuckte kaum merklich zusammen.

„Was?"

Ich nickte. „Die Narbe hier. Oder ist das keine?"

Ebba setzte sich auf und sah aus dem Fenster auf die winterliche schonische Ackerlandschaft hinaus. Eine Gänsehaut breitete sich auf ihren Schultern aus; es war nicht gerade warm im Zimmer. „Doch, das ist eine Narbe. Eine alte Kriegsverletzung." Sie lächelte schief. „Ist sie immer noch da?"

„Ja. Aber nur ganz schwach zu sehen. Sag bloß, du weißt das nicht?"

Ich legte den Arm um ihre Schulter und zog die Decke fester um uns.

Ebba lehnte sich sanft gegen mich. „Sie ist an einer Stelle, die ich nicht sehen kann“, sagte sie schlicht. „Noch nicht mal im Spiegel.“

Verdutzt betrachtete ich sie. Es stimmte, die Narbe lag tatsächlich so ungünstig, dass es vermutlich kaum möglich war, sie im Spiegel zu sehen. Für einen Moment fand ich die Tatsache höchst befremdlich, dass es Stellen am eigenen Körper gab, die man nie zu Gesicht bekam – außer auf Fotografien vielleicht. Aber wer fotografierte schon eine kleine, unscheinbare Stelle über dem Ohr? „Was ist dir denn da passiert? War das ein Unfall? Sieht fast aus wie eine Operationsnarbe.“

Ebba zog die Knie an und verschränkte die Arme darum. „Das ist auch eine“, sagte sie ruhig und sah auf die angefrorenen Felder hinaus. „Zehn Stiche haben sie damals gebraucht.“

„Warst du da hingefallen oder was?“, fragte ich und beugte mich vor, um die Narbe noch einmal zu inspizieren. Aber Ebba drehte den Kopf fort.

„Ich war ein ziemlich wildes Kind“, sagte sie nachdenklich. „Ständig bin ich irgendwo runtergefallen, vor allem, wenn ich auf den Klippen unterwegs war. Schade, dass man nicht draußen auf der Terrasse sitzen kann“, sie nickte zum Fenster hinaus. „Das muss schön sein.“

„Vielleicht ein andermal“, sagte ich. „Vielleicht kommen wir ja mal im Sommer her.“

„Ja, vielleicht.“ Ebba streckte sich, dann rieb sie sich den Nacken. Ihre Gänsehaut war verschwunden. „Ich hoffe, du fühlst dich dort einigermaßen wohl“, sagte sie, und ich wusste sofort, wovon sie sprach.

„Hoffentlich mag deine Mutter mich.“

Ebba lachte, drehte den Kopf und küsste mich auf den Hals. Ihr Atem war weich, ihre Lippen immer noch feucht. „Bestimmt nicht“, sagte sie leise. „Abgesehen von meinem Bruder mag sie niemanden sonderlich. Sich selbst eingeschlossen.“

Karlskrona, Dezember 1998

„Elisabeth." Ebbas Mutter hielt ihrer Tochter kühl die Wange hin und ließ sich von ihr küssen, dann wandte sie sich zu mir. Ein scharfer Blick aus hellblauen Augen lag prüfend auf mir. „Guten Tag", sagte sie ruhig, und bereits aus diesen beiden Worten konnte ich dieselbe trockene, leicht altmodische Sprachfärbung heraushören, die mich an Ebba sowohl faszinierte als amüsierte.

„Das ist meine Freundin Marthe", stellte Ebba mich vor.

Die Hand ihrer Mutter war trocken und warm und hielt meine kaum länger als nötig. Sie nickte mir zu, ohne eine Miene zu verziehen, dann sah sie wieder zu Ebba. „Nett, dass ihr kommen konntet", sagte sie. „Der Tisch ist gedeckt, lasst uns den Kaffee nehmen." Als sie sich umwandte und uns voraus durch die weitläufige Diele ging, warf ich Ebba einen vorsichtigen Blick zu. Ebba blinzelte mir zu und grinste dabei wie ein ungezogenes Kind, das seiner Mutter hinter dem Rücken Grimassen schneidet.

Das Wohnzimmer war so groß wie ein kleiner Gemeindesaal, mit prunkvollen Antiquitäten eingerichtet. Um den Kaffeetisch standen zierlich aussehende Polsterstühle; beim ersten Anblick bereits scheute ich mich vor dem Moment, in dem ich mich darin niederlassen musste. Ebba und ihre Mutter wechselten ein paar Worte, und ich sah mich unauffällig um.

Hohe Fenster zeigten in Richtung Hafen, weit hinten wurden gerade Container gelöscht. Altehrwürdige Häuser rahmten die Straße, auf dem steinernen Platz zur Rechten wachte eine sandsteinfarbene Kirche, mit ihren beiden Türmchen unverkennbar aus der Barockzeit stammend.

„Gefällt Ihnen der Blick?" Ebbas Mutter war neben mich getreten. „Das ist die Friedrichskirche. Elisabeth und ihr Bruder sind dort getauft worden."

„Ist das Oscar?" Ich betrachtete eines der Familienfotos, die auf einer Kommode neben dem Fenster aufgebaut waren. Ein junger Mann in Skikleidung, der Ebba ausnehmend ähnlich sah, lächelte in die Kamera, die Ski lässig über die Schulter geworfen.

„Ja, das ist Ebbas jüngerer Bruder." Ebbas Mutter betrachtete das Foto einen Moment lang nachdenklich. „Ein gutaussehender junger Mann, meinen Sie nicht?"

Ihre Frage schien eher rhetorisch gemeint, offenbar duldete sie keinen Widerspruch. „Ja", bestätigte ich zögernd. „Ja, ein sehr gutaussehender junger Mann. Wie alt ist er da?"

„Jung", sagte Ebbas Mutter und fasste mich leicht am Ellenbogen. „Kommen Sie, der Kaffee ist angerichtet."

Es gelang mir, mich unbeschadet in den Polsterstuhl zu setzen, aber die zierliche Kaffeetasse stellte mich vor das nächste Problem. Vorsichtig fasste ich den schmalen Henkel und hob die Tasse unter den scharfen Augen von Ebbas Mutter zum Mund. Auf dem Tisch duftete ein Tannenzweig in einer Vase vor sich hin, ein Julbock bewachte den Teller mit Haferkeksen und Zimtschnecken.

Ebbas Mutter hatte zwischen uns Platz genommen, Ebba saß mir gegenüber. Sie warf mir ein schiefes, flüchtiges Lächeln zu, als sie nach einer Zimtschnecke griff, aber an ihrer steifen Haltung sah ich, wie angespannt auch sie war.

Es war mir unmöglich, mir Ebbas Kindheit und Jugend in dieser Wohnung vorzustellen, genauso unmöglich, wie ich mir ihre Mutter in der *Villa Norderstrand* vorstellen konnte. Und doch hatten beide an den jeweiligen Orten gelebt, und dann auch noch zusammen. Unfassbar.

Offenbar hatte Ebba nicht vor, ein Gespräch in Gang zu bringen, und mir fiel auch nichts zu reden ein, also tranken wir eine Weile schweigend unseren Kaffee. Schließlich räusperte sich Ebbas Mutter und faltete die Hände auf den Knien.

„So, da sind Sie also zu Besuch bei Elisabeth." Ihr Deutsch war wirklich sehr altmodisch, es klang wie eingerostet, fast wie verstaubt. Seltsamerweise gefiel mir das fast am besten an ihr. „Gotland ist wundervoll, nicht wahr?“, setzte sie hinzu.

„O ja. Total.“

Ihre Mundwinkel zuckten befremdet. „Was machen Sie beruflich, Marthe?“

„Ich ... ich bin Privatfahrerin.“

„Ach? Chauffeuse?“

Ich warf einen hilfesuchenden Blick zu Ebba, die sich ein Grinsen nur mühsam verkniff. „Ja, genau. Chauffeuse. Ich fahre eine Geschäftsfrau zu ihren Terminen.“

Ebbas Mutter richtete ihre scharfen blauen Augen auf mich, während sie die dünnen Brauen hochzog. Sie hatte durchaus Ähnlichkeit mit ihrer Tochter, auch wenn ich nicht genau sagen konnte, worin diese bestand. „Noch eine Zimtschnecke, Marthe?“ Sie schob den Teller ein wenig in meine Richtung.

„Gern“, sagte ich, obwohl mich das trockene Gebäckstück schon beim ersten Bissen fast zum Husten gebracht hätte. Aber Ebbas Mutter hatte etwas derart Bestimmendes an sich, dass ich mich nicht traute, abzulehnen. Ebba hatte mich vorgewarnt, aber ich war überrascht, dass es stimmte – ihre Mutter wirkte in der Tat unnahbar und herrisch.

„Und“, jetzt legte sie eine Kunstpause ein, bevor sie weitersprach, „was machen Ihre Eltern beruflich, wenn ich fragen darf?“

Das hatte mich seit Jahren niemand gefragt. „Die ... meine Eltern arbeiten beide in der Gastronomie“, sagte ich ausweichend.

Ebbas Mutter zog die Nase kraus, nur ganz kurz, aber unverkennbar abschätzig. Dann nickte sie. „Diese Berufe sind wichtig, ja, das sind sie sicher. Wo kämen wir hin ohne dienstbare Geister!“

Ich wollte gar nicht erst wissen, wie kurz es erst her sein mochte, dass durch diese Räume, in denen wir jetzt saßen, Personal geeilt war, immer darauf bedacht, die Herrschaften gut zu bedienen. Vielleicht, sicherlich war es ein ehrbares Motiv, dienen zu wollen, aber meine Eltern hatten gewiss nur einen anderen, schlichteren Beweggrund: Geld zu verdienen.

Ebbas Mutter nippte an ihrem Kaffee, dann stellte sie ihre Tasse wieder ab und richtete das Wort erneut an mich. „Und woher kommen Sie?"

„Aus Berlin. Aber ich bin auf einer der Nordseeinseln aufgewachsen."

Ebbas Mutter hob die Brauen. „Auf welcher?"

„Amrum."

Ihr Gesichtsausdruck veränderte sich sofort. Für einen Moment blickte sie mich geradezu anerkennend an. „Amrum? Wie schön. Eine Perle im Meer." Sie lächelte kurz, und für einen Moment blitzte die Ähnlichkeit mit ihrer Tochter auf. „Inselmenschen sind etwas Besonderes. Der Hang zur See, zum Maritimen, das ist faszinierend. Allerdings gibt es Kapitäne ... und Fischer."

„Mutter", sagte Ebba kopfschüttelnd und lehnte sich zurück. „Also wirklich, bitte!"

„Warum? Es ist die Wahrheit. Wir sind nicht alle gleich." Keine Spur von Erregung lag in ihrer Stimme, Ebbas Mutter sprach kühl, mit einer Bestimmtheit, die anzeigte, dass ihr nur selten im Leben jemand widersprochen hatte. Vielleicht nur Ebba, die jetzt entnervt die Stirn runzelte und sich noch einen Kaffee nachschenkte.

„Also, wenn es Fischer und Kapitäne gibt, dann bin ich wahrscheinlich so etwas wie eine Leichtmatrosin", sagte ich, um die Stimmung aufzuheitern. Ebba prustete los, während ihre Mutter ruckartig den Kopf drehte und mich konsterniert anstarrte.

Schließlich seufzte sie auf und trank ihre Tasse leer, bevor sie sich ihrer Tochter zuwandte, die sich gerade wieder beruhigt hatte. „Wie geht es deinem Kopf?", fragte sie. „Schmerzt er gelegentlich?"

Ebba wurde schlagartig ernst. Ein Schatten zog über ihr Gesicht, als sie sich aufrichtete. „Nein“, sagte sie. „Alles in Ordnung. Mir geht es gut.“

„Das ist schön.“ Ihre Mutter nickte. „Gut. Hoffen wir, dass das so bleibt. Noch einen Keks, Marthe?“

Ich war froh, als wir die herrschaftliche Wohnung endlich verließen und in den Wagen stiegen, der mir plötzlich wie eine sichere Festung vorkam.

„Ich habe wohl keinen sonderlich guten Eindruck gemacht, was?“, fragte ich, als wir auf die langgestreckte Straße entlang der Hafenanlagen einbogen.

„Du bist sozusagen der Teufel in Menschengestalt“, sagte Ebba lächelnd. „Eine Frau, lesbisch, aus einfachen Verhältnissen, Vegetarierin. Das Einzige, was sie dir zugute hält, ist vermutlich die Tatsache, dass du Deutsche bist.“

Ich lehnte den Kopf zurück und betrachtete die leeren Bootsstege, die auf dem Wasser schaukelten. Dahinter kamen die der Stadt vorgelagerten Schären in Sicht. Karlskrona war eine wunderschöne, lichtdurchflutete Stadt. Vielleicht eine winzige Entschädigung für die frostige Atmosphäre, in der Ebba hier hatte aufwachsen müssen. „Warum sagst du deiner Mutter eigentlich nicht, dass du öfter Kopfschmerzen hast?“

Ebba schüttelte den Kopf. „Das geht sie nichts an. Aber ich nehme es immerhin als ein Zeichen der Zuneigung, dass sie sich überhaupt danach erkundigt.“

„War dein Vater auch so … so unterkühlt?“

„Überhaupt nicht!“ Ebba beschleunigte, als wir über die Brücke fuhren. „Mein Vater war lieb und warmherzig. Aber mein Bruder ist genauso wie meine Mutter. Vielleicht bedeutet er ihr deshalb so viel.“

Ohne zu mir herüberzusehen, spürte sie offenbar, dass ich zu Protest ansetzte, denn sie lächelte. „Komm, beruhige dich. Manche Menschen haben viel Platz in ihrem

Herzen und manche nur wenig. Meine Mutter gehört zu den Letzteren."

Norddorf, August 1985

Ein Rotschenkel stakste mit nickendem Kopf über die Wattwiesen, hinter ihm flogen zwei Kiebitze rufend über den Deich. Die Abendluft war klar und mild, lange nicht so heiß wie in den letzten Tagen. Als ich die Planken zur Vogelwärterhütte entlangging, huschte ein Fasan eilig zwischen die Dünen. Meine Schritte hallten hohl auf den sandigen Planken, und ich blieb für einen Moment stehen und sah zu Boden. Es war gerade mal zwei oder drei Jahre her, dass der Plankenweg frisch verlegt worden war, aber schon jetzt war das Holz ausgebleicht und an den Rändern zersplittert. Bei meinem letzten Besuch bei ihm vor ein oder zwei Wochen hatte Klaas den Kopf geschüttelt, als ich mich darüber gewundert hatte.

„Nichts hält ewig, min Deern", hatte er gesagt. „Das ist der Lauf der Dinge. Menschen, Tiere und Pflanzen sterben, alles andere verrottet und zerfällt. Kein Grund zur Trauer."

Eine Touristenfamilie kam mir entgegen, und ich machte den Weg frei. Dann kickte ich eine kleine Muschel vom Plankenweg und ging langsam weiter, das Rauschen des Meeres im Ohr.

Klaas saß vor der Hütte, die Pfeife im Mund, und flickte an einem Netz. Der Rauch seiner Pfeife wehte fast waagerecht hinter ihm durch die Luft. Offenbar hatte er mich kommen hören, denn er sah auf, bevor ich bei ihm war.

„Deern, da bist du ja", sagte er und klopfte neben sich auf die Bank. „Komm, setz dich."

Ich ließ mich neben ihm nieder, und gemeinsam sahen wir einen Moment auf die Dünen hinaus. Schließlich spuckte Klaas aus.

„Du gehst?"

Ich nickte. Antworten konnte ich nicht, meine Kehle war auf einmal wie zugeschnürt.

Klaas nickte und legte das Netz hin. Mit langsamen, fast vorsichtigen Bewegungen klopfte er seine Pfeife aus. „Gut", sagte er. „Das ist gut. Hab ich es dir nicht gesagt, min Deern – eines Tages gehst du fort und dann bist du frei." Er lächelte schief, und seine faltige Stirn runzelte sich noch weiter, als er mich ansah.

„Weißt du, eine Sache muss ich dir sagen: Deine Mutter ist eine gute Frau, Marthe. Auch wenn man das nicht unbedingt meinen würde. Aber glaub mir, sie hat einen guten Kern."

Ich zuckte mit den Schultern. „Wenn ja, dann krieg ich davon jedenfalls nichts mit."

Klaas musterte mich nachdenklich aus seinen hellen Augen, dann nickte er schließlich erneut. „Pass auf dich auf, Mädchen. Hier, ich hab noch was für dich." Er griff in die Hosentasche und reichte mir einen gefalteten Zwanziger.

„Nee, Klaas, lass mal …", wehrte ich verlegen ab.

„Doch", sagte er eindringlich. „Nimm. Das kannst du brauchen." Er drückte mir unbeholfen die Schulter, bückte sich und nahm das Netz wieder auf. „Mach's gut, Mädchen."

Seine Stimme klang seltsam brüchig, aber bestimmt, und so stand ich auf und ging. Am Durchgang zu den Dünen drehte ich mich zu ihm um, aber Klaas blickte nicht auf. Er saß da, mit gesenktem Kopf, reglos, das Netz in den Händen, die Pfeife neben sich auf der Bank, und blickte nicht auf.

Einen Tag später nahm ich die Zwölf-Uhr-Fähre. Trotz meines Protestes hatte Uwe sich auf Geheiß meiner Mutter den Lieferwagen seines Chefs ausgeliehen, um mich zum Anleger zu bringen, und er trommelte ungeduldig aufs Lenkrad, während ich mich von Anja, die mitgekommen war, verabschiedete. Uwe fuhr los, bevor ich die Fähre betreten hatte, und mir war das recht. Hier, jetzt, in diesem Moment, auf den letzten Schritten auf der Insel, begann mein neues Leben. Diesen Weg wollte ich allein gehen.

Und so stand ich lässig auf die Reling gestützt da, umringt von aufgeregten Touristen, und sah zu, wie die Fähre ablegte, drehte und Kurs auf das Festland aufnahm und die Insel, auf der ich aufgewachsen und fast mein ganzes Leben verbracht hatte, im strahlenden Sonnenschein kleiner und kleiner wurde. Hinter mir schimpfte eine Mutter mit ihrem ungezogenen Sohn, auf meiner anderen Seite klammerte sich eine bereits jetzt schon sichtlich seekranke Frau an einen Haltegriff.

„Marthe? Bist du's?"

Ich drehte mich um. Der junge Typ, der vor mir stand und mich überrascht musterte, kam mir bekannt vor. Er trug einen schmutzigen Overall der Reederei und einen Werkzeugkasten in der Hand, und seine kurzen, dunklen Haare waren brikettförmig geschnitten und mit viel Haarspray in die richtige Form gezwängt worden.

„Ich bin's, Ubbo. Ich bin mit deiner Schwester in eine Klasse gegangen."

Schwach erinnerte ich mich an einen schmalen Jungen mit dunklen Haaren und Augen, mit dem ich allerdings noch nie ein Wort gewechselt hatte. Jetzt war er nicht mehr schmal, sondern groß und kräftig, ein richtiges Mannsbild. „Ja, klar. Arbeitest du hier?"

Er nickte. In seinen Augen lag ein merkwürdiger Ausdruck, und ich spürte, wie es in meinem Nacken zu prickeln begann. „Ich bin hier der Junge für alles", sagte er. „Mach hier 'ne Ausbildung. Schiffsmechaniker. Und du, fährst du weg?"

„Nach Kiel. Auf die Berufsfachschule."

Er pfiff durch die Zähne. „Cool. Kommst du denn mal wieder?"

„Muss ich ja. Sonst drehen meine Eltern mir den Geldhahn zu."

Er lachte, dann wurde er wieder ernst. „He, du … du siehst gut aus", sagte er. „Aber fand ich ja schon immer." Er lächelte und hörte sofort wieder damit auf.

„Du auch", sagte ich.

Einen Moment lang schwiegen wir beide. Das Kind hinter uns heulte los, und seine Mutter begann noch lauter zu schimpfen, während die bleiche Frau sich über die Reling beugte.

„Habt ihr auch Kabinen?", fragte ich. „Mit Betten?"

Ubbos Augen weiteten sich. Dann lächelte er wieder. „Nee", sagte er. „Aber in der Werkstatt steht eine Pritsche, da schlaf ich manchmal 'ne Runde." Er lächelte nervös. „Soll ich dir das mal zeigen?"

„Hast du denn Zeit?"

Er sah kurz auf seinen Kasten hinunter. Hinter seiner Stirn arbeitete es. Aber als er wieder hochblickte, hatte er sich entschlossen. „Komm", sagte er. „Komm, ist nicht weit. Ein bisschen Zeit hab ich noch."

Und so folgte ich seinem breiten Rücken durch die dicht bevölkerten Gänge zu einer kleinen, dunklen, fensterlosen Kabine. Und während ich mich einerseits fragte, was in aller Welt ich da gerade anzettelte, ausgerechnet jetzt, wo ich die Insel hinter mir ließ, währenddessen wusste ich andererseits, dass es Sinn machte. Ich warf die Leinen aus. Schleppleinen, die ich hinter mir herzog, jetzt, wo ich ging. Eines Tages, wenn es so weit war, würde ich sie auch kappen. Aber jetzt brauchte ich sie.

Jetzt

Elin weist mir das einzige Zimmer zu, in dem Hunde erlaubt sind. Halb bin ich froh, halb enttäuscht, als ich entdecke, dass es nicht jenes Zimmer ist, in dem wir damals übernachtet haben. Dieses liegt ganz an der Seite des Anbaus; aus einem kleinen Fenster über dem Bett kann ich über die Ackerlandschaft sehen. Die Betten sind weich gepolstert; ich schiebe sie zusammen, so wie wir es damals in dem anderen Zimmer getan haben. Rupert rollt sich auf seiner Decke zusammen und grunzt wohlig; später, als ich noch mit einem Bier auf der Terrasse sitze, in mehrere Wolldecken gehüllt, hockt er sich eine Weile neben mich und schnuppert mit zitternden Barthaaren nach rechts und links. Ich bin dankbar für seine Gegenwart.

Während ich in langsamen Schlucken mein Bier trinke, sehe ich über die angrenzenden Äcker, die schon für die nächste Saat vorgefurcht sind. Jetzt, nach all den Jahren, sitze ich tatsächlich auf dieser Terrasse. Allerdings ohne dich. Und das bricht mir fast das Herz.

Ich weiß nicht, ob ich werde schlafen können, aber als ich dann nach einem weiteren Bier zu Bett gehe, falle ich fast augenblicklich in einen tiefen Schlaf, in dem du bei mir bist, neben mir liegst, leise atmend, eine Hand zu mir hinübergestreckt, die Handfläche vertrauensvoll nach oben gekehrt. Ich weiß noch, dass ich dich oft dorthin geküsst habe, über dich wachend, deinen Schlaf fast erstaunend bewundernd.

Wir haben selten in einem Bett übernachtet und wenn, dann beide stets unruhig geschlafen. Vielleicht, so denke ich heute, habe ich dich auch nachts, im Schlaf, gespürt, wie mit feinen Antennen, die sich stets nach dir streckten. Nicht, dass du keine beruhigende Wirkung auf mich gehabt hättest, das hattest du sehr wohl. Aber vielleicht habe ich dich, deine Anwesenheit, zu intensiv gefühlt, um neben dir schlafen zu können. Und dir ging es genauso. Kein Wunder, dass wir es immer vorgezogen haben, in getrennten Zimmern zu schlafen.

Du hast manchmal gut geschlafen und manchmal nicht gut, nicht so wie ich, die ich beständig schlecht schlafe. Meine besten Nächte allerdings habe ich in deiner Nähe verbracht, im Zimmer der *Villa Norderstrand*, morgens erwachend in der Gewissheit, dass du da bist, bei mir, nur eine Treppe, ein paar Schritte, entfernt. Nachts, wenn ich aufwachte, habe ich diese Nähe unendlich genossen; du warst nah bei mir, aber nicht zu nah.

Und dein Lächeln am Morgen war jedes Mal neu ein Geschenk.

Wo auch immer du bist, ich hoffe, du schläfst gut.

Kapitel 4

Jetzt

Als ich losfahre, liegt immer noch heller Dunst über den Feldern. Die Bäume stehen still, kein Lüftchen regt sich, Nebelschwaden ziehen weit über die Landschaft. Nur die allgegenwärtigen Krähen bewegen sich, Fledermäusen gleich flattern sie durch den Himmel, hocken in den Bäumen, immer mehrere auf einmal, nie eine allein. Ganz Schonen ist voller Krähen, in jedem zweiten Baum haben sie ihre Nester bereitet, eine schwarze, scharfäugige, krächzende Invasion von Singvögeln, die kaum ein Mensch als solche erkennt. Man muss sich in der Tat anstrengen, eine Art Musikalität aus ihrem knarrenden Rufen herauszuhören, aber wer sich darin versucht, wird belohnt. Ich mag diese Vögel, ihren Mut, ihre bestechende Intelligenz, ihren Durchhaltewillen, der sie zu scheinbarer Grausamkeit zwingt. Und trotzdem ist es fast unheimlich, sie in diesen Ansammlungen zu sehen. Überall sind sie, auf den Feldern, in Bäumen, in der dunstigen Luft, schwarze Boten der Zukunft, wie immer sie aussehen mag.

Rupert sitzt hinter mir auf dem Rücksitz und betrachtet die graue Landschaft, während wir über kleine Straßen nordwärts rollen. Ich kann seine ergraute Schnauze im Rückspiegel sehen, seinen leicht erstaunt wirkenden Blick. Trotz seines Alters ist Rupert an seiner Umwelt interessiert, in Maßen zwar nur, aber das ist sicherlich nicht sein Schaden.

Natürlich weiß ich nicht, wie alt Rupert wirklich ist; die Tierärztin hat sein Alter damals geschätzt, demnach müsste er jetzt ungefähr elf oder zwölf sein. Seinen schlechten Zähnen nach zu urteilen, kommt das sicherlich hin. Anderes spricht dagegen, zum Beispiel seine ungebrochen andauernde, gänzlich erstaunliche Gefräßigkeit.

Dass mein Hund eine Geschichte hat, die ich nicht kenne, verwundert mich immer wieder. Dadurch scheint er mir faszinierender, als er vielleicht ist: ein dicker, fauler, niedlicher, alter Hund mit fransigen Ohren, der es ausgezeichnet versteht, seine Kräfte zu schonen; eine Eigenschaft, um die ich ihn nahezu beneide. Ich habe das nie gekonnt, und du lange Zeit auch nicht. Später hast du es gelernt, jedenfalls glaube ich das. Oder ich möchte es glauben.

Eigentlich möchte ich vieles glauben, ich hätte auch nichts dagegen, an Gott zu glauben, einen ausgewachsenen Kinderglauben zu pflegen, aber ich kann es nicht, gar nicht.

Woran ich glaube, das ist Menschlichkeit. Unverbrüchlich idealistisch glaube ich an das Gute im Menschen. Es muss einfach da sein. Sonst gäbe es keine Menschen wie dich.

Rupert knurrt. Im Seitenspiegel sehe ich, was er fixiert: einen Schwarm Krähen in einer blattlosen Baumkrone. Dahinter beginnt der dunstige Himmel zu leuchten, der Nebel verzieht sich. Die Sonne kommt heraus.

Berlin, April 1999

„Sehr cool, die Sitze hier, wirklich!“ Lena bewegte den Beifahrersitz noch weiter nach hinten und lehnte sich seufzend zurück. Draußen glitt die nebelverhangene märkische Landschaft vorbei. Die Sonne glitzerte schemenhaft am dunstigen Himmel und warf ein fast flackerndes Licht auf die dichten Kiefernwälder beidseits der Autobahn. „Wo musst du noch mal hin?“

„Pirna.“

„Und was sollst du da?“

„Irgendwas abholen. Frau Huber sagt mir nur selten, was genau.“ Ich zuckte mit den Schultern und warf Lena einen kurzen Blick zu. Sie sah vollkommen entspannt aus, wie sie sich da im Beifahrersitz räkelte. „Ich nehme an, diesmal ist es wieder ein Geldkoffer."

Lena riss die Augen auf. „Echt? Ein Geldkoffer?"

Ich musste lachen und richtete den Blick wieder auf die Straße vor mir. „War ein Spaß. Ich vermute, ich soll irgendwelche Unterlagen abholen. Sie macht jetzt viele Geschäfte da unten." Einige Kleinwagen tuckerten auf der rechten Spur dahin, weiter vorn waren ein paar Lastwagen zu sehen. Viel war nicht los, glücklicherweise. In den letzen Monaten hatte ich das auch schon ganz anders erlebt; Frau Huber schickte mich neuerdings öfter auf diese Strecke, nach Pirna, Dresden, manchmal nach Chemnitz, ab und zu auch nach Bayern. Sie selbst fuhr nur selten mit. Mir war das recht. Ich fuhr einfach gern, und besonders mit dem neuen Mercedes.

„Und warum bestellt sie dann keinen Kurier?", fragte Lena gähnend nach.

Ich zuckte wieder mit den Schultern. „Ich bin ihr Kurier. Und mir passt das ganz gut in den Kram."

„Mir auch", sagte Lena zufrieden und streckte die Beine aus. „Es passt sogar perfekt. Meinst du, zeitlich kriegen wir das hin?"

„Sicher. Radebeul liegt doch genau auf dem Weg. Länger als eine halbe Stunde dauert unsere Verabredung da doch sicher nicht, das fällt gar nicht auf."

„Verstehst du eigentlich, warum ein Trupp militanter Tierschutzaktivisten ausgerechnet in einem Kaff namens Radebeul seine Zentrale hat?"

„Keine Ahnung." Am Himmel glitzerte es, die Sonne machte Anstalten, durchzubrechen, aber noch hingen die Wolken zu dicht beieinander. „Aber Radebeul ist auch kein Kaff. Es liegt unmittelbar neben Dresden. Wahrscheinlich gibt es da mehr Platz, um Tiere vorübergehend aufzunehmen oder so."

Lena nickte versonnen. „Auf jeden Fall bin ich gespannt, was sie uns vorschlagen. Ich habe nichts dagegen, ein paar illegale Aktionen zu machen. Aber nichts Gefährliches!"

„Nein, nichts Gefährliches. Wir hören uns an, was die Leute zu sagen haben, und wenn es uns nicht gefällt, fahren wir wieder, so einfach ist das!" Ich gab Gas, und der Motor röhrte auf.

Lena beugte sich vor. „Sehr cooles Auto, wirklich. Formschön, geräumig. Und die Griffe hier, die sind auch sehr gelungen." Sie untersuchte nachdenklich den Türgriff und strich über die Verkleidung.

„Vielleicht solltest du bei einem Autobauer anheuern", schlug ich vor und zog an einem uralten Ford vorbei. Am Rand der Autobahn wichen die Bäume zurück und gaben den Blick auf eine sanft geschwungene Feldlandschaft frei. Vereinzelt standen Bäume an den Rändern, die Nebelschwaden berührten fast ihre Wipfel.

„Vergiss es", sagte Lena und hob den Kopf. „Kraniche! Wow!"

„Wo?" Ich hielt den Blick auf die Straße gerichtet. Schräg vor mir schlingerte ein schwerbeladener Lastwagen mit tschechischem Kennzeichen über die Standspur, und ich setzte zügig an ihm vorbei. Dahinter tauchte die Einfahrt zum nächsten Parkplatz auf.

„Da, dahinten! Bestimmt fünf oder sechs. Nein, da sind noch mehr!" Lenas Stimme überschlug sich fast, als sie die Nase ans Fenster presste. „Komm, da müssen wir hin!"

„Wie, zu den Kranichen?"

„Klar!", rief Lena aufgeregt. „Unbedingt. Komm, Mart, fahr runter!"

„Kann ich machen. Allerdings erst bei der nächsten Ausfahrt. Und die kommt in schätzungsweise fünf Kilometern."

Lena ließ sich wieder in ihren Sitz zurückfallen. Ich spürte ihren vorwurfsvollen Blick. „Fünf Kilometer? Kannst du nicht früher runterfahren?"

Ich warf einen Blick in den Rückspiegel. Der tschechische Lastwagen lag gut dreihundert Meter zurück, der

Ford war schon nicht mehr zu sehen. „Mal sehen“, sagte ich, setzte den Blinker, verlangsamte das Tempo und bog auf den Parkplatz ein.

Lena sprang aus dem Wagen, kaum dass ich gehalten hatte. Fröstelnd schlug sie den Kragen ihrer Jacke hoch und legte die Hand über die Augen, als ich um den Wagen herum zu ihr trat. „Ich seh sie nicht mehr“, sagte sie bedauernd und ließ den Blick forschend über die Landschaft gleiten.

„Ich sehe sie auch nicht. Nur Felder. Und Bäume. Und mindestens drei von diesen beschissenen Hochsitzen.“

Hinter uns auf der Autobahn rauschte der Lastwagen vorbei, gefolgt von dem Ford. Dann herrschte für einen Moment Stille, bevor der nächste Wagen sich ankündigte.

„Zwei sehe ich auch. Hier vorne, und dahinten steht noch einer.“ Lena deutete auf einen kleinen Hain, vor dem ein mit einem Netz getarnter Hochsitz aufragte. „Widerliche Teile. Die müsste man allesamt umschmeißen.“

Ich zögerte nur einen Moment. „Dann lass es uns tun“, sagte ich.

Lena drehte sich zu mir um. Ihre Wangen waren gerötet, und ihre Augen blitzten im Sonnenlicht, das in diesem Moment durch die Wolken brach. „Meinst du das ernst?“

„Klar“, sagte ich und spürte, wie die Abenteuerlust in mir hochstieg. „Klar mein ich das ernst!“

„Und deine Klamotten?“ Sie musterte meine frisch geputzten schwarzen Schuhe und den grauen Blazer, den ich zu meinen besten Jeans trug. Frau Huber legte Wert darauf, dass ich gut gekleidet war, wenn ich meine Kurierfahrten für sie erledigte, und allmählich fand ich Gefallen daran.

„Ich hab noch Stiefel im Kofferraum.“

Kaum zwei Minuten später stapften wir quer über das brachliegende Feld zum nächstliegenden Hochsitz hinüber. Trübe Feuchtigkeit saugte an den Sohlen unserer Stiefel, und bei nahezu jedem Schritt sanken wir ein, aber das störte uns nicht. Ich erreichte den Hochsitz als Erste und legte prüfend die Hand um einen der wettergegerbten Stämme. Vorsichtig zog ich daran, und die hölzerne Konstruktion schwankte ganz leicht.

„Besonders stabil ist er ja nicht", sagte Lena, die keuchend hinter mir auftauchte.

„Das täuscht." Ich deutete auf das bemooste Seil, das sich von einem der Beine des Hochsitzes zu einer kräftigen Fichte wand. „Hier, guck, das ist festgemacht. Leider."

Lena begutachtete das Seil, dann zog sie etwas aus ihrer Hosentasche. „Das haben wir gleich." Es knirschte, und das Seil sank zu Boden. Ich pfiff durch die Zähne.

Lena grinste mich an. „Ein *Leatherman*", sagte sie und präsentierte mir ein leicht überdimensioniertes Taschenmesser, aus dessen Seite eine winzige Kneifzange ragte. „Das genialste Multifunktionswerkzeug, das es gibt. Hat mir mal einer meiner Lover geschenkt, der war Tischler. Los jetzt, komm, wir versuchen's!"

„Warte!" Ich sah mich um. Weit hinten setzte ein Hase übers Feld, und auf der Autobahn brausten zwei Lastwagen hintereinander vorbei, aber sonst war keine Menschenseele zu sehen. Ich griff nach dem Stamm und holte tief Luft. „Eins …"

„Zwei!" Lena umklammerte eines der anderen Beine und stemmte sich in dieselbe Richtung wie ich.

„Und drei!"

Gemeinsam legten wir uns nach hinten. Der Hochsitz erzitterte und kippelte leicht vor, dann fiel er wieder nach hinten.

„Noch mal!" Lena zog eine Grimasse. „Eins …"

Diesmal gelang es uns, den Hochsitz ein Stück weiter in unsere Richtung zu bugsieren, aber nur kurzfristig, dann kippte er wieder zurück.

„Du schiebst und ich ziehe!", schlug ich vor. Lena nickte, ging hinter den Hochsitz und stellte sich in Position. „Eins … zwei …"

Ich zog ruckartig an und spürte, wie die hinteren Beine des Hochsitzes sich anhoben. Lenas Gesicht dazwischen war hochrot, und sie presste die Wangen zusammen. Ein zischender Laut kam aus ihrem Mund, als sie die Lippen öffnete, und plötzlich spürte ich, wie ein unbändiger Lachreiz in mir aufstieg.

„Drei!", brüllte Lena und keuchte auf, und ich prustete los, im selben Moment, als der Hochsitz sich ruckartig nach vorne bewegte und fast auf mich zusprang. Lena schrie auf.

„Mart!"

Ich duckte mich weg, aber nicht schnell genug. Der Stamm streifte meine Wange, dann meine Schulter, und drückte mich für einen Moment nach hinten. Ich stolperte, immer noch prustend, dann hechtete ich seitwärts und spürte das Holz über mein Bein rutschen, während ich in die Ackernarbe fiel. Krachend knallte der hölzerne Sitzkorb zu Boden, zuckte und schnellte noch einmal hoch, als eines der Beine zersplitterte. Dann herrschte Ruhe.

„Mart! Um Himmels willen! Bist du verletzt?" Lenas Gesicht war kreideweiß, als sie sich über mich beugte.

„Nein, alles in Ordnung." Benommen setzte ich mich auf und stützte mich auf den feuchten, glitschigen Ackerkrumen ab. „Wie war das noch, illegal ja – aber nichts Gefährliches?"

„Genau!" Lena hielt mir die Hand hin und zog mich hoch. Triumphierend sah sie zum demolierten Hochsitz hinüber. „Meine Güte, dem haben wir's aber gegeben, was?" Drei der hölzernen Beine ragten in die Luft, das vierte war abgeknickt und steckte zur Hälfte im Boden. Der Sitzkorb war vollständig zerstört.

„Da drin wird jedenfalls nie wieder irgendjemand sitzen und unschuldige Tiere abknallen", sagte ich befriedigt.

Lena nickte und betrachtete mich mit einem seltsamen Gesichtsausdruck. Dann fing sie an zu kichern.

Alarmiert sah ich an mir hinunter. Meine Jeans waren nass und schmutzig, auf meinem Blazer klebten Erdkrumen und Schlamm. „O mein Gott! Was ist das denn? Bockmist!“

„Ich weiß nicht, ob das Bockmist ist“, sagte Lena und setzte eine möglichst unschuldige Miene auf, während sie einen kleinen Erdklumpen von meinem Kragen zupfte. „Auf jeden Fall siehst du unglaublich dreckig aus. Aber bis Pirna trocknet das sicherlich wieder.“

Als wir Radebeul erreichten, war mein Hosenboden immer noch nass, aber die schmutzigen Flecken auf meinen Schenkeln trockneten langsam. Die Nebelschwaden hatten sich verzogen, und eine milde Frühlingssonne strahlte auf uns herunter, als wir auf den alten Bauernhof einbogen, dessen Adresse mir der junge Mann am Telefon ein paar Tage zuvor genannt hatte.

Das Gebäude musste früher einmal zu einem herrschaftlichen Anwesen gehört haben, aber die jetzigen Besitzer hatten entweder kein Geld oder kein Interesse, es weiter in Stand zu halten. Gerümpel und zerbrochenes Gartengerät lag auf dem Hof herum, der Putz bröckelte von den Mauern, und an einigen Stellen war das darunter liegende Fachwerk zu sehen. Auf dem Dach der Scheune streckten einige junge Birken ihre frischen Triebe in den Frühlingshimmel, im First gähnte ein zerbrochenes Fenster.

Lena sah sich neugierig um, als wir aus dem Wagen stiegen und zur Eingangstür hinübergingen. „Wollen wir mal hoffen, dass der Zustand des Hofes nichts über den Zustand der Organisation aussagt“, murmelte sie und wich einer schwarzweiß gefleckten Katze aus, die wie der Blitz vorbeischoss und um die Ecke verschwand. Im gleichen Moment öffnete sich die Tür, und ein langhaariger, bärtiger Mann mittleren Alters blinzelte uns entgegen.

„Ja, hallo!“ Er streckte die Hand aus. „Ich bin der Wieland. Seid ihr die beiden Berlinerinnen?“

„Genau, ich bin Marthe."

Sein Händedruck war ausnehmend schlaff. „Martha, aha."

„Nein, Marthe, mit e. Und das ist Lena. Hatte ich neulich mit dir telefoniert?"

Er nickte und schenkte mir ein nicht minder schlaffes Lächeln. „Kommt rein, die anderen warten schon."

Die anderen, das waren eine rundliche Frau um die dreißig, die uns zur Begrüßung umarmte, als ob wir uns seit Jahren kannten, ein grauhaariger Typ um die sechzig in einem ölverschmierten Overall, ein junger Kerl mit Basecap und ein weiterer Mann mittleren Alters, Friedemann, der fast als Zwillingsbruder Wielands hätte durchgehen können. Allesamt saßen sie in einer lockeren Runde auf zerschlissenen Polsterstühlen, um die einige Katzen herumschlichen. In der Mitte lag ein müder alter Schäferhundmischling, der uns beim Eintreten mit einem heiseren Kläffen und anschließendem Schwanzwedeln begrüßt hatte.

Friedemann kam sofort zur Sache, während die rundliche Frau uns Tee einschenkte. „Also, Martha und Lena, herzlich willkommen. Der Wieland hat euch ja schon gesagt, dass wir Leute brauchen, die gelegentlich vorübergehend Tiere aufnehmen", begann er und beugte sich auf seinem alten Polsterstuhl nach vorne. „Woher die kommen, das braucht euch nicht weiter zu interessieren …"

„Interessiert uns aber", unterbrach Lena ihn und balancierte vorsichtig ihre angestoßene Teetasse auf dem Knie. Ich hatte selten einen Raum gesehen, der derart übermöbliert war wie diese ehemalige Tenne, auf der einst das geerntete Getreide gedroschen worden war. Ein gutes Dutzend alter Sessel stand herum, dazu diverse Schränke und Kommoden. Nur an Tischen fehlte es.

Wieland kratzte sich am Kopf. „Äh, Friedemann, meinst du, wir können …"

Sein Beinahe-Ebenbild ließ ihn nicht ausreden. „Tierversuche", sagte er knapp. „Labore, miese Zuchtfarmen und so weiter. Manche sind auch von illegalen Züchtern aus Polen und anderen osteuropäischen Ländern. Jedenfalls, wir holen sie, bringen sie kurz bei Leuten unter, so für ein bis drei Tage, dann holen wir sie wieder ab, wenn wir einen guten Platz für sie gefunden haben." Er hob seine buschigen Brauen und starrte Lena und mich auffordernd an. „Und?"

„Von mir aus, klar", sagte Lena. „Ich hab immer einen Platz für eine geschundene Kreatur in meinen vier Wänden."

Der junge Typ mit Basecap grinste, wurde aber gleich wieder ernst, als Friedemann ihm einen missbilligenden Blick zuwarf.

„Ist aber nicht ganz legal", fügte er hinzu.

Lena zuckte mit den Schultern. „Illegal ist okay", sagte sie achselzuckend. „Nur nichts Gefährliches, alles andere ist okay für mich." Jetzt musste ich grinsen, aber Lena gelang es perfekt, das zu ignorieren. „Und für Mart auch", setzte sie hinzu.

„Also das find ich jetzt aber supersuperschön von euch!", rief die rundliche Frau und rutschte erfreut auf ihrem Sessel nach vorn. „Ganz, ganz superschön, dass ihr da jetzt überhaupt kein Problem mit habt!"

Wieland, der junge Typ und der Alte im Overall brummten zustimmend. Friedemann nickte, aber hinter seiner Stirn arbeitete es. „Wir bräuchten allerdings ja noch jemanden, der ab und zu ein paar, na ja, wie soll ich das sagen – ein paar Spionagefahrten unternimmt. Also mal zu den Pelzfirmen oder den Eierfarmen fährt und sich als potenzieller Geschäftskunde ausgibt. Jemand mit Auto und guten Klamotten, am besten eine Frau."

Ich nickte. „Genau, darüber hatten wir gesprochen. Könnte ich eventuell machen. Ich hab ab und zu einen Wagen zur Hand, der richtig was hermacht. Und gute Klamotten auch, zum Beispiel diese hier." Ich deutete mit dem

Daumen auf meinen Blazer und sah mich auffordernd in der Runde um.

Einen Moment lang herrschte Schweigen, dann räusperte Wieland sich vorsichtig. „Äh, Martha …"

„Marthe", korrigierte ich ihn, und er nickte ungeduldig.

„Ja gut, ich weiß nicht … also … siehst du denn dann immer so aus?"

„Na ja, im Moment hab ich nur den einen Blazer", erklärte ich. „Aber irgendwann leg ich mir bestimmt noch einen zu. Wieso?"

Wieland hüstelte, der Alte im Overall guckte mich ausdruckslos an, und der junge Typ grinste schon wieder. Aus dem Augenwinkel sah ich, wie Lena sich verdächtig nach vorn krümmte. Aber erst, als ich den verwunderten Blick der rundlichen Frau sah, der an mir herunterglitt und wieder herauf, erst da sah ich auch an mir hinunter und musste ebenfalls lachen. „Tja, der muss mal wieder in die Reinigung", murmelte ich und wischte ein wenig getrockneten Lehm vom Revers meines Blazers. „Hab wohl ein bisschen zu viele gefährliche Tierschutzaktionen damit gemacht."

Lena war die Einzige, die weiterhin lachte. Die anderen blickten leicht irritiert drein. Aber das war mir egal.

Trotz allem, trotz der scheinbar unüberwindbaren Distanz zwischen Lena und mir und den anderen hier, trotz der kritischen Blicke und der offenkundigen Verschiedenheit der Lebensentwürfe wusste ich, dass ich mit diesen Leuten in Zukunft vielleicht sogar mehr und öfter zu tun haben würde, als mir eigentlich lieb war. Auch wenn ich Wieland mit seiner sanften Stimme und den langen, dünnen Haaren lächerlich fand, Friedemann unsympathisch und die rundliche Frau einfach nur albern – wir hatten etwas gemeinsam, etwas ganz Wesentliches: nicht weniger als ein gemeinsames Ziel.

Kiel, September 1985

„Moment mal. Wo willst du denn hin?"

„In mein Zimmer. Wieso?"

Der Hausmeister beugte sich aus seinem Kabuff und musterte mich kritisch. „Na, meinst du, ich lass hier jede dahergelaufene Göre rein? Name?"

„Marthe Maan."

Er blätterte langsam in einem Verzeichnis, während ich ungeduldig von einem Fuß auf den anderen trat. Zeile um Zeile rutschte sein dicklicher Daumen nach unten, bis er schließlich Halt machte.

„Maan? Hauswirtschaft, ja?"

„Genau."

„Und was hast du hier mitten am Tag zu suchen? Warum bist du nicht im Unterricht?"

Ich spürte, wie die Wut in mir hochstieg. „Ich weiß jetzt nicht, was das Sie angeht?"

Er sah hoch und klappte das Verzeichnis zu. Seine Augen verengten sich, und seine ungesund gerötete Gesichtsfarbe schien sich noch weiter zu verdunkeln. „Was mich das angeht? Hör mal, du kleine ungezogene Göre, nicht so ein Ton, ja? Ich bestimme hier, wer rein- und rausgeht. Mich geht hier alles was an, dass das klar ist! Und jetzt ab, raus mit dir, los, in den Unterricht!"

„Mann, ich hab doch bloß was vergessen!" Ich machte einen Schritt Richtung Flur, aber der Hausmeister schoss augenblicklich von seinem Stuhl hinter der Glasscheibe hoch.

„Raus mit dir, los, ab, ab, ab!", brüllte er mich an. „Lass dich hier bloß nicht mehr vor sechzehn Uhr blicken!" Sein Gesicht war jetzt hochrot, und er machte Anstalten, die Tür seiner Kabine zu öffnen, also trat ich lieber den Rückzug an. „Und lass dir mal die Haare wachsen!", rief er hinter mir her.

Wütend ließ ich die schwere Holztür ins Schloss fallen. „So eine Scheiße!“ Ich atmete tief durch und sah mich unschlüssig um.

Zurück in den Unterricht konnte ich nicht, immerhin hatte ich mich gerade mit einem wichtigen Arzttermin abgemeldet. Aber was ich sonst machen sollte, wusste ich auch nicht. Mein Geld und mein Tabak lagen oben im Zimmer, ich würde mir noch nicht mal was zu trinken kaufen können, und das bei dieser sengenden Hitze.

„Lässt er dich nicht rein?“

Ich drehte mich um und blinzelte zu dem Typ auf, der auf einmal neben mir stand. Die Sonne stand direkt hinter seinem Kopf, deshalb konnte ich sein Gesicht kaum erkennen. Ich wusste trotzdem, wer er war – einer der Jungs aus dem ersten Stock des Schülerwohnheims, groß, dünn, knochig. Keiner trug die Haare so cool wie er – rund um den Kopf rasiert, schmale Koteletten, oben ein Bausch wilder Locken.

„Nee, natürlich nicht. Ich weiß echt sowieso nicht, was diese blöde Regel soll, dass man das Heim zwischen 8 und 16 Uhr nicht betreten darf. Total bekloppt!“

„Ist halt so. Wenn du trotzdem reinwillst, kann ich dir einen Trick zeigen.“

Ich legte den Kopf schief. Jetzt konnte ich sein Gesicht besser erkennen. Dunkle Augen, sehr große Nase, Ohrring rechts, ein schiefes Grinsen. Gut sah er nicht aus, von Weitem schon nicht, von Nahem erst recht nicht. Aber irgendwie witzig. „Einfach so?“

„Klar. Warum nicht? Los, komm mit.“

Ich folgte ihm um den Seitenflügel herum auf die Hinterseite des Schülerwohnheims. Hier gab es nur zwei Türen, beide verschlossen, das hatte ich längst schon getestet. Die linke war aus Stahl, die rechte aus Holz. Der Typ zog einen schmalen Schraubenzieher aus einer der Taschen seines ölverschmierten Overalls, fummelte am Schloss der

Holztür herum und trat dann zur Seite. Die Tür schwang einen Spalt auf.

„Wie hast du das denn gemacht?"

Er sah sich kurz nach beiden Seiten um, dann zog er die Tür wieder zu und winkte mich heran. „Hier, du steckst den Schrauber so in die Lücke, drückst einmal nach oben, dann klickt es." Er machte es mir vor und ließ mich selber probieren, während er sich prüfend umsah. Beim vierten Versuch gelang es mir endlich.

„Sehr cool, danke! Und wo geht es hier hin?"

Er lächelte und drückte die Tür weiter auf. „Ins Lager, und von da geht eine weitere Tür in den Flur direkt beim Treppenhaus. Gleich die erste Tür links, die ist nie zu." Einen Moment lang studierte er mein Gesicht, dann zuckte er mit den knochigen Schultern. „Okay, ich geh vor."

Leise führte er mich durch einen mit ausrangierten Regalen und Tischen vollgestellten Lagerraum in einen kleinen Flur. Seine Arbeitsschuhe quietschten leise auf dem Betonboden, als ich ihm zum Treppenhaus folgte. Am Ausgang zum ersten Stock, in dem die männlichen Schüler untergebracht waren, blieb er stehen und zog ein Päckchen Tabak aus seiner Hosentasche. „So, das wär's. Du musst bloß aufpassen, dass dich keiner beim Reinkommen sieht, sonst fliegt das Ganze auf. Und dann hänge ich nachts hier fest, weil sie die Bude verriegeln, das wär nicht so geschickt."

„Keine Sorge. Ich muss ja schon zusehen, dass ich überhaupt aus meinem Zimmer rauskomme. Meine Mitbewohnerin ist noch braver als meine eigene Schwester."

Er lachte und klemmte sich den Tabak unter den Arm, während er das Zigarettenpapier anleckte und seine Zigarette zu Ende drehte. Dann klemmte er sie sich in den Mundwinkel und sah mich auffordernd an. „Willste was rauchen?"

„Hier?", fragte ich entgeistert. Er schüttelte grinsend den Kopf.

„Quatsch. Komm mit, ich zeig dir noch was."

Er führte mich weiter die Treppe hinauf, am Eingang zum Mädchentrakt vorbei und noch zwei Etagen höher, bis es nicht mehr weiterging. Ein kleines spitzgiebeliges Fenster mit einem breiten Sims davor begrenzte einen Absatz, hinter dem eine angerostete Metalltür offenbar zum Dachboden führte. Mein neuer Freund hockte sich auf den Sims, öffnete das Fenster und schwang seine Beine hinaus. Dann klopfte er neben sich. „Komm, ist Platz für uns beide!"

Ich setzte mich vorsichtig neben ihn, während er seinen Tabak und ein Döschen mit getrocknetem Marihuana herauszog, die fertige Zigarette in den Beutel fallen ließ und begann, einen Joint zu drehen.

Die Aussicht war grandios, vor uns breitete sich das gesamte Schulgelände aus, die Unterrichtsgebäude, die Hallen mit den Lehrwerkstätten und Lehrküchen und die angrenzenden Pausenhöfe. Über die dunkel gedeckten Dächer hinweg konnte ich sogar einen schmalen Streifen der nahe gelegenen Förde erkennen; tiefblau glitzerte das Wasser im Sonnenlicht, ab und zu zog ein Segel vorbei. „Geiler Platz. Bist du hier öfter?"

Er nickte. „Der beste Ort zum Rauchen. Hier kommt nie einer hoch. Von den anderen sowieso nicht, die sind auch bei mir alle so brav wie deine Mitbewohnerin."

„Was machst du denn eigentlich?"

„Automechaniker. Drittes Lehrjahr. In der Lehrwerkstatt. Eine richtige Lehrstelle wäre mir lieber gewesen, aber ich hab nichts gekriegt. Scheiß-Noten."

„Aber schrauben kannst du?"

Er nickte. „Schrauben kann ich."

Wir grinsten uns einvernehmlich an. Sein Blick war freundlich, einfach angenehm freundlich, keine vorsichtige Hoffnung dahinter, kein Abschätzen, kein zu schnelles Lächeln. Nur eine winzige Frage, die ich noch nicht beantworten konnte. Nach einem Moment zündete er den Joint an, zog daran und hielt ihn mir hin. Ich nahm ihn und zog ebenfalls. Der süßliche Rauch schnitt scharf in meine Lunge, und fast augenblicklich setzte die Wirkung ein, ein angenehmer, lässiger Schwindel.

„Ich bin übrigens Hannes", sagte er. „Und wie heißt du?"

„Mar… Mart." Das abkürzende i, das meinen Namen seit Kindertagen verniedlichte, ließ ich weg. Ein neues Leben, ein neuer Name. Wurzeln kappen. Schlagartig fühlte ich mich ein Stück erwachsener, aber vielleicht war es auch nur die Wirkung des Marihuanas.

Mit Harm hatte ich zuletzt auf der Insel ziemlich oft einen Joint geraucht. Harm hätte es gefallen, hier oben zu sitzen. Aber Harm war für mich nicht mehr erreichbar. Er hockte in seinem Schülerwohnheim auf Föhr und bereitete sich auf das Abitur vor. Während ich mit lauter braven, langweiligen Mädchen Wäsche bügelte und Serviertechniken übte.

Hannes nahm noch einen Zug und reichte mir den Joint wieder zurück.

„Hast du frei?", fragte ich und ließ die Beine baumeln. Die Sohlen meiner Turnschuhe federten von der Hauswand ab. Meine Beine waren ganz leicht. Alles war auf einmal ganz leicht.

„Unterrichtsausfall." Hannes zuckte mit den Schultern. „Bei uns passiert das oft. Schade."

„Bei uns leider nicht. Ich wäre heilfroh drüber."

Er sah mich von der Seite an, sein Ohrring glitzerte im Sonnenlicht. „Gefällt dir kein Stück hier? Warum machst du's denn dann?"

Jetzt zuckte ich mit den Schultern. Weit hinten schob sich der Schornstein eines Dampfers übers Wasser, Möwen tanzten wie weiße Punkte darum herum. „Meine einzige Chance, von zu Hause wegzukommen. Meine Alten zahlen nur, wenn ich eine Ausbildung im Hotelgewerbe mache."

„Ach, du bist bei den Putz- und Dienstmäusen?" Er kicherte, und ich boxte ihm in die Seite.

„Mach dich bloß lustig!"

Er lachte auf, ein helles, erschrockenes, glückliches Lachen. „Mensch, pass doch auf! Wir sind fünfzehn Meter über der Erde!"

Ich beugte mich vor und sah zwischen meinen Turnschuhen nach unten. Vor dem Schulgebäude gingen zwei Mädchen über den Rasen, davor pickte eine Taube nach Futter. Ich schnalzte mit der Zunge. Die Mädchen sahen sich um, aber die Taube ließ sich nicht stören. Hannes zog mich an der Schulter zurück.

„Pass auf!", sagte er, ernster geworden. „Fall bloß nicht runter!"

„Warum? Mich würde doch sowieso keiner groß vermissen", sagte ich leichthin, aber plötzlich merkte ich, dass mir meine eigene Bemerkung in den Ohren nachklang. Wer würde mich denn tatsächlich vermissen, wenn ich jetzt, in diesem Moment, fünfzehn Meter in die Tiefe fiele und stürbe? Meine Familie wohl kaum. Harm, Anja und Berend, klar. Die Bäckereiverkäuferin? Ich musste fast lächeln. Aber Klaas würde mich gewiss vermissen. Doch Klaas war alt, und meine Freunde waren weit weg und würden sicherlich drüber hinwegkommen, wenn ich nicht mehr wäre. Für sie fing das Leben gerade erst an. Für mich allerdings auch.

„Da täusch dich mal nicht", sagte Hannes neben mir ernst, und ich zuckte zusammen.

„Was?"

„Ich hab gesagt, täusch dich mal nicht, dass dich keiner vermissen würde."

Verdutzt musterte ich sein schmales Gesicht von der Seite. „He, du kennst mich doch gar nicht."

Er zuckte mit den Schultern. „Noch nicht", sagte er. „Aber ich meine, du bist die einzige halbwegs vernünftige Person hier weit und breit. Wär schade drum. Und überhaupt wäre es schade." Er hielt mir den Joint hin und sog selber daran, als ich abwinkte. „Mann, das Leben fängt doch gerade erst an."

Als hätte er meine Gedanken gelesen. Ich musste grinsen. „Genau. Die Party geht doch gerade erst los, da hast du recht. Hast du eigentlich selber ein Auto?"

„Klar. Wenn du willst, nehm ich dich mal mit." Hannes betrachtete den heruntergebrannten Joint, dann drückte er ihn fein säuberlich auf dem Sims aus, zerbröselte ihn zwischen Daumen und Zeigefinger und ließ die Reste in die Tiefe fallen.

„Und wohin?"

Er grinste mich schief an und zwinkerte mir zu. „Auf jede Party, auf die du willst", sagte er und legte den Kopf in den Nacken. Sein Ohrring blitzte auf.

Ich musterte ihn noch einen Moment von der Seite, dann sah auch ich in den Himmel hinauf. Kein Wölkchen in Sicht. Nur strahlende Sonne.

Arlanda, Dezember 1999

Die untergehende Sonne warf einen milden Glanz auf die schneebedeckten Tannen jenseits des Rollfelds. Die Luft glitzerte, und ein paar frierende Krähen flatterten auf, als eine kleine, weiße Propellermaschine zur Landung ansetzte und holpernd über die graue, frisch enteiste Piste rumpelte.

Der junge Wehrpflichtige in seiner Winteruniform, der sich neben mich auf einen der schmalen Sitze gehockt hatte, gähnte verstohlen und streckte seufzend die Beine aus. Außer ihm, einem rotgesichtigen Mann in einer überdimensionalen Daunenjacke, der gierig in ein Putensandwich biss, und mir schien niemand sonst an diesem eisigen Dezembertag nach Gotland fliegen zu wollen.

Vorsichtig nahm ich einen Schluck Kaffee. Er war heiß und brannte mir auf der Zunge, schmeckte aber erstaunlich gut. Die Verkäuferin hinter dem Tresen hatte hartnäckig englisch mit mir gesprochen, obwohl ich mir alle

Mühe gegeben hatte, auf Schwedisch zu bestellen. Ein Getränk zu ordern und Bitte und Danke sagen, das war, nach gut zwei Jahren, immer noch alles, was ich einigermaßen auf Schwedisch beherrschte. Keine besonders üppige Ausbeute, aber es ging ja auch so.

Ich betrachtete das halbverzehrte gegrillte Käsesandwich in meinen Händen, dann wickelte ich es wieder in seine Folie ein und legte es neben mich. Ich war zu aufgeregt, um zu essen.

Ein uniformierter Flughafenangestellter auf einem Elektroroller fuhr vorbei. Draußen glitzerten die Lichter einer weiteren anfliegenden Maschine in einem milchig schimmernden Rahmen aus Dunst und Eis; dahinter senkte sich der glutrote Ball der untergehenden Sonne weiter auf die unbeweglich dastehende Tannenwand hinab. Der Wehrpflichtige neben mir verschränkte die Arme vor der Brust und lehnte den Kopf an die Wand. Gemeinsam sahen wir zu, wie sich das blaue Licht des Nordens auf die Landepiste legte.

Obwohl ich nun schon zum sechsten oder siebten Mal nach Gotland flog, war ich immer noch aufgeregt. Nicht wegen des Fluges über die vereiste Ostsee. Sondern wegen Ebba.

Winzige Schneeflocken zogen an der großen Fensterscheibe vorbei, ein eisiger Wind heulte dahinter auf. Lange Zeit hatte es, wie Ebba mir glücklich am Telefon berichtet hatte, nicht derart viel Schnee gegeben wie in diesem Jahr. Kurz nach Weihnachten hatten die ersten Schneefälle eingesetzt, ganz Gotland lag mittlerweile unter einer dichten Schneedecke. Ebba hatte gefragt, ob ich kommen könnte und wann, dann hatte sie mir einfach ein Ticket geschickt, wie schon die Male zuvor. Wir sprachen nicht weiter darüber, sie schickte ein Ticket, ich kam.

In den Lautsprechern über uns knackte es, und der junge Wehrpflichtige neben mir setzte sich aufrecht hin und griff nach seiner Tasche. Ich warf das eingewickelte Käsesandwich in den Mülleimer und stand auf. Draußen heulte der Wind auf, und ein Schwall Schneeflocken trieb am Fenster empor. Mir aber war warm. Und beim Gedanken an Ebba, die weiter drüben im Osten auf mich wartete, wurde mir noch wärmer.

Ihn sah ich zuerst, seinen dichten, grauen Haarschopf, der über seinem dunklen Mantel leuchtete wie ein Fanal. Ebba und er standen direkt neben den uniformierten Taxichauffeuren, die nahe dem Ausgang auf ihre Kundschaft warteten, handgemalte Schilder mit den Vornamen der Fahrgäste, die vorbestellt hatten, in der Hand. Jedes Mal, wenn ich hier ankam, musste ich an den Tag vor fast fünf Jahren denken, an dem ich selbst am Berliner Flughafen gestanden hatte, mit einem ebensolchen Schild in der Hand und Ebbas Namen darauf.

Staffan redete eindringlich auf Ebba ein, die ungeduldig von einem Fuß auf den anderen trat und offensichtlich nach mir Ausschau hielt. Sie trug einen dicken Daunenmantel, den ich noch nie an ihr gesehen hatte, und für einen Moment konnte ich sie ungestört beobachten, weil sie in die falsche Richtung blickte. Mein Herz fing schneller an zu schlagen; mit jedem Mal, da ich ihr begegnete, wurde sie schöner für mich. Früher hätte ich darüber gelacht, es als Floskel bezeichnet, aber es stimmte; Ebba gehörte zu den Frauen, die das Alter verzauberte. Auch ihre Mutter, das hatte ich auf den Fotos gesehen, war erst mit zunehmender Reife zu voller Schönheit erblüht. Jedenfalls, was das Äußere anging.

Dann drehte Ebba den Kopf und entdeckte mich. Ein helles Lächeln zog über ihr Gesicht, sie ließ Staffan einfach stehen und kam auf mich zu, legte beide Hände um meine Wangen und küsste mich auf den Mund. Als sie mich wieder losließ, sah ich hinter ihr Staffan zum Ausgang eilen, zügig, ohne zu warten.

„War das nicht Staffan?"

Ebba nickte, während sie meine Reisetasche vom Gepäckband fischte. „Er hat jemanden hergebracht. Ist er schon weg?"

Ich spürte einen winzigen Stich der Eifersucht, einfach nur, weil sie fragte. „Eben gegangen. Große Lust, mich zu begrüßen, hatte er offenbar nicht."

„Nein, vermutlich nicht. Komm, das Auto steht direkt vor der Tür." Ebba nickte einem älteren Ehepaar zu, das im Flugzeug zwei Reihen hinter mir gesessen hatte, und schob mich durch die wartenden Taxichauffeure zum Ausgang. Direkt vor uns ging der junge Wehrpflichtige, seinen Rucksack über der Schulter, ein glückliches junges Mädchen im Arm. Offenbar war er genau wie ich hierhergekommen, um mit seiner Liebsten Silvester zu feiern.

Draußen war es mittlerweile dunkel geworden, und die Kälte draußen war atemberaubend. Ich atmete erschrocken ein. „Wow, was sind das denn für Temperaturen?"

Ebba öffnete den Kofferraum, legte meine Reisetasche hinein und schlug den Deckel zu, um händereibend ums Heck herum zur Fahrertür zu eilen. „Es ist plötzlich eiskalt hier geworden. Komm, steig ein."

Ich öffnete die Beifahrertür und schlug sie sofort hinter mir zu, kaum, dass ich saß. Gleichzeitig schloss Ebba ihre Tür und wandte sich fröstelnd zu mir. Ihr feingeschnittenes Gesicht war von der Kälte gerötet, und plötzlich war ich so verliebt in sie wie nie zuvor. Ohne nachzudenken, beugte ich mich vor und küsste sie, und Ebba lachte und schlang ihre Arme um mich.

„Endlich", flüsterte sie, „endlich bist du da", und als sie ihre eiskalte Nase an meine Wange presste und mich an sich drückte und ich ihren Duft roch, ihren köstlichen, unverwechselbaren Duft, da wusste ich, dass dies, genau dies, einer dieser Momente sein würde, die sich mir für alle Ewigkeit einprägen würden. Nichts Besonderes war passiert, kein ungewöhnlicher Moment, keine extreme Verknüpfung, und doch war es unvergesslich; es war dieser

Moment, in dem ich begriff, wirklich begriff, wie sehr ich sie liebte. Einfach, weil sie bei mir war, endlich bei mir war, und ich bei ihr.

„Lass uns losfahren“, sagte Ebba schließlich lächelnd, „es ist einfach zu kalt.“

Ich griff nach ihrer Hand und hielt sie fest, obwohl ihr das Schalten sichtlich Mühe bereitete, aber es ging ja auch so. Während der Fahrt ließ ich sie nicht los, auch, als sie mich verwundert von der Seite ansah, ohne etwas zu sagen. Zügig rollten wir die Straßen Richtung Visby entlang, am Snäck-Annex vorbei, einem großen Hotelkomplex, der einer heruntergekommenen Fabrik gleich auf den Klippen hoch über dem Meer lag. Die Ostsee darunter lag im Dunkeln, die Landschaft um uns genauso, es war, als rollten wir durch Finsternis, ohne Licht, ohne Ziel. Die Scheinwerfer des Volvo beleuchteten karges Felsgestein, Geröll am Straßenrand, einmal schien ein Nachtvogel vor uns über die Straße zu fliegen, zu weit von uns entfernt, um in Gefahr zu geraten, ein schwarzer Schatten, fern in der Kälte.

Schließlich beleuchteten die Scheinwerfer den Briefkasten vor der *Villa Norderstrand*, ein silbernes Glitzern, Ebba drosselte das Tempo, bog in die Einfahrt. Das Haus stand steinern vor uns, die meisten Fenster erhellt. Silvester, natürlich. Ein Haus voller Gäste, mein Fenster im ersten Stock dunkel. Ein Haus wie eine Heimat für mich, mehr Heimat denn jemals zuvor.

„Was?“, fragte Ebba leise. Ich hatte nicht bemerkt, dass ich ihre Hand noch fester umklammert hielt. „Was ist, Marthe?“

Ich konnte nicht antworten. Als ich den Kopf wandte, sah ich ihr Gesicht, schmal, zeitlos, mit strengen Konturen.

„Komm. Ins Bett“, sagte ich leise.

Ebba lachte, ein wenig verlegen. „Was, jetzt? Sofort?“

„Klar.“ Ich zog ihre Hand zu mir herüber, ihren Arm um mich, weiche Daunen federten an meiner Schulter, Ebba lächelte, wand sich, nur für einen Moment, wich dann zurück.

„Marthe. Es ist unglaublich kalt!"

Ich küsste ihre Hand, legte sie an meine Wange. „Komm mit mir. Ins Bett."

Als wir die Autotüren öffneten, schnappten wir beide nach Luft, rannten durchs Dunkel, die Kälte, den Wind, ein paar Schritte nur, wie durch eine eisige Wüste. Die Tür ein rettendes Rechteck, die Wärme dahinter kaum fassbar. Im ersten Stock hörte ich Gäste rumoren und öffnete hastig die Flügeltür, griff nach Ebbas Mantel, zog ihn ihr von den Schultern.

Ebba drückte die Tür hinter sich zu, wandte sich um, mit blitzenden Augen. „Marthe, was ist mit dir los?"

Ich erstickte ihre Frage mit einem Kuss. Fast heftig stieß sie mir ihre Zunge in den Mund, und ich griff nach ihren Armen und drehte sie ihr auf den Rücken, hielt sie dort fest, drängte sie hart an die Tür. Der Duft ihrer Wohnung in meiner Nase; ich hatte ihn mehr vermisst, als ich wusste, ich hatte Ebba vermisst, vermisste sie ständig.

Schließlich drehte Ebba den Kopf weg. „Das ist gemein", flüsterte sie keuchend.

„Halt den Mund", flüsterte ich zurück und zerrte an ihrem Pullover. Ebba half mir, zog ihn sich über den Kopf, das T-Shirt, das sie darunter trug, gleich hinterher. Ich vergrub mein Gesicht zwischen ihren Brüsten, während ich gleichzeitig ihren BH öffnete, ihn ungeduldig herunterzog und zu Boden fallen ließ. Ebba lachte leise und lehnte sich gegen die Wand, und ich streifte ihr die Jeans über die Hüften. Ihre Muskeln verkrampften sich, als ich zwischen ihre Beine glitt und dann, ohne innezuhalten, in sie hinein. Überrascht keuchte sie auf, ihre Finger krallten sich in meine Schultern, ihr Atem stieß heiß in mein Ohr, dann ihre Zunge.

„Marthe", flüsterte sie, eine Frage, dahingestöhnt, leise, dann nochmals, jetzt lauter. Meine Antwort war deutlich.

Später, eine ganze Weile später, lagen wir entspannt da, in ihrem Bett, die Decke leicht über uns gezogen. Ich küsste ihren Rücken, die immer noch leicht feuchte Kerbe zwischen den Schulterblättern. Ebba seufzte wohlig, dann hob sie einen Arm, rieb sich über die Stirn.

Ich rutschte nach oben, um ihr Gesicht sehen zu können. „Kopfschmerzen?"

Ebba schüttelte den Kopf, fasste nach meiner Hand, zog meinen Arm um sich herum, hielt mich fest. „Nein", sagte sie leise und schmiegte sich an mich. „Nur wieder diese … diese Töne."

„Was für Töne?"

Sie schwieg einen Moment und schob ihre Wange an meine. „Die Töne, die ich höre", sagte sie seufzend. „Leise Töne, laute Töne, ganze Stücke, Kompositionen. Wahrscheinlich all die Töne, die in mir stecken, die ich noch nicht niedergeschrieben habe." Sie lachte leise, dann drehte sie sich halb zu mir um und musterte mich. Ihre schönen Augen lagen im Schatten, dennoch glitzerten sie, wie das Eis über dem Meer, über das ich noch vor Kurzem geflogen war. „Das allein ist nicht so schlimm", setzte sie hinzu. „Aber ich sehe auch Farben und Formen dazu. Wie Blitze im Hirn. Da sind vermutlich eine Menge Fehlschaltungen in meinem Kopf." Sie lächelte mich an.

Ich lächelte zurück, strich mit einem Finger ihr feuchtes Haar hinter ihr wohlgeformtes Ohr, das ich so gerne küsste. „Ich wünschte, ich könnte einmal hören, was du hörst", sagte ich leise.

„Glaub mir, das möchtest du nicht." Ebba musterte mich, dann griff sie nach meiner Hand, hielt sie fest. „Marthe. Warum ziehst du nicht her?"

Ich spürte, wie mein Herz schneller zu schlagen begann, und so dicht, wie sie an mir lag, spürte sie es wahrscheinlich genauso. „Und was sollte ich hier tun?", fragte ich zurück.

Ebba sah mich nur an. Sie gab mir keine Antwort, sie sah mich einfach nur an, mit ihren unglaublichen, tiefblauen Augen. Und dann drehte sie sich wieder zurück, schmiegte sich rücklings in meine Arme und sah gemeinsam mit mir hinaus aus dem Fenster, hinaus in die schneeschimmernde Dunkelheit. Für einen winzigen Moment war mir, als ob ein Hauch der eisigen Kälte dort draußen über unsere warmen, eng aneinander geschmiegten Körper striche, und wohlig schaudernd presste ich mich noch enger an Ebba. Was immer auch draußen geschah, wir waren jetzt hier, geborgen, zusammen, ein Paar im Mahlstrom der Zeit.

Jetzt

Natürlich dachte ich darüber nach. Gerade in dieser ersten Zeit, in der nichts aufregender war als der Sex mit dir, in der jede Berührung, jeder Kuss, jeder Hauch deines Duftes mir immer wieder neu und nie gekannt erschien, gerade in dieser ersten Zeit dachte ich manchmal darüber nach. Wie es wäre, bei dir zu sein, jeden Tag, dich jeden Morgen zu sehen, auf dieser Insel zu leben, in deiner Nähe.

Wenn wir nicht zusammen waren, vermisste ich dich andauernd. Wie ein dünner, sehr dünner Schleier lag die Sehnsucht nach dir über meinem Leben, ein andauernder, nie vergehender Schmerz, ziehend und drückend, manchmal stark, meistens gerade erträglich. Es gab Tage, an denen ich sie kaum aushalten konnte, die Sehnsucht nach dir. Und andere, an denen ich kaum an dich dachte.

Dann war ich beschäftigt, mit meinem Leben, der Stadt, in der ich lebte, den Menschen, Zerstreuung gab es genug. Bis sie erneut durchbrach, die Sehnsucht. Dann rief ich dich an, redete endlos mit dir, lag auf meinem Sofa, deine Stimme im Ohr, dein Bild in meinem Kopf.

Du hingegen riefst mich nur selten an, nur, wenn etwas Wichtiges passiert war. Oder, wenn du einen günstigen Flug für mich gefunden hattest.

Alle paar Wochen sahen wir uns, du schicktest ein Flugticket, oder ich nahm den Bus und die Fähre, blieb einige Tage oder auch länger. Das Zimmer im ersten Stock war immer frei, nach und nach war es zu meinem geworden. Ich hätte dort ganz und gar einziehen können.

Aber ich hatte auch eins in Berlin. Und ich brauchte den Trubel der Großstadt genauso wie die Ruhe bei dir auf der Insel. Beides zog mich an, beides ertrug ich zugleich nur eine bestimmte Zeit lang. Irgendwann würde ich mich vielleicht für eines entscheiden. Vielleicht aber auch nie.

Fürs Erste aber hatte ich einfach zu tun. In Berlin.

Berlin, Januar 2000

Mein Handy klingelte, als ich gerade auf dem Weg zur Tür war. Entnervt sah ich aufs Display, zögerte einen Moment und nahm dann ab. Eigentlich tat ich das nie, wenn die Anrufernummer unterdrückt war.

„Martha?"

Die Stimme kam mir bekannt vor, und ich klemmte das Handy zwischen Kinn und Schulter, weil der Türriegel vorgeschoben war. „Ja? Wer ist da?"

„Friedemann hier. Wir haben einen Hund, der bräuchte für zwei Tage Unterschlupf. Geht das bei dir?"

Der Türriegel klickte, und im Türspalt tauchte ein schmales, blasses Gesicht auf, das ich noch nie gesehen hatte. „Was?", fragte ich verdutzt.

Die schmale, blasse Person vor meiner Tür öffnete den Mund.

„Ein Hund", sagte Friedemann in mein Ohr. „Ein Beagle. Für zwei Tage. Geht das bei dir?"

„Moment", erklärte ich dem blassen Gesicht draußen, schob die Tür wieder zu und nahm das Handy in die andere Hand. „Was sagst du, ein Beagle?"

„Genau. Geht das? Jetzt gleich?"

„Äh … klar“, sagte ich überrumpelt.

„Superschön“, juchzte Friedemann und legte auf. Irritiert betrachtete ich mein Handy, ließ es in meine Hosentasche gleiten und öffnete die Tür.

Die schmale, blasse Person draußen wirkte verfroren, als sie die Arme um sich schlang. „Hi. Massimo hat mich geschickt. Ich bin Jackie.“

„Jackie?“ Der Name sagte mir nichts. Dann klingelte es. Jackie, klar. Massimo, Hannes' Freund, hatte sie mir neulich angekündigt und schon bei Hannes' Auszug vor eineinhalb Jahren wärmstens empfohlen. Aber damals hatte ich noch keinen Bedarf an einer Mitbewohnerin gehabt. Jetzt, mit den häufigen Reisen nach Gotland, sah das schon ganz anders aus. „Okay, komm rein.“

Jackie betrat zaghaft die Wohnung, bückte sich und zog ungefragt ihre abgetretenen Doc Martens aus, bevor ich sie darauf hinweisen konnte, dass das nicht nötig wäre. Dann legte sie ihre abgewetzte Bomberjacke darauf und stand unschlüssig im Flur herum, den Blick gesenkt. Als sie endlich aufsah, schenkte ich ihr ein vages Lächeln. „Komm, wir gehen in die Küche. Da geht's lang.“ Sie nickte und ging mit hängenden Schultern voraus, und ich folgte ihr innerlich seufzend.

Was immer Massimo mir da geschickt hatte, mein Fall war diese magere, unentschlossene, ängstliche Person sicher nicht.

In der Küche bot ich ihr einen Stuhl an und einen Kaffee, und sie nahm beides zögernd an. Die mageren Arme zwischen die knochigen Knie gesteckt, sah sie mir beim Kaffeekochen zu. Sie sah immer noch verfroren aus, aber vermutlich war das ein Dauerzustand, so dünn, wie sie war.

„Und du suchst also ein Zimmer?“

Sie nickte und sah mich aus weit auseinanderstehenden Augen misstrauisch an. „Massimo meinte, du hast noch eins frei. Wäre auch nur erst mal vorübergehend.“

„Wieso?“

„Wieso was?"

„Wieso vorübergehend?"

Sie lächelte vorsichtig, und ihr blasses, unscheinbares Gesicht wirkte für einen Moment fast hübsch. Mitleid überflutete mich, und ich drehte mich schnell zur Spüle um, damit mein Gesichtsausdruck mich nicht etwa verriet.

„Ich hab eigentlich vor, aufs Land rauszuziehen", sagte Jackie hinter mir und räusperte sich, als erschräke sie selbst vor ihrem Mut, diesen Gedanken laut ausgesprochen zu haben. „Aber das wird wohl erst im Sommer was."

„Und so lange suchst du ein Zimmer", stellte ich fest und nahm zwei Becher aus dem Schrank. Bei mir würde sie dieses Zimmer allerdings nicht finden, soviel war mir schon jetzt klar. Massimo mochte in der Jugendarbeit tätig sein, ich war es nicht. Und ich hatte auch nicht im Geringsten vor, daran etwas zu ändern.

Jackie nickte. „Ja, für ein paar Monate. Die Miete übernimmt das Sozialamt, das ist schon geklärt."

„Du hast keinen Job?"

„Doch, demnächst wahrscheinlich. In einem Jugendhilfeprojekt. Fahrräder reparieren und so." Jetzt klang sie fast stolz. Ich schenkte ihr Kaffee ein und schob ihr die Milch hin, während ich verzweifelt überlegte, wie ich dieses arme Wesen möglichst schnell wieder loswürde. Gleichzeitig wünschte ich Massimo zum Teufel. Lieb war er ja, aber Menschenkenntnis besaß er offenbar nicht. Jackie und ich, wie sollte das denn gehen?

Jackie schloss ihre schmalen Hände um den Becher und sah vorsichtig zu mir auf. Gerade, als sie den Mund öffnete, klingelte es an der Tür.

„Moment", sagte ich. Sie nickte und senkte den Blick.

Durch den Türspalt lächelte mich ein bärtiger, langhaariger Typ mit einer roten Pudelmütze an. Ich brauchte einen Moment, bis mir sein Name wieder einfiel. Der junge Beagle auf seinem Arm wedelte zaghaft, als ich die Tür weiter öffnete.

„Ja, hallo, Martha", sagte Wieland und überreichte mir eine schmutzstarrende Hundeleine. „Du, ich hab's eilig. Hier ist er. Pass gut auf, stubenrein ist er nicht. Wir holen ihn am Donnerstag wieder ab, okay? Du, also, ich hab es wirklich ganz, ganz eilig, die Nicole wartet unten im Wagen, wir haben noch zwei Hunde dabei." Er setzte den Hund auf der Fußmatte ab, reichte mir eine schlaffe Hand und lief die Treppe hinunter.

„Wieland?", rief ich ihm nach und machte einen vorsichtigen Schritt am Hund vorbei in den Hausflur. „Wieland, warte! Woher kommt er denn?"

Wieland blieb unten auf dem Treppenabsatz stehen und sah sich um, bevor er beide Hände zu einem Sprachrohr formte. „Tierlabor", flüsterte er mit Verschwörermiene, dann lief er weiter die Treppe hinunter. Einen Moment später klappte die Haustür.

Als ich mich umdrehte, sah ich, dass Jackie in den Flur gekommen war und sich vor dem verschreckten kleinen Beagle hingehockt hatte, der mit eingeklemmtem Schwanz auf der Fußmatte kauerte. Vorsichtig streckte sie die Hände aus und legte sie um sein Köpfchen, und der kleine Hund fing an zu wedeln und drängte sich an sie. Ganz behutsam hob sie ihn hoch und drückte ihn an ihre magere Brust, während sie aufstand. Ein Leuchten lag auf ihrem bleichen Gesicht, und es wurde zu einem Strahlen, als der kleine Hund winselnd begann, ihre Wange zu lecken.

Wieder flutete Mitleid in mir hoch, aber zugleich etwas anderes, ein Anflug von Hoffnung. Vielleicht auch von Frieden. Einen Moment lang betrachtete ich die beiden verschreckten Wesen in meinem Wohnungsflur, dann trat ich zu ihnen hinein und schloss leise die Tür hinter mir. Jackie sah zu mir auf, ein misstrauisches Bangen im Blick.

„Okay", sagte ich. „Wann willst du einziehen?"

Kiel, November 1985

Laute Musik wummerte aus der großen schwarzen Box neben mir, hämmernde Rhythmen, dunkel und hart. Direkt vor mir schwang ein magerer Kerl seine Locken nach vorne und wieder zurück, die Arme fest in die Hüften gestemmt. Seine Cowboystiefel wirkten wie in den Boden gerammt, die engen Jeans schlugen Falten am Knie, Strumpfhosen ähnlich. Ich zupfte Hannes am Ärmel, und er drehte sich leicht zu mir um, ein sattes Grinsen auf seinen Lippen.

„Was ist?", brüllte er gegen den Lärm an. Ich deutete auf den Kopfschüttler vor uns, und Hannes grinste noch breiter.

„Jimi Hendrix lässt grüßen!", schrie er und schwenkte seine Flasche. „Willst du noch eins?"

Ich schüttelte den Kopf. Zwar hatte ich erst zwei Bier getrunken, aber die reichten mir vollkommen aus. In Hannes' Windschatten steuerte ich durch die Menge zum Tresen. Der Typ hinter der Bar hob eine Braue und streckte die Hand aus. Hannes hickste und fing an zu lachen. „Mart, hast du noch Kohle?"

Ich zog meinen letzten Fünfmarkschein heraus, und Hannes setzte ihn schwankend in zwei Bierflaschen um. Eine reichte er mir, aber ich wies sie zurück. „Ich wollte doch keins mehr!"

„Auch gut!", Hannes lachte und schwankte noch stärker. Die Punkbraut neben ihm sah ihn ärgerlich an und sprang schnell zur Seite, als er fast auf sie stürzte. Ich griff nach seinem Kragen und bugsierte ihn langsam zum Ausgang, an kichernden Mädchen und betrunkenen Kerlen vorbei. Eines der Mädchen sah aus wie Anja. Anja, meine beste Freundin; ich vermisste sie schmerzlich. Mit Hannes machte es Spaß, aber er war kein Ersatz für ein Mädchen in meinem Alter, das ich kannte, seit ich auf der Welt war. Wenn ich sie auf der Insel besuchte, reichte die Zeit kaum zum Reden. Aber so war es nun mal.

Draußen sog ich gierig die Luft ein, sie war kalt, aber unglaublich frisch, roch nach Salz, Tang und Meer. Kein Wunder, die Disco lag direkt an der Förde, das Seewasser war keine zweihundert Meter entfernt.

Hannes lehnte sich neben mich an eine Wand, die im Rhythmus der Bässe vibrierte. „O Mann", sagte er grinsend, „Mann, ist das laut. O Mann, mir ist schlecht." Die letzte Bierflasche glitt ihm durch die Finger und klatschte ins Gras zu unseren Füßen. Ohne Vorwarnung beugte Hannes sich vor und erbrach sich in einem gewaltigen Schwall. Ich sprang zur Seite, drückte mich fest an die Mauer und schloss die Augen. Mein Rücken vibrierte, in meinen Ohren donnerten Bässe. Irgendwo hörte ich Stimmen, nah oder fern, nicht zu bestimmen. Und dann, irgendwann, hörte ich Hannes.

„O Mann", sagte er und lehnte sich neben mich. „Alles wieder draußen. Yeah. Aber hat sich gelohnt." Er kicherte albern und zog umständlich seinen Tabak heraus. „Komm, lass uns fahren."

„Bist du bescheuert? Du kannst nicht mehr fahren."

„Nee. Aber du." Hannes hielt mir den Beutel hin. „Drehst du mir eine?"

Ich nahm seinen Tabak. „Spinnst du? Ich hab doch keinen Führerschein!"

„Na und? Fahren kannst du doch trotzdem." Er lachte mich an, dann schlug er mir grob auf die Schulter. „Mensch, Mart, jetzt tu nicht so. Komm, los jetzt, du kannst das." Er seufzte und begann, in den Taschen seiner Lederjacke zu kramen. „Wo ist denn der dämliche Schlüssel?"

Ich hörte es klimpern, griff an seinen Fingern vorbei und zog den Schlüssel heraus. „Okay", sagte ich trocken. „Los, lass uns fahren."

Die Straße entlang der Förde war leer, nur ein knutschendes Pärchen saß an der Kaimauer, als ich kurz darauf vom Parkplatz rollte. Der Start hatte erst beim dritten Anlauf geklappt, aber sonst lief es ganz gut. Der alte, tiefergelegte Ford gehorchte mir bestens, vielleicht auch, weil ich Respekt vor ihm hatte – Hannes, der neben mir auf dem Beifahrersitz mehr hing als saß, hatte ihn gut präpariert.

Er rülpste und kurbelte das Fenster hinunter. „Hast du … hast du den dunkelhaarigen Typen gesehen, den mit dem blauen T-Shirt, mit dem ich getanzt hab?“, fragte er und lehnte den Kopf ganz zurück. Seine Zigarette glühte.

„Du hast mit keinem getanzt“, sagte ich und schaltete einen Gang höher. „Aber ich weiß, wen du meinst. Dieser Türke, der den Moonwalk hingelegt hat. Sah wirklich toll aus.“

„War das ein Türke?“ Hannes zog an seiner Zigarette und fing an zu husten. Ich trat auf die Bremse, langte zu ihm hinüber und fischte ihm die Zigarette aus den zitternden Fingern. Dann warf ich sie rasch aus dem Fenster.

„He, die hab ich doch gerade erst angemacht!“

Ich sah in den Rückspiegel und gab wieder Gas. An der nächsten Ampel bog gerade ein Wagen auf die Straße ein, und ich spürte, wie ich mich verkrampfte. „Sind das die Bullen?“

Hannes verstummte. Gemeinsam sahen wir zu, wie der grünweiße Wagen rasch auf uns zukam. Und an uns vorbeifuhr. Ich atmete aus und schaltete höher. Zur Rechten glitt die glitzernde Förde an uns vorbei. Ein Frachter schob sich in Richtung des offenen Meeres, mit hohen Containern beladen.

Hannes seufzte und verschränkte die Arme vor der Brust. „Der war süß“, sagte er verträumt. „Der hatte so schöne behaarte Unterarme.“

Irritiert sah ich zu ihm rüber. Im schwachen Licht der Straßenlampen konnte ich Hannes' Gesicht nur verschwommen erkennen. „Was? Behaarte Unterarme?“

„Genau.“ Hannes hickste erneut. „He, ich sag dir eins, Mart: Mein Traumprinz wird ein total süßer behaarter Typ sein. Ein Südländer.“

Ich griff das Lenkrad fester und nahm etwas Gas weg. Der Ford bockte kurz und fing sich dann wieder. „Wie, du bist schwul?“, fragte ich langsam.

Hannes lachte mich an. „Na klar. Hast du das nicht gewusst?“

Ich sah wieder nach vorne. Nicht mehr lange, und ich würde abbiegen müssen. Ich nahm noch mehr Gas weg. „Nein. Woher denn?“

„Hab ich dir je was von Mädchen vorgeschwärmt?“, fragte Hannes und hickste schon wieder.

„Nee. Aber auch nicht von Männern.“ Die nächste Ampel kam näher. Die war es noch nicht. Und Hannes war schwul. Ich hatte das nicht erwartet, aber ich war auch nicht überrascht, sondern eher erfreut.

„Stimmt“, sagte Hannes und fing an zu glucksen. „Aber jetzt. Yeah, jetzt ist es so weit!“ Er beugte sich vor und fasste nach dem Griff. „Mart, halt mal an!“

Ich trat rasch auf die Bremse und lenkte den Ford an den Bordstein. Hannes stieß die Tür auf, und ein weiterer Schwall Bier schoss aus ihm heraus. Ich sah in den Rückspiegel. Alles frei. Nein, dahinten kam jetzt ein Wagen.

Hannes stöhnte, dann richtete er sich wieder auf, ein wenig bleich um die Nase. „Ich hör auf zu kiffen“, sagte er matt. „Das liegt nicht am Bier. Das liegt am Scheiß-Gras.“

Ich griff an ihm vorbei und zog die Beifahrertür zu, dann gab ich Gas und bog schnell nach links ab. Im Rückspiegel sah ich den Wagen vorbeiziehen. Grünweiß lackiert. Ich seufzte erleichtert.

„Mart.“ Hannes kurbelte das Fenster hinunter und spuckte hinaus. „He, Mart, sieht man mir das nicht an oder wie? Dass ich schwul bin?“

„Ich jedenfalls nicht.“

Er stöhnte und fuhr sich durch seine Locken. Erst gestern hatte ich ihm Schläfen und Nacken rasiert, die Locken oben gestutzt hatte er selber. „Das ist es ja.“ Er seufzte schon wieder. „Kein Arsch kapiert, dass ich schwul bin.

Wahrscheinlich macht mich deshalb keiner an. Und nicht, weil ich so hässlich bin."

Ich sah zu ihm hinüber. „Du bist doch nicht hässlich!"

„Klar bin ich hässlich. Jedenfalls seh ich nicht gut aus. Höchstens einigermaßen okay. Mann, Mart, bin ich blind oder was?"

Ich schwieg und fuhr weiter, schließlich hatte er recht. Er sah tatsächlich nicht gut aus, aber ich mochte nun mal, wie er aussah.

Er betrachtete mich immer noch von der Seite. „Und du, worauf stehst du? Doch nicht wirklich auf Typen, oder?"

Ich setzte den Blinker und grinste ertappt. „Keine Ahnung", sagte ich. „Nee, jedenfalls nicht nur auf Typen. Vielleicht auch gar nicht auf Typen." Viel war bei mir bisher nicht gelaufen. Berend. Die Bäckereiverkäuferin, klar. Und dann Ubbo, der Fährmann. Immer wenn ich zur Insel fuhr oder wieder zurück, hatte ich Sex mit ihm in der kleinen, dunklen Werkstattkabine. Stand ich auf ihn? Ich wusste es nicht so genau. Aber ich träumte von Frauen. Hannes war nur der Erste, der es einfach so aussprach. Vielleicht hatte er recht.

„Keine Ahnung", sagte ich noch mal und hob den Blick zu den Sternen, den Sternen über der Förde. Hannes lehnte den Kopf an meine Schulter, und die letzten Meter zum Parkplatz des Wohnheims tuckerten wir sanft dahin. Ich ließ den Wagen ausrollen, parkte passgenau ein, zog den Schlüssel ab. Plötzlich war alles still.

„O Mensch", sagte Hannes und stemmte die Füße aufs Armaturenbrett. „Lieber Gott, bitte schick mir 'nen Mann. Einen Südländer, bitte. Süß, lieb und treu."

„Hast du schon mal? Ich meine, überhaupt?"

Hannes lachte. „Und ob. Aber das bringt's nicht. Ich will nicht einfach bloß Sex. Das kann ich alleine. Ich will Liebe, verstehst du. Beschissene, treudoofe Liebe. Treu bis in den Tod."

„Mann, Hannes!“ Ich musste lachen, aber Hannes blieb ernst. Seine Augen glitzerten im Sternenlicht.

„Eines Tages, Mart, eines Tages finde ich meinen Mann“, sagte er leise. „Glaub mir, ich finde ihn. Einen Südländer, kräftig und behaart. Gutmütig. Lieb. Und den lass ich dann nie wieder los.“ Er gähnte und streckte sich, und seine Absätze knallten gegen die Scheibe. Hannes lachte und setzte sich auf. „Mart?“

„Ja?“ Ich machte die Tür auf. Kalte Novemberluft strömte herein. Frische Luft, klar wie der Himmel weit oben.

„Danke fürs Fahren. Hast du super gemacht. Wusste ich doch, dass du das kannst.“

„Gern geschehen. Und jetzt steig aus. Du riechst nämlich nach Kotze.“

Jetzt

Schonen ist braungrau im April, die angrenzende Landschaft Blekinges grün. Noch zeigt sich nicht das frisch sprießende, junge Grün erwachender Birken, sondern das dunkle, satte, das sich über den Winter gerettet hat. Moos auf den Kalksteinen, grünliche Rinde, verdichtetes Gras auf den Wiesen, Tannengrün, Zeit überdauernd.

Auch auf der Landkarte sind die Farben gezeichnet: gelb für die schonischen Felder, grün für den Wald im Südwesten. Viel Blau für die Flüsse und Seen dazwischen, und natürlich das Meer.

Karlskrona liegt in Blekinge; du bist hier aufgewachsen, ein Mädchen von hier, aus der Gegend, durch die ich jetzt fahre, in stetigem Tempo, über sanft sich wölbende Straßen, gelegentlich sieht man die Küste. Rupert hinter mir schlummert, manchmal jifft er im Schlaf, beruhigt sich schnell wieder. Meine Gedanken gleiten dahin, im Moment schmerzen sie kaum. Hier, in der Gegend, aus der du stammst, bin ich dir nah.

Als Lena dich noch nicht kennengelernt hatte, fragte sie mich einmal, wie du eigentlich wärest. Ich habe erst mal geschwiegen. Mir fiel zu vieles gleichzeitig ein.

Du seiest einfach im Umgang, sagte ich schließlich, aber ein schwieriger Mensch, hochkompliziert. Verschlossen, zurückhaltend, aber humorvoll. Sanft seiest du. Und gut. Grundgut sogar.

„Treu auch?", fragte Lena.

Ich nickte, ich vermutete es, gewusst hab ich es nicht. Wie kann man das wissen?

Sicherlich nur von sich selbst.

Hannes zum Beispiel hat es gewusst, wusste es immer. Hannes wollte nur einen, sonst keinen. Damals, mit siebzehn, hab ich darüber gelächelt, konnte es kaum glauben. Treue? Ein Unding. Ein Rätsel, für mich nicht zu lösen.

Aber andererseits wäre ich gern auch so gewesen.

Nättraby liegt jetzt zur Rechten, dahinter das Meer, Karlskrona ist nicht mehr weit. Einmal noch waren wir dort nach jenem ersten Besuch bei deiner Mutter, dann nie mehr wieder. Dein Bruder lebt immer noch dort. Oscar, dein Bruder. Brüder und ihre Begierden, ein anderes Rätsel.

Unwillkürlich beschleunige ich, als ich das Ortsschild entdecke. Für einen Moment hab ich es eilig, dann fällt es mir ein. Nichts ist mehr eilig. Die Zeit rinnt dahin, und wir folgen in stetigem Fluss. Irgendwo biegen wir ab, bleiben stehen, werden auch schneller. Ob ich deshalb das Fahren so liebe?

Du hast nie gewusst, ob ich dir treu war.

Ich habe stets so getan, als ob ich es nicht wäre. Ich habe mich selbst stilisiert, eine Figur aufgebaut, eine Draufgängerin, die ich schon längst nicht mehr war.

Schon längst nicht mehr bin.

Auch nicht mit Mai.

Visby, Februar 2000

Der letzte Schneesturm Ende Januar hatte tiefe Verwehungen hinterlassen. Von den allgegenwärtigen Felsen und Steinen war nichts mehr zu sehen, Schneewehen türmten sich jenseits der Straße. Außer uns war kein Mensch unterwegs, nicht hier oben und auch nicht unten am Ufer. Nur ein paar schemenhafte Gestalten hatten wir in der Ferne ausmachen können, dick eingepackt wie wir selbst, leicht nach vorne gebeugt, als stemmten sie sich gegen den Wind. Der aber hatte sich längst schon gelegt, fast windstill war es jetzt, windstill und kalt.

Wir waren so gut wie eingeschneit, seit nun fast zwei Tagen; Ebba hatte vorgeschlagen, dennoch spazieren zu gehen, nicht weit, nur ein bisschen, zum *Norra Kyrkogarden*, dem Friedhof oberhalb der Küstenstraße.

Nur die Spitzen der Grabsteine lugten aus der dichten, weißen Schneedecke heraus. Ebba und ich wanderten entspannt die schmalen, geräumten Wege dazwischen entlang, blieben ab und zu stehen und lasen die Inschriften, soweit sie noch zu entziffern waren.

„Was heißt *makan*?" Ich deutete auf einen verwitterten Grabstein.

„*Makan*? Ehefrau." Ebba musterte den Stein. John Björnson hatte dort vor mehr als zwanzig Jahren seine ewige Ruhe gefunden, seine *makan* Ingegerd war ihm erst voriges Jahr dorthin gefolgt.

„Gibt's das auch für Männer?"

Ebba nickte. „Ja, dort, sieh. *Make.*" *Mina Dahl och hennes älskade make Bengt.*

„Ihr Schweden seid wirklich fortschrittlich, was die Emanzipation angeht. Da steht doch glatt die Frau zuerst!"

„Kann sein." Ebba lächelte achselzuckend. „Die Schweden sind in vielerlei Hinsicht fortschrittlich. Kein Wunder, dass meine Eltern unbedingt hierher wollten."

„Bist du froh darüber?"

„Ich?“ Sie warf mir einen nahezu verständnislosen Blick aus ihren schönen Augen zu. „Ob ich froh bin? Selbstverständlich. Vielleicht fahren wir ja eines Tages mal nach Lettland, dann wirst du selbst sehen, warum. Es ist wunderschön dort, aber … es ist eine andere Welt. Keine, in der ich leben wollte.“

„Deine Eltern hätten ja auch nach Deutschland gehen können“, warf ich ein.

Ebba lächelte, setzte ihre Kapuze ab und schüttelte ihr Haar. Glänzend fiel es ihr über den Kragen. „Hätten sie. Sind sie aber nicht. Und ich bin froh darüber. Ich liebe dieses Land. Vor allem diese Insel hier.“ Nachdenklich ging sie weiter, dann blieb sie vor einer großen Birke stehen. „Hier möchte ich eines Tages auch liegen“, sagte sie ruhig. „Dahinten, vor der Mauer. Mit Blick aufs Meer. Gibt es eine bessere Lage?“

Sie deutete nach vorne, zur Friedhofsmauer, die aus den gleichen unregelmäßigen Kalksteinen aufgeschichtet war wie die meisten steinernen Befestigungen hier in der Gegend. Dahinter eröffnete sich der freie Blick aufs Meer, das in der Wintersonne glänzte. Von irgendwo her kam der klagende Ruf eines Wasservogels geflogen. Dann zogen zwei Schwäne über dem Wasser vorbei, dicht am Ufer, die majestätischen Schwingen im Takt gesenkt und gehoben.

„Aber den Blick aufs Meer siehst du dann ja nicht mehr“, sagte ich. Ich hatte sie nur necken wollen, aber der Blick, den Ebba mir zuwarf, verriet, dass mir das nicht gelungen war.

„Nein“, sagte sie. „Ich nicht. Aber du vielleicht. Oder jemand anderes, der mich hier dann besucht.“

„Red doch nicht so was“, sagte ich, unangenehm berührt.

Ebba betrachtete mich prüfend, dann steckte sie ihre Fäustlinge in die Taschen ihres Daunenmantels. „Ich meine es ernst“, sagte sie. „Aber vielleicht würdest du mich ja auch gar nicht vermissen.“ Sie hielt inne. „Doch“, korrigierte sie sich. „Das würdest du. Du würdest mich vermissen.“ Dann lachte sie und hakte mich unter. „Komm, gehen wir weiter. Und ich brauche jetzt bald dringend einen Kaffee. Du nicht?“

Sie zog mich voran, und mit dem ersten Schritt schüttelte ich das kurze Unbehagen ab, das mich überfallen hatte.

Vielleicht hatte sie ja recht. Mit allem, was sie gesagt hatte.

Aber ich wollte einfach nicht an derartige Dinge denken. Nicht an den Tod und nicht an das, was danach kam. Was daraus folgte. Für diejenigen, die zurückblieben.

Berlin, März 2000

Frau Huber stand noch nicht vor dem Haus, also setzte ich den Blinker und hielt in zweiter Reihe hinter einer nagelneuen Mercedes-E-Klasse. Im Rückspiegel überprüfte ich mein Aussehen; die Haare saßen gut, ich hatte sie erst gestern von Jackie schneiden lassen. Sie hatte die Frisur perfekt hinbekommen und vehement den Kopf geschüttelt, als ich ihr einen Zehner geben wollte. „Geschenkt“, hatte sie gesagt und den abgemagerten Husky aus polnischer Zucht gestreichelt, der am gleichen Abend noch abgeholt werden würde. „Ich freu mich, wenn ich mal was für dich machen kann.“

Wider Erwarten lief das Zusammenleben mit Jackie bestens, musste ich eingestehen. Sie war, wie Massimo gesagt hatte: lieb, ruhig und sauber. Meistens merkte ich kaum, dass sie da war. Und sie war oft da, fast andauernd. Das war andererseits beunruhigend, schließlich war sie gerade mal zweiundzwanzig. Mit zweiundzwanzig hätte ich eigentlich kein eigenes Zimmer gebraucht, so viel war ich damals Tag und Nacht unterwegs.

Die Tür öffnete sich, und Frau Huber trat heraus, wie immer höchst elegant in ein graues Kostüm gekleidet, einen Schal um den Hals geworfen. In dem leicht übergewichtigen, ebenfalls gutgekleideten Mann mittleren Alters, der ihr die Tür aufhielt, erkannte ich ihren einzigen Sohn. Die beiden verabschiedeten sich kurz, dann kam Frau Huber auf mich zu, während ihr Sohn zur E-Klasse vor mir eilte und mit quietschenden Reifen davonfuhr, wie immer, ohne mich auch nur eines Blickes zu würdigen.

„Marthe, guten Morgen." Frau Huber reichte mir eine warme, trockene Hand und ein strahlendes Lächeln. „Wie oft habe ich Sie schon gebeten, sitzen zu bleiben. Ich kann die Tür auch durchaus selbst öffnen."

„Das glaube ich Ihnen gern", sagte ich, drückte die Tür hinter ihr ins Schloss und stieg vorne ein. Im Rückspiegel sah ich ihren hellen Blick, der mich prüfend musterte.

„Sie haben die Haare schön", sagte sie. Unwillkürlich musste ich lächeln.

„Danke. Nach Pirna, richtig?"

„Zuerst nach Dresden, dann nach Pirna, ja." Sie lehnte sich zurück und sah einen Moment lang aus dem Fenster. Dann zog sie einen Aktenordner aus ihrer Tasche und schlug ihn auf. Aber als ich erneut in den Rückspiegel sah, entdeckte ich, dass sie mit leerem Blick vor sich hin starrte. Zum ersten Mal, seit ich sie kannte, sah sie erschöpft aus. Erschöpft und alt. So alt, wie sie ja auch war.

Ich war ihr Schweigen gewohnt, aber diesmal dauerte es mir einen Moment zu lange. „Alles in Ordnung mit Ihnen, Frau Huber?"

„Marthe, Sie sind viel zu sensibel für diese Welt", sagte sie mit einem Lächeln. Ich setzte den Blinker und fuhr auf die Autobahn auf. Der vergangene Winter hatte tiefe Schlaglöcher auf der Fahrbahn hinterlassen, aber der schwere BWM rollte zuverlässig über sie hinweg. Frau Huber hinter mir holte tief Luft.

„Mein Sohn", sagte sie und lehnte sich in die Polster, „mein Sohn möchte, dass ich ihm das Geschäft übergebe."

„Warum das?" Ich überholte einen altersschwachen Passat, auf dessen Kofferraum sich Moos angesiedelt zu haben schien, und warf einen Blick in den Seitenspiegel. Frau Huber lachte leise.

„Er meint, ich solle mich mehr ausruhen. Aber ich denke, in Wirklichkeit möchte er meine Aufgaben übernehmen, damit er sich keine eigenen suchen muss. Ich fürchte, ich habe ihn nicht gut erzogen. Er hat nie gelernt, aus sich heraus zu schöpfen. Und jetzt ist es vermutlich zu spät. Sagen Sie, Marthe, was ist das hier eigentlich für ein Haar?"

Sie hielt es mir zwischen Daumen und Zeigefinger gepresst nach vorne. Ein Hundehaar, an der Wurzel grau, zur Spitze hin heller.

Ich schluckte. „Das … ich weiß nicht. Ein Haar?"

„Ich würde sagen, ja. Ein Hundehaar, genauer gesagt."

„Das … äh … das muss hier irgendwie reingeflogen sein", sagte ich hastig und gab Gas. „Ich hab jetzt öfter die Fenster auf bei dem schönen Wetter."

Frau Huber sah nach unten, sie schien das Polster genauer zu untersuchen. „Dann sind die anderen hier auch reingeflogen, ja?"

Ich biss mir auf die Lippen. „Wahrscheinlich. In Dresden erst wieder zu Röhricht & Kull?", versuchte ich abzulenken.

Frau Hubers Lächeln war nicht zu überhören. „Richtig. Haben Sie seit Neuestem einen Hund, Marthe? Nicht, dass mich das stören würde. Ich liebe Tiere."

Ich schüttelte den Kopf. „Nein, ich habe keinen Hund. Leider nicht."

„Warum eigentlich nicht?" Sie fing meinen Blick im Rückspiegel auf.

„Ich weiß nicht. Zu wenig Zeit."

Frau Huber nickte nachdenklich. „Passen Sie auf, Marthe, plötzlich ist die Zeit um und nichts geht mehr. Oder nicht so, wie Sie das vorgehabt haben. Wie geht es übrigens Ihrer Freundin?"

„Welche meinen Sie?"

Frau Huber lachte vergnügt. „Die Dame aus Gotland. Ich wusste nicht, dass Sie mehrere haben."

„Habe ich auch nicht. Und ihr geht es gut. Jedenfalls, soweit ich weiß."

„Soweit Sie wissen?" Ihre Augenbrauen im Rückspiegel schnellten hoch.

„Wir telefonieren nicht jeden Tag. Ich weiß nicht alles von ihr. Aber", jetzt musste ich schmunzeln, „das, was ich weiß, ist genug. Ich denke, ich weiß das Wichtigste." Obwohl ich mir da im Grunde nicht sicher war. Natürlich hatte sie Geheimnisse – oder Dinge, die sie mir einfach nicht erzählte, aus keinem besonderen Grund. Ich hielt es genauso.

„Wie war noch gleich ihr voller Name?"

„Elisabeth Herlitz."

Frau Huber legte eine gepflegte Hand auf die Lehne des Beifahrersitzes und beugte sich vor. „Lassen Sie uns einen Kaffee trinken, Marthe."

„Wo?"

„Gleich hier." Frau Huber nickte zu dem Schild am Straßenrand hinüber, das die Abfahrt Spanische Allee anzeigte. „Bei *Burger King*. Geht das noch?"

„Aber klar doch", sagte ich gepresst, scherte nach rechts ein und bog rasant zwischen einem LKW und einem alten Japaner auf die Abbiegespur. Frau Huber pfiff durch die Zähne und lachte, als der Japaner wild hupend vorbeizog.

Kurz darauf saßen wir uns bei *Burger King* in einer viel zu engen Nische gegenüber. Frau Huber hatte darauf bestanden, unseren Kaffee im Restaurant einzunehmen und nicht etwa im Wagen; sie hatte öfter derart plötzliche Eingebungen, eine der vielen Eigenarten an ihr, die mir gefielen. Sie hatte auch darauf bestanden, selbst zu bestellen; die junge Mitarbeiterin hinter dem Tresen hatte sie verdutzt angesehen und sich dann mächtig ins Zeug gelegt. Als Frau Huber ihr das Wechselgeld überlassen hatte, machte die junge Frau Anstalten zu einem Knicks, konnte sich aber gerade noch bremsen. Ich hatte schon oft beobachtet, dass Frau Huber mit ihrer aristokratischen Ausstrahlung diese Wirkung auf andere Menschen hatte; in ihrer Nähe versuchte fast jeder, sich besonders gut zu benehmen; für mich oft ein Grund zur Erheiterung.

Jetzt legte Frau Huber beide Hände um ihren großen Pappbecher und sah mich über den Rand ihrer schmalen Lesebrille hinweg an. „Sagen Sie, Marthe, wenn Sie einen großen Wunsch hätten, wie lautete der?"

Ich lachte und lehnte mich zurück. „Weltfrieden", sagte ich leichthin. „Oder, na ja, wenn ich entscheiden dürfte: keine Massentierhaltung. Keine Tierversuche. Keine Tiertransporte in andere Länder. Freiheit. Arbeit und Essen für alle."

„Sind Sie Kommunistin?"

„Utilitaristin, wenn überhaupt. Ich bin Anhängerin des Nützlichkeitsprinzips, das heißt, ich versuche, niemandem zu schaden, sondern möglichst viele Dinge zu tun, die mir selbst und anderen nützen." Ich lächelte, dieses Gespräch hatten wir schon einmal geführt. Das war eins der anderen Dinge, die ich an ihr schätzte: Frau Huber interessierte sich auch für andere Menschen.

„Der Kaffee schmeckt erstaunlich gut", stellte sie fest und nahm einen weiteren Schluck. Eine übergewichtige Mitarbeiterin in einer schlecht sitzenden Uniform kam mit einem Mopp näher an unsere Nische und wischte mit gequälter Miene um unsere Beine herum. Frau Huber hob den Blick und lächelte sie an. „Danke schön."

Die junge Frau richtete sich unwillkürlich auf und versuchte, den Bauch einzuziehen. Statt zu antworten, brummte sie verlegen und saugte an ihrem Lippenpiercing, um rasch weiterzuwischen. Frau Huber richtete ihren hellen Blick wieder auf mich. „Keine schöne Aufgabe. Aber eine nützliche."

„Vermutlich ja."

„Vielleicht ist die junge Dame auch Utilitaristin."

Ich prustete in meinen Kaffee und nahm dankend eine der Servietten aus Frau Hubers Hand entgegen.

„Marthe", sagte sie schließlich, als ich mir den Mund abgewischt hatte, „Marthe, Sie brauchen jetzt nicht zu antworten, aber ich denke, ich liege nicht ganz falsch, wenn ich davon ausgehe, dass Sie Ihre Tierliebe nicht nur auf herkömmlichem, das heißt, eventuell auch immer legalem Wege praktizieren?"

Ich verschluckte mich erneut fast an meinem Kaffee und schob den Becher weit von mir weg. Frau Huber hatte eine Vorliebe für Schachtelsätze, aber dieser war einfach grandios.

„Lassen Sie nur, das ist schon in Ordnung. Wissen Sie, ich habe ja Augen im Kopf. Und ich kann lesen. Neulich lag da diese höchst informative Broschüre im Seitenfach. Flyer nennen Sie das, nicht wahr? *Vier Beine.* Ich bin seit vielen Jahren Mitglied im Tierschutzverein, aber ich glaube, *Vier Beine* hat sich über die stattliche Summe gefreut, die ich letzte Woche überwiesen habe."

Ich starrte sie verblüfft an. Lena. Friedemann hatte ihr die Flyer gegeben, einen ganzen Stapel zum Verteilen. Der Druck war phänomenal schlecht, kaum besser als schlichte Kopien, mit ein paar Zeilen darauf, einer Telefonnummer, der Kontoverbindung. Wir brauchten Geld für die Unterbringung der Tiere, Benzin, Futter, Werkzeug, um Käfige, Schlösser, Ketten knacken zu können.

Frau Huber lächelte und schob ihren Becher ebenfalls zur Seite. Dann zog sie eine DIN-A-4-Mappe aus ihrer Tasche und nahm ein Blatt heraus. „Ich halte allerdings nichts davon, allzu viel an eine Organisation auszuschütten, ohne deren Verantwortliche persönlich zu kennen. Wie sehr sind Sie involviert, Marthe?"

„Ich …" Ich wusste nicht, was ich sagen sollte. Frau Huber lächelte sanft und zog einen Kugelschreiber heraus. Ich kannte ihn gut, es war derjenige, mit dem sie ausschließlich Geschäftspapiere unterzeichnete; in dieser Hinsicht war sie abergläubisch, das hatte sie mir einmal verraten.

„Ich vertraue Ihnen, Marthe. Verwenden Sie das Geld richtig. In meinem Sinne und in Ihrem eigenen. Für die Tiere. Es muss nicht *Vier Beine* sein. Vielleicht machen Sie etwas eigenes damit. Und es wird auch noch dauern." Sie drückte die Mine heraus und unterschrieb in der untersten Spalte, dann drehte sie das Blatt um und schob es zu mir herüber. Ich las meinen Namen, vorgedruckt, meine Adresse, mein Geburtsdatum auch. Die Buchstaben verschwammen mir fast vor den Augen, die Zahlen weiter unten erst recht.

„80.000 Mark?", flüsterte ich ungläubig.

Frau Huber nahm ihre Lesebrille ab und klappte sie zusammen. „Denken Sie gut darüber nach, wenn es so weit ist, Marthe. Dies ist ein Teil meines Testaments; wenn Sie annehmen, sind Sie verpflichtet, die Summe aktiv für den Tierschutz zu verwenden. Andernfalls fällt sie an meinen Sohn. Und er, glauben Sie mir, er bekommt ohnehin schon genug. Nämlich den Rest." Sie lächelte über meinen verwirrten Gesichtsausdruck. „Er wird nie wieder einen Finger rühren müssen. Er wird sich nie eine Aufgabe suchen müssen. Anders als Sie, Marthe."

Ich nickte verdutzt, und Frau Huber zog die Urkunde wieder zu sich herüber. „Ich werde dies bei meinem Notar hinterlegen. Aber Sie wissen Bescheid, Marthe. Und jetzt zu Ihrer aktuellen Aufgabe, bitte. Einmal nach Dresden und Pirna."

Gotland, Mai 2000

Eine Schar junger Leute trat lachend aus dem Tonsättarcentrum hinaus auf den schmalen Gehweg am Färjeleden. Dahinter kam Ebba, einen Schal um den Hals geschwungen, ihre Aktentasche fest in der Hand. Ich beugte mich vor und stieß die Beifahrertür auf. „Junge Frau, was kosten Sie?"

Ebba lachte kopfschüttelnd und stieg ein. „Ich bin unbezahlbar", sagte sie. „Die Frage ist eher, was du kostest?"

„Nichts außer Nerven, Baby", sagte ich und fuhr langsam an, an den lachenden Studenten vorbei. Zwei waren junge Frauen, eine von ihnen ausnehmend hübsch. Sie trug einen Minirock über endlos langen Beinen, und ihre blonden Haare wehten in der frischen Meeresbrise.

„Hattest du schon mal was mit einer von deinen Studentinnen?", fragte ich und gab Gas. Ebba warf ihre Aktentasche auf den Rücksitz.

„Natürlich. Ich suche mir jedes Semester eine aus und verführe sie nach allen Regeln der Kunst. Na ja, nicht jedes Semester, aber fast jedes."

Ich musste zu ihr hinübersehen, um zu entdecken, dass sie mich wieder einmal auf den Arm genommen hatte. Das konnte sie ausnehmend gut. Ich kannte niemanden sonst, der derart gut in der Lage war, Mimik und Stimme zu beherrschen und auch zu verstellen. Manchmal machte mir das Angst – Ebba konnte mir alles Mögliche vorlügen, ich würde es grundsätzlich glauben.

Jetzt blickte sie zum Himmel auf. „Schönes Wetter. Lust auf einen kleinen Ausflug?"

Ich warf ihr einen prüfenden Seitenblick zu. „Bist du nicht zu müde?" Am Morgen hatte sie über Kopfweh geklagt.

„Bei dem Wetter nicht."

„Klar, gern. Aber hast du mir nicht allmählich schon alles gezeigt, was es hier zu sehen gibt?"

„Auf gar keinen Fall. Fahr bitte zum Norderport und dann den Broväg hoch. Weißt du, wie es da hingeht?"

„Ebba. Dies ist vermutlich Ausflug Nummer 36 Richtung Norden. Ich denke, ich finde den Weg langsam sogar im Schlaf."

„Im Schlaf solltest du eigentlich nur den Weg zu mir finden." Sie legte eine warme Hand auf mein Knie. Die Berührung machte mich schaudern. Manchmal fragte ich mich, ob und wann dieses Gefühl jemals abschwächen würde.

In gemächlichem Tempo fuhren wir durch den Norderport aus der Altstadt hinaus und folgten dem Broväg, der großen Ausfallstraße, Richtung Norden. Auf Ebbas Anweisung hin nahm ich die Route südlich des Flugplatzes, und kurz darauf hatten wir auch schon die letzten Gebäude des Industriegebietes hinter uns gelassen. Vor uns breitete sich die liebliche Landschaft der Insel aus, Wälder und Felder, dazwischen das eine oder andere rotgestrichene Holzhaus. Am Straßenrand blühten Wildblumen in allen Farben, der Himmel darüber leuchtete in kristallenem Blau.

„Ist das nicht schön? Diese wunderbaren Farben?“

„Ja, doch, Ebba. Sehr schön.“

Ebba drehte den Kopf und musterte mich mit hochgezogenen Brauen, während ich einen Gang herunterschaltete. „Du interessierst dich nicht für die Natur“, stellte sie fest. „Nur für Tiere.“

Ich zögerte. Einerseits hatte sie recht, andererseits aber auch nicht. „Nein“, sagte ich schließlich. „Das stimmt nicht. Ich interessiere mich nur nicht auf deine Weise für sie.“

„Und wie ist meine Weise?“ Ein feines Lächeln umspielte ihre Mundwinkel.

Ich sah nach vorn und studierte eine gänzlich von Efeu umwachsene alte Linde am Straßenrand, die ihre Äste verzweifelt durch die grüne Umklammerung zu strecken schien, wie Arme, die um Hilfe riefen.

„Marthe?“

„Ich weiß nicht. Bedingungslos hingerissen vielleicht.“

Ebba fing an zu lächeln, und dann lachte sie, ihr sanftes, kehliges Lachen, und sie hörte nicht damit auf, bis wir uns einer Kreuzung näherten, an der ein frisch geweißtes Steinhaus zwischen bemoosten Schlehenbüschen hindurchschimmerte. Zwei Pferde standen auf einer Koppel dahinter, wie Synchrontänzer den linken Vorderhuf angewinkelt. Entspannt folgten sie uns mit Blicken.

Ebba seufzte. Ich sah zu ihr hinüber.

„Schön, nicht?"

Sie nickte. „Ja", sagte sie. „Wunderschön. Warte, fahr ein bisschen langsamer. Hier müsste es gleich kommen."

„Willst du nach Väskinde?" Ich hatte den Namen vom Straßenschild abgelesen, und Ebba schmunzelte.

„*Wäschinde*", artikulierte sie deutlich, mit diesem typisch gotländischen Zungenschlag, den ich nie, auch nicht in hundert Jahren, beherrschen würde. „Nein, die nächste Kreuzung müsste es sein. Genau, da, kurz vor *Bro kyrka*. Jetzt links, bitte."

Die hohe Sandsteinkirche von Bro streckte ihr schwarzes Dach in den Himmel, ein Schild davor wies nach links. Ich schaltete herunter und setzte den Blinker. Beim Abbiegen warf ich Ebba einen prüfenden Blick zu. „Du fährst wirklich gern herum, was?"

Ebba nickte. „Du auch", sagte sie leichthin.

„Ja, aber ich fahre gern, weil ich gern Auto fahre. Aber du – ich weiß nicht, irgendwie habe ich das Gefühl, du fährst gern, um die Häuser anzusehen. Und die Gegend. Als ob du etwas suchst", fügte ich hinzu.

„Vielleicht tue ich das auch", sagte sie und beugte sich vor. „Sieh dir das an. Wie auf dem Mond, findest du nicht?"

Die Straße stieg jetzt leicht an. Zu beiden Seiten eröffnete sich eine steinige, karg bewaldete Geröllllandschaft; ab und zu führte ein Trittpfad zwischen den niedrigen Kiefern und Tannen hindurch. Ebba hatte recht, die Landschaft wirkte auf einmal gänzlich unbewohnt, wie fremdes, fast feindliches Gebiet.

„Wird die Straße breiter, oder bilde ich mir das ein?", fragte ich verwundert. Ebba nickte.

„Und ob sie breiter wird. Das hier ist erst der Anfang. Gib mal richtig Gas, Marthe!"

„Aber ich fahre schon 90!"

„Gib Gas", wiederholte sie. In ihrer Stimme lag jetzt eine eigentümliche Spannung, die sofort auf mich übersprang.

Langsam trat ich aufs Gas; die Tachonadel wanderte rasch Richtung Mitte, dann über die 100 hinweg. Die Straße verbreiterte sich weiter, dunkle Reifenspuren zeigten, dass hier schon zahlreiche Bremsmanöver stattgefunden hatten, aber weit und breit war niemand, kein Mensch, kein Auto, kein Gebäude zu sehen. Ein eigenartiges Gefühl der Schwerelosigkeit erfasste mich, als der schwere Volvo weiter beschleunigte und wir die immer breiter werdende Straße förmlich hinaufzufliegen schienen.

Für einen Moment betete ich, dass kein Tier die Straße zu kreuzen versuchte, dann erreichten wir auch schon die Kuppe des Hügels. Vor uns breitete sich die Landschaft aus wie ein Flickenteppich, weit hinten ein roter Tupfer, ein zweiter, aber kein Auto in Sicht, auch kein Tier. Ich trat nochmals aufs Gas. Ebba neben mir juchzte auf, ich hielt das Steuer gepackt, spürte, wie der schwere Wagen unter mir auszubrechen drohte, als wir die Haftung verloren. Und dann flogen wir tatsächlich, für einen Moment hoben wir ab, flogen gen Himmel, ein Gefühl wie im Traum, der uralte Traum, ein Traum vom Fliegen, schwerelos, zeitlos, hinein in den Himmel, ins Licht. Dann setzten die Räder wieder auf, der Wagen schlingerte leicht, fing sich dann wieder, und ich nahm den Fuß vom Gaspedal, atmete durch, sah zu, wie die Nadel sich zitternd rückwärts bewegte.

„Was für eine Straße!“, sagte ich staunend. „Wie eine Startbahn. Unglaublich.“

Ebba neben mir lachte. „Genau das ist sie auch. Das ist keine normale Straße, weißt du. Es ist eine Landebahn, Gotlands Ersatzlandebahn, genauer gesagt.“

„Ersatzlandebahn? Ach Quatsch! Wozu braucht so eine kleine Insel eine Ersatzlandebahn?“ Ich ließ den Wagen am Straßenrand ausrollen, direkt neben einem moosüberwachsenen Felsen. Im Sonnenlicht sahen die dunkelgrünen Moosbüschel und die helleren Flechten fast unwirklich scharf aus, wie mit einer riesenhaften Lupe beleuchtet.

„Doch“, sagte Ebba. „Manchmal, ganz selten, einmal im Jahr höchstens, liegt mitten im Sommer dichter Nebel über dem Meer und direkt über Visby. Dann können die Flugzeuge nicht auf dem Flughafen landen. Und genau dafür gibt es diese Ersatzlandebahn.“

Ich starrte sie ungläubig an. „Ach Quatsch!“, wiederholte ich dumpf.

„Doch.“ Ebba lächelte mich an. „Ich habe es einmal erlebt. Das heißt, eine solche Landung. Wir kreisten ewig über dem Flughafen, der Nebel war so dicht wie ein Vorhang. Schließlich teilte uns der Kapitän mit, dass wir auf der Ersatzlandebahn heruntergehen würden. Meine Mitpassagiere haben gebetet, eine Frau hat geweint.“

„Und du?“

„Ich war hingerissen“, sagte sie ruhig und sah zum Himmel auf. „Es war fantastisch. Du glaubst, alles ist normal, und dann ist auf einmal alles völlig absurd. Genau wie der Nebel. Er ist einfach unglaublich. Dicht und kalt, eiskalt. Wirklich wie eine Wand. Vielleicht erlebst du ihn mal, diesen Nebel mitten im Sommer.“

Ich legte meine Arme um das Lenkrad und stützte mein Kinn darauf. Die Straße vor mir leuchtete wie ein graues, endloses, schnurgerades Band.

Manchmal waren die Dinge genau das, was sie zu sein schienen. Eine breite Piste war eine Landebahn, eine menschenleere Landschaft, eine Steppe, die Frau neben mir ein Wunder.

„Sieh mal, dort oben“, sagte Ebba leise. Ich hob den Blick zum strahlend blauen Himmel empor und sah einen Raubvogel weit, weit oben seine Kreise ziehen. Unermüdlich, immer im Kreis. Und dann breitete er seine Schwingen weit auseinander und stürzte hinab, in die Tiefe, bis ich ihn aus den Augen verlor.

Kiel, Juli 1986

„Mart, bist du wahnsinnig!“ Hannes’ Stimme überschlug sich fast. Lachend rollte er gegen mich, stieß schmerzhaft gegen meine Schultern, während der Wagen mit einem letzten Bocksprung über das Kantholz ruckelte und mit einem durchdringenden Quietschen der Bremsen zum Stehen kam. „Du bist wahnsinnig! Mein armes, kleines Auto!“ Theatralisch tätschelte er das Armaturenbrett, während draußen ein paar Schülerinnen kopfschüttelnd an uns vorübergingen. Ich streckte ihnen die Zunge heraus, so weit ich nur konnte, dann warf ich Hannes den Autoschlüssel in den Schoß.

„Selber schuld! Was lässt du mich auch fahren!“ Zufrieden stieg ich aus und streckte mich. Es roch leicht nach qualmenden Bremsen, und Hannes schnalzte mit der Zunge, als er ebenfalls ausstieg.

„Mann, Mart! Wenn ich morgen damit auf der Autobahn liegen bleibe, bist du schuld.“

„Wieso, du bist doch jetzt geprüfter Automechaniker. Da wirst du doch wohl deine eigene kleine Schüssel wieder hinkriegen!“

Hannes grinste und legte mir den Arm um die Schulter. „Ist das nicht geil? Ich hab’s geschafft. Jetzt bin ich ein freier Mann!“

„Nur bis zum ersten August. Dann wird’s ernst.“

„Mensch, Mart, jag mir doch keine Angst ein! Ein bisschen mehr Mitgefühl bitte! Schließlich muss ich allein in die Fremde ziehen.“ Er nahm mich spielerisch in den Schwitzkasten, lockerte seinen Griff aber gleich wieder, ohne seinen Arm herunterzunehmen.

Langsam schlenderten wir über die Betonplatten zum Eingang des Schülerwohnheims. Es war ziemlich viel los, überall wimmelte es von abreisenden Schülern. Heute war Mittwoch, gestern hatten die Abschlussprüfungen stattgefunden, für die unteren Jahrgänge, mich eingeschlossen, begannen die Sommerferien erst am Freitag. Während Hannes schon morgen nach Hamburg aufbrach, wo er einen Job in einer alternativen Autowerkstatt gefunden hatte, würde ich einen Tag später zurück auf die Insel fahren, um dort die Ferien über in Tante Josinas Pension auszuhelfen. Begeistert war ich nicht davon, aber ich freute mich dennoch ein bisschen, auf die Spaziergänge am Nordstrand, auf Klaas, den ich bei meinen wenigen Besuchen zu Hause jedes Mal verpasst hatte, vor allem auf Anja. Das letzte Mal hatte ich sie Ostern gesehen; wir würden uns viel zu erzählen haben.

Hannes schleuderte den Autoschlüssel in die Luft und fing ihn wieder auf. „Wie ist es, wollen wir noch was rauchen?" Er nickte zum Dachstuhl hinauf, und ich zuckte die Achseln.

„Sicher, klar. Ein letzter Joint zum Abschied", sagte ich sarkastisch.

Hannes lächelte aufmunternd. „Nimm's nicht so schwer, Mart. Denk einfach daran, wie scheiße ich ausseh." Er zog eine Grimasse, und ich zeigte ihm einen Vogel und schulterte meine Umhängetasche neu.

„Wie kommst du darauf, dass ich es schwernehme? Ich bin froh, dass ich dich endlich los bin."

Hannes nickte verständig. „Genau! Dito."

Wir lächelten uns an. Natürlich fiel uns beiden der Abschied nicht leicht. In den vergangenen Monaten waren wir fast unzertrennlich gewesen, hatten nahezu jede freie Minute miteinander verbracht. Vor allem für mich würde es hart werden; auf Hannes warteten eine neue Stadt, ein neuer Job, neue Menschen, auf mich hingegen zwei weitere Jahre bei den Putz- und Dienstmäusen, in einer Schule, die mir keinen Spaß machte, zusammen mit lauter Schülerinnen, mit denen mich nichts, aber so gar nichts verband. Allerdings hatte ich es auch erfolgreich vermieden, andere Kontakte außer mit Hannes zu schließen. Und jetzt ging er fort.

„Und du bleibst die ganzen sechs Wochen auf der Insel?"

„Mal sehen. Vielleicht komm ich dich auch besuchen."

„Bleib mir bloß vom Leibe, he!" Hannes lachte und hüpfte die Treppen zum Eingang hinauf. „Na ja, du weißt doch, du bist mir immer willkommen." Ich ließ zwei Mädchen passieren, die gemeinsam eine riesige Reisetasche trugen, und lief hinter ihm her, vorbei am Hausmeister, der hinter der Glasscheibe in seinem Kabuff saß. Aber ich hatte noch nicht den ersten Treppenabsatz erreicht, als er mich zurückrief.

„He, du da! Ja, genau du, mit den kurzen Haaren!"

Ein langhaariges Mädchen, das mir gerade entgegenkam, sah mich mitleidig an, und ich seufzte und drehte mich so langsam wie möglich um.

„Meinen Sie mich?"

„Marthe Maan." Er spuckte meinen Namen fast aus und streckte einen gefalteten Zettel durch den Spalt in der Scheibe. „Hier. Für dich."

Ich warf Hannes einen genervten Blick zu und sprang die Treppen wieder hinunter. Bevor ich den Zettel greifen konnte, ließ der Hausmeister ihn fallen und schob die Glasscheibe zu. Der Zettel segelte durch die Luft und landete schließlich auf dem schmutzigen Boden. Wütend hob ich ihn auf und lief wieder die Treppe hinauf, das meckernde Lachen des Hausmeisters im Ohr.

„Ein Liebesbrief?", fragte Hannes neugierig. Ich blieb neben ihm stehen und betrachtete den Zettel.

„Ein Telegramm", sagte ich verdutzt und faltete es auseinander. „Mein erstes. Ich hab noch nie eins gekriegt. Wer in alles Welt schickt mir ein Te…"

„Was ist denn?", fragte Hannes. Aber ich konnte nicht weitersprechen. Nur zwei Zeilen standen auf dem linierten Papier, und noch während ich sie zum zweiten Mal las, verwischten sie mir vor den Augen.

„Mart?" Hannes' Stimme klang besorgt.

Ich ließ das Telegramm sinken und sah zu ihm auf. Auch sein Gesicht war auf einmal verwischt. „Es ist von Harm", sagte ich, und meine Stimme klang dünn und fremd, als würde sie gar nicht zu mir gehören. „Anja ist tot."

Berlin, Juli 2000

„Ich weiß nicht", sagte Lena und untersuchte akribisch einen kleinen blauen Fleck an ihrem Oberarm. „Ich weiß nicht so richtig, ob ich darauf stehe. Irgendwie sieht das doch scheiße aus, oder?"

Ich verkniff mir ein Grinsen, während ich die beiden Futternäpfe aus der Tüte holte. „Du kannst ihn ja bitten, dich nur im Winter fest anzupacken."

„Im Winter ist er vermutlich längst Geschichte", sagte Lena und versuchte, den Ärmel ihres T-Shirts über den blauen Fleck zu ziehen. „Mist, nicht lang genug. Lach nicht. Ich weiß mal wieder gar nichts. Wahrscheinlich sollte ich den Typen in den Wind schießen. Und solche dämlichen Experimente einfach lassen. SM. Ja ja, ich sehe es deinem Gesicht an. Das hast du vermutlich zuletzt in den Achtzigern praktiziert." Sie warf mir einen funkelnden Blick zu, und ich hüllte mich lieber in vornehmes Schweigen.

„Den nächsten Hund müsstest du nehmen", erklärte ich und warf ihr quer durchs Zimmer einen der Plastiknäpfe zu. „Ich fliege Mittwoch nach Gotland."

„Schon wieder?" Lena strich sich eine widerspenstige Locke hinters Ohr und hielt sich den Napf dichter vor Augen. Mit einem Finger fuhr sie den eingelassenen Tragegriff nach.

„Wieso schon wieder? Das letzte Mal war ich vor fast zwei Monaten bei Ebba."

„Was, so lange ist das her? Fährst du in letzter Zeit eigentlich seltener hin, oder bilde ich mir das ein?" Sie drehte den Napf um und betrachtete die Unterseite.

„Das bildest du dir ein!" Schnell rechnete ich nach. Nein, ich fuhr nicht seltener, jedenfalls meinem Gefühl nach; aber es war schwierig, das zu beurteilen, schließlich waren meine Besuche noch nie einem regelmäßigen Rhythmus gefolgt.

Im Flur klingelte das Telefon, und bevor ich aufstehen konnte, hörte ich auch schon leise Schritte aus der Küche.

Lena hielt den Napf schief. Was auch immer sie auf seiner Unterseite entdeckte, es schien ihr nicht zu gefallen. „Okay", sagte sie lässig. „Meine Güte, das Teil ist aber nicht mit Sorgfalt entworfen worden. Vielleicht sollte ich mich bei einer Futternapffirma bewerben."

„Tu das." Ich legte zwei neuerworbene Hundedecken und den anderen Napf in die Tüte zurück und schob sie unter mein Bett.

„Mart?" Jackie klopfte leise an meine Zimmertür. „Telefon für dich. Ebba."

Lena spitzte die Lippen und machte ein lautes Kussgeräusch, und ich versuchte ihr den Napf aus der Hand zu schlagen, als ich an ihr vorbei zur Tür lief. Aber Lena war schneller und presste den Napf lachend an ihre Brust.

Jackie hielt mir den Hörer entgegen. Ihr Gesichtsausdruck machte mich stutzig.

„Was ist?"

Sie schüttelte den Kopf. „Sie klingt komisch", sagte sie, schlang die Arme um ihren mageren Oberkörper und verschwand wieder in der Küche. Ich lehnte mich gegen die Wand und hob den Hörer ans Ohr.

„Ebba? Wie geht es dir? Alles in Ordnung?"

„Marthe?" Das erste Mal, seit ich sie kannte, klang mein Name aus ihrem Mund wie ein leiser Hilferuf. Meine Nackenaare stellten sich auf.

„Was ist los? Ist was passiert?"

„Noch nicht", sagte Ebba und räusperte sich. „Oder doch, ja. Ich muss ... Du kannst Mittwoch nicht kommen. Oder doch, ich meine, klar kannst du kommen, aber ich bin nicht da.“ Verwirrt hielt sie für einen Moment inne. Im Hintergrund hörte ich Klaviermusik, sehr leise Klaviermusik, kaum mehr als ein Rauschen. „Ich muss nach Karlskrona.“

„Wieso? Was ist passiert?“ Ich rutschte an der Wand langsam nach unten. Mein Blick fiel auf die abgetretenen Dielen, die erstaunlich sauber aussahen. Jackie hatte gestern gewischt, oder war das erst heute gewesen?

Ebba schwieg einen Moment, dann hörte ich ein Klacken, und die Klaviermusik im Hintergrund verstummte. Ein leises Rauschen aber blieb. „Meine Mutter“, sagte sie und schluchzte unterdrückt auf. „Meine Mutter stirbt.“

Deine Mutter starb drei Tage später, an dem Tag, an dem ich eigentlich zu dir nach Gotland hätte fliegen sollen. Bis heute weiß ich nicht genau, woran sie eigentlich starb, und du wusstest es auch nicht. Woran sterben Menschen, wenn sie alt werden? Herzversagen, Organversagen, einfach so?

Als du kamst, lag sie im Sterben, in einer Klinik, in die sie wegen eines akuten Schwächeanfalls gebracht worden war. Du hast zwei Tage und Nächte bei ihr verbracht, dein Bruder kam mehrfach vorbei. Viel gesprochen habt ihr drei nicht miteinander, wie auch; deine Mutter befand sich, so hast du es erzählt, bereits in einer anderen Welt, dein Bruder blieb stumm.

Später, als es ums Erbe ging, sprach er umso mehr, aber das hat dich nicht weiter berührt. Du hast Abschied genommen, mit dem Abschied von deiner Mutter auch von deinem Bruder. Du hast ihm deine Anteile komplett überschrieben, dich auszahlen lassen. Damit bist du gegangen, aus seinem Leben. Du wolltest nicht mehr.

Und du wolltest auch nicht, dass ich zur Beerdigung komme. Wir trafen uns erst wieder auf Gotland, eine Woche danach. Insgeheim war ich erleichtert; erneut war es mir gelungen, einer Beerdigung aus dem Wege zu gehen.

Vierzehn Jahre lang war mir das gelungen. Und danach noch einmal neuneinhalb Jahre.

Ich wünschte, es wäre mir für immer gelungen. Ich weiß, es ist unrealistisch, aber immer noch wünsche ich es mir.

Norddorf, Juli 1986

Berend schniefte. Er stand stocksteif neben mir, in einem schwarzen Anzug mit weißem Hemd und makellos geputzten Schuhen, und schniefte.

„Warum?", rief der Pastor. „Warum musste so ein junger Mensch sterben?"

Anjas Mutter schluchzte laut auf. Sie stand mir schräg gegenüber, direkt vor der geöffneten Grube. Einen Moment fürchtete ich, sie würde hineinstürzen, so sehr wankte sie. Wieder schluchzte sie auf und verbarg ihr Gesicht in beiden Händen, während zwei ältere Frauen sie stützten. Anjas ältere Schwester stand mit starrer Miene daneben. Ihr Blick war in die Ferne gerichtet; sie sah genauso einsam aus, wie ich mich fühlte.

Berend neben mir schniefte wieder. Er hatte kein Taschentuch, ebenso wenig wie ich. Aber selbst wenn ich eines gehabt hätte, war ich unfähig, mich zu bewegen. Jeder Knochen im Leibe tat mir weh, jeder Atemzug schmerzte. Anja. Ich konnte ihren Namen nicht einmal denken, ohne dass sich mein Magen verkrampfte.

Ich biss die Zähne zusammen und sah zum bedeckten Sommerhimmel auf, während ich versuchte, an gar nichts zu denken. Der Pastor da vorne sprach über jemand anderen. Ein anderes Mädchen, das im Alter von siebzehn Jahren auf dem Weg zu ihrer Ausbildungsstelle mit dem Mofa verunglückt war. Ein anderes Mädchen, das mir nicht fehlte und fehlen würde. Ein anderes Mädchen, das nicht meine beste Freundin gewesen war.

Anjas Mutter schluchzte wieder laut auf, und jetzt verlor auch eine der älteren Frauen neben ihr die Fassung und begann zu weinen. Jemand berührte mich, eine Hand auf meiner Schulter, Berends Mutter, die ihrem Sohn ein Taschentuch reichte. Die Berührung brannte auf meiner Schulter wie Feuer, ich war versucht, sie abzuschütteln; ich tat es nur nicht, weil ich mich einfach nicht bewegen konnte.

Der Pastor rief etwas, die Gemeinde murmelte eine Antwort. Der Pastor trat zurück, wies nach unten, auf einen Haufen dunkler Erde neben der Grube, eine Schaufel steckte darin. Ein silberne Schaufel, sie sah aus wie jene, die ich als Kind besessen hatte, mit der ich im Sandkasten gespielt hatte, zusammen mit Anja; Anja, meiner besten Freundin, Anja, die jetzt tot war und da drüben im Sarg lag, in diesem hellen, schrecklichen Sarg, mit Blumen bedeckt. Dem Sarg, der jetzt in die Erde gelassen werden sollte, mit Seilen, die schon darunter bereitlagen. Vier Männer traten vor, Männer in Anzügen, einer hatte ein puterrotes Gesicht; der alte Sigurd, was machte der hier?

Ich drehte den Kopf, blickte auf die Reihe der Trauernden, Familie, Verwandte, Nachbarn, unsere ehemaligen gemeinsamen Mitschüler, Leute aus der Gemeinde. Harm stand mitten unter ihnen. Er sah mich an, mit gefalteten Händen, auch er trug einen Anzug, darunter ein weißes Hemd, eine schwarze Krawatte. Sein wüst geschnittener Pony fiel ihm in die weiße Stirn, sein ganzes Gesicht war schneeweiß, bis auf die Augen. Seit wann hatte Harm solch dunkle Augen?

Harm sah mich an, in seiner Wange zuckte ein Muskel. Auf einmal war mir kalt, ich fror, fror so schrecklich, dass ich die Arme um meinen Oberkörper schlingen musste. Anjas Mutter schluchzte, Berend schniefte, Harm sah mich an, mit dunklen, unendlich traurigen, uralten Augen. Er sah mich an, als hielte nur sein Blick ihn noch aufrecht.

Die Männer in den Anzügen bückten sich, und auf einmal war da ein Geräusch, ein seltsames Wimmern, kläglich und hoch. Meine Brust tat mir weh, jeder Atemzug schmerzte, wieder legte sich eine Hand auf meine Schulter, aber diesmal ertrug ich sie nicht mehr. Ich duckte mich weg, drehte mich um, schob den alten Pedder zur Seite, Berends älteren Bruder, andere Körper, drückte sie fort, bis eine Lücke entstand, und dann rannte ich los, rannte und rannte, über den Weg, durch die Pforte, weiter und weiter, die Straße hinunter, irgendwo war der Strand, er wartete auf mich, wartete, wartete, immer und immer.

Das Wimmern war noch da, als ich fiel. Und erst, als sich Tränen und Sand an meiner Wange vermischten, erst da verstand ich, dass es aus mir selbst kam.

„Marti, he. He, steh mal auf."

Ich setzte mich auf und wischte den klebrigen Sand aus dem Gesicht. Harm hockte neben mir, ein Stück weiter neben ihm stand Berend, die Hände in den Taschen seiner guten Hose. Beide sahen mich hilflos an, als müsste ich wissen, wie es jetzt weitergehen sollte, und augenblicklich schossen mir schon wieder die Tränen in die Augen. Wir drei waren jetzt also übrig. Unsere Viererclique gab es nicht mehr. Das hier war der Rest unserer Gemeinschaft, die seit Kindertagen bestanden hatte – Harm, Berend und ich, drei ratlose Siebzehnjährige, denen der Boden unter den Füßen weggerissen worden war. Trotzig schluckte ich meine Tränen herunter.

„Was ist?", fragte ich rau. „Alles vorbei?"

Harm und Berend nickten gleichzeitig. Weit hinter ihnen sah ich eine Urlauberfamilie den Strand hochkommen, Handtücher unter den Armen. Der Vater legte eine Hand über die Augen, sah sich um und dirigierte seine Frau und die beiden Kinder zurück in Richtung des Badestrandes.

Harm lächelte mich schief an, ein freudloses Lächeln, das seine Ratlosigkeit nur noch verdeutlichte. „Coolen Haarschnitt hast du jetzt", sagte er. „Schön kurz, steht dir gut."

Als ich nicht reagierte, zog er eine zerdrückte Packung Zigaretten heraus und bot sie Berend und mir an.

Nur Berend griff zu. Seine Augen huschten flackernd über mich hinweg, als Harm ihm Feuer gab und sich selbst eine anzündete. Er sah unsicher aus, unsicher und verloren. Wieder stiegen die Tränen in mir hoch.

Harm sog tief den Rauch ein und atmete wieder aus. „Scheiße“, murmelte er und sah wieder mich an. „Und was machen wir jetzt?“

„Woher soll ich das denn wissen?“ Meine Stimme klang grob.

Harm rauchte schweigend ein paar Züge, die Zigarette zwischen Daumen und Zeigefinger. Auch Berend schwieg. Als ich zu ihm hochsah, entdeckte ich, dass sein Adamsapfel zuckte. Berend sah anders aus, größer, als wäre er in den vergangenen Monaten ein paar Zentimeter gewachsen. Aber auch Harm sah anders aus, gut, aber fremd. Je länger ich die beiden betrachtete, desto schwerer fiel es mir, in ihnen meine ältesten Freunde zu erkennen. Vielleicht ging es ihnen mit mir ja genauso.

Es hätte anders sein sollen, und ich verstand nicht, warum es so war, aber ich konnte sie nicht trösten. Und sie mich auch nicht.

Abrupt stand ich auf. „Ich muss erst mal los“, sagte ich. „Ich … wir sehen uns. Bis später.“

Harm nickte, Berend versuchte ein Lächeln, als ich an ihm vorbeiging, noch steif in den Knien vom langen Liegen im Sand. Ich wusste nicht, ob es richtig war, die beiden alleine zu lassen, aber ich musste jetzt gehen.

Die Vogelwärterhütte war verschlossen, im Fenster hing ein Computerausdruck mit der Aufschrift „Bis auf weiteres nicht besetzt“. Ich blieb lange davor stehen; wer auch immer diesen Zettel geschrieben hatte, Klaas war es nicht gewesen; er besaß keinen Computer.

Ich wollte nicht nach Hause, aber die Kälte ließ mir keine Wahl. Meine Jeans war an den Knien und Schenkeln durchfeuchtet, und die dünne, dunkle Jacke, die ich mir von Frauke geliehen hatte, hing zerknittert an mir herunter. Obwohl es nicht kalt war, fror ich in der milden Brise, die von der See her über die Insel zog.

Langsam ging ich den Weg zwischen den Dünen hinunter zur Straße und blies in meine Finger, während ich den Kiebitzen zusah, die rufend über die Marschwiesen flogen. Ich fühlte mich leer, unendlich leer. Klaas war nicht da, Hannes weit weg, Anja war fort, Harm und Berend hockten traurig am Strand. Es fühlte sich an, als ob nichts und niemand mehr da wäre. Als wären alle gestorben. Alle, die mir etwas bedeuteten, und nicht nur Anja.

Anja.

Anja war tot.

Bei Tante Josinas Pension blieb ich stehen und sah zu den blumengeschmückten Fenstern auf, aber die Aussicht auf Tante Josinas strenges Gesicht hielt mich davon ab, hinüberzugehen und mir etwas zum Umziehen zu leihen. In den nächsten Wochen würde ich sie oft genug zu Gesicht bekommen.

Die Bäckerei war natürlich längst geschlossen, trotzdem stand ich einen Moment davor herum, dann lief ich zum Halemwai. Die Vorhänge im Obergeschoss waren zugezogen. Ich zögerte, dann trottete ich weiter. Mir war kalt, ich musste mich umziehen, dringend.

Vor Pedders Kneipe standen Männer in Anzügen, die Sargträger, wie ich beim Näherkommen erkannte. Und auch viele andere Trauergäste waren versammelt; unter den dunkel gekleideten Menschen machte ich ein paar Verwandte von Anja aus, ihren Großvater und den Onkel aus Wittdün. Und dann sah ich Anjas Schwester, die bewegungslos neben dem Zaun stand, mit dem gleichen, starren Blick wie Stunden zuvor auf dem Friedhof, und mich schauderte es. Eilig öffnete ich die Gartenpforte und lief zu unserer Haustür.

Meine Mutter stand in der Küche und spülte das Geschirr vom Abendessen. Natürlich hatten sie mit dem Essen nicht auf mich gewartet; das war schon seit Jahren nicht mehr der Fall. Trotzdem versetzte es mir einen Stich.

Meine Mutter drehte sich um, als ich mich vorbeischleichen wollte. „Und, wie war es?“, fragte sie, als wäre ich bei einem Fest gewesen.

Ich zuckte mit den Schultern. Aber statt weiterzugehen, die Treppe hinauf in mein Zimmer, blieb ich stehen, warum, wusste ich auch nicht.

Meine Mutter und ich sahen uns an. Dann stellte sie den Topf, den sie gerade abgewaschen hatte, in die Spüle und trocknete sich die Hände an der Schürze ab. „Bei Pedder ist Leichenschmaus“, sagte sie. „Dein Vater ist auch da. Willst du nicht hin?“

Ich schüttelte den Kopf. „Auf gar keinen Fall.“ Die Haustür ging knarrend auf, und ich hörte die Stimmen von Uwe und Frauke. Sie lachten. Wie konnten sie lachen?

Über die Augen meiner Mutter huschte ein Schatten. „Schade um das Mädchen“, sagte sie. „War ein nettes Mädchen, die Anja. Tragisch ist das.“

Uwe trat in den Durchgang, zog sich die Hose hoch. Hinter ihm huschte Frauke die Treppe hinauf. Meine Mutter musterte Uwe, dann drehte sie sich wieder zur Spüle.

„Ja, echt schade drum“, sagte Uwe. „Die war ja echt schnuckelig. Aber mit dem Mofa in den Graben und dann gleich Genickbruch, das muss man auch erst mal bringen.“ Er schüttelte den Kopf. „Echt Pech.“

Siedend heißer Zorn stieg in mir auf, und ich ballte die Fäuste. „Halt die Fresse!“, fuhr ich ihn an. „Du hast doch keine Ahnung!“

Uwe zuckte mit den Schultern und versuchte ein lässiges Lächeln. „Mensch, ich mein ja nur. Was hast du überhaupt für eine Frisur? Sieht ja scheiße aus. Jedes Mal, wenn du kommst, sind die kürzer, die Haare."

Ich holte tief Luft. Dann noch einmal. Dann drehte ich mich von ihm weg und machte ein paar Schritte auf meine Mutter zu. „Mama? Sag mal, weißt du, wo Klaas ist? Die Vogelwärterhütte ist zu."

Der Rücken meiner Mutter versteifte sich. „Klaas?", fragte sie mit rauer Stimme, ohne sich umzudrehen. „Klaas? Was meinst du?"

„Haste nicht gehört?", sagte Uwe hinter mir. „Der hatte doch was mit der Lunge. Kein Wunder, was der weggeraucht hat!"

Ich drehte mich um. „Wie, was heißt das? Wo ist der?"

Für einen Moment sah sogar mein gefühlloser Klotz von Bruder unbehaglich drein. „Na, der ist doch gestorben. Schon vor Ostern. Oder Mama, war doch vor Ostern?"

Meine Mutter wuchtete den Entsafter auf das Fensterbrett und lugte durch den Vorhang nach draußen. „Kann sein", sagte sie. „Kann sein, dass das vor Ostern war."

Fassungslos stand ich da. „Klaas ist auch tot?", fragte ich leise. Meine Mutter seufzte, lugte noch mal durch den Vorhang und drehte sich um, den Entsafter immer noch in den Händen.

„Vergiss den", sagte sie. „Das ist besser für dich. Und für mich auch."

Ich starrte sie an. Aber sie wich meinem Blick aus. Hinter mir hörte ich Uwe die Treppe hinaufgehen, nahezu lautlos.

„Wieso?", fragte ich. „Wieso ist das besser?"

Aber meine Mutter antwortete nicht. Sie biss die Zähne zusammen und trug den Entsafter an mir vorbei, zur Kellertür. Ich hörte, wie die Tür aufschwang und sie die knarrenden Stufen hinunterstieg, ganz langsam, hinunter in den modrigen Keller.

Sie würde mir nicht antworten, jetzt nicht und nie.

Und wo es keine Antworten gab, hatte ich nichts mehr verloren.

Die Sonne leuchtete als weißlich schimmernder Ball am diesigen Himmel, versteckt hinter unsichtbaren Wolken weit oben. Die Insel in ihrem Bett aus grünlichem Wasser lag da wie in Watte gepackt. Ich beugte mich vor und lauschte dem Rauschen des Wassers und dem Dröhnen der Schiffsmotoren, als die Fähre an Fahrt aufnahm. Eine Silbermöwe flog dicht an mir vorbei, wurde langsamer und beäugte mich kritisch mit einem Auge, dann schwebte sie weiter.

Auf die Reling gestützt, sah ich zu, wie Harms Gestalt auf der Kaimauer kleiner und kleiner wurde. Einmal noch hob er den Arm und winkte, dann kletterte er hinunter und ging zu seinem Moped hinüber, das er beim Fährhaus geparkt hatte. Ich musste schlucken, dann kniff ich die Augen fest zu und öffnete sie wieder. Ein kleiner Punkt bewegte sich vom Kai weg die Straße hinauf und verschwand zwischen den Häusern. Ich konnte nichts dagegen machen, ich fühlte mich bodenlos allein und verlassen.

Aber das war ich ja auch.

„Marthe, he. Fährst du schon wieder?“ Ubbo lehnte sich neben mich und schenkte mir sein breitestes Lächeln. „Bist du nicht erst vorgestern gekommen? Mein Kollege hat so was erzählt.“ Seine Augen glänzten, aber etwas in meinem Gesicht schien ihm zu verraten, wie es um mich stand, denn sein breites Lächeln versiegte sofort. „Du, ich hab das von deiner Freundin gehört. Tut mir echt leid.“

„Mir auch.“

Ubbo nickte und spuckte ins Wasser. Etwas an ihm sah verändert aus, aber an seinen Haaren lag es nicht. Sie waren genauso kurz wie bei unserem letzten Treffen hier auf der Fähre. Das war zu Ostern gewesen. Damals hatte Anja mich abgeholt, mit dem Bus. Sie hatte mir aufgeregt zugewinkt, schon bevor die Fähre angelegt hatte. Aber daran wollte ich jetzt nicht mehr denken. Jetzt nicht und nie wieder am besten.

Ich lehnte mich gegen die Reling und sah zu, wie Ubbo sich eine Zigarette anzündete. Er bot mir eine an, aber ich lehnte ab. In irgendeinem verqueren Teil meines Gehirns hatte ich mir gestern Abend vorgenommen, mit dem Rauchen aufzuhören, noch bevor ich Harm angerufen und ihn gebeten hatte, mich heute zur Fähre zu bringen.

„Kanntest du sie eigentlich, Ubbo?" Ich wollte dringend hören, wie jemand anders sie gesehen hatte. Aber Ubbo schüttelte den Kopf.

„Nee, nur vom Sehen. Aber ich fand sie total süß. Also, sympathisch", verbesserte er sich schnell, als hätte er Angst, ich könne eifersüchtig werden. „Und wie geht es dir?"

„Beschissen."

Er nickte verständig, dann sog er hastig zweimal hintereinander an seiner Zigarette. „Und, wohin geht's jetzt?"

„Weiß noch nicht genau. Ich glaube, erst mal nach Hamburg. Da hab ich einen Freund."

Ubbos Augen verengten sich. „Okay", sagte er gedehnt und schnippte die Zigarette ins Wasser. Dann wischte er sich die Hände an seinem Overall ab. Plötzlich wusste ich, was sich an ihm verändert hatte. Zum ersten Mal, seit ich ihn kannte, trug Ubbo keinen ölverschmierten, dreckigen Overall, sondern einen nagelneuen, sauberen. „Ich dachte, du wolltest die Sommerferien über bei deiner Tante arbeiten?"

„Dachte ich auch."

Wir lächelten uns vorsichtig an, dann warf Ubbo einen flüchtigen Blick auf seine Uhr.

„Wie … wie sieht es aus … Lust auf die Kabine hast du wohl keine?"

Einen Moment zögerte ich. Unwillkürlich fuhr mein Blick zu seinen großen, kräftigen Händen. Ich hatte es immer gemocht, wenn er mich damit berührte. Aber auch das war vorbei.

Ubbo missdeutete mein Zögern. Sein Lächeln verbreiterte sich, und er hängte die Daumen lässig in die Gürtelschlaufen. „Dann geh ich schon mal vor?“ Er machte Anstalten, sich umzudrehen, aber ich hielt ihn zurück.

„Tut mir leid“, sagte ich.

Er trat einen Schritt zurück. „Echt nicht?“

Ich schüttelte den Kopf. Hinter Ubbo war ein Pärchen an die Reling getreten, die Frau deutete begeistert aufs Meer hinaus. Zur Robbenbank, das wusste ich, ohne hinsehen zu müssen. Alle Touristen zeigten dorthin, jedes Mal, wenn die Fähre vorbeifuhr.

Ubbo ließ die Schultern hängen, aber nur kurz. „Schade“, sagte er knapp. „Das war's dann wohl, ja?“

„Kann sein“, sagte ich leise. Ubbo nickte bitter.

„Klar, ich bin ja auch nur der vertrottelte dämliche Typ von der Fähre und kein geiler Stecher aus Hamburg. Okay, wenn du das so haben willst.“ Er lächelte schief, dann trat er zurück. „Mach's gut, Marthe.“ Und damit drehte er sich um und ging, mit aufgerichtetem Rücken, und gerade an seiner aufrechten Haltung erkannte ich, wie tief verletzt er in Wirklichkeit war.

Einen Moment lang war ich versucht, ihn zurückzurufen, mich zu erklären, aber ich brachte es einfach nicht fertig. Mir fehlte die Kraft. Und auf eine bestimmte Art hatte er schließlich auch recht mit dem, was er glaubte.

Und so drehte ich mich einfach um und stützte mich erneut auf die Reling. Rechts von mir lagen drei kegelförmige Gestalten nebeneinander auf der Sandbank. Von der Insel weit hinten war nur noch ein dunkler Streifen zu sehen.

Jetzt

Die Fähre liegt schon am Kai, als ich die leicht abschüssige Straße zur Mole hinunterfahre. Blendend weiß, wie frisch geschrubbt, ragt der große Schiffsleib über den niedrigen Lagerhäusern in den dunklen Abendhimmel empor. Zwei Reihen Autos und Lastwagen stehen bereit, die ersten Wagen fahren gerade an. Eine freundliche, junge Frau reicht mir mit meinem Ticket auch ein grünes DIN-A-5-Blatt mit in den Wagen: *Husdjur medföljer*, Haustier wird mitgeführt. Ich lege es hinter die Scheibe, gut sichtbar.

Als Vorletzte in der Reihe fahre ich schließlich in den Bauch der Fähre hoch aufs Zwischendeck. Rupert, der neugierig aus dem Fenster gesehen hat, ein Ohr hochgestellt, das andere, der Schwerkraft folgend, schlapp herunterhängend, rollt sich sofort wieder zusammen, kaum dass ich die Bremse angezogen habe.

Ich lasse ihn im Wagen und die Fenster ein wenig herunter. Das Deck ist nach hinten hin geöffnet, ein frischer Luftzug dringt ganz bis nach vorn, an Sauerstoff wird es Rupert nicht mangeln. Als ich zwischen einem Pferdeanhänger und einem Saab hindurch zum Ausgang gehe, entdecke ich nahezu hinter jeder Windschutzscheibe einen grünen Zettel. Aus dem Rückfenster des Saabs blickt mich eine gescheckte Katze an, im Auto davor bellt ein kleiner, wuscheliger Rüde einmal kurz und verärgert auf, beruhigt sich aber gleich wieder.

Ich finde es angenehm zu wissen, dass sich überall in den Autos Haustiere befinden, dass nicht nur Rupert hier allein auf mich wartet. Obwohl ihm das vermutlich vollkommen egal ist.

Drei Stunden Ruhe für ihn, drei Stunden im vorab gebuchten Lehnsessel für mich. Oben, auf dem Passagierdeck, hat das Bistro soeben geöffnet, eine Reihe Passagiere stürzt sich wie ausgehungert auf die Teller mit warmen Würstchen oder Fleischklößchen mit Kartoffelbrei und Preiselbeermus, die von weißbemützten Angestellten unermüdlich neu in die Auslage geschoben werden.

Ich hole mir einen Kaffee und ein Käsebrötchen, dann laufe ich ganz nach vorne durch, bis zu der riesigen Panoramascheibe gleich unter der Brücke, an der Spitze der Fähre. Mein Sessel, das entdecke ich mit Freude, befindet sich in der ersten Reihe, nur noch zwei weitere Passagiere teilen sich mit mir den grandiosen Ausblick auf die still daliegende, dunkle Ostsee.

Die Sonne ist bereits vor gut einer Stunde untergegangen, aber noch kann ich ein Schimmern am Himmel ausmachen, den Horizont in der Ferne. Dort hinten, gut hundert Kilometer entfernt, dort liegt die Insel. Plötzlich spüre ich, dass ich Angst habe.

Jahrelang hast du mich dort drüben erwartet. Du warst immer da, wenn ich kam.

Ich lehne mich zurück und schließe die Augen, versuche, den Kloß in meinem Hals zu ignorieren.

„Viel Spaß auf der Insel“, hat Lena gesagt. Sie weiß, wie sehr ich die Insel liebe. Allem zum Trotz.

Vielleicht werde ich sogar Spaß haben, auch ohne dich. Allem zum Trotz.

Ich bin auf einer Insel aufgewachsen, und ich wollte niemals auf eine Insel zurück. Jahrelang habe ich Inseln gemieden, bin nicht mitgeflogen, nicht mitgefahren, nicht mit Lena nach Fehmarn, war nicht mit Truus auf Mallorca, mit Hannes und Massimo auf Teneriffa. Damals, als ich nach Anjas Beerdigung von der Insel flüchtete, schwor ich mir, erst wieder auf meine heimatliche Insel zurückzukehren, wenn ich auf eigenen Füßen stand. Ich habe mich daran gehalten. Es hat mehr als zwanzig Jahre gedauert, bis ich zurückkam.

Hannes war zwar erstaunt, aber dennoch erfreut, als ich am nächsten Tag vor seiner Tür stand. Er ließ mich mit auf seiner Matratze schlafen und verschaffte mir einen Ferienjob als Wagenwäscherin in der Werkstatt, in der er soeben als Geselle angefangen hatte.

Den ganzen Sommer über wusch und polierte ich frisch reparierte Autos und erkundete, gemeinsam mit Hannes, die große Stadt Hamburg. Wir hatten viel Spaß, einmal kam auch Harm aus Föhr zu Besuch, das machte mich glücklich. Über Anja redeten wir nicht, über Berend nur kurz. Aber unser beider Verbindung, das war uns klar, hatte Bestand. Nicht alles war gänzlich vorbei, nicht mein ganzes altes Leben in Stücke geschlagen.

Nach den Ferien ging ich zurück nach Kiel an die Schule; mir blieb nicht viel anderes übrig, ich war noch nicht volljährig, und mein Vater, der ohnehin bei jedem Anruf fast durch das Telefon zu springen schien, drohte mir mit dem Erziehungsheim, wenn ich die Ausbildung abbräche.

An meinem achtzehnten Geburtstag aber packte ich meine wenigen Sachen zusammen, lockte den Hausmeister unter dem Vorwand, im Mädchentrakt sei ein Wasserrohr gebrochen, nach oben, und warf drei Stinkbomben in seine Kabine. Dann trampte ich nach Hamburg, zu Hannes. Zu Hause rief ich nicht mehr an. Zu Hause gab es nicht mehr.

Drei Wochen später lernte ich im *Camelot*, einer Frauendiscothek nahe der Reeperbahn, eine Berlinerin kennen, Micky, meine erste richtige Geliebte. Zwei Wochen danach besuchte ich sie, für ein paar Tage. Und blieb.

Micky verließ ich nach einigen Monaten. Berlin blieb ich treu.

Ich verspüre einen ganz leichten Ruck und öffne die Augen. Vor mir geht ein kleines, stupsnasiges Mädchen mit einer affigen rosa Handtasche vorbei, ganz das Ebenbild ihrer Mutter, die gleich darauf folgt. In den Lautsprechern knackt es, dann folgt eine Durchsage. Fakten zur Fähre, dann eine Zahl: 342 Passagiere sind heute an Bord.

Die Fähre hat abgelegt, nimmt langsam an Fahrt auf. Vor mir glitzert das Wasser, dann wird es zusehends dunkler, als wir die Lichter des Hafens hinter uns lassen. Ruhig gleitet das Schiff in die Nacht hinein. Ich stütze die Ellenbogen auf die Knie und lege mein Kinn in die Hände.

Ich habe keine Ahnung, wo mich das alles hinführt. Hineingerissen bin ich, hineingerissen in die Zeit, in einen Mahlstrom, der mich mit sich zieht, fließt, sprudelt, dann wieder ruhig dahinströmt, bis unversehens ein neuer Strudel auftaucht und mich mit seinen Wirbeln gepackt hält, bevor er mich ausspuckt. Nur die Richtung bleibt: vorwärts.

Manchmal fühle ich mich alt, uralt. Alles scheint mir so unendlich lange her, tausend Jahre oder mehr.

Und dich vermisse ich schrecklich.

Kapitel 5

Jetzt

Es ist kurz nach Mitternacht, als die Fähre an der beleuchteten Hafenmole von Visby anlegt. Lange vorher schon sehe ich die Stadt auf mich zukommen, ein milder Lichterglanz unter tiefblauem Himmel, pastellfarbene Spitzdächer und steil aufragende Kirchenruinen in sanfter Beleuchtung. Visby, die Stadt der Rosen und Ruinen; deine Heimat, meine teilweise auch.

Holpernd fahre ich über die metallene Rampe aus dem Bauch der Fähre auf festen Boden, noch im Fahren drehe ich die Fenster herunter. Rupert richtet sich sofort auf und schnuppert hinaus, seine dickliche Schnauze in den Spalt gepresst, mit zitterndem Barthaar. Es riecht gut, frisch, kalt und mild zugleich. Inselluft. Nirgendwo riecht die Luft so gut wie auf Inseln.

Eigentlich könnte ich direkt weiterfahren. Aber stattdessen lenke ich den Wagen in Richtung Innenstadt, an der geschlossenen Touristeninformation und dem dunkel daliegenden Tonsättarcentrum vorbei.

Am *Wisby Hotell* tippe ich kurz auf die Bremse. Ein paar frühe Touristen, in ihren zweifarbigen Outdoorjacken dem Aprilwetter trotzend, laufen rechts und links am Wagen vorbei, die Frauen tragen Handschuhe. Ich zögere nur kurz, dann biege ich in die Strandgatan ein.

In der Rezeption brennt noch Licht; durch die verglaste Front sehe ich die Hotelbesitzerin mit zusammengekniffenen Augen hinter dem Computer sitzen. Als ich aus dem Auto steige und mich der Glastür nähere, schrickt sie hoch, dann erhellt ein erkennendes Lächeln ihr Gesicht, und sie öffnet die Tür mit einem Knopfdruck.

Sie begrüßt mich freundlich. Das Zimmer, das ich beim letzten Mal hatte, ist frei; ich kann mehrere Nächte bleiben, wenn ich möchte, Rupert ist kein Problem. Sie sieht mir nicht nach, als ich ihn und meine Tasche aus dem Wagen hole; vielleicht spürt sie meine Traurigkeit, oder sie hat sich erinnert, an meinen Kummer bei meinem letzten Besuch, der noch nicht lange zurückliegt.

Das Zimmer begrüßt mich wie eine alte Bekannte. Nichts hat sich verändert, das ist beruhigend. Bett und Schrank stehen sauber und ordentlich da, der Fernseher schaltet sich automatisch ein, als ich meine Zimmerkarte in den dafür vorgesehenen Kontaktschlitz stecke. Ich schalte ihn sofort wieder aus und sehe aus dem Fenster, während Rupert ausgiebig Boden und Möbel beschnuppert.

Draußen, auf dem Packhusplan, warten die Sitzbänke und Tische im Biergarten gegenüber unter Planen auf die Sommersaison, die efeuumrankten Bäume strecken frisch knospendes Grün in den wolkendurchzogenen Himmel, die Häuser rundherum grüßen in freundlichen Gelbtönen.

Mir ist, als wäre ich einer drängenden Gefahr gerade noch soeben entronnen. Dabei ist es nur ein Aufschub.

Rupert stupst mich ins Knie.

„Na gut", sage ich. „Komm, lass uns noch ein bisschen rausgehen."

In der Rezeption ist das Licht bereits gedimmt, die Hotelbesitzerin ist nach Hause gefahren, die Familie wohnt nicht im Haus. Draußen hat der Wind aufgefrischt, und schon nach wenigen Schritten setze ich meine Kapuze auf. Rupert rennt glücklich wedelnd voraus, schnurstracks auf den künstlich angelegten Teich im Almedalenspark zu. Eine Schar Wasservögel, die sich schon zur Nachtruhe niedergelassen hatten, fliegt aufgescheucht hoch, aber Rupert interessiert sich nicht dafür; erfreut läuft er durchs flache Ufer, beißt ein paar Mal ins Wasser, dann kommt er aufgeräumt zu mir zurück.

Ob Rupert sich erinnert? Ob er diese Insel mit dir verbindet?

Hinter ihm sehe ich die dunkle See, dunkel und scheinbar weit fort, aber ich weiß, dass sie ganz nah ist.

Plötzlich bin ich unglaublich erschöpft. Ich kann keinen Schritt weitergehen. Ich brauche Schutz, ein Zimmer, ein Bad, weiche Kissen, ein Stück Himmel im Fenster, dunkelblau wie die Nacht über der See.

„Rupert!", rufe ich.

Und Rupert kommt mit.

Berlin, August 1988

„Komm mit!" Truus lachte mich an, ein ansteckendes Lachen. Ihre dunklen Augen glänzten abenteuerlustig.

„Baby, ich kann nicht", sagte ich lächelnd und hob die Hand mit dem Geschirrtusch. „Ich hab noch zu tun."

Sie beugte sich über den Tresen, küsste mich auf den Mund und rutschte vom Hocker. „Such mich, wenn du mich willst!", sagte sie und zwinkerte mir zu. Dann schlängelte sie sich an einem knutschenden Männerpärchen vorbei auf die Tanzfläche. Einen Moment lang sah ich zu, wie sie zu tanzen begann, mit halbgeschlossenen Augen, ein sinnliches, vorfreudiges Lächeln auf ihren vollen, dunklen Lippen, dann wandte ich mich wieder meiner Kundschaft zu, die sich schon ungeduldig am Tresen drängelte. „Na, noch eins?"

Der junge Typ vor mir, ein schmächtiges, dunkelhäutiges Bürschchen mit Grace-Jones-Bürste und goldenen Creolen im Ohr, lächelte verlegen, als ich ihm seine Bierflasche hinstellte. Der Altpunk hinter ihm wollte ein Hefeweizen, die beiden Junglesben danach bestellten zwei Cola. Danach kam eine Gruppe schwäbischer Touristen, die alle einzeln bezahlten und mir jeweils umständlich einen Haufen Kleinmünzen in die Hand zählten. Ich verkniff mir ein Seufzen, das erledigte schon Ron, mein Kollege.

„Mann, wat is denn mit euch los? Muttis Sparbüchse geplündert, oder wat?“, herrschte er den letzten Touristen an, einen jungen Mann mit aufgestelltem Hemdkragen und akribisch hochgebürsteter Pseudo-Punk-Frisur, die vermutlich nur dieses einzige Mal seinen runden Schädel zieren würde. „Ist doch wahr, ej!“ Ron zog eine Grimasse, als der junge Mann eilig mit seinem Gin-Tonic flüchtete. „Wat ham die denn alle? Scheiß-Schwaben, spare, spare, Häusle baue und nicht ein Pfennig Trinkgeld geben, zum Kotzen!“

„Du bist doch selbst aus Stuttgart“, sagte ich trocken und bückte mich, um den Bier-Kühlschrank nachzufüllen.

„Na und?“ Ron grinste und zog sein schwarzgefärbtes Netzunterhemd herunter. „Deshalb darf ich das ja auch sagen. Scheiß-Schwaben!“, brüllte er so laut in den Raum, dass es die Musik übertönte. Ein zustimmendes Grölen antwortete ihm, und der Trupp Lederschwuler am Tresen hob lachend die Flaschen, um ihm zuzuprosten. Ich schob die letzte Bierflasche in den Kühlschrank, stand ächzend auf und lehnte mich gegen die Spüle, während ich mir eine Cola öffnete.

Der Laden war brechend voll, wie immer am Freitag. Lesben, Schwule, Punks und andere schräge Typen hatten ihn seit seiner Eröffnung vor gut zwei Jahren entdeckt, aber seit er in einem der örtlichen Stadtmagazine als eine der zehn besten Tanzbars der Stadt bezeichnet worden war, strömten nun auch Touristen in Scharen herbei. Mich störte das nicht, aber Ron, Barmann der ersten Stunde, war zusehends genervt. Wenn ihm danach war, brüllte er seinen Unmut einfach heraus, aber scheinbar tat das seiner Beliebtheit keinen Abbruch.

„Merk dir eins, Mart: Die Leute wollen schlecht behandelt werden!“, sagte er jetzt und lehnte sich neben mich. „Du bist sowieso viel zu nett. Je beschissener du die Leute behandelst, desto mehr Trinkgeld kriegst du.“

„Quatsch." Ich musste lachen und schüttelte den Kopf, als er mir eine Zigarette anbot. „Ich kriege sowieso kein Trinkgeld. Jedenfalls nicht von Lesben und Schwaben. Da kann ich nett sein oder fies, die rücken nichts raus."

„Stimmt", sagte Ron und rieb sich über seinen rasierten Schädel. „Die rücken nichts raus, da haste recht. Musst dich eben an die Schwulen halten. Aber die schnapp ich dir sowieso weg." Er beugte sich vor, einem sehr jungen Mann in einer roten Trainingsjacke entgegen. „Und, wat willst du, kleener Scheißer?"

Schmunzelnd sah ich zu, wie der junge Mann seinen Wunsch loswurde, ein Bier bekam und auf das Wechselgeld verzichtete, dann blickte ich mich nach Truus um. Sie tanzte immer noch, allerdings nicht allein, sondern mit einer großen, dunkelhaarigen, sehr burschikos wirkenden jungen Frau, die Truus nur so mit Blicken verschlang. Einen Moment lang studierte ich die Körpersprache der beiden; wie es aussah, war Truus nicht abgeneigt. Aber sie würde sich nicht trauen, nicht solange ich in der Nähe war.

Direkt neben ihr rammte eine exaltiert tanzende Transe einem der Touristenknaben versehentlich den Ellbogen ins Gesicht, und seine Brille verrutschte. Verlegen schob er sie wieder zurück, während die Transe ihm zum Trost einen Schmatzer auf die Backe drückte, dessen Widerhall ich durch die laute Soulmusik hindurch bis zum Tresen hören konnte. Kaum jemand sieht so hilflos aus wie jemand, der seine verrutschte Brille wieder gerade rücken muss, aber trotzdem konnte ich mir nur mühsam ein Grinsen verkneifen. Transen waren einfach zu witzig; ich liebte dieses bunte, schräge Völkchen, und nicht zuletzt, weil ständig ein paar von ihnen in der Bar herumhingen, arbeitete ich hier so gern.

Schmunzelnd wandte ich mich einer älteren Lesbe mit Lederjacke und streng zurückgekämmten Haaren zu, die eine Lücke am Tresen ergattert hatte und mich grimmig ansah. „Was darf's sein?"

Während ich ihr einen Tequila Sunrise mixte und dann unter Rons breitem Grinsen das Wechselgeld auf Heller und Pfennig in die Hand zählte, dachte ich wieder darüber nach, dass ich mich wirklich langsam nach einem anderen Job umsehen sollte. Seit ich vor knapp zwei Jahren nach Berlin gekommen war, arbeitete ich hauptsächlich in der Gastronomie; dies hier war meine vierte Station. Wenn ich nicht aufpasste, würde ich hier hängen bleiben. Auch wenn mir der Job Spaß machte – eigentlich sah ich mich nicht als Tresenkraft. Aber als was sonst, wusste ich auch nicht so recht.

„He, junge Frau, Kundschaft!"

Ruckartig hob ich den Kopf. Hannes stand vor mir am Tresen und grinste mich an. Die Freude schoss heiß wie Lava in mir hoch. „Hannes, Mensch! Du hier?"

„Und nicht in Hollywood!", bestätigte Hannes und ließ seinen Rucksack auf den Hocker neben sich fallen, der gerade frei geworden war. „Kleine Überraschung!" Er kam um den Tresen herum zu mir und umarmte mich fest, und als ich seinen vertrauten Geruch wahrnahm, traten mir fast die Tränen in die Augen.

Hannes hielt mich von sich ab und musterte mich kurz. „Na, bisschen blass um die Nase bist du ja. Scheiß-Nachtleben, oder?" Er grinste, und ich grinste zurück.

„Willst du was trinken?"

„Nee, ich hätte gern ein Schnitzel mit Pommes." Er lachte achselzuckend. „Na ja, gut, fürs Erste tut's auch eine Cola." Er hockte sich hin und sah sich um, während ich ihm eine Cola hinschob und dann einen Pulk junger Frauen bediente, die gerade zur Tür hereingekommen waren. Truus kam auch kurz herüber und orderte ein Wasser; sie sah erhitzt und aufgeregt aus, vielleicht wegen mir, vielleicht nicht; ich wusste es nicht. Ihre dunkelhaarige Verehrerin lehnte missmutig dreinblickend an der Wand, als Truus mich ausgiebig küsste und dann wieder zur Tanzfläche lief.

„Süße Braut. Ist das deine kleine heiße Holländerin?" Hannes grinste mich vielsagend an, ich grinste zurück.

Wir hatten uns vier oder fünf Wochen nicht gesehen; ich vermisste ihn ziemlich. Aber jetzt saß er ja da, direkt vor mir.

Ron schob mich neben sich. „He, ist dein Kumpel auch positiv?"

Ich zuckte zusammen. Für einen Moment fühlte ich mich wie betäubt. „Was?"

„Na ja, der Typ ist noch dünner als ich." Er zuckte mit den Schultern und musterte Hannes interessiert, während er ein neues Glas auf die Bürste schob.

Ron hatte Aids, das wusste ich. Als ich zwei Jahre zuvor nach Berlin gekommen war, hatte das Virus gerade begonnen, unter den Schwulen der Szene erste Opfer zu fordern. Rons langjähriger Liebhaber, ein paar seiner Freunde und unserer Stammgäste waren bereits gestorben, andere schwer erkrankt. Seit Ron wusste, dass er selbst betroffen war, hielt er sich, was Sex anging, nur noch an Männer, die ebenfalls infiziert waren. Allerdings hatten die wenigsten bereits einen Test gemacht, aber Ron meinte, man könne es sehen; Infizierte sähen aus wie er selbst – dünn, mit eingefallenen Wangen und manchmal auch diesen komischen dunklen Flecken im Gesicht.

„Nee", sagte ich schließlich, „nee, glaube ich nicht. Hannes war immer schon dünn."

„Aber du weißt es nicht", stellte Ron fest.

Ich schüttelte den Kopf. Ron nickte nachdenklich, schwang sein Tuch vom Gürtel hoch und fing an, die Gläser zu polieren, während er zu einem älteren Typen hinüberging, der aufgeregt Zeichen gab, um endlich bestellen zu können. Ich holte zwei Bierflaschen aus dem Kühlschrank und öffnete sie. Hannes beugte sich vor.

„Mart?" Er kratzte sich am Ohr und sah plötzlich ernst drein. „Ich muss dir was sagen. Was Wichtiges."

Mein Herz fing an zu klopfen. „Jetzt?" Truus winkte mir von der Tanzfläche zu, aber ich konnte mich nicht auf sie konzentrieren. Ich wollte nicht hören, was Hannes mir zu sagen hatte. Ich konnte nicht. Nicht jetzt. „Warte, Hannes, jetzt ist irgendwie blöd. Lieber später, okay?“

Hannes sah verwundert aus. „Nein“, sagte er. „Nicht später. Jetzt. Hör mal, ich …“

Ich wollte es nicht hören. Aber Hannes beugte sich noch weiter vor.

„Ich bleib hier, in Berlin. Ich hab einen Job gefunden. Überraschung! Kann ich erst mal bei dir wohnen? Bis ich was Eigenes hab?“

Ein bärtiger, glatzköpfiger Typ hinter ihm wedelte ungeduldig mit einem Geldschein, aber ich reagierte nicht. Stattdessen sah ich Hannes an, mit dem vermutlich dümmsten Grinsen, das sich je auf mein Gesicht geschlichen hatte. „Klar“, sagte ich. „Klar. Sicher. He, darauf stoßen wir an!“ Hannes lachte erfreut, der Typ hinter ihm wedelte weiter mit seinem Geldschein, Truus warf mir einen Kussmund zu, Ron beschimpfte lauthals ein paar Lederschwule, die zur Tür hereingekommen waren, ohne sie hinter sich zu schließen, und auf der Tanzfläche balgten sich kreischend ein paar fröhliche Transen.

Genau das hier war Berlin, meine neue, wilde Heimat, mein ureigenes Dorf, meine Stadt. Das hier waren meine Leute, unangepasst, ein bisschen schräg drauf, frech, vorlaut und cool. Was sie und mich verband, war das Gefühl, die Welt auf eine ähnliche Art zu sehen, im Leben zu stehen. Außenseiter zu sein. Und das fühlte sich gut an.

Ich war angekommen, schon längst, vom ersten Tage an eigentlich, aber etwas hatte mir bislang noch gefehlt. Ein kleines Stück Wurzel, eine Verbindung zurück in den Norden. Vielleicht Hannes.

Vielleicht war ich jetzt endgültig zu Hause.

Berlin, März 2001

Es klopfte leise an der offen stehenden Küchentür. „Stör ich?“ Jackie stand in ihrer typisch zurückgenommenen Haltung in der Küchentür, mit hängenden Schultern, die Ellbogen angewinkelt, die Knie leicht einwärts gestellt.

„Nein, komm rein.“ Ich nickte zum Stuhl mir gegenüber. „Ich rechne gerade was durch.“

Jackie kam herein, setzte sich auf den Stuhl und zog die Beine an. Schweigend sah sie zu, wie ich die letzten Posten zusammenrechnete. Frau Huber war sehr großzügig, aber mit dem Fahrtenbuch nahm sie es stets sehr genau. Schließlich klappte ich es zu und blickte auf.

„Jackie. Was ist das da in deinem Gesicht?“

Jackie hob vorsichtig die Hände an ihre Wangen und betastete die dunklen Flusen darauf. „Sieht das so komisch aus?“, fragte sie errötend.

Ich zuckte mit den Schultern. „Was soll das denn sein?“

Sie errötete noch tiefer. „Ein Bart.“

„Ein Bart?“ Ich konnte nichts dagegen machen, ich musste grinsen. „Das sieht eher aus wie bemalte Fetzen Zeitungspapier, die aus irgendeinem Grund auf deinen Wangen kleben.“

Jackie seufzte und ließ die Hände sinken. „Ich … ich war in einem Drag-King-Workshop.“

Ich pfiff durch die Zähne und lehnte mich zurück. „Und was lernt man da?“

„Wie man als Typ geht und sich bewegt und anzieht“, sagte Jackie zögerlich, während sie meinem Blick auswich.

„Und wie man sich Papierschnipsel auf die Wangen klebt.“

„Mensch, Mart.“

Ich betrachtete sie nachdenklich, dann schob ich das Fahrtenbuch weiter weg und stützte die Arme auf. „Warst du alleine da?“

Jackie zog die Nase kraus. „Nein. Mit einem Typen. Loris.“

„Loris?“

Sie lächelte leicht. „Kommt von Doris. Er ist ein Transmann.“

Schon wieder musste ich grinsen, aber diesmal lächelte Jackie ebenfalls. Ein paar Papierschnipselchen rieselten dabei von ihrer Wange, und sie wischte sie verlegen von der Tischplatte.

„Coole Lösung“, sagte ich. „Fast so gut wie Jackie für Jacqueline.“ Ich hatte Jackies wirklichen Namen oft genug auf den offiziellen Schriftstücken gesehen, die alle naselang in der Post lagen. Vor allem auf den Ablehnungsbescheiden, die regelmäßig eintrudelten. Jackie versuchte alles, um eine Ausbildung zu bekommen, aber nicht einer von ihren zahllosen Anträgen auf Beihilfe oder Unterstützung war bislang bewilligt worden. Sie hing immer noch in den Seilen, und ich wusste, wie sehr ihr das zu schaffen machte, auch wenn wir so gut wie nie darüber sprachen. Kein Wunder, Jackie redete nicht gern.

„Du stehst also auf Transmänner, ja?“, fragte ich, nur halb im Ernst. Ich hatte noch nie erlebt, dass Jackie in irgendwen verliebt war oder auf jemanden stand. Jackie war Jackie, still, unauffällig, gern zu Hause. Hübsch war sie nicht, eher ein bisschen unansehnlich, mit ihren weit auseinanderstehenden Augen und dem schmalen Mund. Aber lieb war sie. Viel zu lieb.

Jackie zuckte mit den Schultern. Dann drehte sie mit einer ihrer schmalen Hände den Kaffeebecher herum, den ich noch vom Frühstück hatte stehen lassen. „Kann sein“, sagte sie schließlich. „Auf ihn jedenfalls. Vielleicht.“

„Aber dazu musst du doch nicht selbst einer sein.“

In Jackies Augen glomm ein Funken Verärgerung auf. „Vielleicht bin ich aber einer“, gab sie angriffslustig zurück.

Ich schob meinen Stuhl zurück und stand auf, um eine Flasche Cola aus dem Kühlschrank zu holen. Als ich mich wieder umdrehte, sah ich, dass Jackie sich die Augen wischte. Ihr Gesicht sah weich und verletzlich aus wie das eines Kindes, dessen Karnevalsbemalung gründlich misslungen ist. Ich goss uns beiden ein Glas ein und setzte mich hin. „He, Jackie."

Sie strich sich über die Wange, dann zog sie das Colaglas zu sich heran und trank, ohne aufzusehen.

„Jackie. Jetzt mal ehrlich, mach das da weg. Selbst wenn du ein Transmann wärest, was ich übrigens nicht glaube, selbst dann solltest du diese Fetzen da runtermachen."

„Warum?", murmelte sie.

„Mein Gott, weil es lächerlich aussieht. Entweder hast du einen Bart oder nicht. Aber diese angeklebten Stoppeln – du machst dich lächerlich, Jackie. Du willst doch nicht wie eine Witzfigur aussehen, oder?"

Sie lächelte schwach und stellte ihr Glas ab. „Nee", sagte sie leise. „Aber es ist sowieso egal. Ich hab ohnehin keine Schnitte bei Loris. Der findet mich nicht gut. Jedenfalls nehme ich das an. Jedenfalls ist er vorhin mit einer anderen Frau weggegangen." Sie wischte sich trotzig erneut die Augen und zog ihre Knie noch enger an ihren mageren Körper. „Bei mir klappt doch sowieso nie was", flüsterte sie. „Nichts. War schon immer so. Langsam sollte ich mich mal dran gewöhnt haben. Sollte es irgendjemanden geben, der den Dingen ihren Sinn verleiht, dann hat er jedenfalls bei mir gepennt. Ich hab echt keine Ahnung, warum ich auf der Welt bin. Als Lustobjekt für meinen beschissenen Stiefvater und meinen ekligen Halbbruder vielleicht, aber das kann ja wohl nicht alles gewesen sein, oder?" Sie lächelte tapfer und wischte sich mit einer trotzigen Geste die letzten Papierfetzen von der Wange. „Und wo das alles hingehen soll, weiß ich auch nicht."

Nachdenklich sah ich zu, wie sie versuchte, die klebrigen Schnipsel auf dem Tisch zu einem Häufchen zu schichten. „Ich aber vielleicht", sagte ich ruhig. „Wie wäre fürs Erste mit einer kleinen Reise nach Norden?"

Visby, April 2001

Leise Töne schwebten mir entgegen, als ich vorsichtig die schwere Flügeltür öffnete und hindurchschlüpfte.

Ebba schien mich nicht zu bemerken, sie saß sehr gerade da, den Kopf leicht gesenkt, ihre Finger flogen sanft über die Tasten. Geschmeidig und heiter flossen die Töne ineinander über, bildeten einen Reigen aus Klängen, der perfekt zum strahlenden Sonnenlicht draußen zu passen schien. Dann verlangsamte Ebba das Tempo, zögerte kurz, brach ab und begann gleich wieder von Neuem. Für einen winzigen Moment geriet der Rhythmus ins Stolpern, fing sich dann wieder, ging über in ein nahezu wütendes Tempo, bevor er sich beruhigte. Ich sah, wie Ebbas Schultern sich vorsichtig hoben und wieder senkten, als sie zurückfand in ihr leichtes, heiteres Spiel von zuvor.

Reglos stand ich da, unschlüssig, ob ich mich bemerkbar machen, sie in ihrer Konzentration stören sollte, dann entschied ich mich schließlich dagegen. Leise ging ich zu einem der beiden Sessel am Fenster hinüber und ließ mich hineinsinken.

Ebba arbeitete viel, das wusste ich. Unzählige Male hatte ich sie über Notenblättern grübeln sehen, oft dabei beobachtet, wie sie in Gedanken eine Komposition durchzuspielen schien. Aber in all der Zeit, die wir uns nun kannten, hatte ich nur selten Gelegenheit gehabt, sie beim Klavierspielen zu betrachten. Sie spielte oft, das wusste ich, doch kaum je in meiner Gegenwart. Sie hatte es mir nie erklären können oder vielleicht auch nicht wollen, aber meine Anwesenheit schien ihr beim Spiel eine Art Unbehagen zu verschaffen. Wenn ich dazukam, hörte sie abrupt zu spielen auf, und wenn sie überhaupt spielte, dann nie ihre eigenen Stücke. Und noch nie hatte ich sie bei ihrer eigentlichen Arbeit, dem Komponieren, erlebt, aber jetzt, während ich mich in meinen Bademantel kuschelte und die Beine anzog, jetzt bemerkte ich fasziniert, dass sie sich an einem neuen Stück zu versuchen schien.

Leise perlten die Töne dahin, nahmen Schwung auf, dann verstolperten sie, und Ebba schüttelte unwillig den Kopf, bevor sie erneut, in schnellerem Tempo, von vorne begann.

Fasziniert betrachtete ich die Rundung ihrer Schultern, die anmutige Art, mit der sie den Kopf gesenkt hielt und manchmal auch anhob; draußen schien die Aprilsonne, ab und zu flog eine Möwe dicht an den Fenstern vorbei, und Ebbas Töne trugen mich fort, weit zurück, in eine Vergangenheit, in der ich noch ein Mädchen gewesen war, ein junges Mädchen, das vor der Tür stand und gebannt Tönen lauschte, vor genau dieser Tür, hinter der ich jetzt saß und Ebba zusah, Ebba, der Frau meines Lebens.

Mein Herz zog sich zusammen, als Erinnerung und Gegenwart sich vermischten, von Sehnsucht getragen; Ebba war nur ein paar Schritte von mir entfernt und doch unendlich weit fort, und ein Teil von ihr würde es bleiben. Was zwischen uns stand und uns gleichzeitig verband, waren die Töne, die Töne in ihrem Kopf, die sie jetzt hörte und auf die Tasten zu übertragen versuchte. Ich wusste nie, was in ihr vorging, sie war mir ein Rätsel, und das, was sie tat, ein Geheimnis.

Ich konnte nur zuhören, niemals verstehen, woraus sie schöpfte.

Und als hätte sie meine Gedanken gespürt, brach Ebba ab, setzte erneut an, jagte die Töne jetzt schneller, die heitere Melodie klang nun gehetzt, manchmal gebrochen, dann stolpernd. Noch zwei-, dreimal begann sie, aber der Zauber schien endlich gebrochen. Und schließlich ließ sie die Hände sinken, schüttelte den Kopf und lehnte seufzend die Stirn an die Kante des Flügels.

Für einen langen, sehr langen Moment herrschte Stille, nur vom Rauschen des Meeres dort draußen gebrochen. Am liebsten wäre ich zu ihr hinübergegangen, hätte sie berührt, aber ich ahnte, dass mein Trost sie nur erschrecken, vielleicht auch verärgern würde. Nach all der Zeit wagte ich immer noch nicht, Ebba unvermutet anzufassen. Nach all der Zeit fühlte ich mich immer noch wie ein Eindringling, grenzüberschreitend, ein ungebetener, unrechtmäßig Einlass begehrender Gast in ihrer Welt, einer Welt, die sich mir in weiten Teilen verschloss, ohne dass es mich störte, mich nicht und sie nicht.

Der Moment zog sich endlos dahin, und ich war gerade so weit, dennoch aufzustehen und zu ihr hinüberzugehen, als Ebba sich unvermutet aufrichtete. „Es geht nicht", sagte sie traurig. „Ich komme nicht weiter." Sie drehte sich halb zu mir um, und an ihrem ruhigen Blick erkannte ich, dass sie die ganze Zeit über gewusst hatte, dass ich da war.

„Es liegt wahrscheinlich an mir", sagte ich, setzte mich gerade hin und streckte die Beine aus. Aber Ebba schüttelte den Kopf.

„Nein. Es liegt an den Tönen in meinem Kopf."

Ich stand auf und ging auf bloßen Füßen zu ihr hinüber. Der Teppich fühlte sich ungewohnt samten unter meinen Füßen an; ich sah kurz hinunter, es war ein uralter, leicht verschlissener Teppich, bunt gemustert, vermutlich aus Seide, ich hatte ihn niemals zuvor gesehen, zumindest nicht hier. Dann fiel es mir ein – er war ein Erbstück von Ebbas Mutter, das erst seit Kurzem hier lag.

„Die Töne in meinem Kopf", sagte Ebba. „Die machen mich irgendwann wahnsinnig. Manchmal helfen sie mir, ich wache auf, höre ein Stück in meinem Kopf, muss es nur nachspielen, und meist gelingt das auch. Aber manchmal funken sie mir ständig dazwischen, die Töne, tauchen auf, wenn ich sie nicht brauchen kann. Das macht mich wahnsinnig. Als würde ich versuchen, zwei Stücke gleichzeitig zu komponieren. Ein Ding der Unmöglichkeit."

Da war sie wieder, diese besondere Ausdrucksweise, derer Ebba sich bediente, die mich stets zum Lächeln brachte. Und auch jetzt musste ich lächeln, während Ebba meinen

Bademantel auseinanderschob und ihren Kopf an meinen nackten Bauch legte. „Das behindert mich“, murmelte sie. „Es stiehlt mir meine kostbare Zeit. Ich habe nur so wenig davon.“

„Woher willst du das wissen?“ Ich lachte.

Aber sie lachte nicht. „Weil ich es weiß“, sagte sie ernst. „Ich wünschte einfach, ich hätte Ruhe – im Kopf. Ruhe, um richtig nachdenken, richtig hören zu können. Aber da ist immer irgendetwas – Gedanken, Musik, Ideen, Formen, Halluzinationen, jede Menge. Und Gesichter, die ich beim Einschlafen sehe. Die sich verändern. Töne. Musik. Ein ganzes Orchester. Wunderbar klingt das manchmal.“ Ich spürte sie lächeln, dann dachte sie einen Moment nach, den Kopf immer noch an meinem Bauch. „Aber könnte ich die Ruhe wirklich ertragen?“, fragte sie leise, wie dahingehaucht.

Ich strich ihr übers Haar. Weiches, feines Haar, mit ein paar grauen Strähnen am Ansatz. „Vielleicht geht es besser mit dem Komponieren, wenn ich nicht dabei bin“, sagte ich leise. „He, Ebba, du wirst doch nicht etwa langsam grau?“

Ebba gluckste. „Wieso langsam?“ Sie sah zu mir auf, ihre schönen Augen zwei dunkle Brunnen, tief, sanft, voller Leben. „Ich bin schon seit Jahren grau. Oder fast grau.“

Verdutzt musterte ich sie. „Färbst du dir die Haare?“

Ebba lachte vergnügt. „Na klar. Ich bin siebenundvierzig. Zeig mir eine einzige Frau mit siebenundvierzig, die sich nicht die Haare färbt. Wart's nur ab, der Tag wird kommen, an dem auch du die Haare färbst.“

„Das … das wusste ich nicht. Dass du dir die Haare färbst“, sagte ich überrascht. Ebba küsste mich auf den Bauch, und ich zuckte zusammen.

„Das kannst du auch nicht wissen. Dafür bist du zu selten hier.“ Sie küsste mich wieder auf den Bauch, dann wanderten ihre Lippen langsam weiter hinunter, und mir wurde weich in den Knien. Widerwillig hielt ich ihren Kopf fest.

„Wenn du damit weitermachst, dann kommen wir hier so schnell nicht mehr raus, Ebba. Und wir müssen doch noch einkaufen."

„Und zur Wäscherei. Schade eigentlich." Ebba lachte und schmiegte sich fest an mich. „Ich würde jetzt viel lieber mit dir ins Bett gehen. Du könntest mir die Töne aus dem Kopf küssen."

„Und dir hinterher die Haare färben", sagte ich, und diesmal küsste Ebba mich nicht auf den Bauch, sondern sie biss sanft hinein.

„Ebba!" Wieder hielt ich sie fest, und Ebba gab nach. Ihre Hände strichen über meine Hüften, dann umarmte sie mich und lehnte sich an mich.

Aus dem Flur waren Stimmen zu hören, und wir sahen aus dem Fenster. Agnes, Ebbas neue Mitarbeiterin, und Jackie traten auf den Vorhof hinaus, zwischen sich einen Korb mit benutzter Wäsche. Agnes schien Jackie mit einer Hand gestikulierend etwas zu erklären, und Jackie hörte aufmerksam zu, bevor sie zu lachen begann. Auch Agnes begann zu lachen, der schwere Wäschekorb zwischen ihnen geriet ins Wanken, und schließlich stellten sie ihn ab und lachten einen Moment gemeinsam, bevor sie sich beruhigten und den Korb erneut anhoben, um ihn hinunter zum Auto zu tragen.

„Sie ist lieb, die Kleine", sagte Ebba an meinem Bauch.

„Wer, Agnes?" Ich verspürte einen winzigen Stich Eifersucht. Agnes war Anfang zwanzig, hübsch, groß und blond, und erst seit wenigen Wochen hier bei Ebba beschäftigt. Die Art, wie sie Ebba ansah, verriet mir, dass sie sich durchaus andere Dinge mit ihr vorzustellen vermochte als nur ein Arbeitsverhältnis. „Hast du was mit ihr?"

„Nein", sagte Ebba und lachte leise. „Aber sie ist verliebt in mich. Ein kleines bisschen."

Dass Ebba ein eigenes, vollständig von mir abgeschlossenes Leben hatte, verwunderte und verwirrte mich immer wieder. Sie färbte sich die Haare, ohne dass ich davon wusste, andere Menschen waren in sie verliebt, ohne dass ich davon wusste. Was für unendlich viele Dinge gab es noch, von denen ich nichts wusste?

„Aber Agnes meinte ich gar nicht", setzte Ebba versonnen hinzu. „Sondern Jackie."

„Ihr geht es gut hier. Danke, dass ich sie mitbringen durfte."

„Sie liebt Tiere, was?"

„Sehr."

„Sie ist selbst eins. Ein scheues, kleines Tier. Man merkt sie gar nicht. Man spürt kaum, dass sie da ist. Sie verhält sich, als würde sie sich am liebsten unsichtbar machen."

„Ja, darin hat sie offenbar Übung", sagte ich und strich Ebba durchs Haar. Agnes und Jackie waren hinter der Garage verschwunden, aber es war, als läge ihr Lachen noch in der Luft.

„Sie hat etwas Trauriges an sich", sagte Ebba nachdenklich. „Eine traurige, verletzte Ausstrahlung. Als wäre sie tief verletzt worden. Oder missbraucht."

Sie sprach aus, was ich insgeheim dachte. Aber ich hatte nie mit Jackie darüber gesprochen, und auch mit Massimo nicht, der vielleicht mehr darüber wusste. „Ich weiß nicht", sagte ich langsam. „Vielleicht, ja."

„Das war eigentlich keine Frage", sagte Ebba. „Sondern eine Feststellung."

Einen Moment schwiegen wir beide, dann nickte ich, ohne dass Ebba es sehen konnte. „Vielleicht hat sie schon als Kind zugesehen, dass sie möglichst unsichtbar blieb", sagte ich. „Aber es hat nichts genützt. Sie haben sie offenbar immer wieder gefunden. Nie in Ruhe gelassen. Vielleicht mag ich sie deshalb so sehr. Ich war auch ein ungeliebtes Kind. Aber ich hatte einfach mehr Glück."

Ebba nickte langsam. „Vielleicht sollte sie den Sommer über hierbleiben und aushelfen."

Ich schob Ebbas Kopf leicht von meinem Bauch fort, um ihr ins Gesicht sehen zu können. „Meinst du das ernst?"

„Warum nicht?“

„Wow.“ Ich pfiff durch die Zähne.

Ebba stand auf und streckte sich. Dann klappte sie den Deckel des Flügels vorsichtig zu und legte mir den Arm um die Taille. „Wir sollten langsam los.“

Ich nickte, aber keine von uns beiden machte Anstalten, sich zu bewegen. Langsam sog ich Ebbas Duft ein. Ihre Nähe war mir so kostbar, manchmal hatte ich unendliche Angst, sie zu verlieren. Vorsichtig küsste ich sie auf die Wange. Ebba lächelte, dann kniff sie die Augen zusammen.

„Wieder Kopfschmerzen?“, fragte ich ruhig.

„Nein. Marthe?“

„Ja?“

„Vielleicht solltest du hinfahren. Nach Amrum. Vielleicht solltest du hinfahren und abschließen.“

Ich spürte, wie ich mich verkrampfte. „Wie kommst du darauf?“ Meine Stimme klang belegt.

„Weil du oft von früher sprichst. Immer öfter. Seit meine Mutter gestorben ist.“

„Unsinn“, sagte ich barsch.

„Doch“, entgegnete Ebba leise. „Das tust du. Manchmal denke ich, dass du Heimweh hast.“

„Habe ich nicht.“

Sie zog mich leicht an sich, verschränkte ihre Arme um meine Taille. „Hast du doch“, sagte sie ruhig. „Sehr sogar.“

Ich sah an ihr vorbei, hinaus auf den blauen Streifen des Meeres, der sich hinter dem Strand entlangzog, und die Seevögel am Himmel darüber, und plötzlich wusste ich, dass sie recht hatte. Es war mir nicht klar gewesen, aber es stimmte. Ich hatte Heimweh. Und nicht nur nach Amrum.

Jetzt

Die Rezeption ist nicht mehr besetzt. Ein charmantes kleines Lämpchen verweist auf eine Tafel, die eine Telefonnummer für den Notfall bereithält. Einen Moment lang studiere ich die fein säuberlich gemalten Ziffern; jemand hat sich viel Mühe damit gegeben, das Hotel ist ein Familienbetrieb, sorgsam erdacht, eingerichtet, gepflegt.

Eine wahre Entdeckung, schade, dass jetzt, so kurz vor Ostern, nur wenige Gäste den Weg hierhergefunden haben. Am Morgen saß ein junger Mann in einer Ecke des Frühstücksraums und nickte mir schüchtern zu, später am Tag traf ich ein älteres Ehepaar auf der Treppe, das kurz anhielt, um Rupert freundlich zu begrüßen. Jetzt, am späten Abend, habe ich den Eindruck, dass ich ganz allein in dem dreistöckigen Gebäude zurückgeblieben bin. Allein mit Rupert, den ich nur mühsam zu einem letzten Spaziergang habe bewegen können.

Verhalten läuft er ein Stückchen voraus, mit leicht einwärts gestellten Hinterpfoten; sein gesenkter Kopf scheint gelinde Verärgerung auszudrücken. In gewisser Weise hat er Grund dazu, wir sind viel gelaufen an diesem langen Tag, durch die Stadt, hügelauf, hügelab, am Hafen entlang, dann hoch auf den Klippen und weiter gen Süden. Ruperts Laufpensum ist mehr als erfüllt, meines genauso.

Ich habe alle Plätze zu meiden versucht, die mich zu sehr an dich erinnern, ein Ding der Unmöglichkeit auf dieser Insel. Aber irgendwie ist mir das Unmögliche dennoch gelungen. Ich brauchte noch Zeit, bevor ich mich stelle. Und ich brauchte noch Luft, Aprilluft, Sonnenlicht, Weite. Und auch jetzt brauche ich noch einmal Luft, lange nach Ruperts und meinem Abendspaziergang. Kein Wunder, dass er sich sträubte. Für ihn war der Tag längst schon vorbei.

Für mich aber nicht. Tage wie diese sind niemals vorbei. Alle Tage sind letztendlich niemals vorbei, sie hängen zusammen, untrennbar, wo der eine verblasst, scheint der neue schon auf.

Ich kann dem nicht entfliehen. Es gibt keine Nacht mehr, nur Tag. Seit du fort bist, kann ich kaum noch schlafen.

Der Packhusplan liegt still da, keine Menschenseele ist noch unterwegs. Aus meinem Fenster im obersten Geschoss kann ich die steinernen Wipfel von St. Clemens sehen, hier unten stehen die Häuser schief und geduckt. Am Tag leuchten sie, in freundlichen Gelb- und Magentatönen gestrichen, aber jetzt scheinen sie grau.

Rupert läuft vor mir durch das Tor in den Almedalenpark hinein; Hunde sind Gewohnheitstiere, zweimal denselben Weg eingeschlagen, und Rupert weiß, wo es langgeht. Als er jünger war, hat er noch manchmal vorsichtig wedelnd an einer Ecke gewartet. Die Mühe macht er sich nicht mehr.

Ruhig laufen wir den Weg zur Ostsee hinunter, an der alten Ringmauer entlang. Links schlafen die Enten am Teich, manche im Stehen, dunkle, fedrige Klumpen, die Schnäbel versteckt. Rupert lässt sie in Ruhe, er trottet voraus, die Nase meist dicht über dem Boden.

Alles ist ruhig, selbst das Rauschen der Wellen ist kaum noch zu hören. Dann legt sich der Wind gänzlich. Es schnürt mir die Kehle zusammen.

Rupert hebt langsam den Kopf, läuft über das Pflaster, dann verharrt er und schnuppert, den ganzen, kompakten Körper gespannt. Ich bleibe neben ihm stehen, dicht an der Kante. Unter uns schwappen fast lautlos die Wellen auf steinigen Strand; im Mondschein glänzen die Kiesel. Ich hebe langsam den Blick.

Es ist vollkommen windstill. Der Mond steht am Himmel, rund und hell. In seinem Schein gleitet ein Schwan übers Wasser, in vollkommener Anmut, aber allein.

Rupert bewegt sich, stupst mir die Schnauze kurz gegen die Wade; in all der Zeit habe ich nie verstanden, warum er das tut. Nur ein kurzer Stupser, vielleicht ja ein Zeichen. *Hier, ich bin da. Und wo bist du?*

Wo kommst du her?

Man ist da zu Hause, wo man herkommt, so schlicht ist das. Außer, man hat sich da, wo man herkommt, nicht wohlgefühlt. Aber auch dann ist es schwer, die Wurzeln zu kappen.

Du hast dir und mir sehnlichst gewünscht, dass ich mich aussöhnen würde, mit meiner Mutter. Frieden schließen, zurückgehen, zurücksehen. Hinsehen. Ich hab's nicht gekonnt. Zumindest nicht damals.

Beim nächsten Anlauf ging es kaum besser. Vielleicht war es zu spät.

Vielleicht war es das immer schon.

Berlin, April 1988

„Mart?" Hannes öffnete die Tür von innen, bevor ich den Schlüssel ganz herumgedreht hatte. „Hi. Da ist Besuch für dich. In der Küche."

Ungewöhnlich war das nicht, wir hatten viel Besuch, ich mehr als Hannes. „Wer denn? Truus? Die wollte aber eigentlich später kommen." Ich warf meinen Rucksack in die Ecke und ging an Hannes vorbei ins Bad, das diese Bezeichnung eigentlich nicht verdiente. Der winzige Raum verfügte nur über eine altersschwache Kloschüssel und ein Waschbecken, in der Küche stand eine mobile Dusche, die ständig überlief.

Hannes lehnte sich hinter mich in den Rahmen. „Er sagt, er sei dein Bruder." Er zuckte zusammen, als ich entgeistert herumfuhr.

„Mein Bruder?"

Hannes zuckte mit den Schultern. „Seinen Namen hat er nicht gesagt, aber er sieht dir irgendwie ähnlich. Ich hab ihn reingelassen, damit er nicht auf der Treppe warten musste. War das okay?"

Aber ich war schon an ihm vorbei.

Onno trug einen Dreitagebart und ein hellblaues Hemd. Sein Grinsen war breit, aber gleichzeitig lauernd. Vielleicht auch verlegen. „Schwesterchen", sagte er rau.

„Da bist du ja. Ich dachte schon, du kommst nie mehr nach Hause."

Einen Moment lang musterten wir uns abwartend, dann breitete er die Arme aus. „Komm her, Mensch, nicht so schüchtern."

Hannes' stille Anwesenheit in meinem Rücken gab mir Sicherheit, und ich ließ mich in Onnos Arme ziehen. Als er mich an sich drückte und mir sein einstmals so vertrauter Geruch in die Nase stieg, halb verborgen hinter einem leichten Dunst nach Restalkohol, durchspülte mich eine Welle von widerstreitenden Gefühlen. Erleichterung, Trauer, Abwehr.

Und Sehnsucht. Auf einmal war alles wieder da – das Rauschen des Meeres, das unendlich blaue Licht des weiten Himmels im Frühling, die klagenden Rufe der davonziehenden Vögel. Ich hatte nicht gewusst, wie sehr ich Onno vermisst hatte, ich hatte nicht gewusst, dass ich ihn überhaupt vermisst hatte. Widerstrebend riss ich mich los, setzte mich ihm gegenüber an den Küchentisch.

„Woher hast du überhaupt meine Adresse?"

„War nicht ganz einfach. Dein alter Freund und Kollege Harm wollte erst nicht damit rausrücken. Aber dann hab ich seinen Hamster entführt."

Widerwillig musste ich lächeln, und Onno zwinkerte mir zu.

„Nee, war nur Spaß", sagte er. „Ich hab ihm zwei Lutscher versprochen."

„Spinner." Ich brauchte einen Moment, um wieder ernst zu werden.

„Der kleine Scheißer wird doch tatsächlich Pilot", knurrte Onno. „Wie hat er das denn geschafft?"

„Gute Noten."

„Gute Noten, gute Beziehungen." Onno schüttelte den Kopf. „Du warst schon immer schlauer als er."

„Quatsch", sagte ich, aber insgeheim freute ich mich über das Lob. Auch wenn es wirklich nicht stimmte.

„Äh … ich geh dann mal, ja?“, fragte Hannes von der Tür her. „Bin so in zwei Stunden zurück, vielleicht auch drei.“ Seine Augen flogen unruhig von mir zu Onno und wieder zurück. „Okay?“

„Was sollte daran nicht okay sein, Kumpel?“ Onno lächelte, ein dunkles Lächeln, das Hannes nicht erwiderte.

„Klar, ist okay“, sagte ich hastig. „Bis nachher!“

Hannes nickte und ging. Als die Tür klappte, lehnte Onno sich zurück.

„Wer ist denn der komische dürre Vogel? Wohnt der etwa auch hier?“ Onno sah sich um, und an seinen hochgezogenen Augenbrauen konnte ich ablesen, wie erbärmlich er meine Behausung fand.

Und sie war es ja auch. Eine typische Kreuzberger Hinterhauswohnung, mit kahlen Wänden, zugigen Fenstern, die auf einen schmalen Lichtschacht hinausgingen, und einem alten, verdreckten Gasherd in der Küchenecke. Nicht gerade komfortabel, aber immerhin konnte ich sie mir leisten, zusammen mit Hannes.

„Hannes ist kein komischer Vogel. Er ist total okay.“

„Aber hoffentlich nicht dein Lover.“

Ich ärgerte mich über mich selbst, kaum dass ich den Kopf geschüttelt hatte. „Und wenn schon?“, fragte ich wütend. „Was geht das dich an?“

Onno schmunzelte. Seine Haare waren kürzer denn je, was ihm ausgezeichnet stand. Die Farbe seines Hemdes betonte das Stahlblau seiner Augen. Schon als Kind hatte Onno unglaublich schöne Augen gehabt, mit langen, dunklen Wimpern darüber. An Mädchen hatte es ihm nie gemangelt. „Kratzbürstig wie eh und je“, sagte er belustigt und verschränkte die Arme vor seiner breiten Brust. „Aber das mochte ich ja schon immer an dir.“

Ärgerlich lehnte ich mich zurück. Der alte Holzstuhl, den Hannes neulich auf der Straße gefunden hatte, knarrte bedenklich, und schnell kippte ich wieder nach vorne. Onno schmunzelte noch breiter.

Plötzlich fiel mir auf, dass wir uns in derselben Körperhaltung gegenübersaßen, die Arme vor der Brust verschränkt, und ich legte meine Hände flach auf den Tisch. „Und, hast du sonst noch was zu erzählen, oder warum bist du hier?"

Onnos Blick veränderte sich, als er die Augen zusammenkniff. „Ja", sagte er gedehnt. „Ja, ich hab was zu erzählen." Er schwieg für einen Moment, dann beugte er sich vor und stützte die Ellenbogen auf. Wieder konnte ich den leichten Bierdunst in seinem Atem riechen. „Der Alte ist tot", sagte er knapp.

Ich starrte ihn an. „Was?"

Onno lächelte leicht. „Ja, genau", sagte er. „Der Alte ist tot. Unser Vater."

Für einen Moment bekam ich schlecht Luft, meine Kehle war wie zugeschnürt, und gleichzeitig fing mein Herz wie wild an zu pochen. „Wie ..."

Onno ließ mich nicht ausreden. „Er ist die Treppe runtergestürzt", sagte er in sachlichem Tonfall. „Die Kellertreppe. Direkt vor Ostern. Am Karfreitag, genauer gesagt."

„Vor zwei Wochen schon?"

Onno nickte. „Mutter wollte, dass du zur Beerdigung kommst, aber kein Mensch wusste, wo du steckst. Und deine alte Klette Berend hatte auch nur auf Lager, dass du in Berlin bist, aber nicht genau, wo." Er musterte mich fragend, und ich nickte fast mechanisch. Es stimmte, Berend und ich hatten keinen Kontakt mehr. Vermutlich hielt Harm ihn über mich auf dem Laufenden, aber ich selbst meldete mich nicht mehr bei Berend. Vielleicht würde ich es irgendwann einmal wieder tun. Aber nicht jetzt.

Ich wischte den Gedanken an Harm beiseite. Ich hatte seit zwei Wochen keinen Vater mehr, ohne es zu ahnen. „Was ... Was ist passiert?", fragte ich. Meine Stimme klang brüchig, das überraschte mich selbst. Sie klang, als ob ich geschockt wäre, traurig, als ob der Tod meines Vaters mich träfe. Aber so war es nicht. Was ich spürte, war eine Art Taubheit. Wieso klang meine Stimme dann brüchig?

Onno sah sich in der Küche um. „Gibt es hier eigentlich nichts zu trinken? Ein Bier oder so?“

„Hab nur Leitungswasser.“

„Auch gut“, sagte Onno.

Ich füllte ihm ein Glas Wasser. Onno trank es halb leer und hielt es in beiden Händen, während er sich zu sammeln schien. Ohne aufzusehen, begann er zu sprechen. „Tja. Also, ich war gerade gekommen, von einer längeren Tour. Am selben Nachmittag, mit der Vier-Uhr-Fähre. Karfreitag, hab ich ja schon gesagt.“ Er holte Luft, als bräuchte er eine Pause. Ich spürte, wie meine Schultern sich verkrampften. Was immer er mir zu erzählen hatte, es fiel ihm nicht leicht.

„Wir hatten uns mal wieder gestritten, er ging zur Treppe, wollte Bier holen, da ist er gefallen. Ganz runter, in den Keller. Hat sich das Genick gebrochen.“ Onno sprach hastig, spuckte die Worte fast aus. „Er war sofort tot“, fügte er hinzu. „Tja. Pech.“ Erst jetzt sah er auf und mir ins Gesicht. Seine Augen waren auf einmal sehr dunkel. „Aber das ist ja nicht so schlimm für dich. Du konntest den Alten doch sowieso nicht leiden.“

„Du doch auch nicht“, sagte ich hastig. Das Gefühl der Taubheit war fort. Was ich jetzt spürte, war etwas anderes, etwas, das mich fast verwirrte. Erleichterung.

Onno zuckte mit den Schultern, dann stützte er sich auf einen Arm auf und legte das Kinn in die Hand. „Immerhin war er mein Vater“, sagte er schlicht.

„Meiner doch auch.“

„Nein“, sagte er leise. „Nein, eben nicht.“

Plötzlich war meine Kehle ganz trocken. Ich stand auf und holte mir ebenfalls ein Glas Wasser. Über die Spüle gebeugt, mit dem Rücken zu Onno, trank ich es leer und stellte es ab. „Hat Mutter das erzählt?“

Onno hinter mir schwieg, so lange, bis ich mich umdrehte. „Nicht direkt. Aber einmal, als sie betrunken war, da ist ihr was rausgerutscht. Aber ich glaube, alle wussten das. Der Alte auf jeden Fall. Was meinst du, warum er dich Bastard genannt hat? Guck dich doch mal an. Siehst du auch nur ein Fitzelchen aus wie er?"

„Ich sehe aus wie du", versetzte ich trotzig.

„Marti." Er seufzte. „Du siehst mir zwar ähnlich, aber unserem Vater kein Stück, ganz im Gegensatz zu mir."

Er hatte recht. Die Ähnlichkeit in unseren Zügen ging auf unsere Mutter zurück. Wir drei hatten ähnliche Augen.

„Und wer ist mein Vater?", fragte ich schließlich.

„Keine Ahnung", sagte Onno, und in seiner Stimme schwang echtes Bedauern mit. „Keine Ahnung. Da musst du sie fragen." Er schob sein Glas zurück und stand auf. Seine Gelenke knackten, als er sich streckte. „Bier hast du wirklich nicht im Haus? He, komm, lass uns was trinken gehen auf den Schreck, okay? Ich lad dich ein."

„Was trinken gehen?"

„Ja." Mein großer Bruder starrte mich an, mit stahlblauen Augen. Er hatte nicht alles erzählt, das war mir klar. Ein Teil der Geschichte fehlte. Aber das, was Onno erzählt hatte, reichte mir erst mal.

„Gut", sagte ich. „Okay. Gehen wir was trinken."

Ich wusste nicht recht, wohin; ich wollte meinen Bruder nicht in meine Stammkneipen führen, ihm die Leute zeigen, die ich kannte und mochte, die Bars, in denen ich ständig verkehrte. Ich wollte nicht, dass er noch mehr in mein Leben eintauchte, als er es jetzt schon getan hatte. Und gleichzeitig wollte ich auch niemanden sehen, den ich kannte, ich wollte nicht reden, höchstens mit Onno. Und so führte ich ihn in die nächstbeste Kneipe, eine typische Berliner Eckkneipe, in der die Kellnerin dauergewellte, blondierte Haare und eine Schmetterlingsbrille zu ihrer rosa Kittelschürze trug.

Ein Trupp älterer Männer mit schlechten Zähnen hockte mit krummen Rücken auf den Barhockern entlang des Tresens und sah zu, wie Onno und ich Bier tranken, erst eins, dann ein zweites, und mit dem dritten stießen wir an, auf den Tod unseres Vaters.

„Jetzt bist du frei", sagte Onno, aber vielleicht war er es vielmehr, der nun frei war. Frei von dem drohenden Schatten, frei von dem ewigen Kampf um Anerkennung und Würde.

Nach dem dritten Bier wurde mir schummrig, schummrig und leicht, und Onno lachte und lud mich zum Essen ein, beim Griechen gleich um die Ecke. Er hatte Geld, wie immer nach seinen Schiffstouren, und so bestellte er Ouzo zum Essen. Ich trank nur einen, aber Onno trank mehr, er trank viel an diesem Abend; später erst staunte ich, wie viel er vertrug. Der Alkohol half uns, machte uns locker, irgendwann musste ich lachen, erschrak fast, aber Onnos erleichtertes Grinsen entschuldigte mich vor mir selbst. Ich ließ mich fallen, in die Zweisamkeit mit meinem Bruder, Onno, meinem Bruder, meinem großen, kräftigen Bruder, meinem alten Beschützer.

Wir redeten viel an diesem Abend; Onno erzählte mir von der Beerdigung, von Uwes ehrlichen Tränen, Fraukes steinernem Blick. Und dann erzählte er schließlich von sich, von seinem Leben auf See, von seinen Reisen. Der Einsamkeit, die ihn des Nachts überfiel, dem Schwanken auf See und dem Schwanken auf Land. Ich beneidete ihn nicht um seinen Weg, auch, wenn er spannend war, abwechslungsreich; dennoch, ein stetiges Suchen. Vielleicht war es das, was uns einte, das und unsere Kinderjahre im Schatten.

Erst spät in der Nacht kehrten wir zu meiner Wohnung zurück. Vor der Tür lag ein Zettel, von Truus; ich steckte ihn ein, ohne ihn zu lesen.

Die Tür war doppelt verschlossen, im Flur brannte kein Licht, Hannes war noch nicht zu Hause. Ich lieh Onno eine Zahnbürste, hörte sein unterdrücktes Fluchen, als er im Bad gegen die Kloschüssel stieß, während ich eine Wolldecke für ihn bezog.

Meine Matratze war viel zu schmal für uns beide, aber er war mein Bruder. Er legte sich ganz an die Kante, dennoch berührten wir uns, ein seltsames Gefühl, nichts, das ich wollte, aber auch nicht zu unangenehm. Ich konnte lange nicht schlafen, lauschte auf Onnos Atem, konnte nicht ausmachen, ob er nun schlief oder nicht. Und dann, irgendwann, kroch sein Arm zu mir herüber, legte sich um mich, zog mich heran.

Ich weiß nicht, warum, aber wir waren verbunden an diesem Abend, und ich ließ es geschehen, ließ mich umarmen, fühlte mich seltsam geborgen, fast wie als Kind. Ich sog Onnos Geruch ein, einen merkwürdigen Geruch, nach Bierdunst, nach Ouzo, nach Onno, nach Mann. Onno schmiegte sich an mich, muskulös, kräftig und warm, viel zu warm eigentlich. Seine Muskeln spannten sich an, hielten mich fest, wurden zu stahlharten Seilen, die mich klammernd umfingen. Sein heißer Atem war plötzlich an meinem Hals, seine Zunge in meinem Ohr. Auch seine Lippen waren jetzt heiß, heiß wie sein Schwanz, der plötzlich gegen mich drängte. Ruckartig wurde mir klar, was gerade geschah.

„Nein!“, sagte ich, „nein, Onno, nein!“ Ich stieß ihn fort, aber vergeblich. Onno drängte sich an mich, küsste mich weiter, schob sich auf mich und nahm mich gefangen. Sein Gewicht presste mich in die Matratze, er stöhnte, fast lautlos, zwängte mein Kinn in seine Armbeuge, als ich nach ihm biss. Sein anderer Arm hielt mich in eisernem Griff, während er auf meinem Bauch pumpte und keuchte. Ich wollte nicht schreien; wer sollte mich hören?

„Lass mich in Ruhe“, zischte ich in seinen Arm, aber Onno war nicht mehr erreichbar. Ich hörte ihn stöhnen, spürte ihn zittern, er rief etwas, rief meinen Namen, dann zuckte er heftig, noch einmal, dann wieder, bäumte sich auf, sackte schließlich zusammen, erschlaffte auf meinem Bauch. Als sein Griff sich endgültig lockerte, stieß ich ihn fort, von mir herunter, schlug ihm mit der Faust auf den Arm. Ich traf ihn nicht richtig, ich zitterte sehr, es war, als träfe ich einen Boxsack, wuchtig und dumpf. Onno sah mich verwirrt an, rieb sich die Schulter.

„He“, sagte er. „Sorry, bleib ruhig, ja?“

„Du Arschloch!“ Ich sprang aus dem Bett und blieb davor stehen, die Fäuste geballt.

Er hob beide Hände. „Marti, he, bitte! Es tut mir echt leid, das hatte ich nicht vor. Es ist einfach passiert. Und du … du wolltest doch auch irgendwie.“

„Aber nicht das!“, schrie ich wütend. „Nicht das hier! Nicht das! Verschwinde! Hau ab!“

Onno starrte mich ungläubig an, dann stand er auf. Sein Bauch war behaart, das hatte ich nicht gewusst. Den feuchten Fleck auf seiner Boxershorts darunter versuchte ich zu ignorieren. „He, Marti, Mensch, jetzt komm doch mal runter“, sagte er flehend.

„Hau ab. Verschwinde.“ Meine Stimme klang heiser. Onno stand unschlüssig da, dann griff er nach seiner Jeans und dem T-Shirt. Ich wandte mich ab, als er sich anzog, dann ging ich voraus zur Tür.

Auf der Schwelle wandte er sich noch mal zu mir um. „Ich gehe sowieso auf große Fahrt, für mindestens zehn Monate“, sagte er, mit Trotz in der Stimme. Ich sah stur zu Boden.

„Es ist mir egal, wo du bist und was mit dir wird“, sagte ich scharf und knallte die Tür hinter ihm zu.

Als seine Schritte auf der Treppe verklangen, sackte ich in mich zusammen. Der Dielenboden war fleckig und rau. Ich schluckte und schluckte, dann gab ich nach.

Ich hatte gut ohne meinen großen Bruder gelebt, die ganzen letzten Jahre. Es war kein Verlust. Es war kein Verlust. Warum tat es dann weh?

Und er hatte recht gehabt. Irgendwie hatte ich auch gewollt. Nur nicht das.

Was aber dann?

Berlin, April 1988

Harm wusste von nichts, als ich ihn endlich ans Telefon bekam. Er war seit zwei Wochen in den USA, um an einer privaten Flugschule zu hospitieren, und bei den wenigen Gelegenheiten, bei denen er mit seiner Familie gesprochen hatte, war der Tod meines Vaters offenbar kein Thema gewesen. Aber er versprach, sich kundig zu machen. Gleich am nächsten Tag rief er zurück.

„Marti? Setz dich lieber mal hin." Es rauschte und knackte im Hörer, und Harms Stimme klang seltsam gedämpft, als er schließlich weitersprach. „Also, dein Vater ist tatsächlich die Kellertreppe runtergestürzt. Aber sie hatten …" Seine Stimme verschwand in einem schier unerträglichen Knistern und Knacken.

„Sie hatten was?", rief ich verzweifelt in den Hörer. „Harm, hörst du mich noch?"

Hannes steckte den Kopf aus seiner Zimmertür und sah verwundert zu, wie ich den Hörer wütend zu schütteln begann. Als ich ihn erneut ans Ohr hielt, war Harm auf einmal wieder da. „… gut eine Woche in Untersuchungshaft, aber dann haben sie ihn wieder freigelassen. Gab wohl keine Beweise."

„Wen?", fragte ich verwirrt.

„Was?", fragte Harm zurück. Es knisterte erneut verdächtig, aber die Leitung hielt.

„Wer war in Untersuchungshaft? Ich konnte dich gerade nicht hören."

„Onno", sagte Harm.

„Was? Onno?"

„Ja. Dein Bruder Onno. Sie hatten ihn im Verdacht, dass er deinen Vater die Treppe runtergestoßen hat. Aber beweisen konnten sie es ihm nicht. Schräge Geschichte, oder?" Harm lachte leise, ein Geräusch wie ein Schnurren, über Tausende von Kilometern hinweg zu mir herübergetragen.

„Ja", sagte ich. „Schräg. Danke, dass du gefragt hast."

Das war es also, was Onno mir nicht erzählt hatte. Das war der fehlende Teil der Geschichte.

„He, Marti? Meinst du, dass er es getan hat?"

Ich starrte an die tapetenlose Flurwand vor mir. „Keine Ahnung", sagte ich langsam. „Da musst du ihn fragen."

Onno war tatsächlich der einzige Mensch, der Harms Frage hätte beantworten können, doch Onno war fort, auf großer Fahrt, nicht zu erreichen.

Aber noch eine andere Frage war offen, und der einzige Mensch, der sie mir beantworten konnte, war zwar weit fort, aber doch zu erreichen.

Schließlich rief ich sie an. Als sie den Hörer abnahm und unseren gemeinsamen Nachnamen nannte, stockte mir plötzlich der Atem. Dann fing ich mich wieder. „Mama? Ich bin es, Marthe."

Einen langen Moment herrschte Stille. Dann war ihre erstaunte Stimme zu hören. „Marthe?"

„Ja, genau. Mama, Onno war hier. Er hat mir erzählt, was passiert ist."

Sie schwieg wieder. „So, hat er das", sagte sie frostig. „Na, du warst ja nicht hier. Die Beerdigung und alles. Dein eigener Vater. Warum rufst du jetzt an?"

Ich sah sie vor mir, wie sie sich die Hände an der Kittelschürze abwischte, ihre leicht zerraufte, herausgewachsene Frisur, die abweisende Miene. „Es tut mir leid", flüsterte ich, dabei tat es mir gar nicht leid. Nichts tat mir leid, oder alles, es tat mir leid, dass das Leben so war, wie es war. Für sie und für mich, vielleicht auch für meinen Vater. Aber der lebte nicht mehr. Und er war nicht mein Vater.

„Was tut dir leid?" Der Ton meiner Mutter war schneidend. „Tut es dir leid, dass du einfach abgehauen bist? Du brauchst auch gar nicht wiederzukommen, dass du das weißt. Du brauchst gar nicht herzukommen und irgendwas wollen, das merk dir jetzt mal! Du kannst deine Adresse sagen, dann kriegst du den Zettel."

„Welchen Zettel?"

„Na, wegen dem Erbe. Die andern haben das auch unterschrieben. Dass sie nichts wollen. Damit ich versorgt bin."

Ich war so überrascht, dass ich fast lachen musste. Sie glaubte offenbar allen Ernstes, dass ich anrief, um mein Erbe zu verlangen, worin auch immer das bestehen mochte. „Klar unterschreib ich, keine Sorge. Ich will nichts." Ich schluckte. „Mama. Wer ist mein richtiger Vater?"

Meine Mutter schwieg überrumpelt, ein paar lange Sekunden, in denen ich schon fürchtete, dass sie auflegen würde. Dann sagte sie barsch: „Das geht dich nichts an."

Jetzt musste ich tatsächlich lachen. „Natürlich geht mich das was an. Ich will ja sonst gar nichts, ich will es nur wissen."

Meine Mutter schwieg wieder. Ich presste die Kiefer zusammen, so fest, dass es wehtat.

„Als du klein warst, da hatte ich dich lieb", sagte sie schließlich, und ihre Stimme klang wie gehetzt. „Aber dann bist du ja größer geworden. Und da konnte man's sehen. Von da an war alles nur schlecht. Und jetzt sag deine Adresse."

Gotland, September 2001

„Warum gehen wir nicht in ein vegetarisches Restaurant?", murrte ich und beäugte kritisch die speckige Speisekarte. „Und das ist auf Schwedisch, das kann ich sowieso nicht lesen."

Ebba lächelte amüsiert, während sie mir die Karte wieder aus der Hand nahm. „Du könntest zumindest hineinsehen. Ich wollte dir das Gefühl geben, dass du selbst entscheiden kannst."

„Ha."

Sie legte ihre Karte auf meine und schob beide auf der karierten Wachstuchdecke ganz zur Seite. „Also, entscheide dich", sagte sie und zwinkerte mir zu. „Du hast Folgendes zur Auswahl: Vegetarische Tacos mit Salat."

„Und?"

„Und nichts. Das ist das einzige vegetarische Gericht. Immerhin ist das hier Gotlands bestes Fischrestaurant." Sie lachte, als sie meine säuerliche Miene sah, und wandte sich dem Kellner zu, der hinter dem Tresen hervor zu unserem Tisch getreten war. Ich bemühte mich, die vielen schwarzen Knopfaugen der dahingestreckten Hummer und Garnelen hinter der Vitrine zu ignorieren, während ich mich vorsichtig umsah. Das *Bakfikan* versprühte den Charme der sechziger Jahre; grün gekachelte Wände harmonisierten nur schwer mit einer bunt durcheinander gewürfelten Einrichtung aus nicht zueinanderpassenden Holzstühlen und Tischen, angestaubte Fischereiutensilien hingen neben nachlässig gerahmten Schwarz-Weiß-Fotografien schnurrbärtiger Männer in Matrosenkleidung. Das Restaurant war vollbesetzt, hauptsächlich mit einheimischen Geschäftsleuten, die sich den günstigen Mittagstisch nicht entgehen ließen. Ebba und ich hatten die letzten freien Plätze bekommen, an einem winzigen Zweiertisch in der Mitte des kleinen Gastraumes, von dem aus man direkt in die niedrige Küche sehen konnte, was ich tunlichst vermied. Mir reichten die leblosen Fischleiber in der Vitrine; ich musste sie nicht auch noch brutzeln sehen.

Der Kellner verschwand auf quietschenden Turnschuhsohlen im Durchgang zur Küche, und Ebba beugte sich vor. „Marthe. Entspann dich. Du wirst sehen, das Essen ist exzellent."

„Aber warum müssen wir unbedingt in ein Fischrestaurant gehen?", maulte ich und sah mürrisch zu einem alten Mann in der Ecke schräg gegenüber, der mit schiefgelegtem Kopf in ein vollkommen überdimensioniertes Krabbenbrot biss. Ein Schwung rosafarbener Kringel fiel auf den Teller, aber das störte ihn offenbar nicht. „Warum gehen wir denn nicht mal in ein vegetarisches Restaurant?"

„Weil es keines gibt", sagte Ebba trocken und nickte dem Kellner zu, der gerade eine Wasserkaraffe, zwei Gläser und dazu einen Brotkorb mit Butter vor uns hinstellte. „Und deshalb können wir auch genauso gut das netteste Fischrestaurant in ganz Visby aufsuchen. Hier, probier mal." Sie schob mir den Brotkorb hin. Neben ein paar Scheiben hellen und dunklen Baguettes lagen ein paar Ecken Knäckebrot darin.

„Knäckebrot mag ich nicht, weißt du doch."

„Probier es mal. Sie backen es selbst hier." Sie brach mir ein Stückchen ab und strich mit dem hölzernen Messer ein wenig Butter darauf, und widerwillig griff ich danach und steckte es mir in den Mund. Das pudrig-harte Brot krachte zwischen meinen Zähnen, dann schmolz die gesalzene Butter, und meine Geschmacksknospen blühten auf. Ich kaute und schluckte, dann biss ich erneut ab. Ebba beobachtete mich schmunzelnd.

„Und?"

Ich schüttelte den Kopf. „Ist das Baguette auch selbstgebacken?"

„Ja."

„Oh, mein Gott!" Ich griff in den Brotkorb. Ebba goss uns beiden Wasser ein, dann lehnte sie sich entspannt zurück. Wie es sein konnte, dass ihre Augen bei der schummrigen Beleuchtung derart klar wirken konnten, war mir ein Rätsel.

Hinter ihr kam Bewegung in eine Gruppe älterer Leute. Stühle scharrten über den Dielenboden, Sommerjacken wurden gereicht. In einer ungeordneten Prozession bewegten sie sich zur niedrigen Tür, durch die sogleich ein Schwung Hungriger hereinströmte, um erleichtert schwatzend die freigewordenen Plätze einzunehmen. Erst als mein Blick wieder auf Ebba fiel, bemerkte ich, dass sie mich die ganze Zeit beobachtet hatte, dieses kleine, süffisante Lächeln im Mundwinkel, das ich so sehr an ihr liebte.

Ich griff nach dem nächsten Stück Knäckebrot, dem letzten. „Tut mir leid für mein Gemecker gerade", sagte ich. „Gehe ich dir nicht manchmal unglaublich auf die Nerven?"

Ebba hob eine Braue. „Du bist einfach so. Fertig."

„Und das stört dich nicht?"

„Sicher stört es mich. Aber warum solltest du dich ändern, weil mich etwas stört? Dazu sind wir nicht auf der Welt, andere zu ändern. Es sei denn", sie schmunzelte, „du möchtest es."

„Ja", sagte ich. „Ein bisschen möchte ich es. Du beschwerst dich eigentlich nie über meine Macken."

„Ich werde zusehen, was sich machen lässt. Aber ehrlich gesagt, ich finde deine sogenannten Macken eigentlich eher amüsant." Ebba machte ein wenig Platz für den Kellner, der jetzt unsere Gerichte brachte. Zwei kross gebackene, goldgelbe Tacos barsten fast von einer köstlich aussehenden Füllung. Es duftete unvergleichlich; das Wasser lief mir im Munde zusammen.

Ebba lächelte mich an. „Na, zufrieden?"

Ich warf ihr einen Kussmund zu und nahm die Gabel zur Hand. Die Tacos schmeckten erstaunlicherweise noch besser, als sie aussahen, und wir sprachen kaum, während wir sie genüsslich verzehrten.

„Mit Jackie und Agnes war ich übrigens auch zweimal hier", erklärte Ebba schließlich.

„Sieh an. Was du nicht so alles treibst in meiner Abwesenheit! Läuft eigentlich was mit den beiden?", fragte ich und spülte mit Wasser nach. Die Tür öffnete sich erneut, und ein weiterer Trupp neuer Gäste kam herein, darunter zwei Ehepaare, die sich bei Ebba eingemietet hatten. Draußen standen noch weitere Leute an; der Laden war offenbar eine Goldgrube.

„Nein." Ebba schenkte uns nach und grüßte ihre Gäste, die gerade vom Kellner an einen Tisch im hinteren Bereich geführt wurden. „Im Übrigen hat Agnes seit Kurzem einen neuen Freund."

„Arme Jackie."

„Ach was. Ich glaube, sie hatte einen wunderbaren Sommer hier. Und tüchtig war sie auch. Nächste Saison darf sie ruhig wiederkommen."

„Weiß sie das schon?", fragte ich.

Ebba spießte ein Stück Tomate auf ihre Gabel. „Noch nicht. Ich dachte, du sagst es ihr auf der Rückfahrt. Vielleicht, wenn ihr über die Öresundbrücke fahrt. Darauf freut sie sich schon die ganze Zeit."

„Ja, weil sie diesen historischen Moment auf der Hinfahrt verschlafen hat." Wir lächelten uns vielsagend an. Ebba hob ihr Wasserglas und prostete mir zu, ohne mich aus den Augen zu lassen. Ich hob ebenfalls mein Glas. Ihr intensiver Blick ließ meinen Nacken prickeln, und ich spürte, wie sich mein Lächeln vertiefte. Im gleichen Augenblick trat jemand an unseren Tisch.

„Hallo, die Damen. Ich will ja nicht stören, aber ..." Staffan nickte mir knapp zu, dann beugte er sich zu Ebba hinunter. Ich beobachtete amüsiert, wie distanziert sie ihm die Wange hinhielt und sich küssen ließ. Staffan richtete sich auf und sagte etwas auf Schwedisch zu ihr. Ebba hob eine Braue, dann verfinsterte sich ihre Miene leicht, während Staffan rasch weitersprach. Schließlich schüttelte sie den Kopf und erwiderte etwas.

Ich beugte mich wieder über meinen Teller, während die beiden kurz weiterdiskutierten. Vielleicht sollte ich doch langsam ein wenig Schwedisch lernen. Jackie, die den Sommer über hier verbracht hatte, sprach es schließlich schon fast perfekt.

Staffan verabschiedete sich und ging zu seinem Tisch hinüber, an dem zwei ältere Frauen sich über der Speisekarte berieten, und ich sah fragend zu Ebba hinüber, die immer noch düster dreinblickte.

„Was war denn los?"

Sie zuckte mit den Achseln und winkte dem Kellner. „Er hat mir erzählt, dass er Inge und ihre Freundin besuchen wird. Sie wollen, dass ich mitkomme."

„Inge?"

Ebba sah mich ein wenig verwundert an. „Meine ehemalige Lebensgefährtin."

„Ach so", sagte ich peinlich berührt. Wir sprachen nie über Inge, manchmal vergaß ich vollkommen, dass es sie überhaupt gegeben hatte. „Ach so, ja. Und, fährst du mit?"

Ebba schüttelte den Kopf. „Ich hab abgesagt."

„Warum das?"

„Ich möchte sie nicht sehen."

Ich wusste, dass Ebba es hasste, wenn ich zu sehr in sie drang, aber trotzdem hakte ich nach. „Und warum nicht?" Der Kellner brachte die Rechnung und dazu vier blaue Bonbons in Fischform. Ich nahm einen davon hoch und drehte ihn in den Fingern.

„Salmiak", sagte Ebba. Schräg hinter ihr lehnte Staffan sich zurück und verschränkte die Arme hinter dem Kopf. Die beiden Frauen neben ihm redeten auf ihn ein, aber sein Blick wanderte immer wieder zu Ebba. Er war garantiert immer noch verliebt in sie, darauf hätte ich wetten mögen.

„Probier mal." Ebba nickte mir zu. „Den Bonbon, meine ich." Sie lächelte schmal.

Ich steckte mir den Bonbon in den Mund, lutschte daran und spürte meine Geschmacksnerven augenblicklich fast explodieren. Prustend spuckte ich den Bonbon in meine Serviette. „Meine Güte, das ist ja eine Bombe!"

Ebba schmunzelte. „Ich mag sie", sagte sie und reichte dem Kellner das Mäppchen mit der Rechnung.

„Du hast mir noch nicht geantwortet. Warum willst du Inge nicht besuchen?"

Ebba seufzte und trank ihr Wasserglas aus. „Ich weiß nicht“, sagte sie nach einem Moment. „Vielleicht ist es für mich einfach vorbei. Oder vielleicht auch nicht, aber ich will nicht mehr daran rühren.“

„So wie ich nicht mehr an das Verhältnis zu meiner Familie rühren will?“, fragte ich, nur halb im Scherz.

Ebbas Blick verdunkelte sich für einen Moment. „Freundschaften kann man beenden. Verwandtschaftsverhältnisse nicht. Gehen wir?“

Gleichzeitig schoben wir unsere Stühle zurück. Ich nickte Staffan zu, der uns unverwandt beobachtete, und hielt Ebba demonstrativ höflich die Tür auf.

„Glaub nicht, dass ich nicht merke, für wen du das inszenierst“, sagte Ebba draußen amüsiert und zog ihren Autoschlüssel heraus. „Aber ich muss sagen, es schmeichelt mir. Hoffentlich hofierst du mich immer weiter so.“

„Selbstverständlich. Das liegt in meiner Natur.“

Ebba lachte, dann wurde sie ernst. Das gleißende Sonnenlicht brach sich in ihren Augen. „Aber Marthe, vergiss nicht: Staffan ist kein Rivale für dich.“

„Wer denn?“

„Niemand“, sagte sie und öffnete die Wagentür. „Nur der Tod.“

Wir drehten beide die Fenster ganz herunter, und eine leichte Brise vom Meer wehte herein, als Ebba anfuhr. Ihr letzter Satz hing noch in der Luft, und es schien keine Worte zu geben, um ihn zu vertreiben. Also schob ich eine CD in den Player, die zuoberst im Handschuhfach gelegen hatte. Klaviermusik, getragen, in Moll, eine langsame, schwermütige Melodie, dann eine schnellere Passage, erstaunlich dissonant, aber schön.

„Cool“, sagte ich und betrachtete die CD-Hülle von beiden Seiten. Sie war unbeschriftet und offenbar schon ziemlich alt. „Von wem ist das?“

Ebba warf mir einen raschen Blick zu, dann gab sie Gas, und wir querten den Schatten des Norderport. Zu unserer

Linken säumte das Meer glitzernd den Strand. „Von mir", sagte sie ruhig.

Berlin, Januar 2002

„Ihre Freundin macht schöne Musik", sagte Frau Huber neben mir leise. Verdutzt sah ich zu ihr hinüber und stellte die CD leiser. Ich hatte angenommen, sie schliefe.

„Entschuldigen Sie, ich wollte Sie nicht stören."

Frau Huber winkte ab. „Lassen Sie ruhig an, das höre ich gern."

Auf ihr Zeichen hin drehte ich ein wenig lauter und Gab gas, um an zwei Bundeswehrlastwagen vorbeizuziehen. Einen Moment lang lauschten wir beide schweigend der eigenwillig anmutenden Klaviersonate, die ich mir bei meinem letzten Besuch von Ebba ausgeliehen hatte. Ebba hatte sie nicht selbst eingespielt, sondern einer ihrer ehemaligen Schüler, ein mittlerweile in seiner Heimat sehr bekannter Israeli. Seine Interpretation gefiel mir, auch wenn sie mich durch seine getragene Spielweise immer ein wenig traurig stimmte. „Woher wissen Sie, dass das Stück von ihr ist?", fragte ich schließlich neugierig.

Frau Huber hob eine Braue. „Aber Marthe, ich bitte Sie. Wenn man sich ein wenig mit den Klavierkompositionen Ihrer Freundin beschäftigt hat, kann man das heraushören."

„Und das haben Sie?"

Frau Huber nickte und glättete vorsichtig ihren makellos gebügelten grauen Kostümrock. „Ja, das habe ich. Lassen Sie uns doch bitte an der Raststätte halten, die dort angekündigt wird, Marthe. Ich könnte eine schöne Tasse Kaffee vertragen."

„Gern. Jedenfalls wollte ich Sie nicht geweckt haben. Ich dachte eigentlich, Sie wären eingeschlafen." Ich gab Gas und scherte mit einem eleganten Schwung einen Tick zu dicht vor dem weißen Van wieder ein, den ich gerade überholt hatte. Der Fahrer tat seinen Unmut mit einer Lichthupe kund, und ich warf einen vorsichtigen Blick zu Frau Huber hinüber. Natürlich hatte sie es bemerkt, aber ihr stoischer Blick in den Seitenspiegel verriet nicht, was sie über meine Fahrkünste dachte.

„Meine liebe Marthe, eingeschlafen wäre der falsche Ausdruck", sagte sie jetzt und lehnte den Kopf an die Stütze. „Denn ich schlafe nicht, ich ruhe höchstens. Zumindest am Tage."

„Gut, das werde ich mir merken." Ich musste grinsen und gab wieder Gas. Im gleichen Moment blitzte es erneut auf, aber als ich diesmal in den Rückspiegel sah, entdeckte ich, dass der weiße Van schon gut hundert Meter zurücklag und in diesem Augenblick den kleinen dunklen Kasten hinter der Leitplanke passierte. Ich wartete auf das erneute Blitzen, aber es blieb aus.

Leise seufzte ich auf, und Frau Huber neben mir lächelte.

„Wir sind geblitzt worden", stellte sie fest.

„Nicht wir, ich", berichtigte ich sie zerknirscht und ging vom Gas, als die Einfahrt zur Raststätte sich näherte. „Tut mir leid. Ich bezahle das natürlich. Und eigentlich ...", ich zögerte kurz, dann zog ich den Wagen nach rechts und bog in eine der Parkbuchten vor der Raststätte ein, „eigentlich müsste ich da noch etwas offen haben, vom Herbst, meine ich. Haben Sie denn gar keinen Bescheid bekommen?"

Frau Huber griff nach ihrer Handtasche und sah mit hellblitzenden Augen zu mir herüber. „Marthe. Wie lange arbeiten Sie nun schon für mich?"

Ich hatte schon den Türgriff in der Hand, blieb aber sitzen und rechnete nach. „Fast acht Jahre."

Frau Huber nickte. Hinter ihr schlugen sich zwei fröstelnde Truckerfahrer die Arme um die Oberkörper und sprangen von einem Fuß auf den anderen. Ihr Atem bildete weiße Wölkchen in der kalten Januarluft. „Fast acht Jahre, richtig", wiederholte Frau Huber. „Und wissen Sie,

Marthe, in diesen fast acht Jahren habe ich genau achtunddreißig Bescheide erhalten, wahlweise wegen überhöhter Geschwindigkeit oder Falschparkens."

Ich spürte, wie ich rot anlief. „Achtunddreißig?", fragte ich matt.

Frau Huber sah mich scharf an. „Genau", sagte sie. „Ich zähle mit, wissen Sie. Achtunddreißig." Dann vertieften sich die vielen kleinen Fältchen um ihre Augen. „Achtunddreißig Knöllchen", sagte sie vergnügt und fing an zu lachen. „Nun kommen Sie schon, Marthe, entspannen Sie sich. Ich fahre ja auch gerne schnell, wie Ihnen nicht entgangen sein dürfte, bei den wenigen Gelegenheiten, bei denen Sie auch einmal auf dem Beifahrersitz Platz nehmen durften. Und keine Sorge, die Knöllchen sind alle schon längst bezahlt. Das gilt dann auch für die, welche noch folgen. Und nun helfen Sie mir doch bitte hinaus."

Sie wartete, bis ich ihr die Beifahrertür geöffnet hatte und meinen Arm hinhielt. Schwer auf mich gestützt, stieg sie aus und sah sich um, während ich ihren Wintermantel aus dem Kofferraum holte und ihr hineinhalf. Ihre Schulterblätter ragten deutlich unter der Kostümjacke hervor, und als ich ihr den Kragen zurechtlegte, erschien mir ihr Nacken auf einmal äußerst verletzlich. Vielleicht lag es nur am gnadenlos scharfen Januarlicht, das jedes Fältchen unbarmherzig ausleuchtete, aber zum ersten Mal fiel mir auf, dass Frau Huber in den vergangenen Jahren stark gealtert war. Ich hatte sie als eine unglaublich vitale Mittsechzigerin kennengelernt, jetzt hatte sie die siebzig längst überschritten.

Als hätte sie meine Gedanken gelesen, blickte Frau Huber zu mir auf. „Ach, Marthe", sagte sie leise und seufzte. „Lange mache ich das hier nicht mehr. Langsam wird es Zeit, abzutreten."

„Unsinn." Ich bot ihr meinen Arm, und sie hakte sich dankbar ein.

„Doch", sagte sie. „Lange wird es nicht mehr dauern, aber keine Sorge, mein Sohn wird Sie sicherlich übernehmen.“ Die beiden Trucker traten zur Seite, als wir uns dem Eingang näherten, und Frau Huber nickte ihnen dankend zu. Als die automatische Glastür sich öffnete, drang ein Schwall warmer Heizungsluft, durchsetzt mit Essensgerüchen, heraus in die Winterkälte. Ich machte einen Schritt vorwärts, aber Frau Huber blieb stehen und drehte sich um, ohne meinen Arm loszulassen. Vorsichtig machte ich die Bewegung mit.

„Sehen Sie, Marthe“, sagte sie leise und verstummte. Schweigend standen wir da.

Ich wusste nicht genau, was Frau Huber sah, aber ich sah gefrorenes Wintergebüsch vor einer Leitplanke, dahinter Stoppelfelder im Nebel, von Raureif bedeckt, ein paar schweigende, blattlose Bäume am Rande und weit dahinter die Sonne, ein gleißender, unscharf umrissener Ball hinter einem Vorhang aus Kälte und Dunst.

„Schön, nicht?“, fragte Frau Huber leise, und ich spürte die neugierigen Blicke der Trucker, als ich nickte. Ich hätte es nicht erklären können, aber mit einem Mal wusste ich genau, was Frau Huber empfand. Dies hier, der Anblick dieser unwirtlichen Landschaft, war wie ein Sinnbild. Ein Sinnbild für einen Abschied, der unweigerlich auf uns zukam.

„Irgendwo ist immer die Sonne“, sagte Frau Huber versonnen. „Auch hinter dem Nebel. Und wann immer er aufreißt, bricht sie hervor.“ Sie drückte meinen Arm. „Das ist nicht von mir“, erklärte sie verschmitzt. „Sondern von einem berühmten Autor. Seinen Namen hab ich vergessen, seinen Spruch allerdings nie.“

„Schöner Spruch.“

Frau Huber nickte und drückte erneut meinen Arm. „Ja. Vielleicht vergessen Sie ihn ja auch nicht, Marthe. Wer weiß. Und mich auch nicht. Vielleicht denken Sie ab und zu an die alte Frau Huber, die Sie vor vielen Jahren mit diesem Spruch beglückt hat, auf einer Autobahnraststätte bei … Wo sind wir hier?“

„Bei Drochow“, sagte ich.

Frau Huber sah zu mir auf. „Drochow … Das kommt mir bekannt vor. Hatten Sie hier nicht schon mal ein Knöllchen bekommen?“

Ich unterdrückte ein Grinsen. „Ja“, sagte ich. „Das habe ich wohl. Wegen Falschparkens vermutlich.“

„Dann“, sagte Frau Huber, „dann ist es jetzt Zeit für einen Kaffee, nicht wahr?“

Drochow. Das Knöllchen hatte ich fast vergessen gehabt. Alles andere nicht. Jetzt, da Frau Huber davon sprach, stand es mir wieder ganz deutlich vor Augen: ein Wintertag, nur wenige Wochen zuvor, Dezember, ein Sonntag.

Seit Frau Huber mir den Wagen komplett zur Eigennutzung überlassen hatte, nutzte ich ihn mehr als nur oft. Ich fuhr über 50.000 Kilometer im ersten Jahr, knapp 60.000 im zweiten. Ich machte Fahrten ans Meer, mit Lena, mit Hannes, mit Jackie, fuhr Touren nach Süden und legte Reisen nach Westen zurück. Manchmal holte ich Tiere, brachte sie weiter, aber das war nur selten der Fall.

Ich ertrug das nur schlecht, die Blicke der Tiere, die Ungewissheit, in die ich sie schickte. Lieber brachte ich Material, oder noch besser: Ich machte Termine, kundschaftete aus.

In den vergangenen Jahren hatte ich an die zwanzig Geflügelhöfe besichtigt, Pelztierfarmen und private Züchter, als potenzielle Geschäftspartnerin getarnt. Bestens gekleidet, einen Aktenkoffer unter dem Arm, sprach ich dort vor, zeigte Interesse, sammelte heimlich Informationen. Zwei offizielle Klagen, auf meine Daten gestützt, hatten Erfolg, ein Hof war inzwischen geschlossen, ein anderer Hühnerzüchter hatte neu investiert, den Tieren mehr Auslauf gegönnt.

Und ein halbes Dutzend illegaler Befreiungsaktionen war gelungen, je nachdem, wie man es sah. Aber das ging mich nichts mehr an. Ich sah nicht zurück, ich sah nur nach vorne.

Stets aber wartete ich darauf, dass Frau Huber eines Tages der immens angestiegene Kilometerstand auffiel, die zusehends öfter anfallenden Verschleißreparaturen. Sie aber schwieg. Vielleicht, wahrscheinlich, ahnte sie etwas. 80.000 Mark waren jetzt knapp die Hälfte in Euro, ein Pfand auf die Zukunft. Wir hatten nie mehr darüber gesprochen, aber wir beide wussten darum.

Was Frau Huber aber nicht wusste, sie nicht und auch niemand sonst, waren Erlebnisse wie die an jenem Sonntag im Winter.

Keinen Termin hatte ich, aber doch einen Plan. Eine Hühnerfarm südlich von Meißen, nur mal ansehen, Friedemann hatte die Adresse besorgt. Es war kurz vor Mittag, eiskalt, ich hatte auf einem Kurzzeitparkplatz gehalten, einen Kaffee getrunken und ließ gerade den Wagen an, um weiterzufahren, als ich sie sah. Kurzerhand stellte ich den Motor wieder aus und betrachtete sie.

Sie war groß, größer als ich, sehr üppig und äußerst gepflegt. Dunkelblonde, wellige Haare, nach hinten gebürstet, ein gut sitzender Hosenanzug, ihre rundlichen Formen betonend. Sie trug spitze Stiefel und Aknespuren in ihrem herben, leicht fleischigen Gesicht, akkurat übergeschminkt. Ihr hochmütiger Blick war in die Ferne gerichtet, über alles hinweg, die Straße, die Autos, die Bäume.

Ungerührt von der eisigen Kälte stand sie da, im Windschutz des Eingangs, ein Bein leicht seitwärts gestellt, die Zigarette zwischen Daumen und Zeigefinger gehalten. Ich sah zu, wie sie Rauch in die Luft blies, gefolgt von dampfendem Atem. Dann zog ich den Schlüssel ab und stieg aus dem Wagen.

Der aufgeschüttete Kies knirschte, als ich an ihr vorbeiging. Sie sah nicht zu mir her. Aber ich konnte sehen, wie sie dachte; dieser kühle, gelassene Blick, diese lange trainierte Beherrschtheit; ich wollte, dass sie mich ansah, nicht in die Ferne.

Die Sorgfalt, die sie auf ihr Äußeres verwendet hatte, als trüge sie eine Ritterrüstung, ihr draller Körper dazu, all das erinnerte mich an jemanden; ich ging vier, fünf weitere Schritte, dann fiel es mir ein. Das hastige Lager, gierige Finger, Gardinen vor dem Fenster, üppige Formen. Sie war meine Erste gewesen. Vielleicht verkaufte sie immer noch Brötchen.

Ich ging ein zweites Mal an ihr vorbei, und jetzt sah sie mich an, eine halbe Sekunde zu lange, ihr Blick hakte sich kurz an mir fest. Sie hob kaum merklich den Kopf, blies eine kleine Rauchschwade in die Winterluft und beobachtete mich aus hellgrauen Augen, bevor sie den Kopf wegdrehte wie ein unruhiges Rennpferd, gestriegelt, doch nur scheinbar gezähmt.

In meinem Magen tat sich ein Loch auf, als hätte ich Hunger, heiß zehrenden Hunger, auf etwas, das ich nicht kannte. Ich drehte mich um und ging auf sie zu. „Morgen. Ganz schön kalt, was?"

Sie antwortete nicht, langsam blies sie den Rauch aus und sah mich fast ausdruckslos an. Dann blickte sie auf ihre Zigarette, warf sie zu Boden und trat sie mit einer gekonnten Drehung ihres spitzen Stiefels aus. „Hallo", antwortete sie, und ihre Stimme passte genau. Dunkel und heiser. „Wohin soll's denn gehen?"

„Eigentlich nach Meißen."

Sie nickte und beobachtete mich weiter, mit hellgrauem Blick. Die Kälte schnitt mir in den Nacken. Sie stand da wie ein Denkmal. Und obwohl ich wusste, dass der Rauch in ihrem Mund abstoßend schmecken würde, wollte ich sie. Ich fing an zu lächeln.

Sie lächelte auch, und ihr Blick begann zu wandern. Ich wusste, dass ihr gefiel, was sie sah. Kräftig, gut angezogen und weiblich. Ein bisschen jünger, ein bisschen kleiner als sie. Und sehr fremd. „Und uneigentlich?", fragte sie.

„Wie wäre es mit einem Kaffee?"

Sie rieb sich die Hände, blies hinein und blickte kurz auf ihre Uhr, eine Geste, die mich erregte. Die Zeit war jetzt knapp, aber sie wollte mich trotzdem. „Ich hatte gerade einen“, sagte sie. „Aber vielleicht was anderes.“

Sie ging vor mir her durch den Gastraum, das Klackern ihrer Absätze hallte in meinem Kopf wider. Am Tresen blieb sie stehen, drehte sich halb zu mir um. Meine Augen flogen an ihr vorbei, hin zum Durchgang, dann trafen sich unsere Blicke. Sie machte kehrt und ging weiter.

Sie war laut, viel zu laut; ich wusste, man würde uns hören. Ihr schien es egal, sie keuchte, als ich ihre Weste öffnete, ihr Jackett, dann darunter die Bluse. Ihre Brüste quollen mir gierig entgegen, ihre Finger zerrten an meiner Kleidung, fuhren hinunter, zogen und krallten sich in meinen Rücken.

Küssen wollte sie nicht, aber dann doch, als meine Hand in ihre Hose glitt, zwischen die Schenkel. Sie zuckte und bäumte sich auf, ihre Wange war weich, selbst die Narben unter der Schminke, alles war weich, weich und heiß, auch ihr Atem, der rauchig roch und in mich hineinfuhr, als sie zu stöhnen begann.

Sie prallte rücklings gegen den Wickeltisch, gegen das Becken, im Spiegel dahinter sah ich ihren Nacken und meine eigenen Augen, fast erschrocken schloss ich sie, hörte ihr Seufzen und küsste sie rasch, erstickte ihr Stöhnen, aber ich wusste, man würde uns hören.

Als sie kam, brüllte sie auf und krallte sich in meinen Rücken. Etwas knackte bedenklich, wir rutschten zur Seite, meine Hand krachte gegen die Wand, bewahrte uns schmerzhaft vor dem Fallen. Sie lachte auf, kurz, wie ein heiseres Husten. Für einen Moment hätte ich sie gerne zur Freundin gehabt, zur Freundin, nicht zur Geliebten.

Aber auch das wäre nicht möglich. Nichts, aber auch gar nichts verband uns, abseits dieser Begegnung würden wir uns vielleicht nicht einmal mögen, da war nur dies hitzige, grelle Begehren, gespeist aus Erinnerung, Sehnsucht, blanken, fast wütenden Trieben.

Als wir das Behinderten-WC schließlich verließen, starrten zwei Männer uns an, der eine verwirrt, der andere grinsend.

Sie gab mir ihre Karte, ich hatte keine für sie. „Ruf mich an, wenn du willst", sagte sie und sog den Rauch ein. Ihr hochmütiger Blick folgte mir nach, als ich losfuhr.

Meine Hand tat tagelang weh.

Vielleicht fing es da an. Ich war unruhig geworden, getrieben. Mir schien, als hätte ich etwas verloren. Und ich begann, es zu suchen, mit schlechtem Gewissen.

Gotland, April 2002

„Mir ist kalt", sagte ich und rutschte fröstelnd tiefer in den Sitz. Ebba beugte sich herunter und drehte die Heizung höher.

„Wird gleich wärmer", sagte sie. „Ach, sieh mal, die Buschwindröschen da! Wie schön!"

Ich drehte den Kopf und betrachtete das Waldstück, an dem wir eben vorüberfuhren. Hohe Föhren und Kiefern standen dicht an dicht, zwischen dem Laub des Vorjahres streckten die ersten Buschwindröschen ihre Blüten dem Licht entgegen.

Auch wenn ich Ebbas Begeisterung nur selten im gleichen Maße teilen konnte, bewunderte ich doch insgeheim ihren untrüglichen Blick für die Schönheit der Landschaft. Ihr gelang es immer, Details zu entdecken, die mir auf den ersten Blick entgangen wären. Auf unserem Weg nach Süden waren dies garantiert die ersten Buschwindröschen, die es zu entdecken gegeben hatte. So früh im Jahr waren noch kaum Wildblumen zu sehen, die Landschaft war grau und braun, nur gelegentlich spross frisches Grün, wo die ersten Pflanzen sich ausbreiteten. Dennoch schien es, als wäre es Sommer. Vermutlich lag es am Licht, am strahlenden Sonnenlicht, tausendfach reflektiert durch das nahe Meer.

Wir passierten einen Birkenhain, der so früh im April noch nicht belaubt war. Dahinter breitete sich ein violett-weiß gesprenkelter Blütenteppich vor einer gelben Holzhütte aus. Ebba machte den Mund auf, aber ich war schneller.

„Sieh nur, die Blüten! Wie schön!", rief ich, und Ebba warf mir einen verblüfften Blick zu, bevor sie zu lächeln begann.

„Na warte", sagte sie drohend. „Mach dich bloß über mich lustig! Zur Strafe fahren wir jetzt noch weiter."

Ich lehnte den Kopf zurück und schmunzelte in mich hinein. Manchmal beklagte ich mich zwar, aber wenn ich ehrlich war, liebte ich diese endlosen Fahrten mit Ebba in ihrem alten Volvo über Land. Ihre Begeisterung, wenn sie bemerkenswerte Vögel, Bäume, Gebäude entdeckte, rührte mich nahezu jedes Mal an, auch wenn ich mich insgeheim immer noch fragte, wonach sie eigentlich suchte.

Jetzt verlangsamte sie das Tempo und reckte den Kopf, und ich folgte ihrem Blick. Nach einem Moment erkannte ich den Ort wieder.

Ebba pfiff durch die Zähne. „Sieh dir das an!"

Ich setzte mich aufrecht hin. Das einstmals halb verfallene Hofgebäude zur Rechten war frisch renoviert, auf landestypisch gotländische Art: unten weiß gekalkt, oben mit blutroten Schindeln verkleidet. Neue rote Ziegel glänzten im Aprillicht, bis auf das Quergebäude, dessen Dach mit glatten, dunkelgrauen Platten belegt war. Auch das gelbe Haus auf der anderen Seite des Hofes war frisch gestrichen, die Veranda zur Straße hin wurde offenbar gerade erneuert. Auf der untersten Stufe stand ein Mann in Arbeitskleidung über die Brüstung gebückt.

„Schön", sagt Ebba versonnen und trat auf die Bremse. „Ein wirklich schöner Fleck." Kurz entschlossen setzte sie den Blinker und bog auf den Hof ein. Der Mann auf der Veranda hob den Kopf und sah zu uns herüber.

„Was machst du?“, fragte ich verdutzt, aber Ebba antwortete nicht. Sie stellte den Motor ab, stieg aus und sah sich neugierig um. Dann ging sie langsam auf den Mann zu, der jetzt sein Werkzeug beiseitelegte und die Veranda herunterstieg.

Leicht missmutig sah ich zu, wie er auf Ebba zukam, sie mit Handschlag begrüßte und die beiden zu reden begannen. Offenbar erklärte er Ebba sein Vorhaben, denn hin und wieder deutete er auf das Haus, das Hofgebäude und die Bäume dahinter. Ebba hörte eifrig zu, und nach einer Weile begann ich mich zu langweilen. Schließlich gab ich mir einen Ruck und stieg ebenfalls aus. Ebba war immer noch eifrig ins Gespräch vertieft, also schlenderte ich ein Stück weiter den Weg hinunter.

Nach ein paar Metern fiel der Hof ein wenig ab, und vor mir breitete sich eine sanft geschwungene Wiesenlandschaft aus, die von einem dicht bestandenen Waldstück begrenzt war. Hohe Fichten breiteten schützend ihre Zweige aus, davor lag eine dunkle, glatte, fußballplatzgroße Fläche, die ich erst beim zweiten Blick als einen Teich erkannte. Zwei Entenpaare schwammen lautlos in der Mitte.

Still stand ich da und musterte den Teich und die alten Obstbäume zwischen ihm und dem gelben Haus, die ihre dunklen Äste gen Himmel reckten. Für einen Moment schauderte es mich; plötzlich hatte ich das Gefühl, mich an einem Ort jenseits der Wirklichkeit zu befinden, einem magischen Ort ohne Zeit, ohne Boden, verwunschen, wunderschön und unheimlich zugleich. Dann brach die Sonne zwischen den Wolken hervor, der Teich begann glitzernd zu funkeln, und eines der Entenpaare schlug mit den Flügeln.

„Marthe?“

Ich drehte mich um. Ebba und der Handwerker kamen Seite an Seite auf mich zu. Als sie dicht vor mir waren, sah ich die vielen Fältchen in seinen Augenwinkeln und das freundliche Lächeln um seinen Mund.

„Das ist Evert“, sagte Ebba glücklich, „und das ist Marthe, meine Lebensgefährtin.“

Es war das erste Mal, dass sie mich so bezeichnete, und ich war es, die zusammenzuckte, nicht Evert, dessen Lächeln sich noch vertiefte, als er mir die Hand reichte.

„Hej. Wie gefällt dir mein Land?“ Er sprach deutsch, mit dem typischen, weichen schwedischen Akzent.

„Gut“, sagte ich zögernd. „Also, es ist ... es ist faszinierend. Seltsam.“

Beide, Evert wie Ebba, sahen mich an, aber ich hatte keine Ahnung, wie ich mich erklären sollte. Manchmal stieß ich ohnehin an meine Grenzen, wenn ich mit Ebba redete; so perfekt sie auch deutsch sprach, es gab Situationen, in denen sich zeigte, dass wir in verschiedenen Sprachen aufgewachsen waren, in denen die letzte, entscheidende, sprachliche Übereinkunft doch fehlte, und dies schien eine davon.

„Seltsam, aber wunderschön“, fügte ich eilig hinzu, und Ebba lächelte erleichtert.

„Ja, nicht wahr? Evert ist gerade dabei, das Haus komplett auszubauen. Und den Hof auch, da kommen vier Ferienwohnungen hinein, die wird er vermieten. Was für ein wunderschönes Fleckchen hier! Und die Lichtung ein Stück weiter, auf der wir damals gehalten haben, die gehört ihm auch. Wo der Weg durch den Wald direkt zum Meer führt.“ Sie sah mich an, als müsste ich genau wissen, wovon sie sprach, und erstaunlicherweise wusste ich es auch. Obwohl es Jahre her war, dass wir dort gehalten hatten.

„Die Lichtung gegenüber von den Orchideen“, sagte ich, und Ebba lächelte erfreut.

„Ja“, sagte sie. „Ja, genau! Dass du das behalten hast!“

Ich lächelte zurück. Ich hatte es behalten, weil es der Ort war, an dem ich mich das erste Mal wirklich gefragt hatte, wo mein Platz eigentlich war. Noch hatte ich ihn nicht gefunden.

Evert streckte die Hand aus. „Leider muss ich wieder an die Arbeit“, sagte er bedächtig. „Bald kommt ein Tischler, der mir hilft, da muss ich mit den Vorbereitungen fertig sein. Aber ihr seid stets herzlich willkommen. Kommt gern wieder vorbei, wann immer ihr wollt!“ Er reichte auch Ebba die Hand, nickte uns beiden freundlich zu und ging wieder zum Haus zurück. Ich folgte ihm in Richtung Auto. Als ich mich umdrehte, stand Ebba immer noch da und starrte nachdenklich vor sich hin.

Ich rief ihren Namen, und sie drehte sich um. In ihren Augen lag eine Art wehmütiger Glanz, fast so etwas wie Resignation, gepaart mit Entschlusskraft. „Ich komme ja schon“, sagte sie und kam mit festen Schritten zu mir herüber.

Evert winkte, als wir vom Hof fuhren, und Ebba warf einen letzten Blick zum gelben Haus hinüber. Erst als die ersten Gebäude Klintehamns vor uns auftauchten, seufzte sie vor sich hin. „Was für ein schönes Haus, dieses Holzhaus“, sagte sie nachdenklich. „Wirklich wunderschön.“

Ich lehnte den Kopf zurück und betrachtete die beiden modernen, kubusförmigen Flachdachbungalows am Straßenrand, die bei unserer letzten Fahrt hier herunter noch nicht dort gestanden hatten. „Wenn ich ehrlich bin, die gefallen mir besser. Wenn ich könnte, würde ich sofort in so ein Haus einziehen. Die großen Fenster, fantastisch.“

Ebba sah zweimal hin, dann nickte sie schweigend. Und irgendwie hatte ich das Gefühl, sie beleidigt zu haben. So war es manchmal – in entscheidenden Situationen schwieg sie. Als hätte sie das Leben gelehrt, dass ein Kommentar am Ende nur verhallt, nichts zu bewegen vermag.

Aber bevor ihr Schweigen sich auszubreiten begann, seufzte sie wieder. „Evert ist furchtbar nett“, sagte sie und schaltete herunter. „Mit ihm könnte ich mich wirklich befreunden.“

Verwundert dachte ich darüber nach, während ich die große Trottellumme betrachtete, die die Einfahrt zum Hafen bewachte. Evert war zwar alt, aber irgendwie passte er tatsächlich zu Ebba, mit seiner ruhigen, bedächtigen Art.

Andererseits hatte Ebba kaum Freunde. Sicherlich gab es jede Menge Leute, die gern mehr mit ihr zu tun gehabt hätten, allen voran Staffan, aber sie blieb offenbar lieber für sich.

„Das sagst du? Du legst doch keinen großen Wert auf Freundschaften." Ich zögerte, dann sprach ich aus, was ich mich schon oft gefragt hatte. „Warum eigentlich? Warum hast du so wenig Freunde?"

Ebba warf mir einen schrägen Seitenblick zu, dann beugte sie sich vor und drehte die Heizung herunter. Nachdenklich pustete sie sich eine lange, dunkle Strähne aus der Stirn, bevor sie mir antwortete. „Ich weiß nicht", sagte sie und sah auf die Straße vor uns, das graue, gerade Band, das sich längs der Küste entlangzog. „Es ist mir zu viel. Ich kann diese Bindungen nicht recht halten. Freundschaften muss man pflegen. Ich glaube, ich habe das irgendwann aufgegeben. Ich schaffe das nicht mehr. Verstehst du das?"

Sie sah zu mir herüber, und ich zuckte mit den Schultern, obwohl ich es im Grunde nicht wirklich verstand. Ein Leben ohne Freundschaften war für mich nicht denkbar. Hannes, Lena, Harm, sogar Jackie; ich brauchte sie wirklich. Ohne meine Freunde wäre ich einsam gewesen. Vielleicht waren meine Freunde der Ort, der mir fehlte.

Ebba lehnte sich ebenfalls zurück. „Anders gesagt: Ich bin lieber allein", sagte sie. „Oder mit dir zusammen." Sie warf mir erneut einen Blick zu, dann hob sie eine Braue. „Möchtest du noch etwas unternehmen? Irgendwohin fahren?"

Ich zögerte, ich wusste nicht recht, wonach mir war.

Ebba wartete ab, dann trat sie aufs Gas. Die Schilfgräser zu unserer Linken schienen sich seitwärts zu biegen, aber ich wusste, das war nur eine optische Täuschung. Nicht sie bewegten sich, sondern wir uns. „Dann nicht", sagte Ebba achselzuckend. „Ist schon okay. Dann fahren wir nach Hause. Wo immer das ist."

Es dauerte einen Moment, bis ich das winzige Lächeln auf ihren Lippen entdeckte.

Manchmal war es, als sähe sie in meinen Kopf hinein, als läse sie meine Gedanken, schlimmer noch, meine Ängste. Was konnte sie noch sehen? Mein schlechtes Gewissen? Den feinen Riss, der meine sicher geglaubten Gefühle an manchen Tagen durchzog? Meine heimlichen Zweifel?

Ebba konnte mich lesen, sie konnte mich lenken. Und was konnte ich? Sie war einfach im Umgang, ich schien eher schwierig. Und doch war es andersherum. Nur, dass ich das niemals zu erklären vermocht hätte.

Jetzt

Auch heute noch kann ich es nicht erklären. Aber ich denke oft darüber nach, auch jetzt, während ich aus meinem Hotelzimmerfenster über den Packhusplan sehe. Die Dächer der Häuser glänzen in der milden Aprilsonne, dahinter spiegeln sich die Wolken im Meer. Zu meinen Füßen schnarcht Rupert auf seiner Decke, alles scheint friedlich.

Du schienst nie kompliziert, aber du bist es gewesen. Nie zuvor, nie danach habe ich einen Menschen kennengelernt, dessen Zweifel, Ängste, Sorgen sich derart wenig nach außen hin zeigten. Allen, die dich kennenlernten, erschienst du offen und locker, und das warst du auch. Aber nur zum Teil, nur im sichtbaren Teil. Bei anderen Menschen ist so etwas Fassade, nicht so bei dir. Du warst wie eine Blume, die ihre Blüte des Abends mit ihren Blättern schützend umschließt, am Tage sich öffnet.

Scheinbar ganz offen, insgeheim tief verschlossen. Unzählige Male habe ich mich gefragt, was wohl in deinem Kopf vorgehen mochte. Ich hatte oft nicht den Hauch einer Ahnung, was dich bewegte, schon gar nicht, wenn du in Gedanken versunken vor dich hingesehen hast, als würdest du lauschen, einer geheimen, nur für dich hörbaren Melodie, leisen Tönen in ganz weiter Ferne. Und vielleicht, wahrscheinlich, war es auch so.

Du warst hochkompliziert, allerdings nicht im Umgang mit anderen Menschen. Wir haben nie groß diskutiert, schon gar nicht um profane, ganz einfache Dinge; wer was macht oder möchte. Manchesmal erwartete ich Widerstand, aber mit dir gab es keine Diskussionen um derartige Dinge. „Du tust, was du tust“, hast du immer gesagt. „Und ich auch. Im günstigen Fall passt es zusammen.“

Und es passte ja auch.

Viele, viele Jahre passte es auch. Du hast dir mehr gewünscht, das weiß ich heute. Vielleicht hab ich es immer gewusst. Doch du hast mich niemals zu etwas gezwungen, mit einem Bedürfnis nach Nähe bedrängt.

Mein ganzes Erwachsenenleben lang haben mir Männer wie Frauen erklärt, dass ich Angst hätte, mich auf sie einzulassen. Aber das hatte ich nicht. Ich hatte keine Angst, ich wollte nicht, so einfach war das.

Mit dir habe ich so vieles gewollt. Und am Ende zu wenig getan. Das bereue ich bitter.

Ich habe immer gedacht, wir hätten noch Zeit, und wir finden den Weg.

Berlin, September 2003

„Harm! Wehe, du spritzt mich noch mal nass!“ Laut schimpfend rannte Massimo hinter Harm her durchs flache Wasser, so schnell ihn seine kurzen Beine trugen. Aber Harm war natürlich schneller, lachend sprang er über eine Baumwurzel am Ufer und sprintete über den Strand, haarscharf an Lenas Handtuch vorbei. Lena hielt sich schützend das Gesicht zu, aber ihr nackter Bauch bekam ein paar Schlammspritzer ab, und sie kreischte auf.

„Was musst du auch einen Bikini tragen“, sagte Hannes grinsend. „Bei einem züchtigen Badeanzug wäre das nicht passiert!“

„Ich habe nun mal eine Bikinifigur!" Lena zwinkerte ihm zu und drehte sich träge auf den Rücken. „Ganz im Gegensatz zu gewissen anderen Leuten!"

„War das etwa eine Anspielung auf mich gemünzt?" Massimo platschte schwer atmend durchs flache Wasser auf uns zu und ließ sich neben Hannes fallen. Stöhnend schlang er seine Arme um seinen Geliebten und legte seinen rundlichen Kopf an Hannes' Schulter. „Hilf mir, *amore mio*! Harm ärgert mich immer! Deine Freunde sind schlimm zu mir!"

Hannes strich ihm tröstend über die Glatze. „Sie sind nicht schlimm, sie sind nur lustig!"

„Ganz lustig, ja ja!", murrte Massimo. „Ist noch etwas zu trinken da?" Er lugte in die Kühltasche hinein und zog mit einem zufriedenen Lächeln eine Bierflasche heraus. „*Mamma mia*! Genau das, was ich brauche. Wo ist der Flaschenöffner?"

„Hier." Hannes reichte ihm den Öffner, und Massimo starrte verdutzt darauf nieder.

„Was ist das? Ein Stein?" Er drehte den Flaschenöffner in der Hand. Er sah wirklich aus wie ein besonders schön geformter, glatter Kieselstein, und Hannes zeigte ihm, wie man ihn benutzte. „Hier, du musst leicht auf die Kante drücken, und dann springt er auf. Tolles Teil, oder? Hat Lena entworfen. Oh, pardon, designt!"

„Prototyp", sagte Lena ungerührt, „kommt bald in die Läden. Stückpreis 36 Euro."

„Wahnsinn!" Hannes schüttelte den Kopf. „Kapitalismus pur." Hinter ihm radelte eine Kleinfamilie über den sonnengesprenkelten Uferweg, gefolgt von einem hechelnden Golden Retriever. Es war einer der letzten heißen Tage des Jahres, und wir waren nicht die Einzigen, die das strahlende Wetter für einen Ausflug ans Wasser genutzt hatten. Wir hatten weit laufen müssen, um eine freie Badestelle am kleinen Wannsee zu finden, aber die Suche hatte sich schließlich gelohnt. Die kleine Bucht lag abgeschirmt von den großen Wanderwegen im Sonnenlicht, dichte Laubbäume spendeten Schatten.

Massimo betätigte mehrfach den Schließmechanismus, dann pfiff er bewundernd durch die Zähne, während er das Bier zischend öffnete. „Lena, Lena. Endlich der richtige Job für dich, was?"

„Sieht so aus", sagte Lena und stützte das Kinn in die Hände. „Ich kreiere perfekte, formschöne Haushaltsgegenstände, Vasen, Schalen, Korkenzieher, verdiene einen Haufen Kohle, und wenn ich genug zusammen habe, suche ich mir einen Kompagnon oder einen Sponsor und mache mich selbstständig."

„Ehrlich?", fragte Hannes erstaunt und schirmte die Augen mit der Hand ab, um zu ihr hinüberzusehen. „Das planst du?"

„Klar, dann kann ich endlich das machen, was ich will. Wie gesagt, ich brauch bloß noch eine kleine Finanzspritze. Wie wär's mit dir?" Lena lachte und zupfte Massimo an seinen knapp sitzenden Badeshorts, über denen sein Bauch deutlich hervorragte. „Hast du nicht noch ein bisschen was auf der hohen Kante, oder gibst du alles für schicke Klamotten aus?"

„Lena!" Massimo schlug ihr affektiert auf die Finger. „Nein, ich habe nichts, Hannes und ich leben von Luft und Liebe. Tu dich doch mit dem da zusammen", er deutete auf Harm, der jetzt rittlings auf dem Baumstamm am Ufer saß und uns beobachtete. „Der erbt doch später mal ein Riesenhotel und fliegt dich dann durch die Welt. Und außerdem würdet ihr schöne, schöne Kinder kriegen!"

Hannes und ich lachten, aber Lena errötete leicht. „So ein Quatsch. Kommt überhaupt nicht in Frage!", sagte sie barsch, aber dennoch drehte sie sich kurz nach Harm um.

Für einen Moment sah ich ihn mit den Augen eines Fremden: ein großer, schlanker, braungebrannter, attraktiver Typ in locker sitzenden Boardshorts. Jung, dynamisch, erfolgreich. Massimo hatte recht, Lena und er gäben ein perfektes Paar ab. Nur schade, dass Lena nicht auf ihn zu stehen schien. Stattdessen schleppte sie alle naselang irgendwelche neuen, gutaussehenden Typen an, um sich postwendend wieder von ihnen zu trennen. Dabei wusste ich, dass sie sich im Grunde nach einer richtigen Liebesbeziehung sehnte. Ich musste lächeln. Wenn jemand Angst hatte, sich einzulassen, dann nicht ich, sondern Lena.

Harm zwinkerte mir zu, dann sprang er auf. „Hab ich das richtig gehört? Ich komme nicht in Frage?", rief er und schlenderte zu Lena hinüber. Direkt vor ihr blieb er stehen; sein Schatten fiel genau über sie. Lena drehte sich zu ihm um. Für einen winzigen Moment lächelte sie, dann setzte sie eine arrogante Miene auf.

„Ja", sagte sie. „Da hast du richtig gehört. Du bist einfach zu eingebildet, verstehst du!"

Harm kniff die Augen zusammen, dann beugte er sich blitzschnell hinunter, griff Lenas Füße und zog sie rücklings vom Handtuch ins Wasser hinein. Lena schrie auf und zappelte wild, während sie versuchte, nach ihm zu treten, aber Harm zog sie unbeirrt weiter. Schließlich verlor er den Halt und kippte nach hinten, aber nicht, ohne sie mit sich zu ziehen. Mit einem großen Platsch landeten sie beide im Wasser, und Harm versuchte kichernd zu flüchten. Aber Lena holte ihn ein.

Grinsend sah ich zu, wie die beiden prustend und kichernd durchs Wasser tobten, Lena immer dicht hinter Harm.

„Vielleicht klappt es ja jetzt endlich mal", sagte Massimo und küsste Hannes auf die nackte, knochige Schulter. Behaglich kuschelte er sich an seinen Geliebten, der mit hinter dem Kopf verschränkten Armen im ausgedörrten Gras lag. „He, Marthe, warum ist meine kleine Jackie nicht mitgekommen?"

„Weil sie arbeiten muss."

„In dem neuen Hotel am Anhalter Bahnhof?"

Ich nickte und ließ mich nach hinten fallen. Über mir funkelte die Sonne durch die dichten Blätter. Langsam wurde es kühler, bald war es Zeit, unsere Sachen zusammenzuräumen.

„Deiner hübschen Schwedin sei Dank", sagte Massimo und griff nach seinem T-Shirt. „Gut, dass sie Jackie bei sich hat arbeiten lassen. Schon zwei Sommer, he? Endlich hat sie Erfahrung und kriegt einen Job."

Ich nickte, richtete mich auf und sah mich nach meiner Trainingsjacke um. „Einer in unserem Haushalt muss ja Geld verdienen."

„Hä, wieso?", fragte Hannes und gähnte blinzelnd in die Sonne.

„Ich bin arbeitslos", sagte ich trocken.

Hannes' Kopf fuhr hoch, und Massimo starrte mich ebenfalls ungläubig an.

„Was? Was sagst du da?"

Ich zuckte mit den Schultern, während ich in meinem Rucksack kramte. Aber auch da war meine Jacke nicht zu finden. „Ich bin arbeitslos. Seit heute. Frau Huber hat die Geschäfte ihrem Sohn übergeben. Und der hat mich nicht übernommen. So einfach ist das." Ich konnte es selbst noch gar nicht so richtig glauben, aber so war es nun mal. Frau Hubers Sohn hatte mir heute Morgen in Gegenwart seiner Mutter mitgeteilt, dass meine Dienste in Zukunft, entgegen ihrer Ankündigung, nicht mehr benötigt würden. Ich würde sein fieses Grinsen und Frau Hubers schockierten Gesichtsausdruck nie vergessen, als ihr aufging, dass ihr Sohn ihre schönen Pläne genüsslich durchkreuzte, ohne dass sie etwas dagegen tun konnte.

„Ach, deshalb hast du heute kein Auto", sagte Hannes, setzte sich auf und warf mir meine zerknitterte Jacke zu, die er offenbar als Kopfkissen benutzt hatte.

„Ganz genau", sagte ich und schlüpfte hinein. Lena und Harm alberten immer noch im Wasser herum. Er hatte sie auf die Schultern genommen und richtete sich gerade langsam auf, während Lena kichernd versuchte, auf die Füße zu kommen. „He, passt bloß auf!", rief ich zu ihnen hinüber. „Das Wasser ist viel zu flach! Wenn du runterfällst, Lena, brichst du dir das Rückgrat!"

„Ich halte sie doch!", rief Harm mir zu. Einen Augenblick lang balancierte Lena mit ausgestreckten Knien auf seinen Schultern, dann rutschte sie ab. Lachend kippten beide nach hinten um und versanken platschend im Wasser.

„Ziemlicher Mist, das mit Frau Huber", sagte Hannes bedauernd und schüttelte den Kopf. „Und jetzt?"

„Tja, jetzt … " Ich zog achselzuckend meinen Reißverschluss hoch. „Jetzt such ich mir eben was Neues."

„Es ist nie zu spät für einen Neuanfang", sagte Massimo tröstend, dann legte er einen Arm auf Hannes' Schulter. „Außer, was die Liebe angeht. Da bleibt man besser beim Alten. Stimmt's, *amore mio*?"

Berlin, Oktober 2003

„Was?", fragte ich entgeistert. „Was sagst du da?"

Ebbas leises Lachen drang aus dem Hörer. „Ich verkaufe die Pension", sagte sie schlicht. „Das heißt, ich habe sie bereits verkauft. An Agnes und ihren Mann."

„Haben die jetzt geheiratet oder was?", fragte ich, und meine Stimme klang erstaunlich aggressiv. Es war mir eigentlich völlig egal, ob Agnes und ihr Freund nun geheiratet hatten oder nicht, aber keineswegs egal war mir, was Ebba mir gerade eben erklärt hatte.

„Ja, im Juli war die Hochzeit", sagte sie. „Jackie war doch auch mit dabei, das hatten wir dir doch erzählt?"

„Ja ja, schon gut", brummte ich und streckte die Beine aus, während ich den Hörer zwischen Schulter und Kinn klemmte. „Aber warum? Warum hast du verkauft?" Vor mir auf dem Tisch stand ein benutzter Kaffeebecher. Ich selbst hatte ihn nach dem Frühstück da stehen lassen; nur mühsam unterdrückte ich den Impuls, ihn von der Platte zu stoßen.

Ebba seufzte leise. „Ich finde wohl einfach, dass es an der Zeit ist, etwas Neues zu beginnen."

„Und was?" Meine Stimme klang immer noch deutlich zu angespannt, und ich kniff die Augen zusammen, um meine widerstreitenden Gefühle in den Griff zu bekommen.

Es rauschte im Hörer, während Ebba zu überlegen schien, und plötzlich kochte der Zorn in mir über. Mit einem Ruck fegte ich den Becher vom Tisch. Er flog quer durch die Küche, knallte gegen die Spüle und zerbarst in tausend Scherben.

„Was war das?", fragte Ebba drüben in Visby. „Hast du das auch gehört? Ist da etwas bei dir kaputtgegangen?"

„Ja, ein Becher. Also, was hast du Neues vor?"

Jackie lugte um die Ecke in die Küche, und ich gab ihr verdrießlich ein Zeichen, dass alles in Ordnung sei. Sie warf einen Blick auf den Scherbenhaufen am Boden und machte kehrt.

„Warum bist du so sauer?", fragte Ebba. „Weil ich es nicht vorher mit dir besprochen habe?"

Ich zögerte und legte die Hand vor die Augen. Ja, warum war ich eigentlich so wütend? Vielleicht, weil sie mir mit dem Verkauf der Pension ein Stück Heimat genommen hatte. Und davon besaß ich sowieso viel zu wenig. „Ja", sagte ich schließlich. „Ja, das auch. Ebba, ich hänge an dem Haus, falls du es noch nicht gewusst hast."

Ebba schwieg. Ich schwieg auch, immer noch mit der Hand vor Augen. Die Dunkelheit vor meinen Lidern tat mir gut, mein Zorn flachte ab. Aber dahinter machte sich Traurigkeit breit, das gefiel mir wiederum auch nicht.

„Marthe, ich habe die Pension verkauft, nicht das Haus", sagte Ebba ruhig. „Ich werde fürs Erste hier wohnen bleiben. Und dein Zimmer da oben, das wird für dich reserviert sein, wenn du kommst. Ich habe das bereits mit Agnes besprochen."

Ihre warme, weiche Stimme machte, dass die Traurigkeit in mir nur noch anwuchs. Ich hatte gar nicht gewusst, dass sie da war. Aber da war sie, irgendwo tief in mir, wie ein kleiner, unterirdischer See in einer Tropfsteinhöhle, unsichtbar, verborgen, im Dunkeln. „Okay", sagte ich schließlich. „Ach so. Dann ist es ja gut."

„Wirklich?"

Ich zögerte. „Glaub schon", sagte ich. Aber so richtig gut war es nicht, das wussten wir beide. Denn es war anders, anders als in den Jahren zuvor. Ab jetzt würde ich Gast sein in dem Zimmer dort oben. Es war nicht mehr mein Zimmer. Nicht mehr mein Zuhause.

Erst als wir uns schließlich verabschiedet und aufgelegt hatten, nahm ich die Hand von den Augen. Vor mir auf dem Tisch stand ein Bier, daneben ein Glas. Vor der Spüle hockte Jackie, Feger und Kehrblech in der Hand.

„Warte, das kann ich doch machen", sagte ich lahm, aber Jackie schüttelte den Kopf.

„Lass mal, trink du dein Bier. Ich glaube, das kannst du brauchen." Sie nahm die Scherben auf und kam wieder hoch. „Mart?"

Ich goss mir gluckernd das Bier ein. „Ja?"

„Ich muss das jetzt fragen. Hat Ebba das Haus verkauft?"

„Nein. Nur die Pension."

Jackies blasses Gesicht fiel ein wenig in sich zusammen, und sie drehte sich um und kippte die Scherben mit Schwung in den Abfall. Ich betrachtete ihre schmalen Schultern, und plötzlich begriff ich.

„He, Jackie. Sie hat an Agnes verkauft. Die braucht dich bestimmt auch über den Sommer!"

Jackie drehte sich um, ihre Augenlider hingen ein wenig. „Ja", sagte sie, „ja, stimmt, kann sein. Aber es ist … es ist nicht dasselbe."

„Nein", sagte ich, „nein, es ist nicht dasselbe. Aber vielleicht ist es ja auch schön."

Berlin, November 2003

„Kann der auch vier oder fünf Tage bleiben?", fragte Wieland und trat ungeduldig von einem Bein aufs andere. Unter seiner Wollmütze lugten seine Haarspitzen hervor, und seine Wangen waren von der Kälte gerötet.

„Klar. Ich hab erst nächste Woche ein Vorstellungsgespräch, so lange kann ich mich kümmern. Hast du die Haare ab?"

Wieland lief augenblicklich rot an. „Ja, äh, aber nur ... nur ein Stück. Wächst ja wieder nach." Er hob hastig die Hand und winkte, dann machte er kehrt und sprang die Treppe hinunter. Ich schloss die Tür hinter ihm und drehte mich um.

Der Hund saß genau in der Mitte des Flurs. Es war ein Rüde, ein recht kleiner Mischlingsrüde mit viel zu kurzen, krummen Beinen, deren schmutzigbraune Farbe am Rumpf zu einem dunkelbraungescheckten Schwarzton mäanderte. Das Gesicht war wiederum ein wenig heller gefärbt, doch die dunklen Kränze um die Augen herum verliehen ihm das Aussehen eines Miniaturclowns. Seine fransigen Ohren sahen aus, als wären sie schief am Kopf angenäht worden, und als er das Maul öffnete und leicht zu hecheln begann, sah ich, dass seine Zähne schon die besten Zeiten hinter sich hatten.

„Ich habe keine Ahnung, wo du herkommst", sagte ich und stemmte die Hände in die Hüften. „Aber ich kann mich nicht erinnern, dass ich jemals einen so hässlichen Hund wie dich gesehen habe."

Der Hund verlagerte das Gewicht vom linken Vorderbein auf das rechte und wedelte zaghaft mit dem Schwanz, als ich mich langsam vor ihn hinhockte. Nachdenklich betrachtete ich ihn.

„Hast du Hunger?"

Das Schwanzwedeln verstärkte sich für einen Moment, dann saß der Hund still. Mit einem leise schmatzenden

Geräusch klappte sein Maul zu. Eine Welle von Zuneigung durchfuhr mich.

„Na komm", sagte ich und stand auf. „Wollen wir mal gucken, ob die gute alte Jackie schon was zu essen auf Vorrat für dich eingekauft hat. Das macht sie nämlich immer. Für den Fall, dass einer von euch Kollegen hergebracht wird." Ich ging in die Küche, und der Hund trabte dicht hinter mir her und sah von der Türschwelle aus zu, wie ich nacheinander die beiden unteren Schränke inspizierte. Im zweiten wurde ich fündig. Vier Dosen Nassfutter standen neben einer Tüte mit Kausnacks. Die beiden Näpfe daneben wirkten so sauber, als hätte Jackie sie nicht nur gespült, sondern auch noch poliert.

Ich nahm alles heraus und drehte mich um.

Der Hund hatte sich auf die Türschwelle gesetzt. Er sah mich aufmerksam an, ganz ruhig, mit leicht aufgestellten Ohren.

„Na, Alter?", sagte ich leise.

Seine Schwanzspitze wischte über den Boden, ganz leicht nur, einmal nach rechts, dann nach links.

Es gab keinen richtigen Grund. Aber im selben Augenblick war mir klar, dass ich ihn behalten würde.

Berlin, Dezember 2003

„Also, Frau Maan, hier haben Sie erst mal die Liste. Fahren Sie bitte zunächst zu Berger und Kässens, das ist in ...", meine neue Chefin schob sich eine widerspenstige dunkle Locke hinters Ohr und fuhr mit dem Finger die Auftragsliste hinunter, bis sie fündig wurde, „ach ja, das ist in Wilmersdorf. Danach geht es dann nach Hellersdorf, da müssen Sie leider quer durch die Stadt." Sie sah mich entschuldigend an. Ihre Augen hatten den gleichen leicht misstrauischen Ausdruck wie die ihrer halbwüchsigen Tochter auf dem Foto hinter ihr auf dem Schreibtisch. Der

Sohn hatte den Vater beerbt, vor allem seinen spöttischen, Arroganz versprühenden Blick.

„Das macht nichts. Ich fahre gern."

Wir lächelten uns an. Sie war hübsch, besonders, wenn sie lächelte, das war mir schon aufgefallen. Allerdings lächelte sie leider nicht allzu oft. Ihr Job, die verschiedenen Fahrer und Aufträge zu koordinieren, war ausgesprochen stressig. „Das ist schön", sagte sie schließlich. „Deswegen haben wir Sie ja auch eingestellt, Frau Maan."

„Sie können mich gern Marthe nennen. Das ist hier doch so üblich, oder nicht?"

Sie nickte. „Ja, das stimmt. Also Marthe. Und für Sie dann Ulla." Sie streckte die Hand aus. Hinter ihr ging die Tür auf, und ihr Mann, der Geschäftsführer, kam herein.

„Na, wird sich hier etwa verschwistert?", dröhnte er. „Da mache ich mit." Er drängte seine Frau zur Seite und reichte mir die Hand. „Ab jetzt Robert und Marthe."

Sein Lächeln war ein wenig zu direkt, sein Händedruck etwas zu fest, und ich spürte, wie seine Frau neben ihm leicht erstarrte. Es musste nicht leicht sein, mit diesem attraktiven, selbstsicheren Mann verheiratet zu sein.

Endlich ließ er meine Hand los und wandte sich der jungen Frau zu, die brav hinter ihm wartete, einen Aktenhalter in der Hand. „Okay, auf geht's, junge Dame. Hopp hopp hopp, die Fahrer warten schon!" Er rieb sich die Hände und scheuchte die Praktikantin hinaus. Sein joviales Gelächter war noch zu hören, als die Tür sich längst hinter ihnen geschlossen hatte. Ich nahm das Klemmbrett mit meiner Fahrtliste hoch und betrachtete den Autoschlüssel, der daran hing. VW. Hoffentlich nicht gerade ein Polo.

„Sagen Sie, Ulla …"

„Ja?" Sie blickte hoch. Hinter ihr sah ich ihren Mann über den Hof laufen, vertraulich zur Praktikantin hinuntergebeugt.

„Eine Frage noch – wenn ich den Wagen dann den ganzen Tag fahre, kann ich vielleicht auch mal meinen Hund mitnehmen? Der fährt furchtbar gern Auto."

Ulla lächelte und stützte sich mit beiden Ellbogen auf dem Stadtplan auf, der den gesamten Tresen bedeckte. „Sie haben einen Hund? Was denn für einen?"

Ich blies die Backen auf. „Wenn Sie mich fragen, was bei ihm alles drin ist, muss ich passen. Aber wenn Sie wissen wollen, wie er so ist: Lieb. Lustig. Treu. Urkomisch."

Jetzt lächelte sie schon wieder, bestimmt ein Rekord. „Wenn er nichts schmutzig macht, können Sie ihn gern mitnehmen. Bringen Sie ihn mal mit rein?"

„Ich weiß nicht, ob das eine gute Idee ist", sagte ich und nahm das Klemmbrett unter den Arm. „Nachher erschrecken Sie sich noch. Er sieht furchtbar hässlich aus, das hab ich vergessen zu sagen."

Diesmal lachte sie richtig. Djamal, einer der anderen Fahrer, der gerade hereinkam, sah verdutzt von ihr zu mir. Dann begann er zu grinsen.

„Cool, Mann, sie lacht!" Er tippte sich an die Kappe. „Super! Solltest du öfter machen, Marthe, sie zum Lachen zu bringen! Denn dann geht die Sonne auf!"

„Unsinn, Djamal", sagte Ulla verlegen, und Djamal grinste noch breiter.

„O doch! Die Sonne geht auf, so heiß und rund wie am Himmel über Senegal!"

Ulla musste schon wieder lachen. Djamal hielt mir grinsend die offene Handfläche hin, und ich schlug ein, bevor ich machte, dass ich hinauskam.

Der VW war kein Polo, sondern ein nagelneuer Golf Turbo mit bereits laufender Stand- und Sitzheizung. Zufrieden setzte ich mich hinein, drehte den Zündschlüssel herum und lauschte dem satten Brummen des Dieselmotors, bevor ich vom Hof fuhr, um Rupert zu holen. Ein komisches Gefühl, fest angestellt zu sein, zum ersten Mal in meinem Leben. Von nun an gab es geregelte Zeiten, Krankengeld, Überstunden und Urlaub. Ich lehnte den Kopf zurück und atmete durch, während ich Gas gab.

Es war nicht dasselbe wie mit Frau Huber. Aber vielleicht ja auch schön.

Jetzt

Ein weiterer Tag ist vergangen, wieder ist es Abend. Ich bin immer noch hier. Das Fensterkreuz viertelt den nächtlichen Himmel, über der Ostsee liegt ein magisches Leuchten. Rupert schläft längst, er schert sich nicht um meine nächtlichen Grübeleien.

Ich wundere mich manchmal selbst, wie sehr dieser Hund mich tröstet. Ein kleines, schlecht riechendes Bündel Fell auf einer Decke, schnarchend und schniefend. Und doch, Rupert beschützt mich. Ohne ihn wäre ich vollkommen allein.

Dass du Lore hast zurücklassen können, war mir lange ein Rätsel. Allmählich beginne ich, es zu begreifen, ein Stück weit. Ich bin nicht du, ich teilte nicht deine Nöte. Zum Glück, leider nicht; ich weiß nicht, was davon mehr stimmt.

Draußen, weit hinten am Horizont, kann ich ein Schiffslicht entdecken. Um seine Position zu bestimmen, müsste ich warten, vergleichen, aber ich bin zu unruhig.

Hannes hat angerufen, Mai ebenfalls. Ihre Stimmen schienen mir weit, weit entfernt, Tausende von Kilometern. Ich konnte kaum sprechen, Hannes hat das verstanden, Mai eher nur schwerlich. Sie weiß nicht, woran sie ist. Aber ich kann ihr nicht helfen, nicht im Moment.

Ich bin jetzt bei dir. Soweit ich das sein kann. Ich wünschte, ich wäre tatsächlich bei dir. Könnte noch mal mit dir reden. Dir zuhören. Dir besser zuhören. Hören, wie alles war.

Du hast nicht viel gesprochen. Aber ich hätte so gern mehr von dir gehört. Mehr von dir verstanden.

Ich weiß so wenig von dir. Und mehr werde ich nie erfahren.

Wenn du mich jetzt sehen könntest, wie ich hier sitze, am Fenster, tief in der Nacht, hoch über den Dächern, mit wirrem Haar und bloßen Füßen, obwohl es noch kalt ist jetzt im April. Wahrscheinlich würdest du den Kopf schütteln und lächeln.

Würdest du mich noch lieben?

Kapitel 6

Jetzt

Rupert rennt aufgeregt voraus, hebt hektisch ein Bein am einzigen Mülleimer weit und breit, dann hechtet er auf den Teich zu. Fünf oder sechs Enten fliegen aufgeregt schnatternd hoch, aber Rupert hat sie auch diesmal nicht im Visier. Gut gelaunt läuft er durch das flache Wasser am Ufer und beißt ein paar Mal hinein, dann kommt er wedelnd zu mir zurück.

Ich ignoriere die vorwurfsvollen Blicke der jungen Mütter am Uferrand, deren gut eingepackte Sprösslinge sich wackelig an den Kinderwägen festhalten, in den kleinen Fäusten Brotstücke für die Enten, die sich jetzt wieder quakend niederlassen.

Ruperts dickliches Hinterteil immer im Blickfeld vor mir, drehe ich eine ausgedehnte Runde die Strandpromenade entlang, dann laufe ich im botanischen Garten an der Ringmauer hoch nach Norden.

Im nordwestlichen Eck ist ein Holzgerüst mit Treppe neu erbaut worden, über das man beide Wachtürme, den Snäckgärdsport und den Karmes, besichtigen kann. Du hättest dich darüber sicherlich aufgeregt, denke ich und muss lächeln. Du hast ohnehin gefunden, dass zu viele der alten Plätze und Stätten dem Tourismus preisgegeben und damit entwürdigt wurden. Dabei ist die Visbyer Ringmauer die am besten erhaltene in ganz Nordeuropa, wird gehegt und gepflegt wie keine zweite.

Eine neugierige Dohle beäugt mich misstrauisch von einer der oberen Zinnen aus und stößt ihren metallisch klingenden Warnruf aus. Erst als ich weitergehe, verstummt sie.

Ich laufe den Silverhättan hoch und biege in die St. Nikolaigatan ein, gefolgt von Rupert, der die Nase dicht am

Boden hält. Zu spät sehe ich hoch, zu spät erkenne ich, wo ich mich befinde. Abrupt bleibe ich stehen, und Rupert, der jetzt rasch aufgeschlossen ist, prallt gegen mein rechtes Bein und wufft empört auf, um dann zügig an mir vorbeizulaufen, die Nase wieder dicht über dem Boden. Nach einem Moment folge ich ihm langsam.

Das Gittertor zur St. Nikolai-Ruine ist verschlossen, wie üblich um diese Jahreszeit. Das hoch aufragende, verwitterte Gewölbe ist nur in den Sommermonaten geöffnet, dann finden hier Konzerte und Theateraufführungen statt. Jetzt aber hüpfen nur ein paar dick aufgeplusterte Amseln flügelschlagend in den Efeuranken am Gemäuer umher.

Ich schließe die Finger um die Gitter des Tores und lasse meinen Blick durch die Ruine wandern. Du hast mir ihre Geschichte erzählt, wie die Geschichte fast aller bedeutsamen Gebäude hier in Visby und auf der restlichen Insel auch.

Vieles habe ich vergessen, nur einen Teil behalten; ich habe mich immer gefragt, wie du dir all diese Daten und Fakten nur hast merken können. Aber dein Gedächtnis war ohnehin phänomenal.

Jetzt aber muss ich mich anstrengen, die wenigen Fakten zusammenzukratzen, die mir haftengeblieben sind. Ich weiß eigentlich nur noch, dass die Nikolaikirche im 13. Jahrhundert von Dominikanermönchen erbaut wurde, deren damaliger Prior als der erste Schriftsteller Schwedens und Vater und Hüter des einstigen Prachtbaus galt. Gut siebenhundert Jahre danach sind nur noch die hochaufragenden Mauern und Teile des Dachs vorhanden; im vorderen Kirchenschiff ist eine Holzbühne installiert, eine ausladende Treppe führt hinauf, davor stehen lange Reihen graugestrichener Holzbänke, fein säuberlich immer zu zweit aufeinander gestapelt.

Du und ich, wir sind oft hier gewesen. Viele Male haben wir nebeneinander auf den grauen Holzbänken gesessen und Sommerkonzerten gelauscht. Du hast es genossen, jedes Mal wieder, und ich habe es geliebt, dir dabei zuzusehen, wie du, in dich versunken, den Klängen folgtest, manchmal lächeltest, manchmal die Brauen hochzogst, einem Fehlklang nachspürend, den ich nicht in hundert Wiederholungen bemerkt hätte.

Ich lehne die Stirn an das Gitter und höre Ruperts Schnaufen, als er neben mir eifrig den Rasen absucht, wonach auch immer.

Das letzte Mal waren wir im vorigen Sommer hier; ich erinnere mich, und die Erinnerung schmerzt so, dass ich mir auf die Lippen beiße. Du saßest neben mir, vorne in der ersten Reihe, in der wir wundersamerweise zwei Plätze nebeneinander gefunden hatten. Die Ruine war bis auf den letzten Platz gefüllt, wie meist bei den Konzerten des Kammermusikfestivals Anfang August, in der Ferienhochzeit.

Die Touristen um uns herum hockten erwartungsvoll da, gedämpftes Raunen zog durch den alten Sakralbau, während die Musiker oben auf der Bühne Platz nahmen und ihre Instrumente zurechtlegten.

Ein kahlköpfiger Herr im schwarzen Anzug begrüßte das Publikum und sprach ein paar Sätze, denen ich nicht zuhörte; ich war damit beschäftigt, dich zu betrachten, wie du da nachdenklich an deinem Jackenärmel zupftest. Als die Musik anhub, blicktest du auf, Überraschung zeichnete sich auf deinem schmal gewordenen Gesicht ab, dann ein Anflug von Freude. Und dann hörtest du zu, mit dem typischen, versunkenen Gesichtsausdruck, den du nur für Musik reserviert hattest, für Musik, die dich bewegte und die du mochtest.

Auch ich sah schließlich zu den Musikern auf, lehnte mich zurück und lauschte, während meine Gedanken abschweiften, nach Berlin, zu meinem anderen, vielleicht auch eigentlichen Leben, das ich jetzt, nach drei Tagen auf Gotland, bereits zu vermissen begann. Ich konnte es kaum erwarten, zwei Tage später wieder zurückzufliegen, zu Mai, zu all den Dingen, die ich mit ihr tun würde, sogar auf meine Arbeit im Kurierbüro freute ich mich.

Es war kurz vor der Pause, als ich schließlich wieder zu dir hinübersah und entdeckte, dass du weintest. Du weintest lautlos und ohne Regung, saßest still da, den Blick auf das Podium und die Musiker gerichtet, und zwei Tränen rannen dir über die Wangen.

Ich war schockiert. Einen Moment lang saß ich bewegungsunfähig da, dann spürtest du meinen Blick, sahst mich an und nicktest beruhigend, während du dir in einer nahezu trotzigen Geste die Tränen abwischtest. „Schon gut", flüstertest du und bedeutetest mir, nicht weiter zu fragen, zu schweigen, und das tat ich dann auch.

Später, als wir gingen, fragte ich dich.

„Sie haben Ornstein gespielt", sagtest du schlicht; Leo Ornstein, einen deiner Lieblingskomponisten, nicht einmal das hatte ich erkannt. Und ich nahm deine Antwort hin, nahm sie dir ab, und erst jetzt, so viele Monate später, frage ich mich, warum eigentlich.

Vielleicht hast du damals schon gewusst, was auf dich zukam. Bestimmt sogar.

Ich hingegen war wie blind und taub, war woanders, in einer anderen Welt, die sich mit deiner zusehends weniger zu überschneiden begann.

Rupert ist längst um die Ecke der Ruine verschwunden, als ich hochsehe. Es fällt mir schwer, meinen Griff um die Eisenstäbe zu lockern, sie loszulassen. Meine Gesichtshaut brennt, und erst, als ich mir mit dem Handrücken über die Augen wische, spüre ich, dass sie mir feucht geworden sind. „Rupert?", rufe ich, mit einer seltsam kläglichen Stimme, und als wäre ihm das ebenfalls aufgefallen, blickt Rupert aufmerksam um die Ecke.

Bei seinem Anblick spüre ich, wie der Mut mich beinahe wieder verlässt. Dann räuspere ich mich. „Wir fahren nach Mulde", sage ich mit fester Stimme. „Jetzt. Jetzt gleich fahren wir los."

Berlin, Juni 2004

„Hi, Süße. Fährst du jetzt los?“ Djamal klatschte in seine riesigen Hände und grinste mich breit an. „Hast du nicht noch was vergessen?“ Seine kurzen, schwarzen Rastazöpfchen unter der Yankees-Kappe wippten, als er vielsagend zu Ulla hinübernickte, die sich hinter dem Tresen über einige Papiere beugte. Ich zwinkerte ihm zu.

„Ach ja, genau. Hier hab ich noch was. Ulla?“

Ulla blickte auf. Sie sah müde aus, wie schon seit Wochen. Unter ihren Augen hatten sich tiefe Ringe eingegraben, aber sie lächelte dennoch, als sie sah, was ich in den Händen hielt.

„Einer für dich.“ Ich reichte ihr einen der beiden Thermobecher mit den extradicken Henkeln, „und einer für Joschi. Damit ihr beide nicht immer so viel kleckert!“

Ulla drehte ihren Becher amüsiert in der Hand und betrachtete die Inschrift. „*Superchefin*, so so. Steht das bei Joschi auch drauf?“

„Nein. Da steht *Knalltüte*.“

Djamal lachte auf und entblößte dabei sein strahlendweißes, schnurgerades Gebiss, das wahrscheinlich einer der Gründe für seinen unglaublichen Erfolg beim weiblichen Geschlecht war. Er hatte sechs Kinder mit drei verschiedenen Frauen, zurzeit aber war er Single. Oder zumindest gab er es vor.

„Hör ... hör ich da mein... meinen Namen?“ Joschi kam hereingehumpelt und strahlte über sein ganzes, schiefes Gesicht.

„Für dich!“ Ich hielt ihm seinen Becher entgegen, und Joschi strahlte noch breiter, als er die Aufschrift las. „Oh, das ist ... na, danke!“ Er nahm den Becher und drückte ihn mit seiner gesunden Hand gegen die Brust. „Ist denn noch Kaffee da?“, fragte er hoffnungsvoll.

Djamal stieß sich vom Tresen ab, ging zur Kaffeemaschine hinüber und kam mit der Kanne zurück. Behutsam schenkte er Ulla und Joschi ein und drückte die Deckel auf beide Becher, bevor er die Kanne zurücktrug. Ullas Blick folgte ihm einen Moment zu lange, bevor sie ihren Kaffee hochnahm. Djamal stützte sich wieder auf den Tresen und sah ihr mit einem sanften Lächeln dabei zu.

„Prost Kaffee!“ Joschi stieß zitternd mit seinem Becher gegen Ullas, bevor er glücklich lächelnd einen Schluck nahm. „Den kann ich gut halten!“, sagte er zufrieden und hob seinen Becher. Er war schon für die Firma gefahren, als sie noch Ullas Großvater gehört hatte, und auch sein Schlaganfall vor zwei Jahren hatte seine Loyalität nicht mindern können. Fast jeden Tag kam er auf einen Kaffee vorbei und leistete Ulla ein wenig Gesellschaft. Ulla schien das gern zu haben, im Gegensatz zu ihrem Mann, der in diesem Moment die Bürotür aufstieß.

„Sieh an, nichts zu tun, ja?“ Spöttisch musterte er Djamal, der sich augenblicklich aufrichtete. „Wenn unsere Auftragslage so schlecht ist, dass unsere Fahrer hier die Zeit verdaddeln, sollten wir vielleicht mal den einen oder anderen einsparen.“ Sein Blick flog über mich hinweg; seit er begriffen hatte, dass er bei mir nicht landen würde, ignorierte er mich genauso wie Joschi.

„Ich geh schon“, sagte Djamal eilig, tippte sich an die Kappe und lief federnd hinaus. Ulla schüttelte seufzend den Kopf und beugte sich wieder über ihre Papiere. Ihr Mann musterte sie ausdruckslos.

„Was denn? Ist doch wahr? Oder was hat er hier ständig zu suchen, der Bursche?“ Er fischte einen Papphefter aus dem Eingangskorb, machte kehrt und schlug die Bürotür hinter sich zu.

Joschi sah mich mit wackelndem Kopf an und versuchte ein Lächeln, das ihm natürlich wie immer gründlich misslang. Ein winziger Kaffeetropfen zog eine schmale Spur von seinem Mundwinkel hinunter zum Kinn, aber er merkte es nicht, und ich wies ihn auch nicht darauf hin. Stattdessen stand ich auf und streckte mich.

„Also, ich muss los. Bis später!"

„Bis später!", murmelte Ulla, ohne den Kopf zu heben. Wahrscheinlich schämte sie sich für ihren Mann. Aber da war sie nicht die Einzige.

Der Golf stand im Schatten, Jackie lümmelte sich auf dem Beifahrersitz und hörte einen Vorbericht zur Europameisterschaft, Rupert hatte es sich auf seiner Decke im Fond gemütlich gemacht. Jackie hatte ihren freien Tag. Ich hatte vorgeschlagen, sie mit zu einem der Seen im Süden der Stadt mitzunehmen, falls meine Route mich dorthin führen würde. Als ich die Fahrertür öffnete, sprang Rupert wedelnd auf und streckte seine dicke Schnauze nach vorne.

„Feiner Hund!" Ich tätschelte ihm den platten Schädel und warf meine Fahrtliste auf Jackies Schoß, während ich mich auf meinen Sitz fallen ließ. „Glück gehabt! Also, zuerst geht es nach Kleinmachnow, dann tatsächlich nach Wannsee. Da kann ich dich absetzen und später wieder abholen. Aber zuerst halten wir kurz drüben am Gleisdreieck, Rupert muss sicher mal."

Rupert stupste mich mit seiner feuchten Nase in den Nacken, als er seinen Namen hörte. Aus dem Augenwinkel sah ich Ullas Mann im Bürofenster. Hinter ihm stand die neue Schülerpraktikantin, ein verschrecktes kleines Ding, kaum älter als seine eigene Tochter, das ständig verlegen zu Boden sah. Auch jetzt sah die Kleine zu Boden, und deshalb bemerkte sie auch nicht das siegessichere Grinsen, mit dem Ullas Mann sich zu ihr umdrehte. Ich seufzte und ließ den Motor an.

Das Gelände am Gleisdreieck lag wie ausgestorben in der heißen Mittagssonne. Wild wucherndes Unkraut überzog die einstigen Bahnhofsanlagen; an den Bäumen sprossen dichte Ranken empor. Ab und zu blies eine warme Windböe Pappelsamen wie Schneetreiben durch die Luft, und wir kniffen die Augen zusammen, als wir über die ausgetretenen Wildpfade schlenderten, die das Gelände wie ein dichtes Wegenetz überzogen.

Schließlich blieb Jackie stehen, um sich eine Zigarette anzuzünden. Erst beim vierten Versuch gelang es ihr. „Schade, kein Fitzelchen Wasser weit und breit", sagte sie und sah sich blinzelnd um. „Sonst ist es hier schön. Aber Rupert will bestimmt gern mal baden."

„Kann er ja gleich am Wannsee."

Jackie nickte und rieb sich den Nacken. „Auf Gotland würde er sich jetzt bestimmt auch wohlfühlen", sagte sie versonnen, die Augen in die Ferne gerichtet.

„Sehnsucht?"

Sie lächelte und pustete die Asche von der Glut. „Kann schon sein. Wenn ich könnte, würde ich glaube ich dort hinziehen. Sofort."

„Was sagt Agnes? Können sie dich nicht doch noch brauchen, vielleicht zum Ende der Saison?" Ich hockte mich in den Schatten eines ausufernd wuchernden Busches, und Jackie kauerte sich neben mich.

„Vielleicht nächstes Jahr", sagte sie achselzuckend und sog den Rauch ein. „Im Moment haben sie zu viel damit zu tun, die Raten abzuzahlen, sie können noch niemanden einstellen. Na ja, Zimmermädchen möchte ich eigentlich auch nicht für den Rest meines Lebens bleiben. Aber im Moment ist es gut so."

„Was ist eigentlich aus deinen ursprünglichen Plänen geworden, die Ausbildung zur Fahrradmechanikerin zu machen? Denkst du noch manchmal darüber nach?" Rupert, der ein Stück entfernt interessiert einen niedrigen Strauch beschnüffelte, hob den Kopf und sah aufmerksam zum Eingang des Geländes hinüber, wo soeben zwei junge Frauen aufgetaucht waren. Einen Moment lang betrachtete Rupert die beiden, dann wandte er sich wieder dem Strauch zu.

Jackie drückte ihre Zigarette aus und hob die Hand über die Augen. „Ach, das war einmal", sagte sie. „Jetzt ist sowieso alles anders, aber ich weiß immer noch nicht so richtig, was werden soll. Jedenfalls habe ich totales Glück gehabt mit dir, also, dass ich bei dir wohnen darf."

„Gern geschehen."

Rupert wuffte und spitzte die Ohren, als die beiden jungen Frauen an ihm vorbeigingen. Die kleinere von beiden trug streichholzkurze, blondgefärbte Haare und jede Menge Piercings in ihren Augenbrauen, die größere war dunkelhaarig, schlank und muskulös und kam mir bekannt vor. Ich kniff die Augen zusammen.

Die Größere sah zu mir herüber und verharrte mitten im Schritt. Dann nickte sie mir zu.

„Hi, Mart." Die Stimme klang rau, und ich brauchte einen Moment, bis ich endgültig erkannte, wen ich da vor mir hatte.

„Hallo, Lonnie", sagte ich.

Lonnie nickte. Seine Augen flogen über Jackie und Rupert hinweg wieder zu mir, dann lächelte er kurz und beeilte sich, seine Freundin einzuholen, die schon weitergegangen war.

Jackie riss einen Grashalm ab und steckte ihn sich zwischen die Lippen. Neugierig sah sie Lonnie hinterher.

„Das war Lonnie", antwortete ich auf ihre unausgesprochene Frage. „Ich war mal mit ihm zusammen."

Jackie runzelte die Stirn. „Mit ihm?"

„Oder mit ihr", sagte ich und blickte Lonnie nach. „Früher war Lonnie ein Transmann. Jetzt ist er es offenbar nicht mehr." Es war nicht nur das bartlose Kinn und die Art, wie Lonnie sich jetzt kleidete, auch seine Bewegungen waren viel femininer als früher, obwohl ich nicht hätte sagen können, woran genau ich das festmachte. Aber vielleicht musste ich das ja auch gar nicht. Vielleicht musste das nur Lonnie selbst. Entscheiden, wer oder was er war. Oder sie.

„Der sieht ja total lesbisch aus", sagte Jackie verblüfft, und unwillkürlich musste ich grinsen. „Seltsam. Ein ehemaliger Transmann, ich glaube, so jemanden habe ich noch nie kennengelernt." Sie klopfte sich den Staub von der Hose und stand auf.

„Tja, nichts gilt für immer", sagte ich und stand ebenfalls auf. Rupert hob den Kopf, sah zu uns herüber und kam dann in einer Staubwolke fröhlich auf uns zugerannt.

„Eigentlich schade", sagte Jackie neben mir, bückte sich und breitete die Arme aus, wie für ein kleines Kind, das auf die Mutter zugestolpert kommt. Aber es war nur Rupert, der dickliche, kurzbeinige Rupert, der ungestüm auf sie zurannte, einen krummen Ast in seinem Maul und ein glückliches Hundegrinsen in seinem pelzigen Gesicht.

Gotland, Juli 2004

„Rupert, komm!" Ebba bückte sich und lockte ihn mit einem Fingerschnalzen, und Rupert hörte auf zu buddeln und lief über den Strand auf sie zu. Lächelnd betrachtete ich Ebbas gebeugten Kopf und Ruperts wackelndes Hinterteil, dann sah ich auf die Ostsee hinaus. Weit hinten konnte ich die Schnellfähre erkennen, die aufs Festland zuhielt, dahinter schob sich ein Frachter langsam nach Süden. Ein kühler Windhauch zerrte an meinem T-Shirt, und ich verschränkte fröstelnd die Arme vor der Brust.

„Ebba? Wollen wir los? Mir wird kalt."

„Schade", sagte Ebba bedauernd und stand zögerlich auf. Für einen Moment hielt sie sich den Kopf, dann nahm sie meinen Arm.

„Schon gut, ich bin nur zu schnell aufgestanden." Dankbar hakte sie sich bei mir ein und wir gingen langsam nebeneinander über den steinigen Strand zum *Krysmintagarden* hinüber. Die Tische und Stühle des kleinen, aber feinen Strandrestaurants hatten sich geleert, und das Personal war bereits dabei, die Schirme zusammenzuklappen.

Am Eingang zum würzig duftenden Kräutergarten, der dem Restaurant seinen Namen gegeben hatte, blieb Ebba stehen und drehte sich um. „Sieht das nicht wunderschön aus?“, fragte sie. „Die Fähre dahinten? Ach, Inseln sind einfach schön.“ Sie lächelte in sich hinein, während sie der Fähre mit Blicken folgte. „Kein Wunder, dass es alle Welt auf Inseln zieht.“

„Und wenn man dort ist, möchte man wieder fort“, sagte ich.

Ebba sah weiter aufs Meer hinaus, nur ihre starre Kopfhaltung verriet mir, dass sie meine Bemerkung überhaupt gehört hatte. „Nein“, sagte sie schließlich. „Nein. Das stimmt nicht. Ich möchte nicht fort.“

Ungeduldig trat ich von einem Fuß auf den anderen und sah zu Rupert hinüber, der gerade den Boden unter den Tischen nach Essensresten absuchte. „Okay, du nicht. Ich eigentlich auch nicht. Aber von hier möchte ich jetzt fort.“

Ebba fuhr sich durchs Haar. Nach meinem letzten Besuch hatte sie sich die Haare schneiden lassen und trug sie jetzt zu einem kurzen Bubikopf frisiert. Die Frisur stand ihr ausgezeichnet, aber sie hatte immer noch Mühe, sich damit zu arrangieren. „Möchtest du gern gleich nach Hause oder noch irgendwo was trinken?“, fragte sie jetzt.

Ich zögerte unentschlossen. „Ich weiß nicht“, sagte ich. „Keine Ahnung. Wie du willst. Auf jeden Fall ist mir kalt.“

Ebba musterte mich nachdenklich, dann nickte sie leicht. „Du bist unruhig diesmal“, stellte sie fest. „Komm, dann lass uns gehen.“ Ohne auf mich zu warten, setzte sie sich in Bewegung, und ich rief Rupert zu mir und folgte ihr ein wenig missmutig.

Sie hatte recht, ich war tatsächlich unruhig, aber ich hätte nicht sagen können, warum. Einerseits wollte ich, dass die Dinge so blieben, wie sie waren, andererseits wollte ich, dass sie sich veränderten. Doch das, was sich verändert hatte, gefiel mir wiederum auch nicht so recht.

„Ich glaube, ich möchte noch irgendwo was trinken gehen“, sagte ich und hasste den nörgeligen Tonfall, der sich in meine Stimme geschlichen hatte. „Zu Hause ist ja so viel los."

Ebba blieb stehen und drehte sich um. Ihr Blick war gnädig und amüsiert zugleich, mit einer Spur Ungeduld darin. „Immerhin sagst du noch zu Hause", stellte sie fest und lächelte. „Tja, Agnes und ihr Mann verstehen sich einfach bestens darin, Gäste zu akquirieren. Für die beiden freut es mich. Aber du hast recht, so schön ruhig wie früher ist es nicht mehr."

Seit Ebba die Pension verkauft hatte, war das Haus nahezu pausenlos ausgebucht, selbst in den Wintermonaten waren fast alle Zimmer ständig besetzt gewesen. Zu der von Ebba übernommenen Stammkundschaft, die vorrangig aus älteren deutschen Ehepaaren bestanden hatte, kamen nun viele junge Familien und Rucksackreisende aus allen möglichen Ländern, und damit hatte sich auch die gediegene Ruhe aus dem Haus verabschiedet. Die friedliche *Villa Norderstrand* hatte sich zu einer lebendigen, gut besuchten und beliebten Unterkunft gewandelt, in der zu jeder Tages- und manchmal auch Nachtzeit rege Betriebsamkeit herrschte. Noch vor einigen Jahren hätte mich der Trubel begeistert, jetzt aber fühlte ich mich zusehends mehr davon gestört.

Ebba schlug den Kragen ihrer Sommerjacke hoch und musterte mich. „Du trägst mir das nach, stimmt's?", fragte sie mit einem kleinen Lächeln.

„Was? Was soll ich dir nachtragen?" Ich fasste sie leicht unter den Ellbogen und dirigierte sie in Richtung des Parkplatzes, wo der Volvo geduldig auf uns wartete. Die beiden Kellner verabschiedeten sich mit einem freundlichen Winken, und ich winkte zurück.

„Dass ich die Pension verkauft habe", sagte Ebba, zog ihren Autoschlüssel hervor und hielt ihn mir hin. „Möchtest du fahren?"

Schweigend nahm ich den Schlüssel, ohne sie anzusehen. Sie lag vollkommen richtig. Gotland hatte für mich immer für Ruhe und Frieden gestanden, und beides fehlte mir nun. Und insgeheim, da hatte sie den Nagel auf den Kopf getroffen, insgeheim machte ich Ebba dafür verantwortlich. Weil sie die Pension verkauft hatte. Meinen Ruhepol.

„Marthe." Ebba sah zu, wie ich die Tür aufschloss. „Hör zu. Es hätte eine andere Möglichkeit gegeben. Du hättest herziehen und die Pension übernehmen können. Aber das hättest du niemals getan, oder?"

„Du hast mich ja gar nicht gefragt", sagte ich mürrisch und sah mich nach Rupert um. Er ließ sich gerade von einem der beiden jungen Kellner den Kopf streicheln, die Augen stur auf das Stück Brot in dessen Hand gerichtet.

Ebba schüttelte den Kopf. „Nein", sagte sie und betrachtete mich über das Dach des Volvos hinweg. „Aber warum sollte ich fragen, wenn die Antwort seit Jahren schon klar ist?"

„Vielleicht war sie ja gar nicht so klar", sagte ich. Aber ich wusste selbst, dass das nicht stimmte.

Und Ebba wusste es auch. Sie sah mich noch einen Moment lang nachdenklich an, dann öffnete sie die Tür und stieg ein. Ich hielt Rupert, der jetzt schmatzend herbeikam, die hintere Tür auf, aber er lief an mir vorbei und sprang zu Ebba in den Fußraum, wo er sich augenblicklich zufrieden grunzend zusammenrollte. „Verräter!", murmelte ich und schlug die Tür zu.

Als ich eingestiegen war und zu Ebba hinübersah, entdeckte ich, dass sie sich nur mühsam ein Grinsen verkniff. Mit einem entwaffnenden Lächeln legte sie mir eine Hand aufs Knie. „Marthe", sagte sie. „He, Marthe, komm, die Dinge verändern sich. Das ist einfach so. Aber es wird nicht so bleiben, wie es jetzt ist. Irgendwann kommt etwas Neues, und dann bist du auch wieder froh."

Ich nickte widerwillig und ließ den Motor an. „Wollen wir's hoffen", murmelte ich. Der Wagen ruckte, dann zog er an. Als ich vom Parkplatz auf den Schotterweg einbog, der zur Straße hinaufführte, sah ich den Kellner, der eben sein Brot mit Rupert geteilt hatte, vor den Tischen stehen, mit einem Grinsen im Gesicht, von dem ich nicht wusste, wem oder was es galt. Für einen Moment hatte ich den Eindruck, als ob er mich auslachte, aber dann besann ich mich. Ich war noch nie gut darin gewesen, fremde Gesichtsausdrücke fehlerfrei zu deuten. Und niemand lachte mich aus.

Es gab nichts zu lachen, so einfach war das.

Berlin, April 2005

Es dauerte einen Moment, bis der Bildschirm sich aufbaute. Ich setzte das Headset auf und tippte die virtuelle Telefontaste an. Fasziniert sah ich zu, wie der Anruf sich aufbaute. Einen Moment später wurde der rot unterlegte Hörer auch schon grün, und ich hörte Ebbas Stimme.

„Marthe?“

„Na klar, wer sonst! Wie geht's dir heute?“ Ich lehnte mich genüsslich zurück und griff nach meiner Colabüchse. Das Telefonieren übers Internet war wirklich eine geniale Erfindung, seit vor einigen Monaten die Vollversion lief, sprachen Ebba und ich alle zwei Tage miteinander. Wir hatten beide ein bisschen gebraucht, um uns an das Telefonieren per Headset zu gewöhnen, aber die Vorteile waren unschlagbar. Wir sparten beide einen Haufen Geld, und wenn wir uns entsprechende Webcams besorgten, würden wir uns auch noch beim Telefonieren sehen können. Aber dazu hatten wir uns noch nicht durchringen können.

„Mir geht es gut“, sagte Ebba. „Ich habe gerade das Haus verkauft.“

Die Büchse rutschte mir fast aus der Hand, und ich stellte sie wieder auf den Tisch. „Moment mal, ich habe dich, glaube ich, nicht richtig verstanden. Was hast du gesagt?“

„Ich habe das Haus verkauft", sagte Ebba. „An Agnes und ihren Mann. Gerade eben." Sie klang glücklich und zufrieden, als hätte sie etwas Großes vollbracht, und ich schüttelte benommen den Kopf.

„Warum?", fragte ich. „Warum hast du jetzt auch noch das Haus verkauft?"

Ebba schwieg, und ich biss die Zähne zusammen. Das Haus verkauft? Warum in aller Welt verkaufte sie das Haus? Hatte der Verkauf der Pension nicht schon gereicht? Ich schloss die Augen und öffnete sie wieder, und plötzlich machte mich der Bildschirm mit seiner praktisch angeordneten Ansicht fast aggressiv. „Warum?", zischte ich wütend. „Warum in aller Welt hast du das jetzt gemacht?"

„Darum", antwortete sie schließlich. „Ich packe meine Sachen ein bisschen zusammen. Ich habe einfach das Gefühl, es ist Zeit für einen Neuanfang." Ich konnte ihr Lächeln geradezu hören, und das fachte meinen Ärger nur noch an.

„Warum sagst du mir die wichtigen Sachen eigentlich immer am Telefon?", giftete ich ins Mikrofon.

„Weil ich sie dir sonst gar nicht sagen würde", sagte Ebba schlicht und nahm mir damit den Wind aus den Segeln.

Ich trank einen Schluck Cola und atmete durch. Die Flüssigkeit brannte mir in der Kehle, und erst, als ich nochmals schluckte, verschwand das Brennen.

Ich dachte an das letzte Weihnachten, das wir zusammen in Visby verbracht hatten, die Rufe der Wasservögel im Frühling am Himmel über dem Haus, an den Blick aus der Kammer über den Strand und das Meer, einen Blick, den ich liebte und auf den ich in Zukunft wohl würde verzichten müssen, und langsam wandelte meine Wut sich in Hilflosigkeit.

„Und was jetzt?", fragte ich heiser und schob die Colabüchse von mir weg.

Ebba lachte leise. „Komm her, dann zeig ich es dir", sagte sie.

Gotland, April 2005

Die roten Dachziegel des Hofgebäudes glänzten im diesigen Abendlicht, und die weiße Kalkfarbe darunter schien fast zu leuchten, als Ebba auf den Hof fuhr und die Bremse anzog. Mürrisch sah ich auf die Obstbäume vor dem Teich, die ihre knorrigen Äste in den milchigen Frühlingshimmel streckten. „Und was soll das jetzt für eine Überraschung hier sein?"

Ebba musterte mich kurz, dann stieß sie ihre Tür auf. „Komm, steig schon aus."

Widerwillig öffnete ich die Tür und folgte ihr über den Hof, während ich mich umsah. Von Evert, mit dem Ebba sich bei unserem letzten Besuch so angeregt unterhalten hatte, war nichts zu sehen, und auch sonst rührte sich nichts. Der Hof lag still da, aber es hatte sich einiges verändert. Die Einfahrt war frisch gepflastert, die Veranda ums gelbe Haus fertiggestellt, und als ich Ebba zum Teich hinunterfolgte, entdeckte ich, dass die Obstbäume beschnitten waren.

„Wo gehen wir denn hin?", fragte ich in ihren gerade aufgerichteten Rücken hinein. Es war noch keine zwei Stunden her, dass mein Flugzeug gelandet war, und Ebba hatte mir nur eine kurze Verschnaufpause gegönnt, bevor sie mich aus dem Haus gelotst hatte. Ich wäre lieber dort geblieben und hätte mit ihr gestritten, darüber, dass sie das Haus verkauft hatte, dass sie alle wichtigen Entscheidungen ohne mich traf, dass sie mir nur einen winzigen Platz in ihrem Leben zugestand. Aber sie hatte sich nicht umstimmen lassen.

„Wo gehen wir denn hin?", fragte ich und legte einen Schritt zu. Ebba schien es eilig zu haben, zügig marschierte sie an den Obstbäumen vorbei, ließ den Teich zur Rechten liegen und steuerte einen schmalen Pfad an, der zwischen den hohen Tannen und kahlen Birken in den dichten Mischwald hineinführte. „Ebba, für einen Waldspaziergang ist es zu spät. Es wird doch bald dunkel!"

„Komm schon“, rief sie, ohne sich umzudrehen, und ich stöhnte leise auf, bevor ich ihr in den Wald hineinfolgte.

Der schmale Pfad war feucht und von welkem Vorjahreslaub bedeckt, und ich war froh, dass ich auf Ebbas Anraten hin Gummistiefel angezogen hatte. Ebba streckte ihre Hand nach mir aus, aber ich verschmähte sie beleidigt.

Vorsichtig setzte ich meine Füße in die Abdrücke, die sie vor mir hinterließ, und nach ein paar Schritten erst hob ich den Kopf und entdeckte, dass der Wald sich unmittelbar vor uns bereits wieder lichtete. Tief sog ich die Luft ein, und für einen Augenblick hatte ich das Gefühl, dass meine Lungenflügel sich vom intensiven Duft nach Moos und Wald geradezu zu weiten schienen. Dann fiel mir wieder ein, dass ich ja eigentlich schlechte Laune hatte, und ich kniff die Lippen zusammen. „Wie lange sollen wir hier noch rumlaufen, Ebba? Ich bin müde, ich will endlich was essen!“

Der Wald lichtete sich abrupt, und Ebba blieb stehen. Fast prallte ich gegen sie, und ich öffnete schon den Mund, um mich zu beschweren. Aber als ich erkannte, wo wir uns befanden, schloss ich ihn wieder.

Wir standen gegenüber von den Orchideen, auf der Lichtung, auf der ich mich vor vielen Jahren das erste Mal wirklich gefragt hatte, wo eigentlich mein Platz war. Zur Straße hin begrenzten ein paar niedrige Büsche das Grundstück, auf der anderen Seite, zwischen den hohen alten Tannen und Kiefern, erkannte ich einen weiteren schmalen, verwunschen aussehenden Pfad, der in Richtung Meer zu führen schien.

Ebba drehte sich zu mir um, ihre Augen strahlten. „Hier ist es“, sagte sie und breitete die Arme aus. „Marthe, ist es nicht schön hier?“

„Was ist hier?“ Ihre Begeisterung, von der ich nicht wusste, worauf sie sich gründete, machte mich nervös.

Ebba studierte mein Gesicht von der Seite, als beobachtete sie ein wildes Tier, von dem sie nicht wusste, wie es auf ihre Annäherung reagieren würde. „Hier baue ich ein Haus“, sagte sie langsam. „Im August ist es fertig. Dann ziehe ich ein. Ich habe das Grundstück von Evert gekauft. Du weißt schon, der nette Mann vom Hof nebenan.“

Ich stand wie erstarrt, obwohl ich erstaunlicherweise gar nicht so sehr überrascht war. Wahrscheinlich hatte ich insgeheim geahnt, dass Ebba einen Umzug plante. Aber ihre Wahl verwunderte mich. „Warum … Warum hier?“

„Weil es ein schöner Ort ist.“ Ebba beobachtete mich immer noch von der Seite. Ihre Gummistiefel machten ein quietschendes Geräusch, als sie einen Stein fortkickte.

„Aber du kannst das Meer von hier aus nicht sehen“, wandte ich ein.

Sie nickte und richtete ihren Blick auf einen Punkt hinter dem Horizont. „Ich habe es genug gesehen“, sagte sie ruhig.

Wieder streckte sie die Hand nach mir aus, ohne mich anzusehen. Aber diesmal griff ich danach.

Jetzt

„Ich habe es genug gesehen“, hast du gesagt. Aber vielleicht hast du auch gemeint, dass du von allem genug gesehen hattest. Manchmal denke ich das.

Auch jetzt, während ich langsam über die Landstraße Richtung Süden fahre, während der Kilometerzähler Meter um Meter frisst und ich mich dem Ort nähere, den ich so fürchte. Nicht mehr lange, und ich muss mich ihm stellen. Und auf eine widersinnige, fast alberne Art wünsche ich, du wärest bei mir, um es mir leichter zu machen.

Aber natürlich bist du es nicht. Du bist nicht mehr da.

Ein Fasanenhahn huscht über die Straße, erst mit vorsichtigen, stelzenden Schritten, dann schnell trippelnd, den Schwanz waagerecht erhoben. Ich verlangsame das Tempo und vergewissere mich im Rückspiegel, dass Rupert den Vogel nicht gesehen hat und im nächsten Moment in lautes, aufgebrachtes Gebell ausbrechen wird. Aber Rupert hat anderes im Blick: die Küste zur Rechten, dahinter das dunkel schimmernde Meer.

Ich nehme weiter Gas weg, während ich die Stelle passiere, an der der Fasan die Landstraße gekreuzt hat. Vermutlich stellt er irgendwo da vorne im Gebüsch einer Henne nach, vielleicht eilt sie aber auch im nächsten Moment hinter ihm her über die Straße, um sich seinem Harem anzuschließen. Der Frühling ist Fasanenzeit, niemand wüsste das besser als ich.

Auch auf Amrum gab und gibt es Fasane, viele sogar. Vor Jahrhunderten wurden sie als Jagdwild eingeführt, aber Fasane sind schlau, und sie sind fruchtbar. Im Frühling bevölkern Scharen von munteren, jungen Küken die Straßen und Fußgängerzonen; wie kleine, aufgeweckte Haustiere nähern sie sich den verblüfften Touristen, recken die Hälse, betteln um Futter. Ich habe den Anblick immer geliebt; vieles habe ich geliebt, nur die Enge nicht, die Enge der Insel. Zwanzig Quadratkilometer waren einfach zu wenig für mich.

Diese Insel aber ist größer. Ob ihr Platz für mich reicht, weiß ich immer noch nicht.

Klintehamn liegt hinter mir, und ich biege rechts ab. Zum unzähligsten Mal eröffnet sich mir der vertraute Anblick, den ich bis an mein Lebensende mit dir verbinden werde. Felder zur Linken, die Küste zur Rechten, ab und zu ein Weg, eine Straße, beschilderte Wege: *Galleri*, *Däck* und *Resebyra*. Die Schweden schildern ihre ländlichen Firmen wie offizielle Wegpunkte aus. Es hat lange gedauert, bis ich begriffen habe, dass es sich bei *Sömnad* nicht um einen Ortsnamen handelt, sondern um den Hinweis auf eine Schneiderei.

Rote Dachschindeln glänzen matt im Morgenlicht, darunter schimmert es weiß. Im gelben Haus leuchten Fenster, es ist jemand zu Hause, Everts Sohn, dessen Frau, ihre Kinder, zwei Mädchen. Und dann kommt schon die Einfahrt. Ich gehe vom Gas, bringe es fertig, den Parkplatz zu finden, ohne das Haus anzusehen.

Rupert richtet sich auf, sein hechelnder Atem haucht Wolken ans Fenster. „Ruhig, Rupert, warte noch ein bisschen“, sage ich leise und stelle den Motor aus. Auf einmal ist es schlagartig still. Ich senke den Kopf, dann blicke ich hoch, hinüber zum Pfad, der in den Wald führt und weiter zum Meer. Hinunter zum Strand.

Früher, als ich noch zu Hause lebte, bin ich oft, wenn es mir schlecht ging, zum Strand gelaufen, ganz hoch zur Odde, der nördlichsten Spitze der Insel. Ob bei Tag oder Nacht, es hat nie jemand gemerkt, dass ich fehlte, und wenn doch, so hat es niemand erwähnt.

Einmal, ein einziges Mal, habe ich bei diesen Wanderungen einen jungen Fasan gesehen, der aufs Meer blickte, reglos verharrend.

Vögel stehen selten still, ich weiß das, nicht zuletzt von Klaas. Dieser Fasan aber stand da und sah auf das Meer hinaus, ohne sich zu bewegen. Ich hockte mich hin und betrachtete ihn, minutenlang, länger sogar. Irgendwann senkte er schließlich den Kopf, pickte nach etwas und lief dann im typisch hüpfenden Gang der Jungfasanen die Düne hinunter, bis ich ihn aus den Augen verlor.

Er tat, so schien es mir damals, genau das, wonach ich mich sehnte: frei, aufrecht, ungefährdet aufs Meer hinaussehen.

Nie wieder habe ich einen Fasan auf diese Art und Weise dastehen sehen, weder dort an der Nordspitze Amrums noch irgendwo sonst.

„Komm, Rupert“, sage ich laut und öffne die Tür. Rupert hechelt aufgeregt und rutscht unruhig auf seinem dicken Hintern herum, bis ich ums Auto herumgegangen bin und seine Tür geöffnet habe. Flink wie ein Welpe springt er aus dem Wagen und beginnt sofort, aufgeregt am Boden zu schnüffeln. Ich sehe ihm einen Moment zu, dann drehe ich mich in die Richtung, aus der wir gekommen sind.

Die dunklen Dachschindeln des gelben Hauses schimmern schemenhaft durchs Astwerk der angrenzenden Bäume. Sie sind nur in der kalten Jahreszeit sichtbar. Im Herbst, wenn das Laub von den Obstbäumen fällt, taucht das Dach des Nachbarn zwischen den immergrünen Tannen und Föhren auf wie eine Fata Morgana, im Mai verschwindet es wieder, um sich den Sommer über hinter dem dichten Laub zu verstecken.

Jetzt aber ist das Dach deutlich zu sehen. Und der Anblick beruhigt mich.

Rupert hat begonnen, sich weiter vorwärts zu schnüffeln, in einem mäandernden Zickzack, die Nase dicht über dem Boden. Ich aber bleibe noch stehen. Fröstelnd reibe ich die Hände aneinander, vermeide den Blick in die Runde.

Es ist kalt, jetzt im April, so früh am Morgen. Gestern Nacht sind die Temperaturen auf Minusgrade gesunken, in Berlin dagegen ist es warm, 22 Grad und noch mehr. Mai hat es mir heute Morgen erzählt, ihre Stimme klang leise am Telefon, fast verlegen. Sie weiß nicht, woran sie mit mir ist. Aber mir geht es nicht anders. Ich weiß auch nicht, woran ich mit mir bin.

Ich lege den Kopf in den Nacken. Ein Greifvogel zieht weit oben seine einsamen Kreise. Über den Bäumen liegen noch letzte Reste vom frühmorgendlichen Nebel, bald wird es aufklaren.

Ich schließe die Augen und hole tief Luft. Dann drehe ich mich um und öffne die Augen. Da steht es.

Marthe, ist es nicht schön hier?

Gotland, August 2005

Vieles hatte ich erwartet, aber nicht das. Verblüfft stand ich da und ließ den Anblick auf mich wirken. Ebbas neues Haus war fertig. Aber es sah nicht so aus, wie ich vermutet hatte.

Vor mir stand keins dieser typisch schwedischen Holzhäuser mit ihren spitzen Dächern und Gauben, die Ebba so mochte. Vor mir stand ein moderner, kubusförmiger Flachdachbungalow aus mattgelb gestrichenem Holz im gleißenden Augustlicht. Vier breite Stufen führten zum Eingang auf die Veranda hinauf, die sich über die gesamte Vorderfront zog. Ein Schaukelstuhl stand in der Ecke, daneben ein Körbchen.

„Na, was sagst du?“ Ebba sah mich vorsichtig an, während sie einen der letzten Kartons aus dem Auto hob. „Gefällt's dir ein bisschen?“

Ich lachte. „Ein bisschen? Das ist ja unglaublich.“ Ich folgte ihr über den frisch angelegten Plattenweg zum Eingang hinauf und durch die offene Glastür. „Ich hätte nie gedacht, dass du dir so ein Haus bauen lässt! Ich dachte, dir gefallen diese würfelförmigen Bungalows nicht?“

Ebba stellte den Karton auf der Anrichte ab. „Aber dir“, sagte sie. „Und beim näheren Nachdenken fand ich diesen Entwurf auch am besten. Alles ist ebenerdig. Gut für den Lebensabend.“ Sie zwinkerte mir zu und strich sich eine verschwitzte Strähne hinters Ohr. In den letzten Monaten hatte sie ihre Haare wieder wachsen lassen. „Außerdem ist es ein hervorragender Energiesparer, das Haus. Das Dach ist mit Sonnenkollektoren bestückt, und Erdwärme gibt es dazu.“

„Aber jetzt ist es schön kühl hier drin.“ Ich legte meinen Rucksack neben den Karton, bückte mich und prüfte die ebenmäßig geschliffenen Dielen. „Keller?“

Ebba schüttelte den Kopf und öffnete den Karton, um den Inhalt zu überprüfen. „Brauche ich nicht. Und will ich auch nicht. Keller machen mir Angst. Ich habe lieber alles im Blick.“ Sie streckte eine Hand aus. „Kleiner Rundgang gefällig?“

Ich ließ mich von ihr hochziehen und folgte ihr durchs Haus, das großteils, wie ich verwundert bemerkte, bereits eingerichtet war. Die Räume waren nicht groß, aber hell und höher, als der Bungalow von außen vermuten ließ. Der Architekt, ein alter Schulkollege Ebbas, hatte sich ganz nach ihren Wünschen gerichtet und ein lichtdurchflutetes Platzwunder geschaffen. Durch den Eingang gelangte man direkt in die amerikanische Küche und weiter in den großen Wohnbereich, der zur Veranda hin vollständig verglast war.

Hinter der Küche führte eine schmale Tür in den Versorgungsraum, der zugleich als Kammer und Stauraum diente. Ebbas Schlafzimmer dahinter grenzte ans Bad, gegenüber stand eine weitere Tür offen.

Ebba lehnte sich wortlos mit verschränkten Armen an den Türrahmen und sah zu, wie ich den Raum betrat. Er war klein und nahezu quadratisch, mit zwei Fenstern zur Süd- und Westseite hin. An der Wand stand ein schmales Bett, mit glatter, gestreifter Wäsche bezogen, unter einem der Fenster ein kleiner, weißgestrichener Schreibtisch mit einem dazu passenden Holzstuhl und einer Stehlampe daneben, hinter der Tür ein niedriger Schrank. Ich drehte mich zu Ebba um.

„Meine Kammer? Du hast die Einrichtung aus der Villa herbringen lassen?“, fragte ich überwältigt. Ebba hob die Schultern und ließ sie wieder fallen. Um ihre Mundwinkel zuckte es.

„Du sollst dich doch ganz wie zu Hause fühlen, wenn du hier bist“, sagte sie und stieß sich vom Türrahmen ab. „Und Rupert auch.“ Sie nickte zu dem Körbchen hinunter, das unter dem anderen Fenster stand. Es war nagelneu, und ein Quietschtier lag darin, eine Gummiente. „Nächstes Mal kommst du wieder mit dem Auto, dann kannst du ihn mitbringen“, sagte Ebba und drehte sich um. „Entschuldige mich, ich räume jetzt den Karton aus, ja?“

Während sie in der Küche verschwand, trat ich zum Schreibtisch und sah hinaus. Wildblumen säumten den sonnenbeschienenen Wiesenrand vor dem Fenster, dahinter grünte der dichte Föhrenwald. Selbst durch das geschlossene Fenster konnte ich lautes Vogelgezwitscher hören. Der Ausblick war nicht so spektakulär wie aus dem Fenster der Kammer in der *Villa Noderstrand*, aber ebenfalls wunderschön. Ich mochte mich immer noch dagegen sträuben, aber er machte mir den Abschied, mit dem ich mich so schwergetan hatte, auf jeden Fall leichter.

Erst vor gut zwei Stunden hatten wir die leeren Räume in der *Villa Norderstrand* zurückgelassen. Eigentlich hatten Ebba und ich den Umzug ins neue Haus zusammen machen wollen, aber ich hatte meinen Flug um drei Tage verschieben müssen, um für einen erkrankten Kollegen einzuspringen. Ebba hatte bereits gründliche Arbeit geleistet; im Wohnzimmer hatten nur noch ein paar Kisten neben dem Flügel gestanden, als ich am Morgen angekommen war.

Der Flügel. Ich stutzte, dann drehte ich mich um und lief ins Wohnzimmer zurück.

Ebba stand immer noch vor der Anrichte und nahm Gläser aus dem Karton, als ich mich neben sie lehnte.

„Was wird mit dem Flügel?", fragte ich und deutete mit dem Kinn zu dem Klavier in der Ecke des Wohnzimmers hinüber. „Für den ist doch hier gar kein Platz mehr?"

Ebba knüllte einen zerknitterten Bogen Zeitungspapier, der als Stoßschutz gedient hatte, noch weiter zusammen und warf ihn in den leeren Karton. „Ich habe ihn mit dem Tonsättarcentrum gegen das Piano getauscht. Staffan hat sich gefreut", sagte sie schlicht.

„Aber du hängst doch so daran?" Ich schüttelte ungläubig den Kopf.

„Nicht mehr." Ebba klappte den Karton zu und stellte ihn auf den Boden. Dann stützte sie die Hände auf die Anrichte. Sie war neu, wie die gesamte Kücheneinrichtung, das fiel mir erst jetzt auf. Ebba hatte sie offenbar maßanfertigen lassen; die weißlackierte Küchenzeile passte haargenau in die Ecke, und unter dem Fenster war ein kleiner Tisch an die Wand montiert, der Platz für zwei Personen bot.

„Du hast alles verändert“, stellte ich verwundert fest, aber Ebba schüttelte den Kopf und zeigte auf die Wand neben dem Fenster.

„Nicht alles. Sieh, ich habe alle Fotos wieder aufgehängt.“

Ich musste lächeln, als ich die gerahmten Familienbilder betrachtete, die schon in der *Villa Norderstrand* gehangen hatten. Die Gelegenheit war einfach perfekt. „Da ist doch noch ein bisschen Platz, oder? Hier, ich hab was für dich.“ Ich griff nach meinem Rucksack, zog einen Umschlag heraus und reichte ihn Ebba.

Ihr Gesichtsausdruck, als sie das Kuvert öffnete und den Inhalt herausnahm, rührte mich an; erst zog sie verwundert die Brauen hoch, dann kniff sie die Augen zusammen, als sie erkannte, was sie da in den Fingern hielt.

„Das bist du“, sagte sie verdutzt. „In einem Auto, von vorn. Das ist doch ein Blitzerfoto, oder?“

Ich lehnte mich neben sie und betrachtete gemeinsam mit ihr die unscharfe Schwarzweiß-Aufnahme. Viel war von mir nicht zu erkennen, nur, dass ich hinter dem Steuer eines Wagens saß und angestrengt geradeaus blickte. Der Ausdruck war ein bisschen zerknittert und an einer Ecke leicht eingerissen, aber das fiel in dem schlichten Holzrahmen kaum auf. „Siehst du das Datum da oben?“

„6. Mai 1994. Klar.“ Nach einem Moment sah sie fragend auf, und ich konnte in ihren Augen sehen, dass ihr eine Erkenntnis dämmerte. „Mai 1994? Da haben wir uns doch kennengelernt.“

„Am 6. Mai“, bestätigte ich trocken. „Das hier war mein Kündigungsgrund.“ Ich tippte auf den Rahmen. „Ich bin damals geblitzt worden, als ich zum Flughafen fuhr, um dich abzuholen. Ich hab den Ausdruck neulich wiedergefunden, ich dachte, das wäre ein schönes Einweihungsgeschenk für dein neues Zuhause.“

Sie lachte. „Ist es auch. Obwohl es durchaus bessere Fotos von dir gibt.“ Dann nickte sie langsam, ohne die Augen von der Aufnahme zu lösen. „Meine Güte. Mai 1994. Weißt du, wie lange das her ist?“

„Sicher. Ich kann ganz gut rechnen, Baby. Elf Jahre und drei Monate.“ Draußen vor dem Fenster fuhren in rascher Folge zwei Wohnmobile vorbei, und ich beugte mich vor, um ihnen nachzusehen. „He, der Verkehr ist aber ganz schön deutlich zu hören“, sagte ich überrascht. „Ist dir das nicht zu laut?“

Ebba lächelte und legte eine warme, trockene Hand um meinen Nacken. Vor Wohlbehagen schloss ich die Augen.

„Nein“, sagte sie. „Ich finde es sogar schön. Beruhigend, weißt du. Niemand kann einfach so heranfahren, ohne dass ich es höre. Und ein wenig Zivilisation in meiner Nähe zu wissen, ist auch nicht schlecht.“ Sie atmete tief aus. „Ich schlafe ja schon seit knapp einer Woche hier. Manchmal, morgens, stehe ich am Küchenfenster“, sagte sie versonnen, „trinke meinen Kaffee und sehe zu, wie die Autos vorbeifahren. Die Leute gucken immer auf die Wiese hinterm Haus, weißt du. Ich vermute, das liegt daran, dass der Mensch automatisch auf eine freie Fläche sieht. Bestimmt ein uralter Instinkt, um die Lage einzuschätzen. Ich meine, man kann stundenlang durch den Wald fahren und stur geradeaus blicken, nicht einen Blick zur Seite werfen, aber wenn sich die Landschaft dann zu einem Acker oder Feld eröffnet, dann sieht man sofort hin. Oder?“

Ich öffnete die Augen und sah Ebba an, und ihr fragender Ausdruck verwandelte sich in leichte Verlegenheit. Selten hatte sie so viel auf einmal geredet.

„He. Das hier ist wirklich dein Paradies, was?“, fragte ich leise.

Ebba sah mich lange an, dann nickte sie. „Ja“, sagte sie. „Das stimmt. Ich glaube, ich habe endlich meinen Platz gefunden.“

Sie war glücklich hier, ob mit mir oder ohne mich, das war nicht zu übersehen. Und auf eine seltsame Weise versetzte mir das einen Stich. Als wäre ich eifersüchtig. Aber das ging doch kaum. Wie konnte man eifersüchtig auf einen Ort sein?

„Und was willst du jetzt tun?“ Ich löste mich von ihr und ging ein paar Schritte in den Wohnraum hinein. „Ich meine, was hast du hier vor?“

Ebba legte den Kopf schief. „Weiß nicht. Einfach leben“, sagte sie. „Ab und zu ein Stück komponieren. Lesen. Spazierengehen. Meine Ersparnisse aufbrauchen. Und mich freuen, wenn du zu Besuch kommst.“ Sie zuckte mit den Schultern. „Mehr hab ich nicht vor“, sagte sie lakonisch, dann vertiefte sie sich wieder in die Aufnahme, die sie immer noch in der Hand hielt.

Ich stand da und betrachtete sie, und ich wusste nicht, ob sie das, was sie gerade gesagt hatte, ernst meinte oder nicht. Aber noch bevor ich mich für eine Variante entscheiden konnte, blickte Ebba wieder auf.

„Elf Jahre und drei Monate“, sagte sie nachdenklich. „Würdest du mich immer noch wollen?“

Ich stand einen Augenblick still da, dann ging ich zu ihr hinüber und küsste sie auf den Mund. Ihre Lippen waren weich, aber für einen winzigen Moment schien sie zurückzuschrecken. „Nicht würde“, sagte ich leise. „Ich will.“

Berlin, September 2005

„Marthe? Kann ich dich einen Moment sprechen?“ Ulla streckte den Kopf aus der Bürotür.

„Klar.“ Ich rutschte vom Tresen herunter und zeigte Joschi warnend den Zeigefinger. „Lass mir aber noch etwas Kaffee übrig, ja? Nicht wieder alles austrinken!“

Joschi hob zitternd seinen Thermobecher. „A... aber nein! Prost Kaffee!“, nuschelte er und grinste schief.

Ulla sah auf, als ich die Tür hinter mir schloss. „Setz dich doch bitte.“ Sie deutete auf den Stuhl vor dem Schreibtisch, und ich hockte mich hin und betrachtete ihr abgespanntes Gesicht.

„Was gibt's? Irgendeine Extratour fällig?"

Ulla schüttelte den Kopf und lehnte sich zurück. Der supermoderne und sicherlich sündhaft teure Bürostuhl, den ihr Mann noch vor seinem kürzlichen Abgang angeschafft hatte, wippte federnd nach hinten, und sie verzog das Gesicht. „Ich hasse diesen Stuhl", sagte sie und lachte verlegen. „Ich komme mir immer wie eine Zwergin darin vor."

„So siehst du auch aus. Aber wie eine hübsche Zwergin", sagte ich und grinste, als ein kleines erfreutes Lächeln auf Ullas Züge trat.

„Ach, Marthe, du bist schon eine Marke. Seit du da bist, ist der Ton hier viel netter geworden." Sie runzelte die Stirn und nahm einen Schluck aus ihrem Kaffeebecher. „Vor allem in den letzten Wochen."

„Fahrerinnen sind immer gut für eine Spedition", erklärte ich lächelnd. Ulla nickte.

„Ja, auf jeden Fall besser als Praktikantinnen." Ein Riss zog sich durch ihr Lächeln, und einen Augenblick lang war mir unbehaglich zumute.

Wir bewegten uns auf schwierigem Terrain. Offiziell hatte Ullas Mann die Firma wegen unüberbrückbarer ehelicher Differenzen verlassen, gleich nachdem er Djamal gefeuert hatte. In der Folge hatte Ulla eine ganze Reihe von Geschäftspartnern verloren; es hatte eine Weile gedauert, bis ihr aufgegangen war, welches Gerücht ihr Gatte weitläufig gestreut hatte.

Ulla drehte ihren Kaffeebecher einmal auf dem Tisch herum. „Marthe", begann sie, „ich … ich möchte etwas mit dir besprechen." Sie räusperte sich, und ein ungutes Gefühl überkam mich. Klar, die Geschäfte liefen nicht mehr so gut in letzter Zeit, und ich war noch nicht allzu lange dabei, gerade mal knapp zwei Jahre. Aber musste ausgerechnet ich es sein, der Ulla als Erste kündigte?

Ich lehnte mich zurück. Draußen auf dem Hof fuhr eben einer unserer neuen Aushilfsfahrer einen Lieferwagen ein, setzte zurück und wendete gleich wieder, um schließlich schräg vor dem Eingang zu parken. Djamal hätte das besser gekonnt. Und dazu noch ein Liedchen gepfiffen.

„Marthe?“ Ullas Augenringe sahen schlimm aus. Sie brauchte eigentlich Urlaub, schon wegen ihrer Kinder. Zum Glück hatte ich keine. Und zum Glück hatte auch Ebba nie den Wunsch danach geäußert.

Für einen Moment hatte ich schreckliche Sehnsucht nach ihr.

„Marthe, also, kurz und gut – du weißt ja, dass ich die Geschäfte jetzt allein übernommen habe und dass es nicht allzu gut läuft“, sagte Ulla und beugte sich vor. „Und deshalb habe ich mir überlegt, dass du …“

Ich stand auf und hob die Handflächen nach vorne. „Schon gut, ich verstehe. Tja, Schade. War nett hier.“

Ulla sah mich mit gerunzelter Stirn an. „Was? Wovon redest du?“

Ich zögerte nur kurz. „Ulla, ich kann ja verstehen, dass du mir kündigen musst. Aber ich hab einfach keine Lust, mir das anzuhören.“

Ulla sah mich verständnislos an, dann verzog sich ihr hübscher Mund zu einem Grinsen. „Kündigen? Ich rede doch nicht davon, dir zu kündigen! Im Gegenteil, ich möchte dich fragen, ob du nicht als Geschäftsführerin einsteigen möchtest. Ich schaff es einfach nicht alleine, weißt du.“

„Wie bitte?“, fragte ich verdutzt.

Ulla sah schief zu mir auf. „Setz dich doch bitte wieder hin, mir tut der Nacken weh, wenn ich die ganze Zeit zu dir hochgucken muss.“

Ich ließ mich auf den Stuhl fallen. Er knackte unter meinem Gewicht, und Ulla verkniff sich nur mühsam ein Lächeln. „Also noch mal, bitte“, sagte ich. „Was hast du gerade gesagt?“

„Ich hätte gern, dass du als Geschäftsführerin einsteigst", sagte Ulla, jetzt merklich gelöster.

„Und ... warum ich?"

Ulla fuhr sich mit der Hand über die Stirn und dachte kurz nach. „Du bist zuverlässig, du bist umsichtig, du kennst dich fast genauso gut in der Organisation aus wie ich", sagte sie und sah mir direkt in die Augen. „Und weil ich dir vertraue."

Eine Welle der Zuneigung überflutete mich, aber ich nickte nur. „Hübsche Zwerginnen können mir auch bedenkenlos vertrauen", sagte ich trocken, und nach einem Moment begann Ulla zu lachen, ein klares, helles Lachen, das fast ansteckend wirkte.

„Also überlegst du es dir?", fragte sie, nachdem sie sich wieder beruhigt hatte.

Ich zuckte mit den Schultern. „Ich überleg's mir, ja. Sobald wir die Konditionen genauer besprochen haben. Aber jetzt", ich sah auf meine Uhr, „jetzt muss ich nach Hellersdorf. Der Kunde wartet schon auf seine Papiere." Ich legte die Hände auf die Sessellehnen, um mich hochzustemmen, aber an Ullas Gesichtsausdruck konnte ich ablesen, dass sie noch etwas auf dem Herzen hatte. „Ist noch was?"

Sie schluckte. „Ja. Ich muss dir noch etwas sagen. Das heißt, ich muss nicht, ich möchte." Für einen Augenblick zögerte sie, und ich nahm die Hände wieder von den Lehnen herunter, damit sie sich entspannen konnte. Es wirkte sofort.

„Nur meine Schwester weiß es", sagte Ulla und legte beide Hände um ihren Kaffeebecher, „und man sieht es mir auch nicht an, aber ich möchte trotzdem, dass du es weißt. Ich ... ich bin nicht mehr ganz gesund." Sie sah kurz auf, um zu sehen, ob ich ihr folgte. „Es kann sein, dass ich zwischendurch mal ausfalle. Als Geschäftsführerin müsstest du eventuell dann mal spontan einspringen. Ich finde es nur fair, wenn du Bescheid weißt." Sie verstummte.

Draußen auf dem Hof wurde ein weiterer Lieferwagen rangiert, dann hörte ich Stimmen, die schließlich wieder verstummten. Das Schweigen im Raum lastete und wurde schwer. Schließlich räusperte ich mich.

„Was hast du denn?“

Ulla zögerte. Dann sagte sie leise, ohne aufzusehen: „Ich bin HIV-positiv.“

Ich saß einen Moment still da, dann beugte ich mich instinktiv vor und legte eine Hand auf ihre, die immer noch den Thermobecher umklammert hielt. Es war das erste Mal, dass ich Ulla auf diese Weise berührte, und vielleicht war es unangemessen für unser geschäftliches Verhältnis. Aber es war mir wichtig. Und Ulla schreckte nicht zurück. Stattdessen atmete sie tief durch und sprach weiter, während ich meine Hand langsam zurückzog.

„Es geht mir relativ gut, und das kann auch lange, vielleicht sogar immer so bleiben. Aber es ist …“, ihre Stimme brach für einen Moment, bevor sie sich wieder fing, „… es ist verdammt noch mal nicht einfach.“

Ich schwieg. Ulla wusste, dass ich lesbisch war, sie wusste, dass ich schwule Freunde hatte, sie konnte davon ausgehen, dass HIV und Aids für mich keine Fremdwörter waren. Hannes und Massimo, meine engsten schwulen Freunde, waren verschont geblieben, aber viele andere nicht. Ron, mein alter Barkeeper-Kollege aus den Anfangszeiten in Berlin, war schon vor mehr als sechs Jahren gestorben; zahllose andere waren ihm gefolgt. Vielleicht, wahrscheinlich, hatte Ulla sich mir deswegen auch anvertraut. Von Außenseiterin zu Außenseiterin. Denn auch sie, die hübsche heterosexuelle, verheiratete Firmeninhaberin und Mutter, auch sie war jetzt zur Außenseiterin geworden. Unfreiwilligermaßen zwar, aber danach fragte ja niemand.

„Noch eins, Marthe“, fügte sie hinzu. „Ich habe nie etwas mit Djamal gehabt, wie mein Mann es überall herumerzählt hat. Leider nicht.“ Sie lächelte schief, dann verfinsterte sich ihre Miene wieder. „Und deshalb will ich auch nicht, dass du oder sonst jemand denkt, ich hätte mich bei ihm angesteckt."

„Okay", sagte ich und setzte mich aufrecht hin. Ulla tat es mir gleich.

„Ich habe mich bei meinem Mann infiziert", sagte sie mit fester Stimme. „Nur, dass du es weißt."

„Okay", wiederholte ich und erwiderte das Lächeln, das sich zaghaft auf ihre Lippen stahl.

Sie seufzte auf und tippte mit dem Zeigefinger gegen ihren Becher. „Du bist ein guter Mensch, Marthe."

„Oh, da bin ich mir nicht so sicher."

„Doch!" Sie nickte kräftig. „Allein schon, dass du Joschi diesen Thermobecher besorgt hast. Er hat sich unglaublich gefreut."

Ich beugte mich vor und drehte die Aufschrift des Bechers zu ihr herum. „Liebe Superchefin, darf ich gleich mal etwas vorschlagen, so als zukünftige Geschäftsführerin?"

Ulla zog die Brauen hoch.

„Wir verzichten auf die beiden Aushilfen und stellen einen festen Fahrer dafür ein. Ich wüsste da jemanden, einen Typen aus dem Senegal. Ich weiß nicht, ob er ein guter Mensch ist, aber ein guter Fahrer ist er auf jeden Fall. Auch wenn er sechs Kinder mit drei verschiedenen Frauen hat."

Ulla versuchte einen Moment lang, ihre ausdruckslose Miene im Griff zu behalten, aber dann begann sie zu lächeln. „Na ja, wenn du meinst", sagte sie. „Wenn es im Sinne der Firma ist …"

„Das ist es gewiss. Willst du ihn anrufen oder soll ich?"

„Och", sagte Ulla zögernd, und dann stahl sich ein kleines Lächeln auf ihre Lippen. „Ich glaube, das mache ich selbst."

Berlin, Oktober 2005

„Cooles Büro."

„Quatsch. Ist total nervig, so ein Großraumbüro." Lena nahm ihren Mantel vom Haken. „Lass uns was essen gehen. Um die Ecke ist die LPG, da kann man auch gut Kaffee trinken."

„Die LPG? Etwa dieser Biosupermarkt? Da gehst du hin?"

„Genau. Komm schon." Lena nickte ungeduldig Richtung Tür, aber ich blickte mich noch einmal an ihrem neuen Arbeitsplatz um. Das Designerbüro sah aus wie ein riesengroßer Bastelplatz für Erwachsene. Auf den zahlreichen Tischen standen Pappmodelle von Möbeln oder Geräten, an den Wänden hingen Collagen und großformatige Zeichnungen, und überall beugten sich Köpfe konzentriert über Entwürfe, allein oder zu mehreren.

„Was machen die denn da hinten?" Ich deutete zu einem jungen Mann in einer Ecke, der gerade mithilfe einer jungen Frau ein Bügelbrett auf- und zuklappte.

„Die tüfteln an der Klappmechanik. Das sind übrigens meine beiden Assistenten." Lena hielt mir die Tür auf und zog sie hinter mir zu.

„Und woran arbeitest du gerade? An einem Bügelbrett doch nicht?"

Lena warf mir einen ungehaltenen Blick zu. „Doch. An einer Kombination, genauer gesagt, einer Kombination aus Bügelbrett und integriertem Dampfbügeleisen."

Ich konnte nichts dagegen tun, ich musste kichern, während ich ihr die Treppe hinunterfolgte. „Aber du hast doch in deinem Leben noch nie auch nur irgendwas gebügelt! Ich hab dich noch nie eine Bluse tragen sehen, immer nur Polos."

Lena drehte sich zu mir um, und ihre bernsteinfarbenen Augen blitzten. „Mensch, Mart, Herrgott noch mal, Entwerfen ist nun mal mein Beruf! Ich muss doch auch nicht rauchen, um Feuerzeuge entwerfen zu können!"

„Ich meine ja nur“, sagte ich und beherrschte mich mühsam, um nicht sofort wieder loszukichern. „Irgendwie kann ich dich einfach nicht an einem Bügelbrett sehen.“

„Deshalb machen es ja auch meine Assistenten“, sagte Lena, und jetzt musste sie ebenfalls lächeln.

Gemeinsam überquerten wir den alten Fabrikhof und traten auf die belebte Hauptstraße hinaus. Dort pfiff ein scharfer Wind, und ich schlug rasch meine Kapuze hoch und wich einem behelmten Radfahrer aus, der über seinem Anzug eine Warnweste trug und stur geradeaus fuhr, während er lauthals seine Klingel betätigte.

„Spießer!“, knurrte ich und hastete hinter Lena her. „Warum gehen wir nicht rüber ins Rubens? Da gibt es auch guten Kaffee!“

„In der LPG ist er besser.“ Lena lief unbeirrt weiter, an den polnischen Fensterputzern vorbei, die mit ihren Hunden den Mittelstreifen der Kreuzung bevölkerten und müde mit ihren Wischern nach Kundschaft winkten. Im Sommer waren sie flinker unterwegs gewesen und hatten sicher ein gutes Geschäft gemacht, aber jetzt wurde es selbst ihnen offenbar langsam zu kalt.

Der behelmte Radler stand vor dem Eingang zum Biosupermarkt und nahm gerade seine Geldbörse aus der Satteltasche, als wir die LPG erreichten. Stöhnend folgte ich Lena hinein und stellte mich widerstrebend hinter ihr am Bistro an.

„O mein Gott, ich kann diese Bioleute nicht ertragen! Die sind mir einfach zu gesund“, flüsterte ich, während ich eine junge Mutter betrachtete, die ihrem Sohn gerade einen Möhrenstrietzel in den Kinderwagen reichte.

„Halt die Klappe, Mart. Wie man als eingefleischte Vegetarierin derart gegen Bio sein kann, ist mir echt ein Rätsel.“

„Eingefleischt! Von wegen eingefleischt! Und außerdem bin ich nicht gegen Bio, sondern gegen diesen ganzen Ökoterror und seine neuen spießigen Vertreter“, zischte ich.

„Eine Öko-Lasagne für mich bitte", sagte Lena laut zur Verkäuferin, einer jungen blonden Studentin mit Zahnspange und schlecht sitzendem Kittel. „Und einen Öko-Bratling mit Biosoße für meine Freundin hier."

Die Verkäuferin blickte mit gerunzelter Stirn auf die dampfenden Platten in ihrer Auslage. „Biosoße? Meinen Sie jetzt die hier mit Pilzen oder die Tomatensoße?"

„Welche ist denn mehr Öko?", fragte Lena, und ich spürte, wie der Lachreiz schon wieder in mir aufstieg.

„Also, ich glaube, die Tomatensoße ist mehr öko", überlegte die Studentin. „Aber ich kann auch mal meine Kollegin fragen …"

„Nein, schon gut, dann nehmen wir die", sagte Lena.

Mit unbewegtem Gesichtsausdruck kam sie mit beiden Tellern zu dem Zweiertisch herüber, den ich grinsend für uns in Beschlag genommen hatte. „Guten Appetit, mein Schatz", sagte sie, und dann prusteten wir gleichzeitig los.

Der Bratling schmeckte gar nicht so übel. Ich hatte gerade die Hälfte verzehrt, als mein Handy zu klingeln begann. Nach einem Blick aufs Display drückte ich den Anruf weg. „Einer der Fahrer", sagte ich und lächelte in die Runde. Lauter böse Blicke trafen mich. Offenbar war in dieser Biooase nicht nur Öko angesagt, sondern auch vorindustrielle Ruhe. „Ich rufe ihn gleich zurück."

„He, neues Handy?" Lena schnappte sich mein Telefon und begutachtete es. „Klar, kaum bist du Geschäftsführerin, kriegst du auch schon das neueste Nokia!"

„Quatsch, das hab ich von Ebba. Du weißt doch, sie ist ständig auf dem Laufenden, was diese Sachen angeht. Sogar eine dauerhafte Internetverbindung hat sie jetzt in ihrem neuen Haus. Coole Sache, hätte ich auch gern."

„Irgendwann ist das völlig normal, wart's ab. He, was ist das denn?" Sie drückte eine Taste, und auf einmal ertönte Ebbas Stimme: „Marthe, mein Schatz! Aufwachen! Marthe, komm, steh auf! Ein wunderschöner neuer Tag wartet auf dich!"

Ein Murren um uns herum erhob sich, und die umsitzenden Leute starrten uns vorwurfsvoll an. Auf Lenas Lippen erschien ein breites Grinsen, als ich ihr das Handy aus der Hand riss und den Weckruf ausstellte. „Mensch, Lena, das ist privat!"

„Wie süß!", sagte sie und verdrehte die Augen zum Himmel. „Die Stimme deiner Liebsten jeden Morgen zum Aufwachen, das ist aber romantisch!"

„Halt die Klappe!", brummte ich. Im gleichen Moment trat ein großer, langhaariger Typ an unseren Tisch.

„Hallo, ihr beiden." Wieland zog seine Pudelmütze ein Stückchen höher und sah von Lena zu mir. „Dich hab ich ja noch nie hier gesehen, Martha."

„Ich bin ja auch nie hier", sagte ich und steckte mein Handy vorsichtshalber ein. Irgendwie sah Wieland anders aus als sonst, aber ich kam nicht gleich darauf, warum. „Wie geht's denn so?"

„Gut." Wieland zögerte, sah sich kurz um, dann hockte er sich zwischen uns an die Tischkante. „Äh, schade, dass du keine Fahrten mehr machen kannst", sagte er und warf einen hastigen Blick zu Lena, die ihn mit einem merkwürdigen Lächeln im Gesicht betrachtete, „aber irgendwie, äh, irgendwie bricht die Kiste sowieso langsam auseinander. Friedemann zieht jetzt ins Allgäu, auf so einen Ökobauernhof." Mein unterdrücktes Grinsen trieb ihm die Röte ins Gesicht. „Na ja, jedenfalls haben wir übernächste Woche noch mal so eine Hundeaktion. Mit Junghunden aus Polen. Kannst du vielleicht einen nehmen?"

Ich zuckte mit den Schultern. „Okay. Wenn es nicht gerade ein Rüde ist. Rupert ist ja jetzt der Chef im Haus, der lässt keinen anderen Kerl rein."

„Nee, geht klar. Danke." Wieland richtete sich wieder auf, warf einen kurzen Blick zu Lena, die ihn immer noch musterte, und lächelte verlegen. „Ciao, bis dann." Er tippte sich an die Pudelmütze und ging rasch hinaus.

Ich warf einen forschenden Blick zu Lena. „Was hat er denn mit dir zu laufen? Er konnte dich ja kaum ansehen. Und außerdem hat er den Bart ab, oder?"

Lena zuckte mit den Schultern und schob ihren leeren Teller zurück. „Hat mir zu sehr gekratzt", sagte sie lässig.

Ich starrte sie ungläubig an. „Lena!", zischte ich. „Du warst doch wohl nicht mit ihm in der Kiste, oder?"

Lena verschränkte die Arme hinter dem Kopf und ließ ihre Knöchel knacken. „Wir sind uns in letzter Zeit öfter hier über den Weg gelaufen. Ist eben ein prima Treffpunkt für Hetero-Ökos."

Ich war fassungslos. „Aber doch nicht Wieland? Ist nicht dein Ernst. Der Typ geht doch gar nicht!"

Lena stand auf und nahm ihr Tablett hoch. „Also, stilistisch gesehen ist er wirklich eine Katastrophe, da geb ich dir recht", sagte sie vergnügt. „Aber einen hübschen Körper hat er nun mal. Und sein Schwanz – ein Gedicht!" Sie prustete los, als sie mein schockiertes Gesicht sah. „Mensch, Marthe, sei doch nicht so prüde!" Sie hatte laut gesprochen, und wieder fuhren die Köpfe um uns herum hoch und musterten uns böse. Lena und ich sahen uns an, und dann lachten wir beide gleichzeitig los.

Gotland, November 2005

Der feuchte Boden quietschte unter den Reifen, als ich in die Einfahrt zum Haus einbog und den Wagen sanft ausrollen ließ. Eine zarte Schicht Raureif bedeckte den Boden, und die Föhren schimmerten weißlich, als hätte der kommende Winter sie, jetzt, Anfang November, schon fest im Griff.

Ebbas Kopf tauchte über der Verandabrüstung auf; auf ihr überraschtes Lächeln hatte ich mich schon seit Tagen gefreut. Mit langen Sätzen eilte sie die Treppe herab. „Du bist ja schon da!", rief sie, als ich die Fahrertür öffnete.

Dann lagen ihre Arme um meinem Hals, und ich drückte ihren warmen, vertrauten Körper fest an mich.

„Überraschung!", flüsterte ich in ihr Ohr. „Ich hab mit Ulla getauscht. Warte, ich hab noch eine Überraschung für dich."

Rupert sprang aus dem Fond, raste um den Wagen herum und drückte sich begeistert wedelnd an Ebbas Knie, gefolgt von einem schwarzen Fellbündel.

Ebba ging verdutzt in die Knie und hielt den schwarzen Hundekopf mit beiden Händen fest. „Wer ist das denn?"

„Das ist Lore", sagte ich und sah befriedigt zu, wie sich ein warmes Lächeln auf Ebbas Gesicht ausbreitete, als Lore ihr ungestüm die Mundwinkel zu lecken versuchte. „Sie ist ungefähr ein knappes Jahr alt. Der Tierarzt hat gesagt, sie sei ein Labrador-Schäferhund-Mix. Aber ich vermute, ein Trüffelschwein hat sich auch noch mit dazugesellt, so hungrig, wie sie immer ist."

Ebba lachte und stand auf. Lore drückte sich immer noch an ihre Knie und sah schwanzwedelnd zu ihr hoch. „Meinst du, sie hat jetzt auch Hunger?"

„Unbedingt. Aber vielleicht sollten wir erst noch einen Spaziergang machen. Wenn du Lust hast."

„Aber immer", sagte Ebba, streckte die Hände aus und nahm mein Gesicht in ihre klammen Hände. „Wie schön, dass du da bist. Ich hab dich vermisst."

„Ich dich auch", sagte ich und legte meine Hände auf ihre. Für einen Moment hatte ich ein winzig kleines schlechtes Gewissen, aber ich wischte es weg. „Los, komm, lass uns gehen!"

Rupert und Lore liefen einträchtig nebeneinander voraus den kleinen Waldweg entlang. Obwohl die Novemberkälte mir fast den Atem verschlug, drang mir doch der aromatische Duft der mächtigen Föhren, Tannen und Kiefern am Wegesrand in die Nase. Immer wieder sah ich staunend an den ausladenden Kiefern mit ihren walzenförmigen Baumkronen empor. Manche der Föhren waren gut sechzig, siebzig Meter hoch, und ich zweifelte kaum daran, dass einige von ihnen bereits ein biblisches Alter erreicht hatten. Evert, Ebbas Nachbar, hatte mir erzählt, dass sie bis zu tausend Jahre alt werden konnten, ein Alter, das mir jedes Mal, wenn ich daran dachte, unglaublicher erschien.

Ebba stapfte gut gelaunt neben mir her und pfiff ab und zu nach den Hunden. Jedes Mal kam Lore sofort auf sie zugeschossen und drückte ihre Schnauze in Ebbas Hand, während Rupert viel zu sehr damit beschäftigt war, seine eigene ins dichte Unterholz zu stecken, um gebührend daran zu riechen.

Der Weg schlängelte sich quer durchs Waldgebiet zur Küste hindurch, erst auf den letzten hundert Metern vor dem Strand wich der Baumbewuchs einer dichten Reihe von Wacholder- und Schlehenbüschen. Hier hatte der Wind den Raureif davongeweht; standhaft trotzten die niedrigen Büsche dem Wetter. Im Vorbeigehen strich ich über einen der moosbewachsenen, vom Alter gebleichten Schlehenbüsche. Je älter die Büsche, desto weniger spitz die Dornen, diese hier fühlten sich fast weich unter meinen Fingerkuppen an.

„Da ist Evert!“, sagte Ebba, aber die Hunde hatten die hagere Gestalt neben dem kieloben daliegenden Boot schon entdeckt und liefen fröhlich auf ihn zu, Lore mit heraushängender Zunge voraus.

Evert bückte sich und streichelte sie ausgiebig, erst, als wir ihn erreicht hatten, blickte er hoch. „Was ein feiner Hund, die Schwarze hier!“, sagte er und strahlte über sein ganzes, wettergegerbtes Gesicht. „Und Rupert sowieso. Hej, Marthe! Gute Reise gehabt?“

„Danke, ja. Wie geht es dir?“

Everts freundliche Augen glitten von mir zu Ebba. „Gut. Recht gut sogar. Ich habe ja nette Gesellschaft bekommen!“ Er lachte zufrieden und richtete sich auf, wobei er den Rücken mit einer Hand stützte. „Ich habe gerade das

Boot inspiziert. Jaha, nun kommt der Winter. Die einsame Zeit. Die schönste Zeit!“

„Noch schöner kann es hier gar nicht werden!“, sagte Ebba sanft.

„Oh, du wirst sehen!“ Evert grinste uns an, tippte sich mit einer Hand an den Schirm seiner Kappe und machte sich auf den Rückweg. Einen Moment lang sah ich ihm nach. Manchmal erinnerte Evert mich an jemanden, ohne dass ich wusste, an wen. Ebba griff nach meiner Hand.

„Komm!“

Ich wusste, wohin sie mich führen würde, aber es tat mir gut, ihre warme Hand in meiner zu spüren, während wir das Ufer entlangwanderten. Nach und nach wichen die Wacholderbüsche und Schlehen einer karstigen Mondlandschaft. Dort, wo der erste Novembersturm das Wasser über Land getrieben hatte, hatten sich Pfützen um moosige Steine gebildet, hie und da stemmte sich eine niedrige Krüppelkiefer gegen den ewigen Wind. Ganz am Ende der Landzunge war ein von grauen Flechten bewachsener Findling übrig geblieben. Wind und Wasser hatten zwei Kuhlen herausgewaschen, direkt nebeneinander, wie Logenplätze am Wasser.

Ebba setzte sich und zog mich neben sich. Ich legte einen Arm um sie, und sie lehnte den Kopf an meine Schulter. Ruhig saßen wir da und sahen aufs Meer hinaus, während Rupert und Lore einträchtig die Muscheln am Ufer vor uns untersuchten. Ein paar Möwen flogen schwingend vorbei, die Luft war erfüllt von den klagenden Rufen zahlloser Wasservögel. Weit hinten lagen die beiden Karlsinseln wie eine Fata Morgana im Dunst.

Tief sog ich den würzigen Meeresduft ein, es schmeckte nach Fisch, Algen, Salz, dennoch unvergleichlich frisch.

„Das ist mein absoluter Lieblingsplatz“, sagte Ebba verträumt. „Vielleicht hat Evert recht, vielleicht ist es hier im Winter tatsächlich sogar noch schöner. Obwohl ich mir das wirklich kaum vorstellen kann." Sie legte die Hand über die Augen. „Guck mal dahinten, die Austernfischer!"

„Die sind übrigens immer zu zweit, wusstest du das?"

Ebba sah mich überrascht an, ihre Augen wirkten sehr hell im dunstigen Licht. „Woher weißt du denn das?"

„Hab ich gelesen." Ich lächelte, als Lore zu uns herüberlief und wedelnd mit der Schnauze an Ebbas Hand stieß. Ebba bückte sich, um sie zu streicheln. Rupert kam eifersüchtig hinzu und versuchte, Lore abzudrängen, aber Lore war schneller und presste ihre Schnauze dicht an Ebbas Hand. Ebba lachte.

„Sie ist süß. Woher kommt sie?"

Ich holte tief Luft und sah betont gelassen aufs Meer hinaus. Ein leichter Windzug kräuselte die Oberfläche, und winzige Schaumkronen bildeten sich auf den Wellen. Die Karlsinseln schienen für einen Moment gänzlich im Dunst zu verschwinden, dann waren sie wieder zu sehen. „Ich weiß nicht, woher sie kommt. Aber ich dachte, ich lasse sie dir hier. Damit der Winter nicht so einsam wird."

Ebbas Hand erstarrte in der Luft, und Lore stupste sie an. Mechanisch begann Ebba den platten Hundeschädel wieder zu streicheln. „Das meinst du nicht ernst!", sagte sie langsam.

„Doch, ich meine es ernst. Außerdem wohnst du hier so abgelegen, da kannst du gut und gern einen Wachhund gebrauchen. Lore sieht zwar nicht so aus, als ob sie das könnte, aber ich bin sicher, sie lernt es noch." Ich musste schmunzeln, als ich Lores treuherziges Hundegesicht unter Ebbas Händen zu mir aufblinzeln sah. Rupert bedachte mich mit einem beleidigten Blick und drehte mir sein Hinterteil zu, um stoisch aufs Meer hinauszublicken. Ich bückte mich und klopfte ihm auf den verlängerten Rücken, aber er drehte sich nicht nach mir um.

„Aber ich kann doch keinen Hund nehmen!", sagte Ebba verwirrt.

Ich schwieg. Frau Huber hatte mir einmal erklärt, dass eine der besten Verkaufsstrategien darin bestand, im entscheidenden Moment zu schweigen. Erst gilt es, den Kunden ihre Bedürfnisse, von denen sie zuvor noch nichts ahnten, schmackhaft zu machen, und dann zu schweigen, damit sich die verlockende Vorstellung setzen kann. So käme es, hatte Frau Huber mir damals versichert, fast unweigerlich zum Abschluss.

Ebba sah zu mir hoch, dann lächelte sie leicht, während ihre Finger sich in Lores schwarzer Halskrause vergruben. „Aber in meinem Bett schläft sie nicht", sagte sie. „Dass das mal klar ist."

Jetzt

Das Haus steht still da und wartet auf mich. Es sieht überhaupt nicht verlassen aus, ganz im Gegenteil. Der Schaukelstuhl steht immer noch auf der Veranda, daneben das Körbchen, allerdings ohne Kissen und Decke, die beide zusammengefaltet hinter der Eingangstür liegen.

Ich war schon hier, seit du nicht mehr da bist, aber dennoch zögere ich, das Haus zu betreten. Eine unangenehme Enge ist in meiner Kehle; ich muss mehrfach schlucken, um sie zu vertreiben. Hilfesuchend sehe ich mich nach Rupert um, der angelegentlich in den Wildblumen neben der Veranda schnuppert. Ich bin froh, dass er bei mir ist. Ich habe Angst.

Schließlich reiße ich mich zusammen und gehe die Treppenstufen hinauf. Oben blicke ich mich um; das Dach des gelben Hauses schimmert durch die knospenden Blätter der Obstbäume nebenan zu mir herüber, wie ein tröstlicher Gruß. Ich drücke die Klinke herunter.

Du hast gründlich ausgeräumt. Nur das Nötigste ist noch da. Das Sofa im Wohnzimmer, der kleine Schreibtisch am Westfenster mit dem zugeklappten Laptop darauf, davor der buntgemusterte seidene Teppich, das Erbstück deiner Mutter, das Einzige, das du damals nach ihrem Tod aus ihrer Wohnung mitgenommen hast.

Einige persönliche Kleinigkeiten sind fort, Bilder, eine kleine Vase aus Kinderzeiten, die immer auf dem Tisch stand, auch die Kücheneinrichtung hast du reduziert, auf das Notwendigste beschränkt. Die Familienfotos hängen noch über dem Küchentisch, aber ich sehe nicht hin.

Mit zitternden Beinen gehe ich durch den Wohnraum zur Kammer, sehe hinein. Sie ist unverändert, natürlich; du hast mir mein Zimmer gelassen, als wär nichts geschehen.

Im Bad fehlen deine Kosmetikartikel, nur noch meine sind übrig.

Wie umsichtig du gehandelt hast. Du hast alles entfernt, was zu entfernen mir allzu sehr die Tränen in die Augen getrieben hätte. Du hast mir ein von allen Intimitäten gereinigtes Haus hinterlassen, ein sauberes Haus. Ich muss nichts mehr entsorgen, muss keine Andenken an dich mehr in Kisten verpacken, fortgeben, zigfach neuen Abschied erleiden. Wie umsichtig du gewesen bist, immer.

Nur eins hast du gelassen, fürs Erste.

Ich schlucke noch einmal, dann öffne ich die Tür zu deinem Zimmer.

Nur zwei Dinge stehen darin: das Klavier und ein Sessel. Und auf der Fensterbank liegt deine Mappe. Meine Sohlen quietschen auf den nackten, polierten Dielen, als ich zum Sessel hinübergehe und mich hineinsetze. Ich stütze die Ellbogen auf die Knie, lege mein Kinn in die Hände. Du hast den Sessel so ausgerichtet, dass der Blick aufs Klavier fällt, auf die Fenster zu seinen Seiten. Weiches Aprillicht scheint auf die Tasten, der schwarze Lack glänzt, spiegelt die weiße Farbe der Wände.

Du hast das Zimmer frisch streichen, den Boden ganz neu versiegeln lassen. Ich habe keine Ahnung, wann, auch nicht, wen du beauftragt hast. Natürlich könnte ich Evert fragen, aber ich habe mich schon längst dagegen entschieden. Ich will es nicht wissen. Ich will auch nicht wissen, wer dein Bett abgeholt hat und wann. Hast du deine letzten Nächte in meinem verbracht, in meiner Kammer, in Gedanken an mich?

Mit einem Mal höre ich das Geräusch von Pfoten, schnellen Pfoten auf Dielenboden. Und dann kommt Lore auch schon wie ein schwarzer Blitz angeschossen, gefolgt von einem deutlich langsameren Rupert. Lore entblößt begeistert ihre Zähne und tänzelt wild um mich herum. Ich versuche, ihren Kopf zu streicheln, aber es gelingt mir nicht, weil Rupert sich eifersüchtig dazwischen drängt.

„Schon gut, ihr beiden", sage ich und hieve mich aus dem Sessel.

Evert steht auf der Veranda. Er nimmt seine Kappe ab, als er mich kommen sieht. Sein verwittertes Gesicht verzieht sich zu einem ernsten Lächeln.

„Marthe. Willkommen zurück." Er nickt mir zu und reicht mir die Hand.

„Schön, dich zu sehen. Geht es gut mit Lore?"

Sein Lächeln vertieft sich. „Sie ist ein feines Mädchen", sagt er. „Ein ganz feines Mädchen." Er sieht zu Lore hinunter, die jetzt dazu übergangen ist, Rupert mit ihrer frechen schwarzen Schnauze zu attackieren. Lore ist kein Jungspund mehr, aber sie verhält sich immer noch so. An den vielen kleinen Fältchen um Everts Augenwinkel herum kann ich ablesen, dass ihm das äußerst gut gefällt. Ein paar von ihnen schwinden, als er seinen hellen Blick wieder auf mich richtet. „Weißt du schon, was du tun wirst?", fragte er bedächtig.

Ich schüttele den Kopf. „Noch nicht."

Evert nickt, dann schlägt er mit seiner Kappe gegen seine geöffnete Hand. „Soll ich dir Lore heute Nachmittag hier lassen?"

„Gern. Ich kann Gesellschaft gebrauchen."

Evert lächelt, dann setzt er seine Kappe auf und wendet sich zum Gehen. Aber ich rufe ihn zurück.

„Evert? Kannst du … kannst du mir die Stelle nachher zeigen?"

Ein Schatten fliegt über sein Gesicht. „Natürlich." Er tippt sich an die Kappe, krault beide Hunde hinter den Ohren und geht, ohne mir zu sagen, wann er mich abholen wird. Aber das braucht er auch nicht. Er wird rechtzeitig vor Sonnenuntergang kommen. Evert ist so zuverlässig wie niemand sonst, den ich kenne.

Gemeinsam mit den Hunden, die mit gespitzten Ohren auf der Veranda sitzen, blicke ich ihm nach. Als ich Everts hohe Gestalt zwischen den Bäumen verschwinden sehe, fällt mir plötzlich ein, an wen er mich erinnert. Immer schon.

An meinen Vater. Meinen richtigen Vater.

Berlin, Februar 2006

„Mart? Telefon." Jackie hielt mir den Hörer hin.

„Wer denn?"

Sie zuckte mit den Schultern. „Eine Tante Rosina, wenn ich das richtig verstanden habe."

Ich zögerte, dann nahm ich ihr das Telefon ab. Jackie zog eine Grimasse und verschwand auf Socken wieder in ihrem Zimmer, gefolgt von Rupert, der eilig sein neues Plastikkotelett hinter ihr hertrug. Ich hörte das arme Kotelett aufquietschen, als ich die Tür hinter mir schloss. Vorsichtig hielt ich den Hörer ans Ohr.

„Ja, hier Marthe?"

„Marthe! Ha, da bist du ja endlich!" Die Stimme schlug wie eine Bombe in meinem Ohr ein. Eine Bombe aus meiner Vergangenheit. „Lange nicht gesprochen, nicht wahr? Wieso versteckst du dich eigentlich vor deiner eigenen

Familie? Deine Mutter sagt, sie hat dich seit Jahren nicht gesehen!“

„Hallo, Tante Josina“, sagte ich matt. Ich konnte mich nicht erinnern, dass sie früher so viel geredet hatte. Aber an ihren herrischen Tonfall erinnerte ich mich sehr gut.

„Marthe, wirklich, du hättest dich in all den Jahren zumindest mal bei mir melden können, wenn du schon dem Rest deiner buckligen Verwandtschaft den Rücken gekehrt hast!“ Tante Josina lachte schrill, und ich hielt den Hörer ein wenig von meinem Ohr ab. „Aber das kann ich gut verstehen. Sehr gut! Dein Vater, man soll ja nicht schlecht über Verstorbene sprechen, aber dein Vater war wirklich zu nichts zu gebrauchen, und dein Bruder Uwe schlägt ja ganz nach ihm. Und Onno erst! Aber Frauke, o je! Weißt du noch, ich hatte sie ja mal Probe arbeiten lassen in meiner Pension, das ging ja gar nicht, ü-ber-haupt nicht!“

Sie sprach mit mir, als hätte sie mich gerade erst gestern auf der Straße getroffen. Aber da war etwas Neues in ihrem Tonfall, eine heitere, leicht überkandidelte Art, die ich nur schwerlich mit der ernsten, gestrengen Tante Josina von früher zusammenbrachte. Etwas war mit ihr passiert.

Und dann rückte sie auch schon damit heraus. „Marthe, hör zu, Kind. Es gibt Neuigkeiten, vielleicht hat dein armseliger Bruder Onno dir schon davon erzählt?“

„Wieso armselig?“ Niemand hatte Onno jemals als armselig bezeichnet, ganz im Gegenteil. Wenn überhaupt, dann war Onno auf jeden Fall das einzig geachtete Mitglied unserer Familie, mit seinem ehrbaren Beruf als Seemann.

Tante Josina lachte auf. „Na, der fährt doch nicht mehr zur See und säuft sich stattdessen um Kopf und Kragen! Aber wie dem auch sei, jedenfalls werde ich heiraten.“ Sie machte eine Kunstpause, und ich beeilte mich, ein erstauntes Geräusch von mir zu geben, was auch halbwegs gelang. Onno fuhr nicht mehr zu See? „Jawohl, und mein Schatz ist Amerikaner! Und deshalb wandere ich aus! Nach Vermont!“

„Gratuliere“, sagte ich lahm. Vor meiner Tür quietschte es erbärmlich. Offenbar hatte Jackie Rupert mitsamt seinem Kotelett aus ihrem Zimmer geworfen.

„Danke schön. Nun ja, Marthe, das ist sicher etwas überraschend, aber natürlich kann ich meine Pension ja nun schlecht mit nach Amerika nehmen. Verkaufen will ich sie auch nicht, und da ist mir eingefallen, dass du ja immer so etwas wie mein Schützling gewesen bist.“

„Ach ja?“

Tante Josina ließ sich nicht in ihrem Redeschwall stören. „Ja, und da du ja auch eine entsprechende Ausbildung in der Hotellerie absolviert hast, dachte ich, du könntest vielleicht zurückkommen und die Pension übernehmen. Quasi als Pächterin. Über die Konditionen müssten wir noch sprechen. Aber es wäre doch schön, wenn das Haus in der Familie bliebe.“

Ich brauchte nicht mal eine Sekunde zu überlegen. „Nein“, sagte ich. „Danke.“ Draußen vor meiner Tür quietschte es.

„Nein?“, fragte Tante Josina konsterniert.

„Nein, nein danke. Ich komme nicht zurück.“ Wie zur Bestätigung quietschte es erneut vor meiner Zimmertür. Ich spürte, wie ein nervöser Lachreiz in mir aufstieg.

„Oh!“, machte Tante Josina. „Das ist schade. Meinst du nicht, dass du dir den Vorschlag nicht zumindest mal durch den Kopf gehen lassen solltest?“

„Nein, das meine ich nicht.“ Vor meiner Tür quietschte es erneut, diesmal mit einem langgezogenen Klagelaut. Was auch immer Rupert da draußen mit dem Kotelett anstellen mochte, es war sehr effektiv.

Tante Josina seufzte aus ganzem Herzen. „Schade. Nun ja, einen Versuch war es wert.“

„Tante Josina?“

„Ja?“

„Kannst du dich noch an unseren Urlaub damals auf Gotland erinnern? Als ich fünfzehn war?“

Sie schwieg für einen Moment. „Aber ja. Ich hatte dich eingeladen. In diese nette kleine Pension da am Strand. Aber die Besitzerin mochte ich nicht. Die war arrogant.“

„Mit der bin ich jetzt zusammen“, sagte ich. „Also, nicht erst jetzt. Seit neun Jahren.“ Das Kotelett quietschte erneut, und dann gleich noch einmal.

„Was?“, fragte Tante Josina. „Was sagst du da, Kind? Ich habe dich nicht verstanden, da ist so ein komisches Geräusch bei dir. Weinst du etwa?“

Das Lachen stieg in mir hoch wie eine Fontäne. Ich begann haltlos zu kichern, während ich gekrümmt zu Boden sackte, geschüttelt von Lachkrämpfen. Tante Josina rief noch ein-, zweimal etwas aus dem Hörer, dann legte sie auf, während aus dem Flur unablässig weitere Quietsch- und Klagelaute ertönten. Als Jackie Rupert schließlich mit einem energischen Befehl zum Schweigen brachte, an meine Tür klopfte und besorgt hereinsah, saß ich zusammengekrümmt am Boden und wischte mir die Lachtränen ab.

Aber obwohl ich immer noch grinste, spürte ich, dass es nicht nur Lachtränen waren.

Berlin, März 2006

„Hier, möchtest du?“

„Danke.“ Ich nahm Ramona die Flasche ab und setzte sie an die Lippen. Das Bier war nicht mehr kalt und bereits leicht schal, aber ich trank dennoch mehrere Schlucke. Nicht, dass ich nicht schon genug getrunken hätte.

Ramona schob sich dichter an mich heran. Ich spürte die Hitze ihres Unterleibs, der sich gegen meine Hüfte drängte.

„Hast du noch nicht genug?“, fragte ich und reichte ihr die Flasche zurück, während ich mich auf das zerwühlte Laken sinken ließ. Ramona stellte die Flasche neben dem Bett ab und legte ihren Arm um meine Schultern.

„Nein“, raunte sie mir ins Ohr. „Wie könnte ich! Immerhin hab ich zwölf Jahre gebraucht, um dich wieder ins Bett zu kriegen.“

An meinem eigenen Grinsen merkte ich, wie angetrunken ich war. Irgendwo in meinem Hinterkopf meldete sich mein schlechtes Gewissen, wie ein sanftes, aber hartnäckiges Pochen. Das hier fühlte sich gut an. Aber gleichzeitig war es nicht gut. Ganz und gar nicht.

Ramonas Finger strichen über meinen Nacken, fuhren mir zwischen die Schulterblätter, tasteten sich meine Wirbelsäule hinab. Automatisch spannte ich meine Schultermuskeln an. „Gefällt dir das?“, flüsterte sie.

„Weißt du doch.“ Ich drehte den Kopf von ihr weg, atmete durch. Das Pochen verstärkte sich, Kopfschmerzen waren im Anzug.

Ramona lachte. „Das hast du schon immer gemocht.“ Sie drängte sich noch dichter an mich. Ich spürte ihre vollen Brüste an meiner Seite, und als sie ein Bein über meine Schenkel schob, atmete ich tief durch.

Ramonas Körper war zwölf Jahre älter geworden und deutlich runder dazu, aber immer noch schön. Ihre herausfordernde Art war dieselbe geblieben, ihr Lachen, ihre rauchige Stimme. Die *Megabar*, in der sie damals vor so vielen Jahren gearbeitet hatte, war längst geschlossen, aber Ramona war so etwas wie ein Star unter den Berliner Tresenkräften der Szene. Stars wie sie kamen nie aus der Mode und fanden immer ein neues Engagement.

Ihr Blick, den sie mir Stunden zuvor über den Tresen des neueröffneten Clubs am Mehringdamm zugeworfen hatte, traf sofort ins Ziel. Ich war unruhig gewesen, sie bot mir Zerstreuung, einen willigen Körper, und vorher viel Bier. Ein bisschen war es gewesen, wie nach Hause zu kommen.

Dabei wohnte ich doch schon lange woanders.

Ramona krümmte die Finger, ihre Nägel ritzten aufreizend langsam über meine Haut. „Das mochtest du auch", gurrte sie. Ihre dunkle Stimme verstärkte das Pochen in meinem Kopf. Aus irgendeinem Grund musste ich an die Bäckereiverkäuferin denken, die erste Frau in meinen Armen. Auch ihre Stimme war dunkel gewesen, ihr Körper leicht drall, ihr Blick ein wenig zu hochmütig für diese Welt. Genau wie die Augen der Frau an der Tankstelle in Drochow vor vier oder fünf Jahren. Ich hatte sie nie wieder angerufen, aber es hatte andere Begegnungen gegeben, mit ihr ähnelnden Frauen. Frauen, auf die ich nicht richtig stand, die ich gleichwohl begehrte. Eine Fehlprägung wahrscheinlich.

Ebba war anders.

Ich drehte mich leicht zur Seite, weg von Ramonas hitzigem Körper. Ein bisschen fühlte es sich an, als würde mir gleich schlecht werden. Vielleicht doch zu viel Bier.

Seit Tante Josinas Anruf war etwas in mir in Bewegung geraten. Ich kam nicht mehr zur Ruhe. Und Ebba war nicht in der Nähe. Ich war immer gut damit zurechtgekommen, dass sie woanders lebte, nicht immer da war. Aber jetzt hätte ich sie gebraucht, und zwar hier. Sie hatte angeboten, mir einen Flug zu bezahlen, aber das hatte ich nicht gewollt. Ich musste hier sein, hier, wo ich lebte. Und sie war nicht da.

Ramona lachte an meinem Ohr. „Bist du endlich zur Vernunft gekommen, ja?"

Ebba hatte recht gehabt. Ich hatte nicht aufgeräumt mit meiner Vergangenheit. Nicht abgeschlossen. Und dies hier, dies mit Ramona, dies war auch Vergangenheit. Obwohl es wie Gegenwart aussah. Ich hatte mit einem Gespenst geschlafen, aber ich wollte nicht auch mit einem aufwachen.

„Nein, nicht zur Vernunft", sagte ich und stützte mich auf den Ellenbogen auf. Einen Moment drehte sich alles vor meinen Augen, dann wurde die Sicht wieder klar. „Aber zu einem Entschluss."

Norddorf, April 2006

Ich kannte das Häuschen von früher. Es lag gegenüber vom Minigolfplatz, an der Straße nach Nebel. Klein und schief duckte es sich zwischen den herausgeputzten Nachbarhäusern, einen Anstrich hatte es schon immer nötig gehabt. Unzählige Male war ich an dem abblätternden Putz vorbeigelaufen, jetzt klopfte ich an die verzogene Holztür. Während ich wartete, musterte ich den Vorgarten. Das niedrige Gras war erst kürzlich gemäht worden, vor einer Mauer aus flachen Kalksteinen, mit Flechten besprenkelt, stand ein Briefkasten, an einer windschiefen Holzlatte befestigt.

Die Tür öffnete sich knarrend, und ich drehte mich um. Das Gesicht meines ältesten Bruders tauchte im Türrahmen auf. Misstrauisch musterte er mich, dann weiteten sich seine Augen. „Marti?“

Seit Jahren hatte mich niemand mehr so genannt, selbst Harm hatte es sich mittlerweile abgewöhnt. Ich brauchte einen Moment, um zu nicken. „Ja. Ich bin's. Lässt du mich rein?“

Onno wich zurück und hielt mir die Tür auf. Etwas in seinem Gesicht verriet mir, dass er mich gerne umarmt hätte, sich aber nicht traute. Ich beließ es dabei.

An ihm vorbei betrat ich den niedrigen Wohnraum. Ein schaler Geruch nach abgestandener Luft und ungewaschener Wäsche stieg mir in die Nase. Mit einem Blick sah ich, dass Onno dabei war, nicht nur sich selbst, sondern auch seine Wohnung aufzugeben. In der Spüle türmte sich der Abwasch, leere Bierflaschen standen auf der Herdplatte, in einer Ecke stapelten sich leere Verpackungen unzähliger Fertiggerichte.

„Sieht übel aus, was?“, fragte Onno mit einem schwachen Lächeln und fegte eine Zeitung von einem der Stühle, die um den Küchentisch standen. Eilig ging er zur Spüle, suchte nach einem Lappen und kam damit zurück, um die freie Tischfläche abzuwischen. „Setz dich. Willst du ein Bier? Oder einen Kaffee?“

„Kaffee ist okay.“ Mir war nicht danach, aber ich sah, dass Onno etwas zu tun haben musste, um seine zitternden Hände zu beruhigen. Ich bemühte mich, nicht auf seinen kräftigen Rücken, die seit Langem nicht geschnittenen Haare darüber zu starren, während er den Kaffee zubereitete. Aber ich wusste auch nicht, wohin ich sonst sehen sollte. Wohin ich meine Augen in diesem Raum auch richtete, der Anblick erfüllte mich mit Ekel und Trauer.

Onno schien es mir anzusehen, denn als er mit zwei angestoßenen Kaffeebechern zurück zum Tisch kam und einen davon vor mich hinstellte, lächelte er schief. „Ich weiß, was du denkst. Der Typ ist total heruntergekommen. Aber so ist es nicht. Es sieht nur so aus. Eigentlich bin ich völlig in Ordnung. Ich komme nur gerade nicht dazu.“

Ich musste fast lächeln, aber nur fast. „Tante Josina sagt, du fährst nicht mehr zur See?“

Onno hob die Brauen. „Hast du mit der alten Giftnatter gesprochen? Hat sie dir auch erzählt, dass sie einen schwarzen Amerikaner heiratet? Das ist der Skandal schlechthin. Ganz Norddorf ist immer noch völlig geschockt.“

Jetzt musste ich tatsächlich lächeln. „Nein, dass es ein Schwarzer ist, hat sie nicht erzählt. Sie hat mich angerufen und wollte, dass ich zurückkomme und die Pension übernehme.“

Onno kippelte mit seinem Stuhl zurück. In seiner Wange zuckte ein Muskel. „Bist du deshalb hier?“

Ich schüttelte den Kopf. „Ich werde niemals zurückkommen, Onno.“

„Aber jetzt bist du hier.“

„Ja, jetzt bin ich hier.“ Wir sahen uns in die Augen. Keiner von uns wandte den Blick ab. „Was ist passiert?“, fragte ich.

Onno strich sich die Haare hinter die Ohren und stützte sich auf die Ellenbogen. Seine stahlblauen Augen lagen tief in den Höhlen, aber sie trugen immer noch den ihm eigenen Glanz. Mein Bruder war ein sehr gutaussehender Mann. Nie zuvor war mir das so deutlich klar geworden wie in diesem Moment. „Ich weiß es nicht", sagte er heiser. „Ich kann es dir nicht sagen. Es ist einfach etwas kaputtgegangen. Ich bin kaputtgegangen. Vielleicht war ich auch schon immer kaputt."

„Quatsch", sagte ich mit fester Stimme.

„He, Marti, denkst du nicht, ich wüsste nicht, dass mit mir was nicht stimmt?" Er lachte heiser. „Ein Typ, der seine eigene Schwester angräbt?"

Jetzt konnte ich seinen Blick nicht mehr ertragen. Hastig beugte ich mich vor und pustete auf meinen Becher. Keiner von uns beiden hatte seinen Kaffee bislang angerührt.

„Das ist doch lange vorbei", sagte ich in meinen Becher hinein. Mir war immer noch unbehaglich zumute in diesem Raum. Zusammen mit meinem Bruder, diesem gebrochenen Mann.

„Meinst du vielleicht. Für mich nicht. Ich hab's immer noch hier drin." Onno tippte sich gegen die Stirn. Seine stahlblauen Augen bohrten sich in meine. „Es tut mir leid", sagte er plötzlich. „Wirklich, es tut mir leid. Ich weiß, dass es falsch war. Aber ich weiß es nur. Ich fühle es nicht." Er zuckte mit den Schultern. „Aber es tut mir total leid. Das sollst du wissen."

Ich saß da wie erstarrt. Natürlich hatte ich auch deswegen die Reise auf mich genommen. Ich hatte mit Onno reden wollen. Aber ich hatte nicht damit gerechnet, dass Onno selbst das ansprechen würde, was Jahre zuvor bei seinem Besuch in Berlin passiert war. Dass er selbst mit dem Aufräumen anfing.

Onno starrte mich an, dann schob er plötzlich seinen Stuhl zurück und stand auf, um im Nebenzimmer zu verschwinden, in dem ich seinen Schlafraum vermutete. Nach ein paar Minuten kam er zurück und legte eine zerknickte Klarsichthülle vor mir hin.

„Was ist das?“

„Sieh es dir an.“ Onno setzte sich und sah zu, wie ich einen leicht vergilbten, bebilderten Zeitungsartikel aus der Hülle zog und auseinanderfaltete.

Ich sog die Luft ein, als ich die beiden Personen erkannte, die auf dem Zeitungsfoto abgebildet waren. „Das ist Klaas. Mit mir“, sagte ich verblüfft. Kurz überflog ich den Artikel. Er handelte von der Vogelschutzwarte. Vage erinnerte ich mich. In den Sommermonaten waren damals gelegentlich Reporter gekommen und hatten Klaas interviewt. Wenn ich da war, hatten sie mich gern mit aufs Foto genommen. Ich konnte mich nicht erinnern, je eins dieser Fotos gesehen zu haben.

„Was denkst du?“, fragte Onno mit einem lauernden Unterton. Ich blickte auf, in sein gespanntes Gesicht.

„Ich weiß nicht?“

Onno lächelte. „Ziemlich klar, oder? Die Ähnlichkeit ist mir früher nie aufgefallen, aber vor einer Weile, als ich mir das Bild genauer angesehen habe, da ist es mir klar geworden.“ Er tippte auf das Foto. „Das da ist dein Vater, Marti.“

Mein Herz setzte für einen Moment aus. Ich schloss die Augen und öffnete sie wieder. Klaas und ein jüngeres Ich lächelten mich an. Der alte, humpelnde, zahnlückige Klaas mit dem großen Herzen und dem fiesen Raucherhusten und eine junge Marthe mit weicher Haut und offenem Blick. Die gleiche Augenpartie, ähnliche Lippen. Etwas im Ausdruck. Onno hatte recht

„Er war ein netter Typ, echt“, sagte Onno. „Echt, ein netter Kerl. Scheiße, war ich eifersüchtig auf den!“ Er lachte und trank einen Schluck Kaffee, ohne mich aus den Augen zu lassen.

„Hast du unsere Mutter mal danach gefragt?“ Ich musste mich räuspern.

„Klar. Aber sie hat’s stur geleugnet. Hätte ich auch, an ihrer Stelle. Der Alte hätte sie umgebracht. Und Klaas noch dazu.“

„Und mich."

Onno schüttelte den Kopf. „Nein", sagte er weich. „Nein, dich nicht, Marti. Das kannst du mir glauben. Aber ich wette mit dir, der Alte hat es gewusst."

Ich atmete tief durch, dann schob ich den Artikel in seine Hülle zurück und steckte ihn in meine Jacke, ohne Onno darum zu bitten. Die Wände des kleinen Zimmers schienen auf mich einzustürzen. „Lass uns einen Spaziergang machen, okay?"

Draußen war es schon fast dunkel geworden, und die Straßenlaternen flammten gerade auf. Schulter an Schulter liefen Onno und ich die Lunstruat hoch, am Kino vorbei und über den Marktplatz. Die wenigen Touristen, die uns entgegenkamen, trugen die Krägen ihrer frisch erstandenen Gaastra-Jacken hochgeschlagen, die Frauen begutachteten die Auslagen der Geschäfte, während die Männer in milder Ungeduld zwei Schritte hinter ihnen ausharrten. Die Luft schmeckte nach Tang und heraufziehendem Regen, bei jedem Atemzug weitete sich meine Kehle mehr und mehr.

„Arbeitet Anjas Mutter noch hier?", fragte ich, als wir am Supermarkt vorbeikamen.

Onno schüttelte den Kopf. „Nein, sie ist in Frührente gegangen. Da wohnt übrigens dein alter Kumpel Berend." Er deutete im Vorbeigehen auf ein frisch geweißtes Haus in einer der Seitenstraßen. „Mit Frau und zwei Töchtern. Bei dem hat alles bestens geklappt. Der hat jetzt seinen eigenen Fahrradverleih, und seine Frau töpfert."

„Ich weiß. Hat Harm mir erzählt." Harm hatte mir noch mehr erzählt. Dass Berends zweite Tochter nach mir benannt war. Und dass er oft nach mir fragte. Eines Tages würde ich ihn anrufen. Eines Tages, wenn das hier alles lange genug vorbei war.

Onno warf mir einen verwunderten Blick zu. „Mit dem hast du Kontakt? Ist der nicht in den Staaten und hat da eine Flugschule?"

„Hatte er. Nach dem 11. September mussten sie schließen. Momentan ist er Pilot in Frankfurt bei der Lufthansa. Aber er will nach Berlin."

Onno brummte nur. Langsam liefen wir an Gerdes' Hotel vorbei, wo gutsituierte, leicht übergewichtige Paare in mittleren Jahren sich im allgegenwärtigen Marinelook über ihren Muscheln in Hummersoße anschwiegen. Ich warf einen verstohlenen Blick zur Bäckerei hinüber, dunkel glänzten die Fenster, die Neonreklame knackte im Wind.

Wir passierten Tante Josinas Pension, hinter deren Fenstern ein paar Frühlingsgäste ihre Abendmahlzeit verzehrten, und liefen die Strandstraße hinunter.

Hansens Haus war frisch renoviert, Sieglindes Pension umbenannt, und Sinemakers Bruchbude hatte zwei nagelneuen Ferienhäusern Platz gemacht. An der Einbiegung zum Wiesenweg blieben wir stehen.

„Willst du sie sehen?", fragte Onno und nickte zu unserem Elternhaus hinüber.

Ich zögerte. Aber dann schüttelte ich den Kopf. Klaas war seit mehr als zwanzig Jahren tot. „Nein", sagte ich ruhig.

„Sicher?" Onnos unendlich lange Wimpern zitterten leicht.

„Ja. Sicher."

Gleichzeitig drehten wir uns um und steuerten den Weg zwischen den Marschwiesen an. Ein paar Wasservögel flogen aufgeschreckt auf; einen Moment später ertönten die lauten krächzenden Rufe der Ringelgänse, die als dunkle Schemen auf den Wiesen verharrten. Andere Vögel antworteten ihnen, für ein paar Augenblicke war die Abendluft von zahllosen Rufen erfüllt, bevor nach und nach wieder Stille einkehrte. Als ich Onno ansah, entdeckte ich, dass auch er ein Lächeln auf den Lippen trug.

„Schön, was?", sagte er ruhig. Sein Blick war mir zu viel, ich nickte und sah über die Felder hinauf zum Deich, wo der Mond gerade aufging.

„Siehst du sie manchmal?“, fragte ich.

„Ab und zu. Eher kaum.“ Onno zog den Reißverschluss seiner Jacke nach oben. „Uwe wohnt bei ihr, mit seiner zweiten Frau und seinem verzogenen Sohn. Er wird immer mehr wie der Alte. Und ich mein nicht das Saufen.“

„Und was ist mit Frauke?“ Ich konnte mich kaum an das Gesicht meiner Schwester erinnern. Wie konnte das alles sein? Wo waren die gemeinsamen Jahre geblieben?

„Ha, Frauke. Die hat's ganz gut gemacht, finde ich. Arbeitet im Kurhaus. Und hat sich so 'n Typen geangelt, mit dem sie früher mal in eine Klasse gegangen ist, einen von der Reederei. Ist ganz okay, der Junge, finde ich. Bisschen blöd in der Birne, aber okay.“

„Wie heißt er?“

„Ubbo.“

„Was, Ubbo?“ Mein Tonfall schien mich zu verraten. Onno beugte sich vor, um mir ins Gesicht sehen zu können.

„Kennst du ihn?“

„Vielleicht.“ Ich blickte zu den massigen Schemen der Longhorn-Rinder hinüber, die weiter hinten im Stehen schliefen, ein Hinterbein angewinkelt, regungslos, wie Pferde.

„Wo schläfst du eigentlich?“, fragte Onno übergangslos.

„In Köbens Pension.“

Onno pfiff durch die Zähne. „So dicht an unserer alten Hütte?“

Ich zuckte mit den Schultern. Onno lachte leise neben mir.

„Die Männer unserer Familie kriegen es einfach nicht hin, was?“, sagte er und schlug im Vorbeigehen mit der Hand auf einen der Weidepfähle. „Ich meine, mit den Frauen. Irgendwie klappt es bei keinem von uns. Ich habe mit Uwe sonst nichts, aber auch gar nichts gemeinsam, aber das scheinbar schon. Wahrscheinlich ist es erblich. Der Unterschied ist nur, dass Frauke mitgemacht hat.“

„Halt die Klappe, Onno", sagte ich barsch. Onno schwieg überrascht.

„Okay", sagte er schließlich. „Okay, ist ja schon gut."

Die Bänke am letzten Rastplatz vor der Nordspitze waren sandverweht, der Mülleimer vom Wind umgeworfen. Die Holzplanken, die zur Vogelwärterhütte führten, wirkten verwittert; die Hütte selbst war verschlossen und dunkel im Mondlicht. Ein paar Meter davon entfernt blieb ich stehen und lauschte dem Rauschen der Wellen, während ich versuchte, mich zu erinnern.

Es ging nicht, mein Kopf war nahezu vollkommen leer, mit Onno im Rücken. Ich war froh, dass er da war, und dann doch wieder nicht. Als ich den Blick hob, sah ich den Vollmond über der Kraterlandschaft der Dünen hängen, tieforange leuchtend.

„Marti?" Onno stand regungslos da, die Hände tief in den Taschen seiner Jacke.

„Was?"

„Es war, glaube ich, weil wir so dicht beisammen waren. Früher", sagte er langsam, und seine Stimme klang belegt. Im Schatten des Mondlichts konnte ich sein Gesicht kaum erkennen. „Weil wir allein waren, du und ich."

Ich wusste, was er meinte. Wir waren tatsächlich allein gewesen, wir beide, allein zwischen Bruder und Schwester, zwischen Mutter und Vater.

„Du warst eigentlich immer die einzige Familie, die ich hatte", sagte Onno leise. „Vielleicht wollte ich es mir da einfach zurückholen."

„Aber doch nicht so!", fuhr ich ihn an.

Onno nickte. „Ja", sagte er traurig und streckte mir die Handflächen entgegen. „Ja. Und deshalb wirst du mir niemals verzeihen. Wahrscheinlich auch das nicht, was ich dir jetzt sage."

Ich spürte die Gänsehaut auf meinen Armen. Von irgendwoher kam der nächtliche Ruf eines Kiebitzes. Ein zweiter antwortete ihm. Kalte Winter verbrachten sie für gewöhnlich im Süden, aber dieser Winter war mild. „Ich weiß aber gar nicht, ob ich das wissen will, Onno“, sagte ich leise.

Onno schwieg einen Moment. Dann seufzte er. „Ich hab ihn tatsächlich gestoßen“, sagte er und hob die Hände zum Himmel empor. „Ich hab den Alten gestoßen. Und es tut mir noch nicht einmal leid.“ Seine Stimme brach, und er barg sein Gesicht in den Händen und sackte zusammen, mit zuckenden Schultern.

Ich sah zu, wie er weinte, unfähig, mich zu bewegen. Ich sah lange Zeit zu, und erst, als Onnos Tränen verebbten, konnte ich mich wieder rühren. Wortlos half ich ihm hoch, wortlos gingen wir langsam zurück, den Weg zwischen den Marschwiesen entlang, auf denen die Kiebitze riefen, getragene, einsame Rufe, unendlich vertraut.

Ein großer Brachvogel stelzte am Ufer vor dem Anleger herum und pickte im Wasser, als ich am nächsten Mittag die Fähre als Erste betrat, wie ein Dieb, der sich davonschleicht.

Die Sitzpolster waren die gleichen wie in meiner Jugend. Vielleicht nicht dieselben, aber die gleichen: buntgemustert, cordähnlicher Bezug, nicht gerade bequem, doch für eineinhalb oder zwei Stunden gut zu ertragen. Außer mir waren nicht viele Fahrgäste unterwegs. Hauptsächlich Paare mittleren Alters in wasser- und winddichten Jacken und Wanderstiefeln hatten sich eingeschifft, an den vorderen Panoramafenstern lümmelte sich eine vom vielen Feiern erschöpfte Kegeltruppe um ihren Vereinswimpel, und einige jüngere Frauen mit kleinen, bezopften Mädchen hockten an den Ecktischen, auf dem Rückweg von der Mutter-und-Kind-Kur.

Ab und zu stapften Touristen in Socken auf der Teppichware vorbei, unterwegs zur Toilette oder zum Tresen, wo zwei übergewichtige, abgearbeitete Kellnerinnen die üblichen Gerichte auf große Tabletts wuchteten: Steckrübensuppe, Matjes in diversen Variationen, Spiegeleier, Salami- und Mettbrötchen. Auf dem Hinweg hatte ich die Speisekarte studiert, es war alles beim Alten geblieben.

Die Sicht war nicht gut, der Himmel über der See diesig. Kaum einer der Touristen warf einen Blick hinaus, das hatte ich niemals verstanden. Als die Sandbänke in Sicht kamen, griff ich nach meiner Jacke.

Der junge Angestellte, den ich schließlich draußen am Bug traf, schüttelte mürrisch den Kopf. „Ubbo? Kenn ich nicht. Wenn, dann war der vor meiner Zeit hier."

Ich dankte ihm und blieb draußen stehen, die Hände fest um die Reling gekrampft, bis der Anleger schließlich in Sicht kam. Über mir schimpfte eine Küstenseeschwalbe, eine Seemöwe legte sich gegen den Wind, beschrieb einen Bogen, landete sicher am Ufer.

„Sag mir, dass wir uns wiedersehen", hatte Onno zum Abschied gesagt, mit geröteten Augen. „Nur das. Irgendwo, irgendwann. Bitte, Marti, versprich es."

Als Kind, als Jugendliche hatte ich die Fährüberfahrt immer geliebt. Jede Fahrt von der Insel verhieß unendliche Freiheit. Ich kam nie gern zurück.

Salz brannte in meinen Augen.

Ich hatte aufgeräumt, ja. Aber vielleicht noch nicht richtig.

Jetzt

Bis heute ist es mir ein Rätsel, warum Klaas sich damals mit meiner Mutter eingelassen hat. Was dieser kluge, feinfühlige Mensch an einer so unreflektierten Person wie meiner Mutter gefunden haben mag. Aber vielleicht war er gar nicht so klug oder sie nicht so unreflektiert. Was weiß ich denn schon über beide? Und vielleicht betraf dieses Einlassen ja auch nur ein einziges Mal, eine einzelne Begegnung; ich will nicht weiter darüber nachdenken.

Ich weiß nicht, was ich von meiner Mutter geerbt habe, eines Tages werde ich vielleicht Onno danach fragen. Aber ich weiß, dass ich einiges von Klaas geerbt habe, nicht nur die Form seiner Augen oder die Lippen. Wie er, der ungezählte Stunden vor der Vogelwärterhütte damit verbrachte, so sitze ich jetzt hier und lausche den Vogelstimmen draußen.

Aber immer wieder frage ich mich, warum Klaas mir damals, als Kind, auch als Jugendliche, nicht besser geholfen hat. Warum er mich nicht gerettet hat aus meiner Not.

„Wie denn?", hast du mich gefragt, damals, als wir nach meiner Rückkehr miteinander telefonierten. „Wie hätte er? Hätte er dich aufziehen sollen, als Mann, allein? Dich mit in seine Junggesellenkammer nehmen, mit einem Stuhl und einem Bett?"

Natürlich, du hattest recht. Meistens hattest du recht. Du warst damals nicht da, als ich dich brauchte, aber danach. Ich konnte dir alles erzählen. Und du hörtest zu.

„Und außerdem", hast du gesagt, „außerdem, woher willst du wissen, dass Klaas wirklich klar war, dass du seine Tochter bist?"

Auch da hattest du recht. Vielleicht hat Klaas es in der Tat nicht gewusst. Aber zumindest geahnt.

Später, als ich Harm den Zeitungsausschnitt zeigte, sah auch er die Ähnlichkeit zwischen uns beiden sofort. Aber damals, wer hat es sonst noch geahnt?

Es ist so lange her. Wenn ich die Augen schließe und an meinen Vater Klaas denke, dann denke ich an einen alten Mann mit wettergegerbtem Gesicht, schlechten Zähnen und freundlichen Augen.

Paradox, dass der netteste Mann in meiner Kindheit und Jugend mein Vater war, ohne dass ich es ahnte.

Damals sah ich Klaas als Freund, als älteren Freund, wenn ich überhaupt in diesen Kategorien zu denken bereit war. Denn Freunde, das ahnte ich schon und erfuhr es dann später, Freunde konnte man schließlich verlieren. Durch die Liebe. Den Tod. Einen Streit. Einen Unfall.

Horstfelde bei Zossen, April 2006

„Warum fährst du denn nicht für ein paar Tage nach Gotland?", fragte Lena. „Komm, Rupert, bring her!"

Rupert kam wedelnd auf sie zugerannt, sein neues Bällchen im Maul. Als Lena sich bückte, hüpfte er seitwärts, und Lena schüttelte den Kopf.

„Blödian!" rief sie. „Los komm, gib mir das Bällchen!"

Rupert schien fast zu grinsen, als er listig zu mir sah, dann, als Lena erneut nach dem Ball griff, rannte er fröhlich davon, hinein in einen der vielen kleinen Nebenwege, die sich durch das Waldgebiet zogen.

„Einen richtig dämlichen Hund hast du da", sagte Lena schmunzelnd und wischte sich die Hände an ihrer Jeans ab. „Kannst du ihm nicht endlich mal beibringen, wie man vernünftig Bällchen spielt?"

„Nee", sagte ich kurz angebunden und ging zügig weiter. Rupert war jetzt außer Sichtweite, und ich hatte ein bisschen Sorge, dass er einem Jäger ins Fadenkreuz lief. In den dichten Wäldern Brandenburgs wimmelte es nur so von meinen Erzfeinden, die allgegenwärtigen Hochsitze verrieten es schließlich.

Lena schloss zu mir auf und hakte mich unter. Widerstrebend ließ ich es geschehen. „Sei doch nicht gleich beleidigt! Ich meine ja nur. Wenn dich das alles so kirre macht mit Klaas und Onno, dann fahr doch ein paar Tage zu Ebba. Das tut dir garantiert gut."

„Ich kann nicht. Ich kann mir nicht freinehmen. Ulla ist im Krankenhaus."

„Shit. Was Ernstes?" Lena wusste, wie es um Ulla stand, ich hatte es ihr erzählt, mit einem gelinde schlechten Gewissen. Aber irgendjemandem in meiner nächsten Umgebung musste ich es einfach erzählen. Jemandem außer Ebba. Ich war mir sicher, dass Ulla dafür Verständnis hatte.

„Schlechte Werte. Aber sie kommt nächste Woche wieder raus. Rupert?" Ich pfiff nach ihm, aber vergeblich.

„Das nervt mich total, wenn er einfach vorausläuft", sagte ich wütend und legte einen Zahn zu.

„Guck mal, ein Hochsitz!" Lena deutete nach vorne. Direkt an der Wegbiegung ragte ein ziemlich alt aussehender Sitz auf vier Pfählen empor. Die beiden untersten Stufen der Leiter fehlten, der Sitz selbst trug kein Dach, nur Seitenstreben und einen beweglichen Querbalken vorne. „Lass uns den umschmeißen!" Lenas Augen begannen zu leuchten.

„Rupert?" Ein Stück weiter hinten auf dem Nebenweg meinte ich eine Bewegung zu sehen, aber ich war mir nicht sicher. „Verdammt, wo ist denn der kleine Mistkerl?"

„Der kommt schon wieder, macht er doch immer. Komm, hilf mal mit!" Lena umfasste einen der Pfähle und begann probeweise zu rütteln.

Mürrisch warf ich einen kurzen Blick hinüber. „Geht nicht, der ist festgekettet." Ich zeigte auf die rostige Kette, die von einem der Pfähle zu einem kräftigen Kieferstamm führte, und Lena seufzte enttäuscht.

„Schade. Dann geh ich wenigstens rauf und gucke, ob ich die Jägerärsche anders ärgern kann." Sie lachte, als sie mit einem Satz die erste Strebe erkletterte. „Ich muss nur an meinen Vater und meine Brüder denken, dann fällt mir schon was Passendes ein." Sie begann pfeifend den Aufstieg. Der Sitz erzitterte leicht, und ich warf einen prüfenden Blick zur Kette. Sie hielt, der Sitz konnte nicht umfallen.

„Pass aber auf!", sagte ich. „Ich seh mal nach Rupert. Rupert?" Ich lief ein paar Schritte in den kleinen Waldweg hinein und sah mich noch einmal nach Lena um. Sie war schon fast oben am Sitz und griff gerade nach dem Querbalken. Ich drehte mich wieder nach vorne. „Rupert!", brüllte ich. „Komm jetzt sofort her!"

Es raschelte im Gebüsch, und erleichtert sah ich Rupert einen Augenblick später auf mich zuflitzen, das Bällchen im Maul. „Mensch, Junge, wo warst du denn?" Ich bückte mich und klatschte in die Hände.

Hinter mir knirschte es, dann folgte ein Knacken. Lena schrie auf.

Ich drehte mich um und sah sie fallen. Sie ruderte mit den Armen, als sie rücklings hinabstürzte und auf dem weichen Waldboden aufschlug, den morschen Querbalken noch in einer Hand.

„Lena!“, brüllte ich. Mit drei Sätzen war ich bei ihr und kniete mich neben sie. „Lena, bitte!“

Lena öffnete die Augen und versuchte ein Lächeln. Ihr Gesicht war sehr bleich, viel zu bleich. Und sie lag viel zu flach da.

„Scheiße“, sagte sie leise. „So eine Scheiße! Das Ding war morsch, Mart! Völlig durchgerottet!“

„Hast du dir was getan?“ Vorsichtig berührte ich ihren Arm, mit der anderen Hand schob ich Ruperts neugierige Schnauze zur Seite. Er ließ den Ball fallen, direkt neben Lenas Ohr. Wieder lächelte sie, aber ihr Gesicht war noch bleicher geworden.

„Irgendwas tut mir weh“, flüsterte sie. „Der Rücken oder so.“

„Kannst du die Beine bewegen?“

„Klar“, sagte sie. „Sicher.“

Ich blickte zu ihren Füßen, dann wieder in ihr Gesicht.

Lena starrte mich an. „Kann ich doch, oder?“, fragte sie leise.

Jetzt

Evert geht schweigend neben mir her, die Hände tief in den Taschen seiner ausgeblichenen Jacke. Der Boden schmatzt unter unseren Stiefeln. Ich sehe kaum auf, die moosbewachsenen Steine sind wie Inseln, auf die ich mich rette.

Evert war pünktlich gekommen. Wortlos hat er mich gegrüßt, gesehen, dass ich bereit war. Lore war ihm entgegengelaufen, Rupert blieb bei mir, der Schaukelstuhl knarrte, als ich schließlich aufstand. Plötzlich hatte ich Angst, und ich habe sie immer noch, jetzt, während Evert schweigend neben mir geht. Er führt mich an einen Ort, den ich fürchte, er führt mich ins Dunkle. Doch noch ist es hell. Noch gut eine Stunde bleibt mir, bevor sich die Dämmerung über die Insel herabsenkt.

Die Hunde stieben plötzlich davon, ihre Pfoten klatschen ins flache Wasser am Ufer, und ich sehe auf.

Die karstige, karge Mondlandschaft am Meer, Wacholderbüsche und Schlehen, eine Krüppelkiefer duckt sich gegen den Wind. Dahinter, grau schimmernd, der Findling.

Zwei Austernfischer fliegen rasch hoch, als die Hunde sich nähern. Evert ruft sie zurück, Lore kommt mit hängender Zunge gerannt, Rupert folgt langsamer, die Nase dicht über dem Boden. Evert bleibt stehen und sieht mich an, die hellen Augen ganz schmal.

„Dort", sagt er. „Dort war es."

Er deutet nach vorne, und ich nicke. Evert sieht mich weiterhin an, dann ruft er die Hunde und geht, mit langsamen Schritten. Lore sieht sich nur kurz nach mir um, bevor sie ihm folgt, aber Rupert bleibt stehen, sichtlich verwundert. Evert ruft ihn, aber dann muss er umkehren und Rupert am Halsband zupfen, damit er ihm folgt.

Reglos stehe ich da und sehe zu, wie die drei hinter den Schlehenbüschen verschwinden. Dann gehe ich weiter, mit klopfendem Herzen.

Die Luft ist auf einmal ganz klar. Ich kann nichts mehr hören, nur mein eigenes Herz, sein kräftiges, ängstliches Pochen.

Dann durchbricht der Schrei einer Möwe das Pochen. Ich hocke mich hin, betrachte die glatte Oberfläche des Findlings, die Spuren von Flechten und Moos, die ausgewaschenen Mulden.

Natürlich sind keine Spuren geblieben. Wovon auch?

Ich lege die Hand auf den Stein. Er fühlt sich nicht kalt an.

Hier hast du gesessen.
Was hast du gefühlt?
Langsam lehne ich mich gegen den Findling, spüre seine beruhigende Festigkeit. Ein Fels in der Brandung. Das warst du für mich.
Lange hocke ich da, eingebettet in meine eigene Stille, den Widerhall, den du mir lässt.
Dann ist es, als ob meine Ohren sich wieder öffnen, und ich höre das erstaunte „U-ho?" der Seevögel, das Rufen und Glucksen, das leise Rauschen des Meeres. Die beiden Karlsinseln liegen wie auf Spiegeln gebettet vor mir in der glatten See. Weit hinten schimmert es rötlich. Die Sonne geht unter. Nicht mehr lange, dann wird es dunkel.
Ein paar Wasservögel, deren Namen ich nicht kenne, ziehen flügelschlagend über das Ufer.
Warum habe ich nichts gespürt?
Wie ist es dir gelungen, es geheimzuhalten, von Anfang an? Warum hast du es vor mir verborgen?
Um mich zu schützen?
Oder dich?
Oder uns beide?
Vielleicht hätte ich das Gleiche versucht, denke ich manchmal. Aber ich hätte nicht die Kraft dazu gehabt. Du aber warst stark.
Und am Ende warst du so einsam.
Und ich trage schwer an meiner Schuld.
Ich lege erneut die Stirn an den Findling und schließe die Augen. Dies war dein Lieblingsplatz. Hier hast du gesessen.
Ich war dir so nah. Und jetzt bist du fort.

Kapitel 7

Jetzt

Morgenluft weht in mein Zimmer hinein, als ich das Fenster öffne. Draußen steigt Dunst aus der Wiese empor, der Wald dahinter ist dunkel, über den Wipfeln ziehen letzte, nächtliche Wolken davon. Ich atme tief ein; zum Glück ist es Morgen. Die Nacht ist vorbei.

Ich bin müde.

Ich habe nicht schlafen können. Stundenlang habe ich wach gelegen und gegen die aufsteigende Panik angekämpft, die hinter meinen Lidern lauerte. Jedes Mal, wenn ich schließlich die Augen schloss, kam das schwarze Loch auf mich zu, das ich aus Kindheitstagen schon kenne. Es war lange fort, jetzt ist es zurück. Aber vielleicht ja nur für diese Nacht, vielleicht nur für ein paar Nächte, für eine Zeit.

Rupert liegt in seinem Körbchen, gleichmäßig atmend. Ich kann mir nicht vorstellen, dass er wirklich noch schläft, aber es scheint so. Rupert wird alt. Nein, er ist alt.

Ich bücke mich zu Rupert hinunter. „Rupert!“, flüstere ich. „Aufstehen!“

Ruperts Kopf fährt hoch, verschlafen sieht er mich an. Ich greife mit beiden Händen um seinen dicken Hundekopf und reibe meine Nase an seinem Schädel. Sein Geruch nach verschlafenem Hund wirkt tröstlich auf mich.

Rupert grunzt. Ich kann ihm förmlich ansehen, dass er überlegt, ob er, verärgert über die Störung, knurren oder mich lieber stattdessen ablecken soll. Faul, wie er nun mal ist, entscheidet er sich fürs Nichtstun. Sein Kopf liegt schwer in meinen Händen, und ich bette ihn sanft wieder auf den Rand des Körbchens, bevor ich mich aufrichte.

„Aufstehen, mein Lieber“, sage ich.

Rupert grunzt erneut, wirft mir einen kurzen Blick zu und schließt wieder die Augen.

Auf bloßen Füßen laufe ich durch die Zimmer. Wie leer sie sind ohne dich. Du fehlst mir an allen Ecken und Enden, aber nirgendwo spüre ich das so sehr wie hier, in deinem Haus. Es ist, als ob es mit mir um dich trauert; selbst der Dielenboden sieht düster aus, obwohl das Aprillicht durch die Fenster hereinfällt und ihn aufschimmern lässt.

Erst als ich die Tür weit öffne und die Kühle des Morgens mich gänzlich umweht, geht es mir besser. Mit einem Becher Kaffee in der Hand stehe ich auf der Schwelle, in dicken Socken, die neben der Tür lagen. Ich selbst habe sie dorthin gelegt, bei meinem letzten Besuch hier. Er scheint mir unendlich lang her.

Das Holz der Veranda ist noch feucht, aber nicht glitschig, die Sonne wird es rechtzeitig trocknen.

Der Architekt hat gut gearbeitet, die Windrichtungen berechnet, den Einfall des Sonnenlichts. Ich habe ihn nie kennengelernt; er war ein alter Schulfreund von dir, einer der Menschen, die dich ein Stück deines Weges begleitet haben und dich gemocht haben. Sehr sogar, das hast du mir einmal erzählt.

Du hast mir von vielen Menschen erzählt im Laufe der Jahre, und nur wenige davon habe ich kennengelernt. Ein großer Teil deines Lebens liegt im Dunkeln für mich. Aber das ist schon in Ordnung.

Hauptsache, du leuchtest.

Rupert weigert sich, mehr als nur eine kleine Runde ums Haus zu drehen, aber ich muss mich bewegen. Also lasse ich ihn wieder hinein und ziehe meine Gummistiefel an. Deine sind nicht mehr da, du hast sie entsorgt, mit deiner restlichen Kleidung.

Und wieder, während ich in meine Stiefel hineinschlüpfe, wieder bin ich dir dankbar dafür. Wie umsichtig du warst. Wie schmerzhaft es wäre, deine Kleidung zu sehen, zu ordnen, weggeben zu müssen.

Und doch fehlt sie mir jetzt. Vielleicht könnte ich dich noch darin riechen, dich spüren, einen Rest Wärme erhaschen.

Vielleicht aber auch nicht. Und so ist es gut. Du hast dich entschieden.

Und ich mich noch nicht.

Langsam gehe ich über die Straße. Ich spüre die Müdigkeit in all meinen Gliedern, als wögen sie schwerer.

Ein vereinzelter Pritschenwagen fährt vorüber, hinters Steuer geduckt ein alter Mann in Jagdkleidung, der unbeirrt nach vorne blickt. Für einen Moment bleibe ich stehen und sehe ihm nach.

Das ist das Einzige, was ich an den Schweden nicht leiden kann: ihre enorme, unerschütterliche Jagdbegeisterung.

Auch du hast das verabscheut. Das war einer der Gründe, weshalb du mit deinem Bruder nicht auskamst. Auch er war, wie dein Vater zuvor, ein fanatischer Jäger.

Das wiederum hattest du mit Lena gemein: Ihr beide stammt aus einer Jägerfamilie. Auch wenn euch sonst nicht viel verband.

Aber ihr habt euch gemocht, Lena und du.

Und jetzt bist du fort, und Lena lebt ein ganz anderes Leben, als sie sich erträumt hat.

Das gilt für uns alle.

Der schmale Pfad jenseits der Landstraße ist kaum zu erkennen. Ich muss ein wenig suchen, bis ich ihn finde. Die langsam sprießenden Gräser am Straßenrand sind von weißen, gelben und lilafarbenen Wildblumen gesprenkelt, jeden Tag werden es mehr. Zwei frühe Zitronenfalter fliegen auf, als ich einen Fuß auf die Böschung setze. Der Frühling zieht heran, unaufhaltsam.

Es kommt mir so vor, als wäre dies mein erster Frühling ohne dich, aber natürlich ist das nicht wahr. Es gab viele Frühlinge ohne dich in meinem Leben, weitaus mehr als mit dir. Und doch kommt es mir so vor. Du warst so unglaublich präsent, auch wenn du nicht bei mir warst und ich nicht bei dir.

Auf eine Art warst du es dennoch.

Ich kneife die Augen zusammen, dränge die Tränen zurück, ich will sie nicht mehr. Als ich sie wieder öffne, leuchtet das frische Grün im Dickicht vor mir umso stärker. Nach ein paar Metern verliert sich der Pfad; dumpf schmatzt der feuchte Waldboden unter meinen Stiefeln, es wird zusehends kälter. Ich kämpfe mich weiter, leise Geräusche im Ohr, das Glucksen von Wasser, das Sirren aufgeschreckter, erster Insekten, hie und da Rascheln, sich entfernend ein Auto. Ein intensiver Duft nach Moos und Wald fliegt mir in die Nase, tief atme ich ein. Du hast diesen Duft geliebt, so wie ich ihn jetzt liebe. Du hast ihn mir nahegebracht, diesen erdigen, waldigen Duft, schwer und berückend, der überall hier auf der Insel zu finden ist.

Auf der Insel, von der ich komme, gibt es ihn auch, diesen erdigen Duft, aber lange nicht so intensiv. Ich laufe noch ein paar Meter, dann bleibe ich stehen.

Nie, nicht ein einziges Mal, warst du mit mir auf Amrum. Meine Heimatinsel hätte dir gefallen, das weiß ich.

Du warst ein Inselmensch, ganz ohne Zweifel. Du hast die Begrenzung geliebt und die Weite zugleich, wie nur Inseln es bieten.

Und deshalb bist du auch immer noch hier.

Ein kleines Nagetier flitzt raschelnd davon, als ich mir mit beiden Händen eine Lücke ins Dickicht bahne. Der schmale Pfad ist kaum noch zu erahnen, dichter Bewuchs hat ihn sich erobert. Efeu rankt sich um Kiefern und Fichten, Gräser ragen in Büscheln empor. Es muss lange her sein, dass du hier entlanggingst, vielleicht letzten Sommer, vielleicht auch im Sommer davor. Dies hier ist dein Pfad, du hast ihn hinterlassen, aber bald wird er gänzlich verschwinden.

Einmal im Jahr habe ich dich begleitet, immer im Juni. Ich bleibe stehen, drehe mich einmal im Kreis, kneife die

Augen zusammen. Dann entdecke ich ihn zu meinen Füßen, einen weißlichen Kalkstein. Ich hocke mich hin, lege die Hände hinauf und betrachte das sprießende Grün um mich herum.

Meine Kehle ist plötzlich ganz eng. Doch als ich schlucke, weitet sie sich.

In einigen Wochen wird es hier blühen. Storchschnabel und Leberblümchen werden ihre violetten Blüten erheben, die späte Wald-Trespe ihre haarigen Blätter zeigen, die Blüten, Stängel und Blätter der Nestwurz in hellem Braun leuchten. Und das weiße Waldvögelein wird wieder blühen, in strahlendem Weiß.

Der Ort, wo die Orchideen blühen. Du hast ihn gefunden. Und wieder verlassen.

Aber ich bin noch hier.

Neustadt/Holstein, Februar 2007

„O Mann, das gibt's doch nicht, blödes Scheißteil!" Lena fauchte auf und versuchte, den Rollstuhl mit Schwung ein Stück seitlich zu drehen. „So ein dämliches Ding! Gehst du jetzt mal hier durch!"

„Warte, Lena, ich helfe dir!" Ich machte einen Schritt auf sie zu, aber Lena schüttelte wütend den Kopf.

„Nee, lass mal, ich will das alleine hinkriegen!" Sie rollte ein Stück zurück, nahm Anlauf und bugsierte den Stuhl zentimetergenau durch die Tür. Direkt dahinter rollte sie herum und hob eine Faust, ein befriedigtes Grinsen im Gesicht. „Yeah, siehst du! Ha! Wer sagt's denn!"

Ich musste schmunzeln, während ich ihr durch die Tür folgte. Zwei ältere Damen an Krücken betrachteten uns beunruhigt, dann humpelten sie schnell weiter, als Lena ihren glühenden Blick auf sie richtete.

„Ha", sagte sie triumphierend. „Ist doch wahr! Auch wenn ich den Rest meines Lebens jetzt in dieser beknackten Karre verbringen soll, ich lass mich doch nicht davon beherrschen!“

„So ist es recht!“, stimmte ich ihr zu, und Lenas Kopf schoss ruckartig hoch. Ich hob beide Handflächen. „Ich meine es ernst!“

Lena betrachtete mich argwöhnisch, dann lächelte sie leicht. „Das will ich hoffen“, sagte sie. „Und nun komm, lass uns bloß raus hier!“

Ein eisiger Wind wehte von der nahen Ostsee herüber, aber Lena beharrte darauf, an den Strand hinunterzufahren. Rund um die Reha-Klinik waren gepflasterte Wege angelegt, die bis zu den Dünen reichten, und so standen wir kurz darauf schon in einem kleinen Pavillon mit Blick auf die dunkel dräuende Ostsee. Bereits nach wenigen Minuten fror ich in meiner dicken Daunenjacke, aber Lena schienen Wind und Wetter nichts auszumachen.

„Hier, Geschenk von Harm“, sagte sie und zog eine dickliche Zigarette aus der Innentasche ihrer Daunenjacke. „Entweder machst du ihn an oder du gibst mir Feuer!“

Ich nahm ihr das Feuerzeug aus der Hand und sah mich kurz um, bevor ich die Flamme zündete. Aber offenbar traute sich keiner der anderen Patienten hinaus in die tosende Kälte, denn weit und breit war niemand zu sehen. Nur weit hinten eilten zwei Weißkittel vorbei und verschwanden hastig in einer Seitentür der Klinik. „Mensch Lena, seit wann kiffst du denn?“ Der Wind war so stark, dass es mir erst beim dritten Versuch gelang, die Flamme zu zünden.

„Seit genau zwei Wochen, seit ich hier bin“, sagte Lena und grinste über meine hochgezogenen Augenbrauen. „Und ich muss dir sagen, das ist gar nicht so übel. Komisch, dass ich früher damit so gar nichts anfangen konnte!“ Sie nahm mir den Joint aus der Hand und betrachtete ihn nachdenklich, bevor sie daran sog. „Meine Güte, früher haben wir immer gelacht darüber, dass Haschisch die Nervenenden abtötet“, sagte sie gedankenverloren und stieß den Rauch aus. „Und jetzt habe ich tatsächlich jede Menge toter Nervenenden. Unglaublich. Hätte ich nie gedacht."

Ich schob die Fäuste tiefer in meine Taschen und zog die Schultern hoch. „Wie sieht es denn aus, was sagen die Ärzte?"

Lena legte den Kopf schief. „Mann, Mart, jetzt hock dich mal hin. Das ist grässlich, wenn ich immer zu dir hochsehen muss!"

„Sorry. So besser?" Beschämt hockte ich mich neben sie. Ich kam noch nicht sonderlich gut zurecht damit, dass plötzlich ein Höhenunterschied zwischen uns zu überbrücken war. Lena war nun mal immer einen Tick größer als ich gewesen. So dicht neben ihr konnte ich ihr Gesicht viel besser erkennen. Sie sah gut aus, erstaunlich gut, trotz ihrer Blässe. Manchmal träumte ich davon, wie sie vor mir auf dem Waldboden gelegen hatte, totenbleich und reglos. Nie hatte ich schlimmere Alpträume gehabt.

„Was die Ärzte sagen?", Lena zuckte mit den Schultern. „Nicht viel. Viel mehr als jetzt kommt nicht mehr zurück. Fraktur mittlere Wirbelsäule, inkomplette Lähmung. Hab noch Glück gehabt, kaum Schmerzen, keine Atemprobleme. Blase und Darm funktionieren so einigermaßen. Aber laufen ist nicht, wahrscheinlich nie wieder. Gleichgewicht, Raumgefühl, Koordination wird jetzt trainiert, da geht vielleicht noch was. Und Sex …", sie lächelte schwach und nahm wieder einen Zug aus dem Joint, „keine Ahnung. Irgendwas fühl ich jedenfalls."

„Irgendwas fühlst du?" Verdutzt sah ich sie an. Lena schmunzelte und schauderte gleichzeitig, als ein harter, nach Algen und Tang riechender Windstoß über uns wehte.

„Klar", sagte sie und zog die Decke über ihre Beine höher. „Hab ich ausprobiert. Ich muss doch wissen, ob's sich noch lohnt. Also, mit Harm, meine ich. Oder für ihn."

„Wie läuft es mit ihm?"

Lena funkelte mich an und schnippte die Asche zur Seite. Der süßliche Geruch des Cannabis stieg mir in die Nase, und ich musste mich beherrschen, um nicht abzurücken. Kiffen war noch nie mein Ding gewesen, aber ich konnte Lena verstehen, in ihrer Situation war es vielleicht nicht das Schlechteste. Viele Aids-Kranke schworen ebenfalls auf die schmerzlindernde und beruhigende Wirkung von Cannabis, sogar Ulla, meine Kollegin – ich musste mich immer noch zwingen, sie als Kollegin und nicht als Chefin zu sehen – griff ab und zu danach. Obwohl sie Drogen sonst mied wie der Teufel das Weihwasser.

„Ich weiß nicht, wie es mit Harm läuft, weil ich ihn nicht lasse", sagte Lena. „Ich meine, was soll das – kaum hab ich den Unfall, kündigt er bei der Lufthansa und zieht nach Berlin. Ich meine, was soll das? Was will er denn jetzt mit einem Krüppel wie mir? Der Typ hat doch einen Schuss!"

„Lena, Harm hat keinen Schuss. Harm ist in dich verliebt, seit er dich gesehen hat. Meinst du, das ist jetzt vorbei, nur weil du im Rollstuhl sitzt?"

„Du spinnst", sagte sie barsch und wandte den Blick ab, aber ich hatte das kurze Aufleuchten in ihren bernsteinfarbenen Augen gesehen.

„He, Harm ist eine gute Partie." Ich zupfte sie am Ohr. „Er verdient gut als Pilot jetzt bei Air Berlin, und später erbt er auch noch das feinste Hotel auf unserer Insel. Bestimmt ein prima Ruhesitz."

Lena kniff die Augen zusammen und blies den Rauch aus. „Ja, bin ich denn bescheuert und gehe auf diese komische Insel da, von der du geflüchtet bist?"

Ich zuckte mit den Schultern, nahm ihr den Joint aus der Hand und drückte ihn sorgfältig auf den Platten aus, bevor ich ihn in den Wind hinauswarf, der ihn sofort verschluckte. „Warum nicht?"

Lena schauderte und griff in die Speichen, um den Rollstuhl herumzudrehen. „Was soll das überhaupt", sagte sie kopfschüttelnd. „Mann, es ist kalt, lass uns reingehen." Aber sie machte keine Anstalten, loszufahren. Stattdessen betrachtete sie die Decke über ihren Beinen. „Harm will doch bestimmt Kinder", sagte sie und sah für einen Moment unendlich traurig aus. „Der will bestimmt Kinder."

„Ich weiß nicht, ob Harm Kinder will oder nicht", sagte ich, stand auf und streckte mich. Meine Knie knackten, und ich hoffte, dass Lena es nicht gehört hatte. Wenn mich das Geräusch schon daran erinnerte, dass ich gesunde Knie besaß und sie nicht, wie musste es dann ihr erst ergehen? „Aber ich weiß, dass er dich will", fügte ich hinzu.

„Ach, Unsinn", sagte Lena rau. Einen langen Augenblick saß sie da und sah auf ihre Beine unter der Decke hinab, ihre schlanken, schönen Beine, die sie niemals wieder würde bewegen können. Dann nickte sie knapp, griff erneut in die Speichen und rollte ruckartig los. „Los, komm!", rief sie mir über ihre Schulter hinweg zu. „Komm, mir ist kalt!" Sie hielt inne, dann kippte sie plötzlich leicht nach hinten und drehte ihren Rollstuhl einmal rasant im Kreis. „Ha!", rief sie. „Na warte, du Scheißteil! Dich krieg ich!" Und damit rollte sie zügig voran, schnurstracks auf den Eingang der Reha-Klinik zu.

Vielleicht wollte sie Harm auch, dachte ich, während ich mich beeilte, Lena zu folgen. Wahrscheinlich sogar, wenn mein Gefühl mich nicht täuschte. Sie hatte es immer abgestritten, trotzdem glaubte ich seit Jahren, dass Lena im Grunde auf Harm stand und nur Angst vor ihm hatte.

Das war jetzt sicher nicht besser geworden. Da war so viel Wut in ihr, so viel Wut und Enttäuschung und Traurigkeit.

Wie ein Berg aus Gefühlen.

Aber vielleicht schaffte Harm ja den Aufstieg.

Gotland, April 2007

„Lore, komm her!“ Ebba pfiff durchdringend durch die Zähne, und Lore bremste im vollen Galopp ab und machte kehrt. Der Sand zu ihren Füßen stob auf, und die Wildente flog schnatternd davon, während Lore zu uns herüberpreschte, ungestüm ihre Schnauze in meine Hände schob und sich dann an Ebbas Beine drängte. Ebba tätschelte Lores platten Schädel und lächelte mich an. „Sie ist zu süß, oder?“

„Ist sie. Ich bin froh, dass ich sie dir damals aufgezwungen habe“, sagte ich und legte einen Arm um ihre Schultern. Die Mulde unter meinem Hintern schien für meine Maße wie gemacht, und wieder einmal war ich erstaunt darüber, was für eine bequeme Sitzgelegenheit so ein Findling doch bieten konnte. „Gib's zu“, murmelte ich und küsste Ebba vorsichtig aufs Ohrläppchen. „Du hast diese Kuhlen hier selbst reingehauen, wetten? Und mir willst du weismachen, Wind und Wetter hätten sie ausgewaschen!“

Ebba rieb ihre Wange an meiner Nase. „Denk, was du willst“, sagte sie und blickte aufs Meer hinaus. Die beiden Karlsinseln lagen friedlich auf der spiegelglatten See, und als ich die Augen leicht zusammenkniff, vermeinte ich sogar eines der ersten Ausflugsboote des Jahres zu erkennen, das von Klintehamn aus auf sie zuhielt. Aber das konnte eigentlich nicht sein, die Saison begann erst im Mai. „Schön, dass du kommen konntest“, sagte Ebba versonnen und sah zu, wie Lore interessiert eine zerbrochene Miesmuschel beschnüffelte.

„Klingt, als fändest du es ungewöhnlich. Ich komme doch, so oft ich kann.“

„Aber es ist eben nicht selbstverständlich“, sagte Ebba und warf mir einen schrägen Blick von der Seite zu. Vielleicht war es das gleißende Meereslicht, das den Kontrast verstärkte, aber das Dunkelblau ihrer Augen schien mich für einen Moment förmlich zu blenden. „Nichts ist selbstverständlich, finde ich, auch nach zehn Jahren nicht."

„Meine Güte, hast du schöne Augen", sagte ich leise und strich ihr eine widerspenstige Haarsträhne hinters Ohr. „He, du musst mal wieder färben!", neckte ich sie.

Ebba schmunzelte und lehnte sich ein Stückchen zurück, um mich besser zu erkennen. Seit einiger Zeit brauchte sie eine Lesebrille, nicht der einzige Tribut an die vergehenden Jahre. „Komm du erst mal in die Jahre!"

„In welche?" Ich zog sie an mich und lachte. Nach einem Moment lachte sie auch, dieses leise, amüsierte Lachen, das ich so sehr an ihr liebte.

„Das wirst du schon sehen", sagte sie und sah sich nach Lore um, die sich jetzt weiter entfernt hatte und angelegentlich an einem verdorrten Tanghaufen schnupperte. „Ich habe übrigens beschlossen, meine Haare nicht mehr zu färben."

„Ach, seit wann?"

„Seit einer Weile."

„So so. Das hast du gar nicht erzählt." Ich schlug den Kragen meiner Jacke hoch. Die Luft war frisch, aber zugleich mild, wenngleich der Frühling hier oben im Norden deutlich später heranzog.

„Warum sollte ich auch", sagte Ebba und nahm meine Hand in ihre beiden. „Eine Frau sollte immer auch ihre Geheimnisse haben. Ach was, jeder Mensch sollte ein paar Geheimnisse haben." Sie drückte meine Hand. „Bei dir allerdings habe ich daran auch gar keinen Zweifel."

Einen Moment lang war mir unbehaglich zumute, und ich war froh, dass sie mich nicht ansah, sondern weiter die Meeresküste vor uns betrachtete. Das Thema Geheimnisse hatten wir stets gekonnt umschifft, mögliche Treuebrüche und Verhältnisse nur in Andeutungen erwähnt.

Nein, korrigierte ich mich innerlich, das galt nur für Ebba. Ich selbst hatte meine Eifersucht nur schwer im Zaum halten können und sie immer mal wieder mit Fragen gelöchert, mit Fragen nach Staffan, Inge, ihrer Exfreundin, anderen Frauen. Ebba hatte mich stets gleichzeitig beruhigt und in die Schranken verwiesen. Ich hätte das nicht gekonnt, das war mir bewusst.

„Zehn Jahre sind es jetzt“, sagte Ebba leise. „Ist dir das eigentlich klar?“

Zehn Jahre. Im September würden es zehn Jahre sein, die wir als Paar miteinander verbrachten, mehr oder minder häufig getrennt, aber unzweifelhaft dennoch zusammen. „Sicher“, sagte ich. „Aber es dürfen gern noch zehn weitere Jahre dazukommen. Und dann noch mal zehn.“

„Wirklich?“ Ebba sah mich forschend an. „So taufrisch ist es ja nicht mehr mit uns. Und man kann nicht gerade behaupten, dass wir noch jeden Abend wie wild übereinander herfallen.“

Ich musste lächeln. „Nein, das nicht. Aber es gibt Wichtigeres, oder?“

Sie nickte und sah wieder aufs Meer hinaus. Das Boot weit hinten war nicht mehr zu sehen, entweder hatte es bereits auf der großen Karlsinsel angelegt, oder ich hatte mich schlichtweg getäuscht. „Wir hatten eine gute Zeit, was?“, sagte Ebba leise. „Eine gute Zeit.“

„Hatten? Wieso hatten?“ Ich rutschte vom Findling hinunter. Lore hob den Kopf und kam sofort zurück zu uns gelaufen, aber ich beachtete sie nicht weiter. Stattdessen lehnte ich mich an Ebbas Knie und betrachtete ihr leicht gebräuntes Gesicht. Seit sie hier in Mulde lebte, hielt sie sich so oft am Meer auf, dass sie sich ihre Sonnenbräune übers ganze Jahr hinweg bewahrte. Genau wie Evert. Vielleicht würde auch Ebba eines Tages ein von Wind und Wetter gegerbtes Gesicht zur Schau tragen, auch wenn ich mir das kaum vorzustellen vermochte.

Für mich würde sie stets die feine, weiche Haut besitzen, die ich vor zehn Jahren das erste Mal hatte berühren dürfen. Vorsichtig hob ich eine Hand und strich ihr über die Wange.

Ebba betrachtete mich aus leuchtend blauen Augen. „Es kann so schnell vorbei sein", sagte sie ruhig. „Von einem Tag auf den anderen. Wenn ich nur an Lena denke ..."

„Aber Lena lebt", sagte ich. „Und sie will leben. Es geht ihr immer besser, vor allem, seit sie Harm mehr an sich heranlässt."

In Ebbas Wange zuckte ein Muskel. „Ich wüsste nicht, ob ich so leben könnte", sagte sie nachdenklich und sah über meine Schulter hinweg aufs Meer hinaus. „Wenn die Einschränkungen zu groß wären ... ich denke, ich würde das nicht können."

„Was würdest du denn machen? Dich umbringen?"

Ebba richtete ihre Augen wieder auf mich. Das Leuchten darin war auf einmal wie weggewischt. „Ja", sagte sie schlicht. „Das würde ich wohl."

Ich starrte sie an. „Ernsthaft? Du würdest dich lieber umbringen, als im Rollstuhl zu sitzen?"

Ebba schwieg und biss die Kiefer zusammen. Dann zuckte sie mit den Schultern. „Ich denke", sagte sie langsam. „Ich denke, wenn die Einschränkungen zu groß würden, wenn ich Schmerzen leiden müsste, nicht mehr ich selbst sein könnte, oder wenn ich all dies zu erwarten hätte, dann würde ich mich umbringen, ja." Sie legte den Kopf schief. „Du nicht?"

„Ich ... ich weiß nicht", sagte ich hastig. Natürlich hatte ich auch schon darüber nachgedacht, gerade in letzter Zeit, nach Lenas Unfall, aber ich wollte es nicht zugeben. Auf eine Art wäre es mir wie ein Verrat an Lena vorgekommen, an Lena, die sich ihrem Schicksal geradezu kämpferisch entgegenstemmte. „Aber Lena will leben", setzte ich mit fester Stimme hinzu, vielleicht, um auch selbst daran zu glauben. „Sie ist nur oft traurig."

Ebba nickte. „Das glaube ich", sagte sie und warf einen Blick zu Lore hinunter, die jetzt wieder neben uns stand und erwartungsvoll wedelnd zu Ebba aufsah. Ebba erwiderte ihren Blick, und eine tiefe Zärtlichkeit schlich sich in die schmalen Falten längs ihrer Mundwinkel. „Dann solltest du ihr vielleicht etwas schenken, über das sie sich wirklich freut", sagte sie und rutschte langsam ebenfalls vom Findling herunter, direkt in meine geöffneten Arme hinein. „Komm", flüsterte sie sanft in meine Halsbeuge, und mich schauderte wohlig, als ich ihren warmen Atem an meiner Haut spürte. „Komm, lass uns gehen. Mal sehen, ob wir nicht mal wieder wild übereinander herfallen könnten, meinst du nicht auch?"

Berlin, August 2007

„Sie sieht gut aus", sagte Hannes erstaunt. „Und jung! Wie das blühende Leben!"

„Hab ich dir doch gesagt!" Ich hakte ihn unter und zog ihn vorwärts, an einer Schar eifrig miteinander plaudernder Gäste vorbei. Gleich dahinter stand Joschi mit einem jungen Mädchen zusammen, in dem ich erst auf den zweiten Blick Ullas Tochter erkannte.

„Pro… prost, Marthe!", rief Joschi strahlend und hob zitternd sein halbgefülltes Sektglas.

„Prost, Joschi! Mensch, du hast dich ja feingemacht!"

Joschi nickte stolz, während er an seinem Schlips nestelte. „Ist ja … ist ja auch ein wichtiger Tag!", nuschelte er und hob erneut sein Glas. Ich reichte Viola die Hand und stellte ihr Hannes vor.

„Wow!" Hannes lächelte begeistert. „Noch hübscher als die Mutter!"

Viola errötete sanft, und ich stieß Hannes in die Seite, als ich ihn weiterzog. „Mann, Hannes, das Mädchen ist siebzehn, da sagt man so was doch nicht."

„Wieso denn aber nicht? Wenn es doch stimmt!" Hannes nahm sich im Vorbeigehen ein Sektglas von einem Tablett, das ein junger, schwitzender Kellner uns hinhielt, aber ich lehnte dankend ab. Das Lokal, das Ulla und Djamal gemietet hatten, lag ziemlich weit draußen in Zehlendorf, und ich hatte vorhin das längere Streichholz gezogen, als Hannes und ich darum geknobelt hatten, wer den Wagen fahren würde.

„Meine Güte, ist das voll!“, sagte ich, während ich zwei Fahrern aus unserer Spedition zunickte, die sich in eine Ecke verkrochen hatten und ein wenig eingeschüchtert die bunt gemischte Gästeschar betrachteten. Ulla und Djamal hatten mit zwanzig, dreißig Gästen gerechnet, aber es waren weitaus mehr gekommen, vor allem zahlreiche dunkelhäutige Männer und Frauen in farbenprächtiger Kleidung. Ein munteres Stimmengewirr lag in der Luft, und alle schienen sich bestens zu amüsieren, vor allem das Brautpaar selbst, das übers ganze Gesicht strahlte.

„Meine Güte, da kann man doch nur der Forschung danken“, sagte Hannes kopfschüttelnd und betrachtete Ulla mit einem nahezu ehrfürchtigen Blick. „Früher sind die Leute doch reihenweise wie die Fliegen gestorben. Wenn ich nur an die Achtziger denke … Und jetzt sieh dir Ulla an. Dem Tod letztes Jahr gerade noch so von der Schippe gesprungen und jetzt sieht sie aus wie das blühende Leben. Wahnsinn!“

„Red mal leiser, mein Lieber, das muss ja nicht jeder mitbekommen.“ Ich zog ihn weiter, auf Ulla zu, die in einem kurzen Nadelstreifenkostüm neben Djamal stand und sich angeregt mit einer älteren Frau unterhielt. Hinter ihnen war ein Tisch mit Geschenken aufgebaut, aber ich hatte nicht vor, meins dazuzulegen. Stattdessen schob ich Ulla den Umschlag einfach in die Finger. Überrascht sah sie auf, und ein Leuchten zog über ihr Gesicht. Rasch entschuldigte sie sich bei ihrer Gesprächspartnerin und umarmte mich.

„Marthe! Wie schön!“

„Meine besten Glückwünsche dem Brautpaar!“, sagte ich und ließ mich von Djamal ebenfalls drücken. „Ich hab Hannes mitgebracht, der hatte alle Autos in seiner Werkstatt repariert und saß da so trostlos herum. Ihr kennt euch ja, nicht wahr?“

„Also, Mart, wirklich, so ein Blödsinn“, schimpfte Hannes, aber er musste dennoch grinsen, während er Ulla und Djamal nacheinander in die Arme nahm und auf die Wange küsste. „Ich hab seit Wochen auf diesen Tag hingefiebert! Wurde auch endlich mal Zeit, dass ihr heiratet. Was sollen denn die Leute denken, Ulla, einfach so in wilder Ehe leben, und dann noch mit einem Schwarzen!“

Djamal grinste vergnügt, und ich nickte Ulla zu. „Los, mach schon auf!“

Unter den neugierigen Blicken der Umstehenden öffnete sie den Umschlag, zog eine Karte heraus und las den kurzen Text darauf. „Nein“, sagte sie dann und zog die Brauen zusammen. „Das ist … das ist viel zu lang!“

„Zeig mal!“ Djamal beugte sich über sie. „He, das ist cool! Du übernimmst wirklich drei Wochen? Wow, dann geht es ab in den Senegal!“ Er zwinkerte mir zu und küsste seine Braut auf die Wange. „Zwei Wochen quer durchs ganze Sonnenland!“

„Aber wir hatten doch nur eine Woche Urlaub an der Ostsee geplant“, sagte Ulla zweifelnd und sah erst mich und dann Djamal skeptisch an. „Und jetzt kommen doch die ganzen Neuverhandlungen mit den Großkunden …“

„Die übernehme ich“, sagte ich. „Außerdem hat Djamal schon die Tickets besorgt. Stimmt's, Djamal?“

Djamal lachte, als er Ullas überrumpelte Miene sah. „Tja, Baby, wir haben ein bisschen hinter deinem Rücken geplant. Aber ich verspreche dir hoch und heilig, das wird nie wieder vorkommen!“

„Ja, aber … wir können doch Viola nicht einfach so hier lassen!“, sagte Ulla verwirrt und strich unnötigerweise ihren kurzen Rock glatt.

„Machen wir ja auch nicht. Die kommt nämlich mit.“ Djamal winkte Viola zu, die wie auf Kommando zu uns herübersah und zurückwinkte, als er den Daumen in ihre Richtung hob.

„Also ... aber ..." Ulla sah mich hilflos an. „Aber das ..."

„Freu dich einfach!", sagte ich und lächelte sie breit an. Schließlich gab Ulla sich geschlagen. „Also, na gut, dann ... dann freue ich mich. Meine Güte, zwei Wochen Senegal ..." Sie schüttelte den Kopf, als Djamal einen Stuhl zu sich heranzog, daraufstieg und lauthals etwas in einer fremden Sprache rief. Ein begeistertes Johlen aus vielen Kehlen antwortete ihm, und die bunt gemischte Gästeschar begann jubelnd zu klatschen.

„Übrigens, Massimo lässt auch ganz herzlich gratulieren", sagte Hannes, als der Lärm langsam wieder verebbte.

Ulla lächelte ihn an. „Danke! Warum hast du denn deinen lieben Freund eigentlich nicht mitgebracht?"

Hannes zuckte mit den Schultern. „Er musste nach Gera, ein neues Jugendhilfeprojekt einweihen. Ich muss sagen, als er noch einfacher Angestellter war, gefiel mir das besser, da musste er nie weg. Aber so ist das mit den Leuten, die Karriere machen." Er grinste und klopfte mir auf die Schulter. „Na, wem sag ich das. Und wie regelt ihr beide das in Zukunft?"

Djamal, der sich wieder zu uns gesellt hatte, blies die Wangen auf und verdrehte die Augen. „Ich weiß nicht", sagte er. „Ich würde sagen, Ulla bleibt Chefin und ich mache den Haushalt und passe auf die Kinder auf."

„Welche Kinder?", fragte Ulla kopfschüttelnd. „Die stehen doch längst auf eigenen Füßen. Jedenfalls Tom." Ihre Miene verdunkelte sich ein wenig, als sie von ihrem Sohn sprach. Im Gegensatz zu seiner Schwester Viola hatte sich Tom nach der Scheidung entschieden, bei seinem Vater zu leben. Ulla bekam ihn seither kaum noch zu Gesicht.

„Ist er da?", erkundigte ich mich, aber Ulla schüttelte den Kopf.

„Nein. Ich habe ihn natürlich eingeladen, aber ..."

„Ich meine übrigens nicht deine großen Kinder", sagte Djamal und küsste seine frischgebackene Frau auf die Wange. „Ich meine unsere zukünftigen." Er zwinkerte mir zu. „Ich krieg sie schon noch rum!", flüsterte er fröhlich. „Ich hätte zu gern noch ein siebtes Kind!"

„Träum weiter, Djamal", sagte Ulla und lehnte sich glücklich lächelnd an ihren Bräutigam.

„Übrigens", sagte Hannes, „um das mal aufzuklären: Massimo ist nicht mehr mein Freund."

„Was?" Ulla sah ihn schockiert an, und auch Djamal wirkte betroffen.

Hannes setzte eine leidende Miene auf, aber er hielt es nicht lange durch, dann musste er grinsen. „Nein, er ist nämlich jetzt mein Mann. Wir haben uns letzte Woche verpartnert. Aber nur in kleinstem Kreis. Nicht so pompös wie ihr hier!" Er machte eine weit ausholende Geste, und Ulla setzte zu einer Antwort an, aber Djamal kam ihr zuvor.

„Das liegt an meinen Freunden", erklärte er. „Die konnte ich einfach nicht außen vor lassen! Die hätten mir niemals verziehen! He, Glückwunsch! Toll." Er zog die Stirn kraus. „Ihr seid übrigens das erste verpartnerte Männerpaar, das ich kenne. Also, ich könnte mir das für mich ja nie vorstellen, aber …"

„Lass stecken, Djamal", sagte ich. „Den Spruch bringen alle Heterotypen, das ist unerträglich langweilig für uns Homos. Guck einfach deine hübsche Frau an und denk nicht weiter drüber nach, okay?"

Djamal grinste breit. „Werde ich machen", sagte er und schob einen Arm um Ullas Hüfte. Aber Ulla ließ sich so leicht nicht ablenken.

„Ich freue mich für euch", sagte sie ernst. „Ihr seid aber auch schon lange zusammen, was?"

„Knapp zehn Jahre", bestätigte Hannes. „Fast genauso lange wie Mart und Ebba."

„Die ich noch nie kennengelernt habe", sagte Ulla mit einem bedauernden Unterton. „Leider."

Hannes zuckte mit den Schultern und nahm sich ein neues Glas Sekt vom Tablett, das der junge Kellner uns wieder hinhielt. „Tja, Ebba ist eben ein Phantom. Man könnte fast denken, es gäbe sie gar nicht."

Aus irgendeinem Grund traf mich sein Spruch, und ich machte den Mund auf, um zu protestieren, aber in diesem Moment kam Viola, Ullas Tochter, auf uns zu. „Mama?", fragte sie vorsichtig. „Mama, guck mal, wer hier ist." Sie trat einen Schritt zur Seite, und Ulla erstarrte. Auch Djamal schien einen Moment lang wie versteinert, dann trat ein fast verlegenes Lächeln auf sein dunkles Gesicht.

„Hi, Mam", sagte Tom lahm. „Herzlichen Glückwunsch übrigens. Äh, dir auch, klar." Er nickte Djamal knapp zu, dann drückte er seiner Mutter eine leicht verwelkte Rose in die Hand.

Hannes pfiff kaum hörbar durch die Zähne. „Wer ist denn dieser gutaussehende junge Bursche?", fragte er leise und trat gemeinsam mit mir ein Stück beiseite, um der frisch vereinten Familie ein wenig Privatsphäre zu gönnen, soweit das inmitten dieses Trubels überhaupt möglich war.

„Das ist Ullas Sohn Tom", sagte ich und nahm ihm das Sektglas aus der Hand. Einen großen Schluck hatte ich mir redlich verdient. „Den ich noch nie kennengelernt habe. Ich hab schon fast gedacht, es gäbe ihn gar nicht."

Hannes sah mich an, dann zog er die Brauen hoch. Und dann lächelte er schief. „He", sagte er. „He, das war nicht so gemeint. Ich weiß, dass Ebba kein Phantom ist. Mir kommt sie nur manchmal so vor. Weil sie nie herkommt."

„Ich weiß", sagte ich. „Und stell dir vor, das geht mir manchmal genauso." Ich drehte mich von ihm weg, bevor er antworten konnte. Vor mir hatte sich wie von selbst eine freie Fläche gebildet, und die ersten Paare stürmten hinauf und begannen zu tanzen, während die Musik lauter wurde und lauter.

Ich stand da und sah zu, mit Hannes an meiner Seite, und ich wusste einfach nicht, warum ich so traurig war, so unendlich traurig und einsam, hier, inmitten der feiernden Menge. Es war wie ein Krampf, der mich befiel, ein Krampf aus uneingestandenen Bedürfnissen und Sehnsüchten. Aber Krämpfe vergingen. Und auch dieser hier würde vergehen, da war ich mir sicher.

Jedenfalls fast.

Berlin, Januar 2008

Vorsichtig ließ ich die Tür ins Schloss fallen und legte den Kopf in den Nacken. Die Fensterfront zog sich über den gesamten Anbau, harmonisch schmiegte sich das neuerbaute Gebäude in die alte, gotisch anmutende Hofanlage. Fahles Januarlicht ließ die noch von Bauschutt verschmutzten Fensterscheiben aufleuchten. Bei meinem letzten Besuch waren sie noch nicht eingesetzt gewesen, wie eine neuzeitliche Ruine hatten mich die leeren Höhlen angegähnt.

„Na, beeindruckt?" Harm erwartete mich an der Tür. Er trug einen dreckverschmierten Arbeitsoverall und schwere Handschuhe, die er auszog, während sein Blick zu meinem Auto hinüberfuhr.

„Lass mich erst mal Lena begrüßen", sagte ich und küsste ihn auf die Wange. Harm nickte und hielt mir die Tür auf, an der die Klinke noch fehlte.

Drinnen roch es nach Staub und Farbe, aber als wir den großen Büroraum betraten, sog ich dennoch überrascht die Luft ein.

Wie ein heller Sommerhimmel spannte sich die gebogene Decke über den Raum mit seinem halben Dutzend Arbeitsplätzen. Auf einigen der Tische standen bereits große Flachbildschirme, die Kabel waren noch nicht angeschlossen, aber bereits jetzt war die angenehme, kreative Arbeitsatmosphäre zu spüren, die hier bald Einzug halten würde. Links an der Wand öffnete sich eine Tür zum Küchen- und Aufenthaltsbereich, davor lud eine bequem aussehende Sitzgruppe aus hellem Polster zum Verweilen ein.

Lena saß an einem der hinteren Tische über eine Zeichnung gebeugt. Einen Moment lang betrachtete ich ihre geraden Schultern in dem dunklen Blazer, die feine Linie ihres Nackens darüber, dann warf ich einen fragenden Blick zu Harm. Er nickte mir zu, aber im selben Moment schwang Lena herum. Ihr Gesicht leuchtete auf, als sie mich sah. „Mart!" Suchend sah sie hinter mich. „Wo hast du Rupert gelassen?"

„Jackie hat ihn mit zum Joggen genommen", gab ich zurück und ging zu ihr hinüber. „Meine Güte, das ist ja ein Palast geworden!"

Lena lächelte. „Natürlich. Eine Königin braucht ja auch eine angemessene Behausung. Setz dich doch." Sie deutete zur Sitzgruppe hinüber und rollte langsam neben mir her. „Willst du was trinken?"

„Nein, danke, erst mal nicht." Ich setzte mich aufs Sofa und stöhnte unwillkürlich auf vor Behagen. Harm grinste.

„Die sind unglaublich bequem, was?" Er kam näher und hockte sich neben Lena, eine Hand auf die Armlehne ihres Stuhls gestützt. „Ich bin gestern schon darauf eingeschlafen. Hab mich nur zwei Minuten hingelegt, und schon war ich weg."

„Kann ich verstehen", sagte ich und sah mich um. „Was ist das da drüben denn?" Ich nickte zu einer merkwürdigen Klappvorichtung an der Wand hinüber, auf der eine Art Kaffeekanne zu stehen schien.

„Das haben mir meine früheren Assistenten vorab schon mal zur Einweihung geschenkt. Das ist übrigens das Ergebnis ihres Bügeleisenprojektes."

„Nein!", sagte ich ungläubig. „Das soll ein Bügeleisen sein?"

Lena nickte amüsiert. „Ja. Genauer gesagt, eine Kombination aus Bügelbrett und integriertem Dampfbügeleisen Mit Minibügelfläche und überdimensionalem Wasserspeicher." Sie schmunzelte. „Allerdings lässt die Bügelvorrichtung sich leider nicht mehr zusammenklappen."

„Ich hoffe, du hast keinen dieser Assistenten hier angestellt", sagte ich trocken, und Lena lachte fröhlich auf.

„Nein, keine Sorge. Die sind sowieso beide nach Frankreich gegangen."

„Die armen Franzosen. Die sollten lieber Polohemden tragen und knitterfreie Bettwäsche herstellen." Ich lehnte mich zurück und seufzte, während ich meine Arme hinter dem Kopf verschränkte. „Wahnsinn, wie schön das hier geworden ist. Ich kann kaum glauben, dass euer Geld dafür gereicht hat."

„Hat es aber", sagte Lena. „Genau halbe-halbe haben wir gemacht. Wenn ich Harms Eigenarbeit nicht dazurechne."

„Das holst du dann alles wieder rein", sagte Harm und lächelte sie an. „Und überhaupt, was soll ich meinen Erbteil ewig da rumliegen lassen. So sind alle froh – meine Schwester übernimmt das Hotel, und ich nehme die Kohle. He, Mart, du glaubst ja gar nicht, was so ein Hotel wie das meiner Alten wert ist! Und dabei hab ich mir nur einen Teil auszahlen lassen. Schließlich will ich meine Schwester ja nicht in den Ruin treiben."

„Wann gehen deine Eltern denn in den Ruhestand?"

Harm zuckte mit den Schultern. „Wie ich meinen Vater kenne, wahrscheinlich nie. Aber damit muss sich dann meine Schwester rumschlagen. Ich bin raus aus der Nummer."

„Und wenn der Laden brummt, dann kannst du dich vorzeitig zur Ruhe setzen", sagte Lena und wischte sich ein wenig Staub von ihrer Hose. Harm zog seine schmutzige Hand weg.

„Aber nein, ich bleibe Pilot. Ist doch mein Traumjob!" Dann stand er auf. „Entschuldigt mich kurz. Ich will nur endlich die Klinke anbringen."

„Warte, ich komme mit, ich muss noch was aus dem Auto holen." Ich sprang auf und folgte ihm zur Tür.

Harm spähte schon durch die Seitenscheibe, als ich beim Auto ankam.

„War sie lieb?“, fragte ich beunruhigt, und er nickte.

„Total. Liegt ganz artig da und kaut ihren Keks. Darf ich sie tragen?“ Ungeduldig wischte er sich die Hände an seinem Overall ab, und ich musste über seine Vorfreude lächeln.

„Wenn sie sich tragen lässt …“ Vorsichtig öffnete ich die Tür. Harm bückte sich und streckte die Hände aus, und einen Moment später sah ich seinen verdutzten Gesichtsausdruck, als eine lange Hundezunge ihm quer übers Gesicht leckte. Gleich darauf flitzte der kleine, gefleckte Hundekörper auch schon an ihm vorbei und durch die geöffnete Tür ins Büro hinein. Harm und ich grinsten uns an, als wir Lenas verblüfften Aufschrei von drinnen vernahmen. Dann eilten wir kichernd zurück.

„Was … was ist das denn?“, fragte Lena verwundert, ohne die Augen von dem kleinen Beagle zu lassen, der interessiert ihre Schuhe beschnupperte.

„Ein Beagle“, sagte ich.

„Das sehe ich.“ Lena runzelte die Stirn und sah zu, wie Harm sich auf den Boden kauerte und dem kleinen Hund über die Ohren strich. „Aber was macht der hier? Ich dachte, du nimmst keine Hunde mehr in Pflege?“

„Mache ich auch nicht“, sagte ich und hockte mich neben sie. „Das ist auch kein Pflegehund. Das ist dein Hund. Minnie, vier Monate alt. Schöne Grüße von Wieland. Der hat ihre Mutter genommen.“

„Ihre Mutter?“

„Tierversuchslabor“, erklärte ich knapp. Lena starrte Minnie an, die sich jetzt an Harms Hände drängte und sich wohlig wedelnd von ihm kraulen ließ.

„Aber … ich kann mich doch nicht um einen Hund kümmern! Ich meine, ich kann noch nicht mal laufen!“, wand sie mit brüchiger Stimme ein.

„Und ob du das kannst“, sagte ich. „Du hast einen Riesenhof vor der Nase, einen Park gleich um die Ecke, und außerdem bin ich noch da. Und Jackie gibt's auch noch. Und Harm sowieso."

Harm nickte, ohne die Augen von dem kleinen Beagle zu lassen. „Ja", sagte er. „Genau. Wenn du mich ganz lieb darum bittest, kümmere ich mich gern auch mal ein bisschen um ihn."

„Ihr spinnt!", sagte Lena, und ein zittriges Lächeln trat auf ihr Gesicht. „Minnie?", rief sie vorsichtig.

Minnie sah augenblicklich zu ihr auf. Lena klopfte probehalber auf ihre Knie, und Minnie begann freudig zu wedeln, sprang prompt an Lenas Beinen hoch und versuchte vergeblich, ihren Schoß zu erklimmen. Harm griff ihr unter den Bauch, hob sie kurzerhand hoch und setzte den kleinen Hund mit Schwung auf Lenas Beine, wo sich Minnie augenblicklich hinwarf und auf den Rücken drehte, um Lena ihren kleinen rosa Hundebauch zu präsentieren.

„Ich dachte, ich schenke dir einfach mal etwas, worüber du dich wirklich freust", sagte ich.

Lena blickte auf, mit leuchtenden Augen. Das fahle Januarlicht hinter ihr schien hell in den großen Raum hinein. „Ja", sagte sie schließlich, „das hast du hiermit tatsächlich." Sie lächelte vorsichtig. „Aber eins sage ich euch: Ihr spinnt. Alle beide. Stimmt's, Minnie?"

Berlin, August 2008

„Rupert, du Nasenbär!", rief ich ungeduldig. „Nun komm doch endlich!"

Rupert blickte nicht einmal auf. Geruhsam schnupperte er an einem abgebrochenen Lindenzweig, marschierte einmal ganz darum herum und hob schließlich eins seiner kurzen Beine, um ein paar Tröpfchen hervorzupressen. Dann trabte er geruhsam an mir vorbei. Mürrisch sah ich seinem dicken Hinterteil nach, das sich in gemächlichem Tempo entfernte. Ich konnte sehen, wohin mein Hund steuerte: Ein Stück weit entfernt lag der klägliche Rest einer Wurstpelle, von schwächer werdendem Tageslicht beschienen. Ich holte Luft, aber Rupert roch nur kurz daran und trottete weiter in Richtung des Mülleimers, der neben einer verwitterten Bank an einer windschiefen Metallstange befestigt war. Langsam ging ich hinter ihm her. „Rupert, komm, wir drehen um."

Rupert sah nur kurz zu mir herüber, dann trabte er zum Straßenrand und blieb dort stehen. Ich zögerte, unschlüssig, ob ich mich durchsetzen oder ihm nachgeben sollte. Auf der anderen Straßenseite lag der Eingang zum brachliegenden Gleisdreieckgelände in der langsam hereinbrechenden Dämmerung. Nicht unbedingt die beste Zeit für einen Aufenthalt dort.

„Ach komm", sagte ich, mehr zu mir selbst als zu Rupert, dann trat ich neben meinen Hund an den Straßenrand und schlenderte mit ihm gemeinsam hinüber.

Das Gelände war menschenleer; ich hatte es nicht anders erwartet. Seit Beginn der Sommerferien hatte sich die Stadt zusehends geleert, und mit den deutschstämmigen Familien waren auch die arabischen und türkischen Jugendgangs verschwunden, in die Heimatländer ihrer Eltern verfrachtet. Die Stadt wurde ruhiger und ruhiger, eine Atempause im ständigen Trubel. Mir aber nützte sie wenig; eine hartnäckige Sommererkältung hielt mich seit Tagen gepackt, und allmählich wanderte meine Laune ihrem Tiefpunkt entgegen. In der Spedition herrschte Hochbetrieb, zwei der festangestellten Fahrer waren in Urlaub, und eine der beiden Aushilfen hatte sich krankgemeldet. Djamal und Ulla hatten eine Ferienwoche auf Rügen eingelegt, und so verbrachte ich seit drei Wochen nahezu jeden Tag zwölf bis dreizehn Stunden bei brütender Hitze in der Spedition, gemeinsam mit Rupert, denn auch Jackie war fort, auf Gotland, wo sie in Agnes' Pension aushalf.

Ich war es leid, alles war ich leid in diesen Tagen, vor allem mich selbst, meine dauernde Müdigkeit, den Schnupfen, die Schwäche, die leidige Hitze der Stadt. Nur abends fand ich ein wenig Frieden, abends, wenn die brütende Hitze lauen Lüften wich, so wie jetzt, hier, in diesem wilden Gelände.

Rupert lief munter über die einstmals gepflasterten Pfade zu einer Wiese hinüber, und ich setzte mich erschöpft auf eine zerbrochene Palette am Rande eines üppigen Ginsterbusches in die letzten Sonnenstrahlen und stützte das Kinn in die Hände.

Ein Luftzug strich über die Sträucher am Rande der Wiese, die Fenster der mehrgeschossigen Häuser dahinter blinkten im rötlichen Licht der Abendsonne. Nicht mehr lange, und das Gelände würde bebaut werden, mit Häusern, einem wohlgesitteten Park, artigen Kinderspielplätzen. Bald wäre die Stadt gänzlich erschlossen, nichts Wildes mehr übrig. Ich schloss meine Augen, spürte die Müdigkeit hinter den Lidern.

Als ich sie wieder öffnete, war drüben im Eingang eine Frau aufgetaucht. Langsam schlenderte sie die leichte Anhöhe hinauf, dann sah ich den Schatten, der hinter ihr herkam, ein dunkler, kniehoher Schatten, mit stelzendem Gang.

Ich war versucht, Rupert zu rufen, damit er nicht hinlief, die beiden erschreckte. Doch Rupert war immer noch ganz in die Freuden der Wiese vertieft, fast verborgen hinter hüfthohen Gräsern.

Die Frau blickte nicht zu mir herüber, sah nur zu ihrem Hund und dann in die Abendluft auf, gedankenverloren, in sich gekehrt. Langsam kam sie näher, gefolgt von ihrem uralten Hund, der sich nur schwer auf den Beinen hielt, wackelig tappte. Fünfzig, sechzig Meter entfernt von mir blieb sie stehen und wandte das Gesicht zum Himmel empor. Still blieb sie stehen.

Und auch ich saß still da. Ich dachte an gar nichts, ich sah sie nur an, sah ihr zu, wie sie sich bückte, ihren Hund koste, eine Weile im Arm hielt, dann wieder aufstand. Ich sah ihr Gesicht im schwindenden Licht dieses langen, hitzebeladenen Tages, ein weiches und schönes Gesicht, mit leicht asiatischen Zügen, einem vollen, melancholisch wirkenden Mund. Die Geste, mit der sie ihr Haar hinters Ohr strich, stimmte mich traurig, aber nur für einen Moment. Dann war er vorbei, und sie ging, ging wieder davon, langsam zum Eingang zurück, und das Letzte, was ich von ihr sah, war ihr Schatten, ein dunkler, kniehoher Schatten mit stelzendem Gang.

Ich blickte zu Rupert. Mit erhobenem Kopf sah er zum Eingang hinüber, reglos, das schwindende Tageslicht in seinen Augen, wie ein Feuer, das langsam verlosch.

Die Nacht brach bald herein, aber Rupert war wach. Und ich war es auch.

Jetzt

„*Glad påsk!*" Die Kassiererin lächelt mir freundlich zu und reicht mir den Kassenbon, während ich das Wechselgeld aus der blechernen Schale klaube. Wie die anderen Kassiererinnen trägt auch sie ein Kopftuch und aufgemalte Sommersprossen. Erst ihr Anblick hat mich daran erinnert, dass heute Gründonnerstag ist und Ostern direkt vor der Tür steht. Nicht, dass es eine besondere Bedeutung für mich hätte, Ostern habe ich nie groß gefeiert. Auch nicht mit dir; du hast allerdings gern bunte Plastikeier an die Sträucher vor dem Haus gehängt und mir immer ein kleines Nest mit Schokoladeneiern bereitet.

Für einen Moment habe ich den Geschmack von Schokolade im Mund, das Gefühl knisternder Zellophanverpackung in meinen Fingern.

Vor der Tür muss ich warten, bis eine rotwangige Mutter mit ihren Töchtern an mir vorbeigeht. Beide Mädchen sind ebenfalls als Hexen verkleidet, die roten Schminkflecken auf ihren Wangen glänzen, genau wie ihre Augen.

Du warst auch einmal so ein kleines Mädchen, blond, dünn, aufgeregt, mit Kopftuch, Sommersprossen und rotbemalten Wangen. Ich wünschte, ich hätte ein Foto davon.

Ich wünschte, ich wünschte.

Heute ist kein guter Tag, um mir etwas zu wünschen. Heute ist kein guter Tag.

Heute ist ein schwerer Tag.

Schon am frühen Morgen, beim Aufwachen, habe ich deinen Verlust wie eine kaum zu tragende Last gespürt. Den ganzen Vormittag über ging es mir elend. Müde schleppte ich mich durch die Stunden, rastlos, zugleich ohne Ziel.

Evert, der gegen Mittag herüberkam, um nach mir zu sehen, hat mich schließlich aus diesem dunklen Nebel aus Trauer gerettet. Sein Vorschlag, nach Visby zu fahren und Hundefutter und Nahrungsmittel zu kaufen, kam mir denkbar gelegen. Evert nahm Rupert und Lore mit zu sich, und ich fuhr kurz darauf los, etwas leichter ums Herz.

Aber jetzt, wo ich hier stehe, die vollgepackten Tüten in meinen Händen, jetzt spüre ich, wie es mich wieder einholt.

Manche Tage sind schwer zu ertragen. Und dies ist einer davon.

Ich verfrachte die Tüten ins Auto und rolle die Skarphällsgatan zum Broväg hoch. Einen Moment zögere ich, welchen Weg ich nehmen soll, dann biege ich rechts ab, um die Innenstadt zu vermeiden. Heute möchte ich die gepflasterten Straßen nicht sehen, die wir zusammen entlanggingen, die Restaurants nicht, in denen wir aßen, die Geschäfte am Marktplatz, in denen wir einkauften, und auch nicht die Domkirche, diese erst recht nicht.

Ich habe noch Zeit. Erst gegen vier kommt der Makler, und so nehme ich einen weiteren Umweg und setze am Hangarvägen den Blinker. Als nach einer langgezogenen Kurve der Flugplatz zu meiner Rechten auftaucht, weiß ich, dass ich an diesem Tag nicht den richtigen Weg finden werde. Es holt mich überall ein.

Du holst mich überall ein.

Langsam fahre ich weiter. Weit hinten kann ich das Terminal erkennen, hell leuchtet das niedrige, weiße Gebäude in der Aprilsonne. An keinem Flughafen sonst, an dem ich bislang gelandet oder gestartet bin, habe ich solch eine Gelassenheit verspürt wie dort, ob beim Personal oder den Fluggästen selbst. Die Schalter öffnen erst eine knappe halbe Stunde vor Abflug, alles geht seinen gemächlichen Gang, auf verspätete Passagiere wird stets lächelnd gewartet.

So oft bin ich hier gelandet, und jedes Mal hast du mich abgeholt. Nur ein einziges Mal nicht. Das ist drei Monate her. Und ich will nicht daran denken. Nicht heute.

Kurz entschlossen wende ich, fahre zurück zum Brovägen, auf den Visbyleden und dann weiter nach Süden.

Die Ausläufer der Stadt, dichte Kiefernwälder, Sommerhäuser, auch ein paar Autos ziehen an mir vorbei, dann erreiche ich schließlich den Küstenstreifen und gehe mit dem Tempo herunter.

Ich wünschte, die Schwere würde mit dem Fahrtwind verfliegen. Aber das geschieht nicht. Mein Blick geht nach außen, in die Gegend hier, die du so geliebt hast.

Tofta, das weitläufige Sommerbad; Häuser wie hingewürfelt. Ein Meilenstein zwischen Lekarve und Runne, die verwitterte Inschrift schon längst nicht mehr lesbar.

Hinter Klinte knöpft sich vor einer windschiefen Bretterbude ein alter Mann auf wackligen Beinen seinen Hosenlatz zu. Die Kirche von Levide trägt rote Schindeln. Ein weißes Schild wirbt für *Skinn* und *Ullspinneri*, Leder und Wolle.

In Eksta steht ein grauweißgeschecktes Pferd auf einer Wiese und sieht zu mir herüber; ein verfallener Bretterzaun begrenzt seine Weide.

Ich biege ab in Richtung Fröjel, sehe auf den Tacho, dann auf die Uhr. Ich werde rechtzeitig da sein.

Ein eisgrauer Volvo steht vor der Tür. Einen Moment zieht es mir das Herz zusammen, dann entdecke ich den blonden Mann, der unten im Hof vor der Veranda steht und das Haus inspiziert, eine Mappe unter dem Arm. Als ich neben seinem Wagen einparke, dreht er sich um und kommt lächelnd und mit ausgestreckter Hand auf mich zu.

„Hej. Gunnar. Ich bin etwas zu früh."

Natürlich spricht er deutsch, wie seine Kollegin auch, mit der ich kürzlich telefoniert habe. Er ist jung, viel jünger, als ich erwartet hätte; wie kann ein so junger Mensch Häuser verkaufen?

Sein Auftreten ist dezent. Er fragt ein paar Dinge zum baulichen Zustand des Bungalows, dann folgt er mir schweigend durchs Haus, betrachtet mit freundlicher Miene die Küche, den Wohnraum, die anderen Zimmer.

„Das Klavier wird heute abgeholt", sage ich, als er im Türrahmen stehen bleibt. Er nickt, folgt mir zurück in den Küchenbereich.

„Wenn Sie einverstanden sind, machen wir einen Vertrag, und wir sehen zu, dass wir das Haus binnen zwei Monaten verkauft haben."

Ich nicke, meine Kehle ist wie zugeschnürt; er ist ein fremder Mann, ein fremder, junger, freundlicher Mann, aber seine Worte fallen wie Bleiklumpen auf mich nieder. Ich höre kaum, was er noch hinzufügt. Zwei Monate. Ich drehe mich um, betrachte die Sonnenflecken auf den Dielen, das Sofa, den kleinen Tisch dahinter, den Ausblick. Zwei Monate, dann ist all dies hier Vergangenheit, dann bin ich die Bürde los, und zwar für immer. Ob es dann leichter wird?

Als Gunnar sich verabschiedet, bringe ich ihn nicht bis zum Auto. In der Tür bleibe ich stehen, sehe zu, wie er durch den Vorgarten geht, ein fremder, junger, freundlicher Mann. Vielleicht wird in zwei Monaten ein anderer fremder, junger, freundlicher Mann über den Weg kommen, zu seiner jungen Frau, die hier im Haus auf ihn wartet; ein Ferienhaus auf Gotland ist begehrt, hier lässt es sich leben, vielleicht ziehen sie ganz her, Platz für einen Anbau ist auch; hoffentlich mag Evert die Leute.

Hinter mir auf der Arbeitsplatte klingelt mein Handy.

„Hallo, Mart“, sagt Harm, knapp tausend Kilometer Luftlinie entfernt. „Wie sieht's aus?“

„Also, draußen sieht es schön aus“, sage ich und sehe zu, wie Gunnar in seinen Wagen steigt und die Tür schließt. „Sehr schön sogar.“

Harm lacht, ich kann hören, wie er grinst, kann sein kantiges Kinn vor mir sehen und seine blitzenden Augen. „Das freut mich“, sagt er. „Und sonst?“

Der Volvo wendet und fährt die Auffahrt hinauf. An der Landstraße hält er kurz an, ich sehe, wie Gunnar sich noch einmal zum Haus umdreht. Was sieht er? Eine Frau mittleren Alters in einem fünf Jahre alten Bungalow? Ein gutes Geschäft? Einen Schritt auf seiner Karriereleiter?

„Mart?“ Harms Stimme klingt nicht mehr fröhlich, eher besorgt. „He, wie geht es dir wirklich?“

Gunnar fährt los und ist gleich darauf hinter den Bäumen verschwunden. Ich kann hören, wie er beschleunigt. Viel zu schnell, wie fremde, junge, freundliche Männer es eben gern tun.

„Mart?“

„Ich kann hier nicht bleiben“, sage ich und spüre den dicken Kloß in meinem Hals.

So gerne bin ich hier gewesen, dieser Ort hat mir unendlich viel bedeutet. Ich weiß eigentlich keinen Platz, an dem ich mich wohler gefühlt hätte. Und doch kann ich hier nicht bleiben. Nicht ohne dich.

„Ach, Mart“, sagt Harm mitfühlend. „Gib dir noch ein paar Tage. Das findet sich schon. Aller Abschied ist schwer. Mann, was für ein Spruch, aber er stimmt doch, oder? He, und dein Leben ist doch sowieso hier, in Berlin.“

Ich halte den Hörer lose in der Hand, auch, als wir schließlich aufgelegt haben. Lange sehe ich in die grüne Frühlingswelt dort draußen hinaus.

Harm hat recht, mein Leben ist in Berlin.

Aber soll es dort bleiben?

Gotland, März 2009

Jackie winkte uns zu, ein breites, strahlendes Grinsen in ihrem blassen Gesicht. Agnes neben ihr winkte ebenfalls freudig, mit der anderen Hand hielt sie ihren unfassbar runden Bauch umfangen, wie um ihn zu stützen.

„Sie bekommt Zwillinge", sagte Ebba neben mir, als hätte sie meine Gedanken gelesen.

Ich lachte. „Das sieht man. Sie sieht aus, als würde sie jeden Moment platzen. Sie ist bestimmt heilfroh, dass Jackie die nächsten drei Monate aushilft, was?"

Ebba nickte und setzte langsam aus der Einfahrt zurück. „Ich denke, ihr seid gerade noch rechtzeitig gekommen", sagte sie. „Wetten, Agnes kommt noch vorm Wochenende nieder?"

„Ach, ich liebe deine herrlich altmodische Ausdrucksweise", sagte ich und zögerte einen Moment, bevor ich Ebba die Hand in den Nacken legte. Es war eine Weile her, dass ich sie so berührt hatte. Vielleicht, wahrscheinlich war das nun einmal der Lauf der Dinge; Körperlichkeiten wurden mit den Jahren weniger wichtig, weniger häufig. Hauptsache, die Liebe blieb und vertiefte sich weiter.

Ebba sah in den Seitenspiegel und fuhr mit Schwung auf die Straße hinauf. Als sie Gas gab, warf ich einen letzten Blick zur Pension hinüber. „Sie haben frisch gestrichen!", stellte ich fest. Es war mir gerade nicht aufgefallen, aber jetzt, von der Straße aus gesehen, war das frische Weiß der Fassade nicht zu übersehen. Und auch das Schild über dem Eingang war neu. „Sie haben die *Villa Norderstrand* umbenannt", sagte ich verblüfft. „Guck mal, Ebba. Sie heißt jetzt *Blue Velvet*!"

Ebba sah kaum hin. „Ich weiß", sagte sie ruhig und schaltete hoch. „Ich finde, das ist auch in Ordnung. Schließlich gehört die Pension nicht mehr mir, sondern ihnen." Ich wusste, dass sie es nicht bereute, das Haus verkauft zu haben. Mulde war wunderschön, auch ich fühlte mich dort wohl. Aber es war dennoch seltsam, die Pension derart verändert zu sehen.

„Ich kann mich gar nicht mehr erinnern, wie meine Kammer dort oben genau aussah", sagte ich unglücklich. Ebba warf mir einen forschenden Blick zu und verlangsamte, weil ein joggendes Pärchen die Straße querte. Ihrer beider Atem schien in der frischen Märzluft fast zu kondensieren.

„Ist das wichtig, Marthe?", fragte sie. „Hauptsache, du erinnerst dich an deine Gefühle von damals. Oder nicht?"

Ich lehnte mich zurück und dachte nach, während Ebba wieder Gas gab. Eigentlich wusste ich nicht, ob sie recht hatte, aber ich beschloss, später darüber nachzudenken. Wenn überhaupt. Fürs Erste war ich einfach froh, hier zu sein.

Die Fahrt von Berlin war diesmal ausnehmend anstrengend gewesen; Rupert hatte Durchfall gehabt, alle halbe Stunde hatten wir anhalten müssen, und auch auf der Fähre war es kein Vergnügen mit ihm gewesen. Jetzt lag er zusammengerollt drüben in seinem Körbchen in Mulde und schlief sich hoffentlich aus. Vermutlich hatte er wieder mal etwas Übles von der Straße gefressen, der alte Trottel.

Wir fuhren die kleine Anhöhe in Richtung *Bergbetningens Naturreservat* hinauf. Hinter der alten *Chokladvilla* waren links und rechts der Straße mehrere Reihenhaussiedlungen entstanden, und auch Gustavsviks Feriendorf war gänzlich verändert. Die alten, charmanten Holzhäuschen waren abgerissen und durch neue zweistöckige Bauten ersetzt worden. Ebba schüttelte den Kopf.

„Bauen, bauen, bauen. Wart's ab, in zehn Jahren ist die gesamte Küste bis hoch nach Ireviken zugebaut. Alle wollen Meerblick."

„Ich dachte, du magst Veränderungen?", zog ich sie auf.

Ebba zog die Brauen zusammen. „Ja", sagte sie. „Aber ... aber nicht solche. Nicht solche grundlegenden. Nicht, wenn alles andere dem Neuen weichen muss. Ich meine, eine Pension streichen und umbenennen ist eine Sache, aber alte, schöne Holzhäuser durch neue sterile Bauten zu ersetzen ist eine ganz andere. Hast du eigentlich das neue Luxushotel schon gesehen?"

„Ist es schon fertig?" Seit Jahren war es in Planung, ein neues Vier-Sterne-Hotel auf Gotland. Bedarf bestand sicherlich, höherklassige Hotels waren rar gesät. Aber wie ich von Ebba und auch Evert wusste, lag die halbe Inselbevölkerung über Kreuz mit dem ambitionierten Vorhaben. Warum, wurde mir kurz darauf klar, als hinter der nächsten Kurve das neue, futuristisch anmutende Gebäude direkt oberhalb der Straße in Sicht kam.

Neben dem eigentlichen langgestreckten Hotelbau zogen sich vier Reihen identischer Bungalows über den Hang. Die meisten von ihnen waren noch in Bau, und auch das Hotel selbst schien nicht ganz fertiggestellt. Stapel von Eternitplatten türmten sich neben dem zukünftigen Pool, zwei Bagger hatten ihre Schaufeln neben der Brüstung abgelegt.

„Guck dir das an!" Ebbas Blick war angewidert. Sie zog die Handbremse so heftig an, dass sie knirschte. Gemeinsam betrachteten wir den monumentalen Hotelbau.

„Und da kommen dann die reichen Stockholmer und nisten sich hier den Sommer über ein!" Ebba schüttelte grimmig den Kopf. „Und abends saufen sie sich da drüben die Birne zu." Sie deutete zum Strand hinüber. Die alte Bretterbude, in der im Sommer Eis und Pommes verkauft worden waren, war verschwunden und einer schicken Strandbar gewichen, eingezäunt mit gläsernen Palisaden.

„Eine Verschandelung!“, schimpfte Ebba mit gekrauster Stirn.

„Was hast du gegen reiche Stockholmer? Die bringen zumindest Geld.“

„Und treiben die Preise in die Höhe“, sagte Ebba. „Das sind Leute, die nicht wegen der Natur hierherkommen, sondern um Partys zu feiern. Da ist mir das Mittelalterfest sogar noch lieber. Da kommen wenigstens keine Schnösel. Gut, dass ich noch rechtzeitig weggezogen bin.“ Sie warf einen letzten Blick auf das Hotel, dann hob sie den Kopf. „Da oben, siehst du den Galgenberg?“

Ich reckte mich, um an ihrer Schulter vorbeizusehen. Hinter dem Dach des Hotels sah ich die Klippen des Galgenbergs aufragen. Einer der drei Steinpfeiler, an dem früher die zum Tode Verurteilten gehängt wurden, war schwach im diesigen Märzlicht zu sehen.

Ebba neben mir schüttelte wieder den Kopf. „Der Gal…“ Sie verstummte. Eine ganze Weile schien sie nach den passenden Worten zu suchen. Ihr Gesichtsausdruck veränderte sich, ratlos blickte sie vor sich aufs Steuer, runzelte die Stirn. Dann holte sie tief Luft und sah mich verwirrt an. In ihren Augen sah ich eine merkwürdige Art von Verzweiflung, die ich nie zuvor bei ihr entdeckt hatte.

„Ebba?“, fragte ich beunruhigt. „Ebba, alles in Ordnung?“

Ebba schüttelte sich, dann veränderte sich ihr Blick wieder. „Was?“

„Ob alles okay ist“, sagte ich. „Du hast … du hast gerade so komisch ausgesehen.“

Ebba fuhr sich durchs Haar und sah sich um, dann nickte sie langsam. „Ach ja“, sagte sie wie zu sich selbst und betrachtete den Hotelbau vor uns. „Das Hotel.“

„Du wolltest gerade was über den Galgenberg sagen.“

Ebba nickte wieder. „Der Galgenberg, ja.“ Sie hob den Blick und sah zu den Klippen empor. „Der Galgenberg.

Den haben sie wenigstens noch nicht bebaut. Aber wetten, das kommt noch?“

Mein Handy fing an zu klingeln. Ein Blick aufs Display verriet mir, dass Jackie mich anrief. Ebba lächelte, als ich den Anruf annahm, und sie lächelte noch breiter, als ich die Augen aufriss.

„Agnes, richtig?“, sagte sie und ließ den Motor an, um zu wenden.

Später habe ich oft an diesen Moment gedacht, den Moment, in dem sie die Sprache zu verlieren schien. Damals glaubte ich, dieser Moment sei ihrer Aufregung geschuldet gewesen, ihrer Ereiferung über den neuen Hotelbau, ihrem Ärger über die umgreifenden Veränderungen auf der Insel.

Heute weiß ich es besser.

Pirna, April 2009

Seit meinem letzten Besuch war die Einfahrt zum Parkhaus auf die hintere Seite verlegt worden, aber das stellte ich erst fest, als ich schon vor der geschlossenen Schranke stand. Fluchend wendete ich und brauchte mehrere Anläufe, und als ich schließlich kurzerhand entgegen der Fahrtrichtung zurücksetzte, ließ einer der Taxifahrer, die im Schatten der großen Linden auf Fahrgäste warteten, höhnisch lächelnd sein Fenster herunter.

„Fahren Sie immer so?“, fragte er in breitem Sächsisch.

Ich trat auf die Bremse und beugte mich aus dem Fenster. „Wenn Sie ein netter Mensch wären“, sagte ich wütend, „dann hätten Sie mir längst erklärt, wo ich die neue Einfahrt finde. Aber zu dieser Sorte Mensch gehören Sie ja offensichtlich nicht. Also stehen Sie ruhig weiter da rum und lachen hässlich.“ Ich gab Vollgas und brauste davon, allerdings nur bis zur Einmündung auf die Straße.

Es hatte gut getan, mich derart abzureagieren, das spürte ich, als ich die Eingangshalle betrat. Die Anspannung, die mich die ganze Fahrt über hierher begleitet hatte, hatte sich ein wenig gelegt. Ich ahnte, was mich erwartete; die ersten Anzeichen hatten sich bei meinem letzten Besuch bereits gezeigt. Dennoch traf mich der Anblick wie ein Schock, als ich die Tür öffnete.

Ich hatte geklopft, aber sie hatte mich offenbar nicht gehört. Sie saß mit dem Rücken zum Fenster, in einem tiefen Lehnstuhl, und lauschte den leisen Klaviertönen, die sich sanft durchs Zimmer schwangen.

„Frau Huber?"

Verwirrt sah sie auf. Ihr einstmals so schönes Gesicht war von einer Unzahl Runzeln überzogen, aber das war es nicht, was mich so traf. Es waren ihre Augen.

„Ich bin es, Marthe", sagte ich und trat näher. „Marthe Maan aus Berlin. Ihre ehemalige Fahrerin, erinnern Sie sich?"

Frau Huber schien einen Moment lang nachzudenken, dann nickte sie schließlich, und ein Lächeln trat auf ihre Lippen. Sie war immer akkurat geschminkt gewesen, nie hatte ich sie anders gesehen. Aber jetzt war ihr Lippenstift nachlässig über einen Mundwinkel gezogen.

„Marthe! Setzen Sie sich doch." Frau Huber wies unbestimmt nach vorne, und ich ging zu ihr hinüber und setzte mich auf den einzigen anderen Stuhl, der sich noch im Raum befand. Frau Huber reichte mir die Hand, sie war kühl und trocken und unglaublich leicht, so leicht wie keine andere Hand, die ich jemals gehalten hatte, nicht die eines Kindes, nicht die eines älteren Menschen. „Schön, Sie zu sehen. Obwohl ich ja nicht mehr allzu gut sehen kann, wenn ich ehrlich bin." Sie schmunzelte, und ihre einstmals so klaren Augen öffneten sich weit. Ich sah das milchige Grau ihrer Linsen und wusste nicht, was ich sagen sollte.

„Sagen Sie nichts, Marthe, ich weiß, dass Ihnen dazu nun herzlich wenig einfällt. Das ist verständlich." Frau Huber neigte den Kopf, dann runzelte sie die Stirn. „Wann haben wir den Termin?"

Ich schluckte. „Wir haben keinen Termin. Ich bin hier, weil ich Sie besuchen möchte."

Frau Huber nickte. Wieder legte sie den Kopf schief, als lauschte sie, aber diesmal war ich mir sicher, dass sie nicht den leisen Klaviertönen nachhing, die immer noch durchs Zimmer schwebten. Ich war mir fast sicher, dass es sich um Bach handelte, das Brandenburgische Konzert Nr. 6 vielleicht. Ebba hörte es manchmal. „Wann waren Sie zuletzt hier, Marie?", fragte Frau Huber und strich die braunkarierte leichte Wolldecke über ihren Knien glatt.

„Marthe", korrigierte ich sie sanft. „Letztes Jahr im Juni. Ich wollte schon früher kommen, aber Pirna ist weit weg."

„Was möchten Sie denn in Pirna?", erkundigte sich Frau Huber.

„Sie besuchen, Frau Huber."

„Ach?" Frau Huber runzelte die Stirn. Dann schüttelte sie den Kopf. „Ihre Freundin hat immer so schöne Musik gemacht", sagte sie. „Schade, dass sie damit aufgehört hat."

„Habe ich Ihnen das erzählt?", fragte ich verblüfft. Frau Huber lächelte, genau das geheimnisvolle Lächeln, das sie mir früher so oft geschenkt hatte.

„Aber nein, meine liebe Marthe", sagte sie überaus würdevoll. „Sie sollten sich längst daran gewöhnt haben, dass ich Dinge weiß, die Sie selbst nicht wissen können."

Unwillkürlich musste ich lächeln. Da war sie wieder, die mir so wohlbekannte, aristokratisch wirkende Frau Huber, die Jahr um Jahr ihre Geschäftspartner eingeschüchtert und in die Schranken gewiesen hatte. Ich vermisste sie. Ich vermisste die Frau Huber von früher. Plötzlich schien es mir, als wäre damals, als sie noch in Ordnung gewesen war, alles andere ebenfalls in Ordnung gewesen.

Obwohl ich nicht hätte sagen können, was jetzt nicht in Ordnung war – abgesehen von der Tatsache vielleicht, dass Lena nicht mehr gehen konnte. Und dass Ebba sich mehr und mehr in sich zurückzuziehen schien.

Von draußen aus dem Flur waren Stimmen zu hören, dann ein keckerndes Lachen, das sich wieder entfernte. In der plötzlichen Stille merkte ich, dass die Musik verklungen war.

Frau Huber verschränkte ihre durchscheinend wirkenden Hände im Schoß und seufzte leicht auf. Ihre getrübten Augen schlossen sich halb. Eine Weile schwiegen wir, während wir der Stille nachlauschten. Ich versuchte nachzurechnen, wie alt Frau Huber jetzt war, aber es gelang mir nicht. Ich war mir nicht sicher, ob ich ihr Alter überhaupt jemals gewusst hatte. Sie war mir nie alt vorgekommen. Erstaunlicherweise wirkte sie auch jetzt nicht alt, obwohl sie es eindeutig war.

Frau Huber öffnete die Augen. „Marthe", sagte sie mit fester Stimme. „Passen Sie gut auf. Mein Sohn wird mit Sicherheit mein Testament anfechten. Lassen Sie sich nicht beirren. Tun Sie etwas Gutes mit dem Geld. Vergessen Sie das nicht!"

„Nein, natürlich nicht." Unbehaglich zog ich die Schultern hoch. „Aber es ist doch nun wirklich noch nicht an der Zeit, sich Gedanken darüber zu machen."

Frau Huber richtete ihren milchigen Blick auf mein Gesicht. „O doch", sagte sie hartnäckig. „Das werden Sie schon sehen, teure Marthe." Sie nickte mehrfach, dann lächelte sie sanft. „Ich bin zu früh aus Berlin weggezogen", sagte sie unvermittelt mit einem bedauernden Unterton. „Ich hätte bleiben sollen, noch ein bisschen. Man darf nicht zu spät gehen. Aber auch nicht zu früh." Sie lächelte wieder, dann hob sie eine Hand und streckte sie nach mir aus. „Auf Wiedersehen, Marthe. Oder nein – leben Sie wohl. Sie waren mir ein steter Quell der Freude."

„Aber ich …"

„Ich bin müde und möchte ruhen", sagte Frau Huber ruhig. „Und dabei wollen Sie mir gewiss nicht Gesellschaft leisten."

Ich stand auf und reichte ihr die Hand, dann ging ich langsam zur Tür, immer noch überrumpelt davon, dass sie mich so plötzlich fortschickte.

„Marthe?"

Ich wandte mich um. Frau Huber saß da und blickte zu mir herüber. Sie sah klein aus, klein und verloren, wie sie da in ihrem Lehnstuhl saß, aber ich wusste nicht, wie ich das hätte ändern können. Ich wusste nur, dass mir das Herz schmerzte.

„Grüßen Sie Ihre Freundin von mir", sagte Frau Huber und nickte. „Grüßen Sie sie. Und ziehen Sie die Tür bitte fest an, damit sie nicht wieder aufgeht."

Gotland, Mai 2009

Leise Töne schwebten durchs Zimmer, als ich die Tür öffnete. Ebba saß über das Klavier gebeugt und lauschte intensiv ihrem eigenen Spiel. Eine dunkle, getragene Melodie quoll unter ihren Fingern hervor. Für einen Moment sah ich Ebbas Gesicht, zu einer schmerzlichen Grimasse verzogen. Dann bemerkte sie mich und hörte abrupt auf zu spielen.

„Da bist du ja schon wieder", sagte sie und verschränkte die Arme hinter dem Nacken, dass ihre Gelenke knackten.

„Warum schon wieder? Ich war über eine Stunde weg." Ich stellte die Tüten auf die Arbeitsplatte und begann auszupacken. „Wo sind die Hunde?"

„Evert hat sie mitgenommen." Ebba ließ den Kopf kreisen, aber ich sah, dass sie mich aus dem Augenwinkel musterte. „Hast du alles bekommen?"

„Jupp. Außer Trockenfutter. Aber bestimmt hat Evert noch was. Was hast du da gerade gespielt?"

Ebba schwieg einen Moment. „Penderecki. *Kadenz für Viola*", sagte sie knapp und stand auf.

„Klingt furchtbar traurig."

„Wahrscheinlich hatte der arme Mensch grässlichen Kummer, als er das Stück komponiert hat", sagte Ebba leichthin und klappte den Klavierdeckel zu. Ihre Augen waren schmal, als sie mich ansah. „Und genauso wie dieses Stück fühle ich mich auch manchmal. Wie zerbrochen. Tja, Seelenwunden heilen langsam. Oder gar nicht." Auf dicken Socken kam sie zu mir herüber, öffnete den Kühlschrank und lugte hinein. „Möchtest du was trinken? Apfelsaft, von Evert gekeltert?"

„Nein, danke. Wovon sprichst du eigentlich?"

Ebba hob die Brauen und schenkte sich ein Glas Apfelsaft ein. „Ich glaube, ich weiß es selber nicht so genau", sagte sie und trank einen Schluck, während sie einen Fuß auf den anderen stellte. „Lass uns auf die Veranda gehen."

Ich räumte die restlichen Einkäufe aus und folgte ihr nach draußen. Die Luft war schön mild, schon mehr sommerlich als frühlingshaft, und ein paar vorsichtige Sonnenstrahlen schoben sich durch die strahlend weißen Wolken am Himmel und warfen schimmernde Lichtflecken auf die Wiese vor dem Haus.

Ebba saß nicht im Schaukelstuhl, wie ich vermutet hatte, sondern stand mit verschränkten Armen an der Brüstung, immer noch auf Socken, und sah nachdenklich auf das frische Grün hinunter. Sie trug eine viel zu weite Jogginghose und ein dunkles Kapuzenshirt, das ich nicht kannte.

„Du hast abgenommen", stellte ich fest und lehnte mich neben sie.

Sie zuckte mit den Schultern, ohne mich anzusehen. „Kann sein. Ja."

„Wenn du noch dünner wirst, kriegen wir ein Problem", versuchte ich zu scherzen. „Ich stehe nicht auf Hungerhaken, das weißt du doch hoffentlich noch?"

Mein Scherz kam nicht an. Ebba reagierte nicht einmal. Reglos sah sie weiter auf die Wiese hinaus, während auf der Straße zwei Autos vorbeifuhren, gefolgt vom Überlandbus, den Jackie in den letzten Wochen ab und zu benutzt hatte, um uns zu besuchen. Ebbas schmale Gestalt, die Art, wie sie trotz meiner Anwesenheit in sich zurückgezogen dastand, erinnerten mich plötzlich an meinen letzten Besuch in Pirna.

„Ach, ehe ich es vergesse: Ich soll dich von Frau Huber grüßen."

Ebba sah verwundert auf. „Von Frau Huber? Deine alte Chefin? Wann hast du sie denn gesprochen?"

„Ich hab sie neulich besucht. Vor drei Wochen ungefähr."

„Das hast du mir gar nicht erzählt", sagte Ebba und zog die Brauen zusammen. „Das hat sie doch noch nie getan, oder? Mich grüßen lassen?"

Ich zuckte mit den Schultern. „Ich kann mich nicht dran erinnern."

Ebba schwieg. Auf der Landstraße fuhr noch ein Auto vorbei, mit weit geöffneten Fenstern. Wummernde Bässe dröhnten zu uns herüber, verloren sich dann zwischen den Bäumen.

Als ich wieder zu Ebba hinübersah, entdeckte ich, dass sie die Augen zusammengekniffen hatte und sich mit beiden Händen über die Schläfen rieb. „Was ist? Hörst du wieder was?"

„Nein", presste sie hervor. „Kopfschmerzen." Ihre Handflächen strichen so heftig über ihre Schläfen, dass mir der Anblick fast wehtat. Ich fasste ihren Ellenbogen.

„Komm, setz dich hin."

„Nein!", sagte sie laut. „Warte."

Ich ließ sie nicht los, während sie beide Hände auf die Schläfen presste. Nach einer endlos scheinenden Weile entspannte sie sich.

„Besser?"

„Ein bisschen", murmelte sie.

„Komm, setz dich hin." Widerstandslos ließ sie sich zu der kleinen Bank neben dem Schaukelstuhl führen. „Warte kurz."

Mit einem kalten Waschlappen kam ich zurück. Ebba nickte dankbar, als sie ihn mir abnahm und sich auf die Stirn legte. Ihr Gesicht war sehr bleich, und ihre hohen Wangenknochen standen deutlich hervor.

Ich hockte mich neben sie. „Was ist los mit dir?"

Ebba zuckte mit den Schultern. „Ich weiß nicht", sagte sie und stützte den Kopf in die Hände, wobei sie den Lappen mit den Fingerspitzen festhielt. Ihr Haar fiel ihr fast bis über die Schultern, es schien mir, als wäre es dünner geworden. „Ich weiß es nicht", wiederholte sie leise.

Ich berührte sie vorsichtig an der Schulter. „Was ist los? Und ich meine nicht nur die Kopfschmerzen. Ich meine alles. Du ziehst dich immer mehr zurück. Ich bekomme dich gar nicht mehr zu fassen. Du bist nur noch selten online, und dein Handy ist auch oft nicht an. Früher warst du so ein Technikfreak und ständig erreichbar. Was ist passiert?"

Ebba antwortete eine ganze Weile nicht. Und als sie es tat, klang ihre Stimme fast dumpf. „Ich glaube, ich habe ein großes Ruhebedürfnis", sagte sie. „Ich bin müde geworden. Ich will einfach nur noch morgens aufwachen und aus dem Fenster sehen und mich über die wunderschöne Natur dort draußen freuen. Manchmal möchte ich Menschen treffen und Nähe spüren, und deine Liebe, das auch. Aber vor allem möchte ich den Wind hören und das Blätterauschen und das Laub sehen, das vor meinem Fenster waagerecht durch die Luft fliegt. Und im Frühling möchte ich hellgrüne, frische Triebe an den Bäumen wachsen sehen. Mehr will ich gar nicht. Alles andere sollen andere erleben." Sie atmtete tief aus und lächelte mich schief an. „Was für eine Rede, was?"

„Klingt wirklich nach starkem Ruhebedürfnis."

Sie nickte. „Das immer stärker wird. Und bei dir ist vermutlich das Gegenteil im Schwange."

„Und was heißt das?", fragte ich und spürte dem hohlen Gefühl nach, das sich plötzlich in meinem Bauch aufzutun schien.

Ebba ließ den Lappen in ihren Schoß fallen und schob die Hände vor die Augen. „Keine Ahnung", sagte sie in ihre Hände hinein. „Komm, lass uns die Hunde abholen und ein bisschen zum Strand gehen. Ich brauche frische Luft."

Natürlich war die Luft nirgendwo frischer als hier auf der Veranda, und natürlich war das der gelinde Versuch einer Ablenkung, der nicht funktionierte. Aber das brauchte ich ihr nicht zu sagen. Ebba hatte recht, und ich hatte recht. Und vielleicht war das nicht erst der Anfang.

Es hatte schon vorher begonnen.

Berlin, Juni 2009

In der Oranienstraße war kaum ein Durchkommen mehr. Zwei junge Männer liefen untergehakt und laut grölend an uns vorüber, gefolgt von einem gepiercten Frauenpärchen mit Kinderwagen. Vor dem *SO 36* tanzte ein Trupp aufgebrezelter Transen zu alter Schlagermusik, daneben stand eine Schar Transmänner mit ihren Freundinnen im Arm und mühte sich sichtlich, unbeeindruckt dreinzublicken.

„*Madonna mia*, warum tun wir uns das bloß jedes Jahr wieder an?", stöhnte Massimo und fuhr sich über seine Glatze. Sein erwartungsfrohes Gesicht sprach allerdings Bände. Begeistert sah er sich um, während Hannes und ich versuchten, uns dreien und Jackie, die uns folgte, einen Weg durch die Menge zu bahnen. Unser Ziel war klar, ohne dass wir uns abgesprochen hatten – erst mal zum *Roses* und dort ein, zwei Bier trinken, dann weiter zur Bühne am Heinrichplatz.

Die wummernde Musik gellte mir in den Ohren, aber das störte mich nicht. Auf den CSD-Umzug ging ich schon lange nicht mehr, aber den Abend des alternativen CSD in der Oranienstraße ließ ich mir seit Jahren nicht entgehen. Die lässige, fröhliche Atmosphäre erinnerte mich immer an meine ersten Jahre in Berlin, an die energiegeladene Aufbruchstimmung von damals.

„Oh, Pablo!" Massimo schrie begeistert auf und stürzte sich in die Arme eines riesigen Mannes mit roter Lockenperücke. Hannes verdrehte lächelnd die Augen und schlug sich zum Bierstand dahinter durch, an dem eine dralle Dunkelhaarige in fliegender Eile die Kronkorken knallen ließ. Ich brauchte einen Moment, bis ich sie erkannte. Ihr gelang es allerdings schneller.

„Mart? Das gibt's doch nicht!"

„Hi, Truus." Die drängende Masse hinter mir schob mich ihr entgegen, und Hannes machte Platz, damit wir uns begrüßen konnten. Truus' Lippen waren immer noch so weich wie damals, auch wenn ihr einstmals schlanker Körper deutlich an Fülle gewonnen hatte. „Du siehst gut aus", sagte ich und meinte es auch so.

Truus lachte vergnügt. Die Jahre hatten ihre Augenwinkel mit einem Netz feiner Fältchen umkränzt, aber ihr Blick war immer noch genauso abenteuerlustig wie damals, als wir unsere wilde Affäre mit Wonne ausgelebt hatten. „Gott, ist das lange her! Wie lange haben wir uns nicht gesehen? Fünfzehn, sechzehn Jahre oder was?"

„Länger", sagte ich und nahm die Bierflasche entgegen, die sie mir hinhielt. „Gibst du mir noch eins? Du warst damals plötzlich einfach verschwunden. Wo hast du gesteckt?"

„In den Staaten." Truus köpfte eine weitere Flasche. „L.A. War eine richtig coole Zeit, aber irgendwann ist es auch mal gut. Berlin hat mich wieder. Außerdem soll Lara hier zur Schule gehen." Sie nickte hinter sich, wo ein junges Mädchen mit schwarzgefärbten Haaren auf einem Barhocker saß und betont gelangweilt die Menge betrachtete.

„Du hast ein Kind? Du spinnst!" Ich musste lachen, während ich das zweite Bier entgegennahm. „Wie alt ist sie?"

„Vierzehn geworden. Lara, komm mal her, sag Mart guten Tag."

Lara rutschte mit genervter Miene vom Stuhl und reichte mir eine schlaffe Teenagerhand. Sie hatte Truus' Augen.

„Mart und ich hatten eine heiße Affäre, bevor ich deinen Vater kennengelernt habe", sagte Truus fröhlich und drehte sich zwei jungen Typen zu, die lautstark Bier bei ihr zu ordern versuchten. „Moment, *boys*, ihr kommt gleich dran!"

Lara verzog sich wieder auf ihren Hocker, und ich sah mich nach Jackie um. Sie stand direkt hinter mir, mit den Händen tief in den Taschen ihrer Jeans. Als ich ihr das Bier reichte, lächelte sie dankbar. Für einen Moment sah ich sie mit fremden Augen; ihr von der gotländischen Sonne gebräuntes Gesicht, die in die Stirn gekämmten Haare, die schmalen Schultern. Sie sah besser aus denn je. Vielleicht war ja heute der Abend, an dem sie endlich einmal jemanden kennenlernen würde.

„Jesus, ist das etwa Hannes?" Truus schlug die Hand vor den Mund. „Hannes! Mit kurzen Haaren! Ich hab dich gar nicht erkannt! Du bist so …"

„Alt und grau geworden, sag's nur." Hannes lächelte und schob Massimo nach vorne. „Hier, der hier ist schuld. Massimo."

Truus schaffte das Kunststück, gleichzeitig ein paar weitere Bierflaschen zu öffnen und Massimo zu begrüßen. Schließlich sah sie wieder zu mir. „Und du? Bist du auch in festen Händen, so wie der da?"

Ich zögerte. „Ja", sagte ich, „ja, schon." Jackies Blick schien ein Loch in meinen Hinterkopf zu bohren, als Truus bedauernd seufzte.

„Zu schade. Schon lange oder was? Zu lange soll man nämlich auch nicht zusammenbleiben, dann wird es langweilig. Gibt es denn irgendwo eine Warteliste, in die man sich eintragen kann?"

Lara hinter ihr sah genervt zum Himmel auf, Massimo prustete los, und Truus' Augen funkelten vergnügt. „Ja ja!", brüllte sie einen Lederschwulen an, der hysterisch mit einem Geldschein winkte. „Gleich! Du wirst schon nicht verdursten, *darling*!“

Ich machte Platz und überließ Truus fürs Erste ihrer Beschäftigung. Jackie stand nicht mehr hinter mir, und als ich mich nach ihr umsah, entdeckte ich sie schräg neben mir, direkt neben dem nächsten Getränkestand, der von ein paar jungen Arabern betrieben wurde. Sie hielt ihre Bierflasche fest in der Hand und schien etwas oder jemanden auf der gegenüberliegenden Straßenseite zu fixieren, mit einem derart intensiven Gesichtsausdruck, den ich noch nie bei ihr gesehen hatte. Neugierig folgte ich ihrem Blick.

Auf der anderen Straßenseite, neben dem Eingang zum italienischen Pizzabäcker, standen zwei Frauen mittleren Alters mit modischen Brillen und taxierten die Vorbeiziehenden. Daneben versuchte ein betrunkener Punk, sein Lederarmband zu richten. An seiner Seite sah ein gutaussehender Transmann mit dunklen Augen und dunklem Haar zu Jackie herüber. Und daneben wiederum stand eine wunderschöne, dunkelhaarige Frau mit asiatischen Gesichtszügen und überraschend hellen Augen. Mein Herz fing an zu pochen, und ich hob rasch meine Flasche und trank einen Schluck. Und dann noch einen.

Sie stand einfach da und betrachtete das Treiben um sich herum, und erst nach ein paar Augenblicken bemerkte ich, dass sie ebenfalls eine fast volle Bierflasche in der Hand hielt. Eine Schar junger Frauen in dunkler Kleidung zog an ihr vorbei und nahm mir die Sicht auf sie. Als ich sie wieder entdeckte, sah sie mich an. Und nicht nur das. Sie sah mir direkt in die Augen, quer über die Straße hinweg.

Eine Sekunde lang hielt ich ihrem Blick stand. Dann zwei. Drei. Vier. Bei fünf begann sie zu lächeln. Bei sieben lächelte ich zurück.

Vier ältere Schwule in Matrosenkleidung tanzten lachend vorbei, dann ging ich langsam über die Straße und stieß meine Flasche leicht gegen ihre. „Ich habe dich schon mal gesehen“, sagte ich.

Sie nickte, während sie schluckte. „Ich dich auch." Offenbar war mir meine Überraschung deutlich anzusehen, denn sie lächelte schief, ein unglaublich süßes Lächeln, das mir fast weiche Knie bescherte. „Du arbeitest im Kurierbüro bei mir um die Ecke", fügte sie hinzu. „Jedenfalls habe ich dich ein paar Mal dort gesehen. Und du hast einen niedlichen Hund mit Fransenohren, ich glaube, es ist ein älterer Herr. Mit dem bist du ab und zu im Gleisdreieckpark unterwegs gewesen. Schade, dass dort jetzt gebaut wird." Sie lächelte wieder, diesmal deutlich verlegen. „Tut mir leid, aber du bist mir einfach aufgefallen." Sie hob die Schultern und ließ sie wieder sinken.

Sprachlos starrte ich sie an, dann trank ich schnell einen Schluck Bier. Irgendjemand rempelte mich von hinten an und entschuldigte sich nuschelnd. Jemand anders lachte schrill und viel zu laut. Von der Bühne kam das durchdringende Pfeifen einer Rückkoppelung.

Sie sah mich an.

Seit Monaten beobachtete ich sie. Ich war mir sicher gewesen, dass sie mich nie bemerkt hatte. Einmal war sie in den Supermarkt nahe des Kurierbüros gekommen, als ich gerade Nudeln und Salat eingekauft hatte. Ich hatte mich hinter dem Drogerieregal versteckt und mit klopfendem Herzen an einem Stapel Waschpulver vorbei zugesehen, wie sie ihren Wagen durch den Gang schob und sich wieder entfernte. Ihr Gesicht war so arglos, so schön, so sanft, dass es mich fast geschmerzt hatte.

Ein weiteres Mal hatte ich sie auf der Straße gesehen, vor eben jenem Supermarkt, mit deutlich verweintem Gesicht. Mein Bedürfnis, sie zu trösten, war schier übermächtig gewesen. Und jetzt stand sie hier, vor mir, und sah mich an.

„Du hast auch einen Hund", sagte ich schließlich. „Einen älteren schwarzen Hundeherrn, richtig?"

Sie schüttelte den Kopf. Ihre Augen verdunkelten sich. „Er ist gestorben", sagte sie. „Und ich vermisse ihn furchtbar. Das Geräusch seiner tapsenden Pfoten morgens, wenn ich aufwache. Seinen fast blinden Blick. Und seinen Geruch. Er hat immer so anheimelnd gerochen, vor allem morgens.“ Sie zuckte wieder mit den Schultern. „Aber so ist das eben.“

Meine Hand tat weh, so fest hielt ich meine Bierflasche umklammert. „Möchtest du mal mit meinem Hund spazieren gehen? Zum Trost oder so?“

Sie legte den Kopf schief. „Wenn du mitgehst“, sagte sie und lächelte wieder, schief, unglaublich süß.

Hannes fasste mich am Ellenbogen, als ich zum Bierstand zurückkam. „Was war das denn?“

Ich zuckte mit den Schultern. Ich war noch nicht auf dieser Seite der Straße angekommen. Ich war noch bei ihr. Mai, ein chinesischer Name. Ihre Telefonnummer konnte ich bereits jetzt auswendig.

„Seit wann stehst du auf Asiatinnen?“

„Seit gar nicht.“

„Tu nicht so.“ Hannes deutete mit dem Kinn auf die andere Straßenseite. „Das sieht doch ein Blinder mit dem Krückstock, dass du auf sie stehst. Was sagt denn Ebba dazu?“

„Mensch, Hannes! Ich habe mit der Frau fünf Minuten geredet, sonst nichts!“

„Ja ja“, sagte Hannes. „Noch ein Bier? Jackie, du auch? Und was ist mit deinem Freund?“

„Loris“, sagte der gutaussehende Transmann, der dicht neben Jackie stand. Ihr sonnengebräuntes Gesicht war deutlich gerötet, ihr Lächeln verlegen. Und glücklich. „Loris heiß ich. Und ja, ich nehm gern noch ein Bier!“

Hannes drehte sich um, zu einer gut gelaunten Truus, die jetzt angefangen hatte, holländische Weisen zu schmettern, während sie Flasche um Flasche verteilte.

Ich sah Jackie an, und Jackie errötete noch eine Spur tiefer. Loris neben ihr wippte im Takt zur Musik, Truus sang, von der Bühne her schallten laute Bässe herüber, zwei Frauen schrien sich an, und das schrille Lachen einer Transe gellte mir in den Ohren. Irgendwo ging Mai gerade davon, vielleicht mit einem Lächeln im Gesicht, das mir galt. Irgendwo schien die Sonne, irgendwo war es kalt, irgendwo brüllte jemand vor Schmerz, genau in diesem Moment.

Mai. Erst morgen würde ich wieder an sie denken, nahm ich mir vor. Erst morgen. Erst morgen, im Hellen.

Gotland, August 2009

Mir war heiß. Die Sonne stand schon hoch am Himmel und brannte auf meinen Kopf, und ich war nur froh, dass ich eine Kappe trug. Während ich fester in die Pedale trat, hörte ich mein eigenes Keuchen überlaut durch den kühlenden Fahrtwind hindurch.

Früh am Morgen war ich aufgebrochen; Evert hatte mir das Mountainbike seiner Tochter überlassen, das seit Jahren unbenutzt in seiner Scheune stand. Knapp vierzig Kilometer lagen hinter mir, langsam wurde es Zeit, umzudrehen, wenn ich den Rückweg in einem Stück zu schaffen plante. Aber ich wollte einfach noch nicht. Ich wollte weiterfahren, weiter, weg von meinen eigenen Gedanken, den drängenden, bohrenden Fragen, die zu beantworten ich mich seit Wochen schon scheute.

Die letzten Ausläufer der Stadt hatte ich längst hinter mir gelassen; seit ich die Einfahrt zum Flughafen passiert hatte, führte die Straße durch das dichte Waldgebiet, das sich fast bis zur Nordspitze der Insel zog. Bunte Wildblumen am Straßenrand hielten ihre Blüten zum Sommerhimmel geöffnet, der Asphalt schimmerte in der strahlenden Sonne.

Ein einsamer Radfahrer kam mir auf der anderen Seite der Landstraße entgegen und winkte freundlich. Er rief etwas Unverständliches, aber ich nickte nur und winkte zurück. Mein Schwedisch würde nicht ausreichen, um ihn zu verstehen, aber ich wollte ohnehin nicht anhalten, ich wollte weiter.

Der Radfahrer fuhr vorbei, und hinter ihm zog ein heller Schwaden durch die Luft, als ob er ihm folgte. Prüfend kniff ich die Augen zusammen und hob den Kopf. Der Himmel über mir war immer noch wolkenlos blau, aber zu meiner Linken, wo hinter den dicht belaubten Birken das Meer verborgen lag, schien sich die Luft einzutrüben, als wäre sie in helle Regenschwaden getaucht. Vielleicht, vermutlich, brannte es irgendwo dort, in den Waldgebieten entlang der Küste; seit Wochen hatte es nicht geregnet, es wäre kein Wunder.

Ich stellte mich in die Pedale und trat kräftiger hinein; bis Lummelunda wollte ich es auf jeden Fall schaffen, ungefähr sechs oder sieben Kilometer lagen noch vor mir. Als ich wieder hochblickte, sah ich immer mehr weiße Schwaden durch die Sommerluft ziehen, wie kleine Wolken trieben sie oberhalb der Baumwipfel über die Straße. Tief sog ich die Luft ein, aber da war nur der würzige Geruch der Birken und Kiefern in meiner Nase, durchsetzt mit dem süßlichen Duft von Wildblumen und trockenem Gras. Kein Rauch war zu riechen, kein Feuer.

Etwas Kaltes streifte meinen Arm, erschrocken zuckte ich zusammen. Ein Teil meines Oberarms war plötzlich feucht, winzige Tropfen ballten sich auf meiner sonnengebräunten Haut. Langsam ließ ich das Rad ausrollen, bremste ab, stellte die Beine auf und sah mich misstrauisch um.

Eine weitere Wolke trieb auf mich zu. Ich streckte die Hand aus, sah zu, wie ein sanfter Luftzug das Weiß auf meine Finger zuwehte, sie einhüllte, daran hängen blieb. Die kalte Feuchtigkeit ließ mich erschauern, während mein Gehirn langsam die Informationen zusammenzusetzen versuchte. Klarer Sommerhimmel, kein Wölkchen weit und breit, helle Schwaden, die wie Rauchfetzen aussahen, aber aus kaltem Wasser bestanden.

Und dann hob ich noch einmal den Kopf und sah die helle, weißliche Wand, wie eine Kante aus Eis mitten im Sommer, die sich von der Küste heranschob, zwischen den Bäumen am Straßenrand hindurch und über sie hinwegquoll, sich weiterschob, direkt auf mich zu.

Kein Hauch war mehr zu spüren. Nur diese Wand war da unmittelbar vor mir, eine feuchte, helle, unfassbar dichte Wand aus Nebel, die nach und nach die Bäume verschluckte, den Straßenrand, dann die Mittellinie, sich weiter vorschob, direkt auf mich zu, die ich immer noch dastand, die Hände hart um den Fahrradlenker gekrampft, die Füße fest auf dem Boden.

Angst stieg mir in die Kehle. Ein paar Augenblicke lang wollte ich kehrtmachen und fliehen, aber ich zwang mich, stehen zu bleiben. Schlagartig wurde es kalt, als die Nebelwand sich über mich schob. Alle Geräusche verstummten. Nichts war mehr zu hören, und auch nichts mehr zu sehen, ein schimmerndes, weißliches Licht war jetzt um mich. Ich stand in einer Wolke aus Licht und Nebel, einem so dichten Nebel, wie ich ihn niemals zuvor erlebt hatte.

Wie Watte hüllte er mich ein, und wieder spürte ich Angst, vor etwas Ungekanntem, einem Naturphänomen, so groß und mächtig, dass ich es nicht fasste. Dann erklang von irgendwoher ein gedämpftes Tuten, ein Schiffshorn, dunkel und tief, und nach einer Pause erklang es erneut, wie ein urzeitlicher Ruf.

Irgendwo weit da draußen fuhr ein Schiff mitten im Nebel, und hier stand ich, so allein wie niemals zuvor in meinem Leben, aus der Welt katapultiert, in diesen unendlich dichten Nebel hinein. Hier stand ich, die Beine fest auf dem Boden, fröstelnd, fast frierend, weit über mir strahlender Himmel, den ich nicht sah.

„Du glaubst, alles ist normal, und dann ist auf einmal alles völlig absurd. Genau wie der Nebel", hatte Ebba damals gesagt, Jahre zuvor, unweit von dieser Stelle, an der ich jetzt stand, mitten im Nebel. „Er ist einfach unglaublich. Dicht und kalt, eiskalt. Wirklich wie eine Wand. Vielleicht erlebst du ihn mal, diesen Nebel mitten im Sommer."

Langsam schloss ich die Augen und lauschte. Aber das Schiffshorn ertönte nicht mehr.

Es war Zeit, eine Antwort zu finden.

Gotland, August 2009

„Ich hab jemanden kennengelernt", sagte ich vorsichtig.

Ebba warf mir einen schmalen Blick zu und ließ den Schaukelstuhl sanft nach hinten gleiten. „Warum erzählst du mir das? Das tust du doch sonst auch nicht."

„Was?"

„Mir erzählen, dass du jemanden kennengelernt hast." Ebba beugte sich vor und tätschelte Rupert den Kopf, der neben ihr im Körbchen lag. Auf ihrer anderen Seite saß Lore, hoch aufgerichtet, mit gespitzten Ohren, und sah in die Dunkelheit hinter den Bäumen hinaus.

Ich holte tief Luft. „Ja, aber diesmal ist es anders", begann ich, aber Ebba schnitt mir das Wort ab.

„Dann will ich es erst recht nicht wissen." Sie sah mich nicht an. Stattdessen trank sie einen Schluck Wein aus dem Glas, das ich ihr gerade gebracht hatte.

Ich drehte mein eigenes zwischen den Händen. Die rote Flüssigkeit schwappte fast bis zum Rand empor, nur daran merkte ich, dass meine Hände zitterten. Auf den Gedanken, dass Ebba sich einfach weigern würde, mir zuzuhören, wäre ich nicht gekommen. Niemals zuvor war das geschehen.

Sie seufzte und lehnte den Kopf zurück. „Marthe", sagte sie ruhig. „Ich wäre doch nicht recht bei Trost, wenn ich all die Jahre geglaubt hätte, dass du niemals anderen Versuchungen erlegen bist. Es ist schwer, so oft getrennt zu sein. Sich ständig zu vermissen." Sie lachte kurz auf. „Ich kann nur für mich sprechen. Ich habe keine Ahnung, wie sehr du mich vermisst. Vermisst hast."

„Sehr“, sagte ich mit trockener Kehle. Ebba warf mir einen prüfenden Blick zu, als ich schnell mein Weinglas hob, um einen Schluck zu trinken. Die schwere Flüssigkeit brannte mir in der Kehle; am liebsten hätte ich sie ausgespuckt.

Ebba sah mich immer noch an. Ich hatte das Gefühl, sie sähe mir direkt ins Gehirn, ins Zentrum meines Schuldbewusstseins. „Ich kann verstehen, wenn mal jemand anders da war, weil ich so weit weg bin“, fuhr sie fort und drehte ihr Weinglas zwischen den Händen. „Das hab ich mir selbst zuzuschreiben. Schließlich bin ich in den letzten Jahren immer hier geblieben, wenn du mich bei dir haben wolltest. Du musstest immer herkommen. Wann haben wir darüber geredet, neulich erst? Mein Ruhebedürfnis steigt, und du willst mehr vom Leben. So ist es nun mal.“ Sie zuckte mit den Schultern und strich sich mit einer Hand über die Stirn, auf die Weise, in der sie es immer tat, wenn sich die Kopfschmerzen ankündigten.

„Hast du Kopfweh?“

Sie ignorierte meine Frage und sah zu Lore hinunter, die immer noch mit gespitzten Ohren in den Wald hinaussah, hellwach wie immer. „Und klar, unser Liebesleben ist auch nicht mehr das, was es mal war.“

„Wir haben seit Jahren kaum noch Sex“, sagte ich und wich ihrem Blick aus. Selbst in meinen Ohren klang es wie eine billige Ausrede. Und es passte auch irgendwie nicht, selbst wenn es stimmte.

„Sex?“ Ebba betrachtete mich mit einem dieser Blicke, die ich nie zu entschlüsseln vermochte. „Hatten wir, reichlich“, sagte sie kühl. „Vielleicht genug, vielleicht nicht. Wer will das beurteilen?“ Sie ließ sich zurückfallen und schaukelte vor und zurück, dann hielt sie inne. Für einen Moment konnte ich in der Ferne ganz schwach das Meer rauschen hören. „Aber eins kann ich dir sagen, Marthe: Es interessiert mich nicht mehr allzu sehr.“

Ich schwieg und trank noch einen Schluck Wein. Dass es mir anders ging, lag auf der Hand.

„Außerdem ist das doch längst nicht mehr so wichtig“, setzte Ebba hinzu und rieb sich wieder die Stirn. „Aber du warst immer das Licht meines Lebens. Ich möchte, dass du es bleibst.“

„Klingt, als ob du meinst, es sei meine Entscheidung?“

Ebba dachte nach. „Ja“, sagte sie dann. „Es ist deine Entscheidung. Es liegt an dir. An dem, was du tun wirst. Denn meine Gefühle für dich haben sich nicht verändert. Und deine?“

„Meine Gefühle nicht, nein“, sagte ich langsam, obwohl ich mir nicht sicher war, ob das stimmte. Aber unsere Beziehung hatte sich unmerklich verändert. Irgendwann im Laufe der Zeit war die brennende Leidenschaft, die wir füreinander empfunden hatten und die uns dazu gebracht hatte, Tage und Nächte im Bett zu verbringen, irgendwann war sie langsam erloschen. Die Liebe aber war geblieben. Mehr noch, sie war gewachsen, hatte sich vertieft.

Und dann war Mai mir begegnet. Dass auch mit ihr etwas wuchs, war nicht zu leugnen. Auch wenn ich mich dagegen sträubte, sie fernhielt von mir. Aber nicht immer.

„Ach, verdammt“, sagte Ebba plötzlich, und Lore zuckte zusammen. „Aus der Traum.“ Ebba beugte sich vor und stellte ihr Glas ab. Dann legte sie die Arme um ihre Knie und sah in den dunklen Augusthimmel empor. Im dämmrigen Abendlicht sah ihr Gesicht sehr schmal aus, und plötzlich hatte ich Angst. Um sie und um mich. Vor allem um uns. Ich wollte sie nicht verlieren, auf gar keinen Fall.

„Welcher Traum?“, fragte ich vorsichtig.

„Dass du eines Tages doch deine Sachen packst und hierherziehst, um den Rest deines Lebens mit mir zu verbringen.“ Ebba lächelte schwach und warf mir einen schrägen Seitenblick zu. „Keine Sorge, ich sage ja, es war nur ein Traum. Eine Illusion.“

Ich schwieg betroffen. Viele Jahre lang hatten wir nicht mehr darüber gesprochen. Zu Anfang ein paar Mal, immer ohne Ergebnis, ohne Entscheidung. Dann hatten wir das

Thema einfach nicht mehr angerührt. Ich hatte nicht einmal mehr gewusst, dass sie es sich immer noch wünschte.

„Ich habe immer gehofft, du zögest doch irgendwann her", wiederholte Ebba mit einem bitteren Unterton und beugte sich zu Lore hinunter, um ihr die Ohren zu kraulen.

Plötzlich war mir kalt, so kalt wie an diesem Morgen im Nebel. Schaudernd zog ich die Schultern hoch und stellte mein Glas ebenfalls ab, um näher an Ebba heranzurücken. „Ebba", sagte ich und nahm ihre Hand. Widerstrebend ließ sie es zu. „Ebba. Ich hab damit nicht gesagt, dass ich dich verlasse."

Ebba betrachtete mich nachdenklich. Ihre Augen waren sehr dunkel, fast schwarz wirkten sie plötzlich. „Vielleicht hast du das ja schon", sagte sie leise.

Ich schüttelte heftig den Kopf. „Auf gar keinen Fall." Wenn ich auch vieles nicht wusste in diesen Tagen, dessen war ich mir sicher.

Ebba sah mich sehr lange an, dann ließ sie den Kopf zurückfallen. „Weißt du, ich gehe hier nicht mehr fort. Ich habe meinen Platz gefunden."

„Ich weiß."

„Hier ist mein Leben, Marthe", sagte sie ruhig. „Aber wo ist dein Leben? Nicht hier, oder?"

Ich blieb ihr die Antwort schuldig. Ich wusste es nicht. Stattdessen hob ich ihre Hand und legte sie an meine Wange. Und nach einem Moment, einem langen Moment beugte Ebba sich zu mir herüber und lehnte sich an mich.

Jetzt

Du hast die Insel am Ende tatsächlich nicht mehr verlassen. Es ist mir erst viel später aufgefallen. Aber vorhin habe ich nachgerechnet: Nachdem du das Haus in Mulde gebaut hattest, hast du die Insel nicht mehr verlassen.

Wann du mich zuletzt besucht hast, weiß ich nicht mehr genau, aber es muss bald zehn Jahre her sein.

Wie es dazu gekommen ist? Ich kann es nicht sagen. Zuerst kamst du einige Male im Jahr, dann immer seltener, je öfter ich dich besuchte. Irgendwann bist du einfach gar nicht mehr gekommen. Es war um die Zeit, als du dich aus dem aktiven Berufsleben als Komponistin und Dozentin zurückgezogen, die Pension schließlich verkauft hast. Als du aufgehört hast, per Internet zu kommunizieren. Von allem hast du dich zurückgezogen. Aus der Welt, im Grunde genommen.

Nur nicht von dir selbst. Von Evert. Von Lore. Und auch nicht von mir.

Aber sonst warst du wie aus der Welt.

Es lag nicht nur an dir, dass du mich nicht mehr besucht hast. Heute glaube ich, dass du gespürt hast, genau wie ich, dass unser gemeinsames Leben in Berlin keinen Platz hatte, sondern nur hier, auf der Insel.

Als ob wir nur hier existierten, als Paar, als Beziehung, als Liebe.

Und ich, ich habe es hingenommen, geduldet, mich damit arrangiert. Es kam mir am Ende vielleicht auch zupass. Auch ich bin nach und nach seltener gekommen. Heute tut mir das unendlich leid.

Habe ich dich im Stich gelassen? Wollte ich nicht sehen, was mit dir geschah? Habe ich die Augen verschlossen?

Habe ich dich tatsächlich verlassen?

Ich wünschte, ich hätte viel mehr mit dir geredet. Ich wünschte, ich hätte gewusst, was du darüber dachtest.

Draußen nähert sich ein Auto. Erstaunlich, wie laut so ein einzelner Wagen sein kann. Hier, inmitten der Stille, kann man die Autos schon ewig im Voraus hören.

Es sei denn, Musik läuft.

Vorhin, als der junge, freundliche Makler gegangen war, konnte ich die plötzliche Stille nicht mehr ertragen. Ich habe den CD-Player eingeschaltet und entdeckt, dass noch eine CD darin liegt; plötzlich war da Musik, leise Töne erklangen, eine Klaviermelodie, Penderecki vielleicht, vielleicht aber auch nicht. Ich habe sofort wieder ausgeschaltet, es ging nicht. Seit du fort bist, kann ich keine Musik mehr hören, zumindest nicht hier, in diesem Haus.

Aber es berührt mich noch immer, dass du, so umsichtig du auch gewesen bist, doch etwas fortzuräumen vergessen hast. Irgendwann werde ich die CD vielleicht hören. Aber nicht jetzt.

Die Musik in deinem Kopf, wo ist sie hin?

Das Motorengeräusch kommt näher, wird lauter, ich beuge mich vor. Vielleicht ist es schon Staffan.

Neben dem Fenster hängen deine Familienfotos, mein Blick gleitet darüber. Unzählige Male habe ich sie betrachtet, mit dir zusammen oder allein, und ich kenne sie alle: das Hochzeitsfoto deiner Eltern, deine lettische Verwandtschaft, du mit sechs Jahren in Schürze und mit Schleifchen. Aber ein Foto ist neu. Ich stutze, beuge mich tiefer, dann muss ich lächeln.

Du hast es aufgehängt, das war mir entgangen. 6. Mai 1994 steht oben links in die Ecke gedruckt. Der Tag unserer ersten Begegnung.

Mein Gesicht ist kaum zu erkennen, die Aufnahme ist körnig und schwach.

Wie ein Gruß aus der Ferne, den du mir geschickt hast. Fast sechzehn Jahre ist das jetzt her.

Draußen klappt eine Autotür, dann eine zweite. Ich richte mich auf.

Ein Transporter steht draußen, ein junger Mann öffnet die hinteren Türen. Staffan kommt langsam zu mir herauf, mit todtrauriger Miene, auch sein Leinenanzug wirkt zerknittert und trostlos.

„Hej, Marthe."

„Hej, Staffan."

Er nickt und stellt den jungen Mann vor und dann noch einen zweiten, der jetzt hinter dem Auto hervorkommt.

Studenten des Tonsättarcentrums. Haben sie dich gekannt, vielleicht sogar bei dir studiert? Ihren Gesichtern kann ich nichts entnehmen, nur höfliche Ungeduld und ein wenig Beklemmung.

„Ja, so, dann wollen wir mal." Staffan weiß, wo das Klavier steht, aber er wartet, bis ich ihm den Weg weise. Er sieht sich nur flüchtig um, aber ich bemerke, dass er jede Einzelheit in sich einsaugt. Ob er registriert, was alles fehlt? Ob er die Mappe sieht, auf der Fensterbank in deinem Zimmer?

Ich frage ihn nicht. Und auch er fragt mich nichts. Wir haben uns nichts mehr zu sagen. Das einzige Bindeglied zwischen uns gibt es nicht mehr.

Und es gibt auch nichts mehr, worum wir konkurrieren müssten.

Die jungen Männer packen tatkräftig an. Während ich zusehe, wie sie das Klavier ächzend aus dem Zimmer tragen, durch den Wohnraum und dann die Verandatreppe hinunter, bin ich fast froh um den Lärm, der die Stille vertreibt.

„Und du möchtest nichts dafür haben?", fragt Staffan mich auf der Veranda. Er sieht alt aus, faltig und müde, und traurig natürlich, und sein Haar ist nicht mehr grau, sondern schlohweiß, aus der Nähe betrachtet. Aber vielleicht war es das schon immer. Ich habe ihn nie richtig angesehen, so kommt es mir vor.

Dass ich auf ihn einmal eifersüchtig war, kann ich mir kaum noch vorstellen.

Seine Augen ruhen auf mir. Das letzte Mal habe ich ihn in der Kapelle gesehen, mit der gleichen, traurigen Miene wie jetzt.

Plötzlich muss ich fast lachen, gerade noch kann ich es mir verkneifen. „Äh, nein, natürlich nicht. Bei euch ist es gut aufgehoben."

Staffan hebt irritiert seine dichten Brauen. Hinter ihm schließen die jungen Männer die Türen des Transporters, winken mir zu.

„Bis dann, danke", sagt er und nickt. Einen letzten, traurigen Blick wirft er auf das Haus, dann dreht er sich um und geht zum Transporter hinüber.

Ich spüre, wie ein dämliches Grinsen sich auf meine Lippen stiehlt, aber ich kann nichts dagegen tun.

Mit seiner wehenden, schlohweißen Mähne und seiner gramgebeugten Haltung wirkt Staffan auf mich wie ein tragischer Held. Ich weiß, dass ich gemein bin. Aber ich glaube, auch du hättest gelächelt.

Berlin, November 2009

Sie lächelte mich an. „Ich bin so froh, dass du da bist", sagte sie. „Kannst du noch ein bisschen bleiben?"

„Aber nur ein bisschen. Ich muss zur Arbeit." Wenn sie lächelte, waren ihre Augen kaum noch zu sehen, das fand ich unglaublich süß.

„Du musst immer irgendwohin. Aber das ist schon okay." Mai beugte sich zu Rupert hinunter, der erwartungsvoll zu ihr aufblickte, und strich ihm über den Kopf. Einen erstaunlichen Moment lang war ich neidisch; ich wollte, dass sie mich berührte, nicht Rupert. Mich sollte sie streicheln, mit diesen wunderschönen, langgliedrigen Fingern, auf diese unvergleichlich beiläufige und zugleich intensive Art.

Aber das hatte sie ja bis vor ein paar Minuten auch getan.

„Mai", sagte ich und beugte mich vor, um sie berühren zu können. Mai blickte auf, ihr Lächeln erlosch, aber nicht ganz.

„Was?"

„Silvester bin ich nicht da."

Sie nickte; ich sah, dass es sie Mühe kostete. Fröstelnd zog sie ihre Strickjacke über der nackten Brust zusammen und hob die Beine auf den Stuhl. Sie saß oft so da, ganz zusammengekauert, wie um sich selbst Schutz zu gewähren, sich an sich selbst schmiegend. Nie hatte ich selbst so gesessen und auch niemand anders, den ich kannte. Alles an ihr war mir fremd, und das war es vielleicht auch, was mich so anzog. Mai war das Gegenteil von allen Frauen, die ich kannte: freundlich, höflich, weich, zart, unbeugsam. „Du bist bei Ebba“, sagte sie. Sie sprach den Namen jedes Mal aus, wie um mich stets daran zu erinnern, was ich hier tat: einen anderen Menschen betrügen.

Seit Monaten redete ich mir ein, dass das nicht stimmte, aber so war es im Grunde. Unausgesprochen oder nicht, auch wenn Ebba selbst es nicht wissen wollte, ich betrog sie in diesem Moment. Weil ich Intimität herstellte, auf verschiedene Arten. Mit Mai.

„Ja, ich bin bei Ebba.“ Ich streckte die Hand aus, strich über ihren Arm. Mai zu berühren war wie eine Sucht. Oder eine Angewohnheit?

Nachdenklich sah mich Mai mit ihren hellen Augen an. Für eine Halbchinesin waren sie auffallend hell, aber ich war nicht die erste Frau, die diesem Reiz erlag. Und ich würde auch nicht die letzte sein. „Marthe“, sagte sie. „Das ist alles nicht gut so. Ich glaube, es tut mir zu weh. Du wirst sie niemals verlassen, stimmt's?“

Ich zwang mich zu nicken. Mai nickte ebenfalls, dann zog sie ihren Arm sanft von mir fort.

„Manchmal glaube ich, ich sollte dir einfach sagen, dass du gehen musst. Bis du frei bist. Aber du wirst nie frei sein. Also sage ich es nicht.“

Ich musste lächeln. So war Mai: sanft, weich, unbeugsam und pragmatisch. Ich nahm meinen Becher und trank einen Schluck; Carokaffee, seit meiner Kindheit hatte ich keinen mehr getrunken. Der malzige Geschmack gab mir ein heimeliges Gefühl. Obwohl ich nicht wusste, worauf sich das bezog. In meiner Kindheit hatte es dieses Gefühl schließlich nicht gegeben.

Ich sah auf die Uhr. „Oh, ich muss los.“ Ich schob meinen Becher zurück. „Ich muss gehen, tut mir leid.“

Mai nickte, aus schmalen Augen sah sie mich an. „Ja“, sagte sie. „Geh.“

Auf einmal stimmte nichts mehr. Mais winzige Wohnung, die Kastanie vor dem Küchenfenster, die Uhr an meinem Arm, alles schien zu erstarren.

„Geh“, sagte Mai, und ihr Blick war jetzt hell und dunkel zugleich. „Du musst gehen. Du musst jedes Mal gehen. Aber ich weiß nicht, wie lange ich das ertrage.“

„O mein Gott!“ Ich versuchte ein Lächeln. „So ein schwieriges Gespräch so früh am Morgen. Es ist gerade mal Viertel vor acht.“

„Ich würde es lieber auch nicht führen, weißt du“, sagte Mai und stand auf.

Ich stand ebenfalls auf. Sie hatte ja recht. Alle hatten sie recht; Hannes, der mir fast täglich ins Gewissen redete, Jackie, die darüber schwieg, Lena, die mir empfahl, mich zu entscheiden. Aber ich konnte es nicht. Ich wollte es nicht. Mein Herz war bei Ebba, meine Sehnsucht bei Mai.

Mai sah mich abwartend an. Ich schluckte und nahm Ruperts Leine von der Türklinke herunter.

„Na dann“, sagte ich.

Mai sah mich abwartend an.

„Na, dann geh ich wohl besser.“

„Ja“, sagte sie schlicht und trat zurück, ohne den Blick von mir zu wenden. Ich griff nach der Klinke und zog die Tür auf.

Ich wollte nicht gehen. Und auf eine Art doch.

„Rupert?“

Rupert sah auf und kam zu mir herüber. Sein Blick flog zu Mai. Meiner genauso.

Mai stand ruhig da, groß und schmal, mit samthellen Augen. „Wiedersehen, Marthe“, sagte sie leise. „Rufst du mich an?“

Gotland, Neujahr 2010

„Das war wirklich köstlich, Evert, vielen Dank!“ Ebba stellte ihr Weinglas ab und lächelte Evert über den festlich gedeckten Tisch hinweg zu. Ihre Augen glänzten weich im Kerzenlicht, aber die tiefen Ringe darunter waren dennoch deutlich zu erkennen.

Die Falten in Everts Augenwinkeln vertieften sich, als er zurücklächelte. „Aber danke doch, gern geschehen. Es war mir ein Vergnügen.“ Er prostete Ebba und dann mir noch einmal zu und leerte die letzten Tropfen seines Weinglases. „So sind wir also gut gemeinsam in das neue Jahr gekommen“, sagte er bedächtig. „Hoffen wir, dass es so weitergeht und dass wir noch viele gemeinsame Neujahrsessen verbringen.“

„Klar“, sagte ich. „Wir werden dich noch oft genug hier nerven, Evert. Keine Sorge. Tausend Dank jedenfalls für das wunderbare Essen.“

„Ihr entschuldigt mich kurz.“ Ebba schob ihren Stuhl zurück. Im Vorbeigehen legte sie mir kurz die Hand auf die Schulter. Ich sah ihr nach, als sie durch den Flur zum Bad im rückwärtigen Bereich der Wohnung ging. Evert räusperte sich.

„Sie ist zu dünn.“ Er wiegte den Kopf, während er seine Serviette auf den Teller legte. „Und sie sieht nicht gut aus. Das geht schon eine Weile so.“ Für Evert, den wortkargen Evert, war das eine erstaunliche ausführliche Bekundung, aber ich verstand seine Unruhe nur allzu gut. Mir ging es genauso.

„Ich weiß. Aber sie sagt, sie war beim Arzt und alles sei in Ordnung“, erklärte ich. „Bis auf die Migräne, aber da kann man nicht viel machen. Damit hatte sie schon als Kind zu tun.“ Ich verschwieg ihm, dass Ebba die Kopfschmerzen auf ihre Wechseljahre zurückführte; so gut wir uns auch mit Evert verstanden, das Thema schien mir zu intim.

Evert schüttelte den Kopf und stand auf, wobei er sich für einen Moment die Hand in die Hüfte presste. Seine Arthritis setzte ihm sichtlich zu, vor allem jetzt, seit die Temperaturen draußen deutlich unter Null gefallen waren. „Ich weiß nicht“, sagte er und streckte sich. „Ich weiß nicht. Das gefällt mir nicht. Ich werde nun ein paar Tage aufs Festland zu meiner Tochter fahren, aber es gefällt mir nicht, wie Elisabeth aussieht.“

„Ich werde einen Berg an Vorräten für sie einkaufen“, versprach ich. „Und Anfang Februar komme ich ja schon wieder.“

Evert nickte und ging zur Garderobe hinüber. Nachdenklich nahm er Ebbas langen Mantel und meine Daunenjacke von ihren Bügeln und legte sie sich über den Arm. Auch wenn Evert nur selten Gelegenheit dazu hatte, gab er gern den formvollendeten Gentleman. Lore lief wedelnd um seine Beine, und er bückte sich ächzend zu ihr hinunter, um sie zu streicheln. „Feines Mädchen! Bald sehen wir uns wieder! Pass gut auf dein Frauchen auf!“

„Möchtest du sie heute hierbehalten?“, fragte Ebba, die eben zurückkam, und ließ sich von Evert in den Mantel helfen.

Evert lächelte. „Wenn es dir nichts ausmacht. Ich habe sie gern bei mir.“

„Weiß ich doch“, sagte Ebba freundlich, und sie und Evert umarmten sich herzlich. Ebba hielt die Augen geschlossen, und ich musste lächeln, als ich den fast seligen Ausdruck auf ihrem Gesicht sah, während Evert sie im Arm hielt. Die beiden verband eine enge Freundschaft, die stetig zu wachsen schien. So gelöst wie mit Evert hatte ich Ebba nie mit jemand anderem gesehen. Ich war froh darüber; Evert war der Garant, dass Ebba sich nicht vollständig aus der Welt zurückzog. Er würde es ihr nicht gestatten.

„Ich bringe sie euch morgen wieder, bevor ich abfahre“, sagte Evert und winkte uns zu, Lore zwischen den Knien, bevor er behutsam die Tür schloss.

„Er hat Lore wirklich gern, was?“, sagte ich.

„Sehr gern.“ Ebba lächelte und griff nach meiner Hand. Ich zog meinen Handschuh aus, umfasste ihre Finger und steckte unsere beiden Hände zusammen in die Tasche meiner Daunenjacke. Ebba seufzte wohlig und warf mir einen sanften Blick zu. Ihre Augen lagen im Schatten, aber ich wusste, dass sie lächelte.

Der Schnee knirschte unter unseren Stiefeln, als wir langsam an den tief verschneiten Obstbäumen entlang zum Waldweg hinübergingen. Der Teich hinter den Bäumen lag wie eine helle Scheibe im Mondlicht, er war zugefroren, das Eis trug längst, Schnee lag in dichten Wehen darauf.

In vollen Zügen sog ich die frische, kalte Winterluft ein. Schon vor Weihnachten, hatte Ebba mir berichtet, hatte es angefangen, auf Gotland zu schneien, das erste Mal seit vielen Jahren hatte es weiße Weihnachten gegeben. Und fast täglich schneite es neu, auch an diesem Morgen hatte eine frische, pulvrige Schicht auf dem Altschnee gelegen, aber jetzt war die Luft klar. Der noch fast volle Mond hing rund und schimmernd über uns am Himmel, sein Licht tauchte die Landschaft in ein sanftes Hellblau. Ich sah zu den hohen Wipfeln der Kiefern empor, als wir den schmalen Waldpfad erreichten, ihre schneebedeckten Kuppen wiesen hinauf in die Nacht.

Ich musste an Amrum denken, an meine nächtlichen Wanderungen zur Odde, allein, mit Berend, einmal mit Onno. Auch dort hatte der Mond so erstaunlich vollkommen am Himmel gehangen, die Landschaft beschienen. Wie unglaublich schön das jedes Mal gewesen war, jedes Mal wieder neu, selbst in Zeiten von Kummer und Schmerz.

„Wunderschön, nicht wahr?“, sagte Ebba neben mir.

„Ja“, sagte ich. „Wunderschön. Wie eine Traumlandschaft.“ Für einen Moment schauderte es mich; plötzlich hatte ich das Gefühl, mich an einem Ort jenseits der Wirklichkeit zu befinden, einem magischen Ort ohne Zeit, ohne Boden, verwunschen, wunderschön und unheimlich zugleich. Ich war froh, Ebba an meiner Seite zu spüren, ihre Hand fest in meiner zu halten, vertrauensvoll, unendlich vertraut.

Schweigend gingen wir durch den stillen Wald. Es war seltsam, Lore nicht dabeizuhaben und auch Rupert nicht, den ich bei Jackie gelassen hatte. Ebba und ich waren allein, nur wir beide, in dieser kalten, blauschimmernden Neujahrsnacht.

Die Veranda lag in Mondlicht getaucht, eine kleine Lampe brannte im Fenster. „Wunderschön, nicht?", flüsterte Ebba erneut, und ich drückte ihre Finger, warm geworden waren sie in meiner Hand.

„Schade, dass wir nicht draußen sitzen können", sagte sie, als wir die Treppe hinaufstiegen. „Im … im …" Sie sah zum Schaukelstuhl.

„Meinst du den Schaukelstuhl?"

Sie nickte und runzelte die Stirn. „Ja", überlegte sie zögernd. „Ja, den Schaukelstuhl."

„Dafür ist es leider zu kalt." Ich zog die Tür auf, und ein Schwall warmer Luft wehte zu uns heraus. „Oh, wie schön warm!"

Ebba überließ mir dankbar ihren Mantel, zog ihre Stiefel aus und lief auf Socken zur Anlage, während ich zur Küchenzeile hinüberging.

Als ich mit zwei Gläsern zurückkam, perlten leise Klaviertöne durchs Zimmer, eine anschwellende, unruhige Melodie, die langsam wieder verebbte, sanft im Hintergrund schwebte. Ebba saß auf dem Sofa, die Knie angezogen, und schien zu lauschen, mit angestrengt gekrauster Stirn, den Blick wie nach innen gerichtet.

„Ebba?" Ich reichte ihr eins der Gläser, und sie sah auf, als käme sie aus einer weiten Ferne zurück. Aber sie machte keine Anstalten, mir das Glas abzunehmen, sie sah mich einfach nur an, mit einem eindringlichen, prüfenden Blick, der mich seltsam berührte.

„Warum siehst du mich so an?"

Ebba schwieg. Dann streckte sie eine Hand aus und nahm mir das Glas ab, um es neben sich zu stellen. „Komm her", sagte sie leise.

Ich setzte mich neben sie, und sie drehte sich um und schaltete die Anlage aus. Die Stille schmiegte sich wie ein Tuch um uns beide. Ebba drehte sich seitwärts, stützte ihr Kinn in die Hand und sah mich nachdenklich an, immer noch mit diesem merkwürdigen, unergründlichen Blick.

„Ich hätte Rupert gern noch mal gesehen", sagte sie.

„Ach, bei Jackie ist er gut aufgehoben."

Sie nickte. „Ja. Aber trotzdem." Sie sah mich immer noch an. Als sähe sie mich zum ersten Mal.

Die Stille schmiegte sich wieder um uns. Den ganzen Abend über, eigentlich schon, seit ich vor ein paar Tagen gekommen war, war Ebba sehr ruhig, fast schon zu ruhig.

„Schlaf heute bei mir", sagte sie plötzlich. „Bitte."

Ich lächelte und strich ihr über die Wange. „Bist du schon müde?"

Sie nickte.

Ich stand auf und zog sie hoch. „Dann lass uns ins Bett gehen."

Ebba ging mir voraus, ich löschte das Licht. Die Tür zu ihrem Zimmer ließen wir offen.

Wir schliefen eng aneinandergeschmiegt ein in dieser Nacht, so wie seit Langem nicht mehr. Irgendwann wachte ich auf; Ebba lag schlafend da, ihr Gesicht weich und entspannt, aber auch jetzt noch, im Schlaf, waren die tiefen Ringe unter ihren Augen deutlich zu sehen. Ihr Gesicht wirkte fast spitz, und bevor ich wieder einschlief, beschloss ich, am Morgen ein gutes Frühstück für sie zu machen.

Auch am nächsten Tag war sie sehr ruhig. Ich ließ sie am Morgen allein, fuhr einkaufen, besorgte ihr Berge von Nahrungsmitteln und alles, was sie sonst noch brauchen konnte, bis Evert zurückkam, und als sie mich am nächsten Morgen früh zum Flughafen fuhr, da war ich fast wieder beruhigt. Alles würde in Ordnung kommen, war vielleicht gar schon in Ordnung.

Wir hatten nicht viel gesprochen in diesen Tagen, nicht viel über mich, über uns, auch nicht über Mai. Auch das würde in Ordnung kommen, Mai war weit fort, in einer anderen Welt, aber diese Welt hier, das war jene, die zählte.

Ebba umarmte mich lange zum Abschied. Ich hielt ihren zerbrechlich gewordenen Körper in meinen Armen, hielt sie sehr lange, hielt sie sehr fest. Ihr Kuss zum Abschied war weich, und als ich schließlich den Schalter passierte, winkte sie mir noch einmal von der Tür aus zu. Hinter ihr schien die Sonne in die Halle hinein, und als ich mich ein paar Schritte später noch einmal umdrehte, war die Tür bereits wieder geschlossen und Ebba war fort, wie eine Erscheinung.

Vielleicht hätte ich bleiben sollen, vielleicht, sicher hätte das alles geändert. Aber das wusste ich nicht, und so kehrte ich zurück in mein selbstgewähltes Zuhause. Ebbas Anblick aber und die Erinnerung an das klare Licht der Insel nahm ich mit in die dunklen Tage, die folgten.

Wir telefonierten noch dreimal miteinander, immer nur kurz. Danach hörte ich einige Tage nichts mehr von ihr.

Und dann rief Evert mich an.

Jetzt

Das Mondlicht wirft seine Schatten. Die Wiese vor mir liegt still da, dahinter harren die Bäume. Der Schaukelstuhl knarrt leise, als ich mich bewege, sanft schwingt er nach hinten, dann wieder nach vorne, bis ich ihn zum Halten bringe.

Lore hockt zu meiner Linken, eifrig und wach, bereit, noch tief in der Nacht auf der Veranda zu sitzen und aufmerksam in die nächtliche Waldesruhe zu starren, während Rupert auf meiner anderen Seite in ihrem Körbchen den ruhigen Schlaf der entspannten Stoiker schläft.

Ich trinke einen Schluck Bier und schaukele wieder zurück, dann nach vorne. Rupert wufft leise im Schlaf, rollt sich auf seinem Kissen anders zusammen. Lore spitzt die Ohren, reckt sich ein wenig.

Alles ist still. Die Birke am Rande der Wiese wirft ihren Schatten im Mondlicht; er sieht aus wie ein Mensch, der regungslos dasteht.

Es dauert eine Weile, bis ich meinen Irrtum bemerke. Das ist nicht der Schatten der Birke. Da vorne steht Evert.

Mit langsamen Schritten kommt er auf mich zu. „Ich hoffe, ich habe dich nicht erschreckt", sagt er bedächtig, während er Lore begrüßt und dann Rupert, der aufgewacht ist, sich aber gleich wieder zusammenrollt. „Ich sehe, die Hunde haben den Weg zu dir von allein gefunden."

„Ja. Sie kamen, als Staffan gerade das Klavier abgeholt hatte." Ich muss lächeln, und Evert lächelt auch. Ein Bier lehnt er ab, stattdessen verschränkt er die Arme vor der Brust.

„Es ist gut, dass du hier bist", sagt er. „Heute Morgen, als du fort warst, da war ein Mann hier, er sagte, sein Name sei Oscar Herlitz. Ich habe ihn schon einmal gesehen. Ist das nicht Ebbas Bruder?"

Plötzliche Wut durchströmt mich. Ich atme zweimal tief ein und aus, dann entspanne ich mich und nicke. Auch ich habe ihn schon einmal gesehen. Zusammen mit Evert. Drei Monate ist das jetzt her.

„Er war mit einem Gutachter hier", fährt Evert fort und legt den Kopf schief. „Das Haus", sagt er. „Das Grundstück. Sie haben es angesehen. Ich habe sie gebeten zu gehen und erst mit dir zu sprechen, bevor sie das Grundstück betreten. War das richtig?"

„Absolut", sage ich. „Danke."

Evert nickt, sein Blick fährt zu Lore, die sich zu ihm gesetzt hat, dann wieder zu mir.

„Keine Sorge", sage ich, mehr zu mir selbst als zu Evert. „Das Haus gehört mir. Er wird versuchen, es mir abzukaufen."

Evert mustert mich. Seine Augen sind hell, wässrig, sogar im Dunkel der Veranda. „Wirst du verkaufen?“, fragt er. „Ich meine, wenn … Du kannst ja tun, was du möchtest. Aber ich habe es damals an Ebba verkauft. Wenn du es verkaufen willst, dann nehme ich es gern wieder zurück.“

Ich nicke. „Ich werde dran denken, Evert.“

„Er kann mehr zahlen als ich“, sagt Evert. „Das ist mal sicher.“

Ich nicke. Es ist unnötig, ihm zu erklären, dass mich das Geld nicht so sehr interessiert. Ich weiß, was Oscar mit dem Grundstück will. Eine Ferienhütte daraus machen. Eine Hütte zum Jagen.

Aber das wird nicht geschehen.

Evert nickt wieder. „Es ist gut, dass du hier bist“, sagt er erneut, dann wendet er sich zum Gehen.

„Evert?“

Evert dreht sich zu mir um, mit erhobenen Brauen.

„Möchtest du Lore nicht vielleicht mitnehmen?“

Evert lächelt, dann ruft er Lore, die nur darauf gewartet zu haben scheint. Wie der Blitz flitzt sie die Treppe hinunter, tänzelt um Evert herum, läuft ihm voraus zu dem Waldpfad.

Ich sehe zu, wie Everts hagere Gestalt hinter ihr zwischen den hohen Bäumen verschwindet. Und plötzlich spüre ich sie, diese allumfassende Einsamkeit, die sich in mir ausbreitet wie Sauerstoff in meinem Blut.

Du hast nicht resigniert. Du hast nur versucht, eine Übereinstimmung zwischen deinem Inneren und den äußeren Umständen herzustellen. Zwischen innen und außen. Und das ist dir am Ende gelungen.

Du hast dich nicht mehr gegen die Einsamkeit gewehrt, die du längst in dir trugst.

Auf deine Art hast du Frieden geschlossen.

Und vielleicht kann ich das auch.

Kapitel 8

Ein frischer Wind pfeift durch die kleinen Gassen, salzige Meeresluft weht von der Ostsee herüber. Heute Morgen habe ich mich entschlossen, nach Visby zu fahren, um dort zu Mittag zu essen.

Es fällt mir schwer, das kleine, geduckt daliegende Fischrestaurant zu betreten, aber als ich die schlecht schließende Tür hinter mir zudrücke und das freundliche Lächeln der jungen Angestellten empfange, bin ich doch froh.

Ich bekomme einen Platz am Zweiertisch neben der Glastheke und bemühe mich, nicht zu den vielen schwarzen Knopfaugen der dahinter liegenden Krabben und Garnelen hinzusehen; dann bestelle ich wie immer das vegetarische Gericht, das einzige auf der Karte, Gemüsetacos mit Guacamole.

Während ich auf mein Essen warte und dabei Knäckebrot mit Salzbutter esse, lasse ich meinen Blick durch den Raum schweifen. Türkis bemalte Fensterrahmen, grüne Kacheln, ein charmantes Sammelsurium von nicht zueinander passenden Holzstühlen an Tischen, auf denen buntgepunktete Plastikdecken glänzen. In der Ecke schräg gegenüber sitzt ein alter Mann, den ich vom Sehen zu kennen glaube, hinter mir sind zwei Paare mittleren Alters mit ihren Hummerkrabben beschäftigt.

Ich weiß noch, wie ich protestiert habe, als du mich das erste Mal hierhergeführt hast, damals, vor so vielen Jahren. Aber du hattest recht, dieses kleine Fischrestaurant ist zweifellos das netteste Lokal in ganz Visby, und fast fühle ich mich jetzt, ohne dich, in einen Zustand anheimelnder Geborgenheit versetzt, als mir die Kellnerin mein Essen bringt und dazu ein Glas *Wisby Klosteröl* hinstellt, das örtliche Bier, dunkel und stark, ein paar Straßen weiter gebraut.

„Aufs Haus", sagt sie und deutete zur Küche hinüber. In der Öffnung steht der Besitzer, der uns immer freundlich begrüßt hat; jetzt nickt er mir zu, winkt und wendet sich erst um, als ich ihm das Glas entgegenhebe. Eigentlich trinke ich um diese Zeit keinen Alkohol, aber dieses Bier gönne ich mir. Es erinnert mich an die vielen Male, die wir hier zusammengesessen haben, du und ich. Ich habe immer *Klosteröl* getrunken, du meistens Wein. Insgeheim stoße ich mit dir an.

Die junge Kellnerin wirft mir einen verstohlenen Blick zu, während sie sich an der Theke zu schaffen macht. Sie ist zu jung, um in dir mehr als einen gelegentlichen Gast gesehen zu haben, aber auch sie weiß Bescheid, das kann ich sehen. Sie weiß, wer ich bin, sie weiß, dass du nicht mehr da bist.

Alle wissen sie Bescheid – die Kellnrein, der Besitzer, Staffan, die beiden Klavierträger, die Verkäuferin im Markt gegenüber, wo ich gerade noch Hundefutter gekauft habe. Alle wissen Bescheid, und letztendlich, das wird mir klar, während ich esse, hat dieses allgegenwärtige Wissen etwas Tröstliches.

Als ich gehe, erklärt mir die Kellnerin, dass ich Glück gehabt habe, das Restaurant sei ab morgen für vier Wochen geschlossen, man renoviere, mache alles ganz neu und frisch. Ich muss lächeln. Alles verändert sich; wie hättest du das jetzt gefunden? Sicherlich hätte es dich gestört, du hättest gemurrt. Aber für mich ist es gut.

Wenn ich das nächste Mal hierherkomme, dann wird alles neu sein. Es wird weniger Erinnerungen geben, weniger Erinnerungen an dich und unsere gemeinsame Zeit. Und vielleicht wird mir das helfen.

Ich schlendere am Markt vorbei und wandere die Kyrkogatan hoch. An der Pforte zum Kirchplatz will ich eigentlich schon umdrehen, aber ich stocke, als ich den kleinen Strom älterer Menschen sehe, die gegen den Wind gestemmt in die Dorfkirche eilen. Und ohne nachzudenken, folge ich ihnen.

Nur gut zwei Dutzend Menschen sitzen in den Bänken, alle nahe am Mittelgang. Der Chor und die Prädikanten stehen schon vorn am Altar bereit, gehüllt in lange, blaue und graue Gewänder, mit einem roten Emblem auf der Brust.

Eine lächelnde Frau in einem roten Kostüm reicht mir ein Gesangbuch und zwei Blätter mit dem Ablauf des Gottesdienstes. Jetzt kann ich nicht mehr zurück, und so setze ich mich in eine der letzten Bänke, hinter einen älteren Mann, dessen gebeugter Nacken unter den dünnen weißen Haaren weich und verletzlich wirkt.

Einen Moment später beginnt die Pastorin, eine Frau in meinem Alter, mit klarer Stimme zu sprechen, überraschend laut; sie trägt ein kaum sichtbares Mikrofon am Revers. Ihre deutliche Stimme jagt mir einen Schauer über den Rücken.

Natürlich verstehe ich kaum ein Wort, aber ich bekomme mit, dass sie einen Leitspruch wieder und wieder zitiert. *„I livet går inte allt ihop"*, sagt sie mehrfach mit deutlicher Stimme, und das kann ich mir zusammenreimen: *Im Leben kommt nicht immer alles, wie man es sich wünscht.*

Unerwartet schießen mir die Tränen in die Augen. Ich starre blinzelnd auf den Nacken des alten Mannes vor mir, bis die Gemeinde sich unvermutet erhebt und zu singen beginnt. Immer noch gegen meine Tränen ankämpfend, suche ich in meinem Gesangbuch den Text, dessen Nummer auf den Tafeln an den Säulen rechts und links des Mittelganges angeschlagen ist. Schließlich finde ich ihn und summe mit.

Langsam beginne ich Gefallen zu finden an dieser Nikodemusmesse – so ist der Gottesdienst betitelt, wie ich dem Zettel entnehme, den die lächelnde Dame mir vorhin gereicht hat. Ich weiß nicht, wer Nikodemus war, aber ich summe mit, setze mich, als die Gemeinde wieder Platz nimmt, und betrachte leicht amüsiert die Gesten der Vortragenden, das leichte Sich-Wiegen der Chormädchen, von denen eins immer wieder ein hartnäckiges Gähnen zu unterdrücken versucht.

Wieder wird gesungen, ich höre zu, lasse mich treiben, meine Gedanken schweifen. Vielleicht ist es das Bier, das mich jetzt träge macht, fast schläfrig und nachsichtig zugleich, aber als auf einmal die Gemeinde erneut aufsteht und alle beginnen, ihrem nächsten Nachbarn die Hand zu reichen und dazu einen Segensspruch zu murmeln, da schießen mir erneut die Tränen in die Augen. Ich drücke dem alten Mann vor mir die Hand und der stets mit glockenheller Stimme singenden Frau hinter mir; die Pastorin vorne nickt und lächelt und ruft, dass wir ein Leib seien, und ich weiß, dass ich das eigentlich lächerlich finde, aber jetzt, in diesem Moment, an diesem Ort, kann ich darin nichts Lächerliches mehr sehen.

Mit unbarmherziger Schärfe erkenne ich, dass ich allein bin, unendlich allein, und wie sehr ich Ebba vermisse, wie ich es vermisse, Teil einer Gemeinschaft zu sein, und bestand sie auch nur aus zwei alternden Frauen und ihren Hunden.

Am liebsten möchte ich aufstehen und gehen, aber es ist mir nicht möglich.

Ich kann nicht gehen, kann diese Kirchenbank nicht verlassen, ich traue mich nicht. Ich kann nicht aufstehen und gehen, ohne in Tränen auszubrechen; ich bin wie gefangen, gefangen in meiner eigenen, plötzlichen Zerbrechlichkeit. Und so bleibe ich, bleibe, während der Gottesdienst seinen Lauf nimmt, während der Chor singt, die Prädikanten Bibelsprüche zitieren, die Gemeindemitglieder singen und beten und aufstehen und sich wieder setzen, und ich mit ihnen, als wären wir tatsächlich ein Leib.

Als die Gemeindemitglieder schließlich nach vorne gehen, in einer langen Reihe, um sich das Abendmahl abzuholen, bleibe ich in meiner Bank sitzen, starre mit brennender Kehle auf die humpelnden, hinkenden, langsam gehenden Gestalten. Hauptsächlich alte Frauen und Männer sind hier versammelt, nur ein paar jüngere darunter und ein Mädchen von sechzehn oder siebzehn Jahren mit langen, wallenden Haaren.

Ich bleibe sitzen, und ich bleibe auch sitzen, als der Organist die abschließende, getragene Melodie spielt, als die Pastorin, der Chor und die Prädikanten durch den Mittelgang hinausziehen, gefolgt von den Gemeindemitgliedern.

Alle nacheinander gehen, schlurfen, wandern sie hinaus, ich höre sie hinter mir sprechen, lachen, sich verabschieden, aber ich sitze da, mit brennender Kehle und tränenden Augen, und als ich schließlich doch aufstehe und gehe, hastig an der mir freundlich zunickenden Pastorin vorbei, da spüre ich bereits, wie ich die Fassung verliere.

An die mächtigen Kalksandsteinklippen gelehnt stehe ich da, im Schatten der Domkirche, und kämpfe mit mir. Dann lasse ich los.

Ich brauche lange, um mich zu beruhigen.

Wir haben nie zusammen einen Gottesdienst besucht, du und ich. Aber du bist manchmal gegangen, hier in die Domkirche, oder in Fröjel, in die alte Kalksteinkirche gleich hinter Mulde. „Ich gehe gern in Gottesdienste“, hast du gesagt. „Da kann ich Musik hören. Unter Menschen sein und doch allein.“

Es hat deinem Ruhebedürfnis entsprochen, war dein persönlicher Tribut an die Tatsache, dass auch du, obwohl du mehr und mehr die Kommunikation verweigertest, ein soziales Wesen warst. Mitglied der Menschheit. Teil einer Gemeinde. Teil einer Gemeinschaft.

Und vielleicht, das frage ich mich immer noch, vielleicht warst du in einem tiefen Winkel deines Herzens auch gläubig.

Nein, wir haben nie zusammen einen Gottesdienst besucht, du und ich. Aber wir waren oft gemeinsam auf einem Friedhof. Sehr oft sogar. Ich glaube, wir haben in all den Jahren einen Großteil der Friedhöfe auf ganz Gotland besucht, vielleicht sogar fast alle. Du bist immer gern dort spazieren gegangen, und auch ich habe Gefallen daran gefunden.

Ich weiß nicht, ob das noch so ist.

Am Tag nach Everts Anruf war ich nach Gotland geflogen, allein, ohne Rupert.

Lena, Hannes, auch Jackie hatten mich begleiten wollen, aber ich hatte abgelehnt. Ich kam mit dem letzten Flug an, spät am Abend, es war schon lange dunkel. Auch Everts Angebot, mich abzuholen, hatte ich ausgeschlagen.

Dennoch wollte ich nicht im Dunkeln in Mulde eintreffen, nicht am Abend, lieber in der Helligkeit des Tages. Auch konnte ich mir nicht vorstellen, dort zu übernachten, allein ohne dich, und so hatte Evert mich für die kommenden Tage in einem neuen Hotel in der Strandgatan eingebucht.

Mein Zimmer lag ganz oben unter dem Dachfirst, das einzige, große Fenster ging auf den tief verschneiten Packhusplan hinaus. Reifenspuren glänzten im Licht der Laternen, und eine wohlgenährte braungetigerte Katze saß auf dem weißbekränzten Brunnen, als ich hinaussah. Auf allen Dächern türmten sich Schneehauben, das Meer lag dahinter im Dunkeln verborgen und rauschte sanft zu mir herüber.

Noch in der Nacht frischte der Wind auf, Schnee wirbelte in dichten Flocken vor meinem Fenster. Ich war der einzige Gast im Haus, die Betreiber, eine gotländische Familie, waren über Nacht in ihr eigenes Haus gefahren. Es war ein seltsames Gefühl, so allein zu sein in einem derart großen Gebäude, gut zwanzig Zimmer, dazu Frühstücks- und Wirtschaftsraum, unzählige Kammern; aber schließlich ist Visby nicht Berlin, sondern eine friedliche, kleine, abgeschiedene Kleinstadt, durch die eisige Ostsee von allem Bösen getrennt.

Ich konnte nicht schlafen, spät in der Nacht zog ich mich an und kämpfte mich durch die Schneeböen hindurch, ein Stück weit zur Strandpromenade hinüber. Der Schnee wehte fast waagerecht durch die Luft, kein Mensch war unterwegs, in einer Galerie vor der Strandpromenade drehte sich ein Mobile mit Figuren aus Lammfell im Luftzug hinter geschlossenen Fenstern. Als ich die letzte Häuserreihe verließ, blies der Wind mich fast um. Ich war schnell erschöpft, schließlich gab ich es auf, das Meer zu erreichen, und machte kehrt, ging zurück hinter die schützenden Mauern, hinauf in mein Zimmer.

Am dritten Abend hingegen, nach der Trauerfeier, war es vollkommen windstill. Ruhig lag das Meer; das Rauschen der Wellen, nach dem Tosen der vergangenen Nächte, war kaum zu hören.

Quer durch den Park lief ich entschlossen zum Strand hinunter, hoch aufgewehte Schneehaufen machten das Gehen zu einem Hindernislauf. Es war noch nicht ganz dunkel, ein Rest Tageslicht erhellte die Gegend. Die klare Luft war von Vogelstimmen erfüllt. Enten, Schwäne und andere Wasservögel, auch ein paar dick aufgeplusterte Amseln pickten in den Schneewehen nach Resten von Futter, Möwen riefen am Himmel.

Der Schnee barst unter meinen Schritten, mit Zeitverzögerung sank ich hinein, dann hielt der Beton der Küstenbefestigung meine Reise nach unten auf. Einen halben Meter weiter war das Eis vom salzigen Ostseewasser geschmolzen, ich versank zwischen Kies, Muscheln und Sand, nach zwei Sätzen war ich am Ufer, rutschte auf den glattgeschliffenen Kalkbänken fast aus. Schließlich stand ich am Rande der Ostsee, leicht schwankend, auf glitschigen Platten, und unter mir schwappten die Wellen ans Ufer, Gischt spritzte empor.

Plötzlich wurde die Gefahr mir ganz deutlich bewusst. Nur ein falscher Schritt, und ich könnte abrutschen, ins eisige Ostseewasser stürzen, binnen Sekunden bewusstlos werden, ertrinken. Niemand wusste, wo ich mich befand in dieser Nacht, niemand wartete auf mich; erst am Morgen würden die Hotelbesitzer bemerken, dass ich nicht bezahlt hatte, nicht heimgekehrt war. Dass es mich nicht mehr gab.

Mein Handy würde klingeln, immer wieder, bis der Akku sich letztlich erschöpfte. Ich aber wäre verschwunden, würde irgendwann vielleicht wieder auftauchen, eine Wasserleiche am zugefrorenen Strand: Eine Frau in mittleren Jahren, die Haare noch dunkel, ein paar Pfund Übergewicht, niemals schwanger gewesen, ledig, jetzt für immer allein.

Ich zog meine Handschuhe aus, atmete durch, dann bückte ich mich vorsichtig, passte den rechten Moment ab, in dem eine Welle sich auslief, und steckte meine Hände hinein. Das Wasser war warm, erstaunlich warm, wärmer, als ich gedacht hatte. Aber fast alles war anders, als ich gedacht hatte in diesen Tagen.

Auch die Trauerfeier Stunden zuvor.

Ich fahre die St. Göransgatan entlang, am Luxushotel vorbei. Die weitläufige Anlage ist fertiggestellt, wie es scheint, sind in einigen der Bungalows schon Gäste untergebracht. Als ich zu den Klippen aufblicke, stutze ich, dann muss ich lächeln. Der Galgenberg wird bebaut, mit drei mehrstöckigen Wohnhäusern, alle mit Blick aufs Meer. Die Rohbauten stehen bereits.

Du hast recht gehabt, Ebba. In so vielen Dingen.

Langsam fahre ich weiter. Die Bäume und Sträucher am Rande der Straße verwehren mir den Blick auf das Meer, aber ich kann das Leuchten der See sehen, das den Himmel erhellt. Weiter hinten fliegt ein Schwanenpaar mit gleichmäßigen Flügelschlägen gen Norden.

Auf den Parkplätzen vor der Mauer aus geschichteten Kalksteinen stehen kaum Autos, nur ein uralter Chevrolet und, natürlich, ein Volvo. Ich parke zwischen ihnen ein und ziehe die Handbremse an. Für einen Moment kann ich nur schwer atmen, aber dann geht es.

Aussteigen kann ich noch nicht.

Ich beuge mich vor, umarme das Lenkrad, suche nach Zuversicht, Kraft. Irgendwo tief in mir finde ich sie, zwischen Bergen aus Schuldgefühl, Ängsten, hauptsächlich Trauer.

Du wusstest, wohin du wolltest. Du hast dich entschieden. Im Leben wie auch im Tod hast du deinen Platz für dich gefunden.

Wohin aber soll ich mit meiner Liebe für dich?

Ich richte mich auf und hole tief Luft. Dann steige ich aus.

Langsam gehe ich über den Friedhof, lasse mir Zeit. Die Grabsteine stehen für sich, ohne Umrandung, ohne abgezirkeltes Feld. Still ragen sie aus dem Rasen heraus, einer neben dem anderen, manche uralt, manche auch neu, vor einigen stehen Blumen. Geharkte Wege gibt es nicht, hier ist alles ganz einfach und schlicht, auch die Kapelle.

Ich sehe nicht hin, die Erinnerung ist noch zu frisch, sie schmerzt noch, vielleicht wird sie das immer. Ich betrachte lieber die Steine, lese die Inschriften, langsam. In Ruhe.

Da liegt Björn Jonsson, zusammen mit *makan* Ingegerd.

Mina Dahl och hennes älskade make Bengt.

Elisabeth Herlitz.

Ein paar Tage zuvor war ein Schneesturm über die Insel gezogen. Mit Mühe kämpfte ich mich durch die Schneewehen zum *Norra Kyrkogarden* hindurch. Es kostete Kraft und viel Zeit, dennoch kam ich zu früh.

Die Kapelle verhieß Wärme und Schutz, ein Trugschluss, den ich erst zu spät registrierte. Auch hier war es kalt, wenn auch wärmer als draußen. Und der Schutz war fragil, so viele fragende, prüfende Blicke, manch einer auch vorwurfsvoll, streiften mich wieder und wieder.

Ich war heilfroh, dass Evert kurz nach mir eintraf und sich neben mich setzte. Er bot mir Schutz, nicht die Kapelle. Seine Gegenwart tat mir wohl, seine Trauer traf meine. Als ich mich umdrehte, erschrak ich; die Kapelle war vollständig gefüllt, jeder Platz in den Bankreihen besetzt. Neben mir nahm ein Mann Platz, den ich zum ersten Mal traf und dennoch erkannte.

Oscar, dein Bruder. Der gutaussehende Bursche, um Jahrzehnte gealtert, der mir vor so vielen Jahren von einem Foto in der Wohnung deiner Mutter entgegengelächelt hatte. Er erinnerte mich an Frau Hubers Sohn, dessen Vornamen ich bis heute nicht kenne.

Du hast kaum über euer Verhältnis geredet. Ich werde nie erfahren, was zwischen euch wirklich passiert ist.

Ich werde auch nicht erfahren, was er dazu dachte, was er für dich fühlte, denn Oscar sprach nicht mit mir. Er sah starr auf deine Urne, mit Blumen bekränzt stand sie da.

Ich hingegen sah sie nicht an.

Ein Bagger hub später das Loch aus, es war einfach zu kalt, der Boden seit Wochen gefroren.

Jetzt bedeckt Gras deine Grabstelle, wächst um den einfachen Stein, Kalkstein natürlich. Evert hat ihn für dich ausgesucht, ich konnte es nicht. Und Evert stammt von dieser Insel.

„Hier möchte ich eines Tages auch liegen", hast du damals gesagt, bei unserem ersten Besuch hier, vor so vielen Jahren. „Dahinten, vor der Mauer. Mit Blick aufs Meer. Gibt es eine bessere Lage?"

Ich stehe still da, sehe über die Friedhofsmauer hinweg auf das Meer, das in der Aprilsonne glänzt. Von irgendwo her kommt der Ruf eines Wasservogels geflogen.

„Aber den Blick aufs Meer siehst du dann ja nicht mehr", hatte ich damals gesagt, um dich zu necken. Das war mir nicht gelungen. „Nein", hast du gesagt. „Ich nicht. Aber du vielleicht."

Ja, ich sehe das Meer. Und den Stein mit deinem Namen. *Elisabeth Herlitz.*

Für mich warst du Ebba. Für mich warst du alles. Fast alles. *Das Licht meines Lebens.*

Ich vermisse dich schrecklich.

Eine Möwe schwingt sich hoch in den Himmel. Ich hebe den Kopf. Das Licht über der Insel ist unendlich klar.

Es ging alles so schnell. Silvester verbrachten wir beide gemeinsam, den Neujahrsabend bei Evert, schließlich flog ich zurück nach Berlin. Du hast deine Sachen geordnet, das Haus von persönlichen Dingen gesäubert. Am Tag, als Evert vom Festland zurückkam, hast du Lore in seine Wohnung gesetzt. Du hast einen Brief hinterlassen und Evert gebeten, Lore zu nehmen, dann hast du auch mir noch geschrieben. Und dann hast du deine gesammelten Tabletten genommen und bist zum Strand hinübergegangen, zum Findling mit den zwei Mulden.

Evert hat dich gefunden; wie du es gewollt hast.

Nach der Trauerfeier nahm Evert mich mit nach Mulde. Er brachte mich bis zur Veranda, lächelte schwach. „Der Brief liegt auf dem Tisch", sagte er, bevor er kehrtmachte. „Ruf mich, wenn du mich brauchst."

Aber da lag nicht nur der Brief. Sondern noch mehr.

Dein Testament. Und eine Mappe auf der Fensterbank in deinem Zimmer, aus Pappe, mit Gummizug und Unterlagen darin, aktuelle und alte, aus deiner Jugend. Ich brauchte lange, um sie zu sichten; das Wörterbuch half mir dabei.

Ein Operationsbericht von 1970.

Eine CT-Aufnahme vom Dezember vergangenen Jahres.

Diagnosen. Prognosen. Medizinische Begriffe und Daten.

Die Narbe an deiner Schläfe, sie stammte nicht von einem Unfall. Und deine Kopfschmerzen waren keine Migräne, sie hatten nichts mit den Wechseljahren zu tun. Deine Wortfindungsstörungen in den letzten Monaten waren Absencen, epileptische Anfälle, bedingt durch die Veränderungen in deinem Gehirn.

Der Tumor war wiedergekommen, an anderer Stelle, fast vierzig Jahre danach.

Du hast es mir nicht erzählt. Ich weiß nicht, wie du das geschafft hast, woher du die Kraft nahmst. Vielleicht, weil du nicht wolltest, dass das Wissen darum wie ein Schatten auf unserer Beziehung gelegen hätte.

Das hätte es sicher. Ich hätte mich immer um dich gesorgt, vielleicht oftmals anders gehandelt, weniger frei.

Aber ich hätte es gerne getan.

So hast du das Wissen alleine getragen. Den drohenden Schatten. Der dich am Ende dann eingeholt hat.

Du hast es mir niemals erzählt.

Doch du wolltest, dass ich verstehe. Dass ich dich verstehe.

Ich denke, das ist dir gelungen.

Das Haus ist still, und auch draußen ist alles ruhig. Die Hunde schlafen; Rupert in seinem Korb, Lore liegt auf dem Teppich im Wohnzimmer. Ich aber bin wach.

Langsam wandere ich durch die Räume. Meine Kammer, mein Bett, mein Tisch und mein Schrank. Das Bad mit dem Fenster nach draußen. Die Küchenzeile, das Wohnzimmer, hell und licht wie alles in diesem Haus. Und als Letztes dein Zimmer. Nur noch dein Sessel steht nun darin, die Mappe liegt auf der Fensterbank, von der Sonne bestrahlt. Ich gehe hinüber und nehme sie auf.

Schwer wiegt sie in meiner Hand. Vielleicht sollte ich sie einfach vernichten. Verbrennen, draußen im Garten.

Aber ich glaube, ich bewahre sie auf. Hier in diesem Haus. Deinem Haus, das jetzt auch meins ist.

Ich lege die Mappe zurück und lehne mich an die Wand, verschränke die Arme. Die Bäume draußen tragen frische

Triebe, recken sich friedlich zum strahlenden Himmel empor.

Einen Ort zu finden, an dem man leben will, ist vielleicht gar nicht so schwer. Aber einen Ort zu finden, an dem man bleibt, das ist schwer.

Du hast beides gefunden.

Und du hast beides verlassen. Zum für dich richtigen Zeitpunkt.

Aber ich bin noch hier.

Mein Handy klingelt, und ich gehe zurück ins Wohnzimmer. Lore öffnet die Augen und betrachtet mich sanftmütig, als ich das Handy in die Hand nehme. Ob sie dich vermisst?

„Hallo, Marthe!", sagt Jackie. „Wie geht's dir?"

„Ganz in Ordnung. Und dir?"

Sie lächelt, das kann ich hören. Und hinter ihr höre ich Stimmengewirr. „Gut", sagt sie. „Hannes und Massimo sind zu Besuch, von denen soll ich dich grüßen." Massimo kreischt im Hintergrund meinen Namen, dann habe ich Hannes im Ohr.

„Mart? Alles okay?"

„Ich weiß nicht. Ja, schon. Ich bin ganz in Ordnung."

„Hast du dich entschieden?"

Ich drehe mich langsam herum, mit dem Handy am Ohr. Lore folgt mir mit Blicken. Helles Licht fällt auf die Dielen. Das Fenster hinter dem Sofa steht offen, frische Luft weht herein. Draußen fährt ein Windstoß durch die Bäume, bringt die Blätter zum Rascheln. „Ich denke", sage ich langsam.

Hannes fragt nicht weiter nach. „Komm bald zurück", sagt er.

„Mach ich. Grüß Lena und Harm, ja?"

Dann hat Jackie wieder den Hörer. „Mart? Hör mal … was Trauriges. Also … Frau Hubers Sohn hat angerufen. Seine Mutter ist vor ein paar Tagen gestorben."

„Oh“, sage ich, aber überrascht bin ich nicht. Damit habe ich schon länger gerechnet.

Jackie räuspert sich. „Tut mir leid“, sagt sie. „Du sollst den Sohn jedenfalls anrufen. Er will was mit dir besprechen.“ Sie zögert. „Klingt nicht gerade nett“, fügt sie hinzu.

„Ist er auch nicht.“ Ich sehe wieder zu Lore. Sie fühlt sich hier wohl, genauso wie Rupert. Und ich.

„Jackie?“, sage ich. „Sag mal, würdest du immer noch gern nach Gotland ziehen, wenn du könntest?“

Jackie saugt überrascht die Luft ein. „Klar“, sagt sie dann. „Klar würde ich das. Wenn ich einen Job hätte, sicher. Und wenn Loris mich dort mal besucht.“ Ich höre ihr Lächeln; überrascht ist sie, über sich selbst.

„Wir reden mal, wenn ich zurück bin“, sage ich.

Hannes und Massimo rufen im Chor einen Abschiedsgruß, und mir ist warm ums Herz, als ich den Anruf beende.

Fast tausend Kilometer entfernt gibt es Menschen, die auf mich warten. Und nicht nur dort.

Ich zögere kurz, dann mache ich noch einen Anruf.

Onno geht sofort dran. „Marti?“ Seine Stimme klingt fröhlich. „Mensch, dass du mich noch erwischst! Ich bin auf dem Sprung.“

„Wohin soll es denn gehen?“

Onno lacht. „Ich fahre wieder zu See“, sagt er und klingt jetzt fast beschämt. „Ich dachte, ich probier es noch mal. Mehr als schiefgehen kann es ja nicht.“

„Pass auf dich auf“, sage ich. „Melde dich, wenn du zurück bist.“

„Gern“, sagt er erfreut. „He, Marti, war sonst noch was, oder weshalb rufst du eigentlich an?“

Ich gehe zum Sofa hinüber und setze mich hin. „Nein“, sage ich. „Eigentlich. Ich wollte dich nur mal hören. Ach, und falls du zufällig Berend triffst, bevor du fährst – grüß ihn mal von mir und sag ihm, ich melde mich bald.“

Als ich aufgelegt habe, kommt Lore zu mir herüber und schmiegt sich an meine Knie. Ich kraule ihr Ohr und lehne mich tief in die Polster. Für einen Moment bin ich versucht, den CD-Player einzuschalten, aber noch scheue ich mich davor.

Bestimmt werde ich traurig, was auch immer ich dann höre. Vielleicht die *Kadenz für Viola* von Penderecki. Vielleicht Bach. Oder Ornstein, von Julia Mustonen gespielt. Vielleicht etwas von dir.

Wahrscheinlich sollte ich warten damit.

Ich schließe die Augen und sehe dich vor mir, dein konzentriertes Gesicht, deine gerunzelte Stirn, wenn du den leisen Tönen gelauscht hast.

Den leisen Tönen in deinem Kopf.

Sie sind mit dir verschwunden. Aber nicht ganz.

Dies war dein Haus. Und auf eine Art bist du noch hier, ganz dicht bei mir.

Und, das ist mir jetzt klar, das soll auch so bleiben.

Ein Lesbenpaar in Tretorn-Gummistiefeln und mit Ferngläsern um den Hals kommt mir entgegen. Everts Feriengäste. Zwei Damen, hat er gesagt. Ich muss schmunzeln und nicke ihnen zu, als sie mich grüßen und Lore den Kopf tätscheln.

Der Mischwald riecht würzig, an den Obstbäumen sprießen die Knospen schon langsam. Evert steht vor dem Hof, einen Spaten in seinen schmutzigen Händen. Er schiebt seine Mütze zurück, als er uns sieht, und stützt sich auf den Spaten. Lore hopst um seine Knie, aber er bückt sich nur kurz, um sie zu streicheln. Forschend sieht er mich an, sein Gesicht eine einzige Frage.

„Du hast dich entschieden?"

Ich nicke. „Ich behalte das Haus", sage ich ruhig. „Vielleicht zieht Jackie hierher, mit noch ein paar Hunden. Vielleicht kann sie dir auch mal zur Hand gehen, was hältst du davon? Und meinst du, im Hof wäre noch Platz für einen Anbau? Für eine Art Tierheim? Einen Gnadenhof?"

Evert nickt langsam, die Fältchen in seinen Augenwinkeln vertiefen sich. „Das wäre vielleicht eine gute Idee", sagt er bedächtig. „Aber nur, wenn du auch manchmal kommst."

„Natürlich", sage ich. „Natürlich komme ich wieder. Und bestimmt nicht nur manchmal. Allein, um euch zu besuchen, Lore und dich."

Evert blickt zu Lore hinunter, dann lächelt er. „Das ist gut", sagt er und nickt. Dann hebt er eine Hand. „Sieh mal, dort oben."

Ich drehe mich um. Über dem Dachfirst des Hofhauses ist ein winziger, dunkler Schatten zu sehen. Eine Fledermaus, sehe ich staunend, flügelschlagend, am helllichten Tag. Sie zieht einen flatternden Bogen, dann ist sie auf einmal verschwunden.

Als ich mich wieder umdrehe, sieht Evert mich an, mit hellen, wissenden Augen. „Pass gut auf dich auf", sagt er. „Und komm bald zurück."

Einen Anruf muss ich noch machen. Mais Handy klingelt und klingelt, dann springt ihre Mailbox an. Während ich ihrer sanften, dunklen Stimme lausche, sehe ich ihr Gesicht vor mir. Ich weiß nicht, was aus uns wird. Ich weiß nicht, was noch geht.

Ich trage schwer an meiner Schuld. Natürlich hätte ich versucht, dich davon abzuhalten, hätte ich von deinen Plänen gewusst. Natürlich hätte ich anders gehandelt, hätte ich von deiner Krankheit gewusst. Warum habe ich nichts gemerkt? Warum nichts gefragt?

Hätte ich nicht von Mai erzählt, wäre es anders gekommen?

Ich trage schwer an meiner Schuld, auch wenn du das nicht wolltest.

Und ich weiß nicht, was jetzt noch geht. Aber ich will es versuchen.

Du warst am Ende allein. Aber ich bin mir sicher, du wolltest nie, dass ich es auch bin.

Mais Stimme verklingt, dann folgt der Signalton.

„Hallo Mai", sage ich langsam. „Ich komme nach Hause."

Ich war dir so nah, und jetzt bist du fort.

Du hast deinen Platz am Ende gefunden – und den richtigen Zeitpunkt.

Und vielleicht, hoffentlich, deine Ruhe.

Ich habe dich letztendlich so wenig gekannt. Aber du warst Licht und Schatten für mich. Der Himmel über den Wolken. Eine Hand im stetigen Schwinden der Zeit. Und du warst wie die Musik, die du gehört hast, nur du.

Die Töne in deinem Kopf.

Leise Töne, unendlich viele.

Einer davon hat dich am Ende fortgetragen, in eine Dunkelheit, in die ich dir nicht zu folgen vermag.

Aber ein Teil von dir ist mir geblieben. Ich trage dich in mir.

Für alle Zeiten.

Liebste Marthe,

du trägst keine Schuld – ich kann einfach nicht mehr. Es hat mich eingeholt, und ich habe sofort gewusst, dass ich es nicht schaffen werde. Ich weiß, was auf mich zukommt; so will und kann ich nicht leben.

Wir hatten wirklich eine gute Zeit, die beste in meinem Leben. Dafür danke ich dir.

Pass auf dich auf,
in Liebe,
für alle Zeiten –

Ebba

CRIMINAL

DIE NEUE REIHE AUS DEM QUERVERLAG

Band V – Zum Sterben nach Kairo
Kriminalroman
Andrea Karimé
12,90 €, 978-3-89656-173-2

Spurensuche am Nil. Eine Welt voller gefährlicher Gegensätze, gefährlich auch für Hala Habibi.

Band VI – Aus Angst
Kriminalroman
Jan Stressenreuter
12,90 €, 978-3-89656-174-9

Ein Fall zwischen Hoffnungslosigkeit und Jugendkriminalität, Kommissarin Plasberg ermittelt wieder.

Band VII – Töten ist ein Kinderspiel
Kriminalroman
Corinna Waffender
12,90 €, 978-3-89656-179-4

Inge Nowaks zweiter Fall- Ein kaltblütiger Mord führt zu einem unaufgeklärten Verbrechen. Ein spannender Plot meisterhaft erzählt.

Band VIII – Schattengesicht
Kriminalroman
Antje Wagner
12,90 €, 978-3-89656-180-0

Zwei Frauen auf der Flucht vor einem Geheimnis.
Eine packende Reise in die Tiefen der menschlichen Psyche.

Band IX – Tödliche Aussicht
Kriminalroman
Markus Dullin
12,90 €, 978-3-89656-181-2

Nach einem mysteriösen Tod am Grand Canyon ermittelt Kommissarin Seyfahrt in der Berliner Szene. Krimidebüt mit Spürsinn und Hochspannung.

Unsere quer criminal-Reihe finden Sie auch als eBook u.a. im Apple iTunes-Store!